万墨轩图书
WIPUB BOOKS

THE
TAWNY MAN
TRILOGY

刺客后传

[II]

黄金弄臣(上)

Golden Fool

[美] 罗宾·霍布 著
麦全 译

上海社会科学院出版社
SHANGHAI ACADEMY OF SOCIAL SCIENCES PRESS

ROBIN HOBB

献给

茹丝与她的忠实伙伴，

亚历山大

及

好朋友们

目录 CONTENTS

[II] 黄金弄臣（上）

刺客后传

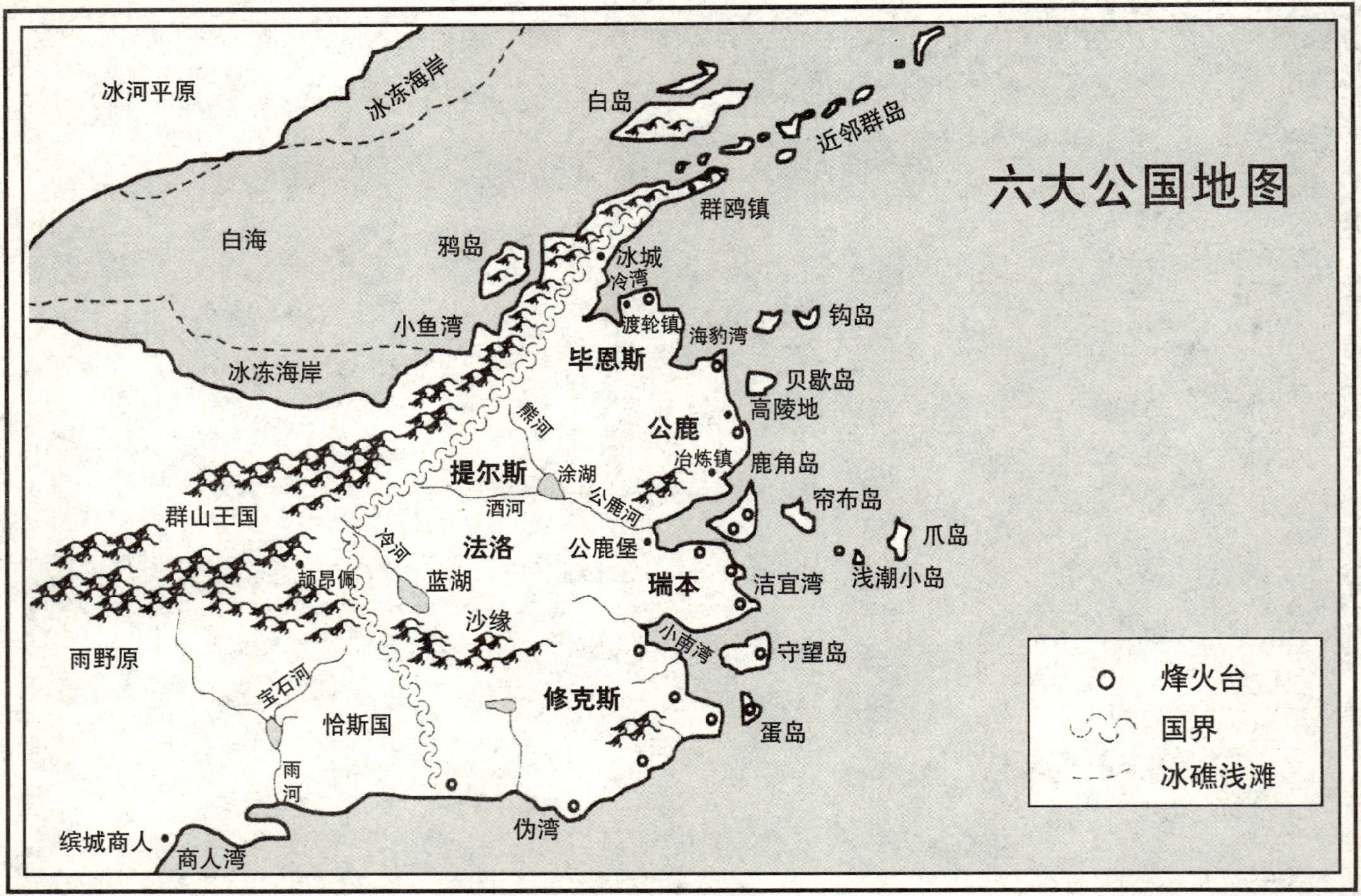
六大公国地图
冰河平原
冰冻海岸
白岛
近邻群岛
群鸥镇
白海
鸦岛
冰城
冷湾
渡轮镇
海豹湾
钩岛
小鱼湾
冰冻海岸
毕恩斯
贝歇岛
高陵地
熊河
公鹿
冶炼镇
鹿角岛
提尔斯
涂湖
公鹿河
帘布岛
群山王国
酒河
冷河
法洛
公鹿堡
爪岛
颉昂佩
蓝湖
瑞本
洁宜湾
浅潮小岛
沙缘
小南湾
守望岛
雨野原
宝石河
修克斯
恰斯国
蛋岛
雨
河
伪湾
缤城商人
商人湾
烽火台
国界
冰礁浅滩

序曲 伤痕仍在

丧失牵系伴侣的痛苦，很难跟没有原智的人解释清楚。那些把动物伴侣的死，说成是“不过是死了只狗罢了”的人，是永远也无法体会这种心情的。比较有同情心的人，会说这跟心爱的宠物死掉了一样痛苦。但即使是那些说“这一定就像丧子或丧妻那么痛苦”的人，也只不过说到这伤痛的其中一面而已。丧失了与自己心意相通的伴侣，那种感觉就像是自己的肢体突然被锯掉了一半，比起丧失了同伴或是心爱之人的痛苦更为深刻。我的眼睛模糊了，食欲也因为入口的食物尝不出滋味而减退，心灵则变得更加麻木迟钝——

我于多年前开始写的手稿，最后以愤怒地横扫墨渍、乱戳鹅毛笔作为结尾。至今我仍记得，我写着写着，突然发现自己笔下的文字竟从记叙历史大事偏转为描述自己切身的剧痛，那一刹那，我气得把卷轴往墙壁上一砸，还丢在地上用脚踩。唯一的奇迹是我竟然没有直接将卷轴扔进火里，而只是将其踢到一旁。不知道是谁好心地将这个残破的卷轴收到我的卷轴架上。大概是阿憨心不在焉地照常收拾房间时顺便收的吧。我自己当然不觉得这个卷轴有什么值得留存的地方。

我笔下的文字往往都有这个毛病。我尝试写六大公国历史的次数多得难以计数，但是十之八九都以自己的私人历史作为收尾。原先写的是关于药草的论述，写着写着便讲起关于精技引起不适的种种疗法；原本是关于白色先知的研究报告，后来却完全变成描述白色先知与其催化剂之间的关系。我不知道是否是因为自己过于自负，所以写到最后思绪总是绕着自己的人生打转，抑或这只是我为了想要把自己的人生解释给自己听而做的一点微薄的努力。年岁更迭，转眼已过一二十年，而我还是会每晚都坐在桌前提笔写作。直到现在，我仍在设法理解我是一个什么样的人。我仍会鼓励自己：下次我会写得更好。然而这种每次都认为会有“下次”的心态，实在是人类过于自负的表现。

然而我失去夜眼的时候，却连这一点也做不到。失去夜眼之后，我从未鼓励自己说一定会再有牵系伴侣，或认为等我有了下一个牵系伴侣，一切都会更好。这种想法是对夜眼的背叛。对我而言，夜眼的死实在是刻骨铭心。夜眼走了，我受伤极重，但自己却浑然不知。我就像是那种明明腿被锯断了，却仍抱怨伤腿很痒的人，而抱怨腿痒，可以让自己无暇去想从今以后，自己都得跳着度过余生的这个可怕现实。同样地，我在夜眼走后立刻陷入哀悼，而这哀悼则蒙蔽着我，让我无法窥见自己受伤的全貌。我心里困惑着，以为我的痛苦与失去伴侣是同一件事，然而事实上，痛苦只是失去伴侣的表面症状，而失去伴侣也只是痛苦的表面症状。

奇怪的是，这恰巧也促成了我第二次的心性成熟。人生的第一次心性成熟，使我从少年长为成人，而这一次，则使我慢慢了解到自己是孤单一人。环境促使我必须再度投身于公鹿堡宫廷里的种种密谋之中。我有弄臣与切德为友，眼前还有可能会与乡野女巫吉娜结为真正的朋友，我的养子幸运一头栽入学徒生涯与青春恋爱之中，而且两边都不算顺利。年轻的晋责王子在将要与外岛贵主订婚的前夕，找我当他的导师——他不仅希望我教他精技与原智，还希望我能够引导他渡过凶险急流，安稳地从少年过渡为成人。关心我的人很多，我真心钟爱的人也不少。但即使如此，我仍然感觉自己比以往更加孤单。

最奇怪的是，我慢慢领悟到我之所以孤独，都是我自找的。

夜眼是无可取代的。相处了这么多年，我已经因为它而变得很不一样了。

夜眼并不是半个我，应该说，唯有夜眼与我同在的时候，我们才是完整的。就连幸运加入我们的生命时，我们也是一起将这孩子当作是我们的责任。狼与我一起决定如何养育幸运，因为我们是搭档、是伙伴。如今夜眼走了，而我感觉到我再也无法跟其他动物，或是跟任何人这么亲密了。

当我还年轻的时候，我时常与耐辛夫人作伴，所以常常听到耐辛夫人与她的女伴蕾细直言不讳地对宫里的男子评头论足。耐辛夫人与蕾细都认为，不管是男子还是女子，只要是过了三十岁都还未曾婚嫁，那大概就注定一辈子单身了。耐辛夫人在闲聊到某个灰白头发的爵爷突然开始追求年轻女子的时候，总会笃定地评断道："性子都定了，恐怕难改咯。也许那爵爷因为春天而换了心情，但是那女孩子过不了多久就会发现，那男人的人生中，根本没有多余的地方可以容纳伴侣。毕竟那男人长久以来，一直都是按照自己的意思过日子的呀。"

慢慢地，我也以耐辛夫人的看法来看待我自己。我常常感觉寂寞。我知道我的原智感应会向外探求同伴，但我的原智探索却感觉像是纯粹的反射动作，就像截肢之后的抽搐一般。无论是什么人或什么动物，都无法弥补夜眼走后，在我心里留下的巨大裂痕。

在我们回公鹿堡的路上，有个难得的片刻可以跟弄臣说话，于是我跟弄臣说了很多。那天晚上我们在回程的路边扎营。我把弄臣、晋责王子与王后的女猎人月桂丢下，一个人走开。夜很冷，粮食又有限，所以他们瑟缩在火边取暖。与王子牵系在一起的猫刚死不久，所以王子也沉默不与人言。而我若是待在他附近，就好像是用才被火焰烫伤的手，再度去接近火焰，一下子便会让自己的痛楚更加锐利。所以我借口说要去找柴火，把他们丢下了。

冬日已经降临，近日的夜晚比之前更加漆黑，也更加寒冷。这个黑暗的世界毫无色彩，而离开了火光之后我什么也看不见，只能像地鼠般摸索干柴。最后我放弃了，干脆在溪边的石头上坐下来，等着眼睛适应黑暗。我孤单地坐在石头上，袭来的寒意使我逐渐失去寻找柴火的野心，最后更是心灰意冷，动都不想动。我枯坐在石头上怔怔地望着，听着流水声，任由夜色把我的心思染得阴郁而沉闷。

弄臣静静地穿过黑暗来到我身边。他坐在我身边的地上，没说一句话。过了好一阵子，他伸手放在我肩上，说道："真希望我能想出什么办法，让你不要悲悼得这么伤心。"

这话说了等于没说，弄臣似乎也感觉到了，因为之后他又继续沉默不语。大概是因为夜眼的亡魂在斥责我，说我怎么可以对我们的好友如此粗鲁，所以过了一会儿，我开始在脑海里思索着要讲什么话，以便重新把弄臣与我之间的桥梁搭起来："这就好像头上挨了一刀似的，弄臣。尽管时间久了自然会痊愈，但是直到这伤口自己好起来之前，就算是最诚心的祝愿也无法让它好得快一点。况且，就算真有办法缓解伤痛，就算能用药草或是喝酒让心变得麻木，我也不愿这样做。夜眼去世就是最惨的事了，怎么做也不可能好起来的。我顶多也只能期望自己能够习惯孤单。"

虽然我尽量讲得和缓，但是这番话听起来还是很刺耳。更糟的是，这番话不但刺耳，还有股自我怜悯的味道。我的好友实在是太厚爱我了，才没有将这话当作是我在故意给他难堪，他只是慢慢地站了起来。"那我就如你所愿好了。我想你是故意要孤独地悲悼夜眼，而如果这是你自己的选择，那么我也会尊重你。"他停顿了一下，叹了口气，"此刻我心里有些体会。我晓得你现在很难过，我来找你，不是为了要让你好起来，而是为了要让你知道，透过你我之间的连系，我也感受得到你的痛苦。这恐怕多少有点自私——我是指我想要让你知道我的感受这一点。大家一起分担沉重的责任，既可以让肩上的担子轻一点，也可以让彼此之间更加亲密。这样一来，就不必让谁独自挑起重担了。"

我感觉得出弄臣的话很有智慧，值得深思，但我的内心已经疲倦且残破到一点也不想咀嚼他的智慧结晶了。我只说了句："我再过一会就回火边去。"而弄臣一听就知道我在下逐客令。他将手从我肩上抽回来，便离去了。

直到日后我慢慢思索弄臣说的话，才总算了解其中的深意。原来孤独是我自己选择的，孤独并非夜眼死后不可避免的结果，甚至也不是我仔细思考之后所做的决定，是我自己决定拥抱孤寂，且苦苦追求痛楚，而且这也不是我这辈子第一次选择这种路径。

我谨慎地处理这个思绪，因为这个思绪锐利到足以使我送命。没人强迫放逐我，是我自己选择了要孤单地与幸运在荒僻处相依为命。然而其中最矛盾的地方在于，孤独的生活却正是我长久以来的梦想。年轻的时候，我再三主张，我真正想过的生活是一切都由我自己做决定的生活，无须顾虑我的出身与地位所须担负的“责任”。直到命运让我梦想成真，我才领悟到我必须为这样的生活付出多么高昂的代价。我是可以将自己对别人的责任丢在一旁，过我自己喜爱的生活，但条件是我也必须断绝与他人的一切关系，不可能两全其美。要想成为家庭或任何社会团体的一分子，就必须对那个家庭与团体负起责任和义务，并甘愿为群体的规矩所限制。我已经长时间地离群索居，然而如今我才领悟到那是我自己的选择。是我自己决定要断绝我对家庭的责任，也接受了随之而来的孤独，作为我如此选择的代价。以前的我总是一口咬定，我之所以孤单，都是因为命运的安排。然而即使现在我竭力想说服自己，说我只不过是顺着命运替我安排的、无法逃脱的途径一路走下去罢了，但我在当下毕竟是有所选择的——而想必当年也是如此。

就算你认清了你的孤寂源于自己的选择，也无法在短时间治好你的寂寥心情。但至少这可以让你看出，孤寂并非不可避免，而你的选择也不是无法逆转的。

1. 花斑帮

花斑帮总是宣称，他们唯一的目的是要解放六大公国境内的原智者，让他们免于被处决的厄运，然而这个说法不但是谎言，也是一场高明的骗局。花斑帮要的是权力。他们的意图，是要将六大公国的原智者团结起来，并借由这股力量来夺取王国的控制权，好让他们自己的人爬上高位。花斑帮宣称，自从骏骑王子退位之后，所有继任的国王均非正统的皇室血脉。毕竟骏骑王子怎可能因为有了蜚滋骏骑·瞻远这个非婚生的私生子，就无法继任王位？“忠心的皇家私生子”死而复生以襄助惟真国王追寻真龙的种种超乎常理的故事，在民间大为盛行，几乎把这个“皇家私生子”提升至近乎神祇的地位。因为这个理由，花斑帮也被称之为“皇家私生子宗派”。

花斑帮意欲利用这个可笑的论述，让他们推翻瞻远皇室并推举自己人继位的行动多一点正当性。为了达成这个目的，花斑帮开始以高明的手法强迫原智者成为他们的党羽，如果原智者拒绝，花斑帮便会威胁要将他们的身份暴露出来。这个伎俩说不定是从红船之战时的外岛领袖科伯·罗贝那儿得来的灵感，因为据说罗贝之所以能招徕广大的信徒，不是因为众望所归，而是因为众人生怕自己倘若不顺从罗贝，那么家人与故乡都会遭到不测。

花斑帮所用的伎俩很简单。有原智渊源的家族，要不就选择加入花斑帮，要不花斑帮就抖露秘密，弄得人尽皆知，最后这些家族难逃一死。花斑帮非常狡诈。一开始，他们往往先攻击世族大家的外围，例如先抖露出某个仆人或是某个比较没那么富裕的远房亲戚有原智，同时警告这个世族大家的族长，如果不与花斑帮合作，那么这个世族大家免不了会有同样的下场。

真正想要使自己的亲族免于被人处决的下场的人是不会这样做的。这分明就是一个无情的小帮派，由于一心想要夺权，从而采取必先征服自己人的做法。

——罗威尔所著的《花斑帮之阴谋》

站哨的人换班了。由于风雨很大，所以哨兵换班的铃声与口令声几乎听不到，但我还是听到了一些。夜晚已经正式结束，新一天的黎明就要到来，然而我却仍坐在吉娜的小屋里，等着幸运回家。吉娜跟我一起坐在温暖舒适的火炉边，她的外甥女不久前回来了，与我们聊了一阵，之后便进房睡觉。吉娜跟我添了一根又一根柴火，闲聊着无关紧要的事情，以此来打发时间。这个乡野女巫的小屋很温馨，她待我又和气，所以此时我只想静静地坐在原地，而等着我那小子回来，反倒成为我赖着不想走的借口了。

我们随意地闲聊着。方才吉娜问到我这一趟任务是否顺利。我回答称其实是我家主人要出门，我只是随行而已。为避免吉娜觉得我傲慢无礼，我补充说道，黄金大人这趟出门，为的是要搜罗稀奇的鸟羽，然后就开始大谈黑玛的事情。我知道吉娜对我的马其实并不是真的很感兴趣，但她还是笑容可掬地听我说下去。我俩之间的小空间，充斥着这些虽没多大意义，但却很亲切的言语。

事实上，我们出门的真正目的跟羽毛无关，我也不是随行，而是肩负重任。花斑帮的人先是对晋责王子友善有加，然后便将王子掳走。黄金大人与我一起将王子从花斑帮手中救了回来，神不知鬼不觉地送回公鹿堡，而且将所有贵族都蒙在鼓里。今晚，六大公国的贵族要在宴会上尽情玩乐，明天他们就要正式见证晋责王子与外岛的“贵主”——也就是艾莉安娜——的订婚大典。对外界而言，一切皆照常进行。

了解内幕，并晓得王子与我付出了多大代价才让这一切天衣无缝地依照正常轨迹运作下去的人，屈指可数。王子的原智猫为了王子而牺牲了生命，而我也失去了我的狼。夜眼已经与我相伴近二十年，它是半个我，而我的心灵则有一半寄存在它身上。如今它这一走，使我的人生产生了深远的变化，仿佛刹那间，房间里的灯火统统被吹熄。在我的感觉里，夜眼的逝去是实实在在的东西，是我除了悲悼失狼之外，必须扛在背上的重担。不过我知道我会活下去，但在失狼的煎熬之中还知道自己会活下去，反而是最大的痛苦。

我悬崖勒马，不让自己一头栽进无尽的自怜之中。丧失伴侣的不是只有我一个人。虽然王子与猫牵系的时间，比夜眼与我牵系的时间短得多，但我知道他承受了锥心之痛。人与动物之间的原智牵系是很复杂的，因此牵系关系的断绝不能小觑。但那少年却隐忍着自己的悲悼之情，坚定地配合仪式的进行，尽到他应有的责任——相比起来，至少明天我不必与准未婚妻订婚。自从我们昨天下午一回到公鹿堡，王子便一头栽入他的既定行程之中。昨天晚上他参加了欢迎未来新娘的典礼，今晚他则必须微笑、进餐、谈话、接受各方的祝福、跳舞，并显示出他对这个婚姻颇有好感的模样，虽然这婚姻其实是在命运的安排与母亲的命令之下定好的。我一想到那鲜明的亮光、喧闹的乐声与洪亮的笑语，就觉得他的境遇十分可怜，不禁摇了摇头。

“你为什么摇头？是想到什么啦，汤姆·獾毛？”

吉娜的讲话声打断了我的思绪，我这才意识到方才沉默得太久了。我吸了一口气，顺口胡诌道：“你看这风雨是不是毫无停止的迹象？我是在可怜那些今晚不得不出门的人。今晚我不必出去淋得一头雨，真是幸运啊。”

“噢，说到幸运，我也很庆幸我今晚有伴呢。”吉娜说着，对我一笑。

“我也是。”我有点不自在地补了一句。

对我而言，与一名活泼亲切的女子共度宁静的夜晚，还真是新奇的体验。吉娜的猫蜷缩在我的大腿上睡得直打呼，吉娜的手则不断编织着。温馨舒适的火光映着她红褐色的卷发，以及脸上和前臂上的雀斑。她的脸很漂亮，虽然不是十分美丽，却平静且和善。我们聊了一整晚，从她用来泡茶的药草，谈到为何有些海上漂流而来的浮木会烧出各色的火焰来，然后又谈到我们自己。我发现她其实比我真正的年龄小了六岁，而当她听到我声称自己四十二岁的时候，她露出了惊讶的样子。我给自己扮演的汤姆·獾毛这个角色安排为四十二岁，而这岁数比我真正的年纪大了七岁。吉娜说，我的年纪应该跟她差不多才对，我听了很开心。但其实，吉娜与我都不太注意我们到底讲了什么话。我们坐在火边静静地聊天，但这其中有一股耐人寻味的小小张力。吉娜与我之间仿佛有一根好奇的琴弦，一经拨动，便嗡嗡作响。

我与黄金大人出门之前，曾与吉娜共度一个下午，而那天吉娜给了我一个吻。那一吻并无言语伴随，也没有爱的誓言或是浪漫的赞叹。就是一个吻，仅此而已，后来还因为她的外甥女从市场回来而被打断。眼下吉娜与我都不知道如何才能回到滋生出无限亲密感的那一刻。于我而言，我不确定自己是不是真的期待与吉娜共享甜蜜时光。我还没准备好要接受第二个吻，至于第二个吻可能带来的种种情怀就更不用说了。但我还是想待在这里，与她一起坐在火炉前。这个念头好像有些矛盾，而且说不定我的内心就是很矛盾。我并不想面对温存过后不免会产生的种种后遗症，然而在我为牵系伴侣哀悼之际，吉娜的陪伴仍给我几许安慰。

然而我之所以造访此处，并不是为了吉娜，而是为了探访幸运，也就是我的养子。幸运才刚到公鹿堡城不久，到了之后便住在吉娜这里。我想问问幸运，在木匠晋达司门下当学徒的情况如何。此外，虽然我感到难以启齿，但我仍然必须将夜眼的死讯告诉他，毕竟这孩子可以说是狼跟我一起养大的。然而，虽然我逃避着不想跟幸运讲这个消息，但我也希望事情真会像弄臣说的那样，只要我跟幸运讲了之后，心里的重负就能多多少少减轻些。我想请幸运分担我的悲悼，而不去管这个行为有多么自私。过去七年来，幸运与我，还有狼，一起相依为命。如果说我心里仍有所属的话，那么我的归属就是这个孩子了。而我有需要再感觉一下我归属于这孩子的现实。

“再来点茶？”吉娜招呼道。

我不想再喝茶了。我们已经喝了三壶茶，而且屋外的厕所我已去了两次。不过吉娜招呼我喝茶是为了让我知道，无论现在多晚或多早，她都欢迎我留下来。所以我还是答道："麻烦了。"吉娜便把毛线放在一旁，再度从大水桶里舀出新鲜的水，注入烧水壶里，然后将烧水壶挂在挂勾上，推到火堆正上方。外头的风雨肆虐不止，此时门上响起了异于风雨的声音，是幸运在敲门。"吉娜？"幸运口齿不清地叫道，"你还醒着吗？"

"醒着呢。"吉娜答道。她安顿好烧水壶，一边转身朝门口走去，一边说道："幸好我还醒着，要不然你就得待在草棚里，跟你的小马睡一晚了。我来啦。"

吉娜拉开门闩时，我站了起来，并轻轻地将我大腿上的猫放了下去。

*蠢材，猫睡得正香呢。*茴香溜到地上，并不忘大加抱怨，但那大公猫实在太眷恋温暖了，所以没怎么抗议，连回头瞪我一眼都没有就跳上了吉娜的椅子，继续蜷缩起来睡觉了。

幸运推开门的时候，一股强风顺势将大雨吹进屋里。"哎哟。快把门闩好，年轻人。"吉娜在幸运踉跄地走进门时说道。他乖乖地关好门，上了门闩，全身滴水地站在门口。

"外头风雨正大呢。"幸运对吉娜说道。从幸运那痴痴的笑容看来，他一定是醉了。但他的眼睛发亮，那可不是酒意造成的，那是痴情与迷恋，错不了的，就像雨水从他那直直的头发上淌下来，流过他的脸一样的清晰明白。他过了好一会儿才发现我站在屋里望着他，然后他叫道："汤姆！汤姆，你终于回来了。"幸运一反常态，夸张地以酒醉之人的狂放姿态张开了手臂，于是我大笑着踏上前去，接受他那湿答答的拥抱。

"别把吉娜的地板滴湿了！"我指责道。

"不该滴湿。呃，我是说，我不会把地板滴湿的。"幸运说道，接着便将他的湿外套脱下来，挂在门边的挂钩上，并把他的羊毛帽也脱了下来，一并挂在钩子上滴水。他想要站着脱靴子，但是一个踉跄便趴倒在地，这才把靴子脱了下来。他伸长了手，把靴子靠在门边挂的湿外套下面，然后才一脸幸福地笑着坐起来，对我说道，"汤姆，我认识了一个女孩子。"

"是吗？从你身上的味道闻起来，我看你是认识了酒瓶呢。"

"噢，是啊。"幸运毫不害臊地坦承道，"酒瓶我也认识了。不过，我们得干杯恭祝王子身体健康，还要祝福王子的未婚妻身体健康，还要祝福他们永浴爱河，还要祝他们生很多小孩，而且也要祝我们天天快乐。”幸运咧嘴傻笑道，“她说她爱我。而且还喜欢我的眼睛耶。”

“嗯，那很好啊。”幸运的眼睛一边是蓝色的，一边是棕色的，这辈子他不晓得碰到过多少人，一看到他那不同颜色的眼睛就断定那是恶魔的征兆了。那女孩子竟然觉得幸运的眼睛很迷人，想必他一定心花怒放。

我突然想到，现在不是用我的悲悼来加重他的负担的时候。我温柔且坚决地说道：“儿子，我看你该去睡了。你师傅不会期望你明天早早就到吗？”

看他脸上的表情，仿佛我甩了他一巴掌似的，他的笑容突然消失。“噢。是啊，那倒是真的。他会指望我早点到。老晋达司期望他的学徒要比他的技工早到，而他的技工又比晋达司更早到。”他定了定神，慢慢地站起来，“汤姆，学徒生活跟我原来想的差了十万八千里。我成天做的就是扫地、扛木板、把风干的木柴转个方向，还有把工具磨利、清干净、上油，然后再扫地，把油磨进做好的成品里。但是我去了这么多天，连一件工具也没使用过。他们总是说‘好好观察这是怎么做的，孩子’或是‘把我刚才跟你讲的重新说一遍’，还有‘我不是叫你拿这个，把这个拿回去放好，然后把细纹的樱桃木拿来，动作快点’。而且，汤姆，他们还替我取了难听的绰号。他们叫我乡巴佬，还叫我蠢蛋。”

“幸运，晋达司的每一个学徒都被他取了绰号。”吉娜那平静的声音令人宽慰，但是在幸运与我讲话的当下，有个第三者插进来，还是挺奇怪的，“大家都知道晋达司有这个癖好。有些晋达司的学徒还在自己开店之后，把师傅奚落他的绰号拿来当作商品名字呢。现在你若是要买‘呆头鹅餐桌’的话，可得花不少钱。”吉娜已经走回她的椅子边。她拿起了毛线，但没坐下来，因为茴香仍占着她的椅子。

幸运的话令我十分失望，但我努力维持脸上的表情，不让他看出来。我本来期望幸运会跟我说，他热爱学徒的生活，而且很感激我想尽办法让他拜晋达司为师。我本以为，送幸运去当学徒是我唯一做对了的事情。“这个嘛，我不是警告过你了吗，当学徒是很辛苦的。”我挤出这句话来。

“我是有吃苦的准备呀，汤姆，真的。叫我整天锯木头、磨合边角、削形状，我也不会叫一声苦。但是我可没想到当学徒会枯燥得要命。扫地、磨光、拿东西……到这里来学这些事情，我还不如留在家里算了。”

世间少有比少年无心的言语更锋利的东西。幸运对我们旧日的生活竟如此鄙夷，让我无言以对。

接着幸运抬起头，用责备的口气对我说道：“你前一阵子到哪里去了，怎么去了那么久？你不知道我需要你吗？”他瞪着眼睛打量我，又问道，“你的头发是怎么回事？”

“我把头发割掉了。”我一边答道，一边忍不住伸手摸着为了悲悼狼而割掉的参差不齐的头发。突然之间，我觉得自己除了这句话之外，别的都不该多说。幸运还年轻，而年轻人看待事情时往往什么都不想，只想到这事情对自己有何影响，这我清楚得很。可就因为我这样一句话交代过去，反而使幸运警觉到我有事瞒着他。

他的目光在我脸上逡巡：“到底怎么了？”幸运追问道。

我吸了一口气，这下子瞒不过去了：“夜眼死了。”我平静地说道。

“可是……是我哪里做错了吗？汤姆，虽然夜眼跑掉了，但我有四处找它，真的不骗你，不信你问吉娜……”

“不是你的错。夜眼是尾随我而去的，而且也找到我了。没有其他原因，只是它年纪大了，所以丢下我走了。”虽然我努力压抑激动的情绪，但是讲话的时候，声音仍然有点哽咽。

那少年一听到夜眼的死不是他的错，脸上的表情一下子便放松不少，然而他的表情却像是朝我心头射了一箭。难道对幸运来说，他自己的“无疚”比夜眼之死更重要吗？不过当幸运说“我无法相信夜眼已经死了”的时候，我突然了解刚才他为何会有那样的反应。幸运说他不相信夜眼已死，这话的确是事实。他大概要过一两天，甚至好几天，才会真正体会到老狼是永远也不会回来了。夜眼再也不会匍伏在他脚边，伴着他在壁炉边烤火，再也不会顶着他的手，要幸运搔搔它的耳朵，也不会再跟他一起去猎兔子了。我的眼里涌出了泪水。

“你会好起来的，只是需要时间而已。”我声音沙哑地开导他。

“希望如此。”他沉重地答道。

“去睡吧。现在上床，你还可以睡上一两个小时，然后就必须得起床了。”

“是啊。”他应和道，“我看我最好是趁现在睡一下。”他上前一步，对我说道，“汤姆，我真的很遗憾。”并有些不自然地拥抱着我——这一抱，让我之前因为他的反应而产生的心痛难过消失了大半。接着他抬起头来望着我，急切地问道，“你今天晚上会过来吧？我得跟你讲讲话。我有重要的事情要跟你说。”

“我今晚会过来的。如果吉娜不介意的话。”我一边望着幸运身后的吉娜，一边放开仍搂着我的幸运。

“吉娜一点也不介意。”吉娜要我大可放心，然而我只想从她的语气里寻到一丝额外的温情。

“好，那么就晚上见了。等你酒醒了我们再谈。现在快去睡吧，孩子。”我拨拨幸运的湿头发。他喃喃地道了晚安，便走向他的卧房，于是突然间我又单独跟吉娜在一起了。一室的沉静，仅有壁炉里的一根柴火烧小了之后崩塌下来所发出的轻微声音，“那么，我得走了。谢谢你让我待在这里等幸运回来。”

吉娜把手上的毛线放下来：“随时欢迎你来，汤姆·獾毛。”

我的斗篷挂在门边的挂钩上。我将斗篷拿下来披在肩上，吉娜突然出现在我身前，帮我把斗篷系紧，然后把兜帽拉起来，盖住我竖立的短发，接着她笑着拉住我兜帽的左右两边，使我不得不低下头来贴近她。“晚安。”吉娜呢喃道，并抬起了下巴。我两手扶在她肩膀上，吻了她。我是想吻她没错，但是我却不知道我是否允许自己吻她。这样的亲吻，除了会吻出麻烦与后遗症之外，还能有什么别的结果？

不知她是否发现了我的裹足不前？我们俩的嘴分开时，吉娜摇了摇头，用她的双手包住我的手：“你担心得太多了，汤姆·獾毛。”她拉起我的一只手，举到唇边，在我掌心亲了一下，“有的事情很单纯，没你想的那么复杂。”

我觉得很尴尬，但我还是勉强说道：“倘若真是如此，那真是再甜美不过了。”

“瞧你的嘴甜得像什么似的。”她的话让我心头一暖，但她接着便说道，“但是光讲好话是管不住到处乱跑的幸运的。你再不把那年轻人管紧一点，给他定几条规矩，恐怕他就迷失了。有很多乡下的孩子在进城之后都学坏了。”

“我自己的孩子，我自己知道。”我有点气恼地说道。

“也许你对幸运了解很多，但我担心的是，如今他大了，你还了解他的个性吗？”我听了皱起眉头，吉娜看了大笑，并补了一句，“你这板着脸的样子，留着跟幸运讲话的时候用吧。晚安，汤姆。明天见咯。”

“晚安，吉娜。”

吉娜放开了我，站在门口目送我走远。我回头望去，一个女人站在一室温暖的晕黄光线里望着我，风吹起了她的卷发，将卷发打在她圆圆的脸上。她对我挥挥手，我也对她挥挥手，然后她关上了门。我叹了口气，把斗篷拉得更紧了些。大雨的高峰已经过去，此时风雨退为躲在街角伏击路人的疾风。从城里的景象看来，这些疾风已经与处处点缀着的节庆装饰疯狂地大玩一场了，如今满地都是吹落的花环，飘扬的锦旗也被刮成了破布。通常酒店外会点着火炬以招揽客人，但是到了此时，火炬不是已经烧完，就是被收了进去。大多数的酒店与客栈都关门过夜了。所有正经的人家都已经睡了一大觉，就连不大正经的家伙也大多都睡了一觉。我匆匆地走过冰冷阴暗的街道，但靠的不是视力，而是自己的方向感。等到我离开这个位于悬崖边的城市，从森林里蜿蜒而上，往公鹿堡去时，路上还会更暗。但这条路是我自小就熟悉的，我的腿自会领我回家。

离开公鹿堡城边缘那几间稀疏的房子之后，我便察觉到后面有人，而且我走快，他们也快，我走慢，他们就走慢，所以我知道他们不是凑巧碰上的路人，而是在跟踪我。他们显然不急着追上，要等到郊外僻静处才会现身。从这点来看，他们一定不安好心。由于乡下人的习惯使然，我离开公鹿堡的时候并没有携带武器，只带了小刀——小刀只是平时会用上的小工具，寻常男子谁不随身带一把小刀？——但是除此之外，我就两手空空了。我那把刀鞘破旧、执行任务时用的丑陋的剑，现在还挂在我那间小房间的墙壁上。我告诉自己，那些人很可能不过是普通的强盗，想找容易下手的猎物。他们一定是以为我喝醉了酒，而且又没发现他们，只要我一还击，他们就会逃之夭夭。

这个念头并没有让我觉得比较轻松，因为我一点也不想跟他们打起来。我厌恶冲突，而且已经是极度厌倦，但我看他们八成毫不在乎我心里有什么感受。于是我原地站定，转过身去面对跟踪我的那些人，并且拔出小刀，蹲起马步，以便应战。

然而四周一片寂静，只有风吹过横跨在大路上的那些枝干的呼啸声，并能微微听到远处的海浪打在悬崖上的声音。我倾听着有没有人在树丛中移动的窸窣声，或是鞋子轻轻拖过路面的声音，但是却毫无动静。我不耐烦了起来。“给我出来！”我对着夜色吼道，“要钱没有，刀子倒是有一把，而且我的刀子可不长眼睛。给我出来，让我们把事情解决了！”

我说完话之后，周围还是没人回话，也没有声响。让我对着夜色大吼的行为似乎变得有点傻。然而就在我几乎认定是自己多疑，其实根本没有人跟踪我的时候，突然有个什么东西从我脚上爬了过去。那是个小动物，柔软且敏捷，大概是老鼠、黄鼠狼之类，或者是松鼠也说不定。不过那绝不是野生的，因为那东西与我擦身而过的时候，还在我脚上咬了一口。这一咬使我一下子紧绷起来，并且跳起来。接着我便听到我右手边传来闷笑的声音。然而就在我转身朝右，想要看清那树林的朦胧影子里躲着什么人的时候，我左手边有人开口讲话了，这个讲话声比右手边的笑声还近。

“你的狼呢，汤姆·獾毛？”

那人的口气既是嘲笑，又是示威。我身后的路上传来较大型动物的爪子在碎石路上摩擦的声音，可能是狗吧。但是我一转过去，那动物便蹦跃而去，隐入黑暗之中。于是我又转向闷笑声的方向。我心里想道，至少有三个人，两只牵系动物。眼前我只能思考如果立刻厮杀起来会如何，其他的便无法顾及了。至于为何会在此时此刻遇上，他们有什么奸计，只能以后再想。我调匀气息，等待他们出手，并且专心注意黑暗中的一切动静。我突然对夜眼倍加思念，不只思念夜眼比我更为灵敏的感知，也思念狼帮我顾全了身后状况的安全感——但是我且将这渴望抛在一旁。这一次，我听到那只小动物朝我跑过来的声音，我朝那小动物踢了一脚，脚劲下得很重，但却只是轻轻地从它身边擦过去，然后那小东西又跑了。

“下一次一定要它死！”我对着黑夜发出狠话，却只听到嘲讽我的笑声。我再也耐不住性子，扯起喉咙，气愤地大叫道，“你们要干什么？快退开，别来烦我！”

他们却不回答，只是任由我那幼稚的问题与请求被大风刮去。接下来是一阵恐怖的沉寂，更衬托出我孤身一人的处境。

“你的狼呢，汤姆·獾毛？”又有人叫道，这次是名女子强忍着笑，以唱歌般的语调讲出这句话，“你想不想念你的狼呀，叛贼？”

原本我心中恐惧的感受大于一切，但是听了这话，却突然气得七窍生烟。好，我就站在这里，杀得他们尸横遍野。原本我紧张得紧握刀柄，但此时我闲适地把刀子握在手里，站稳了脚步，随时准备对他们还以颜色。他们一定会突然从四面八方出手，动物应该会攻击我的下盘，人则攻击我的上半身。我没别的武器，只有一把刀子，所以我必须得等他们接近了才能还击。如果我拔腿就跑，他们一定会追上我，这点我清楚得很，所以我最好还是原地不动，迫使他们靠上来，然后我就把他们全都杀光。

我真的不知道我在原地站了多久，这种随时要迅速反应的准备会使得时间仿佛静止不动，或流得像风一样的迅速。我听到一只晨鸟的鸣声，又听到另外一只鸟出声回应，我还是继续等待着。天空开始蒙蒙亮的时候，我深深地吸了一口气，四下张望，仔细看着树林间的阴影，但是什么人也没看到。周遭唯一的动静是一群小鸟振翅而飞，并在离开树枝的时候，窸窣地抖落了一地的水珠。埋伏的人已经走了。地面的石头湿湿的，由此可判定咬了我一口的那只小动物并没有留下什么痕迹。而差点从我身后扑上来的那只较大的动物，则在石子路边缘的泥地上留下了一个脚印，是一只小狗。一切仅留下这样的线索。

我转身继续走回公鹿堡，边走边发抖，但并不是因为害怕而发抖，而是因为紧绷的感觉松懈下来之后，心中升起一股强烈的怒火。

他们找上我为的是什么？为的是要吓我。他们要我察觉到他们，还要让我知道他们已经晓得我是谁、我的巢穴在哪里。唔，他们已经达成目的，而且效果奇佳。我强迫自己理清思路，冷静地分析他们对我的威胁到底有多大。然后我把思考的圈子扩大到自己之外。他们知道吉娜的事情吗？他们是从吉娜家一路跟踪我出来的吗？倘若如此，那么他们是否也知道我儿子的事情？

我开始咒骂自己的愚蠢和粗心。我怎么会以为花斑帮的人会放过我？花斑帮知道黄金大人住在公鹿堡，也知道黄金大人的侍仆汤姆·獾毛有原智，他们还知道汤姆·獾毛砍断了路德威的手臂，还把他们押作人质的晋责王子给抢走。花斑帮是一定会想办法报仇的。他们只需要偷偷贴出公告，指出我在施展人人鄙夷的原智，我就会因此而被民众吊死、分尸、放火烧掉。难道我以为公鹿堡城或是公鹿堡就不会发生这种事？快别痴心妄想了吧。

我早该想到这种事情是免不了的。我曾一度在公鹿堡的政治圈与密谋中打转，而且对于权力所吸引来的一切诡计与觊觎之心毫无招架之力。我苦涩地想道，应该这么说，我老早就知道这种事情是无法避免的。就是因为深谙此理，所以这十五年来，我才会远离公鹿堡，若不是切德恳求我把晋责王子救回来，我是不可能回来的。这个冰冷的现实使我打了个冷颤。眼前我只有两条路可选，一是像我以前那样，剪断所有的人际关系，逃之夭夭，不然就是得重新周游于瞻远宫廷里绝对少不了的阴谋诡计。如果留下来的话，我得再度以刺客的角度来思考，随时计算自己所冒的风险与受到的威胁，以及这些风险和威胁会让我周围的人受到什么影响。

我强迫自己更缜密地深思。我势必得再度成为刺客，而不只是采用刺客的思路而已。如果我再次碰上威胁到王子殿下，或威胁到我的人，我必须有立即出手的准备，因为他们既然知道汤姆·獾毛拥有原智且牵系动物已死，而且还以此要挟，就表示他们一定知道晋责王子也具有野兽魔法的感应。他们凭借这一点掌握王子，而他们不但会利用这个把柄，将不顺从他们的原智者送上死路，还会以此作为夺权的手段。我对他们的处境多少有点同情，虽说我这一点心思于事无补。我这辈子因为有原智的污点而吃了很多苦头，所以我当然不想看到任何人因为有原智这个沉重负担而受苦。要不是因为花斑帮严重威胁到王子，我说不定还会跟他们站在同一阵线。

我带着一肚子怒气走到公鹿堡大门口。这里有个守卫室，守卫室里传来男子的讲话声与士兵吃饭时此起彼落的餐具碰撞声。一名大概二十岁的青年，一手拿着夹奶酪的面包，另一手端着啤酒，倚靠在守卫室的门口。那满嘴食物的青年瞄了我一眼，然后便点头示意我进去。但是我停下脚步，因为愤怒而变得很激动。

“你知道我是谁吗？”我对那守卫怒声问道。

他吃了一惊，朝我仔细地打量了一番。他显然是怕自己冒犯到哪个举足轻重的贵族，不过他一看到我的衣服就放心了。

“你是堡里的仆人，不是吗？”

“谁的仆人？”我追问道。我真是笨啊，竟然用这烂方法让人注意到我，但我气得停不下嘴来。那几个人是不是昨晚一路从堡里跟着我出来的？他们该不会现在已经进城堡了吧？会不会哪个粗心大意的守卫随便放了人进来，从而导致王子丧命？这些都有可能啊。

“唔……我不知道！”那孩子气急败坏地叫道，连嘴里的食物碎渣都喷了出来。他站直起来，但他还是得抬头才能瞪着我，“我怎么会知道那么多？我何必管那么多？”

“你这个可恶的蠢蛋，你看守着公鹿堡的大门，你当然应该知道。王后殿下与王子殿下若要安全无虞，得靠你机警地把外敌拒于门外。这就是你守门的目的，不是吗？”

“这个嘛，我……”那少年气得很，又辩不过我，干脆转头朝守卫室里叫道，“柯士斌！你能不能来一下？”

柯士斌是个高个子且年纪比较大的守卫。他的举止透露出他擅长剑术，而花白胡子上的眼睛则十分锐利。“你们有什么问题？”柯士斌朝我们两人问道。他的口气倒不像是在警告我们，反而是要我们放心，他一定会秉公处理我们的纠纷。

那哨兵一边拿着啤酒杯朝我挥着，一边说道：“他因为我不知道他是谁的仆人而跟我闹起来。”

“什么？”

“我是黄金大人的仆人。”我澄清道，“大门口的哨兵似乎随便放人出入，所以我很担心。我来公鹿堡已经两个多星期，期间从未有人盘问过我，这好像不太对劲。我十几年前在堡里待过，那时的哨兵查得可严了。当时……”

“当时是因为时势所需。”柯士斌打断了我的话，“因为有红船之战的关系。但现在是太平时期啊，先生，而且因为王子的订婚大典，所以堡里跟城里都住满了外岛人，以及其他公国来的贵族，你总不能期望我们记住所有人的样貌吧。”

我吞了一口口水，心里恨不得刚才自己什么都没问，但既然都问了，也只能顺势讲到底了，“不用多，只要出一个小差错，王子就性命不保了。”

“是啊，也不用多，只要出一个小差错，就可能会得罪外岛的贵族。王后亲自下了命令给我，她要我们殷勤有礼。她可不要我们疑神疑鬼、事事追究。不过我倒很乐意给你开个先例。”柯士斌笑咪咪的笑脸冲淡了他言词里的严峻之意。但我质疑了他的判断力，他的确不太高兴。

我对柯士斌点头示意。我这一盘棋全走错了。我应该拿这些话去跟切德说，看看切德能不能教这些守卫机灵一点。“我知道了。”我退让道，“其实我刚才不过是有点纳闷，仅此而已。”

“唔，下次你骑着那匹高大的黑色牝马经过这里的时候，别忘了，你不用讲太多，只需要稍微提个头，我们就会把道理讲给你听了。还有，既然你都问这么多了，我且问问，你叫什么名字？”

“汤姆·獾毛。黄金大人的仆人。”

“啊，是他的仆人啊。”他会意地笑了一笑，“而且你还兼任保镖，对不对？是啦，我最近还听到一些故事呢。黄金大人的故事可多了，远不止于此。但我倒没想到他选的是你这样的人。”他用古怪的表情看我，仿佛认为我应该会辩驳两句才是，但是我噤声不言，因为我根本连他在暗指何事都不知道。过了一会儿，他耸了耸肩，说道：“唔。一个连住在公鹿堡都还要找个保镖的外国人，怎么能信。嗯，你去吧，汤姆 · 獾毛，现在我们认识你了，希望你会因此而晚上睡个好觉。”

于是他们就让我进了公鹿堡。我慢慢离开守卫室，心里只觉得自己很笨，并且对此感到生气。我一定得跟珂翠肯谈一谈，并让她意识到花斑帮对晋责仍有很大的威胁。但我不禁想到，未来这几天，王后可能连抽空与我见面的时间都没有了。订婚大典就是今晚，王后一定满脑子想的都是她与外岛的协商吧。

厨房里早已忙了半天。众女仆与小厮正在准备一排排的茶壶和粥。闻到这个味道，我肚子都饿了起来。我进了厨房，在浅盘子里堆了一堆的熏火腿和新鲜的面包卷，又用碟子装了奶油与草莓果酱，放到大托盘上。我看到一篮从堡里的果园摘来的梨子，便选了几个硬一点的带走。我正要离开厨房的时候，一名捧着一篮花的花园侍女对我招呼道：“你是黄金大人的仆人？”我点了点头，于是她挥手示意我别走，好让她把一大束新采的鲜花与一个白色蓓蕾扎成的袖珍花束放在我的托盘上。“这是给大人的。”那侍女丢下这句颇为多余的话，接着便赶紧去忙别的事情了。

我上楼来到黄金大人的房门前，敲了敲门，然后便进去。通往他卧室的门是关着的，但还没等我把餐盘餐具摆好，他便盛装打扮地从卧室里走出来了。他那亮闪闪的头发平整地往后梳，在后颈处用蓝色的丝带绑住。他的蓝色外套挂在手臂上，身上穿的是胸口饰着大量蓬松蕾丝的纯白衬衫，脚上是比外套的颜色更深一点的蓝色紧身袜。这些衣饰，再加上他那金黄的头发与琥珀色的眼睛，让人想起夏日的蓝天、白云与艳阳，“你可终于了解到由于职责所在，所以你必须早起了。这真是令人欣慰啊，汤姆 · 獾毛。此外，若是你对于服饰的品味也能觉醒，那就更完美了。”

我毕恭毕敬地行了个礼，随后帮他拉出椅子，接着我以朋友而非仆人的角色，悠闲地轻声说道：“其实我为了等幸运，这一晚根本连床都没沾到，因为幸运直到快天亮才回来。而我在回来的路上，碰上了几个花斑子，所以又多耽搁了一会儿。”

他脸上的笑容一下子不见了。他不但没有就坐，反而用他冰冷的手抓住我的手腕。“你受伤了吗？”他急切地问道。

“我没事。”我让弄臣放心，并做手势要他就坐。他不情愿地坐了下来。我移到他身旁的桌边处，将盘子上的盖布拉开，“他们的用意不在于伤我。只是要让我知道他们晓得我的名字，知道我住在堡里，还知道我有原智。而且也知道我的狼已经死了。”

我必须强迫自己，才能把最后那几个字说出来。好像只要我不大声说出来，这件事情就比较容易忍受。我把那个袖珍花束递给他，然后喃喃地说道：“我把这些花搁在你床头上。”

“多谢。”弄臣用跟我一样沙哑的声音答道。

我发现弄臣卧室里有个花瓶。原来连照顾花园的女仆都比我更熟知黄金大人的雅趣啊。我把他洗脸盆里的水装到花瓶里，然后把花束插好，放在他床边的小桌上。我回到起居室的时候，他已经穿上了蓝外套，并将袖珍花束别在衣襟上。

“我得尽快与切德谈一谈。”我一边为他倒茶，一边说道，“可是我又不能大摇大摆地走到他的门口去敲敲门。”

他举起茶杯，啜了一口：“你为什么不沿着密道去他房间找他？”

我无奈地对黄金大人做了个鬼脸：“切德那只老狐狸你是知道的。他的秘密只有他一个人知道，绝对不会随便走漏，以免有人在他不备的时候监视他的举动。是的，密道是一定会通到他房里，只是我不知道怎么走罢了。切德昨晚待到很晚吗？”

黄金大人皱起眉头：“我困得回房来睡觉时，切德还在翩翩起舞呢。就老人家而言，切德打算要好好享乐一番的时候，可真是有用不完的精力啊。不过我会派个侍僮送信给他，邀请他今天下午与我一同骑马出游。这够快了吧？”他察觉到我语气忧心忡忡，但没有多问。这点我很是感激。

“这就很好了。”我答道，“而且他最快也得到下午时，人才会清醒。”我甩了甩头，仿佛此举就能让我的思绪安定下来，“我突然想到好多事情。需要注意的事情实在太多了。花斑帮的人既然知道我的事情，那么他们一定也知道王子的底细。”

“那些人之中有你认得的吗？他们都是路德威那一帮的人吗？”

“当时天色很黑，而且他们又离我很远。有一名女子与一名男子开口说过话，不过我敢说他们至少有三个人，而且其中一人的牵系伴侣是狗，而另外一人的牵系伴侣是小小的、毛茸茸的动物，老鼠、黄鼠狼或是松鼠之类。”我吸了一口气，“所以城堡大门的守卫一定得警觉一点。王子则必须时时刻刻都有人陪着。切德自己不是说过了吗，最好是找个‘孔武有力的家教老师’陪着他。我也必须跟切德商量一下，如果我有急事要找他，要怎么跟他联络。还有，堡里必须派人巡逻，每日捕鼠，尤其是王子的房间要加强检查。”

他吸了一口气要回应，然后又咬住嘴唇，不让自己说出话来。最后还是忍不住说道：“恐怕我还得多提一件事情让你伤脑筋。昨晚晋责王子递给我一张纸条，问你什么时候要开始给他上精技课。”

“他把这事写在纸上？”

一看到黄金大人无奈地点了点头，我心里大为恐慌。王子很想念我，这我是知道的。王子与我之间以精技的脉络牵系，所以他的这份心思，我肯定是感应得到的。我已经竖立起精技墙，以免那个年轻人察觉到我心里在想什么，不过此举可能有点多余，因为他的精技并不熟练。我好几次感觉到他正以软弱无力的精技感应呼唤我，但是我没有理会。我原本认为以后自然会出现适合教他精技的时机，不过王子殿下显然没什么耐心，“唉，那孩子太大意了。有的事情是绝对不能形诸文字的，而且……”

我突然说不下去了。而且我一定是一下子变得面无血色，因为黄金大人突然站了起来，瞬间变成我的老朋友弄臣的神色，要我坐在他的椅子上：“你没事吧，蜚滋？是不是你的癫痫要发作了？”

我全身失去力气，并跌坐在他的椅子里。一想起自己行径之愚蠢，我的头就开始天旋地转，而且我几乎喘不过气来坦承自己的愚蠢行为，“弄臣。我那些卷轴，还有我写下来的那些东西。切德急着找我，所以我也没仔细收拾就赶来了。我叮咛幸运出门前要锁好门窗，但是幸运不可能把我的东西藏起来，只会把我书房的门关紧。要是花斑帮的人精明到把幸运跟我联想在一起的话……”

我不让自己再想下去。弄臣一听便知，无需我赘言。他在惊讶得瞪大眼睛，毕竟我粗心大意地形诸文字的一切，弄臣都读过了。我不仅用纸和笔道出了自己的身份，也道出了许多最好别见光的瞻远家族秘史。而且我还在那些该死的卷轴上写明了我所有的弱点：莫莉，我那不可复得的爱人，以及荨麻，我那非婚生的亲生女儿。我怎么会笨到把这些事情统统写出来？我怎么可以为了贪图将这些事情写下来后所能获得的片刻安慰，而把这些人、事、物统统抖出来？秘密这东西，如果不是紧紧地锁在人的脑海里，就难保会有什么风险了。我早该把那些卷轴给烧了的。

“弄臣，拜托你代我去见切德。我一定得回那里一趟，而且马上就得出发。”

弄臣忧心忡忡地把手放在我肩上：“蜚滋。要是那些东西已经没了，那么你现在去也已经太迟。何况若是汤姆·獾毛立刻快马加鞭地奔回去，那么你只会让人起疑，并引来追兵，说不定反而还会让花斑帮直接得知你的密件放在何处。他们既然威胁过你，就一定认定你会吓得逃跑，并安排人看住公鹿堡的各个出口。所以，你要镇静一点。说不定你的恐惧全是多余的。他们要把幸运跟你联想在一起已经很难了，更别说要把你跟那孩子的旧居联想在一起。你千万别莽撞。先去见切德，把你担心的事情告诉他，然后跟晋责王子谈一谈。今晚就是晋责的订婚大典了，那年轻人看似神态自若，但那只是一层薄薄的伪装，一不小心就会被拆穿。所以你还是去看看他，让他的心思定一定比较好。”接着他停顿了一下，推算道，“说不定我们可以派别的人去……”

“不。”我坚定地打断了他的话，“一定得我自己去。有的东西我要带走，其他的要就地摧毁。”我心里突然想起弄臣浮刻在我餐桌上的那只冲刺的公鹿。汤姆·獾毛的桌面，竟用瞻远家族的蜚滋骏骑的纹章来做装饰。现在就连这一点小事也让我觉得芒刺在背了。那餐桌一定得烧掉，我心里打定了主意。绝对不能留下一丁点线索，以免别人得知我曾在那小屋里住过。就连种植药草的花圃也透露出太多玄机。我真是太粗心了，这下子我不仅是门户洞开，而且小屋里的一景一物都明白道出我的秘密，我怎么没有多加防范呢？

弄臣拍拍我的肩膀。“你先吃点东西吧。”弄臣提议道，“然后洗把脸，换件衣服。别莽撞。只要我们小心行事，这一关一定会熬过去的，蜚滋。”

“是獾毛。”我提醒道，同时奋力站了起来。现在他是主，我是仆，这个分界线得好好守住才行，“请多见谅，大人。方才我一时晕眩，但现在我已经好了。打扰了您的早餐，真是抱歉。”

弄臣对我的怜悯在他的眼神中表露无遗，但是下一刻他便收敛起来并定下神，一言不发地回到座位。我重新将他的茶杯注满，而他则一边用餐，一边默默地想事情。我在房里四处逡巡，想要找件事情让手边有事可忙，但是他天生爱干净，凡事井井有条，所以我身为他仆人的这个角色竟找不到事情可做。我突然领悟到，弄臣把一切弄得有条不紊，正可以保护他自己的隐私。由于自律甚严，所以他私人的蛛丝马迹，旁人无从得知，除非是他刻意要在别人心里留下什么印象。这一点，我可要好好地学一学。“大人可否容我待会告假片刻？”我问道。

他放下茶杯，想了一会儿，答道：“当然。我马上就要走了，獾毛。你记得把餐点跟餐具收拾好，把大水罐里的水换新，壁炉清一清，并拿些柴火上来。然后呢，我建议你去跟守卫磨练打斗的技巧。我今天下午骑马出游，请你随侍在旁，而且务必打扮得体。”

“遵命，大人。”我平静地应和道。接着我让他继续用餐，自己则回到我那个阴暗的小房间里。我迅速地四下打量，打定了主意：除非是与汤姆·獾毛的身份相配的东西，否则都不能留在这房里。我洗了把脸，将凌乱卷翘的头发压平，又换上蓝色的仆人服饰。然后我收拾了一些东西，包括我所有的旧衣服和旧鞍袋，切德给我的开锁器具和工具，以及其他几样从我那小屋里带来的东西。我在匆忙的分类搜索中，找到一个浸了咸海水的小口袋，里面装了个什么东西。绑住袋口的皮条已变得干硬无比，打不开了，所以我只好把小口袋割破。我把小口袋里的东西抖出来，发现那一团东西原来是王子在我们那一趟倒霉的精技探险之中，从沙滩上捡起来的奇怪项链坠子。我将坠子塞回破烂的口袋里，放在我那一包东西的最上面，接着将起居间通往我卧室的门关紧，触动与墙壁化为一体的开关，然后跨过漆黑的房间，走到对面的墙壁前。我轻轻一推，那墙壁便无声无息地缩了进去。从高处的隙缝泻下来的朦胧日光，照亮了公鹿堡的秘密通道。我关上身后的门，开始爬上陡峭的楼梯，前往切德之塔。

2. 切德之仆

白色先知何昆养了一只兔子，兔子住在花园里，何昆一叫它就来，而且会乖乖地在先知大腿上一连蹲伏好几个小时，所以何昆对兔子宠爱至极。何昆的催化剂是一名女子，她非常年轻，比孩子大不了多少。这女子名叫蕾妲，但是何昆唤她作“狂眼”，因为她一只眼睛斜视，总是往外看。她不喜欢那只兔子，因为每次她坐得离先知近一点，那兔子便狠狠地咬她一口，以便将她赶走。有一天，兔子死了。蕾妲在花园里发现了兔尸，便将兔子剥了皮、除去内脏，并切块下锅煮了。先知何昆吃了炖兔肉之后，才发觉兔子不见踪影。蕾妲则高高兴兴地对何昆说，先知方才已将兔子吃下肚了。先知严斥蕾妲，但蕾妲却毫不在意地说道：“可是大师，您早就预见此情此景了。您不是在第七卷卷轴里写道‘先知以他温热的血肉果腹，即便先知知道这温热的血肉乃是他的下场’吗？”

——文书柯德仁所记载的白色先知何昆之轶事

我正要上切德之塔，但走到一半，心头突然意识到自己在干什么。我这是在逃避，我想赶快找个洞穴躲起来，而且还暗暗希望我旧日的导师此时就在塔里，并期待切德仍会像当年指点我这个刺客学徒时那样，告诉我该做什么、不该做什么。

想到这里，我的脚步慢了下来。也许那种做法对十七岁的青年来说刚刚好，但对于三十五岁的成年男子来说，就不合时宜了。我应该发展出自己的应对方式，以便在无止境的宫廷阴谋中求得生存——要不然，就应该跟这一切一刀两断。

此处的密道有个凹入处，显然这里设了窥孔。凹入处还摆了板凳，我将包袱搁在板凳上，自己也坐了下来，以便理一理思绪。单纯就事理而言，我到底该怎么做才是最好？

把他们全杀了。

要是我认得出那些人，这倒还不失为上策，问题是我根本就不晓得他们是谁。一般的策略就复杂多了：我除了力求自保之外，还得保护王子不会被花斑帮伤害。我把我对自身安全的考量摆在一旁，仔细想想王子的境况会危险到什么地步。花斑帮握有王子与我的把柄——也就是我们有原智——所以他们随时可以将王子的秘密，或是我的秘密公诸于世。六大公国的大公们可不会容许他们的君王有原智这个污点。这么一来，不但珂翠肯想要与外岛缔结和平联盟的希望会破灭，而且很可能会导致瞻远皇室被人推翻。但据我推断，这种极端的做法对花斑帮没什么价值。因为一旦晋责失势，那么就算他们握有晋责的把柄也派不上用场了。更糟的是，此举会连带使王后黯然下台，然而珂翠肯一直在鼓励民众多多包容原智者。他们绝不是这个打算。他们威胁要暴露出晋责的秘密，但这威胁仅在晋责仍在继位之列时才有用。他们并不想置晋责于死地，只想让他屈服于他们的要挟。

那又如何？他们会要求什么？他们会要求王后严格执行律令，坚决禁止民众单以某人有原智为由便将之处决吗？他们会有更进一步的要求吗？要是他们不借此揽权，那就是傻子了。要是哪位大公或贵族同时能带有原血血统，那么花斑帮一定会致力于让他们获得皇室的青睐。我心里想着，不知贝馨嘉母子是否来到堡里参加订婚大典，这倒值得好好地研究一番。贝馨嘉母子绝对都有原血血统，而且还曾经帮助花斑帮诱骗走王子。之前贝馨嘉母子很被动，现在他们会扮演比较主动的角色吗？还有，花斑帮的人如何让珂翠肯感受到他们的要挟确有其事？花斑帮会摧毁什么人，以展现他们的力量？

答案很简单。他们的目标一定是汤姆·獾毛。他们认为我是棋盘上的小卒子，虽然是个微不足道的仆人，却让他们的计划化为泡影，而且还砍断了他们首领的手臂。他们昨晚现身，是因为他们认定我在这么一吓之下，一定会“带口信”给公鹿堡的当权者。然后，花斑帮的人为了证明瞻远家族不堪一击，必会像犬群扑杀公鹿一般把我撂倒。而他们撂倒我，为的是要杀鸡儆猴，让珂翠肯与晋责知道他们的厉害。

我将头沉入双掌之中。我最好的应对之道就是立刻逃走，然而既然已经回到公鹿堡，即使才待了这么短短几日，我已经不想再度弃此地而去了。我曾经把这座冰冷的石头城堡当作家，而且尽管我并非婚生子，但瞻远家族的确是我的至亲。

我耳里听到低语声，立刻坐正，然后才意识到那是年轻女孩的讲话声，透过厚厚的石墙传到了我这个隐秘的监视处。我虽然很累，但却觉得很好奇，于是倾身靠在窥孔上，看看隔墙的房间是什么状况。那是间装潢华丽的卧室。一名黑发的女孩子背对我而立，还有一位头发花白的老战士正懒洋洋地坐在火炉边的椅子上。那老战士的脸上有些刻意为之的疤痕：用刀割出细小的伤口，然后揉进黑灰色料，这是外岛人的风俗。不过他脸上还有些疤痕显然是激烈打斗的结果。他的头发与胡子里都夹杂着白毛。那小女孩在他面前练习舞步，而那老战士则拿着随身小刀清理指甲，顺便把指甲削短。

“……两步，退一步，转个身。”那小女孩喃喃地念着，而她那小小的脚则随着她下的指令而走动。她转了个身，绣花裙子轻轻飘扬起来。我凝神看着她的脸庞好一会儿。这是那位称号为“贵主”的艾莉安娜，也就是晋责的未婚妻。想也知道，她一定是在为今晚两人的首度共舞做准备。

“然后再一次，侧两步，退两步……”

“是‘退一步’，艾莉。”老人插嘴道，“然后转个身。你再试一次吧。”

那小女孩原地站着不动，接着快速地用母国的语言讲了句话。

“艾莉安娜，多练练‘种田人的方言’。你要用他们的方言去练他们的舞，这样才相配。”老战士坚决且执拗地说道。

“我才不管呢。”那小女孩突然闹起脾气来了，“他们的语言平淡乏味，他们的舞也很无趣。”原本她两手提着裙摆，此时她丢下裙子，交叉手臂抱在胸前，“什么烂舞嘛，踏踏步、转转身的，简直就跟鸽子交配前那一套抬头、低头、彼此交颈一样嘛！”

“是啊，不但很像。”那老战士和蔼地说道，“而且用意也一模一样。好啦，现在快练吧，你是不允许出一点差错的。你既然能将剑招步法记得清清楚楚，那么这舞一定难不倒你。你要是跳得不好，不就让那些自大的种田人认定我们神符群岛竟送了个笨手笨脚的船奴，来匹配他们英俊的王子吗？”

对于老战士这番嘲讽，那小女孩假意咧嘴一笑。接着她提起裙摆，而且把裙摆拉高到会令人窃窃私语的程度，连她的光脚丫和赤裸的小腿肚都露了出来，然后狂热地练起舞步来。“侧两步——再退一步——再转个身——再侧两步——再退一步——再转个身——再侧两步——”那小女孩怒气冲冲地朗诵着，活生生地把优雅的舞步变成了玩笑的闹剧。那男子咧嘴笑着看小女孩发脾气，但是不再干涉她。我心里想道，“神符群岛”，这名字好熟啊。对了，这是我们所称的外岛人对于他们那罗列的岛屿的称呼。而且在我见过的唯一一幅外岛地图上，的确是用符文来标示每一个从冰冷的海水中露出头来的岛屿名称。

“够了！”那战士突然斥道。

那小女孩的脸因为赶着练舞而涨得通红，呼吸也急促起来。但她仍跳个不停，最后那战士突然站了起来、抱住她，这才让她停了下来。“够了，艾莉安娜，够了。我看得出来，你的确会跳这支舞，而且跳得很好，所以我们现在不练了。不过今晚你一定要把你的丰姿、教养与魅力都展现出来。要是让人看出你脾气那么大，那么你那位英俊的王子说不定会另择温顺的新娘。你可不想看到那种场面吧。”说完，那战士将小女孩放下来，自己也回到了座位。

“我才想看到那种场面呢。”艾莉安娜立刻回嘴道。

男子不疾不徐地答道：“才不呢，这一定是违心之言。难不成你的背还想吃我皮带一鞭吗？”

“当然不是。”艾莉安娜的回答很僵硬。我立刻领悟到，那战士的威胁绝对不是说说而已。

“不是就好。”那男子把这话当作是和解，“再说我也不爱看你吃苦头。可你是我妹妹的女儿，而且我绝对不容许我母亲的家族蒙羞，你不也是如此吗？”

“我不想让母亲的家族蒙羞。”那孩子挺直地站着说道，但她接着说下去的时候，肩膀却在颤抖，“可是我不要嫁给那个王子。王子的母亲像是白皮肤的母夜叉，而且王子会让我一直怀孕，生出来的娃娃每个都会苍白冰冷得像是死灵。求求你，皮奥崔，带我回家吧。我不要住在这个又大又冷的洞穴里，也不要跟那个少年做那种会让我怀娃娃的事情。我只想住在母亲的矮屋里，骑着自己的矮马迎风而行，划着自己的小舟在沙达峡湾四处出没，还要有自己的冰鞋，以便到冰面上捕鱼。等我长大的时候，母亲的屋里会给我添一张长凳，而且与我成婚的男子，深明他应在婚后与妻子母亲的家人同住。跟我同年纪的女孩要的就是这些，我这些愿望并不过分！那王子会像是把树枝从藤蔓上扯下来那样，硬生生地把我从母亲身边拔走，然后我就会干裂碎掉，风一吹就散了！”

“艾莉安娜，艾莉安娜，亲爱的，你别这样！”那男子以战士般的优雅站了起来。他的身体结实浑厚，是典型的外岛人身材。他把那孩子抱了起来，那孩子则把脸埋在他的肩头上，抽抽噎噎地哭了起来。连那战士也热泪盈眶，只是他强忍着不让泪水流下来。“好啦，好啦，如果我们够精明，如果你够坚强、够敏捷，跳起舞来能像溜过水面的燕子一般顺滑，那就永远都不会走到那个地步，永远都不会。今晚不过是订婚典礼罢了，小家伙，不是结婚呀。你以为皮奥崔会自己回家，把你一个人丢在这里吗？小笨鱼儿！今晚没人会让你怀宝宝，以后也不会，最快也得等上几年呐！好吧，就算到了那时候，除非你愿意，否则这事也不会发生。皮奥崔给你拍胸脯保证。你想，我会让这件事横生枝节，并使我们母亲的家族蒙羞吗？今晚只不过是跳一支舞罢了。但我们必须得把这支舞跳得尽善尽美。”皮奥崔放下艾莉安娜，让她光脚站着，接着他抬起艾莉安娜的下巴，使她不得不看着他。他用满是疤痕的手背，将她脸颊上的泪痕擦掉，“好啦，不哭了喔。来，笑一个。还有，你要记住喔，你第一支舞一定要跟那个英俊的王子一起跳，不过第二支舞就要留给皮奥崔了。好啦，咱们来搭配看看，一起跳跳这个呆蠢的农夫舞吧。”

皮奥崔开始哼一支不成调的曲子，艾莉安娜则伸出她的小手放在皮奥崔的手里，两人开始随着旋律踏出舞步。艾莉安娜跳得像是药草种子随风飞舞般轻盈，而皮奥崔则跳得像是士兵一般的稳重。我望着那两人翩翩起舞。那小女孩的眼睛定定地望着那男子，而那男子的眼睛则凝视着小女孩身后远处，只有他自己能看得到的地方。

门外突然响起敲门声，皮奥崔与艾莉安娜停下舞步。“进来。”皮奥崔叫道，于是一名手臂上挂着一件礼服的侍女走了进来。皮奥崔与艾莉安娜突然各退了一步，表情变得很僵硬。就算是一条大蟒蛇突然爬进房里，皮奥崔与艾莉安娜也不会比此时更紧张了。但从那侍女穿着外岛人的服饰来看，她应该是他们自己的人。

那女子的态度很古怪。她根本就不跟他们打招呼，更不用说行礼。她拿起披在手臂上的礼服，抖了开来，让他们二人瞧一瞧，然后说道：“今晚贵主就穿这件。”

皮奥崔上下打量着那件礼服。我从未见过那样的衣服。那衣服明明是给成年女子穿的样式，但却剪裁成小孩子衣物的大小。衣服的料子是淡蓝色的，领口切得很低。礼服前襟用了大量的蕾丝，巧妙地用皱褶来收紧，方便贵主装出她现在还没有的丰满胸部。艾莉安娜一看到那件礼服脸就红了起来。皮奥崔就比较直接一点。他立刻走到艾莉安娜与那件礼服中间，仿佛要借此帮艾莉安娜把那件衣服挡在外面似的，“不。她不穿这个。”

“贵主当然要穿这件，因为夫人希望贵主如此打扮。年轻的王子看了，一定会觉得贵主魅力十足。”听那侍女的口气，不像是建议，倒像是命令。

“不，她不穿那个。她还不到那个年纪，偏偏要装作大人状，这没道理。再说，神符群岛的贵主是不穿这种装束的。她若是穿那衣服，就等于是令我们母亲的家族蒙羞。”皮奥崔突然上前一步，出手一挥，便将那件礼服打落在地。

我本以为那个侍女会唯唯诺诺地退缩回去，或者乞求皮奥崔的宽容，但是她反而不为所动地瞪着他。她顿了一下，说道："夫人说，'这跟神符群岛没有关系。这是六大公国的男子所能理解的衣裳。贵主就穿这件。'"说到这里，那侍女又停顿了一下，仿佛在思考似的，然后补了一句，"贵主若不穿这件礼服，可能会使你们母亲的家族遭到不测。"那侍女弯下腰捡起礼服，仿佛方才皮奥崔打落衣裳的行径，不过是孩童的无理取闹罢了。

站在皮奥崔身后的艾莉安娜发出了一声低喊，听起来似乎很痛苦。皮奥崔转过身来查看时，我也朝她瞄了一眼。此时艾莉安娜紧绷着脸，决意不露出一丝痛苦的神色，但是她额头上突然冒出大粒汗珠，而且方才潮红的脸庞此时变得毫无血色。

"住手！"皮奥崔低声说道。一开始我还以为他是在叫住那小女孩，然而皮奥崔紧接着便转头望向身后，可他再度开口的时候，又不像是在跟那侍女说话。"住手！"皮奥崔再度叫道，"我们原先的决议之中，并没有提及要把她打扮得像个娼妓，而且你也别想硬赶鸭子上架。你再不住手，我就把这女的杀了，到时候你失去了耳目，就再也别想知道此处的时势变化了。"皮奥崔说着便拔出系在腰带上的小刀，上前两步，将刀锋抵在那侍女的脖子上。然而那女子既没有吓得脸色苍白，也没怕得畏缩后退，而是纹丝不动地站着。她的眼睛闪烁，几乎像是在嘲笑皮奥崔的威胁，而且她根本就不回答。接着艾莉安娜突然深吸了一口气，肩膀一下子松垮了下来。过了一会儿，她挺直肩膀，直直地站着，从头到尾都没让眼泪掉出来。

皮奥崔一气呵成地夺下那侍女手上的礼服，并拿刀划了下去。他一定是把刀子磨得像是剃刀一般利，因为那刀轻松地便将那礼服割成了两半。接着皮奥崔把破衣服扔在地上，狠狠地踩踏。"你出去！"皮奥崔对那女子喝道。

"看来是非得如您所愿不可了，大人。"那女子一边喃喃地说道，一边转身离去。然而她讲的这几个字却像是在嘲讽皮奥崔。她举止从容，皮奥崔一直盯着她，盯到她离去，门也关上，这才转过头去看着艾莉安娜，问道："痛得厉害吗，小鱼儿？"

艾莉安娜抬起下巴，很快地摇了摇头。这小女孩看起来一副随时都会晕倒的模样，还撒这个大谎，真是太勇敢了。

我悄悄地站了起来。我的前额因为紧靠在墙上窥视房里的动静而沾满灰尘。我不禁纳闷道，这位外岛贵主不想嫁给我们王子，而且皮奥崔也不把订婚当作是婚约这些事，切德到底知不知情？此外我也好奇，这位贵主到底是被什么病症困扰，那位“夫人”到底是谁，以及那侍女何以如此无礼？但在此时，我只能将这些支离破碎的消息，跟我个人的大问题搁在心中，然后背起我的包袱，继续爬上阶梯，往切德的塔楼而去。至少这些暗中侦查的活动，让我暂时忘了自己的忧虑。

我爬上最后一层陡峭的石阶，进入楼梯顶的小隔间，推开前往切德房间的小门。塔里的远处传来乐声。大概是为了今晚的献艺，所以现在勤练不止的吟游歌者吧。一进切德的房间，迎面便是一整架葡萄酒。我屏住呼吸，悄悄地把酒架推回原位，然后将我的包袱放下来，搁在酒架边。一名男子弯身在切德的工作台上忙东忙西，同时喃喃地唱出种种抱怨，而音乐声也变得更响、更清楚。我无声地走了五步，来到壁炉的角落里。当我的手刚沾到剑柄的时候，那男子正好转过身来看我。原来他就是我十几天前在马厩旁遇到的那个弱智男孩。他手里端着托盘，托盘上堆着许多盘碗、一个捣药臼和一个茶杯。一看到我，惊吓之余他手里一松，所有的瓷器都滑到一边去了。他慌慌张张地把托盘放在桌上。音乐声随即停止。

我们两个就这样，你怕我、我也怕你地互瞪了好一会儿。他的眼皮半遮着眼，让他看起来永远都是睡眼惺忪的模样。他的舌尖露在嘴外，贴着上唇，他那一对突出的耳朵，插在头的左右两侧，耳朵上则盖着一头参差不齐的短发。他的衣服垂挂在身上，衬衫与长裤显然原来是个子高大的人的衣物，因为袖管与裤管末端呈锯齿状，不是剪短的，就是撕短的。他的个子矮矮胖胖，而且不知怎的，他那一切与众不同之处就是令我提心吊胆。我心里冒出一股不祥的预兆。我知道他不至于危害我，但我就是不希望他靠近。而且从他怒目而视的眼神来看，想必他对我也有同感。

“走开！”他从喉咙底轻轻地叫了出来。

我吸了一口气，平静地说道：“我是获准进入这房间里的，你呢？”其实此时我已经推断这少年必定就是切德的仆人，也就是搬水、搬柴，在切德身后收拾的人。但我却不知道切德对这少年透露了多少，所以我并没有将他的名字讲出来。切德那个老刺客，当然是绝对不至于粗心大意到把自己的秘密托付给弱智者的。

你，走开。没看到我！

那少年结结实实地用精技对我大喊，那效果仿佛一棒打来，让我一下子没站稳。我敢说，要不是因为我已经竖起精技墙，那么我真的会乖乖地照着他的话去做，也就是走开，并认为自己没看到旁人。我一边将精技墙加得更高、更厚，同时脑海里闪过了一个念头：那少年之前是否曾经跟我下过这种指令？但就算有，我又能想得起来吗？

别过来！别伤我！走开，你这臭狗子！

我感觉得到那少年再度用精技大力袭击，不过这次我就不像之前那样差点站不住了。然而即使如此，我也不愿为了要用精技回应他而降低精技墙。我用我的人声说话，虽然我竭力稳住自己，但声音还是抖得很厉害：“我不会伤害你的。我从来没有害你的意思。而且如果你希望我别过去，我就不会过去。但是我不会走开，而且我不准你以后再像刚刚那样使劲推我了。”我试着以大人责备不懂事的孩童的坚定语气告诫他。他很可能根本就不知道刚刚自己在做什么，只是随手把之前奏效过的武器拿出来一用而已。

但是他脸上却没有露出懊悔的神情，反而怒气腾腾，当中可能还包括恐惧吧？他的眼睛原本就小，所以一眨眼，眼睛便陷入胖胖的脸颊里，几乎看不见了。他张口伸舌地呆站了好一会儿，接着端起托盘，用力将托盘往桌上一撞，使劲到连托盘上的碗盘都跳起来了。“走开！”他同时用精技和人声吼道，“你没看到我！”

我伸手摸索到切德的椅子，然后稳稳地坐进椅子里。“可是我看到你了呀。”我平静地说道，“而且我不会走开。”我交叉双臂环抱胸前，并且暗暗希望他无法看出我已经被他摇得骨头都快散了，“你应该好好地做完你的工作，并且假装你没看到我。至于谁要走开？是你做完工作之后要走开。”

我是决计不会退缩的了，况且我也不能退缩。因为我一走，他就会看出我是怎么来的，而如果他还不知道那条路，那么我绝不会指路给他看。我往后靠在椅背上，并努力装出我坐得轻松闲适的模样。

他怒视了我一眼，而他打在我墙上的精技怒潮大得可怕。他的力量真是强大，如果他未经训练就这么强，那么等到他懂得如何驾驭精技之后，他的天赋会强到什么程度呢？这个念头真令人心寒。我凝视着冰冷的火炉，但用眼角注视着他的举动。可能是他的工作已经做完了，也可能是他决定不做了，反正接下来，他便端起托盘大步横过房间，并在一个卷轴架上推了一下。那个出入口，我曾看切德用过一次。不一会儿，那少年便消失在卷轴架之后，不过就在他准备把卷轴架推回原位的前一刻，他又再度同时用精技和人声吼道：“你臭得像狗粪。你这人应该砍碎，然后烧掉。”

他的愤怒像是退去的潮水，即使退去，我也被困住了。过了好一会儿，我举起双手，按压在左右的太阳穴上。加高增厚精技墙已经开始令我备感吃力，但是我还不敢把精技墙降下来。要是那少年感应到我降低了墙，要是他决定趁此机会将精技指令烧灼在我心里，那么我将无力抵挡，就像我一时冲动地用精技指令要求晋责不得反抗我，而此后他便乖乖听命一样。至今他的心里，恐怕仍印着我的精技指令。

这是我必须关注的另外一个问题。晋责现在还会受我那个精技指令的约束吗？对此，我下了决心：我一定要找出解除精技指令的办法。如果我不想个办法解除那个印记，那么精技指令将会成为晋责与我之间的芥蒂，并阻碍我们发展出真正的友谊。然后我开始怀疑，不知王子到底知不知道我干了什么好事。我告诉自己，那件事是个意外，但随即便开始鄙视自己的谎言。那不是意外，我是在盛怒之下，把“不得反抗”的精技指令烙在了王子心里。做出这种事情，我自己也感到羞耻，所以那个精技指令还是早早解除为好，对他、对我都是件好事。

我又听到乐声了，我想弄个清楚。一经试探，我就发现我的精技墙一放低，我心里的乐声就大声起来，而且就算用手捂住耳朵，乐声也丝毫不减。原来是精技音乐！我想都没想过会有精技音乐这种事情，然而那个弱智少年却正在散发精技音乐。我一转开注意力，那精技音乐便褪为我的精技感应圈周围时时刻刻都有的背景杂音。有些人虽有精技天赋，却只足够让他们在紧急情况下发出精技意念，这便是我听到的背景杂音的由来。如果我把自己的精技力专注地用在背景杂音上，偶尔也可以在他们的心中找到完整的思绪，但是这些人的精技天赋尚不足以感应到我的存在，更别说对我做出回应了。但是这个弱智少年不同。他的精技天赋像是一把熊熊烈火，而他的精技音乐，只是他那无拘无束的天赋所散发出来的热与烟而已。他对自己的音乐不加掩饰，很可能是因为他没想过要对自己的音乐加以掩饰，或者他根本不需要对自己的音乐加以掩饰。

我让自己放松，仅维持住精技墙，以免精技天赋刚得到启发的晋责得知我私下的想法。接着，精技头痛如雷一般地打进我的头颅里。我呻吟了一声，把头埋在手里。

“蜚滋？”

我在切德碰到我肩膀的前一刻便感应到他已走到我身边，但即使如此，我惊醒过来时仍跳了起来，而且伸出双手，仿佛要抵挡外人来袭。

“你是哪里不对了，孩子？”切德直接问道，他弯身打量我，“你眼里都是血丝！你昨晚什么时候睡觉的？”

“刚刚才睡的——我好像睡着了。”我努力挤出虚弱的微笑，伸手拂过自己的短发，头发都汗湿得贴在头皮上了。对于刚才的梦魇，我只有些许残存记忆。“我见过你的仆人了。”我颤抖地对他说道。

“阿憨啊。唔，阿憨也许不是堡里最机灵的人，不过这正好符合我的需要。他不可能泄露机密，因为就算他碰巧知道了什么底细，也不晓得那就是机密要事。别谈他了。黄金大人一送信给我，我就赶到这里来了，看看能不能碰巧遇到你。公鹿堡城的花斑帮有什么活动？”

“他信上把这些都讲明了？”我不禁恼了起来。

"他没写这么多，只是我嗅出了点蛛丝马迹。你快说吧。"

"他们昨天晚上……不，是今天早上跟踪我。他们要吓唬我，要让我知道他们认识我，而且随时都可以找我麻烦。切德，先别谈这个了。你知不知道你那个仆人——他叫做什么名字？阿憨是不是？你知不知道阿憨会精技？"

"什么精技？打破茶杯的精技吗？"老人嗤声道，仿佛我变了个不入流的戏法。接着他煞有介事地叹了口气，不屑地朝冰冷的火炉做了个手势，"他每天都应该在火炉里生个小火的，只是他总有一半的日子忘记要生火。你在说什么呀？"

"阿憨有精技天赋，而且非常强。刚才他在这里忙的时候，我不小心吓到他，结果他气得差点把我震倒。要不是我为了把晋责挡在外面，随时竖立着精技墙，那么阿憨必定把我脑海里的每一个思绪都轰得一干二净。他跟我说'走开'、'你没看见我'，还有'你别伤害我'。另外，切德，你知道吗，我看这不是他第一次使用精技，甚至连我都吃过他的亏。有一次，我在马厩外看到好几个男孩子在戏弄他，当时我听到有人说'你没看见我'，而且清楚得像是用人声讲出来的一样，然后那些马厩帮手便各自散去做他们自己的事情，在那之后我甚至连自己曾经在马厩边见过他都忘了。"

切德慢慢地沉入我的椅子里，然后倾身过来，将我的手包在他的手里，仿佛这一来，他就比较容易理解我刚才那一番胡言乱语。当然，他也可能是想摸摸看我是不是因为发高烧而冲昏了头。"你是说，阿憨有精技能力。"切德谨慎地说道。

"对。他的精技能力很生疏，也没受过训练，但却威力强大，仿佛熊熊大火一般。我从未碰过像他这样的人。"我紧闭双眼，左右手掌使劲按压太阳穴，看看能不能借此把我的头颅复合起来，"我觉得像是被人痛打了一顿。"

过了一会儿，切德粗鲁地说道："好了，你用这个看看。"

我把冰冷的湿布从切德手里接过来，敷在眼睛上。我虽然很想问问他有没有更强力的止痛剂，但我知道我最好死了这条心。那顽固的老人已经认定我常用的止痛药对精技有不良影响，不利于晋责的精技课程，所以现在我再怎么渴望精灵树皮所带来的舒缓效果，都是白费功夫。就算切德还在公鹿堡里的什么地方藏了一点精灵树皮，我也别想找到。

“那这该怎么处置呢？”切德喃喃地说道。我提起湿布的一角瞄了他一眼。

“要处置什么？”

“阿憨跟他的精技能力。”

“处置？你能怎么处置？他就是有精技能力，你怎么能挡得了他呢？”

切德坐回原位，说道：“我收藏的精技古籍中提到，像他这样与生俱来、未经教化的精技天赋，对我们而言多少是个威胁。晋责才刚开始要学精技，而阿憨可能一个不小心就扰乱了他的进展。阿憨既有这天赋，就不免在发怒时，用精技对付他人，而且看来他已经做过了。更糟的是，你说他的力量很强。有比你更强吗？”

我无奈地摆了摆手：“这我哪知道？切德，我自己的天赋时强时弱，况且我也不晓得该怎么衡量。不过自从盖伦的精技小组联合起来对付我以来，我就没有这么惨过。”

“嗯。”切德靠回椅背上，望着天花板细细寻思，“最谨慎的做法，就是解决他。当然手法要仁慈些，毕竟他虽然威胁到我们，但这并不是他的错。比较中庸一点的做法，是开始让他饮用精灵树皮茶，以使他的精技天赋变得迟滞，甚至荡然无存。不过我看你粗心大意地喝了十几年的精灵树皮茶，也没能将精技连根拔起，所以尽管精技经卷上把这种药草写得如何有神效，我也不全然相信。但我还是比较倾向走第三条路。这一条路较有风险，但之所以吸引我，是因为它虽然危险，但好处却也很大。”

“教他？”看到切德那试探性的笑容，我忍不住抱怨道，“切德，这行不通的。我们两个对精技的知识都不足以安全地教导晋责了，而且晋责这孩子不但心境开朗，我们又对他的过往知之甚详。可是你这个阿憨对我已有很深的敌意，而且我担心他之所以拒我于千里之外，是因为他不知为何感应到我有原智。而且光是他自学的本领，就已经使我招架不住，要是我还教他更多，那怎么得了？”

"不然你认为我们应该杀了他吗？还是令他的天赋受到折损？"

我不想做这种决定，我甚至不想知道是谁做了什么决定，但是我已经深陷于瞻远家族的密谋里了。"我不想去想那些事情。"我喃喃地说道，"不能干脆把阿憨送离此处吗？"

"今日我们随便丢弃兵器，来日他人可能拿了这件兵器架到我们脖子上来。"切德无情地说道，"就是因为这个缘故，所以黠谋国王才会在多年前决定，他那个没名分的孙子必须留在他身边。对于阿憨，我们也是这个考量。要么就用他，要么就让他毫无用武之地，没有折中的办法。"切德朝我伸出一只手，掌心朝上，并补了一句，"至于花斑帮，也是一样的道理。"

我不知道切德讲这句话是不是意在斥责我办事不力，但总之我被这话刺得很不舒服。我靠回椅子上，用湿布盖住眼睛。

"你说这话，难不成是期望我早就把他们统统杀掉？不只把诱骗走王子的花斑子杀了，也把前来援助我们的原智长者给杀了？然后再将王后的女猎人杀了？再把贝馨嘉母子杀了？还有惜黛儿，儒雅·贝馨嘉的未婚妻，还有……"

"我知道，我知道。"切德打断了我的话。毕竟就算我们扩大暗杀的目标，也还是无法周全地保住我们的秘密，"不过话说回来，这毕竟就是我们目前的处境。他们已经展现了他们的力量有多大，行动有多迅速。你才回公鹿堡一两天，他们就盯上你，并吓了你一大跳。昨晚是你回来后第一次去公鹿堡城，是不是？"待我点头，切德便接着说道，"你才第一次去城里，他们就马上找上你了，而且还大大方方地让你知道他们已经在注意你。他们是刻意走这个棋步的。"切德吸了一口气，我看得出他是在反复思量他们这样做，到底是想要传达什么讯息，"他们知道王子有原智，也知道你有原智。所以他们爱什么时候拖你们下水，就能什么时候拖你们下水。"

"这我们已经知道了。我倒认为，他们此举另有目的。"我吸了一口气，理了一下思绪，并将花斑帮的人围住我的大致状况告诉切德，"现在我对这件事另有不同的看法。他们的用意是要吓唬我，而且要我细想我该怎么做才不至于受他们的伤害。我要是跟他们作对，他们就会杀了我，不然就是我得为他们所用。”这与我之前想的不太相同，但是现在回顾起来，他们的目的已经很明显了。他们先吓唬我，然后又放我走，让我慢慢领悟到我是不可能杀光他们的。我不可能知道有多少人知道我的秘密。我若想求生，唯一的办法就是为他们所用。但他们对我有何索求？“他们大概是要我监视公鹿堡的动态，要不然就是想要把我收为伏兵，以便从内部策反瞻远皇室。”

切德一下子就跟上了这个逻辑：“他们能选，我们不也能选？嗯，对。我建议你至少要警惕一段时间。不过警惕归警惕，还是要保持开放。要随时做好他们会跟你再度联络的准备。你不妨听听他们有什么要求，以及他们能提出什么报酬。必要的话，让他们以为你会背叛王子也并非不可。”

“你要我舍身当饵？”我坐直起来，把蒙住眼睛的湿布拿开。

切德的嘴角冒出微笑：“一点也没错。”他伸出手，我把湿布递给他。接着他倾着头，仔细地打量着我，“你这模样糟透了。比一整个星期都喝得酩酊大醉的人还糟。你是不是痛得很厉害？”

“我还应付得来。”我咬牙说道。

切德笑笑地点了点头：“恐怕你非得自己应付不可了。不过痛归痛，你的头痛却一次比一次减轻了，是不是？那是因为你的身体自会学习如何应付疼痛。据我看，这跟使剑的人锻炼自己的肌肉，好让自己能够忍受一连好几个小时的练习，是一样的道理。”

我一边叹了口气，一边倾身向前，并举起手来揉眼睛：“我还以为你会说，既然是私生子，就得学着忍痛。”

“唔，管他是什么，反正我很高兴就是了。”切德轻快活泼地说道。这老人铁了心，不管我怎么自怜，他都不会同情我。他站了起来，“站起来，洗把脸，蜚滋。吃点东西。让大家看到你，别躲起来。防身的东西要带着，但别大张旗鼓。”切德顿了一下，接着说，“我敢说，你一定还记得我的毒药和工具收在哪里。你需要什么就拿去用，但是你得把单子开出来，我才好叫我的学徒去补货。”

我没有跟切德顶嘴说我已经不是刺客了，所以我什么都不会拿，因为我已经想到，万一碰上敌众我寡的场面，有一两种药粉倒是很好用。“我什么时候可以见见你这个新学徒？”我悠闲地问道。

“你已经见过了。”切德面露微笑，“至于你什么时候要认识我的新学徒？这恐怕不太好吧，更何况见了面，说不定你们彼此会不大自在——或者我会不大自在。蜚滋，我可得要求你在这方面行事坦荡：你别多刺探，一如往常地让这秘密留存为我的秘密吧。你相信我，这件事你还是不管比较好。”

“说到刺探，我还有件事情要告诉你。我爬楼梯的时候，在途中休息，然后听到人声。我探头一看，发现是那位外岛贵主的房间。这事有些古怪，我想你该听听才好。”

切德转过头来看着我：“诱人，真是诱人啊。但即使如此，你还是没有把我的注意力完全引开。赶快立誓，蜚滋。别拿其他事情来诱我岔开心思。”

说真的，我实在不想退让。并不是因为我好奇心强，别说好奇，我就连什么古怪的嫉妒之情也没有。问题在于，我如果撒手不管此事，就违背了那老人苦心教导我的一切事理。毕竟切德总是教我要尽可能地探索周遭的动静，因为你永远不晓得将来哪一个线索会派上用场。此时切德那一对绿眼睛严厉地盯着我，最后我只好垂下眼睛。我摇着头，但还是把话说了出来：“我保证我不会刻意探查你的新学徒是什么身份。不过我能不能问个问题？你那个新学徒，他知道我以前的身份和作为吗？”

“孩子，如果不是我自己的秘密，我就不会随便告诉别人。”

我宽心地舒了一口气。要是堡里有人知道我过去的身份，又躲在暗处观察我，那我真的会浑身不自在。不说别的，至少切德的新学徒跟我的起跑点是平等的。

“好啦。贵主的事情呢？”

于是我一五一十地向切德报告，虽然我本以为我再也不必这样向切德报告了，但在此时，我就像小时候那样，把我听到的话一字不漏地转述给切德。说完之后，切德问我，我认为他们说那些话有什么含义，我直率地答道：“那男人地位是高是低，以及在外岛人允诺以贵主嫁给我们王子这件事情上他出了什么意见，我不知道，但我看那男人并不认为订婚之后，这桩婚事就算是确定了，而且他还劝那小女孩别太将订婚典礼当一回事。”

“这的确很耐人寻味。这个线索很重要，非比寻常。除此之外，那个侍女也有些古怪。你有空时再多瞧两眼，有什么新发现就告诉我。”

“为什么非我不可？你就不能叫你的新学徒去瞧瞧？”

“你又在刺探了，而且还是故意的。不过这次我会回答，不行。我的新学徒对于城堡里的密道不会比你熟，毕竟这种事不是学徒做得来的。就算我不将自己的秘密交给学徒去办，做学徒的光是处理自己的事情，顾全自己的秘密，就忙得不可开交了。不过我会派学徒去盯着那个侍女。刚才你跟我讲的新谜团里，就是这个侍女最令我担心。而且公鹿堡的密道还是你我之间的秘密。所以呢……”说到这里，切德的嘴角弯出一抹不寻常的笑容，“这么说吧，你现在不妨把自己看作是一把好手。当然，话虽如此，但你再也不是刺客了，这点我们彼此都很明白。”

切德这句俏皮话，正刺中了我心里的痛处。我虽然知道自己悄悄滑进了旧日间谍兼刺客的角色，但我却不愿仔细考虑自己陷得有多深。我已经为王子开了杀戒，而且还杀了好几个人，但那是在盛怒之下，为了自卫以及救出王子而做的。那么，我会为了瞻远皇室而再度以“必须”为名，人神不觉地用毒药杀人吗？这个问题最恼人的地方就是我无法回答。我勒令自己的心智去想些比较有结果的事情。

“外岛贵主房里的男人是什么身份？我的意思是说，除了他身为贵主的舅舅之外。”

“啊。这个嘛，何必多问，你自己不是说出来了吗？皮奥崔是贵主母亲的哥哥，也就是贵主的舅舅。在外岛的传统上，舅舅比父亲重要多了。外岛人重视的不是父亲的家族，而是母亲的家族。所以女人的兄弟在孩子们的生命中占有重要地位。在外岛，丈夫必须加入妻子的氏族，而孩子们继承的是母亲的氏族标志。”

我静静地点了点头。在红船之战时，我曾研读公鹿堡收藏的相关卷轴，希望借此理出外岛对六大公国举战的因由脉络。我在“卢睿史号”战舰上与外岛的战士并肩作战时，也曾听他们讲过家乡的风土人情。而此时切德所言的与我的记忆是吻合的。

切德一边思考，一边用手指点着下巴：“当初阿肯·血刃来找我们，并提议以联姻来巩固彼此的联盟时，是有外岛的‘首领团’为他做后盾。我接受了他们的提议，并认为阿肯·血刃身为艾莉安娜的父亲，的确有权主张艾莉安娜的婚事。我当时的想法是，说不定外岛人已经把昔日婚嫁的传统抛到一旁，但如今我倒觉得，说不定艾莉安娜的家族仍依循旧习。不过这样说也不太对，为什么不是由女性亲属出面代表艾莉安娜发言并协调订婚事宜呢？这些事情，从头到尾都是阿肯·血刃一个人在处理。从皮奥崔·黑水的行为看来，他一直以贵主的陪护兼保镖自居，但现在我们知道，除此之外，他还是贵主的顾问。嗯，也许我们以阿肯·血刃为重心是把力气使错了地方。我会安排让皮奥崔受到更多尊重。”切德皱起眉头，匆忙地重新组合他对于这个联姻提议的理解，“那个侍女我有印象。我本以为她是贵主的密友，说不定是贵主的保姆，或是她家的穷亲戚。但你却看到那侍女不但与艾莉安娜作对，还与皮奥崔作对。这其中必有蹊跷啊，蜚滋。”切德重重地叹了一口气，不情愿地承认了自己的错误，“我本以为阿肯·血刃有权主张婚事，所以我们只要跟艾莉安娜的父亲谈妥便可。如今看来，我真该多了解一下艾莉安娜母亲家的意愿。不过，如果艾莉安娜的婚事真的是由她母亲的家族所决定，那么阿肯·血刃到底是搞不清状况，还是甘为傀儡？他到底有没有权力主张女儿的婚事呢？”

切德不断思索，而他额头上的皱纹也陷得更深。我突然领悟到，花斑帮对我的威吓已经变成旁枝末节的小事，而且切德希望我能自己应付。然而我到底是应该因为他对我如此信任而受宠若惊，还是因为切德把我贬为次要的棋子而难过，这点我真的无法判断。过了一会儿，切德叫我，我这才回了神。

“唔，我想我们得努力解开这个谜团。代我跟你家主人道个歉，汤姆·獾毛。你跟他说，因为头痛的关系，所以我下午无法与他同享骑马出游之乐，不过王子非常乐于接受他的邀请。晋责已经烦了我好几天了，这下子总算能让他跟你聚一聚了。我想不用我提醒你，跟那孩子联络的时候要多加小心，我们可不想引人猜疑。还有，我建议你们若不是到十分偏僻、可以放心畅谈之处骑马，就是骑到非常热闹、热闹到花斑帮绝不敢跟你们接触的地方去游玩。说句老实话，我真不知该建议你们去哪一种地方比较好。”接着切德吸了口气，然后他的口气就变了，“蜚滋，别低估你对王子的影响力。他私下跟我谈到你的时候，讲了很多，他对你十分崇拜。你明白地告诉他，说你是我的手下，这样到底算不算明智，我还不太确定。不过反正你都说了。他所求于你的，并不只是精技课程而已，而是希望你对他人生的各个层面，都能给他一些男人的忠告。你讲话务必谨慎。你一句不留神的话，就可能让我们那位执拗的王子踏上谁也救不了的不归路。关于他的订婚大典，你多说些好话，多鼓励他心甘情愿地尽到他自己应有的职责……唔，今天可能最好不要拿你顾虑的那些事情去烦他。王子在这么重要的大日子里竟跟异国贵族及其保镖骑马出游，不免有人不以为然，不过那倒也罢了。”切德突然停顿了一下，“倒不是说我要规定你跟王子在一起时应该怎么做。我知道你自有你的待人之道。”

“没错。”我答道，并尽量磨去话里的棱角。说真的，切德刚开始讲这一长串要点与注意事项时，我真有点气恼。但此时我深吸了一口气，平心静气地说道，“切德，正如你所说，这孩子所求于我的，是希望我给他一点男人的忠告。我既不是朝臣，也不是顾问。如果我的辅导，不为别的，只为了让晋责顺从六大公国的目标……”我让自己的话尾淡去，以免脱口而出“这条路是根本就走不通的”。我清了清喉咙，“我倒希望我能对晋责开诚布公。如果他问我的意见，那么我会老实地把我的想法告诉他。不过我想你倒不必多担心，珂翠肯已经把她儿子教得定性了，我相信晋责会谨遵母亲的教诲。至于我，这个嘛，据我猜测，他要找我说话，未必是要听我说，反而是他说给我听。今天我就多听。至于早上我碰上花斑帮的事情，我看现在还用不着让晋责知道，只要警告他，对于花斑帮的活动不要全无防备，这样也就够了。毕竟花斑帮的确是一支不可小觑的势力。说到这里，我倒想起我还有个问题没问。贝馨嘉母子会参加王子的订婚大典吗？”

“应该会吧。贝馨嘉母子都受到了邀请，他们应该今天会到，只是或早或晚而已。”

我搔了搔后颈，头痛虽然尚未消退，但似乎在慢慢转变为寻常的头痛，不像精技头痛那样剧烈了：“如果你能透露一点消息，我倒想知道贝馨嘉母子带了哪些随从，骑什么马，有没有随行的猎猫、猎鹰，甚至宠物。这些细节越详细越好。噢，还有一件事。我看我们得弄只黄鼠狼或捕鼠犬这种敏捷的小动物来巡视他们的房间，务必将老鼠或其他小动物驱除干净。我今天早上碰到的花斑子就带了一只与人牵系在一起的老鼠——当然也可能是黄鼠狼或是松鼠。像这样的小动物，极方便在公鹿堡里探查。”

切德似乎有点吃惊：“那就弄只黄鼠狼吧，黄鼠狼可比捕鼠犬安静多了，而且还可以陪你在密道里走动。”接着他偏头问道，“你考虑找一只黄鼠狼作为牵系伴侣吗？”

听到这个问题，我不禁瑟缩了一下：“切德，牵系不是这样的。”我努力提醒自己，切德会这么问，不是因为他无情，而是因为无知，“我现在就像是刚刚成为寡夫的男人。目前还不想跟任何动物牵系在一起。”

“对不起，蜚滋，牵系的事情我不大懂。也许你觉得我讲的话很怪，但我绝对没有对夜眼不敬之意。”

我改变了话题：“唔，如果我下午要跟王子骑马，那么我最好去打理一下自己。还有，你我都应该深思，我们该拿你这个仆人怎么办。”

“我会安排机会让我们三个人聚一聚，不过不是今天，也不是今晚。明天大概也不行。现在最该费心的是订婚典礼的事情，这可容不得一点错误。你看阿憨的事情能等一等吗？”

我耸耸肩：“我看是非等不可了。至于别的事，就祝你好运了。”我起身，拿起水盆与湿布。

“蜚滋。”切德叫我的口气使我停住了脚步，“你知道吧，有件事情我一直没有说得很清楚，不过你真该将这几个房间当作自己的房间来用。像你这样的情形，多少都需要有个不为人知的去处，这我是晓得的。如果你想把这里改一改……床位、帷幔……或者你希望这儿随时摆点食物，还是白兰地供应不断什么的……尽管让我知道。”

切德的提议使我背脊发凉。我从未想过要将这个刺客工作室收为己有：“不了。多谢你，但是不用了。眼前我们暂且一切照旧吧。不过我会把一些东西放在这里：像是惟真的剑、私人物品什么的。”

切德点头时，眼里潜藏了几分遗憾：“如果眼前你只想放放东西，那也好。”他让了步。然后他挑剔地打量着我，接着他补上这句话时，语气十分温和，“我知道你仍在丧期，不过你应该让我帮你把头发修剪一下，或找个人帮你修剪一下。你现在这模样颇引人注目。”

“这我会处理的。今天一定搞定。噢，还有一件事。”真是奇怪，最急迫的事情反而被我心里的种种恐惧推到最后头，我现在才想到要提起。我吸了一口气，要在此刻承认自己粗心大意犯下的错误，比刚才更难开口，“切德，我真是很笨。我离开小屋的时候，本以为我不久就会回去，所以我东西都没收……而且有的东西还十分危险。我在卷轴上写了自己的心情，还写了我们唤醒龙群的历史等等，写得太过坦白了，不能见人。我必须赶紧回去一趟，将卷轴收在安全的地方，或是干脆烧掉。”

切德听了，脸上越来越严肃。此时他长吁了一口气：“有的事情还是别写下的好。”切德挑明了说道。他的谴责虽然温和，但还是刺痛了我的心。他凝视着墙壁，但不像是在看墙壁，而像是在看着远方，“不过我得承认，事实的真相能有文字记载的确弥足珍贵。想想看，当初惟真前去寻找古灵的时候，不用多，哪怕只有一两个确切的卷轴可用，那就不知道能省下多少白费的功夫了。所以你就去吧，孩子，去把你那些卷轴带到这里来好好收着。不过我劝你等个一两天再动身。花斑帮大概认定你会立刻拔腿就跑，所以你若是现在就去，难保不会被他们的人盯上。还是让我来帮你安排个出城的时机与方式吧。要不要我派几个信得过的人跟你去？你放心，这些人只知道他们必须帮你，不会知道你的身份，也不会知道你要拿什么东西。”

我考虑了一下，摇了摇头：“不。光是我那小屋内外，就足以让有心人揣测到几分实情了。我自己的秘密最好还是自己处理。不过有件事让我心里有些不安，我看城堡门口的守卫也太放松了。花斑帮四处活动，王子订婚在即，又有外岛宾客，我看守卫还是机警一点比较好。”

“的确该督促一下了。唉，真奇怪。我原本以为只要说动你回堡里来，我就可以把肩头的担子分一些给你，也让我自己多一点老人家的清闲。结果呢，你倒像是存心要让我多苦恼一点。别，你别用那眼光看我……其实这样也好，古人不是说吗，多做事，才能永葆青春。不过这也可能是年纪大了却又非得做事的老人传出来的。你去吧，蜚滋。还有，你找到的这些危机已经很够用了，但愿今天日落之前，你别再找到其他危机了。”

于是我便离开了，留切德独自一人坐在冷冷的火炉边。看他的模样，只觉得他思虑得出神，却又不知为何地浮现出满足的表情。

3. 回 音

那懦弱的“原智小杂种”谋杀了黠谋国王的那一日，惟真王储那位出身于群山王国的王后决定逃离原本安全的公鹿堡。于是，有孕在身的珂翠肯王后便孤独地遁入寒冷难耐的黑夜中。有人说，黠谋国王的弄臣唯恐自己性命不保，所以乞求王后保护，并与王后同行。但这可能只是宫里为了解释弄臣当晚为何失踪而传出来的说法。珂翠肯王后靠着同情她的人的私下帮助，越过了六大公国，回到她的家乡，也就是群山王国。王后自己勤加查访，想要找出她的丈夫，也就是王储惟真的下落。王后想道，如果王储仍然活着，那么他便是六大公国名正言顺的新国王，同时也是对抗红船掠夺的最后希望。

然而王后到了群山王国却没有找到自己的丈夫。她听人家说，惟真已经离开了颉昂佩，继续前去寻找古灵，而且惟真离开之后，就再也没有人听说过他的消息。只有几个追随他的人回到颉昂佩，然而这些人都神智不清，有的还因为战斗而受伤。王后的心沉了下去，她在家乡藏匿了一段时间，却由于旅程艰辛而小产，腹中的六大公国继承人未能保住。据说王后因此而更坚决地要寻找丈夫，因为她若找不到惟真国王，那么惟真国王的家系便到此为止，王位就必须传给窃国的帝尊。王后握着与惟真国王出发寻找古灵时所用的同一份地图，在忠心耿耿的吟游歌者，椋音·乌唦，以及几个仆人的陪伴下，追随国王的脚步，深入群山王国以外的旷野中。然而那些地方毫无人迹，所以除了山怪与鬼魅之外，王后还要面对许多险阻。不过，王后最后终于到达了古灵的国度。

经过漫长的波折，王后总算抵达古灵的城堡。古灵的城堡完全由夹着银色纹路的黑色石头所建。王后在此找到了惟真国王，并说服了古灵的龙王一起来协助六大公国。这位龙王便是当年许下誓言，会在六大公国有难时伸出援手的龙王，所以它一想起往事，便单膝跪在珂翠肯王后与惟真国王面前。最后龙王不仅将惟真国王与珂翠肯王后负在背上，还一并将忠心的吟游歌者椋音·鸟啭也载回了六大公国。惟真国王将他的王后与椋音安全地送达公鹿堡之后，不待忠心的家臣出来欢迎他，也不待让子民知道他已归国便再度离去。惟真国王举起在阳光下闪闪发光的宝剑，骑上古灵的龙王，一起腾跃入空中，迎战红船。

在接下来那个漫长且血腥的胜利季节之中，惟真国王带领着诸位古灵盟友对抗红船。惟真国王的子民抬起头，望见天上群龙如宝石般闪闪发光的翅膀时，便知道他们的国王正与群龙一起保卫家园。随着惟真国王的势力击败了红船要塞与红船舰队，他忠诚的公爵们也以国王为榜样，联合起来击退敌人。没有被击沉的少数几艘红船逃离了我们的海岸，将瞻远家族的警告传回外岛。等到我们的海岸不再遭受劫掠，和平也重回六大公国之后，惟真国王信守他对古灵的诺言：请求古灵援助惟真国王的代价，就是惟真国王必须与古灵同住在遥远的古灵国度里，永远不得回来。有人说，我们的国王在红船之战结束时已经身负致命之伤，所以古灵带走的，只是国王的身体而已。他们还说，惟真国王的身体就在古灵的山中城堡，在那巨大地穴中，躺在乌木与黄金制成的棺柩里，因为古灵非常尊崇这位英勇地舍身为国的奇男子。但也有人说，惟真国王仍然活着，而且至今他仍在古灵的国度中享有上宾的礼遇和款待，而且倘若六大公国再度需要惟真国王的援助，那么他将会再度伸出援手，襄助他的子民。

——文书诺勒斯所著的《惟真·瞻远的短暂统治》

我回到我那个黑漆漆的狭小囚室中，一关上通往密道的门便将通往弄臣房间的门打开，希望至少能让房间照到一点日光。尽管有了些日光，房里仍旧十分昏暗，但我也别无他法了。我整理被褥，环顾这个简陋的房间。看不出是什么人住在这里。这样最好，最安全。什么人都可能住在这里。然后我冒出了个讽刺的念头：也可能根本没人住在这里呀。我将那把难看至极的剑系在腰带上，确认一下小刀还在，这才走出房间。

弄臣将一大半的早餐都留给了我。虽然食物冷了之后就很难引起食欲，但我饥肠辘辘，也顾不得食物是冷是热了。我吃了弄臣的早餐，然后想起他交代汤姆·獾毛的事情，于是把碗盘端回厨房。回房时，我搬了些壁炉里烧的柴火，还提了水，把储水罐补满。我倒掉洗脸盆的脏水，将其洗净，并完成房里的琐碎杂务。我打开护窗板，让新鲜空气透进房里来。从窗户看出去，今天天气不错，只是有点寒意。所以我临走之前又把护窗板关了起来。

从现在起到去骑马之前，我还有几个小时空闲。我考虑过到公鹿堡城走一趟，但是立刻便否决了这个念头。我想先将自己对吉娜的感觉理一理，再去见她，此外，我也得想想为何她会如此担心幸运。况且花斑帮的人可能会监视我的举动，所以我还是别冒这个险——我越是显得对吉娜或幸运缺乏兴趣，他们就越安全。

于是我就到练武场去了。兵器师父魁斯维一见面就叫出了我的名字，并问我黛乐莉的程度是否配得上我的水平。虽然我貌似开心地应了一声，但实际上被人一眼认出来让我有些意外，虽然是好意欢迎，却使我很不自在。我安抚自己，要确保人们永远不会联想到我就是十六年前住在此地的蜚滋骏骑，最好的办法就是让人们牢固地把我跟汤姆·獾毛联想在一起。所以我故意停下来跟魁斯维聊天，并谦虚地承认黛乐莉的程度的确远在我之上。我请魁斯维推荐一个人来跟我过招，他朝练武场上一喊，于是便有个走起路来像是身经百战那般沉稳轻松的男子走了过来。

老温短短的胡须透着斑白，腰杆也因为年岁而变粗。我猜他大概四十五岁，也就是比我真正的年龄大上十岁。然而他对我来说可真是个难缠的对手。他的剑法与耐力都比我好，但我也知道几招巧妙的剑术，可以稍微弥补不足。即使如此，我还是被他击败三次，但连连得胜的老温却仍和蔼可亲、毫无骄气地对我说，只要勤于练习，我的精力与速度都会恢复的。但是我听了却不觉得宽慰。身为男人，总是认为自己的体能保持得很好。老实说，我的肌肉因为常做农庄杂事而变得结实，而且由于常常打猎，所以身手也算敏捷。但肌肉与剑法毕竟是两回事，所以我势必得重新苦练才行。我希望我再也用不着这些打斗技巧，然而希望归希望，我还是心酸地下定决心，一定要天天练习。虽然天冷，但是我离开练武场的时候，衬衫都汗湿得贴在背上了。

我知道守卫营房后头的蒸气浴室是守卫与马厩的人专用的，但我还是朝那儿走去。心里想着，中午前后的蒸气浴室里一定没什么人，况且在大白天提水到房间去泡澡，这也太奇怪了，与汤姆·獾毛的身份不合。这蒸气浴室是长长的低矮石屋，石屋是在很久以前盖好的，所以石砖表面都没有磨平。我在最外面的房间脱下了衣物，摺好搁在板凳上，还把吉娜送我的护身符项链拿下，藏在衬衫里。然后我光着身子，推开木门，走进真正的蒸气浴室。蒸气浴室里昏暗且雾气缭绕，我的眼睛过了一会儿才适应过来。这个大房间周围是一层比一层高的板凳，中间是烧火的石笼，而房间里唯一的光线就是石笼的缝隙间透出来的深红色火光。石笼里的柴火添得满满，而且果真如我所料，蒸气浴室里空荡荡的，只有三个外岛人，想必是护卫外岛贵主而来的侍卫。他们三人聚在迷茫的蒸气室角落里，低声地用尖锐的外岛语言聊天。他们只瞄了我一眼，便不再理会我，而我也乐意让他们享有自己的隐私。

我从水桶里舀了水泼在滚烫的石笼上，石笼顿时冒出一阵水雾，我深深地吸了一口气。我尽量耐着热气，站得离蒸腾的石头近一点，然后便感到身上的汗水从皮肤里迸流出来。汗水流到我脖子和腹部的抓伤时特别刺痛。石笼附近有一盒粗盐、几个海绵，跟我小时候的情形一样。我用粗盐搓揉身体——这是免不了会痛的，最后我用海绵擦洗掉。我快洗好澡时，木门开了，十几个守卫一拥而入。这一队守卫里的老兵显得疲惫，而新兵则又吵又闹——新兵总是这样，巡完一大段路之后回到家，总是特别有活力。两个年轻人走上前在石笼里添了些柴火，另一个年轻人则舀水泼在石头上。霎时间雾气弥漫，同时充满了此起彼伏的吼叫声。

接着两名老人走了进来。他们走得比较慢，显然跟刚才那一批人不是同队的。他们身上的疤痕与结实的肌肉就是他们服役已久的铁证。两人抱怨着守卫室的啤酒，聊得忘我。他们跟我打了招呼，但我仅是咕哝了一声作为回应，便把头转到一边去，然后把头垂得低低的，以免跟他们打照面。因为这两人的其中一人是我自小就认识的熟人。这位名叫布雷德的老守卫跟我是真的很要好的朋友。我听着布雷德流利地咒骂自己僵硬的背部时，一连串地讲出他常用的那些脏话。要是我能真诚地跟他打招呼、好好聊聊天，要我做什么都愿意。然而我什么也不能做，只能笑着听他痛斥啤酒太差，并诚心诚意地祝愿他一切平安。

我偷偷地观察我们公鹿堡的守卫会如何跟外岛人相处。奇怪的是，尽量避开外岛人，并对外岛人投以猜忌眼光的都是年轻人。至于年纪大到应该打过红船之战的老兵，就不会这样大惊小怪。也许这是因为一个人若是当兵当得够久，打仗就变成工作，所以他们比较能认识到对方并非宿敌，而是与自己一样同为战士。但不管出于什么理由，外岛人看起来比公鹿堡的守卫更不愿彼此交往。虽然这也许只是因为战士在手无寸铁、又被陌生人团团围住时，本来就会特别谨慎。继续待在这里观察下去可能会很有趣，但也可能很危险。布雷德的目光十分锐利，我可不愿因为逗留太久而让他认出我来。

但我正要起身离去时，却被一名年轻守卫用肩膀撞了一下。这一下绝非意外，而且那人甚至根本就懒得假装这是个意外。他以这一撞作为借口，大声地喊道："你这家伙，走路小心点！你到底是谁呀？哪个卫队的？"这人一头沙色头发，大概是法洛公国那边来的人，一身孔武有力的样子，还有一副好事的年轻小伙子模样。我估计他大约十六岁，正是苦于要在经验丰富的同侪面前证明自己的年纪。

我用容忍且不屑的目光瞪了他一眼。我对付菜鸟已是经验老到，若是过于息事宁人，一定会引得对方立刻攻击。但我只想快速离开，不想再引人注意。"你走路注意一点，年轻人。"我和气地对他警告道。我经过他面前，他趁机从背后推了我一把。我转过身来面对他，虽有防备之态，但并不是挑衅，但他已经抡起拳头，准备自卫了。我看到此景，容忍地摇了摇头。那人身边的同伴们窃笑了起来。“算了吧，年轻人。”我警告道。

“我刚刚问了你问题。”那人剑拔弩张地叫道。

“你是问了没错。”我和善地应和道，“如果你记得在问我名字之前，先报上你自己的名字，那我说不定会告诉你。这曾是公鹿堡的惯例。”

他瞪起眼睛盯着我：“我是铭亮爵士侍卫团的查尔。我可不会为我自己的姓名或我所属的卫队感到羞愧。”

“我也不会。”我肯定地说道，“汤姆·獾毛，黄金大人的手下。黄金大人等着我回去。日安了。”

“黄金大人的仆人啊。我早该想到的。”那人不屑地“嗤”了一声，然后转过头去，骄傲地对他的同伴彰显自己的优越，“这里不是你能来的地方。这里是给守卫用的，可不是给佣人、侍僮和‘特别仆人’用的。”

“是吗？”我嘴角弯出一抹笑容，眼睛则轻蔑地上下打量那个年轻人，“不准佣人和侍僮用。这真让我惊讶。”现在所有人都在看我们两人。看来我别想避免众人的注意了，我必须树立我身为汤姆·獾毛的地位。那年轻人在我的侮辱之下涨红了脸，接着便出拳了。

我往旁边一靠，让他的拳头扑空，然后往前踏了一步。他对我的出拳早有防备，不过我没出拳，而是狠狠地踢了他一脚。这个招式比较像是打架，与贵族的身份不配，所以那青年根本没有料到。他倒下来的时候，我又踢了他一脚，把他肺部的空气都踢了出来。他几乎喘不过气来地倒在已经很危险的滚烫石笼边，然后我走上前去，脚踩在他赤裸的胸膛上，把他钉紧在地。我怒视着他：“算了吧，年轻人。趁着还能看的时候赶快收手。”

他那两个同伴走上前来，但此时布雷德喊道：“站住！”于是那两人便停住脚步。布雷德用手压着后腰，走上前来。“够了！不准在这里闹事。”他朝那个看起来像是他们首领的人瞪了一眼，说道：“卢夫司，把你那些小伙子管紧一点。我来这里是要让我的背脊舒服一些的，可不是要来这里忍受没本事又爱逞能的菜鸟胡闹。把那孩子弄出去。你，汤姆·獾毛，抬抬脚吧。”

布雷德虽然老了，却仍得到诸多士兵的尊重，但也可能正是因为他年纪大了，所以众人对他格外尊重。我抬起脚，那少年便站了起来。他眼里尽是懊恼与杀气，但他上司吼道："查尔，你给我出去。我们今天已经受够你了。弗莱屈、洛克，你们两个竟笨到要为笨蛋出头，你们也给我出去。"

于是那三个人便懒洋洋地从我面前经过，他们走得很闲散，好像一点也不在乎。守卫们开始窃窃私语，听起来他们大多认定我比查尔更凶狠。为了避免出去穿衣服的时候碰上他们，所以我又坐了下来。令我大感意外的是，我一坐下来，布雷德也僵硬地走过来在我身边坐下。他对我伸出手，我也伸出手与他交握。他的手仍是惯用剑的人那种长了茧的手。"布雷德·贺维薛克。"他严肃地介绍自己，"我可以一眼认出每一个士兵，哪怕他是连个伤疤标记都没有的小兵。这个蒸气浴室欢迎你来使用，你别理会那小子的胡说八道。他是新来的。卢夫司是看在他母亲的面子上才收他的，这一点他到现在还不愿意承认。"

"汤姆·獾毛。"我答道，"刚才真多谢你了。我看得出他是想借此在同伴面前逞威风，但我想不出他为什么要找上我。我并不想跟那孩子起冲突。"

"这是再明白不过的了，而且你不想跟他打，是那孩子走运，这一点也很清楚。至于为什么嘛，唔，他年纪轻，又听多了市井闲话。怎么能拿流言来评断人呢？真是。你是本地人吗，汤姆·獾毛？"

我哈哈笑了两声："应该算是公鹿堡这一带的人吧。"

他指着我喉咙上的抓痕，问道："那这是怎么来的？"

"母猫抓的呀。"我听见自己说道，然而布雷德却把这当作是淫秽的隐语而大笑起来。于是那老守卫与我便闲聊起来。我望着他那张缝过的脸，点着头，微笑地听着老人闲聊。我看不出他有丝毫认出我的迹象。就连像是布雷德这样的老朋友，也认不出瞻远家族的蜚滋骏骑，我是应该觉得放心才对，然而我心中却涌出一股沉郁的感觉。对布雷德而言，我真的那么容易忘记，那么毫无特征吗？我发现我难以专心地听他在讲什么，而且当我终于告退并离开他身边时，我几乎松了一口气，因为我差点就臣服于那股非理性的冲动，想让他知道我是谁，跟他讲某个字或某句话，让他一听便想起昔日的我。那是少年的冲动，想要被人当作是重要人物的饥渴感，而这种饥渴感与年轻的查尔之所以百般挑衅我的冲动非常类似。

我离开蒸气浴室，走到冲洗室，将皮肤上残存的盐屑冲掉，并用毛巾擦干。之后我回到第一个房间，穿好衣服，走了出去。我感觉身体清爽，但是心里却很沉重，抬头看了看太阳，差不多是黄金大人下午要骑马出游的时间了。我朝马厩走去，但是我刚踏进马厩，就碰上一名马厩帮手将黑玛、麦尔妲和一匹我没见过的灰色阉马牵了出来。三匹马的马毛都刷得发亮，马鞍也上好了。我对那人解释我是黄金大人的人，但是他疑惑地打量着我。最后是一名女子出声帮我解了围："嗨，獾毛？今天你跟黄金大人和我们王子去骑马吗？"

"是呀，我真是好运呢，月桂小姐。"我对王后的女猎人招呼道。她身穿草绿色束腰外衣和猎人的绑腿，她的身形使得这一身打扮别有风味。她的头发绑得非常不女性化，但是说来也奇怪，这却使她更有女人味。那马厩帮手突然对我颔首为礼，并让我从他手中接过这三匹马的马缰。那人走远之后，月桂对我笑笑，并静静地问道："我们的王子近来如何呀？"

"一定很健康，月桂小姐。"我抱歉的眼神表示我其实并不知情，但是她好像根本就没注意到我小心翼翼地讲这几个字有什么奇怪之处。她的眼神瞟着吉娜送我的护符。吉娜运用她身为乡野女巫的魔法，帮我做了这个护符，它的功效是让人们待我友善一点。月桂的微笑越来越温馨。我装作悠闲的样子把领口拉高，将护符遮掩起来。

月桂望向他处，等到她又转回头来看我的时候，语气就转为猎人对仆人的正式口气了："唔。希望你们今天骑得愉快，也烦请你代我向黄金大人问好。"

"那是当然，月桂小姐。也祝您日安。"月桂离去的时候，我对自己抱怨这个我片刻不得放下的仆人角色。我是很想多跟她说几句话，但是马厩的正中央实在不是私下聊天的好地方。

我将马领到大厅的正门口，开始等人。

左等右等，就是不见人来。

王子的阉马似乎老早就习惯于长时间的等待，但是麦尔妲显然不耐烦了，而黑玛更是通过轻轻拉拽和大力拉扯马缰等各种伎俩来测试我的耐心。如果我想把黑玛驯服为好坐骑的话，就必须得多花时间跟它相处。我一边纳闷上哪儿去找这么多时间，一边又咒骂起自己时间运用得不够好，但接着我便把这念头搁在一旁。仆人的时间是属于家主人的，所以我必须装作时时刻刻听命行事才是。就在我开始觉得冷，也开始觉得烦的时候，附近起了一股骚动，使我警觉地立正站好，并装出服从的神色。

过了一会儿，王子与黄金大人都出来了，旁边围了一大圈要送行的跟赖着不走的人，不过这群人里面既没有王子的未婚妻，也没有其他外岛人。至于这算不算奇怪，我就不知道了。这其中有不少年轻女子，其中一个还失望地噘着嘴。不用说，她一定是希望王子邀她一同骑马出游。王子的好几名男伴也露出不悦的神情。晋责则似乎神情愉快，但从他的眼神和嘴角的线条看来，他是费劲地装出这种脸色的。儒雅 · 贝馨嘉也在场，他站在那一群爱慕者的边缘。切德说儒雅应该会于今日抵达。儒雅阴郁地朝我瞄了一眼，我察觉到他努力要站得离王子近一点，可是又不愿意离黄金大人太近。儒雅出现在此处，让我从背脊底处升起一股厌烦与恐惧。他会丢开这些道别的烦扰，直接站出来对众人宣布我以前曾与王子骑马同行过吗？他是不是花斑帮的密探，还是他真如他一直以来所宣称的，的确是清白的？

在我看来，王子想要迅速离开，这是再明显不过的了，然而即使如此，我们还是逗留了许久，以便王子一一对送行的人道别，并保证日后再聚。这一切他都处理得优雅且高明。我突然领悟到，我之所以能感应到他对于围在我们身边这一群装扮华丽的贵族男女的不耐烦，是因为我们之间存在着精技牵系。于是我不自觉地像安抚烦躁的马一般地对他送出镇定与耐心的思绪。他朝我看了一眼，但我不确定他到底有没有感觉到我的举动。

王子的同伴将王子的马缰从我手中接过，并拉住那匹灰马，以便让王子上马。而我也拉住麦尔妲的马缰，让黄金大人上马，然后在黄金大人的点头示意之下，我才跨上我自己的马。接着这一大群人又再度一一道别、祝愿，仿佛我们并不是随意的下午出游，而是要出发远行。最后王子坚定地用脚轻碰马腹，黄金大人跟随上去，之后我才让黑玛起步。我们身后传来此起彼伏的道别声。

虽然切德叮嘱在先，但是我实在无法为我们今天下午的骑马出游选择路线。王子领头，我们跟在后面，到了公鹿堡的门口，又是免不了的守卫跟王子的正式敬礼，接着才让王子出堡。而我们一出了大门，晋责便开始催马，速度快到彼此无法交谈。不久王子便岔入一条少有行迹的小径，此后他便放马快跑。我们跟在王子身后，我察觉到黑玛非常满意有此机会舒展筋骨。但是我不让它追上去，只让它跟在最后，这一点的确让它不太高兴，因为它自知以它的实力，随时都可以轻松地把麦尔姐跟那匹灰马远远抛在后头。

王子选的这条小径通往洒满阳光的山坡。以前这山坡上是一片森林，惟真常常在这儿猎野鹿和雉鸡。如今我们穿过开阔的牧草原，朝后头的原野奔去时，只遇上不情愿让路的羊群。我们从头到尾都一言不发。在将羊群远远地抛在身后之后，晋责便仿佛在逃离追兵似的，催促他的灰马尽情飞奔。等到王子终于勒马慢下来时，黑玛已经没有刚才那么焦躁了。黄金大人趁着我们这三匹马都在喘着气走路时赶上前去，我则照样落在后面，但最后王子转过头来，不耐烦地挥手要我上前跟他一起走。我骑着黑玛赶上前去，王子则冷冷地招呼我道："你到哪里去了？你不是答应要教我的吗？可是自从我们回到公鹿堡，我就没见到你的人。"

我咬住嘴唇，不让自己把话说出口，并提醒自己，他这是在以王子的姿态对仆人讲话，不是以男孩的态度对父亲禀报事情。然而这一时半刻的沉默却仿佛比言语的斥责还要尖锐，倒不是说他露出被我骂了几句的模样，而是我看得出他固执地把嘴唇绷得紧紧的。我吸了一口气，说道："王子殿下，我们回来不过两天。我猜想这两天您会忙于国事，而我也趁此恢复自己日常的事务。我想，只要王子殿下愿意的话，您是可以随时召我前去的。"

"你为什么要这样跟我说话？"王子气愤地问道，"什么王子殿下这个，王子殿下那个的！我们回来的路上你不是这样跟我讲话的啊！我们的交情到哪里去了？"

黄金大人很快地瞄了我一眼，我看得出他的眼神里隐含着弄臣对我的警告，但我不予理会。我沉稳地答道："如果您把我当仆人来斥责的话，王子殿下，那么据我推想，我应该以适合自己身份的方式来回答才是。"

"别说了！"晋责气得反驳道，仿佛我嘲笑了他似的。不过老实说，我大概真的让他有此感觉。结果非常可怕：他的脸绷得紧紧的，好像气得眼泪随时都会掉下来。过了一会儿，他催马奔向前去，我们也由着他去。黄金大人望着我，若有似无地摇了个头，点头示意我追上那少年。我本想呼唤王子停下马来等我们，但转念一想，他大概无法让步这么多，毕竟男孩子的自尊心重，一时是劝不来的。

我让黑玛赶上前去跟快步小跑的灰马并行，我还没开口，晋责就先说了："瞧我的开头错得多离谱。我心里烦恼重重，一点都不顺心。这两天来真是恐怖……太恐怖了。就算我烦得想大叫，还是要表现得彬彬有礼，就算我恨不得逃走，也还是得装出笑脸，接受众人天花乱坠的赞美。每个人都认定我一定是既高兴又兴奋。这两天我不知道耐着性子听了多少新婚夜的下流故事，都快恶心死了。根本没人知道也没人在乎我的猫死了，甚至根本没人问起猫的事情。我满腔心事，却无人可以倾诉。"他的声音突然哽咽起来，勒马停住，并转过头来看着我，然后他深吸了一口气，说道，"对不起。我跟你道歉，汤姆·獾毛。"

他讲话的直率，还有那真诚地伸出手来跟我握手的模样，跟惟真实在太像了，像到我打从心底感受到，这孩子的天性的确是与惟真一脉相传的。这使我也谦虚起来。我严肃地握住他伸出来的手，将他拉近些，把我的另一只手放在他的肩上。"现在道歉太迟了。"我正经地说道，"因为我已经原谅你了。"我吸了一口气，然后放开他，"这两日来我心里也十分混乱，大人，所以脾气也变差了。最近发生的事情太多，多到连我想挪点时间去看看我儿子都没办法。很抱歉我没早一点去找你，因为我还不确定要怎样安排我们的见面，才不会让别人怀疑我在为你上课。不过你说得没错。课的确该上，而且拖延下去绝对有百害而无一利。"

听了我这一番话，王子变得面无表情。我感觉到他一下子与我疏远许多，却又想不出到底是哪一句话得罪了他，直到他开口时我才恍然大悟。"你'儿子'？"他问道。

他那尖酸的语气令我不解："我有个养子，名叫幸运。他现在[①]在公鹿堡城的木工师傅那儿当学徒。"

"噢。"冒出了这么一个字之后，他便不想再说了。但一会儿之后，他还是说道，"我之前不知道你有儿子。"

他的礼貌把他的嫉妒之情掩饰得很好，但我感应得到，他的内心可没有表面上这么愉快。我真不知道该怎么回应才好，所以就干脆道出实情："我把幸运从八九岁带到大，因为这孩子的母亲抛弃了他，而且没有别人肯收留他。幸运这孩子挺好的。"

"但他不是你亲生儿子。"王子指出。

我吸了一口气，坚定地答道："然而无论从哪一个重要的方面来看，他都与我亲生的儿子无异。"

坐在马上的黄金大人在王子与我谈话声音所及范围之外，我想请他给点建议，却连瞄都不敢瞄他一眼。沉默片刻之后，王子一夹马腹，让坐骑往前走。我任由黑玛与那灰马并行。我稍稍感觉得到弄臣慢吞吞地跟在我们后面走。就在我想着我一定得跟他讲些什么话，免得两人之间的隔阂越来越深时，晋责突然脱口说道："既然你都有自己的儿子了，那你还要我来做什么？"

他话里的饥渴感使我大吃一惊。但我看他这话也把他自己吓坏了，因为接着他突然又催马快跑，再度把我远远抛在后头。我根本就不想赶上去，但不久弄臣来到我身边，低声说道："去追他吧。别让他再度关上心门。要甩掉一个人很容易，你不去追他，他便就此丢失了，就这么简单。这道理你应该早就懂了吧？"虽然有弄臣的苦劝，但我总觉得主要还是因为我自己心里的不安，所以才催着黑玛赶上去找那少年。此时他头抬得高高的，眼睛直视前方，策马快跑，看起来是个十足的年轻男孩。我与他并辔而骑的时候，他根本不看我，但

①在古时欧洲拜师学艺的程序及工匠自己成为师傅的过程中，一位学徒出了师门还得经过一段"漂泊的岁月"才能自立门户为师。

我知道我说话的时候，他是有听进去的。

“我需要你做什么？那么你又需要我做什么？友谊不见得一定是因为彼此需要才会滋长呀，晋责。不过我就明白地告诉你，为什么我的人生不能缺了你：因为你父亲与我交情匪浅，因为你是珂翠肯的儿子。不过最重要的还是因为你就是你，而且我们彼此的共通点实在太多，多到我不愿就此把你丢下。我在对自己的力量一无所知的情况下长大，所以我不愿看到你重蹈覆辙。如果我多少能帮助到你，让你免于苦难的折磨，那么也许就某个角度而言，我不但是在帮助你，也是在帮助我自己。”

讲到这里，我突然感觉到自己无话可说。大概就像刚才晋责被自己的话吓一跳一样，我也因我自己的思绪而受到惊吓。有时候，真相会像伤口上的血般汩汩涌出，然而喷涌而出的真相就像伤口上喷涌而出的血液一样，令人不忍直视。

“多说点我父亲的事情。”

也许在晋责眼中，从我刚才的话推演到多问一点他父亲的事情是最顺理成章的，但在我看来，这个逻辑一点也不连贯。我面临着两难的局面：我可以将所知的惟真生平事迹都告诉他，这是我亏欠他的。但我若是说了，不就暴露了自己的身份？我已经下定决心，不让他知道我真正的出身了。现在不是跟他讲明我就是瞻远家族的蜚滋骏骑，也就是人称“原智小杂种”之人的时机，更不适合跟他讲明他是我身体所从出之子。惟真如何借由精技占据我身体数小时的事情，实在是太过复杂，不是这样的少年一时半刻所能理解的。说句老实话，那件事情，连我自己都不太能接受。

所以，我谨遵切德自我小时候就给我的教诲，试探地问道：“你想知道他的哪一点？”

“什么都好。你全都说吧。”他清了清喉咙，“大家都很少提到他。切德偶尔会谈起我父亲小时候的故事。我读过他治国期间的官方记载，可是关于我父亲出发探寻古灵之后的事迹，官方历史就讲得语焉不详。我听过许多吟游歌者把我父亲的生平编成歌吟唱，在他们口中，我父亲成了传奇人物，但对于我父亲到底是如何拯救六大公国的，每个人的唱词都不一样，莫衷一是。我若是问起我父亲的事情，或问起在他们眼中我父亲是怎样的人，大家便沉默不语，似乎他们根本就什么都不知道，或者其实我父亲有什么见不得人的丑事，虽然大家心里有数，但就是不能让我知道？”

“你父亲绝无见不得人的丑事。他是个光明磊落、令人敬佩的好人。我真不敢相信你竟对他知道得这么少。难道连你母亲也没跟你提起他的事情？”我难以置信地问道。

他吸了一口气，示意马放慢速度，变成缓缓地踱步。黑玛不耐烦地叼着马衔，拉扯我手里的马缰，但我稳住黑玛，要它配合王子坐骑的速度，“我母亲总是谈她的国王如何如何，只有几次她曾谈起她的丈夫如何如何。但就算我母亲提到他吧，从她的口气就知道她至今仍悲悼难舍，所以我很不愿拿我的问题去打扰她。但是我真的很想知道我父亲的事情，我父亲是什么样的人？他在男人眼中，是怎么样的人？”

“啊。”晋责的这番话再度使我心里翻腾，因为我们两个实在太过相像。我也曾经像他那样，饥渴地探求自己的父亲是什么样的人，以及他在其他男人眼中是怎么样的人。我从小到大听到的事迹，都是说放弃王位、身居王储的骏骑，还没有机会真正坐上王位就滚下台阶去了。人家都说他是个拥有高明谈判技巧的政治人物，他之所以放弃王位继承权是因为我的存在：这位尊贵的王子，不但在外有了私生子，而且还是跟不知名的群山女子生的。他婚后无子，让王国无后这点已经使他的婚姻饱受责难，然而我这个私生子出现之后，他的婚姻便更加尴尬。我对我父亲所知的仅有这么多。我知道的不是他爱吃什么菜，也不是他常不常笑。儿子若是天天跟父亲生活在一起，总能大致说出父亲是什么性情、有什么喜好和习惯等等，然而这一切我全然不知。

“汤姆？”晋责催促道。

“我还在想。”我老实地答道。我努力思考，如果是我的话，我会想多听点父亲的什么事。然而我一边思考，一边仍不忘扫视周遭的山坡地。此时我们沿着兽径，穿过灌木丛生的草原。我审视着山麓起始处的森林，但是看不出也感觉不到人的行迹，“惟真。这个嘛，他个子高大，差不多跟我同高，不过他肩膀很宽，胸膛也很厚实。打仗的时候，他看起来既像是王子，也像是士兵，而且有时我会觉得，如果可以，他宁可选择比较活跃的生活。倒不是说他好战，而是因为他是喜欢户外活动，喜欢动一动，亲手做点事情的人。他喜欢打猎，还有只名叫力昂的猎犬。无论惟真走到哪一个房间，力昂都紧跟着他，而且……”

“这么说来，他有原智咯？”王子热切地问道。

“不！”这个问题把我吓了一跳，“他只是很喜欢他的狗，仅此而已。而且……”

“那我为什么会有原智？人家说原智是遗传的。”

我没什么兴致地耸了耸肩。在我看来，这孩子的思绪简直像是大老远地从这只狗的身上跳到那只狗身上的跳蚤。我努力地跟着他的逻辑走：“我猜原智就跟精技一样吧。精技虽说是瞻远家族特有的能力，但是渔夫之子也可能会突然展露精技潜能。为什么有些孩童天生就有精技能力，有些孩童就没有，这是没人能断定的。”

“儒雅·贝馨嘉说，原智的血统自古就在瞻远家族里流传。他说，花斑点王子的原智说不定既来自他那平民出身的父亲，也来自于他那出身于皇室的母亲。儒雅还说，有时尽管父母双方家族的原智血统都很浅薄，但是一经汇合之后，原智魔法就显现出来了。就好比说，一窝小猫都很强健，但唯独其中一只小猫的尾巴却是弯曲的。”

“儒雅是什么时候跟你说这些事情的？”我严厉地问道。

王子纳闷地朝我看了一眼，但他还是答道：“今天早上，他到了公鹿堡之后。”

“他是公开谈论的？”我简直吓坏了，同时察觉到黄金大人催马赶了上来。

“不，当然不是！当时是一大清早，我都还没吃早饭呢。他亲自来敲我卧室的门，焦急地恳求要跟我私下谈谈。”

“所以你就让他进去了？”

晋责一言不发地瞪着我。过了一会儿，他才僵硬地说道：“他一直都是我的朋友啊。我的猫就是他送的，汤姆。你也知道我的猫对我而言意义有多重大。”

“我知道人家送猫给你是什么用意，而且你也清楚得很！王子殿下，儒雅·贝馨嘉可能是个危险的叛徒，而且他以前还跟花斑帮串通，把你从堡里诱骗走，甚至还要偷走你的身体！你得学着谨慎一点！”

王子在这番训斥之下耳根都涨红了，但他还是尽量以平和的语气跟我说道：“他说他不是那样的人。而且他没有跟花斑帮串通。你想，如果他真的跟花斑帮串通，那么他怎么会跑来跟我解释？他们母子俩都不知道……猫的事情。而且他们在送猫给我之前，根本就不晓得我有原智。噢，我可怜的猫。”他说到最后一句时，声音突然颤抖起来，一定是想到他那丧命的原智伴侣了。

他的话里透露出他丧猫的悲戚，同时也勾起我的丧狼之痛。我觉得自己仿佛在伤口上扎针般无情地问道：“他们既然不知情，为什么要配合？有人带着一只猎猫找上门来，叮嘱他们‘将这猫拿去送给王子’，这种事情难道不古怪吗？况且，他们绝口不提送猫给他们的人是谁。”

他吸了一口气，看起来像是想要辩驳，然而又停了下来，改口简单地解释道：“儒雅信任我，所以私下跟我道出实情，但为避免背信弃义，我不方便多说。”

“你还跟儒雅保证你不会说出去？”我追问道，心里却又担心他的答案会让我凉了半截。我一定得知道儒雅跟他说了什么，但是如果他跟人承诺他不会说出去，我又不能逼他讲出来。

晋责脸上露出难以置信的神情：“汤姆·獾毛，贵族是不会跟王子殿下说‘你得保证不能说出去’的。这与我们的身份不合。”

“所以说，儒雅果然要您承诺不能说出去嘛。”弄臣挖苦道。这话逗得王子哈哈大笑，并且轻松地将王子与我之间逐渐增强的紧张局势一扫而空——但我也是直到弄臣这么做，才发现王子与我已经对立起来。说来也奇怪，跟弄臣认识这么多年，我却直到现在才认识到他在这方面颇有天赋。

“我理解你的意思。”王子很自然地坦承道。此时我们不但三人并行，而且都纳入了谈话的范围里。四周只听得到达达的马蹄声，以及轻轻拂过大地的风声。过了好一会儿，晋责才吸了一口气，说道：“他是没要求我别说出去。

不过……儒雅来找我的时候非常谦卑。他跪在我脚边求我原谅他。所以我想，就算他之前做错了什么事，他仍有权期望自己不要变成众人闲言闲语的焦点。”

“我不会把儒雅的事情弄得人尽皆知，王子殿下。而且你大可以相信弄臣，这我可以替他保证。不过儒雅到底跟你说了什么，请你务必告诉我。”

“笨蛋[①]？”晋责笑嘻嘻地打量着黄金大人。

黄金大人轻蔑地喷鼻息：“这是老朋友才知道的老笑话。而且这个玩笑已经旧得让人笑不出来了，汤姆·獾毛。”他最后这一句是警告我的。虽然我也忍不住笑了出来，但我还是乖乖地缩头任他指责，心里只希望王子会接受他这个匆促的解释。我痛骂自己粗心大意，骂得心情跌入了谷底。我是不是内心有一股冲动，想要将自己真正的身份透露给王子知道？我心底升起了一股熟悉的感觉：纵然是这么信任我的人，我却还是不能把自己的秘密告诉他。我不是已经跟自己许诺，我永远不要再隐瞒信任我的人了吗？然而除此之外，我还有什么别的选择？此时黄金大人正设法挖掘王子的秘密，而我则得严防死守自己的秘密。

“不过如果您告诉我们的话，我保证绝不会将此事传出去。我跟汤姆一样，对于儒雅·贝馨嘉的忠诚深感怀疑。无论是把他看作朋友还是家臣，这人都不宜轻信。恐怕您身处险境啊，王子殿下。”

“儒雅是我的朋友。”王子坚持道。听他的口气，显然他并不想多做争辩。他竟然幼稚地将自己的判断力奉为圭臬，实在令我伤心，“这一点我自己清楚得很。不过……”讲到这里的时候，晋责脸上闪过一抹奇怪的表情，“他警告我要对你保持戒心，黄金大人。他对你似乎……极为不齿。”

“我在他们家做客的时候，跟他之间发生了一点小小的误会。”黄金大人轻松地接着说道，“我相信不久误会就会冰释了。”

不久误会就会冰释？这我颇为怀疑，不过王子听了这话似乎就放心了。王

① “弄臣”的原文为fool，蜚滋以弄臣（the Fool）过去在黠谋国王时代的名字称呼之。然而晋责只认识“黄金大人”，不认识什么弄臣，所以仅理解了字面上的意义。

子想了一会儿，决定朝西，沿着森林的边缘前行。我催着黑玛走在王子与树林之间，以便将说不定正埋伏在树林里的歹徒挡下来。我尽量一边注视着森林的动静，一边注意着王子。林梢停着一只乌鸦，我不禁担心，那乌鸦该不会是花斑帮的间谍吧？不过我告诉自己，就算是吧，我也拿那只乌鸦没办法。王子与黄金大人似乎都没注意到那只鸟。王子正要开口时，那只乌鸦便嘎嘎叫着，从林梢飞走了。

晋责不情愿地说道："贝家人遭到花斑帮的威胁。花斑帮是怎么威胁儒雅母子的，他不肯说，他只说他们的行径极为可恶。那只猫送到他母亲那儿时，附了张便笺，要求他母亲将猫作为礼物送予我，并威胁倘若他母亲不从，便会报复，但是儒雅也没说他们要怎么报复。"

"这我用猜的就知道了。"我直率地说道。那乌鸦已经消失在眼界之外，但即使如此，我却没有比较心安，"如果儒雅母子不将猫送给你作为礼物，他们就会把儒雅，或是他母亲有原智的事情抖出来。而且八成是以儒雅作为要挟。"

"我想也是。"晋责坦承道。

"就算是也不足以作为借口。贝馨嘉夫人应当对王子尽好臣子之责。"我心里则决心要找个办法监视儒雅的房间。此外，我或许也该悄悄地到他房间走一趟，把他衣物等物品检查一遍。还有，不知道儒雅有没有把他的猎猫一起带来？

晋责直视着我，并以惟真的坦率态度对我问道："你能把你对君王的职责放在首位，并把自己家人的安全抛在脑后吗？这就是我问自己的问题。如果我母亲受人要挟，那么我在不得已之下，会做出什么事情来？我会为了拯救母亲的性命而背叛六大公国吗？"

黄金大人用弄臣的眼神朝我瞄了一眼，看来他对这孩子很是满意。我也朝他点了点头，但我有点心不在焉。晋责的话触动了我的心思。我突然觉得自己应该要想起什么事情，但就是想不起来。此外，我也想不出我该怎么回应晋责的问题，所以我们三人沉默了良久。最后我说道："小心一点，王子殿下。千万别对儒雅·贝馨嘉这人吐露心事，也别把他当作是朋友。"

“你用不着担心，獾毛。我现在根本没时间交朋友，光是尽我的职责就忙不完了。我好不容易才硬从我的行程里挤出了一个小时，还坚持我只跟你们两人出来骑马。他们已经跟我说了，此举可能会让众公爵感到不解，然而我必须赢得众公爵的支持。他们还说，我这趟出游最好是能多找几位大公的儿子同行。但我需要单独跟你们相处。獾毛，我有一件重要事情问你。”他顿了一下，接着直率地问道，“今晚你能来参加我的订婚典礼吗？既然我非得把这一刻熬过去不可，那我很希望能有个真正的朋友在场陪我。”

这个答案我无需多想就知道了，但我还是尽量装作再三考虑的模样：“恐怕没办法，王子殿下，这与我的身份不符。这比我们一起骑马出游还奇怪。”

“你就不能以黄金大人的保镖身份出席吗？”

此时黄金大人代我插话进来了：“我若是带着保镖出席，显然就表现出我认定王子的待客之道不足以保护我了。”

王子策马靠了上来，脸上露出顽固的表情：“我希望你到场。想个办法嘛。”

这个命令清楚明白得让我咬紧牙关：“我会考虑看看。”我很不自然地答道。我还不是很确定自己在公鹿堡出入会不会被旧识认出来，我还是想多多融入汤姆·獾毛这个角色，不要再去冒险跟任何可能会认出我旧日身份的人碰面。然而今晚的场合里，必然会有许多以前跟我熟识的人，“不过话在前头，即使我在场，还是不能跟你交谈，而且你也不得露出与我交好的迹象，以免别人注意到我们的关系。”

“我又不是傻瓜！”晋责反驳道。对于我这迂回的拒绝，他的反应是近乎愤怒，“我只是希望你在场而已！虽然有那么多人在场观礼，但我希望我自己的朋友也能置身于其中，看着我为国牺牲。”

“你这话也太夸张了。”我平静地说道，尽量减少这话里的侮辱意味，“别忘了，你母亲、切德都在场，而且黄金大人也在场。所有人都把你的最佳利益摆在心里。”

他朝黄金大人看了一眼，脸微微地涨红了：“你当然是我的朋友，我没有贬低你的意思，黄金大人。我的话不够周全，还请多见谅。至于我母亲与切德，他们跟我一样，必须把职责摆在爱之前。他们的确处处为我着想，但他们着想的主要是要如何安排，才能对我将来处理国事最有利。他们把六大公国的福祉看得跟我的福祉一样重要。”他眼里突然露出疲惫，“而且当我跟他们意见不同的时候，他们总是说，等我以国王的身份治理国家一段时间之后，就会理解到他们要我做的事情，的确是符合我的最佳利益的。他们还说，长远来看，比起我自己选择新娘，国家的长治久安会更令我感到满足。”

我们默默地走了一阵子。最后黄金大人不情愿地开口说道：“王子殿下，恐怕太阳不会多等我们。该回公鹿堡了。”

“我知道。”晋责沉闷地答道，“我知道。”

其实话还没说完，我就知道我这话安慰不了人，但由于社会风俗使然，我不得不努力劝劝，好让他心甘情愿地面对他必须面对的责任，“娶艾莉安娜当妻子也不错呀。艾莉安娜年纪虽小，但是长得很可爱，而且长大之后应该是个大美人。切德还说艾莉安娜是‘含苞待放的王后’，而且还很高兴外岛人送来的新娘能与你如此匹配呢。”

“噢，这话倒是没错。”晋责一边应和着，一边掉转马头。黑玛因为去路被那灰马挡住，所以不高兴地喷了个鼻息，而且不大愿意转弯跟在灰马后面走，它恨不得到山里驰骋一阵，“她的确很有王后风范，至于她是怎么样的小女孩，或是怎么样的女人，那倒还在其次。从我见到她以来，她讲的每一句话都循规蹈矩，从不流露出她那一对明亮黑眼睛后的小脑袋在想什么。她送的礼物非常正确：一条银链，上面镶着她家乡产的黄钻。这项链我今晚一定得戴着。我送她的是我母亲和切德帮我选的银冠，银冠上镶着近百颗蓝宝石，宝石虽小，但这银冠做工精细，所以我母亲喜欢它胜过其他大型珠宝首饰。贵主屈膝为礼，接过礼物，字字斟酌地讲了一段赞美它如何可爱的话。不过她的感谢词实在是太空泛了。她提到银冠时，只说‘这份高贵的礼物’如何如何，对于银冠的造型，以及她个人对蓝宝石的喜好等，都只字未提。感觉她像是强记了一篇不管我们送的是什么礼物都适用的感谢词，然后当场完美无瑕地背诵出来似的。”

我差不多可以断定贵主的做法正是如此，但我倒觉得她这个做法没什么好苛责的。毕竟她才十一岁，而且她也跟王子一样，对婚事的安排无可置喙。我照这个意思跟王子说了。

“我知道，我知道。”晋责厌倦地让步，“可是我努力地看着她的眼睛，让她看到我是什么样的人呀。老实说，獾毛，她第一次站在我身边的时候，我的心真的飞到她身上了。她年纪小，个子也娇小，而且又对我们的宫廷非常陌生。我心里是很怜惜她的，因为对于任何一个孩子来说，硬生生地被人带到陌生的地方去执行身不由己的任务，一定都很艰难。所以我特别不以六大公国的名义，而是以自己的名义，送了个礼物给她。我那个礼物就摆在她房间里等着她，让她刚回到房里就能看到。可是直到现在，她一个字也没提过那个礼物的事情。”

“你送她什么？”我问道。

“我回想着我十一岁的时候会喜欢什么礼物。”那年轻人答道，“所以送了她一套布朗特纳雕刻的玩偶。那套玩偶的人物装扮讲的是《少女与神驹》的那个故事。我听人家说，这个故事不管是在六大公国，或是在外岛，都广为传诵。”

黄金大人语气平淡地评论道：“布朗特纳的雕刻的确出色。《少女与神驹》讲的是不是一个少女饱受继父折磨，然后她那匹有神力的白马将她载到远方的丰饶国度，最后她与英俊的王子成亲的那个故事？”

“送她这套玩偶，该不会让她会错意吧？”我喃喃地说道。

王子似乎大感意外：“我没想这么多。她会不会认为我对她不敬？我是不是跟她道个歉比较好？”

“还是少提为妙。”黄金大人建议道，“不妨等到你们认识深一点之后再聊一聊。”

“认识深一点？那恐怕得等上十年了。”王子轻快地坦承道，但透过我俩之间的精技牵系，我感觉得到他的焦虑感正随着他的脉动传来。这是我第一次领悟到，晋责之所以不满，有一部分是因为他觉得自己在贵主面前表现不佳。而接下来他说的话，正呼应了我此时的想法。

“她老是让我觉得自己像个笨拙的野蛮人。她自己才是出身于冰山边小木屋的人，可是她却将我当成是既没教养、行事又古怪的家伙。她看着我的时候，眼睛像镜子般丝毫不流露出她的性情，只显示出我在她眼里有多么呆蠢。我受过良好的教养，血统也很纯正，可是她却把我当作是肮脏粗鄙的乡下种田人，仿佛我一碰就会玷污了她似的。我实在搞不懂！”

“你们两人若要认识得深一些，就得解决你俩之间的各种差异，而第一课就是要了解到，你们各自出身于南辕北辙的文化圈，但你们的文化并无高下之分。”黄金大人劝道，“几年前，我对外岛兴趣浓厚，所以下了一番功夫研究。外岛是母系社会，这你是知道的，所以他们身上穿戴的徽章都是代表母亲家族的图腾。据我了解，贵主愿意前来此地，而非主张她的追求者必须到她母亲家提亲，就已经是给你莫大的殊荣了。如今她在此订婚，既无母亲姐妹的指导，也没有阿姨、婶婶等女性亲人的支持，想必她心里一定很难适应吧。”

晋责点了点头，默默地应和黄金大人的话，但从我私下窥见的贵主的举止来看，倒觉得王子的确把贵主对他的感觉估计得很准——但我没将这个心思说出来，而是说道：“贵主显然已经详细研究了我们六大公国的行事作风。那么你是不是也要多加研究贵主家乡的风土人情，以及贵主家里有哪些亲人？”晋责斜着眼瞄了我一下，从他那眼神看来，这些他都略知一二，但他也晓得自己并不精通，“切德把我们有的卷轴都给我看了，不过他警告我，这些卷轴很古老，说不定已经过时了。外岛人不以文字来记述历史，而是将历史封存于他们的吟游诗人的记忆里。所以我们手边的文字记载都是六大公国的人到访外岛的心得，而且字里行间总透露出他们对外岛的奇风异俗感到难以忍受。大多数卷轴都是游记，里面不外乎抱怨饮食毫无品味——因为添了蜂蜜与肥油的菜色，似乎就是外岛人最引以为傲的待客餐宴——以及居所简陋到不但冰冷，而且还透风。外岛人不会款待困乏的陌生人。因为这种笨得让自己沦落到无以为继、必须恳求人家让他睡一晚或吃顿饭，且无法以财物或劳役交换的人，外岛人是很鄙视的。外岛人的信条就是弱者与笨蛋活该去死。就连他们所选的神明，也是严厉且毫不宽容的天神。他们偏好的是掌管海洋的埃尔神，而不是掌管陆地的丰饶之神艾达。”王子讲完之后，疲倦地长叹一声。

“你听过外岛的诗歌吗？”黄金大人平静地问道。

“听过，但是听不太懂。切德要求我一定要学好基本的外岛语，而我也尽力去学了。外岛语的字根有不少跟我们的语言是一样的。我讲的外岛语已足够沟通交流，不过贵主已经跟我说了，她宁愿我讲自己的语言，也不愿我把她的语言讲得如此扭曲拗口。”晋责讲到这个侮辱人的指责，气得咬紧牙关，停顿了一会儿才接着说道，“至于外岛的诗歌，那就难懂了。因为外岛的诗歌可以不顾寻常的文法，任意拉长或缩短音节以符合韵律。外岛人称之为‘诗文风’。‘诗文风’与平常的讲话不同也就罢了，问题是他们的配乐吵得把歌词都掩盖了过去，所以每个故事我顶多只能听懂个梗概而已。外岛的故事讲的不外乎是如何把敌人砍成碎块，然后带点人皮人骨什么的回家向人夸耀。比如说爱歇特·发床这个人吧，他盖的皮被子就是用惨死在他手下的敌人头皮缝起来的；又比如说‘六指’这个人，他将他手下败将的头颅削平，给他那一群猛犬作狗碗。”

“这群人真是善良啊。”我挖苦道。黄金大人皱着眉头瞪了我一眼。

“贵主听我们的诗歌一定也很困惑，尤其是那些歌诵少女由于无法与情人终老，最后以自杀了结的浪漫爱情悲剧。”黄金大人和善地指出，“这些障碍若不除，就算轻松地闲聊也会引起误会，所以你们一定得一起解开这些迷障，王子殿下。”

“啊，是喔。”王子酸溜溜地应和道，“轻松聊天？也许再过个十年吧！现在她跟我身边都密密麻麻地围了一圈人，倘若我们要对话还得扯开喉咙大声喊，这样对方才听得到，而且我们彼此讲的每一句话都会被别人听去，并拿来当作聊天的话题。至于寸步不离地跟着她，就像守着肉骨头的狗儿般亲爱的皮奥崔舅舅，就更别提了。昨天下午，我陪贵主去花园散步，那阵仗活像是领着大军上战场似的，足足有十多个人叽叽喳喳地跟在我们身后走。然后我摘了一朵开得晚的花儿送她，这下子可不得了，她舅舅立刻冲上来挡在她与我中间，把花仔细检查了一番才递给她。什么嘛，难道我会送她毒花吗？”

虽然我努力忍住，但仍不禁咧嘴笑出来，因为我想起当年珂翠肯就是认定我会威胁到她哥哥的性命，所以摘了毒草送我，“这类奸计时有所闻呐，王子殿下，就算是名门世家也不例外。贵主的舅舅只是在尽他的责任而已，没有其他意思。毕竟不久之前，六大公国还在跟外岛打仗，但只要时间一久，即使是旧伤也会愈合的，你放心好了。”

“不过眼前呢，王子殿下，我们恐怕得催马快跑了。我不是听您说起，今天下午与您母亲有约吗？看来我们得加快脚步了。”

“我想也是。”王子无精打采地回应道。然后他转过头来，用命令的眼神直视着我，“那么今天就这样了，汤姆·獾毛。我们下次什么时候见面？我急着想上你的课啊。”

我点点头，心里暗暗希望要是自己也像他那么热衷就好了。我虽然不急，但目前的状况使我不得不补上一句：“精技不好应付，王子殿下。开课之后，你说不定会觉得课程很无趣。”

“这我是料想得到的。到目前为止，我对精技的体验尽是不安和困惑。”他的眼神变得朦朦胧胧，仿佛在凝视着远方，“当你带我去……我知道那跟石柱有关。我们去了……一个奇怪的地方，沙滩。然而现在当我努力回想那一段过程，以及前前后后的事情时，却像是在回想小时候做过的梦一样，结局总是怪怪的，你知道我的意思吧。我本以为自己了解当时发生的一切，可是当我想跟切德和我母亲描述那个经验的时候，我的记忆却破成碎片。我像个呆子一样把过程讲得七零八落。”他举起一只手，摸了摸皱起的额头，“我就是没办法把碎片凑全，完整地把这个经历讲一遍。”晋责直盯着我，“我受不了这个，汤姆·獾毛。我一定得解决这个问题。如果我必定无法抛弃这个能力，那么我一定要将这个能力控制好。”

我对精技总是意兴阑珊，其实还是晋责面对精技的态度比较有道理。我叹了一口气：“明天清早。惟真之塔。”我嘴里提议道，心里却期望他会回绝。

“很好。”晋责轻松地答道。他的嘴角升起一抹古怪的笑容，“我还以为只有切德会把望海塔叫做‘惟真之塔’。真是有趣。你至少也得称我父亲为‘惟真国王’嘛。”

“请见谅，王子殿下。”我只答得出这几个字，而他听了之后只是嗯哼了一声。之后他以真正的王家风范的表情凝视着我，补了一句："那么，今晚你会尽一切努力来观礼，汤姆·獾毛。"

我还来不及回答，他便一夹马腹，仿佛恶魔紧追在后般地飞速驰骋回公鹿堡，而黄金大人与我也没别的选择，只能跟上去。直到我们冲到城堡大门口，晋责才慢下来。我们在门口停留片刻，接受守卫的正式敬礼，然后便进去了。进门后，我们放马慢行，但晋责沉默不语，而我也想不出要跟他说什么话。我们尚未抵达大殿正门，众家臣便已经聚在那里迎接他了。一名男仆匆忙地跑上去拉住王子的马缰，另有一名马厩帮手拉住了麦尔妲的马缰。至于我，就只能自己照顾自己了，不过我反而觉得这样挺好。黄金大人正经八百地致词感谢王子让他有此殊荣，可以享受单独与王子出游之乐，而王子也非常客气地回应了一番。我们坐在马上，目送王子被那一群贵族簇拥而去。我翻身下马，站在一旁等待自家主人。

"嗯，这一趟出游很尽兴。"黄金大人有感而发地说道，随后翻身下马。然而他的靴子一沾到地，便滑了出去，以至于重重地跌倒在地。自从我认识弄臣以来，他总是姿态优雅，我从未见过他如此失态。他坐了起来，紧闭着嘴，嘟囔了一声，倾身去抓住包在靴子里的脚踝。

"哎哟！"他痛得叫道，一边挥手要那马厩帮手走开，一边高傲地吩咐道，"不，不，退下去，只管把我的马打点好。"接着他突然对我厉声叫道，"你这个呆子，别光是站着不动啊！把你的马交给马厩帮手，好拉我起来呀。难不成要我单脚跳回房间吗？"

王子早已被一群小姐大人簇拥离去，所以他大概不知道黄金大人发生意外。随从王子而去的人之中，有几个人朝我们这里看了看，但大多数人都将注意力放在晋责身上。我蹲伏下去，让黄金大人攀住我的肩膀，并悄悄地问道："伤得多严重？"

"很严重！"他凶巴巴地说道，"我今晚不能跳舞了。亏我的新舞鞋昨天才做好送来呢。噢，可恶！你这家伙，还不快扶我回房间去！"听到黄金大人这一番烦躁的咒骂，几个小贵族连忙朝我们这儿凑过来，焦急地问候他的伤势。

于是黄金大人立刻态度一变，逞强地称自己没事，要他们放心，还说今晚的订婚大典他是一定会出席的，不管什么事情都挡不住他。他几乎把全身的重量都压在了我身上，不过有一名好心的年轻人帮忙扶住了他的手臂，还有一位夫人派她的女仆去叫人将热水和疏散筋骨的药草送到黄金大人的房间，并即刻去把疗者找来。我们回房的路上，后面至少跟了两个年轻人，以及三位非常可爱的小姐。

黄金大人一路上严厉地责骂我笨手笨脚不下十来次，等到我们蹒跚地跛着走上楼梯、回廊，回到黄金大人的房间时，热水已经送来，疗者也已经在门口等候了。疗者伸手扶住黄金大人，接着立刻派我去找些白兰地来稳定黄金大人的神经，并去厨房找些吃的来安抚他的肠胃。我离开房间时，疗者小心翼翼地把他的靴子脱下来，这让他痛得凄厉地嚎叫起来，我心里只觉得对他有着说不尽的同情。当我从厨房端了一整个托盘的糕点水果回到房间时，疗者已经走了。黄金大人被安置在大椅子上，伤脚跷在矮墩上，脚踝上裹了厚厚的一团纱布，而前来探望他的人把一室的椅子都坐满了。我将食物放在桌上，拿着白兰地走到他身边。金盏花小姐正在安慰黄金大人，并帮着斥责那疗者既无能又没心肝。那疗者也太自以为是了，他把黄金大人弄得痛苦不堪之后，竟然还宣称他看不出黄金大人伤在哪里！年轻的橡林大人则巨细无遗地讲了个冗长且哀伤的故事，他说他父亲家的疗者也是这般妄尊自大，所以那次他得了胃疾，差点就丧了命。橡林大人终于讲完之后，黄金大人恳求众人谅解，说他碰上这场大祸，需要休息一下。我是巴不得众人快走，但仍耐着性子一一鞠躬把他们请出门。

等他们都出了门，交头接耳的讲话声和脚步声也逐渐淡去之后，我才朝弄臣走去。他靠着椅背，眼睛上盖着一条有玫瑰香味的手帕。

“伤得多严重？”我低声问道。

“你希望这伤有多严重，它就有多严重。”弄臣答道，那手帕依然蒙着他的脸。

“什么？”

他拿开了手帕，满意地朝我一笑：“做了这么一场戏，还不都是为了给你方便？你至少也说几句感激的话嘛。”

“你在说什么啊？”

他把裹着纱布的脚放在地上，站起来，闲适地走到桌边，拿起些剩下的食物，他的脚一点都没跛。“如今黄金大人可有借口非要他的仆人汤姆·獾毛今晚陪在他身边不可了。我呢，就攀着你的肩膀走路，而你呢，就帮我拿着我的小脚凳和垫子，还要代我穿梭全场，打打招呼，送送口信之类的。晋责一定看得到你，而且我敢打包票，待在场内观礼绝对比你从墙缝里窥视清楚多了。”我惊讶得目瞪口呆，他则挑剔地上下打量我，“算我们走运，我帮你订的衣服早上就送到了。来吧，坐下来，让我帮你把头发修整齐。我们要去参加舞会啊，你这模样怎么见人？”

4. 订 婚

若要测试有心学习精技的学徒之天赋高低，使用麻醉药物的确是个好办法，不过精技师傅在使用麻醉药物时务必谨慎。虽说少量的适当的药物，如海本草的叶子、欣晓薇花、铁力班树的树皮、柯法利丛的枝干等，可让精技候选人放松，以便精技师傅测试候选人的精技天赋，并施以基础的精技教育，但是过量的药物可能会使学生难以集中精神，因而无法展现出自己的精技天赋。虽然有些精技师傅指出，他们在正式训练精技学生时使用药物，成效颇佳，不过“四大名师”的共识是，这类麻醉药物对学生造成的伤害往往更大。习惯了药物的学生，若无药物协助，便无法让他们的心灵转为接受精技讯息的状态。而且从某些迹象中亦可看出，借由药力训练出来的学生，在精技的进展上永远无法更上一层楼，因此也就无从发展出更为细致的精技能力。

——《四大名师》卷轴，切德·秋星所译

“我连做梦都没想过我会穿条纹的衣服。”我忍不住再度喃喃地说道。

尽管弄臣含着一嘴的顶针，但仍努力地回道：“别抱怨了。”此时他将嘴里含着的顶针一一取下，将小暗袋别住，接着灵巧地运用手里的针线将暗袋缝牢，“我不是说了吗，你穿条纹会显得气宇不凡，而且可以将我的衣着衬托得更为出色。”

“我要平凡不起眼，才不要气宇不凡呢。”我将针刺入长裤的腰带，针头却戳进了我大拇指的肉里，痛得我咒骂起来。弄臣忍住没有大笑出来，但他那故作正经的模样却让我更加恼怒。

他全身上下已经装扮得无懈可击。此时他盘腿坐在椅子上，匆忙地帮我在新衣上添几个暗袋，以便容纳我的刺客工具。他连看都不看我一眼：“放心好了，你一定会平凡得不起眼的。别人才不会注意你，就算会，他们也只会记得你的衣服样式，而不是你的脸孔。你整个晚上都要待在我身边伺候我，而你这一身衣服让人一看就知道你是我的仆人。这衣服有遮掩的效果，这就好比说，再怎么可爱的小姐，穿上了仆人的服饰，那么也不过就是某夫人的侍女而已。好了，你试穿一下。”

我把裤子放下来，套上弄臣加工过的衬衫。我在暗袋里妥当地塞了三个切德用鸟骨制成的药瓶。扣紧之后，袖口根本看不出有什么异状。另外一边的袖口则藏了几颗强效的安眠药。如果有机会，我会让年轻的贝馨嘉大人晚上沉沉入睡，以便我到他房里探查。我已经得到消息：儒雅这次并未携猫同行。不过我认为这只是表示儒雅的猎猫既没有待在他的房里，也没有待在马厩跟其他的猎犬、猎鹰等同住，说不定此时那猎猫正在紧邻公鹿堡的林地里溜达。而黄金大人也从宫廷流言中得知，贝馨嘉夫人并没有前来参加王子的订婚大典。夫人声称她在打猎时意外从马上摔下来，伤了脊椎，无法出门。我心里纳闷道，如果背伤是托词，那么为什么贝馨嘉夫人选择让自己留在家里，却派独子代表家族前来出席盛会？她是否认为让儒雅前来公鹿堡，等于是送入虎口？还是她为了自己的安全，而把独子送入虎口？

我叹了一口气。如果没有线索的话，再怎么推测也是徒然。弄臣趁着我把药瓶塞在袖口暗袋里的时候，也把我的裤腰带缝好了。我的裤腰带上有个结实的口袋，可用来藏一把细长的利刃。今晚是王子的订婚大典，所以绝对没有人会公开佩戴武器赴宴，因为此举等于是藐视瞻远家族对宾客周到的保护与款待。

不过这些高尚的礼节是拘束不了刺客的。

弄臣仿佛是顺着我这个想法似的，一边将我的条纹裤子递给我，一边问道：“如今切德还花时间弄这些吗？缝小口袋藏暗器之类的？”

“我不知道。”我老实地答道。不过说真的，切德这个人满肚子阴谋诡计，所以我猜他身上不太可能什么防备的东西都没有。我穿上裤子，吸气将裤子扣上。这裤子很合身，比我平常穿的尺寸还紧些。我将手伸到后腰处，指尖好不容易摸到隐藏着的刀鞘。我将刀子推了出来，拿到面前检查一番。这刀是来自于切德之塔的收藏，其长短跟我的指头相当，刀柄只够我用拇指跟食指捏着。不过若是要刺穿人的喉咙，或是刺进人的脊椎骨节，这暗器也就足够了。确认无误后，我又将刀子收回原位。

“有没有什么露出来的？”我一边问道，一边转过去让弄臣瞧瞧。

弄臣笑着打量了一番，淫秽地对我开玩笑说：“统统都露出来咯。不过，露出来的，没有一样是你担心会露出来的。好啦，穿上无袖外套，让我看看整体的效果吧。”

我不情愿地接过他手里拿着的无袖外套：“时代真是变了好多。以前在公鹿堡，只要穿件皮背心，套上紧身袜，就算是盛装了。”我愤慨地说道。

“你在骗谁呀。”弄臣丝毫不留情面地答道，“你之所以逃过了这些繁复的衣着，一来是因为你当时还小，二来是因为黠谋国王不希望你被众人注意到。况且我的印象中有那么一两次，急惊风师傅的确也如她所愿地把你打扮得极其时髦呀。”

“是有一两次没错。”我不得不承认，只是一想起那个场面，就不禁咬牙切齿，“可是你知道我的意思呀，弄臣。在我小时候，公鹿堡这里的人的穿着打扮，怎么说呢，就像是公鹿堡这里的人。当时可没有什么‘遮玛里亚流行风’，也没有兜帽和衣摆长得拖在地上的法洛式斗篷。”

他点了点头：“在你小时候，公鹿堡这里是比较乡土的。当时我们在打仗，而既然打仗需要大量资源，所以也就没什么多余的资源可以让衣服变变花样了。黠谋国王是好国王，不过他的做法就是将六大公国管理成一滩死水。珂翠肯王后就不同了。她尽全力发展六大公国的对外贸易，不只是跟她出身的群山王国交流，也与遮玛里亚、缤城，甚至比这两地更远的人交流。这一定会使公鹿堡发生变化。再说变化也不是什么坏事。”

“可是照以前的那个老样子，也不是什么坏事啊。”我发牢骚道。

“可是变化恰好证明了你现在仍然活着。人们对于异于自己的人能够容忍到什么程度，只要看社会变化的大小就知道了。我们能不能接受异族的语言、风俗、衣饰与食物，并将之融入我们自己的生活之中？如果能，那么我们就跟对方有了关联，而有了关联，就不太可能彼此宣战。但如果不能，如果我们非得要按照陈规旧律来生活，那么我们就得打一仗，用战争来维持我们原有的生活，要不就干脆死了比较快。”

“真是振奋人心呐。”

“的确是如此。”弄臣坚持道，“缤城才刚经历过这么一场风波。如今缤城的人要跟恰斯国的人打一仗，然而双方闹翻的原因，主要是因为恰斯国不愿承认他们有必要改变。而这战火可能会蔓延到六大公国。”

“不会吧，依我看来，他们的战事跟我们毫不相干。噢，我们南方的那几个公国也许会恨不得卷进去，不过这主要是因为他们老是爱挑起境内与恰斯国之间的冲突，以借机蚕食恰斯国的领土。至于六大公国会不会整体卷入这场战争……我看是不会吧。”

我穿上遮玛里亚式的无袖外套，扣上扣子。这外套的扣子多如牛毛，烦人得很，其腰身紧束住我的腰，而且下摆如裙子般，竟长及膝盖，“我真的不爱穿遮玛里亚式的衣服。况且下摆这么长，若是有需要，我要怎么取刀？”

“你这个人，我还不了解吗？如果有需要拿刀的话，你总会想出办法的。还有，我跟你担保，若是在遮玛里亚，你这身衣服根本跟不上流行，至少落伍了三年以上。在遮玛里亚人眼里，人家只把你当作是试图模仿遮玛里亚人的乡巴佬。不过，这样的打扮已经符合要求了。只要我的衣服有着浓浓的异国风情，人们就会觉得我其他的古怪行径其实没什么好大惊小怪的。”弄臣站了起来。他右脚穿的是绣面的舞鞋，左脚脚踝则包扎得仿佛无法着力。他手里拄着一根手杖。我认出那手杖上的雕刻是出自弄臣的手笔，不过在别人眼中，只会认定这根手杖价值连城。

今晚我们是紫色与白色的组合。我粗野地想道，这不就跟白球茎上配一抹紫色的芜菁一样吗？黄金大人的衣装远比我的更加繁复炫耀。我的条纹衬衫袖口滚了一圈花边，然而黄金大人袖口的那一圈花边竟长得盖过他的手。他穿的是白衬衫，而白衬衫外面却紧紧裹着遮玛里亚式的无袖外套，而那外套的长下摆不但绣了花，还镶着几千颗闪亮的水晶珠。身为仆人的我下身穿的是裤子，而他穿的是丝质的紧身袜。今天他没有绑头发，而是将那一头明亮的金发卷成卷子，松松地垂在肩上。我根本想不出他是怎么将头发梳整得如此柔顺听话的。我听说过有些遮玛里亚的贵族有在脸上涂彩的习惯，而今晚黄金大人也在额头与脸颊的上半部分画上了蓝色的鳞状花样。他发现我在瞪着他看："怎么样？"他几乎有点不大自在地问道。

"你说得没错。你看起来真的很像是遮玛里亚贵族。"

"那么，我们就下去吧。把我的脚凳跟小垫子带着。我们就以脚伤为由，早点到大厅去看看人吧。"

我右手拿着脚凳，小垫子则塞在右腋下，至于我的左手，则让黄金大人攀着，他装出非常逼真的跛脚模样。弄臣总是这样，不管演什么都很入戏。也许是因为他与我之间有一些精技牵系，我感觉得到，他对于这样的乔装做作，其实是乐在其中的。当然，他并没有将心情写在脸上，而是一路都在啧声埋怨脚痛，同时斥责我笨手笨脚。

走到离大厅那高耸的大门还有一小段距离时，我们停下来休息。黄金大人看起来累极了似的重重地倚在我的手臂上喘气，实则是以弄臣的口气贴在我耳朵边说道："别忘了你现在是仆人，所以要收敛一点，汤姆·獾毛。不管你看到什么，千万别直瞪着别人打量，因为你的身份不合适啊。准备好了吗？"

我虽然觉得自己用不着他提醒，但还是点了点头，并把垫子夹紧了一点。接着我们便进了大厅，就连大厅也改变了许多。在我小时候，大厅是公鹿堡所有人聚会的地方。以前我就坐在那个火炉边，背诵课文给担任文书的费德伦听。

而且我在背诵课文时，大厅里的其他火炉旁也各自聚了一群人：在箭枝上装羽毛的男子、一边刺绣一边聊天的女子，以及正在练习歌曲或是编排新歌的吟游歌者等。虽然火炉里的火熊熊燃烧，小男仆也不断地添加柴火，但在我幼时的印象里，公鹿堡的大厅总是隐约有些寒意和潮湿，而且角落长年也照不到日光。到了冬天，挂了一墙的挂毯与锦旗的大厅更显昏暗。不过我记得最清楚的还是冷冰冰的地板上铺着的灯芯草：灯芯草很容易发霉，而且一下子就变潮湿了。还有长桌上摆出餐点菜肴时，狗儿便匍伏在桌下，或是在桌子边来回走动，像饿极了的鲨鱼般期待着谁丢出一块骨头，或掉下点残屑。那时候的大厅总是闹哄哄的，耳朵里听到的尽是战士和守卫大声地讲述奇闻轶事。我对自己说道，黠谋国王的公鹿堡是个比较粗俗且崇尚武力的场所，它的主要身份是城堡兼要塞，至于它同时也是国王的宫殿，那倒是次要的功能。

是时间，还是珂翠肯改变了这一切？

现在的大厅，连味道都不同了：少了汗味与狗味，多了餐点与烧苹果木的香气。铺着蓝桌布的长条桌上高高地吊着巨型百烛烛台，以往壁炉与蜡烛的光线怎么也照不到的阴暗处如今因此而明亮。而且整个室内都没有大狗，只有身材娇小，从贵妇人的大腿上跳下来玩的小狗儿，它们彼此打闹，或嗅着别人的鞋子。地上铺的芦苇不但干净，底下还垫了一层沙。大厅中央有好大一块地方只铺着沙子，上面还摆出了繁复的花纹，不过再过一会儿，就会被翩翩起舞的男女踩坏。长桌边尚未坐人，但桌上已经摆好一篮篮熟透的水果与新鲜的面包。早到的宾客坐在火炉边的椅子或设了椅垫的长凳上，他们嗡嗡的讲话声与大壁炉附近那座竖琴传来的悠扬琴声交织在一起。

整个大厅传递出一种精心造就的“等待”感。一排排火炬柱照亮了层层渐起的高台。火炬亮得令人难以直视，而那明晃晃的亮光毫不吝啬地彰显出待会儿要坐在这几层高台上的人有多么重要。最高的那一层设了三张如王座般的椅子，那是为珂翠肯、晋责和艾莉安娜而设置的，此外还有两张椅子；第二层椅子较为朴素，但还是很华丽，那是给前来观礼的六大公国大公们坐的；第三层高台则是为王后所倚重之人设置的。至于护送艾莉安娜前来的外岛贵族，则坐在旁边另一座与第二层同高的高台上。

黄金大人才刚进大厅，便有好几位原本正在跟青年贵族讲话的可爱小姐立刻抛下同伴，围拢过来向黄金大人嘘寒问暖。这感觉仿佛是被一群花蝴蝶袭击。这年头，薄如蝉翼的衣料似乎成了风潮，然而公鹿堡大厅经年累月都透着寒意，把这种一点也不保暖的遮玛里亚进口衣料穿在身上真是受罪。于是向日葵小姐在安慰黄金大人时，我便用心研究她手臂上的鸡皮疙瘩。我心里纳闷着，公鹿堡的人怎么会变得如此崇尚这些外国样式的衣裳。我得坦白地承认，我非常痛恨周遭这一切的变化，一方面是因为这些跟我记忆中的公鹿堡实在差得太远，另一方面则是因为这些变化使我觉得自己像个墨守成规的老古板。小姐们一边吱吱喳喳地讲着黄金大人脚伤的事情，一边陪他跛着走到火炉旁，在舒服的大椅子上坐下来。我毕恭毕敬地将他搀到椅子上，把脚凳摆好，再将垫子搁在脚凳上。年轻的橡林大人再度出现，并坚持道："这个让我来。"接着亲自帮黄金大人的脚搁到脚凳上去。

我站到一旁，抬起头来，眼角瞄到一群刚刚进来的外岛人。那些人一看就知道是战士，因为他们行进时的聚合方式就像是打仗的队形，而且进门之后仍然各自守住岗位，没有散开。他们令我想起好久以前在鹿角岛碰上的那些外岛战士。外岛的男子不但穿着毛皮衣裳，还套上了皮革铠甲，不仅如此，有些老人还将他们胜战的纪念品挂在身上炫耀：用指骨串起来的项链，腰带上挂着一条条从敌人首级上割下来的辫子。与外岛男子同行的外岛女子，走路的风范与他们的男人一样的勇敢无畏。女人穿的是染着鲜明色彩的羊毛袍子，衣边只镶着白色的毛皮，像是白狐狸、白鼬或白熊身上的。

外岛女子不可能变成战士，因为在外岛，女人是土地的拥有者。在一个男人常常为了出外掠夺而一去数年的国度中，女人绝不可能只是单纯操持家务而已。所以在外岛，房子与农田，还有珠宝、工具等家族的财富，都是母女代代相传的。在女人的一生中，男人可能来来去去，然而做女儿的人，总是眷顾着母亲家的人，而且男人与自己母亲家的关系，也比他与配偶的关系更为强大且持久。婚姻对于男女双方的约束力是大是小，都由女人来决定。如果男人出门太久，女子可能会干脆另觅丈夫，或是在丈夫不在时结交新欢。由于子女归母亲以及母亲家族所有，所以父亲是谁无关紧要。我注视着那些外岛人，知道他们并非六大公国传统概念下的贵族或领主。比较恰当的说法是，这些外岛女子是拥有广袤土地之人，而这些外岛男子的杰出之处则在于他们显赫的战功，或是劫掠颇丰。

我望着外岛特使团，心里想着，外岛是不是也像我们这里一样发生了重大变化呢？外岛女子的婚嫁归属，外岛男子从来就无权插手。外岛男子会把外面抢回来的女子和小孩任意地拿来馈赠他人或交换东西，但是自家的女子，外岛男子是无法使唤的。既然如此，那么外岛父亲贡献出自己的女儿，以巩固双方的和平与贸易关系，这不是很奇怪吗？艾莉安娜的父亲到底是否有权支配她的婚姻，或者艾莉安娜之所以在此，是因为这桩婚事背后另有更为古老且强大的主使者——也就是她母亲的家族？然而若真是如此，为何要隐藏起来？为何要让这婚事看起来是由艾莉安娜的父亲全权决定的？为何艾莉安娜的母亲家族只派了皮奥崔一人伴她前来？

我一边观察外岛的人，一边不甚专心地注意围绕在黄金大人周围众女子的话语声。其中两位小姐，也就是金盏花小姐和向日葵小姐，之前曾到过黄金大人的房间，而现在从她们讲话的模样推测起来，这两位小姐虽是姐妹，却因为同时对黄金大人有意而成为情敌。而橡林大人老是要横身挡在金盏花小姐与黄金大人之间，所以我不禁想着，橡林大人莫非是在暗恋金盏花小姐。节俭夫人的年纪则比二位小姐大，甚至可能比我的年纪还大。我猜她是个有夫之妇，而且此时她先生也在公鹿堡。节俭夫人非常积极，显然一副虽有固定的丈夫，却仍贪恋被人追求的刺激感的已婚妇人模样——跟我所认识的某些猎狐狸的猎人蛮像的：她之所以贪爱打猎，不是因为她对猎物有真正的需要，而是因为她想要证明，即使在最激烈的竞争之下，她仍能一出手就满载而归。她的礼服不是若隐若现地露出胸部，而是十分暴露，不过看起来并没有衣着暴露的年轻小姐的那种丰姿。她不时将手放到黄金大人的手臂或是肩膀上，一副宣示领土主权的模样。我两次看到黄金大人抓起节俭夫人黏在他身上的手，或轻拍，或轻捏一下，然后便谨慎地将她的手放开。节俭夫人也许觉得自己备受荣宠，不过在我眼里，我觉得他不过是将沾在袖子上的棉絮弹开罢了。

拉威克大人是个满脸堆笑的中年人，他也走了过来聚在黄金大人身边。拉威克大人穿着整齐，态度温和，而且执意要向我介绍他的身份。像他对仆人这么客气的贵族极为少见。我一边笑着，一边鞠躬回礼。拉威克大人为了挤进紧邻黄金大人身边的谈话圈，所以撞了我好几下，不过这显然是因为他动作笨拙，无需在意。每当我说“请见谅”，然后站回原地时，他便满脸堆笑地连声说着都是他自己太不小心。他们的话题绕着黄金大人打转，先说他扭了脚多么可怜，再说那粗鲁的疗者多么不体谅人，还说黄金大人不能与她们共舞真是扫兴。讲到这里，节俭夫人比她的竞争对手棋高一着。她立刻拿起黄金大人的手，同时宣布她会留下来跟黄金大人作伴，而“你们年轻女孩子就跟你们的爱慕者去跳舞吧”。拉威克大人也马上宣告他也乐于留下来陪伴黄金大人，因为他舞跳得很差。黄金大人则答道，他知道拉威克大人这话太过谦虚，像拉威克大人这么优雅的舞伴，公鹿堡的仕女们可求之不得，所以黄金大人怎能剥夺他们共舞的良机呢？听到这话，那男子既因为被黄金大人拒绝而失望，同时又对这番恭维很是感激，所以顿时陷入两难。

在小姐夫人们的竞争变得更加激烈之前，吟游歌者适时地停止弹奏竖琴。站在竖琴旁的侍僮显然向那吟游歌者做了暗号，因为那吟游歌者随即站起，以受过精良训练且盖过全场闲语的声音，大声宣布珂翠肯·瞻远王后，瞻远王位的继承人——晋责王子，即将入场。黄金大人对我示意，于是我伸出手臂，让他攀着站起来。大厅瞬间变得十分安静，众人眼睛都望向入口，而站在大厅大门附近的人则往后挤，以便留出一条从门口通往高台的路。

珂翠肯王后走了进来，晋责王子伴随在她的右手边。从我最后一次看见珂翠肯在众人注目之下踏入正式场合以来，她已经大有长进了。热泪冷不防地涌上我的眼眶，而我努力地抗拒，不让欢欣胜利的微笑占据我整个脸庞。

她看来真是光彩耀眼。

她若是穿了一身繁复的衣着，只会使人忽略了她的特色。如今她穿的是一袭公鹿堡蓝的礼服，衣边镶着色彩对比强烈的白貂毛。那衣服简单的线条既强调了她的清瘦，也强调了她的身高。她站得像士兵一样笔直，却也跟随风摇曳的芦苇一样柔软。她那亮金色的头发编成辫子圈在头上，其余的秀发则拢在背后。在那光华耀眼的金发对照下，她的后冠黯然失色。她手上不戴戒指，颈上也不戴项链。她之所以母仪天下，靠的并不是打扮，而是才德。

她身边的晋责王子穿着简单的蓝色长袍。那个样式令我想起珂翠肯与卢睿史跟我初见面的时候，他们的衣着也是这样的风格。当时我竟把群山王国的这两位继承人误认为服侍人的仆人。我心里想着，外岛人会不会将晋责这一袭谦逊且平实的衣着看成是缺乏财富的意思。晋责那一头难以管束的黑色卷发上，压着一个简单的银圈。他的年纪还没大到可以戴上代表他是王储的小王冠。虽然他是王位唯一的继承人，但是在他年满十七岁之前，他也不过是个王子而已。除了银圈之外，他身上唯一的首饰，就是一条缀满了黄钻的银链。他母亲的眼睛颜色浅淡，而他的眼睛乌黑。他的长相像是瞻远家族的人，然而他脸上那平静地接受责任的表情，则显然是他母亲的群山教化所致。

珂翠肯高贵而亲近地默默走过她的臣民面前——说她亲近，是因为当她的眼神稍稍在众人身上停留时，她脸上的笑容真诚而温馨。晋责的表情就显得严肃了，也许是因为他自知他若是勉强露出笑容，难免会显露出惊骇状吧。踏上高台的台阶时，晋责伸出手臂让母亲攀着。他们二人在桌边的位子上站定，但并未落坐。接着珂翠肯以优雅但传得很远的声音说道："我的子民、我的朋友们，请与我一同欢迎'神符群岛'，出身于黑水家族的贵主，艾莉安娜。"

我注意到，珂翠肯的介绍词不但显示了艾莉安娜之母的家系，同时也以外岛人自称的地名来称呼艾莉安娜的家乡。此外我还注意到，王后决定自己宣布艾莉安娜入场，而不是将此交代给吟游歌者去做。珂翠肯的手朝门口一扬，于是全场的目光尽数集中过去。吟游歌者再度宣报了艾莉安娜的名字，再宣报了艾莉安娜之父，阿肯 · 血刃，以及艾莉安娜的"母亲之弟"皮奥崔 · 黑水进场。从吟游歌者最后那句话听来，我猜测外岛语一定是用一个很简单的常用字眼来称呼"母亲之弟"，所以那吟游歌者为了呈现这个语感而如此介绍皮奥崔。接着外岛人陆续进场。

阿肯·血刃走在最前面。他的个头惊人，因为肩膀上披着白中带黄的白熊皮斗篷而更显高大。他身上穿的皮衣皮裤都是缝制的，尽管身上没带武器，但是他那皮背心和宽阔的皮带却仿佛盔甲般，让他流露出士兵的气息。他的颈上、手腕和头上尽是金银珠宝，左手上臂还戴了一圈圈银环，右上臂则戴了一圈圈金环，有许多环上镶着宝石。他那粗鲁无礼的姿态把他展示的这一身财富变成了俗不可耐的夸耀。他的脚步是习惯于航行的水手摇摆步与战士昂首阔步的结合。我心里猜测自己可能不会喜欢这个人。他咧嘴笑着四下环顾，仿佛难以相信自己这么好运似的。他的目光从一排排长桌移到聚集的贵族，再抬头看着在高台上等待他的陪伴的珂翠肯，于是他的笑容绽放得更开，仿佛看到什么可以掠劫的且还没人下手的好东西似的。至此，我就知道我已经开始讨厌这个人了。

外岛贵主走在阿肯·血刃之后，皮奥崔则陪着贵主，走在贵主右后方一步之遥处。皮奥崔穿着皮衣，外面覆盖着毛皮，其服饰简便如同士兵。他戴着金耳环与金条扭绞制成的项链，不过他似乎对自己的珠宝不甚在乎。我注意到皮奥崔不但站在护卫的位置，而且也采取护卫的态度，他的眼睛警戒地扫过在场群众。若是群众里有人跳出来咒骂贵主，那么随时戒备的皮奥崔一定会毫不迟疑地杀了对方。皮奥崔周身不但有一圈戒备森严的氛围，他那武艺高强的胆识也默默地散发出来，所以走在他前面的那个小女孩儿因为身后这个高大男人的安全保护而流露出尊贵的气质。

我心里纳闷着，不知道这小女孩的衣服是谁选的？她穿着雪白的羊毛上衣，肩上有一只搪瓷的独角鲸别针别住了斗篷，一袭几乎及地的细直长裙，在她走动时偶尔露出她的白色毛皮平底鞋。她那一头黑发用银夹束在颈后，银夹下放出一道黑瀑，披在背后，黑瀑间缀着小小的银铃铛，而头上则戴着镶着百颗蓝宝石的小银冠。

她缓步而行，踏一步，停一下，再踏下一步。贵主的父亲没注意到这些，或者说他就不在意这些。他大步地跨上前去上了高台，所以最后他只能站在珂翠肯王后左侧，等待他女儿走上来。皮奥崔平静地配合贵主的步伐。那小女孩走路时并非直视着高台上的主桌，而是转头看看左、看看右。她热情地盯着凝视着她的众人，仿佛要把每一张脸都记下来。她嘴角微弯，那笑容看来很真诚。她年纪这么小的孩子，却令全场的人心都悬在她身上，这点真是难能可贵。我早上所看见的那个看起来怒气难消的小女孩儿现在则摇身一变，她那股慑人的气质的确是含苞待放的王后无疑。她走到离高台还有两步远时，晋责已经走下来，在高台的低阶边等着让贵主攀着他的手臂上台了。从头到尾都神态自若的贵主此刻却踌躇不前，她用眼角余光瞄了她舅舅一眼，仿佛在恳求舅舅伸出援手，让她免于与晋责接触。我看不出皮奥崔是如何让贵主知道她必须接受王子动作的意图的，我只看到贵主坚决且谨慎地让她的手飘浮在王子伸出来的手臂上。我心里想着，贵主与王子一起走上高台时，她搁在王子臂弯里的手，恐怕就像拍翅的蝴蝶一般轻若无物吧？皮奥崔跟在她身后，脚步很沉重。他并没有就坐，而是直接往贵主身后一站。众人都落坐后，王后又招了招手，低声邀请，才劝得皮奥崔坐了下来。

接着六大公国的大公们依序入场，他们缓缓走到高台上预留给他们的位置坐下。首先进场的是毕恩斯公国的女大公与女大公之夫。我仍记得还是个瘦削少女时的妡念，她挥着染血的长剑抵挡红船劫匪却仍然拯救不了父亲的性命。如今她已经继承毕恩斯家族的爵位。她的黑发仍跟以前一样剪得短短的，她身边的男子比她高，灰眼珠，步伐有着战士的优雅。他们两人鹣鲽情深，这点显而易见，我真心庆幸她找到了她人生的幸福。

走在妡念之后的是瑞本公国的克尔伐公爵。克尔伐公爵年老且驼背，他一手拄着拐杖，一手扶在妻子的肩头上。贤雅夫人已经变成圆润微胖的中年妇人，她的手叠在丈夫的手上，对丈夫多加辅助，而不只是扶着他行走而已。贤雅夫人的礼服与珠宝都很简单，看来如今她终于对于自己身为瑞本公国的公爵夫人身份感到自在多了。贤雅夫人配合着丈夫的步伐走走停停，她对于这个将她从平民身份提拔为夫人的克尔伐公爵仍然很忠心。

修克斯公国歇姆西公爵的夫人已逝，所以他一人独行。我最后一次看到歇姆西公爵，是他与毕恩斯公国的普隆第公爵到帝尊的地牢来探望我的时候。当时歇姆西公爵虽未口出恶言，却也没有像普隆第公爵那样，把他的斗篷丢给我保暖。歇姆西公爵的目光仍然锐利如鹰，而微微伛偻的肩膀是他身上唯一对岁月让步的地方。修克斯公国此刻正与恰斯国交战中，而歇姆西公爵将战事交代给他的女儿兼继承人，以便前来参加王子的订婚大典。

走在歇姆西公爵之后的是法洛公国的铭亮公爵。自从当年帝尊把守卫公鹿堡的重责大任放在他柔弱的肩膀上之后，他已经成熟了许多，现在他看起来像个男人了。至于他的夫人，我就从未见过。铭亮公爵年约四十岁，他那位娇美且清瘦的夫人约莫只有他一半的年纪，而且一边走着，一边温馨地对两旁的贵族们颌首为礼。走在最后的是提尔司公国的公爵夫妇。这两位我都不熟。提尔司公国三年前发生了一场血咳的瘟疫，夺走了老公爵及老公爵两位大儿子的性命。我心里搜索着继承提尔司公爵爵位的那个女儿的名字，但吟游歌者已经宣布道：提尔司公国之盛繁女大公。过了一会儿，又宣布她丈夫的身份：裘耳公爵。由于紧张，所以盛繁女大公显得比实际年龄更年轻，而裘耳公爵握着她的手，既像是在为女大公领路，也像是在让女大公放心。

高台的第二层还有留给伴随外岛贵主而来的外岛贵族座位。这些外岛人似乎很不习惯盛大的进场仪式这一套，因为他们成群结队而入，到了席上又随便乱坐。阿肯·血刃露出极为开心的笑容，贵主则似乎因为必须忠于自己的族人，可是又因为族人不愿遵守我们六大公国的规矩而感到懊恼，因此左右为难。皮奥崔虽朝他们望去，却似乎视而不见。直到这些外岛贵宾都坐定了，我才发现他们都是阿肯的亲戚，不是皮奥崔的亲戚，因为每个人身上都有长牙野猪的象征物，只是各人佩戴象征物的形式各有不同。阿肯胸前挂着一个精工打造的黄金野猪，一名女子的手背上有个野猪的刺青，还有一名男子的腰带上有野猪獠牙雕成的装饰品。然而，贵主或皮奥崔的装扮上却没有这样的标记。我想起我第一次见到贵主时，她的衣服上绣了只跳出水面的独角鲸，今日她的斗篷又是用独角鲸的别针固定住的。我仔细审视皮奥崔的衣饰之后，发现他的腰带上也镶了独角鲸，而且我认为，皮奥崔脸上那个别具风格的刺青花纹应该就是象征独角鲸的角了。这么说起来，今天是这两个家族到此，同时献上贵主嫁给王子为妻吗？这个问题必须深入研究。

最后进来的，是坐在高台最低阶的人。他们进场时场面就不那么盛大了。切德位于其中，王后的女猎人月桂也是。月桂穿着深红色礼服，她能坐到这么好的位子，我着实为她高兴。其余的人我就都不认识了，但最后的那两人例外。我心里怀疑，椋音是故意选择要最后走进大厅的。她穿着一袭非常华丽的绿色礼服，让我想起蜂鸟的胸口。她手上戴着蕾丝手套，仿佛是要特别强调今晚她乃是王后的贵客，不是王后的吟游歌者。而其中一只戴着蕾丝手套的手挂在一名孔武有力的男子臂弯里。那男子俊美而年轻，体格强健，而且神情开朗，他显然以自己的妻子为傲，这从他那灿烂的笑容和他伴着妻子同行的模样就知道了。那男子的心态仿佛与高举前臂、自豪地将自家的名禽展示给众人观赏的养鹰人相去不远。之前我不慎让那男子戴了绿帽，如今望着他时，我只为椋音与我感到羞愧。椋音满脸笑容，他们经过我们面前时，她还刻意与我对看了一眼。我移开目光，茫然地望着她身后，装作根本不认识她的样子。她丈夫对我的事情一无所知，而我也不想张扬。我甚至不想知道她丈夫叫什么名字，但是我那两只叛逆的耳朵还是听到了：他是鱼貂大人。

等到最后面这两位也落坐之后，大厅里的众人便朝长桌走去，找到自己的位子坐下来。我拿起黄金大人的脚凳与垫子，扶着他一跛一跛地拐到长桌旁，伺候他安然就坐。以他外国贵族的身份，而且还刚到公鹿堡不久，他的座位算是很好的了。我心里纳闷道，他的座位夹在两对夫妻之间，会不会是他特地安排的。黄金大人入座后，众女子又再三保证，到了跳舞时间，一定会回来陪伴黄金大人的，然后才离去。拉威克大人转身离去时，故意扭臀撞到我的屁股。他看到我满脸惊讶的表情，而我也终于了解到他是故意制造跟我身体接触的机会，因为除了笑容之外，他还挑起一边眉毛刺探我。我身后的黄金大人轻轻咳了一声，是在内心偷笑的那种咳声。我怒目瞪着那男子，于是他落荒而逃。

宾客们坐定，侍餐的仆人也捧着菜肴鱼贯而入大厅之后，大厅里便响起了嗡嗡的聊天声。黄金大人妙语如珠，让他的左右邻座听得入迷。我站在黄金大人背后离他一臂之遥处，以便随传随到，然后便装作漫不经心地扫视宾客的动态。我的目光移至到高台时，王子也正好在看我。他脸上露出感激的表情。我转开目光，他也有样学样地装作是在打量我身后远处。他与我之间的精技牵系传来他的谢意与紧张的心情。他竟把我的到场看得这么重要，这既使我备感谦逊，也令我感到害怕。

我尽量不让晋责的事情影响我执行自己的任务。我找到儒雅·贝馨嘉。他与一群出身于法洛与公鹿的小庄园二流贵族坐在一起。我观察了片刻：那一桌的女宾之中，并没有儒雅的意中人惜黛儿。会不会是他们两人已经分手了？我们造访长风堡，也就是贝馨嘉庄园时，黄金大人胆大妄为地跟惜黛儿调情，此等行径失礼之处自无需言明，然而除了惜黛儿之外，黄金大人似乎也同样迷上了儒雅，这就使得那年轻人对黄金大人厌恶至极了。当然了，这一切都是障眼法，不过儒雅大概一辈子都会当真。我注意到，他们那一桌至少有两个年轻人看起来跟儒雅很熟，我暗自决定要找出那两人的身份。在这种宾客众多的场合，我的原智派不上用场，因为大厅内繁杂的生命存在已使我的原智感应近乎超载，所以我不可能探测出谁有原智，或者谁没有。毫无疑问，就算今日受邀的宾客中不乏有原智之人，他们也把自己的原智隐藏得很好。

没人事先警告我耐辛夫人今晚也会出席。我瞄到座次较高的长桌那边时，心脏突然猛跳起来。我父亲的遗孀正兴高采烈地跟邻座的年轻人交谈。至少她还肯说话，可见心情甚佳。那青年目瞪口呆，嘴巴闭不拢，而且不时眨眼睛。我不怪他。耐辛夫人的观察、杂感与意见总是如涌泉一般地汩汩流出，我自己也从来跟不上她的速度。我硬是要自己移开目光，仿佛我的目光会使她发现我在看她。接下来的这几分钟，我只用眼角余光偷瞄她的举动。她戴着我父亲送她的红宝石首饰，也就是曾经被她卖掉换钱，以救济公鹿堡内受苦民众的那一套首饰。她的灰发上点缀着晚开的鲜花，这样的风俗跟她的衣服一样，老早就过时了，但在我眼里，耐辛夫人的怪癖既可爱又珍贵。我真希望我能走到她身边，跪下来告诉她，我很感激她这么眷顾我。我不但感激她在我活着的时候提携我，更感激她在以为我死了之后，仍周全地善待我的“遗体”。当然了，这个愿望是有点自私。我终于望向别处时，又看到了今晚第二个令我震惊的景像。

王后的伴随夫人、小姐们与侍女均坐在几乎和高台相连的边桌上，这的确是王后给予荣宠、无视于官爵高低的表示。有几位夫人是我早就认识的，例如琋望夫人和芊逊夫人，都是当年我在公鹿堡时，就已经与王后作伴的仕女。我很高兴她们仍留在王后身边。至于冬之心夫人我就只记得其人，而不记得她的长相了。其余女子都很年轻，想必她们在当年我陪侍王后时还是个孩子。不过其中有一位女子的脸孔我分外熟悉。我心里想道，会不会是我认识她母亲？接着那女子转过头来，她的脸圆圆的，不知道应和着谁说的俏皮话点了点头，而我瞬间认出了她。是迷迭香。

当年那个圆胖的小女孩已经长成了丰腴的女子。那时她是王后的小侍女，珂翠肯走到哪里，她都不缺席，是个异常平静且好脾气的小孩。她有个习惯，就是王后跟我商议事情时，她就靠在王后的跟前睡着了——当然，也许睡觉是种伪装。她是帝尊派来监视王后的眼线，而她不但向帝尊报告王后的一举一动，还协助他谋害王后的性命。我虽然没有见到迷迭香暗中协助帝尊的证据，但是切德与我审视事况之后，都认为迷迭香一定是间谍无疑。这点切德与珂翠肯都心知肚明。既然如此，怎能还让她活命，怎能让她坐在离王后那么近的地方谈笑进餐，还让她此时举杯向王后敬酒呢？我一看见她便义愤填膺。于是我硬是转开了头，努力让自己平静下来。

我低下头看自己的脚，吸了一口长长的气，调匀呼吸，好让气愤的脸色散去。

哪里不对吗？

这个小小的思绪仿佛掉在地上的铜板，在我心底响起。我抬起头来，发现王子正以担忧的目光看着我。我耸了耸肩，拉一拉衣领，装作是因为外套太紧而感觉不舒服，但我并未对他技传。他竟能穿透我习惯性竖起的精技墙，这让我有点不自在。更糟糕的是，他跟以前一样，用原智来推送他的精技思绪。我可不希望他使用原智，尤其不愿看到他将原智与精技混用在一起，因为这一来他可能会养成一些无法修改的坏习惯。我等了一段时间，再度迎向他那焦虑的眼神，微微一笑，然后便将眼神转开。后来王子也转开了视线，虽然我感觉得出他有些不情愿，但要是有人注意到这一幕，并纳闷晋责王子为何跟仆人交换眼色，那可就不妙了。

这场餐宴精致且美味，而且时间拉得很长，不过我注意到，晋责与艾莉安娜吃得很少，但是阿肯·血刃一人吃的、喝的，就足够弥补他们两人没吃的份量了。看着阿肯·血刃吃东西的模样，我想他是个率性的男人，而且思路敏捷，不过要将这婚事安排好，需要的是外交官或是谋略家的才干，但他并不是这种人才。他个人对于珂翠肯的兴趣一望即知，说不定在外岛人的观点看来，还觉得这是对于珂翠肯的恭维。我不时偷望着高台主桌，只觉得珂翠肯跟他的应答很客气，不过看来珂翠肯对贵主讲的话似乎较多，对阿肯·血刃讲的话则比较少。与珂翠肯攀谈时，那小女孩答得很简短，不过倒是神情愉悦的样子。与其说艾莉安娜愠怒不快，不如说是她比较含蓄。皮奥崔舅舅原本可能不愿放下戒心，不过筵席进行到一半，他对珂翠肯的态度便软化下来。切德一定已跟王后说明，我们应该对外岛贵主的“母亲之弟”多加关注，而皮奥崔对此的确受用。于是不管贵主答什么，他都会自己添一点评语，但过了不久，他与珂翠肯便隔着贵主的头聊了起来。珂翠肯露出钦慕的眼光，而且看来她不是客套，而是真的对皮奥崔的话感兴趣。夹在他们中间的艾莉安娜只需专注菜肴，并不时对他们的话语点头称是，对此她似乎反而松了一口气。

晋责是个教养良好的年轻人，所以他自然不会让阿肯·血刃受到冷落，因而开始与他攀谈。那少年似乎已经摸到了窍门，深明自己该问什么问题，才能让天生聒噪的血刃滔滔不绝地讲下去。从血刃显摆身上的各种配件看来，他应该是在讲自己打猎的技巧如何高明、战斗时多么勇猛的事迹。晋责恰到好处地表现出兴味盎然的样子，不时点点头，或是大笑两声。

切德的目光与我相交了一次，我趁此机会皱起眉头，朝迷迭香瞄了一眼。但是当我转过头去观望切德的反应时，他已经再度跟左手边的小姐热聊起来了。我心里嘟囔了一声，但我知道以后切德会跟我讲明白的。

筵席接近尾声时，我感觉到晋责越来越紧绷，而且王子笑的时候不太自然，露出了太多牙齿。珂翠肯对吟游歌者示意，于是吟游歌者请众人安静下来时，我看到晋责闭了一下眼睛，仿佛要借此让自己坚强起来，以面对人生的挑战。我转而看看艾莉安娜的反应。艾莉安娜湿润了一下嘴唇像是咬了一下牙关，以免得自己打颤得太明显。皮奥崔微微倾身，我不禁怀疑此时他放在桌下的手是不是正紧握着艾莉安娜的手。不管是不是，反正艾莉安娜吸了一口气，坐挺起来。

这只不过是个仪式而已，我把大部分的注意力放在观礼宾客的反应上。此时所有来宾都已离座，走到高台前面。珂翠肯站在晋责身边，阿肯·血刃也站在女儿身边，而皮奥崔则早就在贵主身后站定。我注意到，当阿肯把女儿的手放在珂翠肯手里时，毕恩斯公国的妡念女大公闭起眼睛、咬住嘴唇。也许是因为毕恩斯公国的人，对于他们在红船之战中受到的折磨记得分外清楚。提尔司公国女大公夫妇的反应就大为不同了，他们两人深情对望，仿佛在回忆他们自己宣誓的那一刻。耐辛夫人纹丝不动地庄严地坐着，眼神像是在望着远方。年轻的儒雅·贝馨嘉露出嫉妒的表情，别过头去，仿佛他再也看不下去了。虽说某些人，如妡念女公爵，对于六大公国与外岛的联盟有不同意见，但就我看来，所有宾客中，倒没有人对这一对男女投以恶毒的眼光。

此时这对小夫妻的手并未交握。艾莉安娜的手放在珂翠肯手里，而晋责则与阿肯互握手腕，这是战士与战士之间表示彼此惺惺相惜的古老习俗。当阿肯从手腕上褪下一只金环套在晋责手上时，每个人似乎都有些惊讶。少年的手臂没什么肌肉，所以金环空荡荡地在他手腕上摇着。阿肯狂笑不止，而晋责则好脾气地笑着，甚至还高举手臂，让众宾客钦慕。外岛特使团似乎认为王子此举表示他意志昂扬，所以拍桌子叫好。皮奥崔嘴角则冒出一抹轻笑。这是因为阿肯送给晋责的金环上刻的是野猪，而非独角鲸吗？还是因为王子虽把自己跟阿肯的家族绑在一起，但阿肯的家族对于贵主的婚事却毫无话语权？

接下来发生了唯一一件使顺利的订婚仪式略有瑕疵的意外。阿肯拉住王子的手，并将王子的手翻转过来，掌心朝上。晋责忍着没发出什么异议，但我知道他很不自在。阿肯似乎对此毫无知觉，因为他紧接着便大声对众人问道：“我们现在就将他们两个的血混在一起，以象征将来的子嗣身上都流着他们的血，如何？”

我看见贵主吸了一口气，不过她并没有退一步寻求皮奥崔的庇护，反倒是皮奥崔走上前来保护她。皮奥崔将手放在那小女孩肩上，下意识地做出了“我才拥有贵主”的手势。他以听不出轻重的平静语气说话，但他显然是在指责阿肯的不是，只是他耐着性子说罢了：“现在不是做这件事的时候，再说场合也不对，血刃。为了让混血的仪式有个好兆头，男人的血一定要洒在贵主母亲家的炉前石上才行。不过如果你真的很在意，你自己洒一点血在王子母亲家的炉前石上亦无不可。”

我怀疑皮奥崔这话里藏着一点挑衅的味道，这其中必然牵涉到我们六大公国之人所不解的习俗。当珂翠肯摆手做出平息的姿势，应该是要说这种行为毫无必要之时，阿肯突然伸出手臂，卷起袖子，悠闲地拔出腰上的刀子，在手臂内侧划了一道。血液开始慢慢渗出，接着阿肯捂住伤口，大力晃动手臂，好让血流得快一点。珂翠肯明智地一动不动地站着，任由那个野蛮人去做任何他认为他非做不可、且倘若不做便无法光耀门楣的事情。阿肯高举手臂展示，让众人看到他捂住伤口的手缝里流出了一道血，众人敬畏有加地窃窃私语，接着阿肯的手突然大力一挥，于是他的血便飞溅到我们身上。

腥红的血滴洒落于在场贵族的脸上与衣服上，许多人吓得失声惊叫。接着阿肯·血刃走下高台，于是大厅又静了下来。阿肯走到大厅里最大的那座火炉前，让手心里积满一把血，然后将血洒在火焰中。阿肯又弯下身，将掌心的余血抹在火炉前的地上，这才站起来，放下袖子盖住伤口。接着阿肯对着众人伸开双臂，邀请众人回应。坐在外岛贵宾席上与阿肯同宗族的那些人，一边拍着桌子一边大声喝彩。过了一会，六大公国的人们也响起掌声与叫好声。就连皮奥崔都咧嘴大笑，而阿肯回到高台上时，皮奥崔还当着众人的面与阿肯交握手腕。

我看着皮奥崔与阿肯交流，心里想道，也许我之前把这两人的关系想得太简单了。阿肯是艾莉安娜的父亲，不过在我看来，皮奥崔可不将艾莉安娜之父放在眼里。然而此时他们两人以战士对战士之礼相见时，我倒觉得他们之间有着并肩作战的同袍之情。所以，即使皮奥崔认为阿肯无权献出艾莉安娜做为盟约的信物，他们之间仍有惺惺相惜之处。

绕了一大圈，又回到谜团的核心。皮奥崔为何放任阿肯促成婚事？为什么艾莉安娜必须顺从？如果他们都能从这个盟约中获利，那么艾莉安娜母亲的家族为何不愿光荣地出面将女儿献出来？

我按照切德教我的方法仔细地研究那个女孩。她父亲的动作引发了她的想象力，此时她对父亲微笑，因为英勇的父亲在六大公国贵族面前大大露脸而深感骄傲。她其实多多少少是喜欢这些的：盛大的排场与仪式、华服、音乐，以及一室抬头仰望她的人。这些刺激与荣耀她都要，然而到头来，她还是想要回去过她那安全又熟悉，而且是她所期待的生活，而那个生活是在她母亲的土地上，在她自家的“母屋”里的。我自问道，既然如此，那么晋责应该如何做才能使她倾心？他们有没有计划要让王子浩浩荡荡地带着礼物，拜访艾莉安娜母亲的庄园？如果晋责对艾莉安娜的重视，可以拿到艾莉安娜家乡的母系亲人面前炫耀，那么说不定艾莉安娜对晋责的好感会多一点，不是吗？我决定明天见到晋责时跟他提这个主意，当然了，我也不晓得我的建议是否正确，或者晋责是否用得上。

就在我思索之时，珂翠肯朝她的吟游歌者点了个头，于是那吟游歌者示意乐师准备好。接着珂翠肯笑了笑，对高台上的人说了些话，高台上的人们便重新归座，音乐声响起时，晋责伸手向艾莉安娜邀舞。

我很同情他们两个。这么小的年纪，就得摆在众人面前展示，而且要彼此交换贵重的信物以作为盟约的证据。王子伴着贵主走下高台，来到画出细致沙纹的舞池里时，贵主的手并未碰到王子，只是悬在王子手腕的上空。在瞬间的精技交流中，我知道王子扣紧的领口紧紧抵住他满是汗水的脖子，让他很难受，不过他仍亲切地微笑，优雅地鞠躬，丝毫没有透露出不适的心情。王子将双臂伸向贵主，而贵主则站在远到王子只能用指尖才能拂到她的腰际的地方。此外，贵主并没有依照传统，将双手放在男舞伴的双肩上，而是双手提起裙摆，仿佛此举更能彰显两人身段非凡，并且衬托出她舞步的灵活。接着乐声响起，于是两人便像是大师摆弄的人偶般完美无瑕地跳起舞来。他们的舞姿曼妙，举手投足之间，无不洋溢着青春、优雅与承诺。

我望着在场众人，发现众人的反应各有所异。切德的脸上是说不尽的满足神情，不过珂翠肯的反应就有些踌躇犹豫，我猜这大概是因为她私底下希望除了稳固的政治利益之外，晋责也会对这个伴侣产生真情吧。阿肯·血刃站在高台上，环抱双臂地俯瞰着这一对俪人，仿佛这支双人舞是他个人权力的明证。皮奥崔则跟我一样扫视着群众。身为保镖，他时时刻刻都记挂着被监护人的安全。他并未怒视，但是脸上也没有笑容。我在打量他的时候，碰巧皮奥崔也朝我望过来。我不敢移开目光，只能装出无神的表情，仿佛我虽看着他，但却视若无睹。皮奥崔的眼神放开了我，转而望向艾莉安娜，唇边露出一抹若有似无的微笑。

由于皮奥崔的严密监视，所以我也只能跟着他的目光，望着这一对翩翩起舞的佳偶。他们随着音乐踏步、转圈时，平底鞋与裙摆扫过沙面，使得舞池里出现新的沙纹。晋责的个子比较高，所以他要低头俯瞰舞伴比较容易，但是艾莉安娜要仰望着他，要时时保持优雅的笑容，又要跟上舞步，这难度可就比晋责高得多了。仿佛晋责手臂里圈住的是一只轻盈飞舞、随他而转动的花蝴蝶。我心里暗暗为王子喝彩，而且我大概已经懂得为何皮奥崔会挤出一抹赞许的笑容。我的王子并没有试图揽住那少女，反而是以他的轻触，让那少女起舞时有更多自由的回旋空间。也就是说，晋责既没有将艾莉安娜据为己有，也没有试图拘束艾莉安娜，而是大方地将她的优雅与自由展示在众人面前。我心里纳闷道，晋责是从哪里学到如此高妙的智慧的。是切德劝他这么做，还是瞻远家族似乎与生俱来的外交本能让他知道如何进退？然后我想通了：其实这些都无所谓，重要的是此举讨得了皮奥崔的欢心，而且据我猜想，讨得皮奥崔的欢心，对晋责终归是有好处的。

王子与贵主单独地跳了第一支舞。第一支舞结束之后，六大公国的大公、外岛贵客与众宾客也滑入舞池共舞。我注意到皮奥崔说到做到，果然从晋责手里将贵主邀来跳第二支舞。这么一来，王子只能孤零零地站在一旁，不过他还是努力摆出了优雅且自在的模样。切德溜到王后身边，跟王后讲了几句话，但不久王后的顾问便被一名不过双十年华的少女邀去跳舞了。

阿肯·血刃厚颜无耻地伸手邀请珂翠肯王后跳第二支舞。珂翠肯本想拒绝，但又觉得就六大公国的利益而言，此举似乎不妥，所以还是跟着血刃走进了舞池。王子能够巧妙地配合舞伴的所需，但血刃可没这本事。他粗鲁地抓住珂翠肯的手腕，使她不得不将双手放在舞伴的肩上才跟得上血刃欢畅的脚步，否则可能会被舞伴转得晕头转向。珂翠肯优雅地随着节奏起舞，并以笑脸迎向舞伴，但我看她是恨不得自己赶快脱身。

第三首曲子带来了一支慢舞。切德舍去了年轻的舞伴——那少女气嘟嘟的时候也显得很美——去邀请耐辛夫人共舞。我见了很是欣慰。耐辛夫人摇了摇扇子，看来是要拒绝，不过那老人相当坚持，而且我知道耐辛夫人私下对此颇为开心。她的舞姿一如往常般优雅。也就是说，她从头到尾都跟不上节拍，不过切德笑吟吟地低头望着她，并安全地领着她在舞池里东游西走，此时，我只觉得耐辛夫人既可爱又迷人。

皮奥崔将珂翠肯王后从血刃的手里救了出来，于是血刃便去邀他的女儿跳舞。珂翠肯跟皮奥崔这个士兵跳舞，似乎比跟他的妹夫跳舞自在得多。他们一边跳舞一边谈话，从珂翠肯活泼的眼神看来，她似乎真的对皮奥崔讲的事情很感兴趣。晋责的眼神与我短暂相接。我知道他呆站在那儿，看着自己的未婚妻跟她父亲满场打转，心里很不是滋味。不过我怀疑血刃是不是看出了年轻王子的心事，而且有点同情他，因为这一曲结束时，血刃郑重地将女儿的手交到王子手里，让他们共跳第四支舞。

舞会如此不断地进行下去。外岛贵族大多选择自己人为舞伴，不过有一名年轻女子大胆地走向歇姆西大人。令我大感意外的是，那老人似乎认为这样的邀请是个恭维，所以他不只跟那女子跳了一支舞，而是跳了两支。两人共舞的舞曲结束，开始跳群舞之后，爵位较高的贵族便归回原位，将舞池让给爵位较低的贵族。我大半的时间里都默默地站着观察，不过我家主人数次差我到大厅的不同角落送口信，而这口信通常是跟夫人小姐们通报黄金大人因为脚伤严重，无法邀请她们共舞而感到衷心遗憾之类的。许多人聚到黄金大人身边，并对他的伤势投以无限的同情。在那漫长的宴会中，我从未看到儒雅·贝馨嘉出现在舞池里。迷迭香小姐倒是有的，有一次还与切德共舞。我仔细观察他们两人讲话的模样：迷迭香仰着头，淘气地露出笑容并望着切德，而切德则保持着一贯平淡但礼数周到的表情。耐辛夫人很早便离开了，这我倒不意外，她向来对身处于这种盛大排场和热闹庆典之中感到不太自在。依我看，她还肯在今天的场合里露露脸，晋责就应该觉得很荣幸了。

音乐、舞蹈、美酒、美食不断地进行下去，过了子夜也仍然很热闹。我几次想找机会接近儒雅·贝馨嘉的酒杯或餐盘，却徒劳无功。晚宴继续延长。我因为久站而两腿酸麻，一想到晋责王子与我的清晨之约，不禁后悔起来。我心想他大概会爽约的，不过无论如何我都得去，以防他万一出现。我到底在想什么呀？我应该将精技课拖个几天，以便趁此机会回家一趟的。

然而黄金大人却毫无疲态。夜深了，长桌子搬到一旁，以便空出更多地方来跳舞，黄金大人也在火炉边找到了个舒服的地方，经营起自己的小宫廷来。前来跟他打招呼和逗留下来跟他谈天的人形形色色，不过我也慢慢领悟到，黄金大人与弄臣两人的性格实在是南辕北辙。黄金大人慧黠又迷人，他讲话的时候，从来不会以弄臣那种尖锐的话语去刺激别人。此外黄金大人也非常世故，带着十足的遮玛里亚人风范。对于那种抱有他所谓的“六大公国式的心态”，以及对他的道德观与习性表示不以为然的人，他偶尔也会毫不留情地批评一番。他汇集志同道合之人，以排外的方式大肆谈论衣着与珠宝的种种，并且毫不迟疑地将非我族类之人排除在外。他百无禁忌地跟女人调情，无论是已婚夫人还是未婚的小姐，喝起酒来也毫无节制，而当人家邀他一起享受熏烟时，他则大方地拒绝，并说道：“除非是最顶级的熏烟，否则我隔天起床时一定会头晕。没办法，我想是沙崔甫王的宫廷生活太过奢华，把我给宠坏了。”他以非常切身的角度谈论遥远的遮玛里亚风情，其情之真让我都不禁深信他不但真的在遮玛里亚住过，而且的确掌握了遮玛里亚宫廷生活的第一手消息。

夜更深之后，熏烟的香炉一一出现。这个风潮从帝尊的时代开始流行。现在流行的是迷你型的香炉。所谓的熏香香炉，是用细链子系住铁盒，再将一小盆燃烧中的药草放在铁盒之中。年轻的爵爷与夫人小姐们自带香炉——他们将随身的小香炉挂在自己的手腕上。有些仆人还站在主人身旁，勤奋地煽动香炉，好让主人多吸点轻烟。

我对这种迷幻药品向来不感兴趣，再加上我心里总是将熏烟跟帝尊联想在一起，所以对这些东西更加厌恶。不过连王后都适度地浸淫在袅袅的烟雾之中，这大概是因为熏烟不只在六大公国很普遍，在群山王国也很普遍，虽然群山人所燃的药草与此地所流行的不同。药草不同，却都叫作“熏烟”，而且效果也一样，就是令人晕眩无力。王后已经回到高台上，虽然隔着烟雾，却仍看得出她的眼睛炯炯有神，她正在跟皮奥崔讲话。皮奥崔笑着与王后聊天，但他的眼睛自始至终都盯着艾莉安娜，看着那小女孩在晋责的引导下，跟大家一起跳群舞。阿肯·血刃也到舞池里一同欢庆，并跟随群舞的跳法，与一连串的舞伴配合。他已经褪去斗篷，并敞开了衬衫。他是个活泼的舞者，不过因为熏烟袅袅，再加上酒力作用，所以不是每一步都跟得上节拍。

我想黄金大人是因为可怜我，所以才宣布因为脚伤疼痛难忍，所以他恐怕不得不回房休息。众人力劝他留下来，他也装模作样地考虑了片刻，但最后仍推脱说脚伤痛得太厉害。不过即使如此，他还是花了大半天时间才跟同伴们道别完毕，而且当我拿起他的脚凳和垫子，扶着他离开那些依依不舍的人们之后，路上又至少被其他想跟黄金大人道晚安的人拦下来四次。所以等到我们慢慢地爬上楼梯回到房间里时，我已经略微领悟到黄金大人在宫廷里到底有多么炙手可热了。

当房门关紧、上好门闩之后，我将火炉里将熄的火生大。我倒了一杯弄臣的葡萄酒来喝，并且一屁股坐在火炉边的椅子里，而弄臣则坐在地上，解开脚踝上的绷带。

“我扎得太紧了！你看我可怜的脚，绑得都快瘀血了，而且冷冰冰的。”

“那岂不是正好？”我没良心地应道。熏烟的味道从我衣服里飘出来，我吐了一口气，想要借此把烟味驱走。我低头看着弄臣，他正在按摩脚趾头。弄臣回来了，我突然感到宽慰许多，“你是怎么想出‘黄金大人’这个人物的？我从未见过比你更爱造谣生事、更如假包换的贵族了。如果我们是今晚才认识的话，那么我一定会很鄙视你。你的风格令我想起帝尊。”

“是吗？也许这恰好正反映出我的观念，那就是人不分高下，总有我们可以学习的地方吧。”他打了个无止尽的哈欠，接着躬身将下巴抵住膝盖，往后仰到头发沾地为止，之后又轻轻松松地收回为原来的坐姿。他朝我伸出手，于是我拉了他一把，让他站了起来。弄臣重重地沉入我身边的椅子里，“做人下流有许多好处，比如说，如果你想鼓励众人把他们潜藏在心里最恶毒的念头说出来，就非得下流不可。”

“大概吧。可是怎会有人想要鼓励别人多讲丑恶之事呢？”

弄臣倾身过来，将我手里握着的酒杯拿走：“你这个粗鲁的乡巴佬。偷喝你家主人的酒啊。要喝就自己去拿个玻璃杯来。”我如他所说的另拿个酒杯倒了酒，而他则接着答道，“因为，多挖掘丑事，便可拦截到堡里最丑恶的传闻。谁怀了别人丈夫的孩子？谁沾上了一身债务？谁跟谁做了不可告人之事？以及谁被传闻说是有原智的，以及这人与谁有关？”

我差点把喝进嘴里的那一口酒喷了出来：“那你有没有听到什么消息？”

“有是有，但都在我们的意料之中。”弄臣安慰道，“至于王后与王子，是一句闲言碎语都没有。而且也没人把你拿来当作聊天的话题。儒雅·贝馨嘉倒是传出了个很耐人寻味的传闻。据说他之所以跟惜黛儿·灰鳟解除婚约，是因为女方家有原智血统。上个星期，有个有原智的银匠跟他的太太和六个孩子，被人从公鹿堡城里赶了出去。艾娑茉夫人很生气，因为她才刚跟那银匠订了两个戒指。噢，还有，耐辛夫人的庄园里有三个养鹅的原智少女，而且耐辛夫人说，她才不管谁知不知道这件事。有个男子跳出来指控，说其中一名养鹅少女对他家的老鹰下了迷咒。耐辛夫人则对那人说，且不说原智根本就没办法给动物下咒，如果那人再放任老鹰飞到她的花园里来咬她的斑鸠，那么她一定下令用马鞭好好抽他一顿，管他是谁的亲戚都一样。”

“啊。耐辛还是跟以前一样率性且欠考虑呀。”我笑着说道，弄臣也点点头。然后我严肃起来，摇头说道，“如果大众对原智者的反感越来越强，那么耐辛夫人可能会因为这种举动而受害。有时候，我真希望她除了勇敢之外，再更谨慎一点才好。”

“你很想念她，对不对？”弄臣柔声问道。

我吸了一口气：“没错，我是想念她。”光是想到这里，我心里便不禁抽紧。我对耐辛夫人的感受何止是想念而已？我遗弃了她。今晚我看到的她，已经是除了忠心且年迈的仆人以外，便一无所有的衰老妇人了。

“而你却从未考虑过让她知道你熬了过来？让她知道你还活着？”

我摇了摇头：“理由就是我刚刚讲的那一点。她太过率性。她不但会站在屋顶上大声宣布我还活着，而且要是哪个人不跟她一起庆祝这个天大的喜事，她就会用马鞭把那人抽一顿。当然啦，她也不会看到我就马上开心起来，因为她的第一个反应一定是气得七窍生烟。”

“那是当然。”

我们两个都笑了起来。弄臣与我想象着，然而在内心期盼的同时，脑袋里却明知不可为，于是心里涌起一阵苦涩之感。炉火熊熊地燃烧起来，火舌从新柴的两边蔓延上来。紧闭的护窗板外传来呼啸的风声，冬天快来了。我反射性地想起自己少做了多少过冬的准备。花园里的果实还没采收，而我也还没采收干草，以作为小马冬日的草料。不过，那都是另外一个人在另外一个世界的人生了。如今在公鹿堡里的我，根本无须担心那些事情。我应该要感到心安，但我却反而觉得空虚。

“依你看，明早王子会到惟真之塔去找我吗？”

弄臣闭着眼睛，不过他将头转过来对着我，说道：“我不知道。我们离开的时候，他还在跳舞呢。”

“我想我还是去好了，万一他去了，总不能让他扑空。要是我没说明天要给他上课就好了，我还得回我的小屋收拾东西呢。”

弄臣发出了个介于应和与叹息之间的声音。他像小孩子似的将腿收在胸前，膝盖顶在下巴上。

“我要去睡了。”我说道，“你也该睡了。”

他又应了一声。我叹了口气，走到他房间，将床罩拉起来，抱到火边盖在他身上，“晚安，弄臣。”

他重重地叹了一口气作为回应，然后将毯子拉紧了一点。

我吹熄所有的蜡烛，只留下一根。我将那根蜡烛带回我房里，放在小衣箱上，叹了口气，在硬床上坐下来。我背后的旧伤周围无比酸痛和麻木。背痛就是这样，工作做得久，或是骑马骑得久都还好，就是站得久了最要命。这个小房间又冷又封闭，空气都不流通，而且充满了百年旧屋的味道。我真不想睡在这房里。我动了个念头，想爬上这一路陡峭的阶梯，到切德房里那张又大又软的床上去伸展一下。睡在那里倒是不错，只是要爬太多楼梯了。

我勉强自己脱下精致的衣服，并将衣服摆好。我钻进唯一的一床毯子里抖缩着，心里下了决心，一定要跟切德要点钱来给我自己买一床不会让人痒得这么厉害的毯子。还要去看看幸运。还有，原本我跟吉娜说今晚要去看她却没去，得去向人家道歉。此外，要去把我小屋里的卷轴处理掉，还要教黑玛规矩，还要教晋责精技与原智。

我深吸了一口气，把这口气与我心里的所有烦忧都吐出去，然后就睡着了。

影狼。

那个叫声很轻，轻得如风中的炊烟。那不是我的名字，而是别人帮我取的名字。不过就算如此，我也不见得非应声不可。我不去理会那声声的召唤。

影狼。

影狼。

影狼。

那叫声令我想起幸运还小的时候，拉着我的衬衫衣摆不放的模样。很坚持，不达目的不罢休，就跟夜晚时在你耳边嗡嗡叫个不停的蚊子一样烦人。

影狼。

影狼。

还不走。

我在睡觉。很奇怪，但我就是知道自己在做梦。我知道我在睡觉，而这不过是一场梦。梦是不怎么重要的。是吗？

我也在睡呀。我只有在睡觉的时候才能找你，难道你不知道吗？

我答的那一句，似乎反倒使她发送出来的思绪变得更强了，此时她几乎可以说是黏在我身上。不知道。

我懒懒地四下观望，周遭的地形隐约可辨。这是春天，附近几棵苹果树花开得正盛，花上还有忙碌的蜜蜂飞来飞去。我脚下是青青绿草，微风吹起我的头发。

我常常到你的梦中，看看你在做什么梦。所以我也要邀请你到我的梦中来。你喜不喜欢我的梦呀？

我身边有个女人。不，是个少女。说不上年纪大小。我能看到她的衣服、她的旧鞋子、她那因经常日晒而肤色略深的手，但其余就模模糊糊的了。她的五官也看不清楚。至于我自己……那就奇怪了。我可以看得到自己，仿佛我站在身外看自己一样，不过我看到的自己，跟我照镜子时看到的模样差远了：此时的我是个头发浓密的男子，比我真正的身高高得多，也壮得多。我头上的灰发披在脑后，还遮住了额头。我的手指甲黑黑的，嘴里的牙尖尖的。我突然不自在起来。这里有危险，不过不是我危险。为什么我想不出到底有什么危险呢？

这不是我。这不对。

她亲切地大笑。这个嘛，是这样的，如果你不让我看看你真正的模样，那么你就只能变成我想象中的模样了。影狼呀，你为什么躲我呢？我一直很想念你呢。而且还很担心。我感觉得出你很痛苦，可是我不晓得你发生了什么事。你受伤了吗？你现在好像有点失魂落魄的，而且又疲倦又衰老。我很想念你的梦呢。我真怕你死掉了，然后就永远不来找我了。我费了好大的功夫，好不容易才发现其实除了苦等你来找我之外，我自己也可以出来找你呢。

她像小孩子似的叨叨地说下去。我全身猛地扫过一股非常真实也非常清醒的惊慌感，那惊慌感如同一阵冷飕飕的迷雾。不一会儿，我便看到梦中的我周围升起了一股迷雾。我也不知道自己是如何召来迷雾的，但既然有了迷雾，我便将雾气变得更浓，并将自己包围起来。我警告她：这是不对的。况且这么做也不好。你回去吧，离我远一点。

不公平！她高声叫道。雾气像墙壁一般，隔开了她与我。现在她对着我发出来的思绪变得微弱了些。别乱来呀！我费尽心思，好不容易织出这个梦境，你却糟蹋了它。你要去哪里？你实在是太失礼了！

她想抓住我，但是力道太弱，所以我一下子便甩开了，此外我还发现我可以让自己醒来。事实上，此时我人已经醒了，而且立即在我的小床边坐了起来。我用手指梳过头上的短发。当精技疼痛在我腹中潜行，同时又在我头颅边缘猛烈击打时，我已经尽量让自己做好准备。接着我深深吸气，调匀呼吸，下定决心一定不要呕吐出来。过了仿佛一年之久的短暂片刻后，我挣扎着将我的精技墙造得更厚更高。我刚才是不是失了神？会不会是因为疲倦或者是熏烟的关系，才这么粗心大意？

又或者只是因为我女儿的精技本来就强，强到足以突破我的防线？

5. 伤 逝

熠熠光辉，天赐珍宝；
披鳞带甲，闪闪发亮；
目露精光，展翅飞翔；
群龙应召。
瑞气万千，过目难忘；
大恩大德，万民称颂；
利爪横扫，大口咬噬；
吾王返乡。

——椋音·鸟啭所写，《惟真之愿》一曲歌词

一阵风拂过我的脸，我疲倦地睁开眼睛。窗户大开着，虽然是个寒冷的早晨，但我刚刚还是睡着了。我眼前是无垠的大海，浪花的边缘镶着白沫，天空灰蒙蒙的。我呻吟了一声，起身离开惟真的椅子，再走两步，来到高塔的窗边。从这里望出去的视野更加宽广，除了大海与天空，还可以看到公鹿堡底下的陡峭悬崖。空气里飘着一股风暴将至的味道，风里带着寒意。太阳离地平线已有

一掌宽，黎明早已过去很久了，但是王子一直没有来。

他没来，我并不意外。昨晚那么热闹，晋责现在大概睡得正熟吧。他若不是彻底忘了我们的约定，就是虽然醒了，但觉得这个约定并不重要，所以翻个身又睡了，对此我一点也不意外。不过我总归有些失望就是了。然而我之所以失望，并不只是因为王子认为睡觉比跟我碰面还要重要，而是因为他既然说他要到这儿来跟我碰面，就应该要守约。再说爽约也就罢了，他若派个人送信给我，也就省得我大清早辛辛苦苦地起床到这里来等他了。像他这个年纪的孩子还是有些轻率，对他来说，这只是一件微不足道的事。不过，寻常少年的小缺点若是出现在王子身上可就要不得了。我非训斥他一顿不可，若是切德碰上这种事情，也一定会训人的。唉，博瑞屈也是啊。想到这里，我不禁悲伤地笑了起来。说句公道话，难道我在晋责这年纪时，就能比他强到哪里去吗？博瑞屈从来就不相信我能够准时赶上清晨之约。当年博瑞屈是怎么把我的房门敲得震耳欲聋，吵得我不至于错过学习如何使用斧头的课程，那景象至今仍历历在目。如果今天我们的身份不是王子与仆人，那么我一定会去敲晋责的房门的。

但既然已是如此，我也只能留几个字给他，然后这事就这么算了。椅边有张小桌子，我以指代笔，在积满灰尘的桌面上写道："我到了，你却没来。"这句话简明扼要，倘若从他的角度来看，这话多少有责备他的意思。而除此之外，非知情者就算是看到也会不明就里：这也可能是一肚子气的侍僮写给早该来整理房间的女仆看的。

我关紧窗上的护窗板。这房间的火炉上方及两侧做了装饰性的炉台，我走到火炉边，推开炉台侧面的嵌板，沿着原路出去。嵌板很窄，要挤一下才出得去，而且得抓住诀窍才能将其重新嵌紧。我的蜡烛已经烧完了。我走下一段很长的楼梯，通道里有些昏暗，只有外墙上零星几个指头宽的缝隙能透进一点光线和空气。有一段平坦的路没有一点光，我只好摸黑前行，同时感觉这段路好像变得比我记忆中的更长了。每当我的脚摸索到下一阶时，我都感到很高兴。走到最底部的时候，我转错了一个弯，等到我第三次闯入弃用已久的走道，再度蒙了一脸蜘蛛网之后，我终于承认自己迷路了，这才回头摸索着走回原来的地方。等到我花了许多功夫，好不容易推开葡萄酒架，进到切德的房里时，已经大汗淋漓、全身脏污不堪了，而且还十分气愤懊恼。总而言之，也就是说我对于接下来将要发生的事情毫无准备。

切德坐在火炉边他的那张椅子上，看到我之后，他一边起身，一边放下手里的茶杯。“你可终于到了，蜚滋骏骑。”切德叫道，然而就在切德发声的同时，一股强劲的精技朝我横扫而来。

你没看见我，臭狗子。

这一波精技震得我一阵踉跄摇晃，还好我及时抓住桌缘，才没有跌倒。切德怒视着我，我没有理会他，将自己的全副注意力放在阿憨身上。此时那个低能的仆人站在工作室的火炉旁，脸上沾着煤灰。从我眼里望去，只觉得他的身形在抖动，而我整个人则头晕目眩。要不是我为了防止荨麻找上我，所以夜里的时候便竖起了精技高墙，那么阿憨很可能会得逞，也就是说，若不是我今天的精技墙筑得颇为严密，那么我心里对于阿憨的一切印象，恐怕都已经被他一扫而空了。然而我虽然仍知道他的存在，但却必须咬紧牙关才能开口跟他说道：“我看得到你呀。我永远都看得到你。但是看到归看到，我是不会伤害你的。除非你想害我，或是你再度使用刚才那一招。”其实此时我很想抗斥他，但还是忍着不用。我也不能用精技来对付他，因为一来我必须先撤除精技墙，二来这会透露出我自己的能力高低，可是我现在还没准备好。我告诉自己，保持平静，想驾驭别人，先驾驭自己。

“阿憨，不，不！不可以。他是好人。他来这里没关系的。是切德准许他的。”

切德跟阿憨讲话的态度，仿佛将他当成三岁孩子。然而我虽然从阿憨那张圆脸上的小眼睛里看出，他的智力与成年男子相去甚远，但我也从他的目光中看出，他极痛恨别人将他当作无知的小孩来对待。我继续盯着阿憨的脸，但对切德说道：“你用不着那样跟他说话。他不笨。他只是……”我摸索着想找出个字眼来形容我突然领悟到的事实：阿憨的智力也许有限，但是他毕竟有知，而非无知。“跟别人不一样，仅此而已。”我蹩脚地接着说道。我心里想着，阿憨就是跟别人不同，这就好比马跟猫不同，而马与猫都跟人不同，是一样的道理，然而这样的差异并不表示彼此之间有什么高下的区别。我几乎当下就感觉到，阿憨心灵的发展方向与我截然不同。我弃之如敝履的东西，阿憨却视如珍宝，而我用以维系个人认知的那一整片领域，阿憨则嗤之以鼻。

阿憨怒目瞪我，再看看切德，又看看我。然后他抄起扫把和一桶从火炉里扫出来的煤灰与炭渣，匆匆地离开了。在他离开房间、卷轴架也关上之后，我还感受得到他迸发出来的片断思绪：*臭狗子*。

“他讨厌我，而且他知道我有原智。”我对切德抱怨道，跌坐在另外那张椅子里，接着我极为哀怨地补了一句，“今天早上晋责没来惟真之塔找我。他竟然爽约了。”

老人似乎听而不闻：“王后要见你。就是现在。”此时切德穿着简单的蓝袍，虽不华丽，却已经很整齐了。此外，他脚上还套着柔软的平底皮鞋。他是因为跳舞跳多了，脚痛，所以才穿了平底鞋吗？

“见我做什么？”我问道，一边跟着他起身。我们走回葡萄酒架，打开暗门的开关，说道，“我从这儿出入，阿憨一点不觉得惊讶。”

切德耸耸肩：“他哪会聪明到因为这种事情而惊讶？说不定他根本没注意到你是从这儿出入的。”

我把切德的话咀嚼了一番。这倒也有可能，阿憨可能觉得我从哪里出入这种事情根本就无足轻重，“至于王后要见我是因为？”

“因为王后跟我说她要见你。”切德不耐烦地答道。据我猜测，说不定此时切德跟我一样，觉得脑袋一涨一涨得很难受。我知道切德有种宿醉的缓解剂，不过我也知道，那种药很难调制。有时候，与其费那么大功夫碾碎各种药草以调制解药，还不如干脆忍一忍，等着头痛过去算了。

我们沿着上次走的旧路来到王后的房间外。切德停顿片刻，窥看了一下，还贴壁倾听小房间里有没有别人，然后才进入房内。从小房间推门出去，便是王后的起居室。我们进去时，正在等我们的珂翠肯疲倦但笑吟吟地抬起头来望着我们。她独自坐着，身边没有别人。

切德与我都行了正式的鞠躬礼，切德代我们二人对王后致意道：“早安，王后殿下。”珂翠肯则伸出双手，邀请我们进入。上次我到这房间来的时候，珂翠肯忧心如焚，房间里空荡荡的，没有任何装饰，因为她心里除了失踪的儿子之外别无他想。这一次，房里摆出了珂翠肯亲手做的作品：房间中央的小桌子上，摆着一大盘在河里磨得晶莹剔透的小石头，石头上散置着六片金黄的叶子；房里燃着三根高高的蜡烛，散发出紫罗兰的芳香；地上铺了好几张毯子，以挡住即将到来的冬日寒气，椅子上也垫了柔软的羊皮；火炉里则烧着今日的新柴，炉架上挂着一只烧水壶，正蒸腾地冒着热气。这一切令我想起她在群山的家。此外珂翠肯还准备了不少食物，胖茶壶里也冒着茶香。我注意到桌上只放了两个茶杯。此时珂翠肯说道：“谢谢您带蜚滋骏骑来这里，切德大人。”

这其实就是送客的意思了，只是说得不着痕迹罢了。切德再度鞠躬，只是姿势似乎比第一次稍微僵硬了点，接着便退了出去，只留下我单独跟王后在一起，而我心里还纳闷着她到底是有什么事。切德离开，房门也关上之后，珂翠肯长叹了一声，在桌边坐下来，做个手势要我坐在她对面的椅子上，“坐，蜚滋。”她这句话不但是邀请我坐下，同时也表示我们暂且免去正式的礼节。

坐在珂翠肯对面，可以把她的脸看得特别清楚。她跟我差不多同年，但岁月的风霜对她可是客气多了。往日时光在我脸上留下伤疤，但却只是轻轻扫过她的脸庞，在她的眼角与嘴边留下细纹。她今天穿了一身绿色礼服，既使她金黄色的头发格外耀眼，也能特别衬托出她那碧绿的眼睛。她的衣服样式很简单，头发也只是简单编起来而已，而且既不施脂粉，也不戴首饰。

她一点也不忸怩作态地为我倒了茶，再将茶杯移到我身前：“这儿有糕点，你可别客气。”我也不跟她客气了，因为我到现在都还没吃早餐呢。但她略微沙哑的声音却让我不禁又放下已举到嘴边的茶杯。珂翠肯望向一旁，避开我的目光，她的睫毛不停地眨着，然后泪水便从她的脸颊滑了下来。

“珂翠肯？”我警觉地问道。到底出了什么事情？是她发现了贵主不太愿意嫁给王子吗？还是又有人以王子有原智作为要挟了？

她抽抽噎噎地吸了一口气，突然抬起头来直视着我。“噢，蜚滋，我不是为了此事而叫你来的。我原本想把这事情藏在心里，可是……我真的好难过。其实我还没听到消息之前，就已经知道了，因为我那天早上醒来的时候有个很奇怪的感觉，好像什么重要的东西散掉了。”她想要清清喉咙，但是没有用，最后还是一边流着眼泪，一边哽咽着用沙哑的声音说道，“我故意逃避不去面对这件事情，可是切德一将你们的消息告诉我，我心里立刻就知道。我感觉到它在步步远去，蜚滋。我感觉到夜眼离开了我们。”她忍不住啜泣，像是无助的孩子般将头埋在手里大哭起来。

我真想拔腿就逃。我几乎已经成功地驾驭了内心的哀痛，如今她又来戳破我的旧伤。我痛得麻木，一时间，只是呆呆地坐着。她为何非挑起此事不可？

然而珂翠肯似乎没有注意到我的冷漠：“即使时光流逝，你也永远无法忘怀像夜眼这样的朋友。”她在自言自语。她低头沉入自己的手里，讲话声因而有些沉闷，其中还夹杂着啜泣，“在我们一起上路之前，我从未感到跟动物这么亲近过。可是在那长途跋涉中，夜眼随时都在保护我们，不是跑到前方去探查，就是跑到后方去断后。每当夜眼跑回来的时候，我就知道它已经先为我们探查过状况，并确定我们周围安全无虞了。要不是因为它的存在能让我安心，光凭着我那一丁点儿的勇气，只怕这趟旅程早已放弃了一百次了。我们出门的时候，我只把它当作是你的分身，不过后来我慢慢将它当作是独立的个体，并发现它勇敢、坚韧，还很幽默。有的时候，我觉得只有夜眼了解我的心情，尤其是当我们到了露天矿场，一起单独出去打猎的时候。这不只是因为我可以紧搂着夜眼大哭，不用怕它会将我内心的软弱泄露出去，而是因为夜眼也为我新生的力量而欢欣鼓舞。当我们一起出去打猎，我逮到猎物的时候，我感觉到夜眼颇为赞许……它好像在热切地告诉我，我理所应当地会活下来，而且我已经为自己在这个世界争得了一席之地。”珂翠肯抽噎地吸了一口气，“我会一辈子想念它，可是我却再也见不到它了……”

我心里天旋地转。说真的，我一直不知道夜眼跟珂翠肯这么亲密，可见夜眼也有它自己的秘密。我以前就知道珂翠肯有些微的原智倾向，我感觉得到她在静坐冥想时对外界发出的若有似无的探寻。我常常怀疑，她那种对于自然世界有所感应的群山“特质”，在六大公国这里可能会被人讲得很难听。可是，珂翠肯跟我的狼?

“夜眼跟你说话? 你心里听得到夜眼的声音? ”

她摇了摇头，但是她的脸仍埋在手里。因为她的手半遮着嘴，所以她的讲话声有些模糊：“不。但是当我对外界的一切都麻木无感时，我却感觉到夜眼就在我心中。”

我慢慢地站了起来，绕过小桌子。我原本只想拍拍她的肩膀，但我一碰到她，她便突然站起身，并踉跄地倒在我怀里。不管我愿不愿意，反正我的眼泪就是汩汩地涌出来了。接着她的悲悼——不是因为她可怜我，而是她真正因为夜眼离开人世而感到悲伤——为我的悲悼开了个出口，于是我的悲悼终于决堤而出。由于他人不能了解我的悲痛之深，以至于连日来我隐秘埋藏起的一切苦闷突然爆发出来。当珂翠肯轻轻地推我坐在她的椅子里时，我这才察觉到我们的角色已经变了。她把她那条小小的、没多大用处的手帕给了我，温柔地吻了我的额头和我的双颊。我痛哭失声，怎么也停不下来。珂翠肯站在我身边，我的头靠在她的胸膛上，她抚着我的头发，让我继续嚎啕大哭。她断断续续地说着我的狼的一切优点，而且都是我以前所不知道的事情。

她既不试着让我停止哭泣，也不劝我过一阵就没事了，因为她知道夜眼之逝不可能不留下痕迹。然而当我终于哭够并停下来之后，珂翠肯弯下腰在我唇上一吻。那是疗伤的一吻，她的嘴唇因为被自己泪水的浸润而带着咸味。接着她便站直起来。

珂翠肯突然像是要将重担摆在一旁似的长叹一声：“瞧你这头发。”她喃喃地说道，并伸手将我的头发顺了顺，“噢，我亲爱的蜚滋，瞧我们把你们两个都用得油尽灯枯了！而且我永远也……”她似乎突然想到这些话说了也没用，“可是……唔……趁热喝茶吧。”她走开了，过了一会儿，我才觉得自己比较能控制住了。她在我的位子上坐下，拿起我的杯子喝茶，茶还滚烫着。虽然才过了片刻，我却觉得自己度过了很重要的转折点。我吸了一口气，感觉数日来不曾如此舒畅地呼吸过。当我抬头望着王后时，她给了我微微一笑。哭过之后，她的眼眶微红，脸颊也出现红晕。打从我认识她以来，这一刻的她最可爱。

于是我们静静相伴。茶是香料茶，温和且能振奋精神，桌上有以香肠为馅、酥皮层层分明的面包卷，以及用新鲜水果点缀的糕点和简单而饱满的燕麦蛋糕。我想，无论她还是我都不相信自己能好好地讲上一句话而不至于失态，然而我们也不必多言，只是静静地进餐。我起身了一次，到火炉边将烧水壶拿过来给茶壶加水。茶叶泡开之后，我给我们两人添了茶。静默了一阵子之后，珂翠肯往后靠在椅背上，平静地说道："所以啦，你看出来了吧，我儿子身上这个所谓的'污点'，其实是来自于我。"

她说话的语气，仿佛这是我们一路谈下来的结论。我的确曾经猜测过她可能会想到这一点，然而当她真的把这些事情联想在一起时，我不禁为她语气里的愧疚感与懊悔而感到难过。"瞻远家族早在晋责之前就出现过原智者。"我指出，"不说别人，我自己就是。"

"而且你母亲也出身于群山。你母亲不是将你送交到驻扎在月眼城的惟真那里吗？住在那里的，不是群山人是谁？我从你细细的发丝就看出了你群山母亲的影子。你刚到颉昂佩不久，便迅速地学会了你自小所说的语言，这点我也看得出你群山母亲的影子。既然群山人在你身上留下这些特质，说不定连你的原智也是出自群山血统呢。又或许，群山血统都带有原智。"

我差一点就说出了真相："我认为晋责的原智血统固然可能是来自于母亲，但也同样可能是来自于父亲。"

"可是……"

"可是原智来自于谁无关紧要。"我无情地打断王后的话，"那孩子有原智，这是我们一定要面对的事实，仅此而已。那孩子第一次请我教他原智的时候，我吓坏了。但现在我认为他出于本能地求师是正确的，我最好将我对于原智所知的一切都教给他，这样比较好。"

她抬起头来："这么说，你已经答应要教他了！"

说真的，我对于这些尔虞我诈的事情实在是生疏了。噢，不，我讽刺地想道，也许是因为这么多年来，王后已经体会到，虽然这秘密就算切德要诈也套不出来，但我却会因为她高超的技巧与温柔的态度而自动说出口。她准确地从我脸上看出答案，这似乎又让第二种立论多了点旁证。

“我不会跟王子提这件事。如果他希望把这当作是你们两人之间的秘密，也无不可。你们什么时候开始上课？”

“王子什么时候方便开始，就什么时候开始。”我避重就轻地答道。我可不想抖出第一堂开课王子就缺席的事情。

珂翠肯点点头，看似心满意足地任由我们去进行。然后她清了清喉咙：“蜚滋骏骑，我之所以召你来，是因为我打算要……尽我们所能地将你的事情安排得好一点。在许多方面，我们都实在待你太过怠慢。如果我们能做些事情让你过得舒服一点、开心一点，那么我们理应去做。你目前化身为黄金大人的仆人，我也知道这个伪装有其必要，但堂堂的王子走在自己的亲友与子民之间，竟无人过问，这令我难以忍受。所以，我们能做什么？让我们帮你布置别的房间，让你私下有个舒服的去处可好？”

“不。”我迅速地答道。我听出自己的答复很粗鲁，所以赶快补了一句，“我认为目前这个样子就很好，这样子我就已经很舒服了。”我会住下来，但是我不会把这里当作是家。我心里突然冒出了个念头：就算试图把这里当作是家也没用。家，是有家人与你一起过日子的地方。我跟博瑞屈一起住的马厩阁楼，是家；我跟夜眼和幸运一起住的小屋，也是家。至于我现在跟弄臣一起住的房间？那不是家。因为弄臣与我要小心的地方太多，因为我们彼此保留的隐私太多，因为我们此刻所扮演的角色限制太多。

“……并给你月俸。以后的月俸切德自会安排，但是这个我要让你马上拿到手。”

然后王后便拿出了一个绣着漂亮花草的钱袋，她将那结实的钱袋放在桌上时，钱袋里叮咚作响。我虽想故作自然，但是脸却不听话地红了起来。我抬起头来看她，发现她的脸颊跟我一样红。

“感觉挺奇怪的，是不是？不过你千万别误会，蜚滋骏骑，这不是酬谢你为我，以及为我儿子所做一切的酬劳，你的付出，岂是钱财算得清的？不过一个男人总会有花费的时候，而你需要什么又不方便对我开口。”

我了解她的心意，但我还是忍不住说道：“您跟您的儿子也是我的家人，王后殿下。而且您说得没错，我为自己家人的付出，不是钱财买得来的。”

换作是别的女人，可能会认为我这话很冲，但珂翠肯听了这话，两眼得意得闪闪发亮，并且笑吟吟地对我说道：“我以我们是一家人为豪，蜚滋骏骑。我没有别的兄弟姐妹，只有卢睿史这么一个哥哥，虽然他死了，但没人能取代他的地位。然而在我眼中，你却像我自己的亲兄弟一般。”

就这一点而言，我的确认为珂翠肯与我相知甚深。珂翠肯透过我与她丈夫、与她儿子的共同血缘，而将我纳为自己人，这使我备感温馨。多年以前，黠谋国王第一次将我纳为自己人时，用了一只银别针来跟我交换条件。如今，银别针与黠谋国王都不在了，那么当年的交换条件还有效吗？当年黠谋是以国王的身份，而非我的亲祖父的身份将我纳为己用。如今，珂翠肯，我的王后，则先将我当作家人，再将我当作兄长。她不跟我谈条件，而且若是有人提出必须交换条件才能买到我的忠诚，她一定会怒目以待。

“我真希望把你真正的身份告诉我儿子。”

被她这么一说，我一时的自满顿时破裂：“求您别说，王后殿下。这个消息既危险又沉重，何必要加重他的负担呢？”

“哪有什么事情是应该瞒着瞻远家族的继承人？”

我们沉默了好一会儿，最后我说道：“时间到了再告诉他吧。”

看到她点头，我松了一口气，然而她开口时，又让我一时放宽的心重新紧绷起来：“必须让我知道什么时候算是时间到了。”

她伸手横过桌子，握住我的手。我任她抓住我，她将我的手掌翻上来，在我掌心里放了个东西：“多年前，黠谋国王送了你一个镶红宝石的银别针。黠谋国王以此作为标识，将你纳为自己人，并告诉你，他的门永远为你而开。现在我也要以同样的精神，将这个送给你。”

这是件小东西。一条眨着绿眼睛的小小银狐狸，警戒地坐着，蓬蓬的毛尾巴卷在脚边。整件作品镶在长别针上。我仔细地打量，真美，无可挑剔。

“这是你亲手做的。”

“你还记得我喜欢动手做银工，真是太荣幸了。没错，这的确是我自己做的。而且当年就是你将狐狸变成我的标记的。”

在珂翠肯的注视下，我解开衬衫扣子，将别针别在衬衫内面，这样从外面就什么也看不出来。但当我扣起衬衫之后，便感觉到贴在我胸口的那只小狐狸。

我清了清喉咙：“谢谢您，我备感光荣。而且既然您把我当作跟自己兄长一样亲，那么我也要问您一个我敢说换作是卢睿史也一定会问的问题。我会大胆地质问您，您为何将当年试图谋害您的性命，甚至还谋害您腹中孩子性命的人，留在自己身边？”

她瞄了我一眼，看来确实显得一头雾水。然后，她仿佛被人用针刺了一下地动了一下：“噢，你是说迷迭香小姐。”

“正是。”

“都过这么久了……那些都是陈年旧事了，蜚滋。你知道吗，蜚滋，我现在望着她的时候，根本不会想到那些了。红船之战结束，帝尊带着他一家上下回到公鹿堡时，迷迭香也跟着回来。那时她母亲已死，所以她……像个弃儿似的。一开始，我连她或帝尊出现在我眼前都无法忍受。不过宫廷里自然要维持些表象，而且帝尊低声下气地跟我道歉，又立誓要忠于我腹中尚未出生的王位继承人，这些姿态也很……有用。这有助于六大公国的团结，因为提尔司公国与法洛公国的贵族都看着他的风向行事，而我们也急需他们的支持。因为在红船之战之后，六大公国随时都有爆发内战的可能，毕竟各公国之间的差异实在太大了。然后帝尊就死了，死得离奇，死状还很惨。宫里难免有人谣传说我是为了要报旧仇，所以派人谋杀了帝尊。切德极力劝我一定得采取一些举动，以收编帝尊手下那些贵族。所以我派耐辛夫人去监督帝尊的旧地，也就是商业滩，因为我需要得到商业滩的强力支持。至于帝尊其他的庄园，我便平均地分配给最需要安抚的贵族。”

“那么，铭亮大人有何反应？”我问道。这些对我而言都是新闻。铭亮是帝尊的继承人，也就是如今的法洛公国大公。当年珂翠肯所“分配”的，无疑是原本应由铭亮继承的家产。

“我以其他方式来弥补他。由于他在防卫公鹿堡方面表现差劲，因此他的地位岌岌可危。他不能强烈抗议，因为他并没有继承到帝尊对于众贵族的影响力。不过我除了多方安排，让铭亮满足于自己所得的部分之外，也没放任铭亮变成差劲的公爵，而是将他培养成较好的治国者。我亲自监督他的教育，而不是只让他知道如何品尝美酒、身穿华服。他继任法洛公国公爵以来，倒有大半的时日是在这儿度过的。耐辛夫人帮他管理商业滩的庄园，而且由耐辛夫人来管理，可能比他要好得多，因为耐辛夫人深明事理，知道该派哪些有真才实干的人来做事。耐辛夫人每个月都送报告给铭亮大人，报告巨细无遗，然而他根本耐不下性子看完。但我总是坚持铭亮大人必须在我的财务总管陪伴下将报告读完，这一方面为了要确认他的确了解报告内文的意思，另一方面则是要让铭亮熟悉他自己产业的营运。而如今我看铭亮大人是真正地可以独当一面了。”

“据我推测，想必这其中也有铭亮夫人的功劳吧？”我大着胆子说道。

珂翠肯脸上优雅地一红：“切德认为铭亮大人若是结了婚，会更为满足。再说，铭亮也到了该有个继承人的时候了。若是放任他只身无伴，恐怕会为宫廷引来不安。”

“那么他的夫人是谁选的？”我尽量不让自己的口气听来冷漠无情。

“切德大人建议了几个家世好，又有……必要特质的年轻女子。然后我安排机会，派人一一将这几个女子介绍给铭亮大人。那几个家族的人也知道我乐于让铭亮公爵从这几名女子之中选择一位作为妻子。那几名女子之间竞争得很厉害，不过最后是铭亮大人自己选定新娘的。我不过是做好安排，让铭亮大人有机会选择……”

“选择一个家世清白，又不是很有野心，而且新娘的父母亲还对王后忠心耿耿的女子为妻。”我帮珂翠肯将剩下的话说了出来。

珂翠肯直视着我：“没错。”她吸了一口气，问道，“你是在怪我吗，蜚滋骏骑？当年最早教我操纵宫廷的谋略，并让我把谋略纳为己用的人，不就是你吗？”

我笑吟吟地看着她："不，当然不是在怪你。老实说，我还以你为傲呢。从昨晚铭亮大人望着夫人的表情，就看得出他的确因为自己的夫人感到满足。"

她几乎是宽心地叹了一口气："谢谢你。因为我很重视你的看法，蜚滋骏骑，从以前到现在，一直都没变。我可不愿在你面前丢脸。"

"那是不可能的。"我真诚且严肃地答道。接着我又将话题引到我感兴趣的地方，"那迷迭香呢？"

"帝尊死后，依附着他的人大多回自家的庄园去了，有些则去巡视我新分发给他们的产业。不过就是没人理会迷迭香。迷迭香还没出生，父亲就死了，她母亲继承了她父亲的头衔，成为枞林庄园的瑟娜法夫人。不过这个头衔徒有虚名。枞林庄园很小，不过是个巴掌大的封地罢了。若不是帝尊王子的青睐，瑟娜法夫人是永远不可能入宫的。"她叹了一口气，"这就是迷迭香的处境：八岁即成孤儿，而且不讨王后的欢心。宫里的人会怎么待她，你一定想象得到，也不用我多说了。"

我瑟缩了一下。我还记得自己当年的待遇。

"我根本不想理睬她，但是切德不肯放过我。说句实话，我也不肯放过我自己。"

"迷迭香这个人十分危险。她是个半学成的刺客，而且帝尊从小教她憎恨你。这样的人，怎能放任她随意走动呢？"

她沉默了一会儿，说道："你现在的口气倒跟切德一模一样。不，迷迭香的处境比你说的更糟糕。她住在我的屋檐下，却受到众人的漠视。她因为人家教她，她就照做而受到我的指责，我狠下心来对她不理不睬，等于是时时刻刻都在排斥她。要是我像寻常的夫人对待自己的小侍女那样地对待她，那么帝尊也不可能将她的心从我身边夺走了。"

"但她是先效忠于帝尊，然后才来服侍你的。"

"即使如此，我也早就该发现了。只是我太沉迷于自己的人生和我自己的问题。"

"她是你的侍女，不是你女儿！"

“你忘了我是在群山王国长大的，蜚滋，我理应为人民牺牲，而不是以王后自居。这是我对自己的期许。”

我避开这个论点：“所以你就决定把她留在身边了。”

“切德说，我要不就留她在身边，要不就杀了她。我听了这话觉得很可怕。这孩子也不过是照人家教她的去做，这样就该要她的性命吗？切德的话，让我将这一切看得更清楚。我一直将迷迭香弃而不顾，然而与其用‘忽略’这种苦刑来折磨她，还不如直接杀了她比较慈悲。当晚我只身前往迷迭香的房间。她看到我时吓坏了。她的房间十分冰冷，几乎空无一物，床单也不知道多久没洗了。由于个子长高，睡袍已经太小，而且睡袍的肩膀扯破了，下摆也太短。她瑟缩在离我最远的房间角落里瞪着我。然后我叫她选一个：是要给耐辛夫人做养女呢，还是再度当我的侍女。”

“而她选择要当你的侍女。”

“她大哭起来，扑在地上，并拉住我的裙摆，说她本以为我以后再也不会喜欢她了。她哭得很厉害，所以当我好不容易劝住她时，她所有的头发都因为汗湿而黏在头上，整个人冷得发抖。蜚滋，我觉得好羞愧，我竟然对一个孩子如此残忍——之所以说我很残忍，不是因为我打她骂她，而是因为我对她不理不睬。我们怀疑迷迭香陷害过我的事情，其实只有切德与我知道，然而因为我彻底地将那孩子关在门外，所以堡里的下人就不给她好脸色。她的小拖鞋都穿得破破烂烂的了……”珂翠肯声音渐低，而尽管我不想可怜迷迭香，仍不禁为她感到一丝怜悯，“她恳求我收她在身边服侍我。帝尊将她安插在我身边的时候，她还不到七岁。她从不恨我，恐怕也不了解她自己这样做有什么涵义。我敢说，当年她偷听我们讲了什么话，再禀报给帝尊知道的事情，对她而言只不过是一场游戏。”

我要求自己实际一点，并硬下心肠：“那在楼梯上抹油，让你滑了一大跤的事情，又怎么说？”

“人家何必告诉她为什么要在楼梯上抹油？别人只需要叮咛她，等我上了屋顶花园之后，她就在楼梯上抹油，这样就行了。因为她是个孩子，别人说不定还告诉她这只是个无伤大雅的玩笑。”

“你问过她吗？”

珂翠肯顿了一下：“有些事情还是别去翻搅得好。即使她知道在楼梯上抹油，为的是让我滑跤，她恐怕也不明白让我跌一跤对帝尊而言有多么重要。我想，说不定在她心中，我其实是两个人：我一方面是帝尊想要击败的那个女人，另一方面又是她每天服侍的珂翠肯。迷迭香会做出那些事情，应该要怪帝尊，然而帝尊已经死了。而且自从我将她带回我身边之后，她一直忠心且尽力地服侍我。”她叹了一口气，望着我身后那堵墙壁，“过去的一定要让它过去。对于治国者而言，此理尤其真切。我必须让自己的儿子与外岛人之女结婚。外岛人害死吾王，然而我仍要尽力促成我们与外岛的贸易和联盟关系。既然如此，我还得因为我将一名小奸细纳入我的羽翼下，并将她变成我的侍女之一，而跟你斗嘴吗？”

我深深地吸了一口气。如果这十五年来她从未后悔自己所做的决定，那么我现在说什么话都不可能改变她的心意了：“嗯，我想我早就应该要料到这一点了。当年你刚到宫里来的时候，就找了个刺客当你的顾问，当时你也没跟我斗嘴呀。”

“不是把你当顾问，是把你当作朋友。”珂翠肯义正辞严地纠正道。她的眉头皱了起来。当年我跟她刚认识的时候，她的额头上和眉间是没有这些细纹的，如今因为她皱眉、皱额次数多了，以至于细纹都不走了，“我们现在必须维持表面上的伪装，但是我心里并不喜欢这样。我真希望你能在我身边，跟我讨论事情，并教导我的儿子。我不但以你为瞻远家的一份子为荣，也以你为我的朋友为荣。”

“不能那样。”我坚决地对她说道，“而且这样比较好。以我目前这个身份，对你的用处还多一些，而且你与王子也可以少一点风险。”

“而你自己的风险却变多了。花斑帮就在我们脚下的公鹿堡城外威胁你的事情，切德已经告诉我了。”

我发现我并不想让珂翠肯知道这些：“那些事情还是由我来处理的好。我说不定会找个机会公开嘲笑他们。”

“唔。也许吧。不过竟要让你只身面对这些事情，我实在感到羞愧。老实说，六大公国的人有这些偏执的观念，而我们的贵族还睁一只眼闭一只眼，真的说不过去。我已经尽力为原智者多做些事情，可是进展很缓慢。花斑帮第一次在人潮聚集处钉上告示的时候，我气极了，但切德劝我别在盛怒之下贸然行动。如今我倒觉得，要是当初我立刻就让大家知道我有多么气愤，事情可能还不会演变到今天的地步。除了愤怒之外，当时我的第二个反应是，我想发出召集令，邀请原智族群的领袖前来与我会谈，看看能不能找出个办法，以免他们被花斑帮的恶毒行为所害。”她摇了摇头。

“但切德还是阻止我了。他说原智族群没有公认的领袖，而且原智者不相信瞻远家的人，所以不可能到这里来。再者，当时我们没有可信任的原智者帮忙从中撮合，也无法给原智者什么证物之类的东西，让他们相信会谈真的就只是会谈，而不是要借此将他们一网打尽。切德劝我放弃这个念头。”珂翠肯的声音中透露出些许失望，她补充道，“切德是个很好的顾问，他将政治与权力的运作看得很清楚。不过我有时候觉得，切德只顾着让六大公国更为稳定，却不太关心是否人人都享有正义。”她皱起那优美的额头，继续说道，“切德说，国家越是稳定，就越有机会伸张正义。也许的确是如此吧，然而我常常会渴望以前你跟我讨论事情的时光。这是另一个让我备加思念你的地方，蜚滋骏骑。我想见你的时候却不能见你，只能派人秘密地去找你，我很讨厌这样。今天下午我邀请皮奥崔到我这儿来玩牌，我真希望也能邀请你来，因为我很重视你对他的看法。皮奥崔这人真是耐人寻味。”

“你今天下午跟皮奥崔玩牌？”

“我昨晚跟皮奥崔聊了好一会。我们谈到晋责跟艾莉安娜能不能得到真正的幸福要看他们的运气，然后由此慢慢聊到玩牌也要靠‘运气’。你还记不记得，有一种群山的游戏是用纸牌和符文骰子来玩的？”

我竭力搜索自己的记忆：“我记得你好像跟我提过一次。啊，对了，帝尊第一次对我下手之后，我在群山疗养，当时我曾经在卷轴上读到过这种游戏。”

"这种牌是用厚纸或是薄木片做成的，上面画上了群山故事的彩图，也就是像'老纺织工'、'躲藏的猎人'这类的故事。而符文的各面则刻着'石'、'水'、'草原'的符文符号。"

"对，我记得我听说过这种牌戏。"

"嗯，皮奥崔要我教他玩这种群山的牌戏。我一提起，皮奥崔便很感兴趣。他说，他们在外岛也有一种用符文骰子的牌戏，他们是将骰子摇一摇再丢出去。还会有一张桌布或是桌面，上面刻画着比较不重要的小神，像是'风神'、'烟神'和'树神'等等。然后玩家便按骰子摇出来的结果，将自家的代表物在桌布或是桌面上前进几格。感觉这个游戏跟群山的游戏颇为相似，不是吗？"

"也许吧。"我答道。不过珂翠肯大概是想到这个游戏的种种趣处，因此一想到要教皮奥崔这个新游戏，脸上便放出光彩。莫非王后觉得这位坦率的外岛战士很有魅力？"你一定要多跟我说说这个游戏的事情。我也很想知道，外岛的符文骰子跟群山的符文骰子是不是大同小异。"

"如果这两种骰子相似的话，那可真是神奇了，不是吗？尤其是我这个游戏里的符文符号，有些还跟精技石柱上的符文符号很像呢。"

"啊。"王后至今仍有使我大吃一惊的能耐。她就是有本事同时沿着好几条思路思索下去，并独具慧眼地将看似不相干的事情兜在一起，提出立论。当年她就是靠着这个本事，才发现了老早就丢失的路线，并带领我们前往古灵的国度。珂翠肯这么一提，我突然想到好多事情。

我站起身，准备告退。我鞠了个躬，希望自己想出一句什么话来谢谢她，然而下一刻我又觉得，想要感谢别人哀悼自己深爱的伴侣，实在是很奇怪的。我结结巴巴地想说些话，但是珂翠肯阻止了我，她走上前来，伸手握住我的双手："我失去了惟真是什么心情，全天下大概就只有你一个人最了解了。我亲眼见他化身为龙，我知道他一定会成功，但我心里仍自私地感到悲伤，因为我将再也无法看见他身为男子的形体。夜眼去世，并不是我们一同承担的第一个悲哀。无论是你还是我，这一生大半都在踽踽独行啊。"

我知道我这样做不合礼仪，但我管不了那么多了。我伸出双臂，紧紧地抱住她。“他爱你至深。”我说道，我的声音因为悲悼吾王之逝而哽咽。

她将额头靠在我的肩膀上。“我知道。”她悠悠地说道，“直到如今，他的爱仍是我的支柱。有时候，我几乎感觉到他就在我身边，为我分析条理，助我度过难关。但愿夜眼与你同在，就像惟真与我同在一样。”

我抱着惟真的女人，久久不动。倘若逝者仍在，如今会是多不一样的景况呢？但她许的愿望的确十分美好，而且有疗伤止痛之效。我叹了一口气，放开珂翠肯，于是王后与仆人便各自分开，各自去完成常日里的事务。

6. 往事无痕

……所以情况非常清楚，恰斯国本可以打败缤城商人，并将缤城商人的领地据为己有的，只要他们能完全封锁缤城湾。

然而恰斯国人之所以无法如愿，是因为有两种魔法的横生阻挡。缤城的确是由魔法保护的，因为众所周知，缤城商人从事商业贸易，而非打仗。保护缤城的第一种魔法，是缤城商人的“活船”。所谓“活船”，是指通过将家中三名长者或是孩童作为牺牲的神秘仪式，使商船产生感知的魔法。这些活船船头的木刻人头不但会动、会讲话，还拥有庞大的力量，例如逮住较小的船只，并将对方挤碎。有些活船甚至会喷火，火舌射程可达船身的三倍远之处。

有些无知之人不但对缤城商人的第一种魔法嗤之以鼻，还将他们的第二种魔法斥为无稽之谈。然而，身为眼见为实的世界旅行者，我要郑重反驳那些将这两种魔法视为谎言之人。缤城的匠人高明地结合了魔法与……（此处由于羊皮纸受损，所以无法辨识。）匆忙地用蓝色与银色的宝石造出了一条龙，以保卫他们的海港。尽管恰斯国人将缤城的仓库区一带打得满目疮痍，但那条匠人们称之为“婷妮格莉亚”的龙，却从冒烟的废墟间升起，并将敌人的船舰驱离缤城海港。

——椋音·鸟啭所写，《惟真之愿》一曲歌词我穿过迷宫般的通道回到我自己的小房间。我先窥探了一下，发现房间一片漆黑，这才进门。进入房间之后，我将暗门紧紧关好，接着便停下来，一动不动地站在黑暗中，因为通往弄臣房间的门虽然关着，却传来讲话声。

“唔，既然我不知道他何时起身，何时离开，为何出门，那我就更不知道他什么时候会回来了。一开始，我真觉得找个健壮矫捷的士兵放在身边，还蛮有趣的。既可以阻挡街上小混混的骚扰，又可以帮我打点其他的需要。但是事实摆在眼前，这些日常的事务，他根本就敷衍应付。您瞧瞧！我早上还得到走道上拦个侍僮，叫他去厨房帮我带些早餐上来，更糟的是，他选的餐点都不合我的胃口！我是很想辞退獾毛，只是现在我的脚踝伤成这样，没有个健壮的仆人扶着恐怕不成。不过，也许獾毛这人本来能力就有限，我只要另外找一两个侍僮来打点日常事务便可。您瞧炉台上这一层灰！可耻啊。房间脏成这样，我都不敢邀请朋友来了。因为脚伤的关系，这阵子我只能静养，想来还真有点庆幸啊。”

我冻结在原地。我很想知道他在跟谁说话，是谁要来找我，但我又不能莽撞地开门出去，因为黄金大人若是已经坚持说我不在房间，那么我一出现就穿帮了。

“很好。那么，我能托您传个话给他吗，黄金大人？”

那是月桂的声音，言语中的烦躁一听即知。月桂毕竟曾经与我们一起旅行、看过我们两人相处的情况，所以这些障眼法根本骗不倒她。她永远也不会相信我们之间仅是主仆关系而已，因为我们露出马脚的地方实在太多。不过我也知道，黄金大人必须重新建构起这个伪装，因为他若不坚持他是主、我是仆，那么宫廷里的人恐怕迟早会揭穿我们的骗局。

“当然。不过也很欢迎您晚上到我这儿来看看。獾毛逛累之后，也许会想起他自己尚有任务在身。”

如果黄金大人这话为的是要平抚月桂的情绪，那么他可要失望了：“我留个口信给他就够了。我经过马厩的时候，发现獾毛的马有些异常，我放心不下。如果他能在今天中午到马厩来一趟，那么我便可以将毛病指给他看。”

“倘若他到了中午还不回来……莎神在上，这家伙真是把我给气死了！当仆人的自己跑得不见人影，还得劳我这个主人帮他提醒日程！”

“黄金大人。”月桂开口制止了黄金大人的夸张言语，“这事真的很重要。烦请他到时候到马厩来找我，或是找个机会与我一谈。日安。”

月桂“砰”的一声紧紧关上房间正门。尽管如此，我还是等了好几分钟，确认房里除了弄臣之外没有别人，这才悄然无声地打开房门，不过弄臣不可思议的感应能力却已察觉到我了。“你可回来了。”弄臣在我进门时宽慰地叹道，“我才刚开始担心你哩。”他仔细打量我，脸上浮出了笑容，“王子的第一堂课，想必上得极其顺利吧。”

“王子第一堂课就缺课了。早上劳你张罗早餐，真是抱歉，我忘了要先将早餐打点好了。”

他不屑地哼了一声：“我向你保证，我从头到尾就没指望你能把仆人的分内事做好。我绝对能轻松地张罗自己的早餐，只不过我必须表现出我是迫不得已才拦下过路的侍僮而已。此外，我还要恰如其分地弄得众人鸡飞狗跳。如今我的牢骚已经发得够多了，就算再添个侍僮，也没有人会多问一句话的。”他又为自己倒了一杯茶，啜了一口，露出一脸苦相，“冷了。”他朝餐点做了个手势，“饿吗？”

“不饿，我跟珂翠肯吃过早餐了。”

他看似毫不意外地点了点头：“今天早上王子送了张纸条给我，我看得一头雾水，但现在我看出几分道理来了。他的纸条上写着‘看到您因伤而无法在我的订婚舞会中跳舞，使我十分难过。突如其来发生不便，使人无法享受到长久以来引颈企盼的乐趣时，会让人多么失望丧气，我十分了解。我全心全意地希望您能够早日恢复您最喜欢的活动。’”

我点点头，而且多少感到开心：“写得很隐晦，不过意思都表达到了。我们的王子越来越懂得迂回了。”

“果真是虎父无犬子。”弄臣应和道。我猛地瞄了他一眼，却只觉得他的表情平和且仁慈。他继续说道，“还有呢。月桂留了个口信给你。”

“我知道。我听到了，当时我人在隔壁。”

“我想也是。”

我摇了摇头：“这个口信我就不懂了，而且背后恐怕有什么事故。从月桂的口气听来，她之所以要见我，跟我的马一点关系也没有。不过我中午还是会去马厩，看看她要跟我讲什么。然后我要去公鹿堡城去看看幸运，并跟吉娜道歉。”

他扬起眉毛。

“我本来跟吉娜说好，昨天晚上要去她那儿跟幸运谈谈的。可是你知道的，我昨晚没进城，反而跟你去参加订婚宴了。”

他从早餐托盘里拿起一把扎成了袖珍花束的白花，若有所思地凑到鼻子边闻了闻：“这么多人，人人都等着见你呐。”

我叹了一口气：“我也很为难，不知道该怎么处理才好。这些年来，我已经习惯了独居生活，只有夜眼跟幸运会占据我的时间。现在我身边的人可多了，而我不大能处理好和他们的关系。切德的事务庞杂纷乱、多如牛毛，真不知道他是怎么做到的。”

弄臣笑了一笑：“切德呀，他可是织网的蜘蛛精呐。他的蜘蛛网四通八达，而他则端坐在正中间，因此凡是网上有了动静，他没有不知道的。”

我也笑了：“这说得真形象啊。没有一点奉承的意味，就是特准确。”

他突然歪着头，对我说道：“这么说来，那就是珂翠肯咯，对不对？不是切德。”

“你在说什么？”

他低着头，手里玩弄着那个袖珍花束：“你变了。现在你的肩膀又挺起来了。当我跟你讲话的时候，你会定定地看着我，你原来那个失魂落魄的样子不见了。”他轻柔地将花束放在桌上，“一定有个人让你的肩头重负少了几分。”

过了一会儿，我应和道：“是珂翠肯。”我清了清喉咙，说道，“我原先不晓得珂翠肯跟夜眼那么亲近。她也哀悼夜眼的离开呢。”

“我也是。”

我仔细琢磨接下来要跟弄臣说的话。这些话可能有点多余，因为他听了或许会觉得伤感情，但我还是将话说了出来："不一样。珂翠肯跟我一样悲悼夜眼之逝，她悲悼的是夜眼这匹狼，以及夜眼对她的意义。至于你……"我接不上话，因为我不晓得该怎么说才好。

"我是透过你而心疼夜眼。对我而言，夜眼非常真实，然而我是透过你我之间的连系，才深切地体会到夜眼的存在。所以就某个层次而言，我对夜眼的悲悼的确没有像你悲悼它那么深，因为我悲悼的是你对夜眼的悲悼。"

"你比我会讲话得多。"

"没错。"他应和道。然后他叹了一口气，双手环抱在胸前，"唔。我很高兴有人帮得上你。虽说我很嫉妒珂翠肯。"

我觉得这实在毫无道理："你嫉妒珂翠肯？嫉妒她悲悼夜眼？"

"我嫉妒的是她能安抚你。"我还来不及细想要答什么，他便抢着以轻快的声音说道，"这些盘子，就让你送到厨房去吧。你归还盘子的时候要装出气愤的模样，仿佛你家主人刚刚把你严厉地训斥了一顿。然后你就可以去找月桂并前往公鹿堡城了。今天我打算静静地在房里待一天，做做自己的消遣活动。我已经放出风声，说我因为脚痛的关系，打算静养，不见外客。不过王后邀我傍晚的时候到她那儿玩牌。所以如果你回房来没找到我，就去王后那儿。你赶得及回来扶我一跛一跛地跳去吃晚餐吗？"

"应该可以吧。"

他的神情似乎更凝重了，仿佛他的脚真的痛得很厉害："那么，看看我们能不能在晚餐时碰面吧。"他起身离开餐桌，回到他自己的卧室，一言不发地关上房门。他悄然无声地关上门，但是门关得紧紧的。

我将所有的餐盘收到托盘上。虽说他并不指望我有做好仆人分内事的能耐，但我还是把房间整理了一下。我将托盘送至厨房，然后捧着柴、提着水回到房间。黄金大人私室的房门仍旧紧闭着。我纳闷着他会不会是病了，要不是时间已近中午，我真的会去敲他的门。我回自己的房间，把那把丑剑系上，从珂翠肯给我的钱袋里拿了些铜板出来，其余的便塞在床垫的角落里。我检查了身上的暗袋，拿下挂钩上的斗篷，朝马厩走去。

大批宾客涌进公鹿堡参加晋责王子的订婚大典，因此平常用的马厩挤满了宾客的马匹，而像我这样的仆人所用的马，便迁到“旧马厩”，也就是我小时候出没的那个马厩去了。对我而言，这样更好。阿手与一些马厩旧人可能还记得当年在马厩总管博瑞屈身边跟前跟后的那个少年，但是在旧马厩那里，我比较不可能碰上他们。

我发现月桂正靠在黑玛的马栏门上，温柔地跟它讲着话。会不会是我错估了月桂的语意？我快步走到她身边，心里不禁开始担心黑玛出了什么事。“黑玛怎么了？”我先问道，之后才迟钝地想到我这样非常失礼，“女猎人月桂，日安。我依您所说的，前来此处找您。”黑玛对我们两人视而不见。

“獾毛，日安。谢谢你来找我。”她悠闲地四下看看。虽然现在马厩的这一角空无一人，但她还是靠上来，压低了声音说道，“我要私下跟你讲句话。跟我来。”

“如君所愿，月桂小姐。”她大步走开，我跟在她身后。我们走过了一排又一排马栏，来到马厩的后方，月桂带我走上当年十分坚固，但现在已经摇摇晃晃的楼梯，这使我大吃一惊。这楼梯通往博瑞屈住的阁楼。他当年担任马厩总管的时候，声称他不要住在城堡主楼里的好房间，宁可住得离他所掌管的动物近一点。而我跟他住在一起的那几年，也总以为这是实情。不过后来我再细想，就觉得博瑞屈之所以屈就在这个寒酸的马厩阁楼里，一方面是为了让我避开众人的耳目，另一方面则是为了保护自己的隐私。如今我跟在月桂身后爬上陡梯，心里不禁纳闷月桂到底知道多少。她该不会将带我前来此处当作序曲，打算逐步揭露我的身份之谜吧？

楼梯顶端的门并未上锁。她用肩膀一撞，门就嘎吱嘎吱地拖过地板。她踏进阴暗的阁楼，并示意我进去。我蹲身躲过结在门框上的蜘蛛网。阁楼很暗，只有房间末端那个小窗户破损的护窗板之间透进一些光亮。霎时间，我觉得这里好小。当年博瑞屈零散地摆在这里的几件家具早就被清走了，取而代之的是马厩的破烂物品：绞扭打结的马缰、破裂的号角、飞蛾啃烂的毯子等。我在此处度过童年，但如今整间房间堆的都是人们暂且搁在一旁，心想总有一天会腾出时间修理，或有一天说不定会派上用场的旧东西。

我心想，若是博瑞屈看到这个情景，一定会气死了吧！我又纳闷着，阿手怎么会让这些破烂东西越堆越多，继而想道，阿手自有更紧要的事情需要处理。如今的公鹿堡马厩，可比红船之战时更大也更气派了。我看阿手大概不必像博瑞屈那样，半夜坐在灯旁修理马具，并替马缰上油。

月桂误解了我脸上的表情："我知道这地方很臭，但是这里没有别人。我是很愿意到你自己的房间去谈，无奈黄金大人忙着扮演大贵族的派头。"

"他的确是大贵族啊。"我指出，但是月桂脸上那一闪而过的表情使我乖乖闭上了嘴。我迟钝地想起，黄金大人在旅程中与月桂有说有笑，但是昨晚他们却连招呼都没有打。噢。

"你们爱装谁就装谁吧，我才不管哩。"月桂把她对我们两人的烦厌搁在一旁，她一定是有比这更要紧的事情要说，"我表弟鹿亲捎来消息。鹿亲此举其实不是为了要警告你，而是为了要警告我。依我看，他大概不希望我通知你，毕竟他有充分的理由不喜欢你。不过，王后似乎很重视你，而我是立誓效忠王后的。"

"我也是。"我强调道，"这么说来，你已经将这个消息禀报给王后知道了？"

月桂朝我看了一眼。"还没。"她坦承道，"王后没必要知道，因为这事是你自己就能处理的。况且我要找王后私下谈一谈很难，相比之下找你就容易多了。"

"到底是警告什么？"

"鹿亲叫我赶快逃走。花斑帮的人知道我是谁，也知道我住在哪里。花斑帮认为我这人是双重叛徒。第一，由于我的家族渊源，他们把我当作是原血者；第二，我效忠的是跟他们有深仇大恨的瞻远政权，所以罪加一等。他们倘若逮到机会，就会把我杀了。"月桂淡淡地讲述自己所受的生命威胁，但是接着她压低了声音，转开头补了一句，"而你的处境也是一样。"

月桂与我都沉默不语。我一边沉思，一边观察从护窗板的缝隙间照进来的薄薄阳光，以及在光线中飞舞的微小粒子。过了一会儿，月桂再度开口："大概就是这样了。你砍断了路德威的前臂，他的伤至今仍让他痛苦不堪。在我们那个小小的冒险活动之后，许多原本追随路德威的人都离开了花斑帮，重回真正的原血者的生活方式。而且原血家庭也对子女施压，要孩子们放弃花斑帮偏激的政治主张。许多人一直觉得，王后是真心要让原血者的日子过得好一些的，等他们知道王后的儿子有原智之后，他们对王后就更有好感了。他们愿意等待，至少愿意等上一阵子，看看王后会怎么对待我们。"

"至于那些继续追随路德威的人呢？"我不情愿地问道。

月桂摇了摇头："继续跟着路德威的都是最危险也最不理性的人。路德威吸引的都是恨不得引发骚动、打打杀杀的家伙。与其说他们要追求正义，不如说他们想要复仇；与其说他们想要和平共处，不如说他们渴望权力。有些人，好比说路德威吧，亲眼见过家人和朋友只因为有原智就被处死。而其他人呢，他们身上流的简直不是血，而是疯狂。他们人数虽不多，但却为达目的不择手段，所以其危险性不亚于一支大军。"

"他们有什么目的？"

"很简单。他们要权力，要压迫原智者之人受到惩罚。他们痛恨瞻远家族的人，甚至痛恨你。路德威不断灌输他们说你有多可恶。他自己沉溺于仇恨之中，还把仇恨当作贵重的黄金赠予追随他的人。他们最看不顺眼的就是'对万恶之瞻远家族卑躬屈膝'的原血者，所以你就被他们当作是眼中钉。凡是助你对抗花斑帮的原血者，都要受到路德威的花斑帮分子的报复。有人房子被烧，有人养的鸡群鸭群被驱散或是偷走。这些偷袭行为陆续发生，但花斑帮还撂下狠话：以后要是有谁敢不支持他们对抗瞻远家族，他们就把其身份抖露出来。现在原血者们人心惶惶，因为我们不可能起而对抗花斑帮，但是他们却不惜让我们死绝。花斑帮的人说，所有的原血者都得支持他们，要不然就等着被杀光吧。"月桂的脸变得很严肃也很苍白。我知道她的家人一定受到了实际的威胁，而且我一想到她的家人之所以有此厄运，有部分原因是我所造成，我的胃肠就不禁绞紧起来。

我吸了一口气："你讲的事情倒不全是新消息，有一些我已经知道了。前两天，我从公鹿堡城回堡里来的时候，路上被花斑子跟踪了。我唯一意外的是，他们竟然留我一命。"

她轻轻耸起一边肩膀。瞧她这个姿势，倒不是说我没什么危险，而是说我把花斑子的心眼想错了："花斑子对你恨之入骨。你砍掉了路德威的手，你是原血者，可是你却效忠瞻远家族，还直接跟花斑帮作对。"她摇摇头，"他们可以任意置你于死地，而留你活口这件事也没什么好令人安心的，因为这只是表示你活着对他们还有一点用处。我表弟说，也许我自己没发觉，但我错误地与最糟糕之人为伍，就是在暗指此事。花斑帮的传言是，黄金大人与汤姆·獾毛另有其他身份——这倒多少在我意料之中，但是鹿亲却把这讲成是天大的事情。"

月桂顿了一下，大概是要给我时间解释。我没说什么，但心里想了很多。会不会是有人将汤姆·獾毛与歌谣、传闻中所讲的那个"原智小杂种"联想在一起？倘若真是这样，他们之所以留我活口，到底是对我有何索求？如果他们想捉我作为人质，用以对付瞻远家族，那么当晚他们就可以动手了，不是吗？月桂皱眉怒视着缄默不语的我，并接着说话，打断了我的思绪。

"花斑帮的人攻击、劫掠自己人，甚至连曾经追随路德威，自称是花斑子的人也不放过，这让原血者都看不过去了。有些劫掠的行为，显然与任何'高尚'的花斑帮动机毫无关联，只是为了报复个人的私仇而已。他们肆意妄为，无法无天。现在路德威还很虚弱，因为失去了手臂，所以至今他仍高烧不退，以至于无法重掌大权。亲近路德威的人因此而加倍仇视你，他们一定会快如燎原的野火般对你下手。你瞧，你才刚回到公鹿堡几天，他们就盯上你了。"

我们沉默地在灰尘满天飞的房间里站着，两人各自想着阴暗到不宜说出口的思绪。最后，月桂不情愿地说道："鹿亲跟那些花斑帮的人有牵连，这你是知道的。而他们想要引诱鹿亲回去。鹿亲必须……跟他们虚与委蛇。这样才能保全我们的家族。他现在的处境非常危险。他听到的事情太敏感，不宜转述给别人知道，但他还是传了消息给我。”月桂的话声渐小。她凝视着关闭的窗户，仿佛她能够看到窗外的动静。

我知道她的意思：“你应该禀报王后，跟王后说，鹿亲为了保障家人的安全，所以必须维持背叛皇室的表象。鹿亲劝你逃走，你有没有好好考虑？”

她缓缓地摇了摇头：“逃到哪里去？逃回家里？那岂不是让家人惹上更大的麻烦吗？如果我待在这里，那么花斑帮至少还必须深入虎穴才能对我下手。所以我会继续留下来服侍王后。”

我心里想着，切德恐怕也无法保护月桂，至于月桂的表亲，那就更不用说了。

月桂平淡的声音打破沉默：“鹿亲从一些蛛丝马迹推测，花斑帮可能在跟外人结为联盟，他还说，这些外人‘力量强大，而且乐于在推翻瞻远皇室之后，让路德威的人掌权’。”月桂忧心忡忡地瞄了我一眼，“听起来他们牛皮吹得很大，是不是？不可能有这种事情，对吧？”

“最好是禀报王后。”我答道，并暗自希望她别听到我的心声，因为我认为这是有可能的。这种事情，我一定会告诉切德。

“那你呢？”月桂问道，“你会逃走吗？我认为你应该要逃走，因为花斑帮就是想借着你来树立权威的。他们只需要抖出你的事情，就等于昭示了连公鹿堡里都有原智，而你若是被人分尸、烧尸，又等于是杀鸡儆猴，告诫其他原血叛徒，倘若他们胆敢否认自己的血缘，背叛自己的亲族，就是这个下场。”

月桂的表弟是原血者，但她自己并非原血者。虽然她的家族有原血的渊源，但是她既不同情原智魔法，也不同情使用原智魔法之人。月桂跟大多数的六大公国人民一样，认为我这种与动物交流、与动物牵系的能力，是种可耻的法术。也许正因为如此，所以月桂使用“叛徒”一词时，我无需太过在意，但是月桂讲这段话的轻蔑语气使我怒火中烧。

“我不是叛徒。我并没有背叛我自己的原血血统。我原本就立誓效忠瞻远皇室，我不过是遵守诺言罢了。如果原血者没有先对王子不利，那么我根本不必将王子从他们手里抢夺回来。”

月桂语气平淡地说道：“那不是我的想法，我不过是把我表弟的话复述给你听而已。鹿亲告诉我这消息是想要我警告王后，这多少是因为他觉得自己亏欠我，但此外还有个重要原因：我们所知的这几个近代的瞻远政权，就数珂翠肯王后对原血者最为容忍，所以鹿亲不愿她因为蒙羞而影响力减退。据我推测，鹿亲大概以为，王后若是知道花斑帮会拿你来对付她的话，一定会赶紧甩掉你。但是我对王后的了解更深。就算花斑帮会拿你来对付王后，王后也不会听我的劝，把你送得远远的。”

原来如此，原来月桂约我出来的目的在此，“你认为我应该不等王后开口就自己避开，这样对大局最好？”

她望向我身后远处，好像不是在对我说话：“你是突然之间不知道从哪里冒出来的。也许你还是回到原来的地方最好吧。”

在那一瞬间，我真的认真思索起这条路。我可以走下楼梯，骑上黑玛，就此扬长而去。幸运在拜师学艺，安全无虞，况且切德一定会妥善地照顾他。我一直不愿教晋责精技，更不想把我对原智的了解告诉他。也许对我们大家而言，这条路是最简单的方法。我是可以就此消失。不过——

“我并不是自己跑到公鹿堡来的，而是王后紧急召我前来的。而我之所以继续留下来，也是因为王后的缘故。况且，就算我离开此地，也不能除去对王后的威胁，因为路德威跟他的手下都知道王子有原智。”

“我早料想到你可能会这么说。”月桂退让道，“而且以我的评断，你说得可能极为正确。不过我会将此事禀报王后。”

“你若是不跟王后禀报，就是疏忽了职守。不过我还是很感谢你花这么多功夫找我出来，让我也知道此事。我知道鹿亲难免对我印象不佳，不过我很希望我们能将过去的嫌隙抛到脑后。如果有机会的话，烦请你把我的意思告诉他。就说我不但对他毫无恶意，也对于真正坚持原血传统之人毫无恶意，但我永远都必须将我对瞻远家族的忠诚摆在第一位。”

“我也是。”月桂正色说道。

“别跟晋责王子提起路德威的意图。”

“鹿亲传给我的消息里没提到王子。所以我对此只有一个答案，那就是我不知道。”

“了解了。”

讲到这里，我们好像已经说得差不多了。我让月桂先行离去，以免被别人看到她跟我在一起。我在房间里逗留了很久，不仅仅是为了等月桂离开。积满灰尘的窗棂上，仍依稀可见我小时候拿刀子随便乱刻的痕迹。我抬头望着倾斜的屋顶，当年我的床铺就在那一角，至今仍看得出那里的粗糙木板上，歪扭地刻着猫头鹰。事隔太久，加上后来又有其他人居于此处，所以博瑞屈与我留下的痕迹已经被抹去得差不多了。我离开房间，并拖着门板，紧紧关上门。

我是可以给黑玛上鞍，骑马到城里去，但我仍决定走路去公鹿堡城，哪怕天气已经寒冷起来。我的理念是，要跟踪走路的人比较困难。一路上没有什么意外也没有过多交谈，我就这样出了城堡大门。我轻快地大步前行，一走到守卫与其他路人都看不见我的地方，就躲到路边，站在稀疏的灌木丛后，看看后面有没有人跟踪我。我一动不动地静静站着，站到我背后的旧伤又开始痛了起来。今天湿气比较重，想必晚上会下雨或下雪。我的耳朵和鼻子被风吹得冷冰冰的。我终于判断今天没有人跟踪我，但我进城时，还是运用了一些旧日的技巧。

我故意绕了一大圈才走到吉娜家。之所以绕路，一是因为谨慎，二是因为踌躇。我想买个礼物送给吉娜，既有为昨晚爽约没去看她而道歉的意思，也可借此感谢她帮我照顾幸运，但我却想不出该买什么才好。耳环不好，太贴身，也太长久，同样地，路边的摊子上那条颜色鲜艳的披肩围巾也不适合。刚做好的熏鱼让我食欲大开，不过熏鱼好像不能当成一个礼物。我虽然是成年人，却觉得自己陷入了少年人的两难之中。我该选什么礼物才能表达我的感激、抱歉与好感，而且又不至于显得我对她有过多的感激、抱歉与好感？最后我决定送个能够表达友善，而且就算是送给弄臣或是幸运也不至于令人尴尬的礼物。我看中了一袋味道甜美的榛果，今年的榛果又大又亮，另外还买了一条新鲜的香料面包。拿着这些东西，当我在敲着那扇挂了掌纹招牌的门时，心里觉得自信满满。

“等一下！”吉娜叫道，开了上半扇门，斜着眼打量着立在阳光中的我。

她屋子很暗，护窗板关得紧紧的，桌上的蜡烛散发出芳香，“啊，汤姆。我正在帮客人看相呢，你能等一等吗？”

“当然。”

“那好。”吉娜说着便紧紧地关上门，留我呆呆地站在原地。我实在没想过会碰到这种情况，不过继而一想，就觉得我碰上了也是活该的。于是我谦逊地等着，注视着街上来来往往的行人，并尽量在刺骨的寒风中装出自在的模样。吉娜是个乡野女巫，她住的这条街颇为安静，但是来往的人不断。她隔壁住的是制陶者，那陶匠关紧了门用以避风，但门外排着各种陶器，屋里还传来转动转盘的捏陶声。吉娜对面住的那妇人，不知为什么会生了那么多儿女，年纪都很小，虽然天冷，但其中几个仍执意要爬到外头泥泞的街上，而一名年纪比那些娃儿们大不了多少的小女孩，则耐心地不断将娃儿往门里抱。我站在这里，可以看到这条街远处有个酒馆，酒馆的招牌上刻着一只卡在篱笆上的猪。那家店的顾客似乎大多是拿着小酒桶去买啤酒回家喝的人。

当我正开始考虑到底要就此离去，还是再度敲门时，吉娜的门就开了。一位衣着华丽的夫人走了出来，后面跟着两个女儿。小女儿眼里噙着泪，大女儿却显得不耐烦。这位太太对吉娜道谢再三，又讲了好久的话，才吩咐她那两个女儿别再逗留，快快随她去。临走时那妇人瞄了我一眼，似乎很不以为然。

虽然我曾经认为吉娜是为了给我下马威而将我关在门外，但此时她的脸让人觉得很温暖，尽管看起来还带着些疲倦，于是我刚才的念头一下子飞到九霄云外。她穿着绿色的袍子，腰间束着宽大的黄带子，搭配得宜，且格外衬托出她的胸部。“进来，快进来。呼，这是个什么样的早晨啊。人呀，真怪。既想知道自己的手相是什么意思，但是你点破了，她们又不相信。”

吉娜把我身后的门关上，让我一下子陷入黑暗之中。

“我家主人交代了事情，所以我昨晚没来，真对不起。我在市场里买了些新鲜的香料面包。”

“噢，真棒！你那袋榛果是市场买的吗？要是我早知道你爱吃榛果就好了，因为今年我外甥女的那片榛树结的果子特别多，多到我们都不知道该怎么办才好。后来我外甥女的农场那边有个邻居拿了一部分去喂猪，但是今年落在树下的榛果多得积了厚厚一层，都淹到脚踝了呢。”

所以榛果的事情就到此为止了。不过吉娜把香料面包从我手里接过去，搁在桌上，并称赞面包闻起来很香，接着解释说，此时幸运自然是到师傅那儿学艺去了。她又问道，她外甥女借了小马与板车去搬柴火，我会不会介意？幸运是说这无妨，况且那匹马儿老了，做点轻松的活儿，其实比呆呆站在马栏里度日来得好。我也说没关系，并请吉娜宽心。“茴香不在？”我问道，心里想着那猫跑哪儿去了。

“茴香？”吉娜似乎有点讶异我会问起它，“噢，茴香大概去忙它自己的事咯。猫儿都是这样。”

我将那一袋榛果放在门边地上，把我的斗篷挂在榛果上方的挂钩上。她的小屋里很暖和，我那冰冷的耳朵逐渐复活，而且还觉得有点刺痛。我朝餐桌走去时，吉娜已经倒好两杯热腾腾的茶了，那蒸腾的热气像是在邀请我。面包旁边另有一碟奶油和一碟蜂蜜。“饿不饿？”吉娜笑吟吟地问道。

“有点。”我坦承道。她的笑容很有感染力。

她的眼睛不停地打量我的脸：“我也饿了。”她说道，朝我走过来。我的手自然而然地环住她，接着她抬起头，闭上眼邀请我。我得弯下身才吻得到她。她樱唇微开，嘴里有茶与香料的味道。我突然头晕起来。

她放开了我，把头倚在我胸前。“你好冷。”她说道，“我不该让你在门外等那么久的。”

“我现在暖和多了。”我让她放心。

她抬起头来，微笑地看着我说道：“我知道。”然后她再度吻上我，并伸手往下摸索，寻找我现在变暖和了的证据。我被她这么一摸，惊讶地跳了起来，但是她的另外一手按住了我的后颈，使我的唇继续黏在她的唇上。

吉娜领着我朝她的卧室走去，而且一路上继续热吻不停。她放开我，将卧室门紧紧关上。房里只有从屋顶缝隙之间渗入，再穿过这矮房子的开放式阁楼透进来的一丝光线，于是我们立刻陷入几乎完全的黑暗之中。床是柔软的羽毛床，房间里尽是女人的味道。我试着吸一口气，并把自己的心给找回来，“这样做并不明智。”我说道，好不容易才把话说出口。

“的确如此。”她伸手解开了我衬衫的系带，使得我情欲高涨，接着她轻轻一推，让我坐在床的边缘。

她将我的衬衫脱去时，我眼睛望着床边桌上的一个小小护符。那个护符以枯枝为框，框上缠绕着红色与黑色珠子串成的珠串，它仿佛是一盆冷水似的，令我一看便欲望全消，并产生一种徒劳无功的感觉。吉娜解开我的腰带时，发觉我在注视着护符，接着她研究我的表情，并摇头笑道：“唔，你可比我还敏感呐！别看那个了，那是给我用的，不是给你用的。”然后她拿起我手里的衬衫，随便地盖住了护符。

那时候我还有一时的理智，可以阻止此事发生，可是吉娜根本不给我屈服于理智的机会，因为她的手解开了我的腰带，接着手指滑过我的肚皮，然后我便不再思考了。我站起来，将她的袍子从她头上拉出来，这么一弄，她的头发乱得散在了脸旁。我们站着彼此抚摸对方。她称赞起她帮我做的那个护符的确有效——而此时我身上不着一缕，只剩脖子上的护符了。她问我脖子上与肚子上的新抓痕是怎么来的，而我用唇封住了她的口。我记得我轻松地抱起她，将她按倒在床上。我上了床，跨坐在她身上，然后弯下身来望着她丰腴的身材。她那粉红色的乳头急切地站起，身上散发着女人香。

我也没多说一句话就跨骑上去，占有了她。盲目的肉欲驱使着我，吉娜则因为我炽热的激情而惊叹道：“汤姆！”我的手按着她的肩，我的嘴封住她的嘴，而她则弓起身来迎合我。突然之间，一股对吉娜的强烈渴求压倒了我：我急需亲密且充满激情的肌肤碰触，我要将自己全然地与他人融合，并将深藏在我血肉之间的孤寂感抛在脑后。我毫无保留，而且我想我也使她对我毫无保留。

就在我因为完成了这一切而晕头转向时，吉娜轻声地说道：“嗯，汤姆·獾毛，你这人可真是性急啊。”

我躺在她身上，粗哑地大口喘气。在这一片静寂之中，这呼吸声显得特别丑陋。我羞愧得无地自容。我们两人都一动不动。过了一会儿，她动了一下，我听到她吸了一口气。“你早就饿了嘛！”吉娜之所以这么说，也许是因为懊悔之前的话道出了她的失望，但是她并没有收回前言，而是设法将之淡化。然而她补上的这句话，只使得我满脸通红，羞愧得更加彻底。我躺到她旁边的枕头上，听着风吹过街上的声音。一板之隔外的街道，传来人来人往的走路声。突然间，一名男子高声大笑，使我畏缩了一下。阁楼上传来蹦跳声与老鼠的吱吱叫声。吉娜亲吻我的脸颊，她的手轻轻拂过我的背，用令人宽慰的声音柔声说道：“汤姆，第一次通常都不是最好的。你已经让我看到你的少年激情了，现在我们何不来探索你的成人技巧呢？”

这么说来，她是要再给我一次机会，而我虽然羞愧，却还是感激得不得了。我像工作一般地循序渐进，不久便使我们两人都燃烧了起来。椋音曾教过我几个方式，而吉娜似乎对于我第二次的表现颇为满意。直到完事之后，当我们一起躺在床上喘气，我才因为她讲的话而开始感到疑虑。“好呀，獾毛。”被压在我身下的吉娜说道，吸了一口气，继续说道，“原来做母狼的滋味就是这样。”

我难以置信地抬起身体，以便看清她的表情。她对我眨了眨眼睛，脸上浮出一抹古怪的笑容。“我从来没跟原智者在一起过，你是第一个。”吉娜坦承道，她又吸了一大口气，接口道，“我听别的女人讲过，她们说原智的男人比较……”她停顿下来，想着该讲什么词。

“兽性？”我试探道，我知道我是以侮辱自己的口气讲出这两个字的。

她的眼睛睁得大大的，不太自在地大笑起来：“我不是要说那个字眼，汤姆。我想要称赞你，你怎么反倒把我的好意当作是侮辱呢？我原本是要说‘野性’的。原智男人就像动物一样自然，根本不管别人怎么看待自己。”

“噢。”除了这一声，别的我也讲不出来了。我突然纳闷，我对吉娜而言到底算是什么东西。是新鲜的玩物？是与不具备完全人性之人的禁忌激情？一想到吉娜可能将我视为充满兽欲与奇异之人，我便满心的不自在。难道说，在吉娜心里，她的魔法与我的魔法之间，竟隔着无法跨越的鸿沟吗？

然后她又把我拉到她胸膛上，并吻着我的侧颈。“别再想了。”吉娜告诫道。于是我便不再思索。

过后，她在我身边打盹。我的手臂环着她，她的头枕在我的肩上。我断定自己已经洗清罪嫌了。然而就在我望着阳光映在墙上的光影时，我突然领悟到方才的一切都是表演。她与我都不提爱情，我们不过是在一起完成一件感觉很好，而且我有能耐做好的事情罢了。然而若说我们第一次的交合令吉娜很不满意，那么我们第二次的交合，反而使我比她更深刻地感受到如此激情的不足之处。我好多年不曾如此，但此时我却突然鲜明地体会到自己有多么渴望莫莉，多么期盼我俩之间那种单纯、美好且真实的情欲。然而下午这一场，与椋音和我之间的强不了多少，也实在与我的梦想相去太多，可说是天壤之别。这甚至连同床共寝都称不上。在巨大的不满之中，我只希望有一天我终能再度享有初恋般的爱情。我多么希望我能有个彼此相爱，而且全世界都因为她而变得格外鲜明的女人。

今天早上，珂翠肯像朋友一般地与我相拥，然而她的拥抱比吉娜与我之间真正的激情更有意义。我突然恨不得离开此地，恨不得这一切从未发生过。吉娜与我原本正在慢慢变成朋友，我也才开始认识她而已。如今我把这个良好的基础破坏殆尽了。更何况幸运也卷入其中。如果吉娜想继续下去，那我该如何应对？我一直在教导幸运，成年男子应该有原则、有操守，难道我要再度公然丢开我教给幸运的一切规矩吗？不然，难道我要瞒着幸运私下偷情，悄悄地在吉娜的床上来来去去吗？

我已经对偷偷摸摸的秘密厌恶至极了。我全身都是秘密，而这些秘密像是血蛭一般，紧紧地吸附在我身上，吸干我的生命。我渴望的是实在、真切，并且公开的。我能够把吉娜与我之间的关系扭转为实在、真切且公开的恋情吗？恐怕很难。一来她与我之间没有真诚且深刻的爱情作为基础，二来我又再度投身于瞻远皇室的密谋之中，所以有些秘密我必定不能让她知道，以免到头来危及她的性命。

我不知道她已经醒了。或许是因为我那一声长叹，惊醒了半梦半醒之间的她。她伸手拍拍我的胸膛：“别自寻烦恼了，汤姆。刚刚的事情算不上是你的失败。我刚刚就猜到了，八成是床边的护符压抑了你的能力。而如今你又因为护符的关系，而变得闷闷不乐的，对不对？”

我耸耸肩。她在床上坐了起来，横过身子，用她那温热的肌肤与我摩擦。她拿起我那件衬衫，露出护符。那个可怜的小东西孤独地伏在桌上。

“那是女人家的护符。这种护符很难做，必须配合每个女人不同的状况，精密地加以微调才能生效，而且你必须了解一个女人最私密的身体纪录才能制作。所以，身为乡野女巫，我能为自己做个这种护符，却无法为别人制作……至少也得要有个特定的对象才设计得出来。至于这一个，是我为自己做的，也特别微调以配合自己的身体状况。这种护符的功用是避免受孕的。我早该想到你会被这种护符影响，因为任何一个渴望孩子，渴望到愿意将弃儿当成自己的孩子来养大的男人，一定很渴望有自己的骨肉。你也许嘴上不肯承认，但是每次你与女人在一起的时候，你这个想要有孩子的愿望便燃烧起来。据我猜想，汤姆，你之所以会那么热情，一定是因为这个心理在作祟。然而这小小的护符却在你还来不及生出这个愿望之前，就将你那个空虚的梦想扫开了。那护符仿佛在对你说，我们的交欢无用且没有结果。这就是你现在的感觉，对不对？”

就算找得到理由可以解释，也不见得就能解开心结。“可不是吗？”我问道，接着便因为自己苦涩的语气而畏缩了一下。

“可怜的孩子。”吉娜同情地说道。她在我额头上，也就是珂翠肯早上亲过我的地方印上了一吻，“你有这感觉就不对了，那是护符的作用呀。”

“我已经没有资格做父亲了。幸运叫我昨晚一定要来，有要事告诉我，但我却没来。所以我根本就不想制造另一个我无力保护的小生命。”

趴在我身上的吉娜摇了摇头：“一个人心底所企盼的，往往跟他的脑子里知道的是两回事。你难道忘了我看过你的掌纹吗，甜蜜之人？说不定我对你心底的秘密知道得比你自己还清楚呢。”

“当时你说我的真爱会回到我身边。”尽管我不愿显得气愤，但是我的话里又再度流露出指责。

“汤姆，我可没那么说。虽然我明知我所说的，不见得就是来求我看相的人想听到的话，但我还是要再讲一次给你听。看这里就知道了。”她捧起我的手，靠近她的近视眼。她赤裸的胸拂过我的手腕，手指头点着我的掌心，追寻某一条纹路。“你这一生有个进进出出的爱情。这爱情有时离你而去，然而即使离去，也与你的人生平行发展，直到再度相遇为止。”她把我的手凑得更近一点，并仔细地研究了一会儿。她在我掌心吻了一下，然后把我的手放在她的胸前。“然而那并不意味着你在等待爱情回来之前，必须孤独地虚掷时光。”她轻吟道。

茴香的出现免去了我拒绝吉娜的尴尬。来只老鼠如何？我抬起头。那只橙黄色的猫蹲伏在阁楼的边缘，俯看着吉娜与我，嘴里则叼着一只痛苦地蠕动着的老鼠。还有得玩哩。

不。你就干脆地杀了它吧。我感觉到那小东西已经饱受折磨。它已经活不成了，然而它的生命仍兀自苦撑着。凡是生命，无论大小，都不会轻易放弃。

茴香才不理会我的要求。它从阁楼边缘跳下来，落在我们床边的地上，然后放开它的猎物。那只惊恐的老鼠虽有一条后腿不能动，但仍慌张地朝我们冲过来，吉娜厌恶地惊叫着从床上跳起来。我一把抓住那老鼠，一掐一扭，便结束了它经受的痛苦折磨。

你很快嘛！茴香赞道。

呐，你拿走吧。我把死老鼠交给茴香。

茴香凑过来嗅了嗅。你把我的兴致都破坏了！它蹲伏在床上，生气地用它那圆圆的眼睛瞪着我。

拿走。

我不要了。那东西已经不好玩了。它低声地朝我咆哮了两声，跳下床。你怎么那么快就把它杀了！你根本就不懂得玩乐。茴香头也不回地丢下这话，径直朝房门而去，用爪子抠着门框，要吉娜放它出去。赤裸的吉娜拿起她的袍子稍稍遮了一下身体，走过去开了门，那只猫便侧身从门缝里溜了出去。独留我一丝不挂地坐在吉娜的床上，手里捧着一只死老鼠，老鼠鼻子、嘴巴渗出血来，流到我手上。

吉娜把我那依然绞缠在一起的长裤和内裤丢过来：“别让我的床单染到血。”吉娜警告道。于是我没将老鼠放下来，而是挣扎着用一只手穿裤子。

我将老鼠丢到屋后的垃圾堆上。我重新进入屋子里时，吉娜正在将滚水倒入茶壶里。她笑着对我说："之前的茶好像都凉了。"

"是吗？"我尽量以跟她一样轻快的语气说道。我走回她的卧室，穿上衬衫，然后拉平她的床单，从头到尾都避免看到那个护符。我走出她的房间时，虽然很想马上就离去，但还是耐着性子在桌边坐了下来。我们一起配着热茶，用面包蘸着奶油和蜂蜜吃。吉娜聊着早上来找她的那一位母亲和两个女儿的事情。她们要问的是，有人向那小女儿求婚了，不知道这桩姻缘好不好？吉娜看了小女儿的手相，劝她再等一等。这个故事牵连甚广，吉娜讲得又仔细，而我则客气地听着，但仅仅是任由那些话语流过我耳边。茴香走到我椅子边，站起来将前爪刺入我的腿，一借力，便纵身跳上了我的大腿，坐在那里打量桌上的食物。

猫要吃奶油。

我为什么要对你好。

你当然要对我好，因为我是猫啊。

茴香高高在上地认为，光是这个理由就足以让我帮它撕块面包、蘸点奶油给它吃了。我本希望茴香叼了这奶油面包就走，谁知它就这么大方地让我帮它拿着面包，让它将面包上的奶油舔干净。还要。

不。

"……不然幸运可能也会陷入同样的窘境里。"

我努力回想吉娜在这之前讲的是什么，结果发现我根本没用心听她的话，所以心里一点印象都没有。由于我不理会茴香，所以它执拗地用爪子戳我的大腿。"唔，我打算今天跟幸运谈谈的。"我回应道，并且希望我说的这句话还算得上顺理成章。

"你是应该跟他谈谈。当然了，你待在这里等他是没用的。就算你昨天晚上来看他，顶多也只能坐着干等而已。幸运每天都很晚回来，而且每天都很晚才去师傅那里。"

这有点不大对劲。幸运不像是那种人。

"那你看怎么办呢？"

她吸了一口气，有点烦躁地吐了出来。我想这是我活该。“我刚才不是说了吗？你去铺子里问问他师傅能不能让你跟幸运讲几句话。你找到幸运后，就给他立下生活的规矩，再跟他说，如果他不守规矩，你就让他跟别的学徒一样，住到师傅家里去。这样也许能劝得动他好好管束自己，要不然就让人家来管束他。因为，要是他住进学徒的宿舍，那么他就会发现，一个月能有两个晚上出去遛达遛达，就算是不错的了。”

这时我可是全神贯注地听着：“你刚刚说，别的学徒都是住晋达司师傅家的？”

吉娜露出惊讶的表情：“当然啦！而且晋达司管得可严了呢，严一些可能反而对幸运比较好——不过话说回来，你是幸运的父亲，孩子该怎么管，你应该最清楚。”

“幸运以前都很乖的。”我温和地评论道。

“这个嘛，以前你们住在乡下呀。况且乡下既没有酒馆，也看不到这么多年轻女孩子。”

“唔……是啦。可是我之前真的没有想到，师傅说不定会希望幸运在他那儿住宿。”

“晋达司的铺子后头就是学徒宿舍。学徒住得近一点，才方便早上起床、洗漱、吃早饭，然后在天亮前开工。难道你当年当学徒的时候，不是在师傅家吃睡的吗？”

说起来，我当学徒时也算是在师傅家吃睡了，只是我从未从这个角度来看待我的学徒生涯。“我从未正式拜师当学徒。”我随便扯了个谎，“所以这些我倒不知道。我还以为幸运学艺的时候，我必须提供他食宿。所以我才带了这个来。”我把我的钱袋打开，将铜板倒在她桌上。

我望着桌上那一堆铜板，却突然觉得尴尬起来。吉娜该不会认为我拿出这钱，不是为了支付幸运的食宿，而是为了要酬谢男女之事吧？

吉娜一言不发地凝视着我，过了好一会儿才说道：“汤姆，我连你之前送来的钱都极少动用到。你以为喂饱一个男孩子能花上多少钱啊？”

我努力地做出个表示道歉的耸肩动作："这些城里人的事情，我还真搞不懂。我们在家的时候，食物都是田里长的，要不就是山野里猎来的。我知道幸运工作一天之后食量特别大，所以总觉得要喂饱他势必要花上不少钱。"切德一定是派人送了钱给吉娜，至于切德给了多少，我就无从得知了。

"嗯。若是你给得不够，我自然会说。其实我外甥女乐得有小矮马与板车可用，这两样是她老早就想要的，只是要额外攒钱买这么大的东西很难，这你是知道的。"

"尽量用，千万别客气。幸运不是说了吗，酢浆草多动一动，比老是待在马栏里好。噢，这些你就留着给马买草料吧。"

"草料我们容易张罗，再说，马既然是我们在用，我们喂马也是应该的。"她顿了一下，眼睛望向他处，"那么，你今天要去看幸运？"

"当然。所以我今天才进城呀。"我开始叠高铜板，以便待会收回钱袋里。这样真令人尴尬。

"我懂了。所以你今天是为了幸运来我这里的。"她有感而发地说道，不过脸上带着顽皮的笑容，"唔，既然如此，那我就放你去了。"

我突然意识到吉娜这是在下逐客令。我将铜板丢进钱袋里，站起来："唔，好，多谢你的热茶。"我说道，然后就顿住了。吉娜听了大笑，我则满脸通红，但还是努力装出笑容。她让我感觉格外年轻、傻气，而且还占了她便宜。我想不出她为什么要这样做，但是我知道我不在乎那些，"唔。我还是去看看幸运吧。"

"你真该找他谈一谈。"她应和道，然后将我的斗篷递给我。披上斗篷之后，我还得停一下，以便穿上我的靴子。我才刚穿好靴子，门上便响起敲门声。"马上就来！"吉娜叫道。我开门出去，吉娜则跟她的客人点头为礼。来人是个年轻小伙子，表情很是焦虑。他草率地对我鞠了个躬，然后便忙不迭地进去了。吉娜一边招呼他，一边紧紧地关上门，于是我又再度孤独地站在起风的大街上。

我顶着风朝晋达司的铺子走去。天气越来越冷，空气中的雪花味渐浓。今年的夏天逗留得比较久，但现在冬天要开始肆虐了。我抬头看看天色，断定这场雪一定会下得很大。初雪勾起我心里各种矛盾的感觉：在一两个月前，若是看到这样的场景，我一定会赶快检查柴堆的储存量，并决定是否需要再做补充，因为再晚就来不及了。但如今我的生活起居皆由瞻远皇室供应，我再也无需担心自己的物质条件，只要好好保护瞻远政权就行了——然而这个重担却有如笼头缰绳似的紧套在我头上，叫我不得自由。

晋达司在公鹿堡城里很出名，他的铺子不难找到。他的招牌刻工非常精细，仿佛要将他的好手艺全展现在那一块小木牌上。一进门，便是个细心布置的客厅，摆着舒适的桌椅，烧得很旺的火炉里添加的是经过充分干燥的木屑，客厅里放了几件晋达司的得意作品，以供潜在客户鉴赏。管理这客厅之人听我说明来意，便挥手叫我走到后面的作坊去。

这作坊高大宽敞，有如谷仓。作坊里同时进行着好几个案子，每一套家具都做到不同的阶段。这里放着一张很大的床架，旁边又有一系列香杉柜子，而且家具上皆刻着某人的猫头鹰纹章，一名技法熟练的弟子正跪在地上为猫头鹰纹章上色。晋达司正在外出。钐镰大人打算做个气派的壁炉炉台，还要有成套的桌椅相配，所以晋达司带着三名弟子到钐镰大人府上去量尺寸了。晋达司的大弟子之一，是一名年纪与我不相上下的男子，他答应让我去找幸运谈一谈。此外他也严肃地建议道，我也许愿意约个时间跟晋达司师傅谈谈我那孩子的进度。听那位大弟子的口气，晋达司要讲的必然不是好事。

我走到作坊后面，发现幸运跟另外四名学徒在一起。另外那几个学徒看来年纪都比幸运小，个子也不及幸运。后院这里堆的是风干待用的木头，木头必须经常转换位置，才能风干均匀。从地上纷乱的足迹来看，有两堆木头已经挪动完毕，木堆上还用帆布盖住，并用绳索捆紧。所以他们现在做的是第三堆了。幸运皱着眉头，仿佛这桩无需脑力却不得不做的粗活冒犯了他似的。我在旁边站了好一会儿，幸运都没意识到我到了。说真的，眼前的景象令我诧异。以前幸运跟在我身边做工，就算再苦再累，他也很自觉地做，如今他却是强按下怒火，并且因为他的伙伴年纪比他小、力气也不如他而露出一副不耐烦的模样。我静静地观察他的举动，直到他发现我为止。他放下木板，站直起来，跟另外那几个学徒讲了几句话，然后昂首阔步地朝我走来。我望着幸运，不知道他的态度有几分是发自内心的真情实感，有几分是要做给别的年轻孩子看的姿态。至于他对于自己手边工作如此不屑，我倒不是很在意。

“幸运。”我正经地打招呼，而他也回应了一声，“汤姆。”他与我交握手腕，低声说道：“现在你看得出我说的是什么意思了吧。”

“我看到你在挪动木料，以便风干均匀。”我答道，“木匠作坊里不是都少不了这项工作吗？”

他叹了一口气：“如果是偶尔为之，我也不会介意。可是他们派给我的都是粗活，只要我多出力气，不要我动脑筋。”

“难道其他学徒待遇不同？”

“那倒不是。”他气愤难消地答道，“可是你也看得出来啊，他们都是小孩子。”

“那倒没什么差别，幸运。”我对他说道，“这不是年纪大小的问题，而是你对这一行懂多少。你要耐心一点。每件事情都有它的学问，即使是堆木头这种简单的事情也一样，而堆木头就是你现在这个阶段要学的知识。再说，这事总要有人做，他们若不交给你，那要交给谁做？”

我讲话的时候，幸运的眼睛看着地。他虽然没有反驳，但显然也听不进去。我吸了一口气，说道：“你看你若是不住在吉娜家，而是跟别的学徒住在一起，会不会比较有进展？”

他突然抬起头来直视我的眼睛，一脸尽是愤怒与失望的表情：“才不会呢！你怎么会提起这件事？”

“这个嘛，因为我听人说，拜师学艺的学徒都是跟师傅住在一起的。你如果住在这儿，离作坊近一点，上工就方便多了，早上用不着赶着起床，而且……”

“如果我跟别的学徒一样住在这里，我会疯掉的！住在这里是什么情形，他们都已经告诉我了。他们餐餐吃的都是一样的菜色，而且晋达司的妻子对蜡烛的数目十分计较，不准他们把蜡烛点到夜深时分。他们必须自己晾床单，每个星期洗一次衣服、把毯子跟小件衣物洗干净。至于别的就更不用说了，一天的工作做完之后，晋达司还叫他们做些额外的杂事，像是把木屑铺到花园里，以免他太太的玫瑰丛受到霜害，或是剪灯花，还有……”

“听起来都不是什么难事。”我打断了他的话，因为我看得出他不过是让自己更加激愤而已，“这些都是做木工的训练。就像要成为士兵，也得经受各种磨练，这是一样的道理。幸运，吃点苦可不见得是吃亏。”

他气急败坏地伸开双臂：“但是也没什么好处啊。要是我打算以打破人头为生，那么，是啦，就算师傅把我当作没大脑的动物一样来操练，我也不会意外。可是我从未想过我的学徒生涯竟然是这样的。”

“这么说来，你已经打定主意不要当学徒了？”我问道，但我实在很怕听到他的答案。万一他改变心意，那我真不知道该拿他怎么办才好。我既不能带他到公鹿堡里与我同住，也不能要他自己回小屋去。

幸运很勉强地说道：“不，我并没有改变心意。这的确是我想要的生涯。不过他们最好赶快开始教我一点本事，要不然……”

我等着他继续说出要不然他会怎么样，但是他却接不下去了。他也想不出要是离开了晋达司这里，他的人生将何以为继。我打算把这当作是个好迹象：“你仍想继续留下来，这很好。谦虚一点，耐心一点，用心一点，多听，多学。如果你好好表现，让人觉得你是个聪敏的小伙子，那么人家过不了多久就会派你去做比较难的工作了。我今天晚上会想办法到城里来找你，不过我也不确定能不能来。黄金大人派给我的工作很多，我难得有一段空闲的时间可以进城。你知不知道‘三帆酒馆’在哪里？”

“我知道，但是我们别约在‘三帆’，还是约在‘篱笆卡猪’见面吧。‘篱笆卡猪’离吉娜家近。”

“还有呢？”我逼问道，他必定有别的理由。

“还有你可以顺便跟丝凡佳见见面。她家也在附近。丝凡佳会注意我去了没的，而她若是可以，就会出来见我。”

“怎么，她是偷偷溜出来见你的吗？”

“这个嘛……是有一点。她母亲是无所谓，但她父亲对我恨之入骨。”

“这样追女孩子不太好，幸运。你做了什么事情让她父亲这么恨你？”

“因为我吻了他女儿。”幸运露出那种“天塌下来也不管”的笑容。我虽然觉得不妥，但也只得跟着笑一笑。

“唔，晚上我们也必须谈谈此事。我看你现在就开始追女孩子，还是太年轻了点，最好是等到你有了稳定的前景，也能养活妻子的时候再说。也许到了那时，她父亲就不介意你怎么偷亲他女儿了。如果我今晚能脱身，就去‘篱笆卡猪’找你。”

幸运跟我挥手道别，继续回去挪木头时，他的情绪似乎已经较为缓和。但是我离去的时候，心情却比来时沉重许多。吉娜说得没错。我这孩子到了城里来之后，心性已经变了，而且变化幅度大得令我错愕。依我看，现在幸运连我的劝都不太听得进去，更别期望他会照做。也许我今晚应该要强硬一点。

我穿过公鹿堡城时，天上开始飘下雪花，而等我踏上通往堡内的陡峭山路时，就变成了漫天大雪。我几次在山路上停下来，藏身到路旁，望着来时路，但是前后除了我自已以外并无他人。那些花斑帮分子先是威胁我，接着便消失不见，这实在没道理。照理来说，他们不是会伺机杀了我，就是会伺机将我掳为人质。我设身处地想象着，花斑帮之人会因为什么缘故而任由到手的猎物随意地四处行动。我实在想不出其中的道理。我走到城堡大门时，路上已经积了一层厚厚的雪，树梢也开始被风刮了起来。由于天气不好，天色早早地便暗了下来。今晚一定冷得要命，还好我可以躲在屋子里。

我走到公鹿堡主楼的入口，重重地跺脚，将黏在脚上的湿雪抖下来。我沿着路走，经过厨房，又经过守卫室。守卫室里飘来热腾腾的牛肉汤、新鲜面包与木料潮湿的味道。我很疲倦，此时恨不得能就此走进去，不设防地跟他们一起享用简单的餐点。但我还是没进去，反而挺起胸膛，匆匆地经过守卫室，往楼上的黄金大人房间走去。黄金大人不在房里，我想起他曾说过可能会去王后那儿玩牌。我想我该去找他。我走进自己的房间，以便将湿淋淋的斗篷挂起来，却发现我床上有一角羊皮纸，上面只写了一个字：“上”。

我爬上了楼梯，过了好一会儿，来到切德的塔里。房里空无一人，不过我的椅子上放了一套温暖的衣服，还有一件兜帽特别大的特别厚重的绿色羊毛斗篷。这斗篷上别了个我不认识的水獭徽章，另外还有个与众不同之处，就是它可以两面穿：翻到背面即变成仆人蓝的粗布斗篷。此外还有个皮制的旅行袋，里面装了食物和一个随身酒瓶，瓶里是白兰地。旅行袋下面还有个摺得扁扁的皮制卷轴袋。切德在这堆行李上留了张亲手写的纸条："贺凡的部队今晚要沿着大道来回巡逻，在北门集合，日落时出发。你可与他们同行一程，再走你自己的路。希望你不介意错过秋收宴。烦请尽早归来。"

我嗤了一声。秋收宴啊。我小时候天天盼望着秋收宴赶快来，现在我却连今晚就是秋收宴都忘了。他们一定是刻意将王子的订婚大典安排在这个庆祝秋收的公鹿堡大节日之前。唔，我已经连续十五年错过秋收宴了，再多错过一次也无所谓。

工作台的一端摆着温馨的餐点，有冷肉、奶酪、面包和啤酒。我只能假设切德已经安排好借口，让黄金大人的仆人可以消失几天。因为我没时间找到弄臣跟他说我要出门的事情，然而留纸条给他，不管写得多隐晦，似乎也不妥。我遗憾地想道，原本约了幸运见面，这次又得爽约了，但继而又想，我已经说过今晚不一定能去。除此之外，突然有机会自己行动了，这也使我跃跃欲试。我一直担心花斑帮已经找到我的小屋，现在终于可以去除自己的疑虑了。就算到时候发现他们已将小屋洗劫一空，也好过让我的一颗心老是悬在半空中。

我用了餐，换了衣服，太阳还没下山，我便跨上黑玛朝北门而去。我压低兜帽，以挡住刺骨寒风与漫天飞雪。北门前已聚集了一些不知名的绿斗篷骑士，有些人恶狠狠地抱怨道，订婚与秋收的庆典将在今夜达到高潮，但是自己却必须出门巡逻大道。我凑了上去，默默地对其中一名不断叨念自己今天有多倒霉的家伙点了个头，算是对他与自己寄予无比的同情。接着他开始讲一个很长的故事，说有一名如何温存又如何多情的女子今晚会在公鹿堡城的酒馆里等着跟他见面，但是今晚那女子的愿望势必落空了。我与他并肩坐在马上，心甘情愿地听他滔滔不绝地讲下去。人潮慢慢聚拢过来，天色渐暗，飞雪翻卷，一个个看起来相去无多的骑士瑟缩在自己的兜帽与斗篷里。天色暗了下来，每个人脸上又都裹着围巾，所以谁也认不出谁来。

贺凡直到太阳下了山，四周一片漆黑之后才现身。他似乎跟他的手下一样满肚子气。他简短地宣布道，我们要迅速骑到第一渡口，跟那里的守卫交班，然后一大清早就开始进行正规的大道巡逻任务。他的手下似乎已经十分熟悉这个任务。我们跟在贺凡后面，排成双人队列。我故意落在接近队伍末端的位置。贺凡领着我们出了北门，踏入黑夜与风雪之中。一开始是个陡峭的下坡，接着转向朝东的路，沿着公鹿河前行。

我们远离了灯火通明的公鹿堡之后，我开始拉住黑玛，要它慢下来。黑玛既不喜欢这天气，也不喜欢漆黑的夜，所以它倒是乐得走慢一点。又走了一段路之后，我勒住黑玛，然后下马来，假装将束在马腹上的马鞍系带重新绑紧。巡逻队并没有等我，仍旧继续前行。我重新上马跟上队伍，而此时已经居于队伍末尾。再走了一段路之后，我要黑玛慢行，以便拉开其余骑士与我们的距离。路转了个大弯，顿时所有人都不见了踪影，于是我勒马停下并再度下马，假装在调整马鞍系带。我又多等了一下，并希望众人因为天气太差，没注意到我的缺席。最后我确定没有人回来查看我为何迟迟没跟上，于是便将斗篷反过来穿，跨上黑玛，朝来时路而去。

切德要我尽快，而我也尽快了，可是路上难免耽搁。我必须等待清晨的渡船以渡过公鹿河。开船时，又因为风太大，系绳和甲板结了冰，所以船只装货、卸货与行进都很慢。到了河北岸，我发现路比我印象中的更宽，维护得更好，来往的旅人也比以前多。沿河发展出一个繁荣的市集，酒馆与商家都盖在高架上，以避免被按时前来或被风暴吹来的潮水淹没。不到中午，我已将那城镇远远地抛在了后头。

回家的路途很平凡，没什么印象深刻的事情。我在沿路不知名的小客栈休息了几次，只有其中一晚睡不安稳。一开始，梦境很平和。温暖的炉火，还有一家人做着夜间工作的声音。

“嗯，下去下去，都这么大的女孩子了，不能再坐在爸爸的大腿上了。”

“才不呢，不管我几岁，坐在爸爸大腿上都不嫌大。”那女孩大笑道，“你在做什么？”

“我在帮你母亲补鞋。也不晓得补不补得起来。呐，帮我穿针。火光这么跳来跳去，针眼也动个不停，害我都没办法穿针了。还是年轻人的眼力比较好。”

爸爸坦白承认自己的眼力越来越差——到了这里我突然惊醒过来。我竖立起精技墙，重新入睡，并且尽量不去多想那件事。

路上似乎没有人注意到我。我跟黑玛磨合着彼此之间的默契，以各种小动作来测试对方的心意。天气还是很差，晚上不但下雪，还下起了冰雹。白天的风雪偶尔会停一阵子，薄薄的阳光无法将雪全部融化，只融了一部分雪水，因此隔天早上的路泥泞不堪，又脏又冷。在这种天气之下旅行实在是太糟糕了。

然而这一路上最让我顾虑的问题并不是天气。这次出门，再也没有狼帮我瞻前顾后，我只能靠自己的感知与腰上这把剑来保护自己。这让我感觉自己仿佛是赤裸且欠缺的。

午后，阳光从云层后探了出来，我也抵达了小屋前的私家小路。雪已经停了，今天的天气稍微回暖了一些，使得近来的积雪路面变成了潮湿不堪的泥泞地。森林间不时传来堆积在树枝上的厚雪因为过重而整团砰地掉在地上的声音。这条私家小径上的雪面光滑，无人走过，只有兔子的足迹与树上掉下来的一摊摊积雪。我心里想道，下雪之后应该是没人来过这里。我觉得安心多了。

但当我来到小屋前，所有的宽慰便瞬间蒸发。小屋显然被人搜过，而且还是近期才发生的事。屋门大开着，院子里罩着雪，看不清雪下盖了什么东西，但是从形体大小来看，应该是从屋子里搬出来的家具杂物。从随着地面起伏的雪面可以看出下雪之前院子里人来人往的行迹，因为连地面都踩得凹了下去，随处可见纸张文稿的碎片从积雪之中凸出来。菜圃周围的栅栏被拔掉了，吉娜做的护符原先是挂在栅栏顶上的，如今已不知掉落何方。我默默地坐在马上，任由眼睛与耳朵撷取信息，并尽量保持心绪不为所动。良久过后，我才下马，默默地走向小屋。

屋内空无一人，又冷又暗。这景象似曾相识，不一会儿，它触动了我内心不祥的预感，并令我突然想起，从这情况看来，这小屋像是被冶炼之人洗劫过。

暗淡的日光照在地上，可以看见几行泥泞的猪蹄印，似乎有一些好奇的动物曾在屋里四处走动。此外地上还有交错而泥泞的靴子印迹，看来某人曾在屋里频繁出入。

屋子里凡是可拿的、可用的，统统都被人拿走了，床上的毯子，挂在屋椽上的熏鱼，还有锅碗瓢盆等都已不见，有些卷轴则被人丢进火炉里当柴烧。看这迹象，显然有人在这屋里煮东西吃，而此人吃的八成就是幸运与我为过冬辛苦筹备的粮食。火炉里散落着鱼骨头。来人是谁，我心里已经有了底，猪脚印就是最佳线索。

我的书桌还在。而我那位芳邻毕竟目不识丁，所以写字桌对他而言没多大用处。我到我那小小的书房看了看，墨水瓶翻倒了，卷轴被打开来瞧瞧然后被丢到一旁。我心里很是忧心，照现在这样的混乱，书房里到底少了什么卷轴，我是不可能看得出来的。此外我也无法断定，到底是只有我那位养猪的芳邻光顾过书房，还是花斑子也曾搜过我的文稿。惟真那皱巴巴的地图仍挂在墙上，看到这地图安然无恙，我高兴得整颗心都飞了起来，这情绪连我自己也吓了一跳。我现在才领悟到自己有多么珍惜这幅地图。我将地图取下来带在身边，随我一起检查坏人把我家掠夺到什么程度。我强迫自己仔细地巡视每一个房间，连马棚与鸡舍都仔细查看了一遍，然后才开始定心思索我要带走什么。

马棚里积存的少量谷物和所有的工具都被一扫而空。我的工作坊乱七八糟，看来是一心掠夺财物者干的，不太可能是花斑子所为。我原先怀疑元凶就是那位住在隔壁山谷、很难相处的邻居，此时这点更加得到了验证。贝勒养猪，而且还曾当众指控我偷他的小猪。我匆匆离家之前，交代幸运把我的鸡送去给贝勒，为的不是回报邻居的好心，而是因为我知道他为贪心想要鸡蛋，一定肯喂养这一群鸡，并保护鸡群安然无恙，这总比任由鸡群被食肉的野兽捕杀来得好。但这也免不了让贝勒得知，幸运与我这一去便很久不会回来。我紧握着拳头，环顾着小小的马棚。我看以后大概是永远都不会回来了。就算工具还在，我也不会带走。事到如今，尖嘴锄与平头锄于我有何用处？只是这小偷未免欺人太甚，使我怒气难消。我不断告诉自己，我没时间报复，况且那小偷趁着花斑子找上门之前，就把这里劫掠一空，多少也算是帮了我的忙，但我仍不禁盘算着要如何好好教训他。

我将黑玛安置在马棚里，把仅余的粗糙干草拿给它吃，又提了桶水来让它喝，然后才开始抢救和破坏。

院子里的积雪覆盖着的果然是床架、餐桌、椅子与架子等物。贝勒大概是打算找辆板车来将这些家具载回去。而我会将这些东西烧毁。我拨开了不少积雪，找到了餐桌，感激地望着弄臣为我精心雕刻在桌面上的那只飞跃的公鹿，接着走回屋里，寻找足以引火的易燃物。我床上原本铺着稻草，此时稻草纷乱地散在地上，这正是最佳的引火材料。不一会儿，我便起了个熊熊燃烧的大火。

我尽量循序渐进，以免有所遗漏。我趁着仅剩的日光，将所有散落的卷轴丢到院子里去烧。有些卷轴早已为湿气所侵，模糊得看不清了，有些则被泥泞的猪蹄踩碎或踏脏，还有些卷轴已经成了碎片。我谨记着切德的叮咛，将一部分的卷轴抚平、卷起，即使这卷轴残缺不全也是一样，但大多数卷轴都被我无情地投入火中。我踢开院子里的积雪，以便确认院子里再无自己的手稿。

此时黄昏将近，我走进屋里，在壁炉里生了火，一方面是为了亮光，同时也是为了取暖。接着我便开始处理小屋内部。我的一切财产，例如旧的工作服、纸、笔、墨、脱靴器和其他的闲杂物品，大多都直接丢进火炉里烧了。我对于幸运的东西就比较慈悲一些。我知道他多年前爱玩的陀螺可能对他别具意义，虽然早已过时。我摊开一件旧斗篷做为包袱布，将幸运的东西包起来。然后我坐在火炉前，不辞辛苦地一一查看架子上的每一个卷轴。卷轴的数量比我意料中的多，也比我所能带走的数量多得多。

我先选出不是我自己写的卷轴。不用说，惟真的地图第一个进了卷轴袋里；接着我又放进一些我四处游历时买来的，以及椋音带给我的卷轴，因为这些文件不但古老，而且很稀有。我很庆幸这些卷轴逃过一劫，并决心要在回到公鹿堡之后抄几份副本。但是除此之外，我筛选得极为严格，我自己写的东西都逃不过我的再三检查。论述药草知识，还附上了精细插图的卷轴，首先喂入火中。如果这些知识有那么重要，我以后重新再写就是了。这类卷轴我只留存了少数几个。根据我自己的衡量，放进袋子里的多是记述我在群山的生涯，以及我对自己这一生的感想心得。这类卷轴随便翻阅一下，便会让我羞得满脸通红。这些文字年轻幼稚、强爱说愁、自怜自艾、自吹自擂，还大胆畅言自己永远不会再做的事情。当年写下这些文字的到底是什么人，连我都几乎认不出来了。

我写了一些关于精技与原智的论文，还巨细无遗地记录了我们穿过群山王国直达古灵国度，目睹惟真化身为龙的过程，这些卷轴也进了袋子里。我以莫莉为题写了一些诗篇，这些热情最后也化于烈焰之中。接着我将当年用以教导幸运认字的文稿也烧了。我虽然努力筛选，但是我写的卷轴实在太多，不可能全部带走。我重新以更严格的标准筛选一次，又烧了最后一批卷轴，这才将卷轴袋合了起来。

然后我站在屋里闭上眼睛，开始想道：现在还有没有该收却没收的卷轴？接着我告诉自己，这样问根本无济于事。有些卷轴早在写成后不久，就因为我觉得诉诸于文字不甚妥当而被烧掉了，还有一些卷轴是我早就托椋音带给切德的。至于是不是有什么卷轴散失了，这我无法确定。你叫一个人一下子把他用十五年的光阴所写的文稿全部数出来，恐怕难免有些记不全之处。我是不是曾经将自己在黑洛夫那儿学习，与原血者一同生活的情景记录下来？我记得我的确写过，不过我到底是专门用一个卷轴来记叙这些事情，还是在别的题目下抒发时，夹杂着提到了这些，这我就不记得了。再说，我也无从得知那位养猪的芳邻是把哪些卷轴当柴火烧了来煮饭的。我叹了一口气。算了吧，我已经尽力。往后我对自己写下来的文字会更加小心。

我又回到院子里，把家具的末端推入火焰中。只要大风一起，大雪一落，就会止住火势，幸而那个飞跃公鹿的徽章已经被火烧得不见痕迹，至于其他的，就都无关紧要了。我再度走进屋里，将我寄居多年的家巡视了一次。屋里没留下任何我的个人物品，我曾经在此住过的踪迹也已经统统被抹去。我曾动了念头，要把这小屋整个烧掉，但想想还是打消了主意。这小屋早在我来之前便已立于此地，就让它在我走之后，继续立于此吧。说不定来日又有哪个需要栖身之人会在此住下来。

我重新为黑玛上了鞍，牵着它走出马棚，将卷轴袋和包着幸运的物品的包袱绑在马鞍后。我最后塞在旅行袋里的，是两个瓶口用木塞紧紧塞住的瓶子，瓶里装的都是药草，其中一瓶是精灵树皮磨成的粉末，另外一瓶则是“带我走”。然后我跨上马，离开这个在我人生中占有一席之地的隐蔽之所。我的往事在火焰中化为黑烟，蔓延到我身前，伴我骑马奔向即将席卷而来的暴风雪。

7. 开 课

促成最佳精技小组的重点如下：精技师傅召集能够受训的人才，至少要有六人，人数当然是越多越好，问题在于精技师傅不见得能够找到这么多学生。精技师傅每天集合精技小组，其目的不只是为了上课，还要一起进餐、玩乐，更甚者，倘若判定不会导致学生分心或恶意竞争，还可让小组成员同室共寝。让小组成员一起作息，彼此之间自然会形成紧密关系。如此一年之后，精技小组自然成形。至于尚未与小组成员形成紧密关系之人，就让他们以精技独行者的身份为国王效力。

有些精技师傅难以克制自己，多少会干涉精技小组的成形。精技师傅免不了倾向于将最佳学员配在一起，并将看起来进度迟缓，或是难以相处的学员排除在外。然而最明智的精技师傅会避免上述方式，因为唯有精技小组本身，才会知道小组要从每一个成员身上汲取什么力量。看似迟缓者，也许可以提供稳定的力量，并以谨慎来中和精技小组的冲动；而难以相处的学员，可能正是最能提供灵感创意之人。就让每一个精技小组自行决定要选谁作为小组成员，以及要选谁作为领袖吧。

——精技师父欧克莱所著之《精技小组》卷轴，树膝之今译本

“你去哪里了？”晋责一边问，一边如风一般地进门来。他把房门关紧，走了两步后站住，手臂环抱胸前。我原本在眺望翻卷的白浪，此时则缓缓地从惟真的椅子上站起。王子的声音很不耐烦，十分烦躁，还皱着眉头瞪我。开课第一天，老师与学生之间就发生这种场面，实在不是什么好预兆。我吸了一口气。第一天嘛，轻松带过比较好。我以轻快且平淡的口气说道：“早安，晋责王子。”

他跟年轻的小马一样知道要适时节制。我看得出他慢慢地将自己的心情平复下来。他吸了一口气，生硬地重新来过：“早安，汤姆·獾毛，好久不见了。”

“我为了办一件重要的私事，不得不离开公鹿堡几天。现在事情都处理好了，展望今年的冬天，我大部分时间都可以任你差遣了。”

“谢谢。”然后，仿佛是为了替自己的烦闷找个出口似的，他补上一句，“看来除了今年冬天之外，我也不能多求你什么了。”

我强忍住笑意：“你是可以要求啊，只是求了也得不到而已。”

那少年的脸上露出了惟真的笑容，并叫道：“你是哪里来的？全堡上下，没有一个人敢这样跟我说话。”

我故意误解他问的问题：“我回旧家了一趟，把该丢掉的丢掉，该打包的打包带来。我最讨厌做事情虎头蛇尾，而现在一切都已安置妥当。如今我人在公鹿堡，而且我还要教你。那么，我们要从哪里开始教呢？”

我问的这个问题似乎使他一下子息了怒气。他环顾房间。自从惟真将望海塔当作他用精技对抗红船劫匪的基地以来，切德又添了不少家具。而今天早上，我也为房间的布置出了一点力，就是将惟真的六大公国地图挂在墙上。房间的中央摆了张厚重的深色木桌，桌子的四面摆了四张巨大的椅子。想到这塔不仅高而且楼梯还窄，我就对扛这些家具上来的人十分同情。圆形的塔墙上放了个卷轴架。我知道切德一定会宣称这些卷轴放得井然有序，虽说我一直想不透切德到底是用什么思路来归类这些卷轴的。此外房里还放了几个上了锁的大木箱，箱里放的是精技师傅殷恳所写的精技论文。切德与我都认为，这些文件若是摆在架子上，随便哪个好奇的人都能摸摸看看，那实在太危险了。而且即使文件上锁，这塔的塔底仍须随时派人看守，能进塔之人，仅限于切德顾问、王子与王后。这个精技文库太珍贵，我们再也不能让这些文献有失散在外的可能。

多年前，精技师傅殷恳过世时，将所有经卷传给她的学徒盖伦。虽然盖伦学艺不精，但仍成为继殷恳之后的精技师傅。盖伦声称他“完成了”骏骑王子与惟真王子的精技训练，不过切德与我都怀疑，其实盖伦故意中断了他们二人的精技教育，让他们无法学成。在那之后，直到黠谋国王要求他创立精技小组之前，盖伦都没有训练其他精技人才。而且在盖伦担任精技师傅期间，任谁都不能借阅这些精技经卷。到最后，盖伦甚至说公鹿堡从来就没有这种精技文库。而盖伦死后，这些文献也不翼而飞了。

这些典籍不知怎的落到了谋权篡位的帝尊手里，而帝尊死后，又辗转流回王后手中，交由切德保管。切德与我都怀疑，原来的精技文库规模一定比现在大上许多，他甚至进一步推论，许多与精技、龙、古灵相关的精选卷轴，都在红船劫匪掠夺正兴之时被卖给外岛商人了。沿海公国受到劫匪的残害甚深，不过帝尊与盖伦当然都不会与沿海人民感同身受，说不定还毫不迟疑地为了钱而将精技文献卖给残害我们的外岛人，或是从中撮合的中间人。那些精技文献绝对让帝尊换到了不少钱。当年六大公国的财库几乎被掏空，然而帝尊仍能大肆挥霍地享受骄奢的生活，并款待忠于他的内地贵族。况且红船劫匪一定是掌握了什么消息来源，才会知道精技知识，以及黑色精技石的可能用法。更有甚者，他们说不定就是从哪一卷流落在外的典籍中，学到了如何将人加以冶炼的知识。然而，切德与我都不太可能有机会证明这个理论了。

王子的声音将我神游四方的思绪拉回当下。“我以为你已经决定好要从哪里开始教了。”那少年忐忑不安的口气令人伤心。我很想讲几句话让他放心，但最后还是决定诚实以对。

“搬一张椅子过来跟我一起坐。”我吩咐道，重新坐回惟真的老位子。

他困惑地盯着我，过了一会儿，他走上前挑了张沉重的椅子，艰难地搬到我身边。他坐下时我一言不发。我固然知道我们彼此的身份差距犹如天南地北，但是我打定了主意，在这房里时，我要将他当作是我的学生，而不当作是王子殿下来看待。我犹豫片刻，因为我不知道若是坦诚以对，会不会削减我在他面前的权威。但最后我还是吸了口气，定了定神，把话讲出来。

“王子殿下，十几年前，我就坐在这房间的地上，倚在你父亲的椅子边，而你父亲就坐在我现在坐的这张椅子上，眺望大海，施展精技。你父亲全力施展精技，他不但对付敌人毫不留情，还完全不顾自己的身体健康。他坐在这房间里，将自己的心灵力量施展出去，趁着红船劫匪尚未抵达我们的海岸边之前，找出他们的所在，并迷惑他们的心智。他利用海洋的状况与天气来对付劫匪，指使领航员领着整个舰队直接撞上礁石，或是迷惑船长，使船长信心满满地把船开到暴风雨里去。

“我敢说你一定听过一位名叫盖伦的精技师傅。盖伦本应该培养精技人才，创造出一个团结的精技小组，以便这个精技小组将自己的力量与才能贡献给王储惟真，一同对抗红船劫匪。唔，盖伦最后的确组建了一个精技小组，但是那些人都心口不一，他们效忠的其实是野心勃勃的帝尊，也就是惟真的弟弟，所以那个精技小组不但没有襄助你父亲，反而处处掣肘。该通报的消息，他们不是拖延不报，就是干脆不报，使众人误解你的父亲，把它当作无能之人。他们将我们的子民送到劫匪手上，任由劫匪杀害或冶炼，目的则是为了要破坏忠心耿耿的众公爵与惟真的关系。”

王子的眼睛直盯着我。他那热切的凝视令我无法招架，因此我无法与他四目相对，而是望着他身后窗外那灰蒙蒙的咆哮着的海面。然后我坚强起来，大步地走过致命的真相与怯懦的假相之间那条陡峭的小路。“当年我也是盖伦的学生之一。由于我是非婚生子，所以他很鄙视我。我多少从盖伦那里学到了一点东西，但是盖伦对我极尽欺凌，因为他不想让我习得精技知识，所以费尽心思地赶走我。我在盖伦残酷的教导之下学到一点精技基础，然后就再也无法继续。我有时能驾驭自己的精技天赋，有时却根本不能控制，最后被盖伦淘汰。之后，我便像其他跟不上他的标准的学生一样，被盖伦赶走了。不过我仍然继续在堡里当仆人。你父亲在此卖力地对抗红船劫匪时，食物都叫人送上来，那就是我的工作。而令人庆幸的是，你父亲与我发现，虽然我无法自行施展精技，但是他可以从我身上汲取精技的力量。后来，你父亲有空的时候，便会教我精技。”

我转过去望着晋责，等着看他怎么反应。他的黑眼睛打量着我的脸：“他去寻找古灵的时候，你曾跟他同行吗？”

我摇了摇头，老实地答道：“没有。当时我年纪太小，他不准我去。”

“他不准你去，你就不会悄悄跟上去？”晋责难以置信地问道。从他眼里可以看出，他正想象倘若与我交换位置，他一定不会乖乖待在堡里。

我好不容易想出这句话：“问题是，他去了哪里，走什么路径，都没有人知道。”我屏住呼吸，暗自希望此语一出，就能让他别再问下去。我并不想对他撒谎。

他转开头，望向大海。他对我很是失望：“要是你跟着他去，说不定一切都不一样了。”

我常常告诉我自己，要是我真的跟去了，那么生活在帝尊统治下的公鹿堡里的珂翠肯王后，可能就熬不过那一关了。不过我只说道：“我自己也反复思考过这个问题，王子殿下，然而这些都是推想，倘若我真的跟去了又会如何，谁都不能确定。说不定我能帮上点忙，不过回想起来，我也很可能处处给他添麻烦。当时我年纪轻，而且还冲动莽撞。”我吸了一口气，将话题引到我想说的方向，“我之所以跟你说这些事情，是要让你清楚地了解到我并不是什么精技师傅。我还没研读过那些卷轴……只念过其中几卷而已。所以，从某个角度来看，你我都是学生。我一边教你基本功课，一边还得研读那些经卷，努力自学。我们一起走上精技之路是很危险的，这样你了解了吗？”

“这我了解。那原智呢？”

我原本并没有打算在今天提到原智的事情：“这个嘛，当年的我跟你一样懵懵懂懂，我也是碰巧跟一只小狗牵系在一起，然后才知道自己有原智。我对原智魔法大概懂得点皮毛，但是我却一直到成人之后才碰上精通原智的长者，开始学习原智知识的概要。而我在学习原智时，碰上跟我学习精技时同样的困难：那就是学习时间太短了。我从那位长者身上学到很多，但是仍没有学全……说真的，差远了。所以，在原智方面，我也会尽我所能地教你，不过你的导师对原智只是一知半解而已。”

“你这番剖白可真是激励人心啊。”晋责喃喃地说道。过了一会儿，他大笑起来，“我们两人都这样跌跌撞撞地摸索，不是挺登对的吗？我们要从哪里开始学？”

“照我看来，王子殿下，我们一开始得先退两步才行。你必须先丢开你自己习得的某些技巧。你知不知道当你在施展精技时，其实是将精技与原智这两种魔法混在一起用的？”

他呆呆地望着我。

我有点失望，但是过了一会儿，我轻快地说道：“唔，我们的第一步，就是将你的精技魔法与你的原智魔法拆解开来。”瞧我说得好像我知道该如何下手似的，其实我连自己施展精技与原智时有没有混用两种魔法，都不见得了解。我将这个念头抛开，“我想先教导你精技的基础知识，为了免于混用这两种魔法，我们暂且将原智摆在一边。”

“你有没有认识其他跟我们一样的人？”

他又把我搞糊涂了，“像我们哪样？”

“像我们这样，同时拥有原智和精技。”

我吸了一口气，缓缓地吐出。要讲真话还是蒙混过去？讲真话吧：“我想我可能碰到过一个这样的人，不过他同时拥有精技与原智魔法之事，我当时并没有多想，而且可能连他自己都不晓得。当时我只知道他的原智力量非常强大。后来，我有时候会不禁纳闷，他怎么会对狼与我之间的交流知道得那么清楚，于是我猜他同时具有原智与精技魔法，只不过他将这二者当作一体，所以他总是同时施展原智与精技。”

“他是什么人？”

唉，我实在应该从一开始就把晋责的问题岔开：“我刚刚说过了，那已经是多年前的往事了。他教了我一些原智的知识。好了。我们应该专心上课了。”

“儒雅。”

“什么？”这年轻人的思路像跳蚤似的，跳来跳去，全无定性。

“儒雅从小就学习原智，所以他知道得很多。也许他肯教我也说不定。既然他已经知道我有原智，那就不算是把我的秘密散播出去。而且……”

我猜他是因为看到我的脸色才讲不下去的。我等了一会儿，直到稳住自己，才开口说话。我说话时装出一副明智的样子，我不讲自己的看法，而是先探听多点消息。“多谈点儒雅的事。”我提议道。然后，我实在不大控制得住自己的舌头，所以补了一句，“你说说看，为什么你认为相信他是安全的。”

晋责并没有直接回答我的问题，这点我颇为欣赏。他略微皱了皱眉，以仿佛在讲述十年前旧事的口气说道：“我第一次遇见儒雅，是他送我猫的那天。我的猫是贝馨嘉母子赠送的，这你是知道的。贝馨嘉夫人应该是来过堡里的，不过在我印象中，我之前从未见过儒雅。儒雅将猫递给我的样子很特别……我想这是因为他显然很在意猫的感受吧。他并不是把猫当作一件普通的东西，而是当作朋友般交到我的手上。也许这是因为他也有原智的关系。他跟我说，他会教我怎么跟猫一起打猎，所以隔天早上我们就去打猎了。就他跟我两人而已，以免猫会分心。儒雅真的是在教我如何跟猫一起打猎，他尽心教导我，并不在乎他这是在与晋责王子独处。”晋责停顿了一下，脸上微微地红了起来。

“你也许会觉得我讲这话太自负，但的确有很多人邀请我去做什么有趣的事情，结果我去了才发现，人家之所以邀我去，为的不是与我分享事情的趣味，而是为了获得我的青睐。比如说，之前魏斯夫人邀我去看提尔司公国来的木偶大师表演木偶戏，可是整场戏她都坐在我旁边，跟我念叨她因为土地而与邻居起争执的事情。儒雅就不会那样。他是真的要教我如何与猫一起打猎。你不觉得，如果儒雅心生歹念，他早在当时就可以下手了吗？打猎时发生意外是在所难免的，他大可推我一把，让我从悬崖上滚下去。然而我们一整个星期的清晨都去打猎，而他从头到尾都是以打猎为重。到了后来那几天，我打猎的技巧越来越好，在他也带来他的猎猫之后，打起猎来更是尽兴有趣。我认为我终于交到了真正的朋友。”

切德教我的老招还是很有用。你可以用沉默不语来问难以启齿的问题，甚至可以用沉默不语来问你不知从何问起的问题。

“所以，当我……当我以为我坠入情网，当我想要逃离这个婚约的时候，唔，我就找上儒雅了。儒雅在离开公鹿堡之前对我说，如果我有什么需要他帮忙的地方，尽管开口就是了。所以我就写了信给他。信送出去之后不久就有了回音，叫我要去什么地方，找什么人帮忙。不过这其中有个古怪之处，汤姆，儒雅说他从未收到我的信，更没回信给我。而且我离开公鹿堡之后，一次也没见过他，就连我抵达长风堡，住在堡里的那几天，我也没见过儒雅，而且也没见到他母亲。我所见到的都是仆人，他们把我的猫安置在猫栏里。”

他又停顿下来，不过这次我感觉到，若是不推一把，他是不会讲下去的。

“但你的确是住在长风堡里？”

“没错。我住的房间很干净，不过房间所在的位置是堡里很少用到的侧翼，而且每个人都强调保密的必要，仿佛要提防我随时溜走。因此我的三餐都是仆人送来的，而且当他们听到风声……当他们听到风声，说你们要来的时候，便决定让我一定要离开长风堡。于是当晚猫与我单独外出，不过要来接我的人还没到，你……你的狼就找到我了。”

他又停下话：“其余的我都知道了。”我因为可怜讲话的他与听话的我，所以凑上了这么一句。不过为了确认，我还是问道，“如今儒雅跟你说，他根本就不知道当时你人就在长风堡？”

“他发誓他们母子二人都不晓得。他猜测是他家的某一个仆人把我送给他的信拦截了下来交给别人，而那人回信给我，又弄出这一切。”

“那这个仆人呢？”

“早就走了。我离开长风堡的那一天，他人就不见了。儒雅与我倒推回去，发现这时间是吻合的。”

“听起来，你已经与儒雅深谈过了。”我虽尽了力，却仍无法遮掩我不以为然的口气。

“路德威讲出他真正的目的时，我认为儒雅是跟他们一伙的。我觉得儒雅背叛了我，当时我之所以那么失望，部分原因在此。我不只失去了猫，还被我的朋友背叛。至于等我发现自己想错了的时候，我心情有多么高兴，那就不用说了。”他脸上露出宽慰与热忱的信任之光。

这么说来，他的确信任儒雅·贝馨嘉，而且他对儒雅的信任，深到他认为儒雅可以教他见不得人的原智魔法，且绝不会将他有原智的秘密走漏出去——也不会导致他身陷困境。我不禁纳闷这其中有多少信任，是基于他迫切地想要有个真正朋友的需要？我把他对儒雅的信任，拿来与他对我的诚心信任做个比较之后，不禁畏缩起来。我这个人当然不是让他看了就想跟我交朋友之人，但他却冲动地黏了上来，仿佛他已经孤立了太久，久到在他心中，任何稍微亲近的接触都变成了友谊。

我默默地坐着，沉思我到底该如何处理这件事，然而我已经冷冷地下了个决定，第一个就是要弄清儒雅·贝馨嘉的底细。如果他有什么叛逆不忠的迹象，那么他必定要付出代价。而如果他背叛过王子，又当着王子的面说谎，如果他想利用王子信任人的天性，那么他必定要付出双倍的代价。不过在这当下，我不会对这少年提及我的疑虑。因此我郑重地说道：“这我了解。”

“他主动说要教我原智……他称之为‘原血’。我没求他，是他主动说要教我的。”

即使如此，也不能让我放心，于是我照样将这念头摆在自己心底。我真诚地答道：“晋责王子，我希望你最好暂时不要学习原血。我刚才跟你说过了，我们必须将这两种能力区分开来，所以我们最好是让原智沉寂一阵子，先专心发展你的精技魔法比较好。”

他沉默地眺望大海。我知道他很期待儒雅能多教他，因为他一直很渴望知道原智魔法的知识。不过他吸了一口气，平静地答道：“如果你认为这样最好，那么我们就这么做吧。”他转过头来与我四目相对，脸上毫无勉强。他怡然接受了我立下的规定。

这孩子性情好，和气又好学。我望着他那开放的眼神，并希望我是个配得上他的好老师。

于是我们开始上课。我坐在桌边，要他闭上眼睛，放松心情，并要他降下自己与外界之间的藩篱，用心感知外界的一切。我用平静且安抚人心的语气对他指示，仿佛他是即将初次体验缰绳与马鞍重量的小马。然后我坐着注视他那毫无皱纹的静止脸庞。他已经准备好了。他就像是一池清水，我随时都可以跳进去。

要是我能逼自己纵身跃入就好了。

我之所以竖立精技墙，是出于自保的习性。我的精技墙偶尔会因为疲倦而降低，但我从未完全地放弃它。探寻王子与单纯地跃入精技洪流中不同，因为前者有暴露我自己的可能。我已经很久没有一对一地练习精技了。我会不会暴露过多的自我呢？我一边想着这些事情，思绪的保护墙也因此而越筑越高。降低精技墙自有其难处，没有常人想得那么简单。长久以来，精技墙就是我的保护层，这个竖立精技墙的反射动作不是可以随便解除的。我要解除精技墙，就像望向强烈的日光，并强求自己的眼睛一眨不眨那样的困难。我慢慢地压低精技墙，直到我感觉自己仿佛是赤裸地站在他身前为止。接下来，我只要横过桌面的宽度，便可碰触到晋责的心灵。我知道我能够接触到他的心思，但我却一再迟疑。惟真与我第一次心灵接触的时候，我惊讶得喘不过气来，我可不想让这个情况重演。慢一点，轻一点。

我吸了一口气，放松地向他探去。

他露出了笑容，但眼睛仍然闭着，“我听到音乐声。”

这是双重的新发现。对这孩子而言，施展精技是很轻松的，我只需要告诉他说他会使用精技，他就施展出来了。而且他的精技感知非常敏锐，比我敏锐得多。当我朝外界探索的时候，我也听到了。阿憨的音乐像是潺潺流水，静静地从我心底流过，那音乐也可以说像是窗外的一阵风——我曾经不经意地训练自己忽略他的音乐，把他的音乐视为天下众多思绪的杂音，且不过是流过森林里小溪水面上漂着的落叶罢了。然而我轻拂晋责的心灵时，却发觉晋责认为阿憨的音乐清晰又甜美，就像即使在合唱中也无法被掩盖的吟游歌者的清脆歌声。阿憨的天赋的确很强。

而王子的天赋也很强，因为我才轻轻用精技拂过他的心灵，他便注意到我，而我也感受到他。就在那一刻，我们透过精技的牵系，交流彼此内心的思绪。

我看见他的内心时，发觉他心里没有一丝作假或狡诈。他对自己的人生十分率真，所以他在施展精技时，也同样清澈而明净。相比之下，我觉得自己既渺小又黑暗，因为我把自己隐藏起来，只让他看到我愿意跟他交流的那一面，也就是我身为他的老师的那个部分。

我还来不及吩咐他把思绪传给我，他便借着精技对我发话了：你是故意用音乐来测试我吗？我听到了。那音乐美极了。他的思绪清楚且强烈地传进我心里，但我感觉到他同时也运用了一点原智。原来他是靠着他的原智感应，从公鹿堡内外众人的庞杂思绪中将我找出来的，然后才朝我发出精技思绪。我心里想着不知如何才能破除他这个坏习惯。我以前听过这个曲调，但我记不得这曲调叫什么名字了。晋责又传来思绪，使我顿时回到当下。他深深地被乐声吸引，几乎整个人都要飘出去了。

就这么决定了。切德说得没错，阿憨一定要教，不教就得杀了他。我立起盾牌，不让王子得知我的阴暗想法。年轻人，小心为上，一步一步来。你能听到音乐，就表示你能施展精技了。而你现在感受到的，也就是乐声以及一切片断式的思绪，那些都仿佛是漂浮在水流上的残骸碎片。你必须学着去忽略那些残骸碎片，全神贯注于那清澈的水流，并将自己的思绪送入那水流之中。你听到的那些低语和情绪，都来自于有着些微精技天赋的人。你必须将那些声响置之脑后。至于那乐声，则是来自一名精技天赋极高的人，但目前你也必须将他忽略掉。

但是那乐声好美。

的确如此。但那乐声不是精技洪流，只是一个人发送出来的思绪罢了。那乐声好比是漂浮在水上的叶子，叶子很美很优雅，然而叶子底下的洪流才有着庞大的力量。如果你因为叶子而分心，那么很可能会忘记大河的威力，而被洪流卷进去。

我真是太笨了，竟然叫他去注意精技洪流。我早该想到他目前还控制不住自己的精技天赋。他转而注意精技洪流，而我还来不及制止，他便已经全神贯注，于是一瞬间，洪流便将他从我身边卷走。

这就好像你注意着一个在浅水区玩耍的孩子，结果一个浪潮卷来，那孩子便没了踪影。一开始，我惊骇至极，接着我纵身跃入洪流里去追他，虽然我深知要把他抓回来有多么困难。

事后我尝试对切德解释道：“试想你眼前有一大群人，而在同一时间，有许多人彼此交谈。你先听这两个人对话，然后你身后有个人讲的话引起了你的注意，接着你又注意到另外一人讲的某个字眼。突然之间，众人的话纠缠在一起，于是你迷失了，而且你不记得是从哪一段话先听起的，也想不起自己心里有什么思绪。你凝神倾听你听到的每一句话，却分辨不出孰轻孰重。那些言语同时存在，同样迷人，而且每一句话都从你身上扯下了个碎片带走。”

精技的领域里看不见、听不到，也摸不着，只有思绪而已。这一刻，王子还在我身边，强烈、完好，而且只有他自己，下一刻，他便过于注意非自身的强烈思绪而迷失了自己。就算是一件大毛衣，只要扯出了线头，就可以拆掉整件衣服。同样的，王子也由此而起，开始解体。就算追上了线头，把线卷回来，线也不会复原为毛衣，但我还是跃入五花八门的思绪漩涡中寻找晋责的踪迹，一边疯狂地探寻他那不断消逝的心灵与源头，一边把变成片段的他给一个个抓回来。我以前遇到过更强劲的精技洪流，所以我要守住自身的完好没有一点问题。但是王子可没有我这么丰富的经验，此时他正被感知洪流的利爪迅速地撕为碎片，我若要救他回来，就得冒着把自己也赔上去的危险，然而过错在我，所以我铤而走险也是应该。

晋责！我将呼唤他的思绪四散出去，并且敞开心胸以感受回应。众多略有精技潜能之人感受到我的思绪入侵他们的心灵，并困扰地问我是谁，而这众多的回应思绪打在我头上，仿佛是一场冰雹暴雨似的。许多人突然注意到我，对我拉拉扯扯，使我压力倍增，仿佛有千百个勾子同时勾住我，要把我拉散开来。

那个感受非常古怪，既令人感到危险重重，同时又令人欣喜若狂，而最古怪之处，莫过于我竟能清楚地体会到每一丝感触。也许切德不准我喝精灵树皮茶是对的，不过这念头转瞬即逝，因为我必须专注于眼前的事情。我像是野狼一般抖动身体，将毛皮上的雨水甩开，狂乱地抖开众人拉扯住我的杂乱思绪。

我感觉到他们被我甩开时的惊讶与困惑，但过后我终于能够将自己的注意力集中起来。晋责！我再度以思绪大声呼唤，我呼唤的不是他的名字，而是他对自己的概念，也就是我初次拂过他的心灵时，我清楚感受到的那个意念。而晋责给我的回应，淡如回音，仿佛他连刚才他的心境为何都已经快要忘得一干二净了。

我从纠结的洪流中将晋责打捞、过滤出来，任由他人的思绪从我对晋责的观感中流过去。晋责，晋责，晋责。对他而言，我传出的这阵阵思绪仿佛心跳般令他安心。我抱了他一会儿，将他稳住，最后终于感觉到他已经回过神来，接着他迅速地集中到他的核心线头上——我之前倒没看出那些核心线头乃是晋责的一部分。我静止不动地待在他身边，只希望自己能够挡住外界的杂思，好让他有时间重新将自己组合起来。

汤姆？他终于问道。他散发出来这个“汤姆”的意念，只是我的自我的一小部分，也就是我让晋责看到的那单一面向而已。

对了。我对晋责确认道。这就对了。今天的练习到这里就够了——不仅够了，还超了太多了。现在你尽快离开此地，回到你自己身上吧。

于是置身于天旋地转的洪流中的晋责与我，慢慢彼此切分开来，各自朝自己的身体而去。然而我们离开精技大河时，我几乎像是听到人声般感觉到远处的思绪回响：

这次是平安了。不过下次不管是你自己，还是你带着他，都得小心一点。

那思绪是传给我的，而且目标只有我一人，我想晋责应该对此一无所知。然而我一睁开眼睛，看到坐在桌边的晋责脸色苍白如纸，于是就把那个陌生的技传给抛在脑后了。晋责瘫在椅子上，头歪向一边，眼睛半闭，他的头发里冒出大滴汗水，沿着脸庞滑下来，嘴巴不停地喘气。我为他上的第一课，差点就成了他的最后一课。

我走到他身后，弯下身对他说道：“晋责，你听得见吗？”

他嘴角露出微弱的笑容。听得见。然后他那虚弱无力的脸上浮出一抹可怕的微笑。刚才好美啊。我想回去那里看看。

“不行。别回去。而且那里的事情，你现在连想都别去想。现在你就待在这里，跟我在一起就对了。你必须集中心智，专心地待在自己的肉体里。”我四下环顾，房里什么也没准备，既没有水，也没有酒让他喝。“你过一会儿就会恢复了。”我嘴里对他这么说，心里却不知道他等一下到底会不会好起来。为什么我没早料到会发生这种意外？为什么我没有一开始就警告他精技的危险之处？因为我没想到他才上第一堂课，就能技传得这么顺利？我之前的确没有想到，这孩子竟会高明到让自己惹祸上身。唔，现在我可了解了，教导王子施展精技，可比我原先预料的危险多了。

我将一只手放在他肩上，想扶他坐正，然而这一碰，我们两人却又再度彼此心灵交流了。我为了要教他而放低了我的墙，而晋责根本就没有设墙。我们两人的心灵相遇之时，精技的快感横扫我全身。我透过他的心灵听到嘈杂的精技思绪有如远处的滚滚瀑布一般。*你快回来*。我一边劝道，一边把快要掉进河里的他拉回来。我以前也曾经感受到精技洪流的巨大拉力，直到如今，精技洪流对我仍有无比的吸引力。但我深知其中之险，这让我平衡了那股吸引力。而此时王子就像伸手要去摸蜡烛火焰的小娃儿般。我拉回王子，并横身挡在他与精技洪流之间，最后终于感觉到他心里挂上了帘子，将精技洪流的呢喃声阻挡在外。

“晋责。”我一边说话，一边对他技传，“该停下来了。一天练习这么多已经很足够了，而第一堂课就走到这程度，已经是过多了。”

“可是……我想要……”他讲话的声音小得几乎听不见，但是他说得出话来，我就很高兴了。

“够了。”我一边说道，一边抬手离开他的肩膀。他叹了一声，靠在椅背上，头则无力地后仰。我强按住自己的冲动：我能不能把我的力量分给他，以帮助他复原？我有没有能力帮他设下精技墙，以便保护他，直到他有能力穿梭于精技洪流为止？我有没有能力将我烙在他心里，叫他不得反抗我的精技指令给去除掉？

我刚获准学习精技的时候，将学习精技的机会视为一把双刃剑。能够学习精技真是天赐良机，但是在另一方面，我的处境却也很危险。精技师父盖伦可能会发现我有原智，因而消灭我，所以我从未像晋责这样以如此开放且热切的态度来面对精技。我才学不久，危险与痛苦便把我对这个皇家魔法的好奇心抹杀殆尽了。我在施展精技时总是有所保留，我既深深被精技那股耽溺的魅力吸引，却又很怕自己因此招来灭顶之灾。当我发现精灵树皮茶可以使我对精技的召唤完全听而不闻之后，我便毫不犹豫地饮用此茶，即使此茶恶名昭彰，也无法阻挡我。由于喝不到精灵树皮茶，对精技麻木的药效也消失了，所以王子的热忱与丰富的精技文库，使我重新燃起对精技的百般渴望。我跟晋责一样恨不得纵身跃入那醉人的洪流之中。但接着我稳固起自己的心志，我绝不能让他感觉到我冒出了这样的思绪。

我一眼瞄到升起的太阳，看这时刻，我们的上课时间差不多该结束了。晋责的脸色已经恢复得差不多，但是他的头发因为汗湿而黏在了头上。

“该走了，年轻人，打起精神来。”

“我好累。感觉我今天可以睡上一整天。”

我并未对他提起我那蠢蠢欲动的头痛：“你免不了会有这种感觉，不过睡上一天可对你不好。我要你一整天都精神振奋，做些比较活跃的活动，像是骑马或练剑之类的。而最重要的是你必须拘束你的思想，不能去想第一堂课的事情，今天你可不能再让精技诱惑你了。在我教你均衡地关注精技洪流，并抗拒精技诱惑之前，你任意施展精技是很危险的。精技的确很有用处，但精技也会像是蜂蜜吸引蜜蜂那样，引诱人们跃入其中。你若是独自贸然前进，那么一个不小心，就会被卷到荒无人烟且甚至连我都救不了你的地方。而且你的心虽然迷失，但你的身体却留在这里，变成流着口水、对周遭的一切都毫无感知的傻子。”

我不断告诫他，一定要在我的监督下施展精技，不得自行任意尝试。不过我猜我大概是反复地讲太多次了，因为最后他几乎是生气地告诉我，当时他也在场，所以他也深知自己还能全身而退有多么幸运。

我告诉他，我很高兴他能领悟到这一点，接着我们便下课了。但他走到门口，停了下来，然后又走回我身边。

晋责久久不语，我不禁问道："怎么了？"

他突然露出非常别扭的表情："我有件事情想问你。"

我等他开口，但是最后仍不得不说："你想问什么？"

他咬住下唇，转头望着窗外。"你跟黄金大人的事。"他终于吐露道，接着又住嘴不言。

"我跟黄金大人怎么样？"我不耐烦地问道。时间不早了，而我还有事要做，例如想办法止住现在正全力袭击我的头痛。

"你……你喜欢为他工作吗？"

我立刻就知道这不是他要问的问题。我真搞不懂他是哪里不对劲。他是嫉妒我跟弄臣的友谊吗？他是不是觉得挤不进我们两人的小圈子里？我尽量以温柔的口气说道："我们认识很久了，而且一直都是好朋友，在我们之前回程的旅馆里我就告诉过你了。现在他当主人，我当仆人，然而这只是为了方便，让我有机会参加特殊场合，因为以我的身份，很多事情我是见不到的。仅此而已。"

"这么说来，你不是真的在……伺候他。"

我耸了耸肩："除非是为了配合我的仆人身份，或者是我自己喜欢帮他做点小事。晋责，我们已经是老朋友了，所以我们彼此之间几乎没什么我不愿意帮他做，或是他不愿为我做的事。"

我虽然不知道他苦恼的是什么问题，但从他脸上的表情看来，他心里的结还没解开，不过我倒愿意就此算了。我总不能一直等下去，等到他想出该怎么讲才好吧。他似乎也愿意把这事搁下来，因为此时他转身朝门口走去。不过他的手一碰到门口，便非常突然地再度开口了。他的语气很差，仿佛他是违背本意硬把话挤出来的："儒雅说，黄金大人喜欢跟男生在一起。"他听我没什么反应，又补了一句，"上床。"他从头到尾都盯着门，这时，他连后颈都一片通红。

我突然觉得累得要命："晋责。请你看着我。"

"对不起。"他一边说，一边转过身来，不过他仍不太能直视我的眼睛，

“我不该问的。”

我也希望他没问。我真希望我不需察觉到闲言闲语已经传遍四处，连他都已听闻。是该让流言平息下来了，“晋责，我并没有跟黄金大人上床。说句老实话，我从没看过他跟任何人上床。他调戏儒雅只不过是个伪装，目的是要使贝馨嘉夫人催促我们尽快离开，不要继续在她的庄园里做客而已。但是当然了，你绝对不能让儒雅知道实情，这是你我之间的秘密。”

他深深地吸了一口气，吐了出来：“我也不愿把你们想成那样子，但是你们两人看起来好亲近。况且黄金大人是遮玛里亚人，而你是知道的，遮玛里亚人对这种事情满不在乎。”

我心里挣扎着要不要把真相告诉他，但最后还是觉得，对他而言，知道这些未免负担太过沉重：“你跟儒雅在一起的时候，最好避谈黄金大人的事情。要是他提起，你就把话题转开。这你会吧？”

他露出一个扭曲的笑容：“我也跟你一样在切德门下学习过呀。”

“我注意到最近你对黄金大人比较冷淡。如果你是因为这个误会而疏远他，唔，那是你自己的损失。你一旦交了他这个朋友，你就会了解，世上再也找不到比他更真诚的人了。”

他点点头，但没说什么。我猜我大概没有完全去除他心里的阴霾，不过我已经尽力了。

他由门口出去。他离去之后，传来锁门的声音，然后是他沿着长长的螺旋梯下塔的脚步声。如果有人问起，他会说他已经选定望海塔作为他晨间静坐的新地方。

我再度四下环顾，并决定房里必须储备一些应变物品，以备万一今早之事重演之用：房里要放一瓶葡萄酒，有需要时让晋责喝了定一定神，此外也要准备柴火，以便在壁炉里生火。盖伦深信学生一定要又冷又饿才学得到东西，但我才不信他那一套刻板的教育方式。这些东西我稍后再请切德备齐。

我打了个很大的哈欠，心里巴不得能再回到床上睡大觉。我昨晚才回到公鹿堡，然而我虽然困倦得想抱头大睡，但洗了个热水澡，向切德做了个报告，这又耗去了好几个钟头。切德将我带回来的卷轴和我写的文稿都收去保管了。其实让他收去，我倒还方便些，而且这些卷轴和文稿不是他读过的，就是他猜得到的事情，他看了恐怕也没多大收获。我洗了澡，卸除了浸到骨子里的寒意之后，便坐在火炉前与切德长谈。

我出门这几日，一只年轻的棕色黄鼠狼正式入住切德的塔楼。这只黄鼠狼名叫吉利，它对自己的年轻活力与新地盘甚为自豪，再加上听说这附近鼠辈横行，所以更是蠢蠢欲动。吉利对我的兴趣仅限于彻底嗅嗅我的靴子，然后钻进我的袋子里搜寻一番，它那性急且横冲直撞的心灵，倒与这阴沉的塔楼成为一大对比。而吉利对于我这个人的观感是，我是个在它的地盘上出没，但是体型太大，不适合作为猎捕目标的生物。

切德的闲谈包罗万象，从提尔司公爵将逃至境内的恰斯国奴隶整备为大军，并给予军事训练，到珂翠肯应邀出面调解艾胥雷城的凯洛辛大人与廷贝利城的庄重大人之间的争端。凯洛辛大人声称庄重大人诱拐了他女儿，庄重大人则反驳那女孩子是主动来找他的，何况现在他们已经成婚，所以任何诱拐都不成问题了。还有个公鹿堡商人打算盖几座横入港中的突堤码头，但是另有两个商人声称，那几座突堤码头会妨碍通往他们仓库的水道。这种市镇议会应该就能解决的事情，不知怎地变成了全城的大事，还要搬到王后面前争个道理。除此之外，切德又讲了十几件枯燥且烦人的问题，而我只觉得他与珂翠肯每天处理的事情不仅庞杂，还十分深入。

我把这个心得告诉他，他答道："所以我们才会觉得你回到公鹿堡来是件幸运的事，而且你只需全心照管晋责王子的事情就好。珂翠肯认为，唯一美中不足之处，就是不能让你公开陪伴王子。不过我还是觉得，你既能观察宫廷的动静，又无须与王子紧密相连，这其实自有其好处。"

根据切德打听到的消息，花斑帮并无进一步行动。近来公共场所没有张贴出直指某人有原智的告示，宫里也没收到匿名字条或是威胁信。"可是，月桂对王后的警告，也就是鹿亲的事情，那又怎么说？"我对切德问道。

切德顿时感到有些窘迫："这么说来，你已经知道那件事了，是吧？唔，我刚才讲的，只是说花斑帮没有直接对王后放话。我们很看重月桂传来的消息，而且也尽力去保护她了——当然了，这不能声张，必须做得很巧妙才行。现在月桂已经开始训练新的助手，她这个助手肌肉发达，剑术又好，而且不管月桂上哪儿，他都跟着去。我对这人很有信心。此外我已经吩咐守门的卫兵，对陌生人，尤其是身边带着动物的陌生人，务必严格盘查。目前的情况很明显：花斑帮和原血族群是势不两立的。我的眼线传来消息，据说有些人家在睡梦中遭到屠杀，事后整栋房子都烧得一干二净。有人可能会说，花斑帮和原血族群彼此对立更好，就让他们自相残杀，我们也好平静生活一阵子。唉，你别皱着眉头瞪我呀，我刚才是说‘有人可能会说’，又不是我希望他们彼此打打杀杀。你说我能怎么办？派出侍卫？又没人要求王后介入，怎么派兵？根本就没人报案，难道我们要捕风捉影地擒凶吗？至少要有点可靠的东西才行啊，蜚滋。总得要有人报上自己的名字，并指出主谋，我们才好做事呀。除非原血者有这个胆量站出来指控花斑帮的罪行，否则我没办法追究。还有，我不知道你听了会不会觉得安慰一点，但反正王后光听到这个传闻就气得不得了。”说到这里，切德便将话题转到他处了。

儒雅·贝馨嘉仍待在宫里，仍然天天与晋责见面，也仍未露出他有在密谋什么奸计的迹象。切德在我出城的这段期间，安排了眼线盯住那少年，对此我很是欣慰。秋收宴很热闹，外岛人玩得很愉快。晋责与艾莉安娜继续在众目睽睽之下进行正式交往，他们一起聊天，一起骑马，一起用餐，一起跳舞。公鹿堡的吟游歌者把艾莉安娜的美丽与优雅编成了歌吟唱。表面上看，一切都完美无瑕，不过切德怀疑这对小情侣其实貌合神离，但他只希望他们两人能维持彬彬有礼的态度，直到外岛贵主上船返乡为止。我们与随外岛特使团前来的商人谈判得非常顺利。毕恩斯公国原本对于这宗联姻疑虑重重，但在王后正式宣布毛皮、象牙与鲸鱼油的唯一交易港口为海豹湾之后，毕恩斯公国的态度就软化了。内陆两公国所产的葡萄酒、白兰地与谷物，则由公鹿堡城出口。修克斯公国与瑞本公国则独占羊毛、棉花、皮革等大宗物资。

“依你看，各公国会尊重其他公国的特许权吗？”我一边将白兰地酒杯捧在掌心里晃动，一边懒散地问道。

切德“嗤”了一声：“当然不会。走私一向是古老且声誉崇高的行业，在我走过的每一个港口里皆是如此。不过我们已经丢出了骨头，让每一个公爵都有得啃了，况且他们都已计算过我们与外岛的联盟可以为他们的家乡带来多大的利益。老实说，我们所追求的真正目的，就是让每个公爵都打从心里体会到，我们六大公国整体会因为这个联盟而更加兴旺。”切德叹了口气，靠在椅背上，又揉了揉鼻梁。过了一会儿，他不大舒服地换了个姿势，恍然大悟地说道，“噢。”

他从袍子的褶缝里掏出那条从海滩捡回来的项链。那戴着蓝色小王冠的黑发少女塑像吊在项链末端晃呀晃，虽然很小却很完美，“我在角落的破布堆上找到这个。这是你的吗？”

“不是。不过你说的‘破布堆’，应该是我以前做粗活时穿的衣服。那条项链是王子的。”切德一头雾水，额头都皱起来了，所以我补充道，“我跟你说过，这是王子在那个奇怪的海滩上捡来的。后来我帮他把项链放进他的小钱包里。这项链应该要还给王子的。”

切德听了这话就恼怒了起来：“他出门在外的遭遇是对我说了没错，但是他用精技石柱旅行，以及在海滩上碰到的事情，他都说得很少。至于这东西，他更是从未提起。”

“他不是故意要骗你的。即使是经验老道的人，在通过精技石柱时也会觉得神魂颠倒。我没多做警告就带他到海滩上，所以他根本搞不清自己发生了什么事情。而回程的时候，我又一连带他走过三个精技石柱。我一点也不意外他的记忆会因此紊乱。光是他回来的时候头脑还正常，我就很庆幸了——帝尊的那几个年轻的精技人，比起晋责可就差远了。”

他的眉头越皱越深：“这么说来，没有经验的精技人无法自行通过精技石柱？”

“这我就不知道了。我第一次进入精技石柱纯粹是因为意外，不过我一整天走在古灵之路上的时候，都恍恍惚惚的……切德，你在想什么呀？”

切德显得很困惑，但是他那个表情太天真无辜了，一定有鬼。

“切德，你别管精技石柱的事了。精技石柱很危险，寻常人也就罢了，但是对你这种可能天生多少带着点精技天赋之人来说，精技石柱可能特别危险。”

“你在怕什么？”他平静地问道，“你怕我说不定会发现自己学得来精技？你怕我若是从小就受教的话，说不定现在也成材了？”

“说不定你若从小受教，现在真会成材呢。不过我怕的其实是，你该不会读了几卷蒙了尘的破烂卷轴就想冒险实验一番吧？毕竟现在正是六大公国最需要你的时候啊。”

切德不以为然地咕哝一声，起身将那少女塑像放在壁炉的炉台上。“讲到这里，我又想起另一件事情来了。这是王后要给你的。”切德一边说着，一边从炉台上拿起一个小卷轴递给我。我一将卷轴展开来，就立刻认出那是珂翠肯方正的字迹，六大公国之人惯用的草写字体，她一直写不来。卷轴上用鹅毛笔小心地描了十二个符文符号，而且符文符号下面各自注明其意义：港口、海滩、冰河、洞穴、高山、母屋、猎人、战士、渔人、上母、铁匠、纺织佬。

“这是从她跟皮奥崔玩的那个游戏里抄下来的。我看出她为什么要给你这个了。你看出来了吗？”

我点点头：“这些符文符号与精技石柱上刻的符文符号很像。虽说不是一模一样，但至少看起来是系出同源的。”

“很好。不过这里面至少有一个，跟精技石柱上刻的一模一样。你看，这就是你跟王子用的那根精技石柱上刻的符文符号。就是土墩那一带的精技石柱。”

切德从我们两人之间的桌上拿起了另外一个卷轴。从字迹看来，这卷轴显然是真正的文书所写的。卷轴上精确地按照原型画出了四个图样，并标示该图样在石柱四面的哪一面，还记载了图样的尺寸与位于石面上的位置。切德显然已经派出了他的小蜜蜂去收集情报：“是哪一个把你们带去海滩的？”切德问道。

“这个。”这个符文符号与珂翠肯画的那个“海滩”颇为类似，只有少个弯勾、多个弯勾的差别而已。

“而带你们回海滩去的那个符文，也跟这个相同吗？”

我皱起眉头：“当时我无暇留意带我们回去的那个符文长什么模样。我看我不在的这几天，你倒是很忙嘛。”

他点了点头：“六大公国境内还有别的石柱，再过两三个星期，我就可以把消息都收集齐全。这些石柱原来一定是精技人往返各地用的，只是如何使用精技石柱的知识已经失传，不过我们现在又有机会建立精技石柱知识库了。”

“只是危险得不得了而已。切德，容我指出一点：我跟晋责抵达海滩的时候，人是淹在水里的。淹在水里就罢了，但是情况还可能更糟。试想一下，如果某个出口的石柱正好面朝下地倒在地上，或是裂成碎片了呢？那么被推送到这出口的人怎么办？”

切德稍显慌乱地说道：“这个嘛，那么我看你会发现前路不通，于是立刻回到原地。”

“我的推想则是，我会立刻被石柱推送出来，压成人泥。精技石柱又不是门，容不得你停顿一下以窥看外面的状况，然后再决定要不要出去。它像倒水似的把你泼出去，那感觉像是踩空而掉进陷阱里，止都止不住的。”

“啊。我懂了。那么精技石柱不能随便使用，必须多加研究才行。不过我们读了精技经卷之后，说不定能解读出每一个符文的意义，以及每一道‘精技门’通往何处。而且我们可以借此看出哪些用起来是安全的。我们可以将不大安全的部分扶正或修复。也就是说，我们可以重新习得昔日精技人所知道的知识。”

“切德，我倒觉得这些石柱八成不是精技人建造的。也许曾有少数几个精技人使用过石柱，但是我每次通过石柱时，那种晕头转向的感觉以及那种……”我摸索恰当的字眼，“陌生的感觉。”我终于碰运气地找到这个词，“那个陌生的感觉使我怀疑当初建造精技石柱的并非精技人。而且感觉当初建造精技石柱的，根本就不是人。”

过了一会，切德提议道：“古灵？”

“我不知道。”我答道。

切德与我的对话不断在我心中回响。此时我盯着书架上的卷轴，又看看精技塔里上了锁的大木箱。也许答案就在那里，等着我去挖掘。

我从看起来最靠近期所写的卷轴里找出三卷出来看。越古老的卷轴，字体写法与拼法变化就越大，我最熟悉的只有当代文字，所以我还是从较近的经卷开始看起较好。我没找到殷悬的文稿，这让我觉得很纳闷。这位最近期的女精技师傅，势必曾经把她的心得诉诸于文字。一般认为，凡是爬到精技师傅地位的人，必定会写些独到的看法以开导弟子。然而就算当年殷悬真的写了什么，她的卷轴也不在这里。我最后终于选定的这三卷，是一位名叫“树膝”之人所写的，而且树膝还注明，这并非他自己所著，而是他从一位名为“欧克莱”的精技师傅的古文原著翻译过来的今译本。而树膝之所以要翻译此文，则是应精技师傅“大麦”之吩咐。这些人物我从未听过。我将这三卷卷轴夹在腋下，从火炉炉台的假饰板出去。

在我看来，这几个卷轴应该要留在切德的塔楼里，因为它们不该在汤姆·獾毛的房间里出现。不过我去切德的塔楼之前故意绕了一点路，走到一处壁上有不规则裂缝的地方，悄悄地靠在墙上窥视。儒雅·贝馨嘉的房间空无一人，这应了昨晚切德跟我说的，今天儒雅会与一大群人，一起跟王子与他的未婚妻去骑马。很好，说不定我可以趁机到儒雅房里探一探。倒不是说我期望会在他房里发现大量线索，他房里除了衣服和几件男人的日用品之外，别无他物。晚上时，他房里若不是空无一人，就是他一人单独留在里面，而他待在房内时，最常做的消遣就是吹笛子——他吹得难听极了——要不就是熏烟，而熏了烟之后，他便眺望着窗外。我从小侦查过各色人物，其中就属儒雅最无趣。

我朝切德的塔楼走去，但是在打开密门开关之前，我停了一下，先听了听，然后窥看了一下。我听到低声的自言自语，放下柴火的砰砰声。既然如此，我想我干脆就把卷轴留在密道里，以后再拿进去好了。继而一想，我人生中的“以后”也未免太多了，而且我总不能样样都留待切德帮我决定。而这件事情，说真的也只有我自己做得来。我慢慢地吸气、吐气，让自己静下心来，专心致志，并将我的墙降下来。

请你别惊慌。我要进房间了。

没有用。我人还在门口，那波浪就打上来了。臭狗子，你没看见我！别伤害我！走开！

但是我已将精技墙竖立起来，而且稳稳地撑住了。

“别这样，阿憨。如今你应该已经知道那一套对我不管用，而且我无意伤你。你为什么这么怕我呢？”我一边说着，一边将卷轴放在工作台上。

阿憨站起来，与我四目相对。他脚下搁着一堆柴火，其中一半已经放到了火炉边的箱子里，“不怕你。只是讨厌你。”

阿憨讲话挺怪的。他并非口齿不清，而是像刚学说话不久的孩子，讲话不加修饰。他讲完之后便站着瞪我，舌尖吐出，停在下唇上。据我推断，虽然他个子矮，讲话的声音和语法都像小孩，但是他已经长大了，所以我不会用跟小孩子讲话的语气跟他说话。

“是吗？我都会先认识对方，再决定我要不要讨厌他。可是到目前为止，你没有什么理由好讨厌我啊。”

他皱着眉头看我，四下比划着：“理由多了。你来，工作变多。洗澡水、端餐点、收拾盘碗，比光老家伙一人的时候更多。”

“唔，这倒是真的。”我犹豫了一下，“那么要怎么做才能弥补你？”

“弥补？”他怀疑地瞪着眼睛看我。我非常小心地降下我的防线，稍微地探寻他的感受。他的心情一碰即知，而且再明显不过，他这辈子都被人嘲笑戏弄，然而“弥补”跟嘲笑戏弄大有不同，这点他很确定。

“我可以给你一点酬劳，因为你帮我做了这么多事情。”

“酬劳？”

“就是铜板。”我钱袋里还有几个铜板。我举高钱袋，摇得叮咚作响。

“不。铜板不好。我不要铜板。他打阿憨，抢零钱。打阿憨，抢零钱。打阿憨，抢零钱。”他一边重复说着，一边作势用他的胖拳头打在他的手臂上。

“谁打你？”

他瞪着眼睛看我，顽固地摇了摇头：“有个人。你不认识。我不告诉别人。打阿憨，抢零钱。”他又作势挥拳打自己，这次他显然是想起了当时的怒气，呼吸越来越急促。

他陷于愤怒之中，对我置之不理，但我仍努力插话问道："阿憨，谁打你？"

"打阿憨，抢零钱。"他又挥拳了，此时他吐出舌头，下唇外翻，眼睛则翻得几乎看不见。我让他对空挥出一拳，然后才上前一步，将双手放在他的肩膀上，让他平静下来，以便跟他讲讲话。但是我的手一碰到他，他便狂乱不成言地大吼一声并躲开，同时咆哮道：你没看见我！别伤害我！

其冲击之大，使我屈身抱头。"阿憨，别伤害我！"我反驳道。我喘口气定定神，再补了一句，"你那个办法也不是次次都管用，对不对？即使你用力推人，但是有些人就是感觉不到。不过除此之外，还有别的办法呀，比如说，我可以阻止他们。"

这么说来，阿憨的精技波涛，不是对于公鹿堡里的某些仆人完全不起作用，就只是足以激起对方的怒火而已。真是耐人寻味啊。我还以为像阿憨这样精技天赋如此高强之人，一定可以任意将自己的思绪加诸在任何人身上。这事应该要告诉切德，但我暂且把这个念头摆在一旁。从早上便冒出来的精技头痛，加上阿憨的这一击，让我感觉仿佛血液都冲进了脑袋里。我头痛欲裂，但还是尽全力把话挤出来："我有办法阻止他们，阿憨。我会阻止他们。"

"什么？阻止什么？"他疑心重重地质问道，"阻止阿憨？"

"不，是阻止坏人。我会阻止坏人，不让他们打阿憨，也不让他们拿阿憨的铜板。"

"呼。"他鄙夷地哼了一声，"他说'拿去买糖吃'。但是他一下子就抢走铜板。打阿憨，抢零钱。"

"阿憨。"阿憨一旦有了定见，就很难再扭转他的心意，"你听我说。如果我能阻止他们，不让他们打你，也不让他们抢走你的糖果，那你是不是就不会恨我了？"

他站着，不说一句话，但是眉头都皱了起来。我想这是因为他没办法将这两件事情连起来，所以我把话说得更简单一点："阿憨，我可以阻止他们，不让他们骚扰你。"

他又“呼”了一声：“你不知道。我没告诉你。”他把地上的柴火乱七八糟地丢进箱子里，接着便大步地走开了。他走开之后，我抱着头，沉入椅子里，坐了一会儿，接着我踉跄地走到桌边，把卷轴放到床边的桌子上，然后就再也走不动了。我坐在床缘，心想我只要躺一下就好。但我的头一沾到凉凉的枕头，人就睡着了。

8. 野 心

在魔法的光谱中，每一种魔法自有其地位，而种种魔法集合起来，才构成伟大的魔法体系。所有魔法知识，从以护符做法的乡野法术、用水碗或是水晶球占卜的占卜术、野蛮的原智魔法和崇高的精技魔法，到各种囊括心灵与烹饪的家庭魔法等，皆统合在这个体系之中。

然而这并不是说任何有魔法之人均有能力驾驭魔法，或者应该尝试驾驭魔法体系中的每一种魔法。毕竟如此广博的艺术天分，并不是任何生命有限的人类所能承受的。此外，也没有人打算精通所有的魔法。善精技者也许能将才能拓展至占卜术的领域中，而懂得野兽魔法之人，同时也能够驾驭乡野法术中的起火与寻水源的魔法之术，但也只是偶有所闻。如图所示，这些较次的魔法都紧邻着伟大的魔法，因此力量强大者亦能扩展自己的能力，驾驭较次的法术。不过有能力之人如果野心大过于此，便会酿成大错。能够以水晶球占卜之人，倘若设法驾驭起火的法术，必定会徒劳无功。因为这两种魔法并不相邻，所以支撑这些魔法的基础，可能会在他内心引起冲突。善于精技者，倘若自甘堕落地学习兽性的原智魔法，等于是给自己所拥有的高等魔法招来衰颓与毁灭。这些卑劣的野心应该予以制止。

——精技师父欧克莱所著的《魔法体系》卷轴，树滕之今译本我回想起来，虽然我为晋责上了第一堂精技课，但我学到的东西却比学生还多。我学到的是恐惧与尊重。我对精技只是略懂皮毛，可是我却胆敢以教师之姿教导他人。我的白天与夜晚变得比我原先预期的更为充实，因为我不仅要不断学习，还得天天教学生。除此之外，我还不能把身为黄金大人的仆人、幸运的父亲，以及瞻远皇室的间谍身份放下来。

冬天到了，白日渐短，于是我替晋责上的精技课，变成在黑漆漆的晨间开始。往往当我们离开惟真之塔的时候，东方的天边都还没有一点光亮。晋责与切德都希望我教得越快越好，但自从那次几乎酿成大祸之后，我打定了主意：还是小心为上。

既然要小心为上，所以切德要求我至少评估一下阿憨精技力高低的事情，我也一拖再拖。而且我也无需费心安排，因为且不说我不愿意教阿憨，就连他自己都避开我都来不及了。切德三次安排了时间，要阿憨在他的房里与我见面，但是每次那个弱智少年都没出现。尽管如此，我也生怕这个倔强的学生只是迟到而已，所以每次都不敢多做逗留。我到了之后，一发现阿憨不在，就立刻离开。每次阿憨都跟切德说他“忘记”了约会的事情，但他脸上的焦虑与厌恶是逃不过切德的眼睛的。

“你到底做了什么好事，让阿憨躲你躲得远远的？”切德对我质问道。对于这点，我倒是可以诚心诚意地回答说我什么也没做。那弱智少年为什么怕我，我毫无头绪。只是我也乐得他怕我就是了。

而给晋责上课就恰恰与此相反。那孩子每次来上课时都热情而亲切地跟我打招呼，并且对课程十分期待，对此我大感惊讶。有时候我不免一厢情愿地想道，如果我的第一个精技老师就是惟真王子，那么我的反应会不会像他儿子来上我的课一样这么欣喜？在我心里，只觉得精技师傅盖伦给我们上的课让我痛苦到了极点。我认为他的教学方法不可取，所以我无意承袭他那种通过种种体力和心智的折磨来使学生发挥精技天赋的做法。说句老实话，我根本就无须诱发晋责的天赋。对于王子而言，施展精技自然得就像是自我的展现一样，丝毫不费力。不久我便开始怀疑，我在一开始学习精技时便费尽精神地去驾驭精技，这说不定并不是件好事。从以前到现在，我都必须逼迫自己越过自己的围墙才能施展精技，但是晋责似乎从来也没想过要为自己设限。他乐于告诉我他的心思，甚至连肠胃不适等小事也不吝啬于让我知道。当他开放心胸时，他是犹如闸门大开似的将自己开放给世上所有飘散浮动的思绪。我站在他心里，把自己守得紧紧地目睹着这一切，只觉得十分感动。那情景让他既害怕又着迷，而这两种情绪使他更专注地练习精技。而更糟的是，当他对我技传的时候，他的动作夸张到仿佛在用绳索来穿针。惟真曾经跟我说，骏骑——也就是我父亲——对人技传时，就像是一匹飞奔的马从人身上踩踏过去。骏骑的作风是这样的：冲进惟真心里，把他要讲的消息丢下来，然后立刻逃之夭夭。而晋责技传的时候也是如此。

“他要是能驾驭得了自己的天赋，那么要不了多久就会超越他的老师了。”有天夜深的时候，切德碰巧到他的旧房间来走一走，我不禁趁此机会对他抱怨了一番。我坐在我们那张凌乱地堆着经卷的旧工作台边：“不过当我开始教他水壶婶的石子棋之后，我就大松了一口气。一开始晋责老是抓不到窍门，不过现在他已经有进展了。我希望石子棋会让他将速度放慢下来，并且能帮助他学习精技的深奥之处。除此之外，他学什么都很容易。他施展精技，就像猎犬天生就会凑上去嗅闻猎物的气味踪迹一样，简直可以说不是我在教他如何施展精技，而是他记起了精技要如何施展出来。”

“这有什么不好吗？”老刺客好脾气地问道。他开始在高层的架子上东翻西找。高层的架子一向是用来放他那些最危险也最强效的药草的。他爬上凳子时，我抿着嘴笑了一下，心想，切德会不会到现在还认为，只要他放得够高，我就拿不到？

“这很危险呀。一旦他超出我所掌握的程度，开始实验各种精技技巧之后，他可能会冒险探测我从未去过之处。到那时候，我连哪里危险、哪里应该事先警告他都不知道了，更别说要保护他。”想到这里，我厌倦地丢开卷轴，顺便连我正在做的古卷轴今译工作也推到一边去。晋责连做古文今译都胜过我。那孩子跟切德一样，对语言文字很有天赋。我做的今译，是辛辛苦苦地逐字猜测拼凑出来的，而晋责则是一句一句地看过去，转瞬间便将精确的译文写了出来。我多年没做古文今译，所以技巧都已生疏。但我心里纳闷道，我该不会是嫉妒自己的学生做得快又好吧？古文今译都做不好的老师是不是很差劲？

“说不定是你传给他的。”切德深思道。

“传什么给他？”

“精技呀。你从他很小的时候就开始跟他心灵接触。而且你不是说人是不能借着原智魔法来做心灵接触的，这么说来，那一定是精技无疑。所以你说不定是在他很小的时候就教他精技了，或者至少也让他的心灵适于学习精技。”

我可不喜欢这个思考方向。我心里顿时想起荨麻，同时深感愧疚：倘若真是如此，那么我是不是也危害到了荨麻呢？“照你这样讲起来，好像都是我的错似的。”我尽量讲得轻快，仿佛语气轻快一点，就可以驱走我突然冒出的恐惧感。我叹了一口气，不情愿地将文稿与卷轴拉回身前，继续做我的古文今译。如果我还想做晋责的老师，自己就必须多学一点。这个卷轴讲的是一套让学生全神贯注的练习方法，我倒希望这一套练习能对我有用。

切德走过来站在我身后看我翻译古文：“嗯。另外那个讲疼痛与精技的卷轴，你觉得如何？”

我困惑地抬头瞄了他一眼：“什么另外的卷轴？”

切德显得很烦躁：“你知道的嘛。我把那个卷轴摆在桌上，留给你看的呀。”

我意味深长地朝我们这张凌乱的桌子看了一眼。桌上至少散落着十几个卷轴和文稿，“你说的是哪一个？”

“就在这桌上呀。我指给你看过了，孩子，我记得很清楚。”

而我也很笃定他没将那个卷轴拿给我看，不过此话不宜说。切德的记性变差了，我清楚得很，只是他不肯承认罢了。而且我也已经发现，就算只是随口提及他有可能记性变差，他也会勃然大怒，弄得我心神不宁，所以我还不如将老导师已经不如以往敏锐的这个念头放在心里算了。于是我一言不发地看着切德在凌乱的桌上大肆翻找，最后找出了一个镶着蓝边的卷轴。“看吧。卷轴还在我原来摆着的地方，可见得你根本没看。”

“是。我是还没看。”我轻松地坦承道，希望能借此完全避开他到底有没有将这个卷轴拿给我看的话题，“你刚说那卷轴是说什么的？”

他不屑地瞄了我一眼：“与精技相关的疼痛。就是你那种头痛。卷轴上提了好几种解法，有运动方式，也有药草，不过卷轴上也说，你有可能时间一久就不头痛了。但最令我感兴趣的，是末尾那一段话。树膝说，有些精技师傅会对学生设下疼痛栅栏，以免学生胡乱进行实验。不过树膝倒没说疼痛栅栏是否能强到使人完全无法施展精技。我之所以对疼痛栅栏感兴趣，有两个原因：一来我怀疑盖伦可能对你设了疼痛栅栏，二来我想我们说不定可以借此来控制阿憨。”我注意到，切德并没有说疼痛栅栏用在王子身上也很安全。

所以我们讲来讲去，又讲回阿憨了。唔，老人说得没错，我们迟早都要处置阿憨的。不过——“我还是不愿用疼痛来训练任何生物。阿憨几乎时时刻刻都在放送他的精技音乐，若是让他因此而感到痛苦以至于无法放送音乐……我真不知道会产生什么后果。”

切德不以为然地嘟囔了一声。就算我不说，他也知道除非他开口要求，否则我是不会做的。不过盖伦可没这么多顾忌，我陷入了沉思。切德打开卷轴，用他那瘦得见骨的指头，将他讲的那个段落圈给我看。我看过之后，发现切德差不多已将重点指出了。我往后靠在椅背上。“我在回想，我的精技头痛是什么时候开始的。我每次施展精技之后总是觉得很疲惫，惟真第一次汲取我的力量时，我还昏倒了。反正每次施展精技之后，我都累得不能动弹。不过我开始会在施展精技之后头痛，那时间是在……”我想了好一会儿，摇摇头，“我也说不出个确切的时间点。我第一次碰巧做了精技漫游之后，醒过来时，虚弱得全身颤抖。所以我就喝精灵树皮茶，而且之后每次精技漫游醒来时都喝。过了一阵子，我在经历过精技漫游后不但虚弱无力，连头也痛了起来。”我叹了一口气，“所以我的头痛，应该不是别人设在我心里的疼痛栅栏所造成的。”

切德早已回到架子边，此时他手里拿着两个瓶子走回来：“会不会是因为你有原智？好多卷轴都提到，同时使用两种魔法是很危险的。”

这些事情我不知道就算了，这老人何必全都提起？我真痛恨他提的问题，他的问题使我警觉到，我正在引导王子航向未知的领域。我疲倦地摇摇头："这我也无从得知，切德。如果王子开始在施展精技之后头痛，我们就可以推断是原智的缘故了。"

"我以为你早就把王子的原智跟精技分开来了。"

"要是我知道该怎么把他的原智跟精技分开来，我早就做了。但我顶多也只能要求他在施展精技时，将原智搁在一旁。我不知道怎样才能把我在沙滩时烙在他心里的精技指令解除掉，同样地，我也不知道要怎么把他的双重能力区分开来。"

他一边扬起了他的白眉毛，一边量出适量的药草，倒入茶壶中："叫他不得反抗你的那个指令？"

我点了点头。

"这个嘛，这应该再简单也不过了。反向而行就是了。"

我咬紧牙关，把话吞回肚子里。我原本想说，你是因为既没有精技天赋，又不知道轻重，所以才说这很简单。我告诉自己，是我自己正疲倦又沮丧，不该把气出在老人家身上："我是怎么将精技指令烙在他心里的，连我自己也搞不清楚，所以我不知道要如何反向而行。你说这很简单，其实一点也不简单。那你说，我该下什么新指令给他？'反抗我'？你还记不记得，骏骑也曾于盛怒之下，在精技师傅盖伦心里烙了个精技指令？而且他跟惟真想破了头都想不出如何解除它。"①

"可是晋责是你的王子，而且是你的学生，因此你的立足点当然与他们不同。"

"我看不出这跟精技指令有什么关系。"我对切德说道，同时克制自己，

①《刺客正传1刺客学徒》中，盖伦教蜚滋精技时，曾侵入他的脑中烙下指令，影响蜚滋的心智。惟真与蜚滋谈及此事时，提到过去骏骑曾因盖伦对惟真做了不好的事，愤怒地以精技在盖伦脑中烙下不得反抗的指令，导致原先十分厌恶骏骑的盖伦从此变成一条言听计从的哈巴狗。事后惟真与骏骑均对此十分后悔，但始终找不到解除的办法。

以免口气流露出些许不耐烦。

“这个嘛，我只是说，他说不定会协助你解除那个精技指令。”他滴了几滴液体到茶壶里，停顿了一下，姿态优雅地问道，“王子知道你在他心里烙下精技指令，命令他不得反抗你吗？”

“不！”这次我任由怒火喷出，我吸了一口气，“他不知道。做这种事情让我感到很羞愧，而且我也很羞愧于对你承认我根本不敢告诉王子。从各方面来说，我跟他还算不上熟悉，切德，我不希望他因此而对我有所猜疑。”我揉了揉眉毛，“我们并不是在精神最好的情况下聊天，你知道吧。”

“我知道，我知道。”他走过来，拍拍我的肩膀，“那么，你们上课的时候都做些什么？”

“主要就是跟他混熟一点，仅此而已。我们一起翻译经卷，此外，我从练武场里‘借’了几把练习用的钝剑出来，以便我们彼此较劲。他的剑法颇为纯熟。如果说我身上被他的剑击打出的瘀伤数量还算得上是个公正的指标，那么，我之前烙在他身上的那个精技指令就算还没解除，起码也有所减退了。”

“无法确定吗？”

“说真的，没办法。我们只是过招，又不是真的要伤人。这只不过是玩玩而已，就像我们扭在一起摔跤，也只是当成游戏罢了。不过话说回来，我倒没有注意过他是不是保留了几分实力，还是故意让我赢得轻松些。”

“唔。说真的，除了学习精技之外，他还能跟你闹着玩，那是再好不过了。依我看，在他以前的生活里，就是缺了一个像你这种可以一起做激烈活动的同伴。”切德拿起壁炉里的烧水壶，将热水注入他方才配好的药草中，“这么说来，那道精技指令的轻重现在是无法确知了。唔……那你到底有没有跟他练习技传？”

我举起手来遮住鼻子。那茶味很刺鼻，逼得我眼泪直流，但是切德好像没注意到。“有。这阵子我们做的是有助于他技传集中的练习。”

“技传集中？”切德一边问，一边晃动茶壶，将茶壶盖子盖上。

“现在晋责技传的时候，就相当于在塔楼里大吼，所以随便哪一个人，只要是能听得见的，都会知道他在讲什么。而我们的目标就是将他的吼声降下来，轻到仿佛他只对我一个人低语。此外我们还要让他对我技传的时候，只告诉我他想让我知道的事情，而非将他当下内心所思所感的一切都传过来，所以我们做了很多固定练习。比如说，晋责要练习在进餐和聊天的同时对我技传，做得到这点之后我们再进一步，看看他能不能边进餐边技传，告诉我他在吃什么的同时不让我知道谁跟他在一起用餐？之后我们又设了其他目标：晋责能不能将我挡在他的心灵之外？他能不能设下我无法冲破的高墙，而且即使他正在酣睡之中，这高墙也能将我阻挡在外？”

切德找到了个茶杯，皱着眉头，用垂下来的袖口把茶杯擦干净。我忍住不笑出来。有时候，当我们私下在一起时，他便从那个堂堂的爵爷大人，摇身变回当年带我入行的那个专注老人，“你教他把你关在门外，不让你探到他的心事。这样好吗？”

“这个嘛，他总得学一学才好，万一他碰到其他精技人，而对方又不会为晋责着想的话，这个技巧就派上用场了。而目前他唯一的练习对象就是我。”

“还有阿憨呢。”切德一边说，一边为自己倒了茶。那热腾腾、黑黑绿绿的茶汁注入杯中，而切德则以厌恶的眼光打量着茶汁。

“现在我顶多也只能应付一个学生。”我抗议道，“阿憨的问题，你有没有采取行动？”

“什么问题？”切德举起茶杯，起身走到火炉前。

我心里突然感到惶惶不安，但我刻意用悠闲的口气说话，以便把这个情绪掩饰过去：“我记得我跟你提过的，有其他仆人欺负阿憨，不但打他，还抢他的钱。”

“噢，那个呀。”切德说着便往后靠在椅背上，仿佛此事无关紧要。我暗暗地吐了一口气，心里的一块大石头放了下来。幸好切德并不是忘了，“我找了个理由，叫厨子拨个地方给阿憨。表面上阿憨是在厨房打杂的，这你知道的吧。所以，现在阿憨就有自己的睡房了，就在碗橱柜附近。那房间很小，不过我猜这是他第一次拥有一个完全属于自己的地方，他看起来蛮喜欢的。”

“唔。那就好了。”我停顿了一下，“我们为何不干脆送走阿憨？也不用让他在外待多久，只要王子再精通精技一些，就可以让阿憨回堡里来了。有的时候，阿憨那狂乱无章的技传还真有点叫人心神不宁，就好像你在演算很复杂的算数，但是旁边却有人在大声数数儿。”

切德啜了一口恶心的茶汁，茶一沾口，他的脸便皱了起来，但他还是坚决地将茶汁吞入肚中。我很同情他，而且当他伸长手臂抄起我的酒杯，用葡萄酒将茶汁的口感冲掉时，我也没说什么。接着切德用沙哑的声音说道：“目前阿憨是我们除了晋责之外，唯一的精技候选人，所以我说什么也不会送走他的。这人一定得摆在我们视线所及的范围之内。再说，把他留在这里，你才能试着去赢得他的好感。说到这里，你跟他有没有什么进展？”

“我还没机会跟他取得进展啊。”我去拿了个酒杯，稍后回到桌边为切德倒了酒，并将自己的酒杯添满。切德走回桌边，将茶杯放在玻璃酒杯旁，痛苦地望着那两个杯子。“我不知道到底是他在躲避我，还是他不过是因为帮你处理别的事情，所以忙得跟我错开了。”

“我近来是派了他其他任务没错。”

“唔，难怪这里的事情他似乎做得不大上心。”我酸溜溜地感叹道，“他有的时候记得要把燃剩的蜡烛换上新的，有的时候却忘了，有时壁炉的灰炭清得很干净，旁边也囤着干柴，但有时却是一壁炉的灰炭都没清。我看他是因为讨厌我，所以尽量做得越少越好。”

“他不识字，所以我就算将派给他的事情写在单子上也没有用。有时候，他会把我交代的事情统统办好，但有的时候就是会漏东漏西。然而你顶多也只能说他是差劲的仆人，不能说这人懒惰或是对他怀恨在心。”切德又喝了一大口茶汁。这一次，虽然他极力忍住，但还是咳了出来，茶汁喷得桌上到处都是。我赶紧将卷轴推到安全的地方。他用手帕擦擦嘴，把桌上的茶汁擦掉。“抱歉。”他严肃地说道，此时他眼泪都流出来了。接着他又举起酒杯猛灌。

“你泡的是什么药草？”

“西薇草、巫婆油、海皱纱，还有一些其他零星的东西。”切德又喝了一大口茶汁，然后用酒将茶汁送进肚子里。

“这茶有什么效果？”我问道，但心里似乎对这几种药草有点印象。

“喝这茶为的是要治好我长期以来的一些问题。”切德避重就轻地答道，而我站了起来，开始翻找桌上的卷轴。我几乎一下子就找到了我要的那一卷。这卷轴很旧，不过上面画的插图仍然很鲜明。我展开卷轴，找到西薇草的图。

“你说的那几种药草这里都有，而这上面列出来的药草，都是有助于启发精技天赋的。”

他用平淡的眼神看了我一眼：“所以呢？”

“切德，你这是在做什么？你在打什么主意？”

他凝视着我好一会儿，才冷冷地问道：“你这是嫉妒吗？难道你也认为，我不应该发挥我与生俱来的天赋吗？”

“什么？”

切德气了起来，他的话如珠子般滚了出来：“从小到大，我连让精技师傅测验一下精技潜能的机会都没有，私生子一向不准学习精技。你是因为黠谋特准，所以才破了例。而我呢，我跟你一样，都是瞻远家族所出，况且我还善于某些较次等的魔法——这你现在应该已经知道了。”

我不知道切德为什么会一下子气恼起来。我点点头，以安抚的语气说道：“比如说，你能够借着水碗占卜。多年前，你就是靠着这个方法得知红船劫匪正在攻击洁宜湾的。”

“对。”切德满意地说道。他坐回椅子上，指头兴奋地敲着桌缘。我心里纳闷道，这会不会是因为药草开始生效了。“对，我是有自己特有的魔法的。而且，要是有机会一试，我说不定会发现我也有瞻远家的天赋能力。这次你别想叫我放手。多年以来，我同父异母的兄弟甚至不准我测试看看我到底有没有精技天赋。对他而言，我这个人足够合适，可以帮他照料暗地里的琐事，教导他那两个儿子和唯一的孙子，但是我却不够资格享有这项魔法。”

我不禁想着，切德这个恨意已经蓄积多久了。然后我想起来，当黠谋准许我学习精技时，切德欣喜若狂，而当我似乎上课不顺利，连谈谈上课情况都不肯的时候，他有多么失望。这是个由来已久的愤怒，然而我今天才第一次察觉到。

“为什么拖到现在？”我仿佛闲聊似的问道，“这些经卷到你手上都已经十五年了。你为什么等到现在才行动？”我本以为我知道切德的答案，我猜他会说，他在等我回到他身边帮助他学习精技。然而切德再度使我吓了一大跳。

“你由什么断定我拖到了现在？不过，说得也是，最近我下的功夫比较深，因为我对于精技的需求越来越殷切。这事我们早就谈过了。总之我知道你是不想帮我的。”

此话不假，然而我为什么不想教他，我自己却说不上来。我将这个问题摆在一边：“你现在有什么需求，让你非学精技不可？现在天下太平，你何必铤而走险呢？”

“蜚滋，你看着我，你看着我啊！我老了。岁月在我身上玩了个奸诈的把戏。当我年轻且精力十足的时候，我不得不整天关在这塔楼里，既无人问津，又没有权力。如今，我有机会将瞻远家族的王座打造得更稳，而且国事、家事也绝对少不了我这一号人物，然而我却年老力衰了。我的思考迟缓、后背疼痛，记性也变差了。每当我跟你说，我得查查我的记事本上写了什么，然后才能回答一些细小琐碎的事情时，你就露出一脸惊恐的表情，你以为我没看见吗？你都那么害怕了，那你想我自己会有什么感觉。蜚滋，你想象一下，要是你的记忆再也不能随唤随出，那会是什么情景。想不起对方的名字，跟别人讲话讲到一半，突然忘记刚才讲到哪里。你年纪还小的时候，只因为你的身体背叛了自己，不时会癫痫发作，于是你便坠入绝望的深渊。然而你的心灵却一直与你同在呀，但我想我的心灵是渐渐消散了。”

这消息恐怖得令我头皮发麻，就算我突然发现公鹿堡的地基在下沉，我也不会比此时更惊骇了。直到最近，我才开始完全体会到切德帮珂翠肯处理了多少事情。公鹿堡政治圈的脉络，复杂得令我瞠目结舌，我好不容易才勉强地了解了个大概。当我还小的时候，切德会把堡里的动静变化分析给我听，而当时我光是听讲便已满足，并未多想。如今我以成人的眼光看待这一切，才发觉这些事情之间的牵连纠结有多复杂。

而且除了复杂之外，还很引人入胜。可以说，政治就像水壶婶的石子棋一样，只是规模庞大得多。棋步一走，便能牵动政治联盟的变化与权力的转移，有时仅仅在几个小时之内，事情便全然变了风貌。众贵族的忠诚度有高有低，而切德是借着巧妙的安排，好不容易才让珂翠肯立于不败之地。正因为这个缘故，切德的政治知识才显得更加弥足珍贵。

我回到公鹿堡之后，对于老人纵横捭阖的手段至为敬佩，而且很担心有朝一日他再也无能为力之后，我们要怎么办。切德处理这些事情是越来越吃力了。他做了好几本用纸张平摺成册的、遮玛里亚式装订的厚重记事本。这就是他再也不相信自己记性的明证。他有六本尺寸厚度相仿的记事本，封皮分别为红、蓝、绿、黄、紫与淡黄，一种颜色代表一个公国。至于他如何断定什么线索应该记在哪一册里，这我就不知道了。而至于逐日记载的，则记录于第七大册上，也就是白封皮，上面画着瞻远公鹿的那个记事本上。这本是切德最常看的，每当他要查阅闲言碎语和传闻、对谈内容，或是间谍报告的摘要时，就会翻找这个记事本。然而，虽然这个秘密巨册深藏在这个无人知晓的塔楼里，但切德仍以密码记载各种线索。他没邀我看他的秘密档案，我也没开口请他让我瞧瞧。我敢说那其中必有许多我宁可自己不知道的消息。再说，我不看的话，努力在六大公国各地收集情报之人会比较安全，因为既然我一无所知，就不可能意外地泄露秘密。然而就算切德唯恐自己的记性衰退，这仍不足以解释他为何急着学精技。“我知道近来你处理事务愈发困难，这点我也颇为你担心。但是既然如此，你为何更急着学精技，这岂不是更拖累身体吗？”

切德的手紧紧地握成拳头：“因为我读了经卷，而且你也亲口跟我验证了。经卷上说，善于精技之人，可以用精技来修复自己的身体，让自己延年益寿。跟你一起旅行的那个水壶婶，她年纪多大了？两百岁，还是三百岁？可是她依然生气勃勃，根本不把群山的严冬看在眼里。你自己也说你用精技治好了你的狼——至少让它好了一阵子。如果我能够接收到你的精技，难道你就不会凭借此法来使我老当益壮？我看你大概会拒绝吧，然而就算你拒绝，难道我就不能自己帮自己强身健体？”

接着切德仿佛是要展现自己的决心似的，拿起了茶杯猛灌，然后便大咳起来。他连忙伸手来拿酒杯，并将酒一口饮干，此时他的嘴唇上都沾着墨黑的茶汁。“我注意到你并未立刻伸出援手。”他一边擦嘴，一边怨怼地感叹道。

我长叹一声：“切德。我教王子的那些东西，其实我自己也懵懵懂懂。既然我自己才懂个皮毛，怎能大言不惭地跳出来说要教你？万一我……”

“这就是你最大的弱点，蜚滋。你这辈子都改不掉。太过小心，野心不够。黠谋就是喜欢你这一点。他对我处处提防，可是他却不曾担心过你。”

我痛苦地目瞪口呆地望着他。然而切德却连连地说了下去，似乎根本没注意到方才他那一棒对我的打击有多大：“我不期望你赞成我学精技。再说我要不要学，也用不着你批准。我看若要探究精技的奥妙，还是必须靠我自己才行。等我打开了精技的大门，看你怎么看待你的老导师。我看你一定会吓一大跳的，蜚滋。据我看来，我是有这天赋的，而且可能从小就有。这其实是你的话给我的启示。你说阿憨用精技放送音乐，我也听到了——我好像听到了，就在我晚上即将入睡之际，好像听到心灵的边缘传来若有似无的乐声。我想我的确有精技天赋。”

我想不出要说什么才好，而切德在等我对他声称他有精技天赋做出反应。然而我满脑子想的都是我并不觉得自己缺乏野心，只是觉得我的抱负赶不上他为我设下的目标罢了。因此我们两人都一言不发，气氛也越来越奇怪。最后，切德虽以全新的话题打破沉默，但是我们彼此之间却开始别扭了起来。

“唔。看来你无话可说嘛。”切德硬挤出一个笑容，“那么，你那小子拜师学艺得如何了？”

我站了起来：“表现很差。我看他是跟他义父一样，缺乏野心。晚安，切德。”

然后我便下了楼梯，回到我的仆人房去过夜。我没有睡，我不敢睡。近来我尽量能不睡就不睡，只有在累得完全撑不下去的时候才上床。这倒不全然是因为我非得在深更半夜研读精技卷轴不可，而是因为我一阖上眼，就会被人纠缠。我每晚都要设好精技墙才敢就寝，而荨麻则几乎每晚必来攻城。她的威力不小，再加上她一心一意要闯进我心里，使我惶恐不安：我可不希望自己的女儿施展精技。我无法召她前来公鹿堡上课，又担心她自己胡乱尝试会发生什么危险。我想若是让她破墙而入，只会使她更加兴高采烈地磨练精技。但只要她不知道她这是在施展精技，只要她以为自己不过是在联络某个梦中同伴，而且这个梦中同伴是她想象出来的，并非真人，那么也许我还能保得住她的安全。不过这也使得她垂头丧气。然而我怕的是，我若是回应了她，哪怕只回应一次，哪怕我的回应只是把她推走，她也会推断出我是谁，以及我人在何处。最好还是让她什么都不知道的好。日子一久，而且怎么试都联络不上我，说不定她就会放弃了。也许她的兴趣会转到别处，例如邻居的英俊少年，或是什么营生的买卖，并就此把我忘掉。我诚心希望如此。而我每天早上醒来时，几乎都跟入睡时一样疲倦。

除此之外，我个人生活的其他方面也同样令人沮丧。我几次想找机会与幸运谈一谈，然而这却跟切德安排阿憨与我见面一样徒劳无功。幸运完全被丝凡佳迷住了。一连三个星期，我只要晚上有空，就会到“篱笆卡猪”，希望能碰巧与幸运单独谈谈。“篱笆卡猪”的大堂里有冷飕飕的穿堂风，啤酒又清淡如水，这些都不可能使我对幸运更有耐心。于是我往往总是白等一场。我偶尔在“篱笆卡猪”碰上幸运时，他总是与丝凡佳同进同出。丝凡佳年轻娇美，乌黑的头发，大大的眼睛，身材苗条，如柳条般柔软，但却透露出一股韧性。而且她一讲起话就不停口，我连插一句话都很困难，更别说要私下劝劝幸运了。坐在她身边的幸运，眼里只有丝凡佳的美与丝凡佳对他的肯定。而她则滔滔不绝地对我谈起她的事情、她父母亲的事情、她对未来的计划，以及她对于幸运、公鹿堡和人生整体的看法。我推测她母亲大概被自行其是的女儿磨平了，而且也乐于见到女儿与一个尚有几分前途的年轻人来往。她父亲对幸运的看法就没那么仁慈了，不过丝凡佳说，她要不了多久就能扭转她父亲的想法。但她父亲也可能执意不肯改变。女儿自己选的年轻人，如果父亲不接受，那么也许这父亲就应该对女儿的人生视而不见。这么一个年轻自主的女人大胆地迎风招展，本应让人赞赏，只不过我也是个父亲，而且我并不是很赞同幸运选择这个年轻女子。我不怎么喜欢丝凡佳的态度，但她自己却似乎不大在意。我发现自己很喜欢她这种精神，但却很讨厌她丝毫不在意我的感受。

最后，终于有一晚幸运是独自前来的，这虽然是我能私下劝他的唯一良机，但我们却没有谈得很清楚。幸运因为丝凡佳没陪他来而意兴阑珊，并激烈地抱怨她父亲越来越顽固，竟逼她晚上非得留在家里不可，还哀叹她父亲不肯给他机会。我硬把话题转到他的学徒生涯上，而幸运只是把他讲过的话又说了一次。他觉得他在师傅那里不受尊重，晋达司当着众多大弟子的面骂他是蠢蛋，还出言讥讽他，而且他们派给他的工作都枯燥至极，所以他根本没机会发挥。但当我逼着他举几个例子时，他描述的状况只让我觉得晋达司要求甚高，但还不至于不讲道理。

幸运虽然怨声载道，我却不认为是众人在欺负他。他的连连埋怨，倒让我想到别的事情。我这小子爱上了丝凡佳，此时他所有的心思都放在丝凡佳身上。他在师傅铺子里一再犯错、早上迟到，大半都可以归罪于他为女色分心。我敢说，如果没有丝凡佳，幸运会做得比较卖力，而且说不定会对他的学徒生涯感到更为满足些。换作是比较严格的父亲，恐怕早就禁止幸运跟那女孩子交往了，但我却没有对他严加管制。有时候我在想，我之所以不想严管幸运，是因为我自己就痛恨这种拘束和限制；有时我又不禁怀疑，我是不是担心我就算下令，幸运也不会遵守，所以不敢严管？

我也去拜访吉娜。但由于个性怯懦，所以我唯有在看到小马与板车——这二者意味着吉娜的外甥女八成也在家——我才会去敲她家的门。我想勒住我们草率发展起来的激情，虽说她那张简单且温暖的床铺对我而言是难以拒绝的诱惑。我每次去拜访她，都小坐一下，然后就借口家主人派了重要的任务，所以不能久留。我第一次这么说时，吉娜毫不犹豫地便接受了我的理由。但当我第二次故技重施时，吉娜就问我往后哪天下午有空。虽然她是当着她外甥女的面问的，但是她的眼神却传达了她的言外之意。我避重就轻地说我的主人常常突发奇想，所以我也不确定自己什么时候能有空到城里来走一走。我讲得像是有满腹牢骚的样子，而吉娜则点头表示同情。

我第三次拜访吉娜的时候，她的外甥女不在家。她的外甥女因为有个住在城里的朋友即将临盆，但遇上了难产，所以她去帮忙了。吉娜先以拥抱与热吻招呼我，然后才跟我讲她外甥女的事情。在她的活力与热情之下，我原先笃定的自制决心，顿时如雨中的盐分一般，融化得无影无踪。她也不多做调情，便锁上我身后的大门，然后拉起我的手，带我走入她的房间。走到房门口时，她说了一声："你等一下。"我在门口站定，过了一会，她唤道，"进来吧。"而当我进到她房里时，发现她已经用一条厚重的围巾，将那护符盖起来了。她像饥肠辘辘的人期待一顿大餐似的深吸了一口气，于是突然之间，我的全部注意力都集中在她衣衫下如波浪般起伏的胸前。我告诉自己这真是个愚蠢的错误，但错归错，我还是做了。而且做了好几次。直到我们两人都精疲力竭，她半睡半醒地倚在我肩头休息时，我犯了个更愚蠢的错误。

"吉娜。"我柔声问道，"你觉得我们这样做明智吗？"

"愚蠢也罢，明智也罢。"她困倦地答道，"那有什么要紧的？反正我们又没害人。"

她问的口气很轻快，然而我却答得很严肃："我看这不但很要紧，还有可能会害到人。"

她刻意长叹了一声，坐起来，把落在脸上的卷发拨开，瞪着近视眼看着我："汤姆，为什么你老是坚决要将这件事情弄得那么复杂？我们两个都是成年人了，再说你未婚、我未嫁，而且我也跟你说过，我是不可能怀孕的。你我且把握当下，享受一点单纯且真诚的欢愉，又有什么不对的？"

"也许对我而言，这既不单纯，也不真诚。"我努力把理由讲得合情合理，"我一直告诫幸运，若没有发誓终身相守，就不能跟女人厮混在一起，可是我自己却没做到。要是现在幸运跟我说，他跟丝凡佳之间也像方才我跟你一样那么亲热，那么我一定会痛骂他一顿，并告诉他，他无权……"

"汤姆。"吉娜打断了我的话，"我们给孩子定下规矩，是为了要保护他们。但你我都是成人，我们都深明其中的危险，也甘愿冒一点风险。你跟我都不是孩子了，况且你我就是得乐且乐，谁也没欺骗谁。既然如此，你还担心我们有什么危险呢，汤姆？”

“我……我怕万一幸运发现的话，他会看不起我。而且既然我不准他在婚前跟女人厮混，我就不愿瞒着他跟你亲热。”我望向他处，补了一句，“而且，我希望我们之间不只是……成人之间冒险寻欢的关系而已。”

“我明白了。嗯，也许时间一久，你我之间就会不止于此吧。”吉娜嘴上虽这么说，但是听她的口气，我这番话是刺痛她了。于是我恍然大悟，也许她方才说的那句话，是她在自欺欺人。

我该怎么回答？我不知道。我怯懦地答道：“希望如此。”但是别说她了，就连我自己都不相信这句话。我们又在床上躺了一会儿，才起身到火炉边去喝茶。最后我终于告诉她我非走不可了。而当我蹩脚地坚持说我说不定哪天晚上有空会再来拜访她时，她只是望向别处，平静地说道：“唔，那么你有心来的时候再来吧，汤姆·獾毛。”

说完，吉娜与我吻别。我走出去，她关上大门之后，我抬头望着冬夜明亮的星辰，叹了一口气。回公鹿堡的这一趟路走了很远，而我一路上都觉得很愧疚。我骗了吉娜，然而我不是借着虚情假意的誓言与她相守终身而行骗，而是借着顺应彼此的成人魅力而行骗。在我看来，我对吉娜的情意，最多就是现在这样，不会再增加了。更糟的是，即使我现在能够给予吉娜的，除了色欲的友谊之外别无其他，我却仍然无法对自己保证我以后再也不会造访吉娜的家。我瞧不起自己，而当我逼迫自己承认，如今幸运可能已经猜到我偶尔会与吉娜同床的时候，我的心情就变得更加阴郁。对我的孩子来说，这样的行为实在是个坏榜样。而这一趟回公鹿堡的路，只让我觉得寒冷而黑暗。

9. 石子棋

精技人的力量与熟练程度提高之后，精技洪流对他的吸引力也会随之加深。因此，好的教学者会对精技候选人谨慎，对学员严格，对徒弟无情。毕竟可望成才，却被精技洪流卷入的人实在太多。精技学员被精技洪流所惑的迹象很多，例如对于日常事务感到厌烦或心不在焉，此外，施展精技时，会因为期待精技力的喜悦而使出过多且不必要的力道，又或者办完了事情之后，却仍滞留在精技状态中不肯回神。碰到这种学生，教学者务必多加注意，并立刻斥责此种行为不当。宁可在一开始时冷酷一些，也不要在学生全身麻木、呆坐着流口水，最后生命力因为饥渴而消逝的时候，徒劳无功地希望自己能够唤回学生。

——《精技教学者之职责》卷轴，树膝之今译本

冬天的日子来来去去，一如无情地打在公鹿堡海滩上的浪花一般，两者的单调也相去不远。冬季庆近了。冬季庆庆祝的是过了一年中夜最长的这一天之后，白昼便开始变长了。曾经我总是殷殷期盼着这一日，但如今我事情太多，而且没空把每样事情都做好。我一早得给王子上课，一天里大半的时候，我担任黄金大人的仆人，以此作为伪装。黄金大人已经派了两个侍僮来打点他的衣

物、帮他拿早餐，但当他骑马出游、出席社交场合时，我仍必须紧随在后。人们渐渐习惯我会亦步亦趋地跟着他，所以尽管他的脚伤早就痊愈，我还是形影不离。这点倒是颇有用处。有时候，黄金大人会引导话题，试探众贵族对我们与外岛贸易的想法，以及他们对于各公国的专卖权是否满意。我借此听闻许多闲言闲语，并将一些有用的线索报告给切德。

黄金大人也对原智兴趣浓厚，常常问起这个古怪的魔法。有些人会恶狠狠地咒骂原智，仿佛跟它有不共戴天的仇恨，连我听了都觉得讶异。一般人对于原智极为排斥，这个观念已经根深蒂固。黄金大人问起原智者做了什么坏事，而他得到的答案，从原智者会行人兽交、能兽言兽语，到诅咒邻居的牲畜生病死亡等等不一而足。他们还听说原智者可以化身为动物，借此诱惑意中人，甚至以兽形将人奸杀。有些人一提起王后对于野兽魔法如此容忍便忿忿不平，并对黄金大人表示，还是以前比较好，因为以前要在六大公国处置原智者是很方便的。噢，我真宁愿自己别听到这么多。然而，我在以黄金大人之仆的身份，随他出席晚上的聚会时，发现人们对于原智者非常排斥。黄金大人没安排工作时，我尽量让自己研读精技卷轴。然而尽管我不愿承认，但我其实经常丢下卷轴前往公鹿堡城，而且多半扑了个空，没碰上我那小子。有几次我在幸运离开吉娜家，正要去跟丝凡佳会面的时候逮住了他，然而我们的对话仅止于匆匆地打招呼，然后他便草草许诺说他会尽早回家，以便好好地跟我聊一聊。我注意到，幸运离去时往往以猜疑的目光回头望着吉娜与我，而且我也往往因为他并未遵循承诺及早回来而松了一口气。

我面临的危险，是我逐渐习惯于这个虽然称不上舒服，但却至少可以预期的常态之中。虽然我想让自己好好戒备，以防花斑帮的攻击。但是这阵子以来，花斑帮既不发声，也无作为，不免使我松懈下来。我甚至还大胆期望路德威已经因为伤口感染而死去，而且说不定路德威一死，他的党羽便各奔前程，花斑帮也因此解散。虽然那一晚，我在回公鹿堡的路上被他们吓得惊魂未定，但是自那以来，他们便闷不吭声，所以我也很难一直维持警戒。这样自满是不行的，偶尔切德会质问我打探情报的成果，但是我却拿不出什么东西向他报告。从各种迹象来看，花斑帮已经忘记我们了。

我定期侦查儒雅·贝馨嘉，但是并没有找到任何证据足以证实我对他的怀疑。二流贵族来到宫里，是为了要提升自己的地位，而儒雅·贝馨嘉看来与寻常的二流贵族无异。我巡过马厩，但是他的猫并不住在那里。儒雅经常在他的马夫陪同下骑马出游，而有那么一两次我跟踪他的时候，发现那只是让马舒展筋骨的寻常活动。我搜了他的房间好几次，但是什么线索也没找到，只发现他母亲写来的一封短函有点耐人寻味。他母亲在信上说她一切都好，要儿子放心，并说她希望儒雅留在宫里，因为“你与晋责王子的友谊日益进展，我们都很高兴。”而儒雅与王子的友谊也的确在日益进展，虽然我常常哀求晋责，要他多提防儒雅。这事情切德与我已经讨论过了。我们都希望这段友谊就此结束，但是我们又顾虑到，倘若如此，不知原血者会怎么解读此事。

原智者——无论是原血者还是花斑帮——都一直没有与我们直接联络。他们持续地沉默，令人感到毛骨悚然。“我们守住了我们这一边的承诺。”有次切德暴躁地感叹道，“自从王子回来之后，公鹿公国就没处决过任何原智者。也许他们所求仅止于此。至于花斑帮会对自己人下什么毒手，这个嘛，我们无法保护他们免于被自己人所害，除非他们向王后抱怨。现在看来一切都已平息，不过我心底总担心这不过是暴风雨前的宁静。要小心呐，孩子，要非常小心。”

关于公开处决的事情，切德所言甚是。珂翠肯王后为了不失信于人，干脆勒令公鹿公国境内禁止以任何罪名为由处决任何人犯，除非经由皇室核准，而且即使核准了，死刑也只能在公鹿堡里执行。到目前为止，公鹿公国境内尚无任何乡镇提请执行死刑，就算人们复仇之火烧得炽烈，但要进行这些公文往来也是很可怕的。然而时间一久，我们没有再听说花斑帮的消息，我并没有因此而觉得宽心，只觉得仍需密切观察。即使花斑帮没给我们惹麻烦，但仍有太多原血者知道我们的王子具有原智，所以我无法将此事置之脑后。原血者随时都可以拿这个把柄来要挟我们。如今我看任何动物都带着疑心，而且很庆幸公鹿堡的密道有那只小黄鼠狼吉利巡逻。

后来有天晚上出了事情，让我更为担心。我去敲吉娜家的门，而她外甥女告诉我，吉娜阿姨出去送护符了，因为有个人家的羊群染了疫病。我私底下纳闷护符对于这种事情有没有效果，不过我嘴上只是请她帮忙转达一下，让吉娜知道我来过了。然而当我问起幸运时，她露出不以为然的脸色，并说应该去“篱笆卡猪”看看，说不定幸运跟“那个贺琼恩女孩”在一起。她对于我儿子的女伴之轻蔑溢于言表。我一边顶着冬日的寒风走向“篱笆卡猪”，一边想着我该采取什么手段。幸运热切地跟那女孩子求爱，然而他这份感情既不平衡也不恰当。也正因如此，所以恐怕我劝幸运的话，他是一个字也听不进去的。

然而当我走进“篱笆卡猪”那透风的大堂时，既没看到幸运，也没看到丝凡佳。于是我考虑要不要待在这里等他们，然而就在此时，我看到一个惊人的情景，使我一下子分了心：月桂也在大堂里。王后的女猎人在其中一张污渍斑斑的桌子旁独自喝酒。我不禁皱起眉头。切德不是派了一个年轻人去保护她了吗？此时跑堂的少年过去将她的啤酒杯斟满。从月桂举杯喝酒那副漫不经心的模样来看，她今晚必定已经添酒好几回了。

我买了杯啤酒，开始研究大堂里有些什么人。从角落的那两男一女的位置来看，他们可能是在监视女猎人，不过就在我开始怀疑他们存着什么歹念时，显然是一对情侣的那两人站了起来，跟落单的那男子道别，然后便头也不回地闲适地走了出去。留下来的男子招来一名女侍，我眼角的余光看到那男子似乎是想要买点什么热食吃。我的戒心本来还有所保留，但他的粗鲁举止使我宽了心。

我穿过拥挤的大堂，将酒杯放下时，月桂本来正起身要走的，然而我就在她身边的板凳上坐了下来，所以她只是闷闷不乐地望向他处。我低声地说道：“没人会想到王后的女猎人会在这里喝酒啊。”我故意一边说，一边四下打量着这破旧的酒馆，接着便问道，“你的学徒上哪儿去了，怎么没跟着你来？”切德派去保护月桂的那个人，我瞥见过一两次。那人块头之壮硕，足以使任何埋伏之人畏惧三分，但至于他的智力，我看就不怎么高明了，尤其此时他竟没跟紧月桂。“你没带着人，就贸然地闯进公鹿堡城来，这是不是有点轻率？”

“轻率？嗯，那你的保镖又在哪里？你的处境比我还要危险啊。”她激烈地反驳道。她的眼里都是血丝，不过那到底是因为哭得厉害，还是酒喝太多，我就看不出来了。

我仍压低声音说道：“这些危险的事情，我已经习惯了。”

“唔，也许吧。你的生平我知道得很少，所以我无法判断你到底习惯什么。至于我嘛，我可不想习惯危险，也不想时时刻刻走在恐惧之中，并限制我人生的选择。”月桂似乎很疲倦，她的嘴角与眼角有些以前没有的细纹。看来她虽然勇敢地斥退恐惧，但是这段日子以来，她却一直活在恐惧之中。

“你听到什么别的风声了吗？”我悄悄地问道。

她露齿而笑：“何必问呢？我之前给你的那个消息还不够吗？”

“出了什么事？”

她朝我摇了摇头，将剩下的啤酒一饮而尽。我跟跑堂少年做了个手势，叫他将我们的啤酒添满。过了一会儿，月桂说道：“一开始他们的动作微乎其微，别人绝对看不出那是威胁。不过就是在我的马的马栏门闩上绑一根月桂枝而已。但那月桂枝是以绞刑的吊人套结绑住的。”她很勉强地补了一句，“此外还有一根羽毛，被切成了四段，而且烧得焦黑。”

“羽毛？”

她沉默良久，最后终于决定要回答：“有个我很关心的亲友，是跟鹅牵系在一起的。”

我的心脏突然静止下来，接着便冲动地猛跳起来：“所以说，他们要让你知道，即使你人在公鹿堡里，也逃不过他们的毒手。”我平静地说道。她点点头，这时那少年端了个沉重的大酒瓮过来帮我们添酒。我拿出铜板，那少年接了钱离去。月桂立刻举杯饮酒，有一圈啤酒溢出杯缘，流到她手上。她有点醉了。

“他们有没有问你什么事情？还是他们只是要让你知道你逃不过他们的掌心？”

“他们问了，而且问得非常清楚。”

“怎么个清楚法？”

“他们在用来给我的马梳毛的刷子旁留下一个纸卷。全马厩的人都知道我坚持要自己替白帽梳毛。那纸卷上只说，如果我够聪明，就应该在晚上将你那匹黑马跟黄金大人的麦尔妲关在最边缘的那个圈马场里。”

我心里升起一股寒意，迅速蔓延到全身：“你没照做吧。”

“当然没有。我不但没照做，昨晚还派了一个我信任的马夫，整夜看守你跟黄金大人的马。”

“所以这是这一两天的事情？”

“噢，是啊。”她摇晃不定地点了点头。

“你跟王后禀报了吧？”

“不。我没告诉任何人。”

“怎么可以不说？如果我们不知道你受人要挟，那我们怎么保护你？”

她沉默了一阵子才接着说道：“我不想让他们认为可以利用我去对付王后。我要让他们觉得，如果他们要拉我下水，那就只有我下水而已。我应该要把自己保护好，而非躲在王后的裙子后面，让我的恐惧感染到王后。”

勇敢，且愚蠢。我且把这念头按捺下来，对她问道：“然后呢？”

“你们的马吗？它们都没事。不过今天早上白帽死了。”

霎时间，我什么话也说不出来。白帽是月桂的马，它既听话，反应又快，所以月桂一向以自己的坐骑为傲。由于我的沉默不语，于是月桂瞪着我，说道：“我知道你心里在想什么。”她压低了声音说道，“你一定想着‘这女人又没有原智，这马对她而言，只不过是一匹马而已。’但是话不能这样说。我是从白帽还是小马的时候将它慢慢养大的，对我来说，它不但是我的坐骑，也是我的朋友。我们用不着心灵交流也能心意相通。”

“我想的不是那种事情。”我低声答道，“我也把许多动物当作是朋友，而我跟它们之间却不见得有特殊的原智牵系。任谁看到你跟白帽相处的样子，都看得出白帽很崇拜你。”我摇了摇头，“我觉得很不忍。你保护了我们的马，结果竟然使你的马遭受厄运。”

我不知道她有没有听到我的话。她一边呆呆地瞪着斑驳的桌面，一边说道：“它……它是被折磨死的。他们不知道喂白帽吃了什么，那东西一吃下去，便卡在它喉咙里，然后越涨越大，把它给噎死了。我想……不，我知道得很清楚，他们是故意以此来嘲笑我的。他们笑我来自原血家庭，却没有原血魔法。要是我有原血魔法就好了，倘若如此，我的马一出了状况我便会得知，所以一定来得及救回它的性命。然而当我发现白帽的时候，它已经倒在地上，鼻尖与胸前都是白沫与鲜血……它死得很慢，汤姆，而且我竟然就让白帽如此惨死，竟然没陪陪它，让它稍微好过一些，也没跟它道别。”

原智者竟会做出这么残忍的事情，我震惊得不能自已，仿佛寒冷的海浪侵袭而来，将我全身冻住。这种恶行可恶得超越了我的预想。跟我同样具有原智之人，竟会下如此毒手，连我都觉得被他们玷污了。怪不得众人说原智者为非作歹。

她突然喘了一口气，抬起头来，视而不见地望着我，她虽不愿承认，但是她脸上尽是惊惶与恐惧。我伸出手臂，她的脸靠在我的胸膛上，我拥住她。“我很遗憾。”我在她耳边轻声说道，“月桂，我真的很遗憾。”她没有大哭，只是哽咽地在我怀里喘气。我心里想道，如果花斑帮真的引她发怒的话，那么他们可能必须面对一名意外的强敌，如果他们没有先杀了她。我换了个姿势。由于习惯使然，所以我背倚着墙。此时我刻意找到一个可以观察整个大堂的视角，看看有没有跟踪月桂的人混在其中。

就在这个时候，吉娜映入了我的眼帘。她大概是跟她外甥女讲过话后才来这里找我的。她一进门便站在门边。霎时间，我们两人四目相望。她惊骇地瞪着我怀里的女人，我用眼神恳求她平静下来，但她的表情一下子变得非常冰冷。然后她的眼神越过我，仿佛她既没看到我，也认不出我来，接着便转身离去。她那僵直的后背道尽了千言万语。

我的心沉到了谷底。我并没有做错事情，但是吉娜离开大堂的姿态，充分显示出她有多么气愤。虽然我很想追上吉娜并向她解释清楚，但我却不能将喝得酩酊大醉的月桂单独丢在酒馆里。所以我只好坐着任由焦虑啃噬全身，月桂则深深地吸了几口气，慢慢恢复过来。她突然坐直起来，几乎是把我推开。我松手放开她。她揉揉眼睛，拿起酒杯一饮而尽。而我那杯酒几乎没动。

“我真是傻啊。”月桂突然宣布道，“我来这里，是因为有人谣传原智者都聚在这里。我期望我来到这里，就会有人上前来找我，然后我就可以杀了他。其实死的很可能是我呢。我又不知道怎么跟人打杀。”

这时她眼里出现了困扰的眼神，似乎正在镇静且周密地计算她自己有多么擅长于战斗。“你应该把打打杀杀的事情留给……”

“他们不该招惹我的马的。”她怒气冲冲地说道，于是我领悟到，就这个话题而言，不管我讲什么她都听不进去了。

“我们回家吧。”我提议道。

她疲倦地朝我点点头，我们便离开了酒馆。街道冰冷而黑暗，唯一的亮光是偶尔从窗缝里透出来的灯光。当我们离开了城镇，开始走上通往城堡的暗路时，我虽然不想问，却仍不由得问道：“你要怎么办？离开公鹿堡吗？”

“我能上哪儿去？把恐惧带回家与家人分享吗？这不好吧。”她吸了一口气，缓缓吐了出来，随即在寒冷的空气中化为一团雾，“不过我想你说得也对。我不能待在这里。他们接下来会怎么做？还有什么事比杀了我的马更糟？”

她与我都想得出好几个答案。接下来的路，我们两人都沉默不语。而她既不是生气，也不是不想讲话。我感觉得到她尽量就着朦胧的月光注视四周，而且周遭一有什么小声响，她便立刻转头去看。我的警戒也不输于她。我只打破了沉默一次，问了一句话：“原智者经常在‘篱笆卡猪’出没，是真的吗？”

她耸了耸肩：“人家是这么说的。那家店的传言可多了，什么‘卡猪配原智’的。这句话你以前一定听过吧。”

我没听过，但是我把这句话记在心里，也许这个俚语背后藏着什么宝贵的真相也说不定。公鹿堡里果真有哪一家酒馆是原智者聚集的地方吗？谁会知道？我能从中打听到什么消息？

刚进了公鹿堡大门不久，她的“学徒”便匆忙地跑上来迎接我们了。那人一脸忧虑，而且一看到我，便转为怒容。月桂叹了一口气，把她的手从我的臂弯里抽出来。她踉跄地朝他走去，而他则一把将她抢过去。虽然月桂再三地柔声劝告，但他还是怀疑地死瞪着我，之后才搀着月桂走回她的卧室。我在回房就寝之前，先迅速且安静地巡了马厩一圈。黑玛对我的招呼跟平常一样冷淡。这不能怪罪它，我最近都没什么时间陪它。说句老实话，我才是那个只把黑玛当作“不过就是一匹马”来看待的人。唯有黄金大人骑着麦尔妲出游的时候，我才骑骑黑玛，除此之外，它的一切照料，我全权委托给了马厩帮手。我突然想到，我这样对待它实在是麻木无情，不过我知道，我实在挪不出时间给它。我不禁纳闷，花斑帮到底有什么企图。如果我们的马真的被牵到最边缘的圈马场去过夜，那么它们会有什么下场？被人偷走？还是更糟？

我一边施展原智，一边巡视每一个马栏，并仔细观察每一名昏昏欲睡的马厩帮手。这些少年我一个也不认识，而路德威并未藏于门外或是楼梯后。即使如此，我还是忐忑不安地走上切德的塔楼。他不在房里，但我仔细写下事况，让他一望即知。

隔天切德与我长谈此事，但是没有什么结论。切德会训斥月桂的保镖，因为他竟让人给溜了。但是切德也想不出有什么既可以保障月桂的安全，又不必将她拘束得更紧的好办法：“我找了人紧盯着她，但是这个做法令她很反感。但除此之外我还能怎么办？她对我们而言很有价值，能够把这些花斑子从暗处引出来的人，可能就是她了。”

“问题是，那要付出什么代价？”我严厉地反问道。

“代价当然是越小越好。”切德阴森地说道。

“他们为什么要对我的马和黄金大人的马下手？”

切德扬起一边眉毛：“你对原智魔法知道得比我多。他们能对马下咒、让马故意将你们摔下去，或者利用马来监听你们说什么话吗？”

“那是行不通的。”我不耐烦地说道，“为什么他们会找上我们的马？为什么不找晋责王子的马？仿佛他们要对付的是弄臣与我，而不是王子似的。这其中透着古怪。”

切德显得很不自在，最后他以勉强可以称之为平静的态度建议道：“为谨慎起见，是应该要顺着这个思路，看看这条线索会引出什么来。”

我瞪着切德，心里纳闷这老刺客说这话到底是什么用意。他抿紧嘴唇，摇了摇头，仿佛后悔自己说出这样的话。过了不久，他便寻个借口离开了。我则独自坐在炉火前沉思。

在这之后，我尴尬到不敢去拜访吉娜。我知道我这种心理很愚蠢，不过我就是觉得不自在。我自认为我不亏欠吉娜，所以无需解释，不过我也很清楚，吉娜一定会要求我说个明白。至于我为什么怀里拥着月桂坐在酒馆里，这可没有什么方便的谎话可以解释。然而我又根本不想跟吉娜提起月桂的事情，因为这恐怕会引她问起危险的话题。因此，我干脆不去吉娜家。

我得空去公鹿堡城的时候，便直接去晋达司的铺子找幸运，但在那里我们不能久谈，而且话不投机。其他学徒都在注意我们讲什么，幸运也很清楚这点，所以他简直不是在跟我讲话，而是在对他们放话，说他对师傅有多么不满。除此之外，丝凡佳之父横生阻挡，用了各种办法限制两人相见，就连在街上碰到幸运也不肯与他交谈，这一切使幸运十分丧气。我感觉得出他的怒气有一部分是冲着我来的。他似乎认为我忽略了他，然而我约他晚上见面一谈时，他总是带着丝凡佳一起来。我不断立下决心，既要把幸运的事情处理好，也要把与吉娜的关系修补起来，但是不知怎的，日子一天一天地过，而我总是找不出时间把任何一件事情办好。

公鹿堡里，王子与贵主联姻的各种庆典与贸易谈判继续进行。冬季庆来了又过，办得比我以往见过的冬季庆都要盛大。我们的外岛客人很喜欢这个节日。冬季庆之后，每天都有贸易协商，每夜都有宴会消遣，演木偶戏的、唱轶事诗歌的、玩杂耍的，还有其他的卖艺人都十分忙碌。外岛人成为公鹿堡大厅的固定常客，有些外岛人和待在堡里的贵族，以及来自公鹿堡城的商人结交为友。在公鹿堡脚下的大城里，我们与外岛古老的贸易关系再度兴盛起来。不时有商船入港，以物易物的交易非常风行。除此之外，外岛人与我们的往来也变多了，所以人们又可以放心地公开坦承自己有一两个外岛亲戚。珂翠肯的计划欣欣向荣地进行着。

夜晚的宫廷娱乐使我大开眼界，我从来不知道公鹿堡有这一面。身为仆人的我，出入这些场合仿佛是隐形人一般，就如同当年的我是无名小子一样没人注意。而不同之处在于，我既身为黄金大人的仆人，所以必须陪侍他参加我们的贵族赌博、用餐与跳舞的顶尖社交场合。然而这些六大公国的贵族们虽身穿华服，举止却鄙俗不堪。喝醉酒、熏烟熏得脑筋迟钝、色欲熏心，或是赌输失性……倘若以前我以为，我们的公爵、夫人们的人品，自然不同于挤在公鹿堡城酒馆里畅饮狂笑的那些渔夫、裁缝们，那么今年冬天，我总算看清了他们的面目。

只要是女人，不论老少，也不论是已婚还是单身，全都蜂拥到黄金大人身边，就连年轻男子也恨不得有资格夸称自己为“那个遮玛里亚大人的好朋友”。而我觉得有趣的是，就连椋音与鱼貂大人也臣服于黄金大人的社交魅力之下。他们经常坐下来与黄金大人在赌桌上博弈，甚至还两次应邀到黄金大人的房间来，与其他宾客一同品尝上好的遮玛里亚白兰地。椋音的在场，让我实在难以保持毕恭毕敬且不为所动的仆人态度。她丈夫是个喜欢亲昵动作的人，他常常揽住椋音，贴紧自己的身体，淘气地偷吻她一下。然后椋音便开心地斥责他竟在众目睽睽之下做这种事，可是她往往是一边高兴地数落丈夫，一边还有空朝我这个方向瞄一眼，仿佛要确认我是不是有注意到。鱼貂大人至今仍很热情地对妻子献殷勤，而我最多也只能维持一脸正经的表情。倒不是说至今我的心或我的肉体仍渴望着她，在那当下，我之所以感到剧痛，是因为椋音刻意地炫耀自己的幸福，以恰到好处的强度来提醒我，我的人生有多么孤独。我以仆人之姿，静静地站在那个欢愉且豪华的品酒会中，眼里只见他们夫妻俩的甜蜜。

漫长的冬夜便如此熬过。热闹的夜间聚会不但令年轻的王子吃不消，连我也吃不消。有一天清晨我们两人抵达塔楼的时候，都毫无心思进行任何精技研究。前一天晚上，王子与儒雅和目前居于公鹿堡的众贵族一起赌博到很晚。

我倒还知道克制，所以在较为合理的时刻上床睡觉，而且还成功地熟睡了几个钟头，直到荨麻徐徐潜入我的梦境中为止。我梦到我在河里抓鱼，我两手伸进水里，猛然将一条活蹦乱跳的鱼丢到身后的河岸上。那真是个好梦，令人恬然自在的好梦。我虽未看到夜眼，却感觉到它就在我身边。接着我泡在冰冷河水里的手指摸到了一个门把，我将头浸入水里看看是怎么回事。然而就在我就着水里的绿色光线端详着那扇门时，那扇门突然打开，并且把我拉了进去。突然之间，我便湿淋淋地站在一间小房间里滴水。我知道这房间位于房子的楼上，因为屋顶是斜的。房里静寂无声，只有一根淌着烛油的蜡烛照亮室内。我心里纳闷自己是怎么来的，并转身朝门而去，但门前站了一名少女，她的背紧贴着门，而且张开双臂，不准我去开门。她穿着长长的棉布睡衣，长发结成一条辫子，披在一边肩上。我讶异地瞪着她。

“既然你不让我去你的梦里看你，那我就把你困在我的梦里。”她得意地说道。

我纹丝不动地站着，一句话也没回答。我多少感觉到我若是给了她任何线索，哪怕是只言片语、一个手势，或是什么表情也好，都只会让她对我掌握得更紧。我不看她的眼睛，转而望向别处，因为我一认出她来，就会在她的梦境中越陷越深，所以我逼迫自己低头看着双手。这一看，使我莫名地高兴起来，因为这并不是我自己的手。她虽然困住了我，但是这个“我”是她想象中的形象，而不是我真正的模样。我的手指很短而且布满毛发，我的掌心与指缝黝黑而粗糙，跟狼掌一样，而且我的手背与手腕都长着粗硬的黑毛。

“这不是我啊。”我大声地说出来，然而听起来却像是古怪的狼嚎声。我伸手摸脸，发现脸上长出了犬类的鼻子。

“这就是你啊！”她强调道，不过我已经开始从她原本以为可以拘束我的形体中退了出来。用这种陷阱是困不住我的。她奔上前来一把抓住我的手腕，却发现她抓住的，只不过是空空的狼皮。

“下回再把你逮住！”她生气地说道。

“不，荨麻，你逮不住我的。”

我提起她的名字，使她怔住了。就在她回过神来，赶紧要问我怎么会知道她的名字时，我已经淡出了她的梦境，整个人清醒过来。我在硬床上翻了个身，睁开眼睛，看见如今我已经很熟悉的黑暗小卧房。我大声地说道：“不，荨麻，你逮不住我的。”以便让自己确信荨麻没有这么大的能耐。话虽如此，但是接下来我就睡不安稳了。

所以隔天早晨，晋责与我都是拖着身体前来精技塔的，我们困顿地坐下来对望。这时虽是黎明，但这“黎明”不过是个名词罢了。从塔楼的窗户望出去，冬日的天空仍然漆黑一片，而我们桌上那几根蜡烛根本驱不散房间角落里的黑影。我已经在火炉里生了火，但炉火尚未将房里的寒气减去一分。“世上还有比又冷又困更悲惨的事情吗？”我夸张地说道。

他叹了一口气，我觉得他好像没听到我刚才的问句。他反问我的问题，使我背后爬起了一股不同的凉意，“精技能不能让人忘记事情？你有没有做过？”

“我……不，不，我从未做过那种事情。”虽然我很怕晋责的答案，但还是硬着头皮问道，“你怎么会问起这个？”

他叹了一口更长的气：“因为如果能用精技让人忘记事情的话，那我的人生就轻松多了。恐怕我……我昨晚对某人说了一句话，但我的用意不是……其实我虽然讲了，但是我是有口无心，可是她……”他结结巴巴地讲到这里，终于讲不下去了，一脸的苦相。

“你从头说起。”我建议道。

他气恼地深吸一口气，吐了出来：“昨晚儒雅跟我在玩石子棋，然后……”

“石子棋？”我打断他的话。

他又叹了一口气：“我自己做了一张棋布，还做了棋子。我是想跟除你之外的人玩棋，以便磨练棋技嘛。”

我真想骂他两句，但我硬是忍住了。我有什么理由斥责他不该将石子棋介绍给朋友呢？我实在想不出来。但这就是让我闷闷不乐。

“我跟儒雅玩了一两盘，他都输了。其实他输了棋没什么好意外的，毕竟不管是什么游戏，没有人能第一次玩就上手的。但儒雅说他玩够了，而且这种游戏他不爱玩，然后便起身走到火炉那边去跟别人聊天了。嗯……当时小优小姐一直在看我们玩棋，而且她说她也想学，可是那时候儒雅正在跟我对弈，所以没地方让她玩。她虽然没得玩，却仍站在桌边看我们玩。儒雅离开之后，她却留下来，就坐在儒雅的位子上——这让我很意外，因为小优似乎很喜欢儒雅，我以为儒雅一走，她也会跟去。此时我已经在收拾棋布和棋子了，但是她倾身过来抓住我的手腕，并说我们应该重新摆一盘，因为现在轮到她玩了。”

“小优小姐？”

“噢，你不可能见过她。她大概，让我想想，十七岁吧，人挺好的。其实她名字叫做优典，只是她觉得那个名字太正式了。她很好相处，讲起故事来会让众人都笑倒，而且呢，哎，我也不明白，我跟她在一起，比跟别的女孩自在得多。她不会一天到晚顾虑着自己身为女孩子的身份，你懂的吧，她的举止跟别人没什么两样。她的大伯就是修克斯公国的歇姆西公爵。”听到这里，我忧心忡忡，但是晋责耸耸肩膀，叫我别担心优典的家世，“反正她就是要玩，而且即使我警告她，她可能会一连输个好几盘，她都不在意，甚至还说她敢跟我打赌，如果我跟她连玩五盘的话，她至少会赢两盘。小优小姐的朋友听到这话，凑上前来问我们要赌什么？小优小姐就说，如果她赢的话，明天——也就是今天——我得跟她骑马出游，而要是我赢呢，唔，我随便提出什么条件都可以。而她说话的口气，则是要挑衅我跟她赌个可能有一点，怎么说呢，有一点不恰当，或是……”

“好比说一个吻。”我提着词，心里往下沉，“或是那类的事情。”

“你明知道我不会过于失态！”

“那你到底失态到什么程度？”切德知道这事吗？珂翠肯王后呢？这是昨夜多晚发生的？他们是不是酒喝得过量了？

“我就说，如果她输的话，她就得帮我们亲自端早餐到镜厅，并且伺候儒雅与我用餐，因为刚才就说了，石子棋不是女孩子玩得来的游戏。”

“什么？晋责，教我石子棋的就是个女人！”

“这个嘛……”幸亏他还知道要羞愧，“我之前不晓得呀。你说石子棋是你精技训练的一部分，所以我想一定是我父亲教你的，所以……等等。照你这么说，除了我父亲之外，另外还有个女人教你精技？”

我狠狠咒骂自己的粗心大意。“你别管了。”我暴躁地命令道，“把你的事情说完。”

他嘟囔了一声，瞄了我一眼，用眼神向我保证他一定会找机会问个清楚，

“很好。还有一点我要先声明，这话不是我对艾莉安娜说的，而是儒雅说的，而且……”

“跟艾莉安娜说什么？”我整个人陷于恐惧之中。

“‘石子棋这种游戏，不是女孩子玩得来的。’儒雅就是这么跟她说的。当时儒雅跟我在玩棋，而艾莉安娜走上来，说她想学石子棋。可是，唔……儒雅不是很喜欢艾莉安娜，他说艾莉安娜跟惜黛儿没什么两样，惜黛儿侮辱了他，并践踏他的感情，而艾莉安娜一心只想成就一宗门当户对的亲事。所以啦，儒雅就不喜欢艾莉安娜站在旁边听我们讲话或是看我们下棋玩牌。”他被我狠狠一瞪，吓得缩了一下，接着没好气地接着说道，“唔。艾莉安娜跟小优小姐不一样。艾莉安娜随时都顾虑着自己女孩子的身份，她随时随地都要顾全适当的礼仪与跟人往来的分寸。她这个人呀，对得挑不出一点错来，所以反而一切全错。你知道我的意思吧？”

“听起来是因为她是外国人，为了遵循我们的习俗，所以她的言行举止处处留心。你继续把你的故事讲下去。”

“唔。儒雅知道艾莉安娜时时刻刻讲究礼仪，力求绝不出错，所以儒雅也想到，若要将艾莉安娜赶走，最快的办法就是跟她说，在六大公国，石子棋是男人的专利。他讲得一如国王般笃定，同时又引人发笑，不过这样有点残酷就是了，因为艾莉安娜讲我们的语言不如儒雅流利，而且她对我们的风俗所知不多，听不出儒雅的借口有多么荒唐……你别那样瞪我呀，汤姆。话又不是我说的。而且他既然开口了，我也不好阻止他，因为这样一来事情会变得更糟。所以啦，反正就是儒雅跟艾莉安娜说石子棋不是女孩子玩的，因此艾莉安娜就离开了，走到她舅舅身边去。皮奥崔正在跟艾莉安娜的父亲玩骰子，而他们玩骰子的那一桌在大厅的另一边。所以小优小姐坐下来跟我们玩的时候，艾莉安娜人不在附近。唔，我布好棋子，开始下棋。前两盘的结果跟我预料的一样，到了第三盘，我出了个闪失，所以她赢了，第四盘，我赢。到了第五盘玩到一半时，我突然领悟到——我想你们一定会称赞我考虑周到——如果她真的端早餐来伺候儒雅和我，那么可能会犯了大忌。我的意思是说，倘若真是如此，那么可能连歇姆西公爵都会觉得这是奇耻大辱，因为我竟要他侄女像仆人一般伺候我们用餐。就算艾莉安娜和母亲都不在意，也不能这样。所以啦，我想我还是让她赢好了。如果她赢，我得跟小优小姐骑马出游，不过我可以多找些人，甚至邀请艾莉安娜一起去。”

“所以你让她赢了。”我沉重地说出这几个字。

“对，我让她赢了。而且因为她第三盘赢的时候非常兴奋，又笑又叫的，还对众人呼喊说她赢了我一盘，所以呢，到了第五盘的时候，我们身边已经聚了好大一群人看我们下棋了。所以，她在赢了最后一盘之后，便大肆夸耀自己的胜利，此时她的朋友对我说，‘唔，爵爷，早先您说，石子棋不是女孩子玩得来的游戏，看来您真是错得离谱。’然后我就说……我说这话只是想要炫耀自己的机智而已，汤姆，我跟你发誓，我没有侮辱人的意思。我就说……”

晋责说到这里迟疑了起来，于是我严厉地问道：“你说了什么？”

“‘我只是说，石子棋女孩子学不来，不过，说不定漂亮的女人学得来。’此话一出，众人哄堂大笑，并且举杯为这句妙语干杯。所以我们都喝了，然而此时我才察觉到艾莉安娜也在场，她站在围观群众的边缘。她既没有随我们举杯喝酒，也没有随着众人朗诵祝酒词。她就站在那里面无表情地瞪着我，最后转身走开。我不知道她跟她舅舅说了什么，但是她舅舅立刻撒手不玩，虽然他面前赢了一大堆钱，然后他们两人立刻离开博弈厅，回房间去了。”

我往后靠在椅背上，努力地想要从中理出个头绪来，最后我还是摇摇头：“你母后知道这件事吗？”

他叹了口气：“应该是不知道。她昨晚很早就走了。”

“那切德呢？”

他缩了缩身。我一提切德的名字，他就已经开始害怕王后顾问会怎么训诫他的轻率了：“不知道。他昨晚也早早离场。最近他似乎很疲倦，而且容易心不在焉。”

切德的状况我心里有数。我慢慢地摇了摇头：“这不是精技解决得来的，年轻人。现在的上上之策是马上去请教外交谋略的高手，然后依言行事。”

“你觉得他会要我怎么做？”晋责绝望地问道。

“我不知道。依我看，你若是直接道歉，反而可能会坏事，因为这一来更证实了你昨晚讲的话是有意侮辱她。不过……唉，晋责，这个我真的不行。外交谋略从来就不是我的强项。不过切德一定会想出个好办法，让你特别对艾莉安娜致意，以证明你的确认为艾莉安娜不仅美丽，而且是个女人。”

“可是她年纪那么小，怎能算是女人？”

我不理会晋责沉痛指出的这个小小矛盾：“还有，最重要的就是，你千万别单独与小优小姐出游。最明智的做法，莫过于你干脆从头到尾都避免与她为伍。”

晋责沮丧地往桌上一拍，“我赌输了就得陪她骑马出游，我不能出尔反尔呀！”

“那你就去呀。”我断然地说道，“但如果我是你的话，一定会自始至终都与艾莉安娜并辔而行，而且只跟她一人谈天。如果儒雅真如你所说，是你的知己，那么他也许能帮你解围。你不妨请儒雅引开小优小姐的注意力，以便让那个场合看起来像是儒雅才是陪她出游的那个人。”

“那如果我不想让儒雅引开她的注意力呢？”

现在他的语气只能说是顽固且故意作对，就像上回与我见面的幸运一样地让人心烦意乱。我一言不发地以平静的眼神望着他，直到他终于心虚地转开眼神，望向他处，最后我才对他说道：“你最好是现在就走吧。”

“你能不能陪我一道去找母亲与切德解释此事？”他用非常柔和的语气问道。

“你明知道我不能陪你去。再说，就算我能陪你去，你也最好是自己去见他们。”

他清了清喉咙：“那今天早上我们去骑马的时候，你会一道来吗？”

我顿了一下，建议道：“你不妨邀请黄金大人同行。但我不保证我会到场，只保证我会考虑考虑。”

“然后我就照切德的建议去做。”

“这样比较好。切德对这些繁文缛节，一向懂得比我多。”

“繁文缛节，哼。这些繁文缛节真是烦死人了，汤姆。所以我才说小优小姐这个人好相处得多。她很坦然，不会矫揉造作。”

“我懂了。”我嘴上虽这么说，但心里却对晋责的判断有些保留。我不禁想着，这位小优小姐到底只是个一心想要套住王子的女人呢，还是她其实是某人为了搅乱珂翠肯的棋局而下的一步棋。唔。答案很快就会揭晓。

王子离开房间，并将房门关上。我静静地站着四下打量，听着他踩在石阶上的脚步声渐渐淡去，并听见塔底的守卫高声地对王子致意的声音。我吹熄桌上的蜡烛，另拿起一根蜡烛照路，离开了塔顶。

我走回我的仆人房，但先顺路到切德的塔楼去看看。我一从密门踏出来就停住了：我吓了一大跳，因为切德与阿憨都在房里。切德显然是在等我，阿憨则看起来气恼又困倦，他的厚眼皮垂得比平常更低。

“早安。”我对他们招呼道，而切德则答道，“是呀，的确很早。”切德的眼睛炯炯有神，不知道是什么事情让他这么乐。我等着他把那件好事讲给我听，但他什么也没提，只是说道：“我请阿憨今天早早地到这里来，以便我们一起聊聊。”

“噢。”我除了应这一声之外，真不知道要答什么才好。我想跟切德说，他若要找阿憨来，起码得先通知我一下，但现在不是跟切德讲这些的时候。我才不会当着阿憨的面说这些不宜外人听见的话。年少的时候，我曾经大大低估了小女孩的聪明狡诈，讲话太过放纵，后来才发现，奸诈的小迷迭香原来是帝尊的眼线，这件事情我怎么也忘不了。我看阿憨倒不是别人的眼线，但是只要我的话不在他面前说，他就无法转述给别人听。

“王子今早如何？”切德突然对我问道。

“他很好呀。”我提防地答道，“不过他有件急事要跟你说。你不妨出现在……呃，他容易找得到你的地方，而且越快越好。”

“王子难过。”阿憨忧伤地说道，并怜悯地摇了摇头。

我心里一沉，但我下定决心要测试一下阿憨的实力：“不，阿憨，王子不难过。他的心情好得很。他刚才跟一大群朋友吃了一顿丰盛的早餐。”

阿憨皱着眉头瞪着我，原本就露在外面的舌头现在吐得更长了，而且下唇也外翻了出来。过了一会，他坚决地说道：“不，今天王子的歌很悲伤。女孩子真讨厌。悲伤的歌。拉——拉——拉——拉——噜——噜——噜——噜——”那痴呆的少年哼出一首悲哀的调子。

我朝切德瞄了一眼，他正在密切观察阿憨与我的对话。他的眼睛直视着我，但是对阿憨发声问道：“那荨麻今天心情如何？”

我努力让自己脸上一片空白，也努力让自己正常呼吸，但是我突然连该怎么呼吸都忘了。

“荨麻很担心。梦人不再跟荨麻讲话，而且爸爸跟弟弟吵架。呀、呀、呀、呀，她很伤脑筋，所以她的歌很悲伤。哪——哪——哪——哪，哪——哪——哪——哪。”荨麻的悲伤曲调充满紧张与忧虑，与王子的调子不同。阿憨哼到一半，突然停了下来，看着我，十分得意地嘲弄道：“臭狗子讨厌这样。”

“没错，我是讨厌这样。”我直截了当地应和道。我将手臂环抱胸前，并转开目光不看阿憨，改而望着切德，“这不公平。”我说道，说完我紧咬着牙关，因为这句话听起来太幼稚。

“这的确不公平。”切德和气地应着，“阿憨，你可以走了。我看你已经把这房里的事情做好了。”

阿憨思虑重重地噘起嘴，接着念道：“搬柴、抬水、收碟子、端餐点、换蜡烛。”他点点鼻子，“对，都做完了。”他抬脚要走。

“阿憨。”我叫住他。他停下脚步，皱着眉头看我，我问道：“现在别的仆人还会打阿憨、抢阿憨的铜板吗？还是现在比较好了？”

他的眉眼都皱起来了。“别的仆人？”他的表情看起来有点警戒。

“就是那些‘打阿憨，抢零钱’的人呀，记不记得？”我不但套用阿憨讲这几个字的抑扬顿挫，还模仿他当时所用的手势。可是我的用心不但没有唤醒他的记忆，反而使他因为大感恐慌而退了开去。“算了算了。”我赶紧说道。我原本打算以此提醒他欠我一个人情，谁料到这使他更讨厌我了。他下唇外翻，倒退地走了出去。

“阿憨，别忘了收碟子。”切德温和地提醒道。

阿憨皱起眉头，但还是走了回来。桌上有个托盘，上面搁着切德吃剩的早餐与餐盘。他抄起托盘，匆匆地离开房间，同时不忘随时睥睨着我，仿佛我会攻击他似的。

阿憨走了出去，葡萄酒架又重新关上之后，我才坐到我自己的椅子上，对切德问道：“所以呢？”

“所以呢，果真如我所料。”切德和气地答道，“如果我不试探，恐怕你永远也不会提起吧。”

“没错。”我往后靠在椅背上，打定了主意，这件事情没什么好说的。所以我另起炉灶，把他的注意力引开，“我刚才跟你说晋责有急事找你，所以你现在应该去他找得到你的地方才好。”

“什么事？”

我瞪了他一眼：“王子殿下有什么急事，他会亲自告诉你的。”我咬住自己的舌头，以免我把后半段话讲出来，“你若是要问，何不去问阿憨呢？”

“那我会回我房间等他召见。不过不是现在。蜚滋，荨麻现在有没有危险？”

“这我无从得知。”

我看得出切德硬是按捺住自己的脾气：“你明知道我问的是什么。她已经开始施展精技了，对不对？可是却无人引导她。虽然如此，她还是找到你了。难道是你主动找上她的吗？”

是我自己种下的因吗？我不知道。我是不是在她幼时闯入了她的梦中，就像我在晋责幼时闯入了他的梦中那样？今日荨麻之所以寻求与我建立精技连系，是不是因为我当年为她打下了精技基础？我陷入沉思，但切德把我的沉思当作是我执拗不屈。“蜚滋，你怎么这么目光短浅？你嘴上说要保护她，其实是在将她推入险境啊。荨麻应该到公鹿堡来接受适当的指导，以驾驭她的天赋。”

“并为瞻远皇室效命。”

切德盯着我：“那是当然。如果精技天赋来自皇室的血脉，那么为皇室效命，就是她的天职。这两者是相辅相成的。难不成你要以荨麻也是私生子为由，剥夺她自己的天职吗？”

我努力抑制心里突然冒出的怒火。当我情绪抑制下来，能够开口之后，我平静地说道：“我倒不这么想。这与剥夺无关。我这是在保护她。”

“你会这么想，只是因为你一心一意、不惜代价地防止荨麻到公鹿堡来。其实她来公鹿堡又如何？你是怕荨麻有机会来堡里学习音乐、诗歌、舞蹈和优美的姿态吗？还是怕她会遇上优秀的贵族青年，然后嫁个好人家、展开幸福的生活？还是你怕看到自己的儿孙在你双眼所及之处出生、成长？”

他讲得头头是道，仿佛错都在我，是我太自私。我吸了一口气：“切德，博瑞屈已经说了，他不会让女儿到公鹿堡来。如果你逼他太紧，那么他就会怀疑这其中另有隐情。再说，倘若一跟荨麻提起她有精技，难免会让她怀疑起这个天赋是从何而来？她的生母自然是莫莉，这是错不了的，然而，她父亲是谁就很可疑了——”

“有的孩子有精技天赋，却不见得与瞻远家系扯得上边。所以她的精技天赋既可能来自莫莉，也可能来自博瑞屈。”

“可是她那几个弟弟都没有这个天赋。”我指出。

切德大失所望地拍桌子：“我之前就说了，你这个人就是太过小心。‘要是这样怎么办，要是那样怎么办？’就连可能永远都不会找上门来的麻烦，你都避之唯恐不及。怎么，就算荨麻真的发现她父亲是瞻远家的人，那又如何？那能有多糟？”

“要是她来到堡里，发现自己不但是私生子，而且还是瞻远家的原智小杂种之女，那就糟透了。到那时候，她的婚姻跟她的贵族生活要怎么维持下去？再说要她那几个弟弟、要莫莉和博瑞屈去面对那一段过去，情何以堪？况且你将荨麻召到这里来住下，博瑞屈不免会来探望她。我知道我已经变了很多，但是我的伤疤与岁月的风霜，都唬不过博瑞屈。他一看到我就会认出我，这下子他还活得下去吗？还是你要伙同荨麻一起瞒着博瑞屈，要求荨麻绝对不能跟父母提起她在学习精技，更不能让别人知道教她精技的，是个鼻子歪了、脸上还有一道长长伤疤的男子？行不通的，切德。最好是让她待在家里，嫁个她看得上眼的年轻农夫，过着安稳的生活吧。”

“啊，好个田园牧歌般的生活！”切德沉重地感叹着，讥讽地接着说道，“我敢说，她既然是你的女儿，想必对如此恬静安稳的生活情有独钟！”接着切德正色说道：“那么她对王子的责任又怎么说？晋责需要成立精技小组，那又怎么说？”

“我再帮你找别人就是了。”我鲁莽地承诺道，“我一定找个天赋跟她一样强，却与我毫无关系、没这么多顾虑的人。”

“只怕这种人才不好找。”他突然皱起眉头，“难不成你碰到过这种人，而且忍到现在都还没跟我提起？”

我注意到切德并没有自告奋勇。瞌睡狗既然要潜伏，就让他潜伏吧。“切德，我跟你发誓，我不认识其他精技人才。我只知道阿憨一人。”

“啊，那么你会训练阿憨咯？”

切德真是伶牙俐齿，一下子就逼我不得不承认，除了阿憨之外，再无其他像样的人才。我知道切德认定我会干脆地拒绝。阿憨对我又恨又怕，而且只有粗浅的智力。若说要收精技学生，我实在想象不出还有什么比阿憨更糟糕的人选。不过阿憨再怎么糟，也不会比荨麻来的棘手。不，这两人各有难处，但相去无多。于是我在情急之下，脱口说道：“说不定还有一个精技人才。”

“你还知道别的精技人才，但却一直不告诉我？”切德音调颤抖，听来快要大发雷霆。

“我认识他的时候并不是很确定，直到现在我也无法确定他有没有精技天赋。我只是最近才想起这个人来。如今事隔多年，再说他这人可能跟阿憨一样危险，甚至更甚之。因为他不但主观意愿很强，而且还有原智。”

“叫什么名字？”他毫不客气地质问道。

我吸一口气，方才紧绷的心弦终于稍微放松了一点：“黑洛夫。”

切德皱起眉头，眯起眼，开始搜寻自己的记忆库：“就是主动要教你原智的那个人？你是在前往群山的路上遇见他的？”

“没错，就是那个人。”当我跟珂翠肯叙述我千辛万苦地穿过六大公国去找她的这一趟旅程时，切德也在场，“原智者我也见多了，但是没有一个像他那样的。世上唯独黑洛夫一人知道我私下跟夜眼讲了什么悄悄话，其他原智者都没这么大能耐。有的原智者能感应到我们在使用原智，或者感应得出我们在交谈的时候不够谨慎，但是没人知道夜眼与我谈了些什么。黑洛夫就能一清二楚。我一直在怀疑，就算夜眼与我私下密谈，也瞒不过黑洛夫，只是他嘴上不多说罢了。他大概是用原智把我们找出来，然后再用精技倾听我的思绪。”

“难道你感觉不出来？”

我耸耸肩：“我当时是没什么感觉。所以说，我也可能想错了。再说我也不急着想找黑洛夫叙叙旧，并探探他的虚实。”

“反正你终究是无法找到他了。我很遗憾地告诉你三年前，他染上热症，旋即过世了。”

我怔怔地站着，黑洛夫过世了，而且切德还知之甚详，这使我非常震惊。我摸到自己的椅子，坐了下来。我并不感到十分悲悼，因为我跟黑洛夫之间一直都冲突不断。不过我倒是觉得很惆怅。黑洛夫走了，不知道荷莉能不能熬得过去，而与黑洛夫牵系在一起的大熊希尔妲，又会如何哀伤呢？我瞪着墙壁，霎时间，我眼里看到的是远方的那一间小屋。最后我终于打起精神来问道：“你是怎么知道的？”

“噢，别来这套，蜚滋。你把黑洛夫的事情禀报给王后知道，而且在那之前，当你因为背部感染而发烧呓语的时候，我就听你叫过他的名字。所以我知道他这个人非同小可。而我对于非同小可的人物，一向力求掌握行踪。”

是啊，就像下石子棋一样。他刚才下的这一着，将他固有的策略表露无疑。我帮他将没说出口的话讲出来：“所以你知道我去过黑洛夫那里，并在他那里学习了一段时间。”

他像是要点头，但只点了一半：“我不是很确定，但我猜那个人应该就是你。当年我得知这个消息时，心里高兴得要命，因为自从我听椋音与珂翠肯说她们把你留在露天矿场里以来，你便音讯全无。听到你活着，又一切安好……

一连好几个月，我一直暗暗期望你会出现在我眼前。我殷殷地盼着你会亲口告诉我，惟真化成的龙飞离露天矿场之后一切如何，毕竟我不知道的太多了！我痴心妄想着我们久别重逢的情景，想了得有百来种吧。但你知道的，我毕竟白等了。而且最后我还领悟到，你永远不会自觉主动地回到我们身边。”他忆起旧日的痛苦与失望，不禁叹了一口气。最后他平静地补上一句，“不过，我听到你活着的消息，还是很高兴。”

他讲这些话倒不是在责骂我，只是在坦承他内心的痛苦罢了。当年我做的选择深深伤了他的心，但他仍尊重我为自己下的决定。我离开黑洛夫那里之后，切德必定派了间谍探查我的下落。那些间谍当然不知道他们要查访的正是瞻远家的蜚滋骏骑，不过他们早就找到我了，这点毫无疑问。要不然多年之前，椋音是怎么找上我的？“你一直都派人盯着我，对不对？”

他低头看着桌子，顽固地说道：“换作是别人，可能会把这当作是我在保护你。况且，我刚刚就说了，对于非同小可的人物，我一向力求掌握行踪。”接着切德仿佛听到我的心声似的，接着说道，“然而我仍放任你自行其是，蜚滋，因为我要让你尽量地追求平静，即使你的平静人生中容不下我。”

十年前，我是无法体会切德语气里的痛苦的。当时的我，只会觉得他处处干涉，而且精心算计。如今，我儿子也将我平日谆谆教诲的道理抛到九霄云外，我才体会得到，当年切德任我自行其是、自己做出抉择，心里有多大的挣扎。当年他看我，大概就像今日我看幸运吧：只觉得孩子明明是选错了路。然而切德仍任我为自己掌舵。

我就在这一刻下定了决心，而且我打算用这个决定让切德大吃一惊：“切德，如果你愿意的话，我可以尽量……照你的心意，开始教你精技。”

切德的眼神突然变得深不可测：“啊。你现在倒主动要教我了，是不是？有趣。不过我想，我自己的学习进度已经够好了。不用了，蜚滋。不用你教我。”

我点了个头。切德会这么不屑，应该算是我自作自受吧。我深吸了一口气：“那么，你既然希望我训练阿憨，我就开始将他收为学生吧。我会想个办法说动他好好上课。他的精技天赋如此之强，说不定王子有他这么一个精技同道也就够了。”

他在震惊之余沉默了好一会儿，之后他露出乖戾的笑容：“我看不见得吧，蜚滋，但你心里倒是很笃定，我看你大概根本不相信王子只需要一个精技同道就够了。不过这件事情我们暂且不谈。你训练阿憨，我就不把荨麻扯进来。多谢了。现在我必须去瞧瞧晋责闯下了什么大祸。”他慢慢地站起来，背与膝盖好像痛得很厉害。我望着他离去的背影，一句话也没说。

10. 心意已决

各种迹象都显示出，科伯·罗贝与苍白之女在最后一个月双双失踪。他们带了最忠心的船员，搭上仅存的最后一艘红船，航向乔利凯吉岛。此后，再也无人见过他们二人的踪影，也无人找到那艘船的残骸。在红船之战末期，龙低空飞过许多外岛船只的上空，船员们便顿时双眼发直，整个人恍惚起来，接着龙展翅掀起大风大浪，于是外岛船只便翻倒了。一般都认为，罗贝与苍白之女所搭的船也逃不出此命运。再说，他们的船上载了外岛语中称之为“龙石”的沉重物品，所以船沉没时，速度可能特别快。

————切德·秋星所收到的报告，写于红船之战结束时

我慢慢地下楼走向黄金大人的房间，尽量将心思摆在王子所面对的困境上。然而我自己闯下的祸事，比王子的难题还要严重，所以我左思右想，想的都是自己而不是他。晋责如此反应灵敏、温和亲切，我也不过是勉强教得来而已。至于像阿憨这样的学生，只要他别跳起来杀掉我，就算是我走运了。然而更幽暗的阴影还在后头。切德拿女儿来诱惑我，使我极为动心，这是唯有像他这样了解我如此之深的人才能做到的。荨麻若是能到公鹿堡来，让我能天天看得到她，眼见她长成大人，而且说不定还能帮她安排一门好婚事，比莫莉和博瑞屈

能够为她设想出来的人生更加轻松惬意。倘若如此，那该有多好。但我努力把这念头扯断撕碎，这样的渴望太自私了。

我在切德的密道里走着走着，决定绕到某个特别的侦查站去瞧瞧。我在那侦查站的窥孔旁站了一会儿，心里有点犹豫，这是我第一次刻意到这里来监视。我悄悄地在积了灰尘的板凳上坐下，贴近窥孔，探视贵主的房间。

我的运气很好。早餐仍搁在桌上，皮奥崔与那小女孩在桌边相对而坐，只是看起来都没什么食欲。皮奥崔已经穿着皮制的骑马装，而艾莉安娜穿着漂亮的蓝白两色连身罩衫，袖口和领口缀着大量蕾丝。老战士沉重地摇着头对小女孩说道："不能这样，小东西。这跟钓鱼的道理一样，你得先把鱼钓上了，才能戏耍那条钩在鱼线上的鱼。你若是现在就大肆展现你心里的气愤，那么他为了避免尝到苦头，往后说不定就干脆陷入别的女人的温柔乡了。你不能让他知道你的感受，艾莉。你最好装作你什么都没注意到，那些报复的念头，还是摆到一边去吧。"

她"哐当"一声将汤匙丢回托盘里，其去势之猛，使得汤匙上的粥都弹了出来，"这我做不到。昨晚我已经尽量装出若无其事的样子了，如今我要明白地让他体会到我心底是什么感受，舅舅。"

"啊。你这般莽撞，不晓得会给你母亲和妹妹争取到多少好处呀。"皮奥崔的口气很平淡，但艾莉安娜却像是听到隔壁房间里有什么疫病与死亡的消息似的，一下子变得肃穆起来，表情僵硬。她那骄傲的下巴缩了回去，眼神也垂了下来。我感觉到她以强烈的意志力拴住自己，并且突然领悟到她到公鹿堡这几个月以来的生活，让她发生了什么变化。也许皮奥崔仍叫她"小鱼儿"，但是我眼前的人与我第一次窥探到的那个小女孩，简直判若两人。她脸上最后一丝童稚的神情，已经被公鹿堡沉重的社交生活淘洗得不留痕迹了。如今她的口气里，散发的是女人的决心。

"舅舅，你是知道的，为了我们的母屋，只要能'钓'上这条鱼，不管什么事我都肯做。"艾莉安娜抬起头来望着皮奥崔。她的嘴唇坚毅决绝地抿成一条线，眼里却噙着泪水。

“不用做到那个地步。”皮奥崔平静地说道，“现在还不用，而且说不定永远都用不上那一招。这是我的衷心期望。”他突然叹了口气，“可是你不能对他太凶呀，艾莉。你不能怒气腾腾的。我讲这话时心里也很痛，但我总得提醒你，就算他侮辱了你，你也必须流露出不为所动的样子，脸上带着微笑，并装作一切没事的模样。”

“光是这样还不够。”我从这儿看不到是谁在讲话，但听来是那个侍女的声音。那侍女缓缓走入我的视线。我仔细地打量她。她看起来与我的年纪相当，衣着简单，看来像是仆人的身份，不过她那傲然的态度，仿佛这里是她主事。她黑眼睛，黑头发，颧骨横张，鼻子很小。她望着他们二人，摇了摇头，“她必须谦卑、服从。”

那侍女顿了一下，皮奥崔脸上肌肉隆起，显然是正紧咬牙关，那侍女见此，露出笑容，显然轻松不少。“而且你必须让他认为你可能会……委身于他。”她以低沉的嗓音说道，“艾莉安娜，你要让王子拜倒在你的裙下，难离难舍。你不能让王子再多看别的女人一眼，更不能让王子考虑在婚前与除了你以外的任何人共枕。你必须牢牢地将王子据为己有。你必须使出手段，让他心里无你不可，身体也无你不可。夫人已经警告过你了。如果你办不到，如果王子变了心，跟别人有了孩子，那么你跟你的家人都难逃厄运。”

“这我做不到。”艾莉安娜脱口说道。她一定是误将她舅舅脸上的恐惧表情当作是斥责，因为她随即情急地接着说道，“我已经尽力了，皮奥崔舅舅。我真的已经尽力了。我已经为他跳了舞，谢过他送的礼物，也尽量在他用种田人的语言讲那些无聊事情的时候装出入迷的样子。但是那些都没用，因为他认为我是小孩子，所以瞧不起我。他认为我父亲之所以把我嫁给他，不过是为了要缔结盟约而已。”

她舅舅往后靠在椅背上，推开动都没动的餐盘：“你都听见了吧，汉佳。你那些恶心的小伎俩她都试过了，但王子就是不要她。那少年的血液里连个火苗都没有，我真想不出我们还有什么其他办法。”

艾莉安娜突然坐直起来：“我还有办法。”她的下巴又挺了出来，她那深邃的黑眼珠里冒出烈焰。

皮奥崔摇了摇头："艾莉安娜，你才……"

"我不是小孩子了，更不仅是少女而已！这个职责既然落在我身上，我就不只是少女了，舅舅。你不能把我当小孩子看待，却期望众人都把我当作是女人；你不能把我装扮成漂亮娃娃，叮咛我柔顺乖巧，并期望我这样就能掳获王子的心。王子从小在宫里长大，他身边尽是这些柔顺乖巧得像是腐坏臭鱼般的女人，如果我跟她们一样，那么王子连看都不会看我一眼的。所以你必须得放手让我做不可。毕竟你我都知道，若是照之前那样做，那么我们肯定会失败的。既然如此，就让我用我的方法试试看，就算连那条路也走不通，我们也没什么损失呀！"

皮奥崔一言不发地瞪着艾莉安娜好一会儿。艾莉安娜则望向他处，并煞有介事地忙着为他们两人的茶添糖、加奶水，然后举起自己的茶杯啜了一口，自始至终都避开皮奥崔的凝视。皮奥崔开口的时候，语气非常绝望："那你有什么方法，孩子？"

艾莉安娜放下杯子，说道："你别担心，不是汉佳建议的那一套。差远了。你眼前这个女人建议的是，你直接把我的年纪告诉王子。今天就讲，而且不要按照神符文岛的算法来算我的年纪，而要按照他的农夫算法来算我的年纪。而且，就算以后不行，至少你今天要依着我，让我穿得像个贵主，举止也像个贵主，所以既然他侮辱我，说别的女子之美更胜于我，那么我就要公开让众人知道他有多失态。我会达成你交代的使命，让他拜倒在我的裙下。不过，甜腻的招式是不管用的，要驯服他，就得像对待狗那样狠抽一鞭，让他知道痛。"

"艾莉安娜，不行。我不准你这样做。"那侍女发号施令道。

不过答话的却是皮奥崔。他倏地站起，伸手直指着那侍女，说道："你这女人，给我出去！再不滚出去，就叫你没命。夫人，我说到做到。如果你的仆人没有马上就走，我就把她给杀了！"

"你会后悔的！"汉佳咆哮道，说着她便匆匆地离开房间。我听到她离去时关上房门。

皮奥崔开口的时候，语调既缓慢又沉重，仿佛他这番话可以保护艾莉安娜不至于坠入深渊："她无权命令你。但是我有权命令你，贵主。我不准你这样做。"

"你真有权命令我吗？"艾莉安娜针锋相对地反问道。我一听，就知道皮奥崔输了。

门上响起敲门声，进来的人是艾莉安娜的父亲。阿肯才刚跟他们两人打了招呼，艾莉安娜便说她得去换衣服，以便稍后与王子骑马出游，然后便告退了。艾莉安娜一走，阿肯便开始说起有一船货物迟迟不到的事情，皮奥崔嘴里应着，眼睛却不时望着艾莉安娜的房门。

过了一会儿，我小心地钻进我自己的仆人房，然后更加小心地走进黄金大人那宽敞且温暖的大客厅。他每天早上差人送来足够我们两人享用的丰盛早餐，此时他正单独坐在桌前吃他自己的那一份。如今全堡上下的人一定都在纳闷，黄金大人天天独享如此有份量的早餐，不知如今他的腰围宽到了什么程度？

我悄悄地走进他的客厅里时，他扬起金黄色的眼睛，打量了我一番："嗯，坐，蜚滋。我就不跟你说早安了，因为现在已经不早了。是什么事情让你郁郁寡欢，要不要跟我说说？"

撒谎也没用。我拉开椅子，在他对面坐下来，一边将餐点叉到我自己的餐盘上，一边告诉他晋责在社交圈闯下的大祸。晋责的事情是瞒不住的。昨晚围观的人想必很多，所以就算弄臣没有亲眼看到，也早就听别人转述给他了。至于荨麻，我只字未提。因为我担心他与切德的看法一致吗？我说不上来，我只知道我想将荨麻的事情藏在心里。我也没提我从窥孔里看到的事，那事有点蹊跷，我还是想个清楚再跟人提起吧。

我讲完故事之后，弄臣点头说道："昨晚我去听外岛的吟游歌者唱歌，所以没在赌桌边。不过我还没离开，那件事情便传到了我耳朵里。今早王子也已经邀我与他骑马出游了，你要不要一起去？"我点了点头，弄臣露出笑容。然后黄金大人用餐巾轻拍嘴唇，"天啊，天啊，他可闯下社交大祸了。这事绝对是上好的闲聊题材呐。真不晓得王后与她的顾问要如何扭转局势？"

真是个棘手的问题啊。不过我知道切德一定会利用这场大祸所掀起的混乱，去测试众人对皇室的忠诚。弄臣与我将餐点一扫而空。我将餐盘端回厨房，并逗留了一会儿。没错，仆人之间的闲言碎语已经把这事传开了，并推测小优小姐与晋责王子之间的关系绝不仅是一盘石子棋的输赢而已。有人声称，他好几天前看到这两人在积雪的花园中散步；又有个女仆声称，歇姆西公爵听到这个消息很高兴，还引述公爵的话，说公爵认为这两人若要结为连理，也不会有什么阻碍。我心中一沉。歇姆西公爵的势力很大，他若是开始运作，争取众贵族支持他侄女与王子配成一对，那么别说是订婚大典，就连我们与外岛的结盟也将告终。

我在厨房里还看到一件令我百般狐疑的事情。贵主的侍女，就是跟皮奥崔大吵一架的那个人，匆匆地经过厨房门口，走进大庭。她穿得很暖，厚斗篷与靴子一应俱全，仿佛她要冒着寒冷在雪地里走上半天。当然，有可能是她的女主人差她到公鹿堡城去办事，但若是要上市集购物，总得带个篮子，而她却两手空空，再说她也不像会被女主人派出去跑腿的仆人。我既疑惑又担忧。要是没答应王子我会陪他一道骑马，我一定会跟上去，然而我哪儿也不能去，只能急忙上楼去换骑马的装束。

我回到黄金大人的房间时，发现他几乎已经打扮妥当。我不禁纳闷，遮玛里亚的贵族是不是真的都穿得这么华丽。一层又一层的绫罗绸缎裹住了他修长的身形，另有一件很厚很暖的毛皮斗篷披在椅背上等着他。弄臣这个人一向怕冷，而黄金大人显然也沿袭了弄臣的弱点。此时他一边把毛皮领口翻出来，一边挥手叫我回自己的房间去，又叮咛我动作要快，而他自己则继续揽镜自照。

我瞄了一眼，看到摆在我床上的那几件衣服，不禁抗议道："可是我已经穿戴整齐了呀。"

"你这身打扮跟我想的差远了。我最近注意到，宫里有几名年轻的贵族也有样学样，找了保镖型的仆人来摆派头。但是我们今天就是要让大家认清此风源自于我，而且模仿者怎么也比不上创始者。去着装吧，汤姆·獾毛。"

我一脸怒容地瞪着他，而他则笑脸相迎。

这套衣服是仆人蓝，质地、剪裁缝工都是上好的。我认出这是史宽顿的杰作。唉，如今史宽顿已经量好了我的尺寸，黄金大人便可肆意地用时髦的衣衫来打扮我了。这料子很暖，由此可以看出弄臣颇为我的舒适着想，此外他也好心地多留了点余裕，让我仍得以自由行动。但我的手臂一伸进那件怪异的衬衫的袖管里，袖管的折子便撑了开来，露出折子里深浅不一的蓝色料子，其效果就如同鸟儿展翅露出彩色羽毛一般。我穿上衣服的时候，注意到有些地方做了隐秘的小口袋。我对这些口袋非常赞赏，但是一想到黄金大人要怎么吩咐裁缝，我心里便畏缩了起来。有口袋虽好，但我宁可没人晓得我需要这些秘密口袋。

此时黄金大人像是猜到我的心思似的，在隔壁房间对我说道："你应该注意到了，我已经吩咐史宽顿多加几个小口袋，以便你帮我带几样虽然小却不可或缺的东西，像是嗅盐、胃肠药、理容用品，还有额外的手帕等，而且我还量了精确的尺寸给他。"

"是的，大人。"我正经地答道，并将自己需要的东西塞进这些暗袋里。我拿起冬天用的厚斗篷时，发现斗篷下面放了一把剑。这剑的护手与剑鞘装饰之华丽，让我目瞪口呆，但我抽出剑来才发现，这剑刃杀气腾腾，重量分布极佳，用起来很顺手。我叹了一口气，抬起头来，发现弄臣就站在我的门框里。他看到我脸上的表情，脸上笑嘻嘻的。我摇了摇头，"我的剑法配不上这把剑。"

"只有惟真的剑才配得上你。那把剑不过是充充数罢了。"

这么大的情义，如果还道谢就显得浅薄了。这剑虽是给我的，但是他看着我扣上系剑的腰带时，其喜悦之情却丝毫不下于我。

我们走到大庭等待王子，而聚集在此的人比我原先想象的多得多。已经有不少贵族在等待王子了。年轻的儒雅·贝馨嘉也在其中，而且与小优小姐聊得正欢。她对在一旁等待的马群做了个手势，那阵势绝对比她原先下的赌注大得多，她是不是不太高兴呢？小优小姐身边的那两名年轻女子正在婉言安慰她。从站姿来看，她们必是她的密友。黄金大人走上去时，她们都亲切地跟他打招呼。我突然想到，在她们眼里，黄金大人不过比她们大了几岁，而且又是个英俊、多金、行事有异国风味，才二十出头的外国贵族。所有的女人都围拢到他身边讲话，此外有三名贵族青年——其中一人的脸型酷似歇姆西公爵，显然是近亲——在附近流连不去。小优小姐显然已经是她的小宫廷的中心了。她若真能赢得王子的心，那么这几个忠诚的朝臣必会跟着鸡犬升天。

他们的坐骑由仆人拉着。儒雅的马鞍后有个给猫坐的坐垫，但是儒雅的猫并未坐在垫子上。据说儒雅把他的猫留在了长风堡。这点我很怀疑，因为没有一个原智者会愿意与自己的牵系伴侣分开这么久。他的猫八成是在公鹿堡附近的山野中巡行，而且儒雅必定经常去探望它。我下定决心，下次儒雅与他的猫密会时，一定要跟去瞧瞧。我若是与儒雅和他的猫起一点小冲突，说不定还可以逼他讲出一点原智圈子的近况，以及他和花斑帮往来的消息。

但此时我无暇多想。黄金大人与一位和王子一同骑马的同伴聊得起劲，我则从一名马厩帮手手中接过麦尔妲和黑玛的马缰，站在旁边等待。如果我大大方方地瞪视那些贵族男女就太过失礼，不过我只要研究一下众人的坐骑，就可以推测出王子邀了谁同行。那匹穿着华丽马衣的母马，一定是王后的坐骑，我也认出了切德的马。除了王子的马之外，另外还有三匹佩饰特别丰富的马儿。这么看来，阿肯·血刃和皮奥崔舅舅也都会来。那匹鬃毛上系着铃铛的红棕色母马，一定是为贵主准备的。

此时，门口附近爆出一阵讲话声与笑声，原来是主要人物到了。王子一身亮丽的公鹿堡蓝，衣服的镶边则是代表他母亲的白狐狸毛。王后的衣服也是蓝白两色，斗篷上则有金杖花的花纹。虽然金杖花的艳丽色彩与冬日的蓝白两色非常搭配，但是王后衣装的简明线条，仍与朝臣的华服形成了明显的对比。切德一身深浅不同的蓝色、黑色饰边，非常优雅，而且只搭配着银饰。王子露出笑容，但从他没有走上前去与年纪相仿的同伴们聊天，而是逗留在高阶上与母亲和切德低语来看，就知道他已经被严厉训斥了一番。他并没有对众人表示他是因为轻率地与人下赌注，可是又赌输了，所以才有了这次骑马出游。也许他希望只要他避而不谈，众人就不会将昨晚那几盘石子棋的输赢看得那么重了。小优小姐笑吟吟地望着王子，霎时间，两人四目相对。王子彬彬有礼地对她点点头，接着目光便飘到儒雅脸上，接着又以相似的态度，跟儒雅点了个头。小优小姐的脸颊是不是变得比方才更红晕了一点？王子直到母亲与切德下台阶时，才一起走下来，而且走下来之后，也一直留在母亲身旁。

接着几名外岛商人陪着阿肯·血刃出现了。他们穿的是公鹿堡服饰，而且还是最奢华的样式，蕾丝与缎带如同彩旗一般地四处飘摇，而原先那些带着浓浓外岛风味的厚重毛皮，已经被来自缤城和遮玛里亚，甚至更遥远的港口的鲜明衣料所取代。珂翠肯、切德与晋责殷勤热忱地跟他们打招呼，他们一边大肆赞扬好天气、彼此的华服等，一边等待贵主与皮奥崔。

这一等就没完没了。

这绝不是意外，而是精心估量的策略，是故意要让大家惶惶等待。珂翠肯不时回头望着门，切德的客套话逗得晋责哈哈大笑，但他的笑声却显得很虚假，阿肯则皱起眉头，粗声粗气地对身边的男子讲了几句话。贵主耽搁得如此之久，未免使众人心里浮出一个念头：那就是贵主故意借此来表示她对王子的不满。为了羞辱王子，她故意让王子当着所有朋友与家人的面，苦等着她的出现。除此之外，如果她让自己的父亲在王后面前感到尴尬，是不是也会造成双方的摩擦？就在切德与珂翠肯商量要不要派个仆人去问问贵主是否同行时，皮奥崔出现了。

皮奥崔的服饰与其他外岛人恰恰相反。在他身上看不见本地的流行，而是恢复为彻底的家乡风格，然而这一身打扮的效果并不显得野蛮，反而显得纯粹。他穿着皮裤，披着毛皮斗篷，戴着象牙、金子与翠玉首饰，其简单的搭配显示出这与浮夸炫耀无关，他已经准备好了，随时可以骑马旅行或打斗。皮奥崔在高阶上站定，仿佛占据了舞台的中心。他的神情毫无喜悦，只见决心。他的双手交叉环抱于胸前，一言不发地站着，而众人也跟着安静下来，每一双眼睛都盯着他看。当他开口讲话时，语气很平静，虽然和蔼，但却容不得异议。

“贵主希望我向各位说明，在神符群岛，年龄的算法与其他地方不同。贵主担心，若是不顾这个差别，那们人们可能会错估贵主在我们外岛人心中的地位。以我们的标准而言，贵主绝不是孩童，而且就算是以你们的标准，恐怕也不算是孩童了。比起你们在和煦、宜人的土地上的生活，我们神符群岛的生活比较严苛。因为婴儿在一岁之前经常会夭折，婴儿出生后的头十二个月，我们不会将孩子当作是家中的新成员，而且在孩子熬过第一年之前，我们也不替孩子取名字。因此，就我们神符群岛的算法，贵主现在只有十一岁，将近十二岁，但若是按照你们的算法，贵主现在是十二岁，将近十三岁，差不多与晋责王子的年纪相当。”

此时皮奥崔身后的门开了。贵主不劳仆人伺候，自己将门关上，走了出来。她在皮奥崔身边站定，衣着风格与他相同，完全放弃了公鹿堡细致精美的那一套。她穿着有斑点的海豹皮裤，红狐狸毛皮做的背心，她的斗篷长至及膝，而且整件都是白鼬毛做的，而白鼬那一点黑黑的尾尖则仿佛流苏一般迎风飘摇。她一边拉起兜帽，一边对底下的众人露出冷冷的笑容，兜帽的帽缘镶着狼毛，脸埋在兜帽深处的贵主有感而发地对我们说道："没错，我的年纪差不多与晋责王子相当。在我们家乡，不但年龄的算法与贵国不同，而且身份的认定也与贵国不同。因为，虽然我在一岁之前，既没有取名字，也不算岁数，但我仍是贵主。不过据我了解，晋责王子倘若不到十七岁，就不能算作是国王，甚至连王储都称不上。我这么说，对吗？”

站在王后上方的高阶上的贵主装作不甚确定的样子，对王后问道。王后则略显不悦地仰头答道："贵主，这点您说得没错。我的儿子须到十七岁，才能冠以国王的头衔。”

"我懂了。这与我家乡的风俗大有不同。这也许是因为，在我的家乡，我们比较信任血统的力量。也就是说，我们认为一个女孩从呱呱坠地的那一刻开始，就已经完全具备了她将来会成为什么人物的条件，所以我们从婴儿一出生，就赐予她相配的头衔。然而在你们贵国的农夫世界中，却要等着孩子长大成人，才判定他是否完全具备血统的优点。我懂了。”

这话还不大能算是侮辱，还差一点。贵主有外国口音，遣词造句又有点古怪，所以这话可能不过是她在表情达意的时候，不幸把话讲得像是在侮辱人罢了。但我敢说她这话绝非无心之过，而且我也敢说，她随着皮奥崔一起走下台阶时平静、清楚地讲的那几句话，也是刻意要让众人听入耳中。"这么说来，也许我应该等到王子真正成为国王之后才嫁给他？许多人都希望能够继承王位，只是在登上宝座之前就被人推翻了。也许应该要把婚礼延后，直到他的人民判定他足以肩负重任之后再举行。”

珂翠肯的笑容没有消失，但是却越来越僵硬。切德瞪起了眼睛。然而晋责却无法控制脸上冒出红晕，他一言不发地站着，脸颊随着贵主的轻蔑嘲讽而涨得更红。我心里想道，贵主的报复也够利落的了，王子所受到的屈辱绝对不下于她，而且在场围观的人还与昨晚差不多。然而，如果我以为她这样就算作是扯平，那我就大错特错了。

王子走上前去，彬彬有礼地扶她上马的时候，贵主对王子摇摇手，说道："还是让我舅舅来吧。我舅舅无论是对女人还是对马都经验丰富，如果我需要人扶的话，还是由我舅舅扶我最安全。”然而当皮奥崔上前的时候，她却笑着说，她自己就能上马，叫皮奥崔放心，“因为我已经不是小孩子了，你是知道的。”然后她便自己攀上了马，虽然我敢说那匹高头大马一定比外岛人用的坚韧操劳的矮马高大许多。

她一上马，就骑上前去与王后并行，并与王后聊了起来。这两名衣装富丽，但样式却很简洁的女子与其他人昂贵奢华的打扮，恰好形成了强烈的对比。她们的服装似乎使她们二人自成一派，同时也格外彰显于在场众人之中，唯有她们二人能够实实在在地领略到冬天骑马的乐趣。不管是王后还是贵主，若是碰巧坐骑摔跛了，都能轻松自如地从雪地里步行回来。她们虽不刻意，却依然让周遭那些打扮得繁复纷杂的贵族们显得既愚蠢又浮夸。想到这里，我的眉头不禁皱了起来。贵主既彰显了家乡的风俗，又呼应了王后的简单衣着，这就等于是取得了与我们王后不相上下的地位。

晋责转头朝他的年轻朋友们瞄了一眼。我看到他的目光与儒雅四目相对，而儒雅挑起了眉头，询问他要不要一起同行。但在母亲严厉的目光之下，王子便乖乖地骑在贵主的左手边。但贵主却对他视而不见，仅仅偶尔转过头去跟晋责讲一两句话，而从她的神情来看，仿佛她是客气地把圈外人拉进谈话圈里，以免显得失礼似的。晋责还来不及说一个字，顶多点个头、笑一下，贵主便又对他不理不睬了。

他们三人身后是切德、阿肯·血刃与皮奥崔·黑水。黄金大人则置身于王子的年轻朋友之间，而我则跟在他们之后。他们簇拥在一起，一边骑马，一边叽叽喳喳地讲话。我敢说晋责一定很清楚，众人的目光都盯着他的背，而且他们正在谈论王子的未婚妻如何地冷落他。黄金大人巧妙地引导众人的谈话，他鼓励众人多多聊天，却不做出任何有可能会使谈话偏离主题的评论。我注意到小优小姐与朋友们交谈愉快，对儒雅大人也亲切周到，但她的目光却经常怀疑地睥睨着饱受怠慢的王子。我不禁纳闷道，不知她的这个野心是出自于她自己，还是她大伯，也就是歇姆西公爵。

在这一趟骑马出游之中，最令我不安的，莫过于晋责突然冲破我的精技墙，闯入我思绪中的那一刻。*她太过分了！我昨晚只不过是随口说说，可她却弄得仿佛是我故意羞辱她似的。早知如此，昨天不如就干脆侮辱她算了！*

他爆发的这个思绪已经够惊人的了，但更惊人的是，黄金大人竟因此而缩了一下，回头朝我瞄了一眼，而且眉毛还挑了起来，好像他以为是我在跟他讲话。不仅如此，有所反应的还不只是黄金大人而已，虽然他的动作最为明显。那一大群骑马出游的男女之中，有好几人突然四下张望，仿佛听到了远处的叫声一般。我吸了一口气，把我的思绪缩到如针尖一般的大小，对那少年技传。

安静。控制住你自己的情绪。艾莉安娜无从得知你是不是故意要羞辱她，况且有可能会认定你是在故意羞辱她的，也不仅艾莉安娜一人。你自己想一想，与儒雅同行的那几个年轻女子是什么想法。不过就当下而言，你还是想想这个吧：你一在情绪起伏的时候就控制不住自己的精技，既然如此，就别在情绪起伏不定的时候施展精技。

晋责在我严厉的教训之下低下了头。我看到他缓缓地吸了一大口气，然后挺起肩膀，在马鞍上坐直了起来。接着他四下望望，仿佛在享受冬日的美景。

看到他这样，我也心软了，于是稍加安慰道：*我知道她这样太过分。不过有的时候，身为王子，或身为男人，都不免承受非分的责难。难道对艾莉安娜而言，你昨晚的举动就不过分吗？你就静下心来度过这一切吧。*

他点了点头，转头答复贵主简短的问话。

我们并没有在雪地里待很久，不过我敢说晋责一定觉得怎么老是骑不完。他很有男子气概地接受了责罚，到了下马的时候，我们两人的眼神交会的一刹那，我看到他脸上松了一口气。好了，终于熬过去了。他已经为自己昨晚的失言赔罪，如今一切总算可以回到正轨。

其实从此以后，一切就改观了，但是这句话我忍住没说出来。

当天下午安排了余兴节目，是由真人穿着遮玛里亚人的戏服演戏，而不是用木偶来表演。在我看来，由真人来演戏，说什么也不可能演得像，但黄金大人开导我，说他在南方的大城市见过许多这种由真人演出的戏，而且他们会使出许多高明的技巧，让观众看不出破绽。他似乎乐于见到当天下午有这个余兴节目来引开人们对于王子之事的关注，不过载着演员的船终于进港，似乎使他更为高兴。由于缤城与恰斯国持续交战，来往的船只大受影响。目前恰斯国的舰队显然是暂时被击退了，因为今天有两艘从南方上来的船靠岸，而且听说之后还有其他船只会陆续进港。我注意到，黄金大人一听到这个消息，脸就亮了起来。他不屑地对朋友们说，这场战争给他带来极大的不便，因为这么一来他的杏桃白兰地便无法如期供应。不过我却注意到，逃过恰斯国侵凌的那些船只，除了白兰地以外，往往也为他捎来一包包的信件，而且弄臣一收到信就立刻拿进他的私室阅读。我怀疑他所关心的，绝对是比源源不断的白兰地与金钱更为重要的事情，不过他对信件内容绝口不提，而我也知道最好什么都别问。因为我一对任何问题表示好奇之意，弄臣就会以迅雷不及掩耳之势地切断信息流。

因此那一整个下午，我都站在他的身后，待在黑暗的大厅里。台上演的故事具有十足的遮玛里亚风格，整出戏又是祭司、又是贵族、又是密谋，而到了最后，那位遮玛里亚神祇终于恢复了秩序，并主持了正义。与其说这场戏让我看得兴趣盎然，不如说这场戏让我看得糊涂茫然。人怎么能扮演不同的角色？这真让我适应不来。木偶没有自己的人生，每一个木偶被雕刻出来，为的就是木偶要演的那场戏。然而此时饰演仆人的那个人，在戏刚开始时，饰演的却是祭司，真把我给搅糊涂了。不过我之所以难以将心思都放在剧情上，除了因为难以接受真人所饰演的角色之外，还有另外一个原因，那就是王子的悲伤心情有如瘟疫般朝我蔓延过来。他倒不是刻意施展精技的，而是他的心情就像是水一般，虽然封在皮囊里，但皮囊表面仍不免有水汽渗出来。台上的演员做手势、走台步、讲台词，但是坐在母亲身边的王子却孤独而悲惨地体验着他在社交圈中的不快。最近这一个月以来，公鹿堡里欢乐的聚会不断，所以王子与许多同龄的人都混得很熟。他透过儒雅，开始探索男子之间的坚固情谊，以及与女子打情骂俏的风流之举。如今为了他母亲致力建立的政治联盟，这一切都必须禁绝。我感觉得到他心里在想着这真是太不公平了，然而却不得不如此。他与艾莉安娜贵主有婚约，然而光有婚约的羁绊是不够的，晋责必须表现出仿佛他是自愿受到这个婚约的羁绊。

只是他并不情愿被这个婚约羁绊。

晚上的时候，黄金大人放了我几个小时的假。我换回舒适的衣服，前往公鹿堡城的“篱笆卡猪”。今天在堡里看了这么多之后，我倒愿意对幸运任性地与丝凡佳交往的事情多容忍一点了。我一边走在落雪纷纷的街道上，一边想着，有些事情王子不能做，然而幸运却大可自由地沉溺于其间，也许这样世界才会平衡吧？

“篱笆卡猪”很安静。我因为常来，所以已经认得出哪几个是这间酒馆的常客了。此时酒馆里大半是常客，没几个生客。一定是因为风雪太大，所以今晚许多人就不出门了。我环顾室内，没看到幸运的踪影。我心里暗暗高兴，说不定此时幸运正在家里，而且已经上床睡觉了呢，也许他对于大城市里的新鲜生活已经腻烦，所以正尝试着好好安排自己的生活。我在幸运与丝凡佳爱坐的那个角落坐下来，一名少年为我倒了杯啤酒。

此时一名中年男子走进酒馆来，打断了我的冥想。他既没有披斗篷，也没有穿着外套之类的保暖外衣，头上也没戴帽子，以至于他的黑发沾上了雪花。他生气地甩了甩头，将头发和胡子上的雪花和水滴甩下来，怒视着我坐的这个角落。他看见我坐在这里似乎有点惊讶，然后便转过身，气愤地低声对店老板问了番话。但店老板只是耸了耸肩。接着那名刚进来的男子握起了拳头，要求对方给个交代，那店老板连忙朝我做了个手势，并低声地讲了什么话。

那人转过身来凝视着我，眼睛专注地瞪了起来，接着大踏步地朝我走过来。他走近之后，我站起身，不过还是谨慎地让一张桌子阻隔在他与我之间。他双手用力地往斑驳的木桌上一拍，逼问道："他们在哪里？"

"谁呀？"我嘴上虽这么问，心却往下一沉。我知道他问的是谁，因为丝凡佳遗传了她父亲的眉毛。

"你明知道我问的是谁。老板说你在这里跟他们见过好几次面。我女儿丝凡佳，还有那个生着妖魔眼、把我女儿从家里诱拐走的小畜生。老板说，那人是你儿子。"听贺琼恩先生的语气，仿佛我是他父亲有什么不对似的。

"他有名字的，叫做幸运。而且他是我儿子没错。"我突然气了起来，但这是清澈如冰的冷酷怒气。我非常轻微地移动重心，将臀部附近的衣物拉开一点。如果贺琼恩冲上来，那么他第一个会遇上的就是我的剑。

"你儿子。"他轻蔑至极地说道，"换作是我，一定羞愧得不敢认他。他们上哪里去了？"

我突然察觉到，他的口气不但愤怒，同时还很失望。是这样啊。丝凡佳不在家里，而且她与幸运两人都不在这里。在这种下着大雪的昏黑夜晚里，他们会上哪儿去？但至于他们会去做什么，那就不言而喻了。我心里一沉，但仍平静地说道："我不知道他们上哪儿去了，不过幸运是我儿子，这没什么好羞耻的。再说，依我看，这也不是我儿子'诱惑'了你女儿，他们之间若有什么，也一定是你的丝凡佳带坏了我儿子。"

"你好大胆子！"他一边吼道，一边抡起看来有百斤力道的拳头。

"轻一点说话，拳头也放下来。"我冷冷地建议道，"这么做一是可以挽救你女儿的名誉，二来可以挽救你的性命。"

由于我的站姿，使他的目光落到贴在我臀部的丑剑上。他虽然怒气未消，但却稍微克制了一下。"你克制一点。然后我们坐下来，以父亲的身份，谈谈我们彼此都很关心的问题。"

他慢慢地拉开一张椅子，目光一直盯着我。我慢慢地归座，朝店主人做了个手势。而最讨厌的是其他客人一直盯着我们看，不过我也拿他们没办法。过了一会儿，一名少年匆匆地跑到我们桌边，将一杯啤酒放在贺琼恩先生面前，接着便一溜烟地跑了。丝凡佳的父亲轻蔑地望着那杯啤酒："你真的认为我该坐下来跟你喝酒吗？我得赶快去把我女儿找出来。"

"这么说来，丝凡佳现在不在家。"我推论道。

"没错。"他撇着嘴，接着勉强地说了一段话，然而此语一出，便将他的自尊撕去了几分，"丝凡佳跟我说她要上楼去睡觉，过了不久，我发现她还有事情丢着没做，便叫她下楼来。她久久不出声，我爬上梯子一看，原来她不在阁楼里。"这番话似乎消解了他的怒气，如今他的口气里只剩下身为父亲的失望和恐惧，"所以我马上就到这里来了。"

"连帽子也来不及戴，斗篷也来不及穿。我懂了。还有没有别的地方是她可能会去的？祖母家、朋友家之类的？"

"我们在公鹿堡没亲戚。我们去年春天才搬来这里。况且丝凡佳也不是那种会跟别的女孩子交朋友的人。"他每多说一句话，便少一分怒气，多一分丧气。

我就此推测，幸运绝不是第一个赢得她芳心的年轻人，而且这也不是她父亲第一次在入夜后出门寻觅女儿了。我将这个思绪摆在心里，拿起啤酒，一口喝干，"我只知道另外还有一个地方可以碰碰运气。我在堡里工作，所以我儿子寄宿在城里。走吧，我们一起去问问看。"

他的啤酒一口也没喝，但是我起身，他也跟着起身。一室众人的眼光，都盯着我们两人的动静。到了酒馆外，只见一片漆黑，风雪交加。他拱着背，抱着胸。我扬起盖过风声的声音，问了个我怕得不敢问，但是一定得问的问题："你完全反对幸运跟你女儿交往吗？"

四周黑暗的环境里，我看不见他的表情，但是他的声音清朗有劲："反对？我当然要反对！那小子心虚无胆，连当面跟我报上姓名和意图的勇气都没有！但就算他来找我好了，我还是反对到底。他跟丝凡佳说他是个学徒……怎么，如果他真的是学徒，那他怎么不住师傅家？再说他若真是学徒，那么也就是说他都还不能自立，就动脑筋追女孩子，这是什么居心？他拿什么追女孩子？他根本就配不上丝凡佳。"

看来无论幸运怎么做，都难以扭转这人对他的印象了。

从酒馆到吉娜家不过短短几步路。我敲敲门，心里既担心连这里都找不到幸运跟丝凡佳，同时也很怕跟吉娜面对面。过了好一会儿，吉娜才从屋里唤道："谁呀？"

"汤姆·獾毛。"我答道，"还有丝凡佳的父亲。我们在找幸运跟丝凡佳。"

吉娜只开了上半部分的门，此举清楚地道出我在她心里的地位沦落到什么地步。她多半望着贺琼恩先生，没怎么看我。"他们不在这里。"吉娜简洁地说道，"虽然我挡不住丝凡佳到我这里来敲门找幸运，但是我打从一开始就不准他们两个一起窝在我这里。"接着她用斥责的眼光怒视着我，说道，"我整个晚上都没见到幸运。"她两手抱在胸前。用不着她提醒，她早就警告过我事情会演变到这个地步，因为她那锐利的目光已经把狠话说尽了。我突然畏缩得不敢与她四目相对。自从她看到月桂依偎在我怀里的那一晚开始，我便一直避着不敢来找她。我觉得很羞愧，我起码也该跟她解释一下，但是我却一直避而不谈，这种行为既怯懦又幼稚。

"呐，我最好还是去找他们吧。"我喃喃地说道，突然感到十分窘迫。我不但对儿子的行径感到羞愧，也对自己的行径感到羞愧。我伤了吉娜的心，而今晚我突然必须面对自己的过失。原来我之所以不敢面对吉娜，不是表面上那些冠冕堂皇的大道理，而是因为我心里害怕，因为我知道吉娜会变成一个我无法控制的面向。就像我管不住现在的幸运一样。这个真相仿佛箭矢一般地直朝我射来。

"可恶！可恶！他毁了我女儿！"贺琼恩突然怒气高涨，然后便转身大步走入风雪之中。在吉娜门里漏出来的光线映照下，我看到他转过头来，抡拳作势地对我说道，"你把你儿子管好，让他离我女儿远一点！把你那个妖魔眼的儿子管好，别让他来沾染我家的丝凡佳！"之后他便走了，没走几步，他便消失在吉娜的门漏出来的亮光之外，没入黑暗与失望之中。

我深吸了一口气："吉娜，我今晚非得找到幸运不可。可是我想……"

"这个嘛，你我都知道，你今晚是找不到幸运的了，也别想找到丝凡佳。

我敢说他们今晚一定不想让别人找到。”她顿了一下，但是我还来不及吸一口气再说话，她便平淡地接着说道，“依我看，罗力·贺琼恩说得没错，你是该把幸运管紧一点，别让他招惹丝凡佳。这对大家都有利无弊。但是你应该怎么做，这点我不知道。你最好是别让你儿子像现在这样四处撒野，汤姆·獾毛。而且希望现在对幸运而言还为时未晚。”

“幸运这孩子很乖的。”我听到这几个字从我口中流了出来，这话听起来很虚假，像是没尽力管好儿子的男人所用的借口。

“他的确乖。所以你才不该把这孩子放掉呀。晚安，汤姆·獾毛。”

吉娜关上门，也关上了她的光亮与温暖。我站在黑暗中，任由冷风狂吹。雪花竟找到了缝隙钻进了我的衣领里。

有个暖暖的东西猛地撞上我的脚踝。开门，猫要进门。

我弯身拍拍它，它的毛皮上散落着冰冷的雪花，但体热从毛皮间散发出来。茴香，你得自己找路进去了，这扇门再也不会为我而开了。再会吧。

笨蛋。你只要好好地请她开门就行啦，像我这样。它用后腿站立，勤奋地用前爪抠着木门，同时喵喵地叫着。

它的抠门声与喵喵声伴着我走入寒冷与黑暗之中。我听到身后的门开了又关，所以我知道茴香已经进了门。我踽踽地走回公鹿堡，心里只觉得自己连猫都不如。

11. 缤城音讯

古谚有云："恰斯在望，乘风破浪。"这话是实在的经验之谈。船一经过那自古便以邪恶著称的恰斯国港口及都市之后，便应挂上所有的风帆，加速前进。恰斯国以南的海岸被人称为"天谴海岸"，此名毫不为过。雨河舀出来的水，不但会使水桶腐烂生虫，还会让船员喉咙发炎；此地生长的果实，一旦触摸变会让手上长脓生疮，一旦入口便会让嘴巴溃烂。过了雨河之后，千万别取内陆的水饮用。因为雨河以南的内陆水，放一天就会变绿，放三天就长满黏腻的毒虫了。水桶一旦装过这种水就会腐臭，永远不能再用。宁可让船员的饮食配给短缺一些，也不可让船员因为任何理由而上岸。就算为了躲避暴风雨，想在看似安全的小海岬里歇息一天也不行。倘若如此，船员睡了会做恶梦，醒了会看到幻影，而且船上的谋杀、自杀，以及毫无道理可言的叛变便将层出不穷。看似在呼唤着你的平静海湾，可能潜藏着一群凶猛的大海蛇，入夜之后便凶多吉少。水妖乘在浪头上，露出酥胸，用甜言蜜语呼唤你，然而因为贪求与水妖寻欢而跳入海中的船员，便被藏在水下有着一口利齿的水妖伴侣当作大餐吃了。

在恰斯国以南的这一大片海岸上，唯一安全的港口就是缤城。在缤城下锚绝对没有问题，不过你得当心，因为停靠在他们码头上的那些有魔法的船，可能会对用普通木料制造的船只感到不屑，并对你的船破口大骂。最好是避开当地人的码头。不妨让你的船在商人湾里下锚，并且雇小船将食物补给送上来。

缤城的水和食物可以信任，但有些铺子里卖的水有些诡异，喝了可能会为旅程带来厄运。在缤城，什么东西都可以买卖，所以在缤城交易的商品与世界上其他地方大不相同。但你最好勒令船员留在船上，只由船长和大副上岸跟当地人来往，至于对当地风俗浑然不知的水手，还是别让他们沾到缤城的泥土比较好，因为缤城的泥土会迷惑那些心灵与智力略逊之人。俗话说："只要是你想象得出的东西，在缤城一定有人卖。"实如其言。然而人们想象出来的东西，并不一定都有益于人，所以缤城所卖的东西，许多都对人无益。在缤城，有时候会在夜晚碰见神秘人物，对此要多加注意。一旦碰上了这种戴面纱的人物，就会走霉运，尤其是船长若是在回船的路上碰上了，更是会厄运连连。所以船长若是在回船途中碰上面纱人，最好当晚待在岸上，隔天再回船。在遭此令人不快的预兆之后，隔日一旦返回船上后，应立刻启航。

过了缤城之后，要避开安全的沿岸水道，宁可英勇地迎向暴风雨与可怕的天气，也不要招惹海盗、海蛇、水妖，及其他水中生物，至于此地海底的时时变动，海流的危险湍急，那就更不用说了。而你靠岸的下一站，就选在热闹的遮玛里亚港口吧。在遮玛里亚靠港时，也必须将船员管紧一点，因为遮玛里亚人是会把水手骗走卖掉的。

——班罗普船长所著的《商船海员必读》

我在精技塔的桌上留了一张纸条给晋责王子，上面只简单地写了两个字：明天。早上的岗哨还没换班，我就已经站在晋达司师傅的屋宅外头等着了。窗子里的灯火映在外面的雪地上。学徒们摸着黑，嘎吱嘎吱地踩过木板步道，或是提水，或是搬柴，以便供师傅家里和作坊使用，并将罩着木头堆的帆布上和走道上的积雪给扫开。我伸长了脖子探看幸运的踪影，但他却不在其中。

天色都亮了，幸运才现身。我只需要看一眼，就知道他昨晚是怎么度过的了。他眼里仍有一丝迷惘，仿佛他还不太明了自己怎么会有这种好运，而他的步伐则是仿佛喝醉酒一般的踉跄。莫莉第一次与我共度良宵的隔天早上，我眼里也流露出他这般喜不自胜的神采吗？我努力铁了心，提高声音唤道："幸运！跟你说句话。"

他笑吟吟地走上来见我："不过我不能久留喔，汤姆，因为我已经迟到了。"

我们头上的天色白中带蓝，空气清爽冷冽，而我儿子笑逐颜开。然而我背叛了这一切美好，开口说道："我知道你为什么会迟到。丝凡佳的父亲也知道。昨天晚上我们到处找你们。"

我本以为他会羞愧得无地自容，然而他却笑得更灿烂了——是男人之间你知我知的那种笑容，"唔。还好你们没找到我们。"

我心里突然升起一股狂暴的冲动，想要一拳打掉他脸上那种开心的表情。这孩子就站在起火的谷仓旁，然而他却丝毫不担心大火会不会波及自己或是丝凡佳，只是一味地因为浓浓的暖意而欢欣鼓舞。我突然领悟到，我最气的是幸运并未考虑到他这是在让丝凡佳涉险。我开口的时候，已经动了肝火。

"看来，贺琼恩先生也没找到你们。不过我敢说，丝凡佳回家的时候，贺琼恩先生一定在等她。"

我讲这话是为了扫他的兴，但是我没有成功。"她知道她父亲会等她。"幸运平静地说道，"不过她认为这很值得。你别那么严肃嘛，汤姆。她父亲那一关，丝凡佳自有应变之道。你放心吧，一切都好得很呢。"

"这事如何评判还不知道呢，但'好得很'绝不在其中。"我说得一肚子火。他怎么可以对这些事情满不在乎？"你脑子要动一动呀，孩子。她父母亲知道女儿自己选定了人家，会怎么对待她？她的日子还怎么过得下去？况且若是她肚子大了起来，你要怎么办？"

他脸上的笑意终于消退，但他仍站得笔直，面对着我："那是我的事情，轮不到你烦恼吧，汤姆。我都这么大了，我的人生自有我的主张。不过，为了让你放心，我就告诉你吧，丝凡佳说，女人家自有办法避孕，至少在我们准备好以前，在我能娶她入门以前，都不会让那事发生。"

也许天神对人类的惩罚，就是让人类目睹孩子坠入当年让自己吃了大亏的同一个陷阱，以此让人们亲眼面对自己犯下的过错吧。莫莉与我共享的甜蜜时光，每一刻都是有代价的。当时的我，以为这代价没什么，不过是保持我们的恋情不会曝光而已，况且这代价是我们两人一起分担。然而我敢说，当年莫莉对这事看得比我清楚多了，因为她必须为此付出代价，而且她付出的代价比我大得多。要不是因为博瑞屈收容并保护了她们母女俩，那么不只莫莉，恐怕连我女儿都必须一起为我们当年的行径付出代价。而且，说不定如今我女儿仍在为我当年的作为付出代价，这是身为布谷鸟的后代[①]的风险，毕竟她跟那几个弟弟大不相同。我不知道我能不能说动幸运，也不知道他听不听得进去。说起来，当年我自己也是把惟真和博瑞屈的谆谆相劝当作是耳边风。我按捺自己的怒气，将我对他们两人的担忧讲出来。

"幸运，你好好听我说。女人家避孕，既不安全也不可靠，不管怎么避孕，都不免要冒险，并付出相当的代价。每次她跟你撒谎，她就得私下扪心自问：我这次会不会怀孕？我会不会让家门受辱？不管你犯了什么错，我都不会把你赶出家门，这你是知道的，但是丝凡佳的人生就没有这么肯定了。你应该要保护她，而不是让她涉险。你这等于是在要求她为了与你在一起的欢愉而赌上她人生的一切。况且未来的变化是好是坏还不知道，万一丝凡佳的父亲把她赶出去呢？万一她父亲打她呢？万一她的朋友排斥她，对她指指点点呢？这种事情，你怎么负起责任？"

他皱起眉头，脸色沉了下来。这孩子难得有一股牛性，但此时他已经冥顽不灵了。他吸了好几口气，每一口都比上一口更长，最后一股脑儿地把话爆出来："如果他把丝凡佳赶出门，我会尽我的一切力量去照顾她。如果他敢打丝凡佳，那我会杀了他。如果她朋友背弃她，那么他们根本就不算是朋友。你不用担心，汤姆·獾毛。这些事情我自会打点。"他咬牙切齿地说出最后那几个字，仿佛我光是讲出我所担心的事情，就等于是背叛了他。他转过身去，说道，"我现在是大人了。我自会决定我的人生要怎么走。但现在很抱歉，我得去上

① 布谷鸟在其他鸟的鸟巢中产卵，自己不育雏。

工了。我敢说晋达司师傅已经等着要训我一顿，教我要好好守时了。”

“幸运。”我猛然叫住他。那孩子被我严厉的口气吓了一跳，转过身来面对着我。我则逼着自己把我非说不可的话说完，“跟女孩子做爱并不会使你变成大人。你无权做这种事，除非你们已经能够公开宣布你们有长久的打算，而且也有能力抚养因此而孕育的小宝宝。你不应该再跟她见面了，幸运。至少不能偷偷摸摸地跟她见面。你若是不正大光明地拜访丝凡佳的父亲，她父亲就永远不会把你看作是男人。而且……”

幸运走掉了。我话才说了一半，他就转身走开。我目瞪口呆地站在原地望着他的背影。我一直期望着他会停下脚步，跑回来求我原谅，并请我帮助他将人生恢复到正轨上。然而他却头也不回地大步走进晋达司师傅的铺子里。

我在雪地里站了很久，心中不但不平静，而且还怒火中烧，热得仿佛足以将这一片大地上的寒意通通驱走。这是我第一次对幸运如此生气。他竟然连我讲的道理都听不下去，我简直想把他抓起来，揍到他回神为止。我想象自己冲进铺子里，把幸运拖出来，逼他面对自己的所作所为。

然而我终究还是转身悄悄地走开了。我在他那个年纪时，难道就听得进道理吗？不，当年的我也一样听不进道理，就连耐辛夫人苦口婆心地一再跟我解释为什么我必须跟莫莉保持距离才行，我也照样我行我素。然而这样的体会，既不能稍微减少我对幸运的怒火，也不能稍微缓和我对自己年少时光迟来的轻蔑，反而只让我萌生出一股无力感，因为我竟必须目睹养子做出与我年少时同样愚蠢且自私的行径。幸运跟当年的我一样，深信他们的爱情能承受所冒的风险，至于会不会因此而生下孩子、孩子会不会为他们的纵欲付出代价，则根本不予考虑。而我眼看着这一切即将再度重演，却无力挽回。我突然想起驱动弄臣的那一股热情。他相信白色先知与催化剂的巨大力量，将足以一肩挑起世界的未来，把世界从目前的轨道推入更好的轨道中。他相信我们的某些作为，能够预防别人再度犯下过去的错误。

等到我走进公鹿堡、爬上精技塔的时候，我已经没那么气愤了，但是那股厌恶且沉重的感觉仍挥之不去，使我提不起一点劲来。当我发现晋责已经因为等得不耐烦而离开时，心里松了一口气。他只在我写的那两个字下画了一道横线。这孩子也学会含蓄的作风了。也许我至少还能成功地让这个年轻人避免重蹈覆辙。然而这个杂思却只让我觉得自己怯懦。难道说我要放弃幸运，任由他因为自己判断错误而自食恶果吗？不，我告诉自己，我绝不能放弃他。但即使下了这个决心，我仍感到茫然，不知如何才能让幸运回心转意。

我回到黄金大人的房间时，正好赶上与弄臣一起吃早餐。但当我走进门时，他并没有进餐，而是坐在桌边，若有所思地用拇指和食指转动着一个玲珑的花束。那几朵以黑色蕾丝与白色缎带扎成的花，真是个难能可贵的礼物。在这没有鲜花的隆冬里，恰好可以用这束花以假乱真，而且这个色彩正好与当年弄臣冬天穿的那套小丑服彼此呼应。弄臣发觉我盯着花束看，对发愣的我微微一笑，小心地将花束别在胸前。但当他朝身前的食物一挥，并开口招呼我时，便全然是弄臣的模样了："快坐下来吃早餐吧，切德派了任务给我们呢。今天清晨，一艘载着缤城使节团的船靠港了，而且这艘船还不是普通的船，而是缤城特有的'活船'，所以船首刻的那个人头，不但会讲话，还会挤眉弄眼。这应该就是名为'金色黄昏'的那艘船。缤城的活船从未到过公鹿水域这么远的地方呢。'金色黄昏'上载了'缤城商会'派来的使节团，他们急着要求尽快觐见珂翠肯王后。"

这个消息使我大吃一惊。六大公国与缤城之间的接触，通常仅限于个别商人之间的买卖，而非统治缤城的议会与瞻远家族之间的正式往来。我努力回忆这个城邦国家是否曾在黠谋国王在位的时候派出使节团正式来访，但我最后还是放弃了，毕竟我年少时一向不将这些事情放在心上。我在桌边坐了下来，并问道："所以你会到场？"

"切德顾问建议我们两人都要到，不过当然不是公开的咯，所以还要请你带我从切德的迷宫里走过去。这是切德亲自来这儿跟我说的。说真的，能再度得见这密道迷宫，我还颇为兴奋呢。毕竟过去我只在跟珂翠肯逃离公鹿堡与帝尊的那一晚，对密道匆匆一瞥而已。"

我惊讶得说不出话来。弄臣知道密道网络是在所难免的，但我实在没想到切德会允许他使用密道。“王后也同意吗？”我尽量周全地问道。

“王后也同意，虽然有点勉强。”然后他撤除了黄金大人那种高高在上的态度，并补充道，“因为我曾经在缤城待过一段时间，而且清楚缤城商会的概况，所以切德希望我能评估他们的言语态度，以助他深入了解。至于你呢，当然就是切德额外的耳目，帮他多多观察，以免遗漏了什么微妙的细节。”他一边说，一边灵巧地将其中一个餐盘变成我的个人餐盘，并殷勤地帮我们两人盛盘。他大方地在我们的餐盘里放了熏鱼、软奶酪、新鲜面包与奶油。桌子中央有一壶蒸腾的热茶，所以我回自己房间找杯子。我一边拿着杯子走回来，一边对弄臣问道：“王后为何不干脆在她接见缤城人的时候邀你出席呢？”

弄臣一边耸耸肩，一边叉起熏鱼。过了一会儿，他评论道：“缤城人首次觐见，王后便邀请外国贵族列席，你不觉得缤城人会很不以为然吗？”

“是有可能，但也可能一点也不在意啊。我相信缤城商会一定有几十年没派正式使节团来六大公国了。况且如今我们的王后来自群山，而群山完全在缤城的知识范围之外，所以这位群山女子到底是会斩鸡头以待贵客，还是会撒下玫瑰花瓣相迎，对他们而言都是一样的。不管王后怎么做，他们都会认定这是王后的风俗，而既是王后的风俗，他们就会彬彬有礼地接受。”我啜了一口茶，特别强调道，“所以即使是第一次觐见，王后就邀请外国贵族到场，缤城人也会视为理所当然。”

“也许吧。”他勉强地说道，“但我另有理由不想公开出席。”

“比如说什么理由？”

他闲适地将一小口食物切得更小，慢慢叉起来吃掉，接着啜了一口茶，坦承道：“他们有可能会发现，我跟他们见过的任何一个遮玛里亚贵族世家的人都长得不像。缤城商人与遮玛里亚的生意往来，毕竟比六大公国与遮玛里亚的生意往来多得多。万一他们看出了破绽并拆穿我的假身份，那就不妙了。”

这个理由我可以接受，但至于这是否是弄臣不愿与缤城使节团见面的唯一理由，我就有所保留了。我没有问弄臣是不是怕被人认出来。弄臣曾经跟我说，他在缤城待过一段时间。如今他虽然穿着贵族服饰，然而以他如此特殊的相貌，任何在缤城见过他的人都有可能会认出他来。此时的弄臣很不自在，我好久没见他这样了。我换了个话题。

“那么使节团觐见王后的时候，还有谁会‘公开’出席？”

“我不知道，不过据我猜测，能代表各大公国，且此刻又正巧在公鹿堡的人，应该都会到场。”他又叉起一小口食物，边想边嚼，咽了下去，补充道，“我们到时看了就会知道。那个场合可能很微妙。我知道双方之前已有书信往来，只是断断续续。要不是恰斯国又掀起战火，这个使节团早在几个月之前就该抵达了。缤城与恰斯国之间的战争，使得修克斯公国以南的航路通通断绝。我猜王后与切德早就不期望缤城使节团能成行了，今早他们船只的抵达一定让王后感到很意外。”

“他们要传达什么消息？”弄臣讲的这些事情，我都是第一次听说。

“缤城已经与王后联络过，希望能与六大公国结盟，一劳永逸地解决掉恰斯国。为了吸引王后，他们决定提供六大公国在缤城经商的特殊利益，并加强双边关系。珂翠肯认为这是空谈。在恰斯国停止骚扰进出缤城的船只之前，根本没有自由贸易可言，而且不论六大公国有没有参战，恰斯国只要被击败，缤城都一定会再度与六大公国有生意往来。缤城一定要有贸易往来才能生存，毕竟他们甚至连粮食都必须依赖进口。所以，如果冷静分析便会发现，六大公国若是参战，有可能使六大公国与恰斯国之间原本就不和的关系更加恶劣，然而参战的利益却少得可怜。既然如此，王后便婉言拒绝卷入缤城与恰斯国之间的战事。但现在缤城商会暗示他们可以给六大公国额外的好处，而这个好处不但巨大，而且少有人知，所以不能诉诸于文字以书信传达。这就是这个使节团成行的原因。这个计策颇为高明，因为此举挑起了王后与其旗下诸贵族的好奇。他们一定在引颈期盼缤城使节团会带来什么惊人的条件。我们是不是应该赶快吃饱，好过去瞧瞧？”

我们迅速地瓜分了餐点，之后我将装着早餐碗盘的大托盘端回厨房去。厨房里已经忙得不可开交了。对这一群意外冒出来的代表团一定要以挖空心思做的午餐招待，另外还得准备一场不同凡响的盛宴为他们接风洗尘。厨房里争执吵闹不断，老厨子莎拉甚至起身走到炉子前，声称今天她要亲自下厨，让那些缤城人永远也没机会说六大公国的食物无一能入得了口。我赶紧离开动荡不安的厨房，匆匆地回到黄金大人的房间。

我发现门是锁着的。我敲了门，又轻轻叫了一声，门才打开来。我一进去随即便将房门锁好，接着便目瞪口呆地站在原地。站在我身前的是弄臣，而且还不是穿着黄金大人服饰的弄臣，而是和我们年少时我刚认识的弄臣几乎一模一样。他穿着窄管裤和全黑的束腰外衣，身上唯一的装饰就是那个单耳耳环和那束黑白相间的花束，就连他的便鞋也是黑色的。只有他成人的身材和颜色与当年不同。恍惚之间，我还以为他会拿着鼠头权杖指着我，或是做个后空翻呢。他见我睁大了眼睛，以几乎算是窘迫的口气说道："要是穿着黄金大人的衣服进你们的密道，一定会搞得肮脏不堪，而且我还是穿简单的衣服，行动起来比较安静。"

我没回应，而是点了两根蜡烛，并将预备的那两根蜡烛交给弄臣。我领着他走进我的房间，关上房门，触动了通往密道的暗门，领着他走进切德的迷宫。"王后在哪里接见他们？"我现在才想到要问。

"在西接待厅。切德叫我跟你说，西接待厅的密道在外墙那一边。"

"切德还不如告诉你从这里到西接待厅怎么走，这还比较有用。算了，我们会找到路的。"

我的乐观并不稳固。那一带如迷宫般的密道，我之前从未探索过。我先找到了接待厅楼上的房间，又找到了接待厅隔壁的房间，直到我们两人都心灰意冷了，我才想到我必须先走到楼下，再从楼下穿到外墙边。这里的密道有一处转弯，收得非常窄，我很勉强地挤了过去。等到我们抵达间谍站的时候，弄臣与我浑身都已缠着厚厚的蜘蛛网。此处唯一的窥孔是一条水平的缝隙。我先将烛光遮好，然后才将遮住我们这边窥孔的牛皮拉开。我们肩并肩地站着，一个人只能用一只眼睛看窥孔。弄臣就在我耳边呼吸，声音有些大。透入我们藏身处的声音很微弱，我必须很专注才能听得个大概。

我们已经迟了。王后已经正式欢迎了缤城使节。我看不见珂翠肯，也看不见切德，我猜珂翠肯大概坐在高台的王座上，王子坐在她身边，切德则站在高台次一阶。我们的观察站俯瞰全厅，所以位置应该是在王后与王子的上方。六大公国的大公，或是其代表人坐在大厅后方。椋音当然也在其中。这么重要的聚会是不可能不找个吟游歌者来记录传颂的。她的服饰精美，脸上却显得肃穆。这有些奇怪，我本以为她会对这场聚会兴致勃勃的，可是此时她却似乎心不在焉、郁郁寡欢。我不禁纳闷她到底有什么心事，但随即又赶紧坚决地将自己的注意力转回重要的事上。

我们视野的中央站着四名来自缤城的大使。缤城向来是以富裕与经商闻名的城市，因此缤城的代表不是公爵与领主，而是商人，然而那一身富丽豪华的衣着，让他们与任何贵族都不相上下。他们的衣服上装饰的珠宝在幽暗的大厅中闪闪发亮，有些珠宝似乎并非反射亮光，而是本身就会发光。一名矮小的女子穿着如水一般柔软细腻的衣料，一名男子肩上停着一只浑身为深浅不同的红橙彩羽的鸟儿，其硕大的鸟喙则为蓝黑二色。

在这几位令人叹为观止的商人身后还站着另一排人。后面这一排人大概是仆人，服饰均非常高雅，他们手上捧着放礼物的木箱和柜子。其中两人显得格外突出。一个是脸上画着重重刺青的女子，那些刺青毫无技法可言，既不对称，也看不出是什么图形，只能说她脸颊上有一连串的墨色涂鸦罢了。我知道那表示她曾经为奴，而那一个个的刺青，就是买下她的家族之纹章，不知道她到底做了什么事，竟然被易手得如此频繁。另一名奇怪的仆人不但用兜帽盖住头，还以面纱遮面，他的罩布精美华丽，面纱织工细腻，但繁复的图案让我无法看出他的五官长相，而且他连手上都戴着手套，仿佛他决意不让人看到他的皮肤。这人让我觉得浑身不自在，我决定将他盯紧一点。

我们正好赶上了献礼这一段。礼物一共有五样，一样比一样稀奇。他们献礼时，将王后赞美得天花乱坠，还以谄媚奉承的头衔相称，仿佛光靠好听的话和恭维，就可以收买我们王后的好感。那些场面话我并不相信，不过礼物我倒很感兴趣。第一样礼物是个高高的玻璃瓶，里面装着香水。刺青女将香水捧到王后身前，一名高个子女子则解释道，其香味可以让人做好梦，就连最难以安眠之人也可以恬然入梦。到底能不能做好梦，我无法保证，但那瓶塞才掀起片刻，整间大厅内便弥漫着特殊的香气，甚至连弄臣与我的藏身之处都闻得到。那香味并不十分浓重，反而比较像是夏日花园中微风拂过的清香。但即使香味清淡，大厅后方的贵族在闻到这稀有的奇香时仍不禁动容，他们笑逐颜开，紧锁的眉头也放松下来，就连我都觉得忧虑减轻了几分。

“迷药？”我轻轻地对弄臣说道。

“不，只是香水而已。那香味来自一个特别宜人的地方。”他的脸上绽放出若有似无的笑容，“我小时候就知道这个古老的香味了。这种香水因为稀有而被卖到远方。”

第二名仆人走上前去，将他抱着的箱子放在王后脚边，然后打开箱盖，从中取出一组简单的风铃，这风铃看起来与一般花园里挂的风铃并无二致，只不过它是由玻璃制成，而非由铁制成。那仆人将风铃按住，等鹦鹉男点了个头，这才轻巧地一摇。风铃抖动、低吟，每一个音符都清脆甜美，而且本应是随意的响声，却化成了荡漾的曲调。我还没听够，那仆人便突然制住风铃，但接着他再度轻轻一晃，于是风铃又泻出悠扬的乐声，而且与第一曲截然不同，就像营火的噼啪声与潺潺的流水声一般具有完全不同的乐趣。他任由风铃演奏，而风铃也不停地吟唱下去。等到那仆人终于将风铃按住时，那鹦鹉男才说道：“群山王国与六大公国最尊贵的夫人，公正的珂翠肯王后，我们希望这乐声能讨您的欢心。无人知道这风铃里藏了多少曲调，因为每一次放开风铃时，都会奏出不同的乐曲。贵国的土地广大无边，而您的品味也必然因为见多识广而变得十分深奥，但我们仍希望，您会认为这样的薄礼还配得上您。”

珂翠肯一定是做出了接受礼物的姿态或手势，因为接着那仆人便将风铃收入箱中，并将箱子呈上前去。

第三样礼物是一块很长的布料，与那女人身上穿的布料类似，但是色泽不同。这布料原本收在一个小盒中，然而当那矮小女子与鹦鹉男走上前去，从仆人手中将布料拿出来，一折一折地将布料打开之后，那布料竟大到足以盖住公鹿堡大殿的长桌，而且还足以垂到地上。他们将布料一摇，那布料的色泽便从蓝色变为深紫然后再转为夏日晴空的淡蓝色。接着那两人轻松地将布料折回一小块，收回小盒中。这礼物也献给王后了。第四样礼物是一组大小不等的铃。这组金属制成的铃最特别的地方是，当铃声响起时，铃的表面会闪闪发光。“六大公国的统治者，暨群山王国的继承人，高贵贤淑的珂翠肯王后，这叫做‘济德铃’。”那矮小女子对王后禀报道，“这项珍宝只有缤城才有，在别处是找不到的。即使在我们缤城，‘济德铃’也很罕见，而我们相信，除非是我们缤城最难得的宝物，否则是配不上您的。然而不只是‘济德铃’，连这个也很稀有。”她招手要那面纱男走上前来，“公正的珂翠肯王后，这是火焰宝石。稀有中的稀有，正足以与难得的王后相配。”

那面纱男走向珂翠肯与晋责所在的高台时，我紧张得肌肉都绷紧起来。我提醒自己切德也在场，别多虑，然而我的胃还是因为担心而绞得紧紧的。那老刺客一定跟我一样提防着，他不会让王后或王子受伤的。尽管如此，我还是送出一个微小的精技思绪给王子。

小心提防。

一定。

我没料到王子会回答，而且他不是谨慎地针对我一人送出思绪，而是广泛地散发他的思绪。当我看到那面纱男抽动了一下，仿佛被人刺中时，我紧张得连颈背的毛发都竖了起来。他突然静止不动，我察觉到他发散出什么无形的东西，但我说不出那到底是什么。

嘘。我以细如丝般的思绪对王子警告道。*千万别动。*

我真的很想看看那面纱男的表情。他在盯着王子吗？还是在扫视厅堂高处，寻找我的所在？

不管他是什么人，他的自我控制能力都是一流的。他将自己突然的停顿，不着痕迹地化为仪式般的刻意停顿。他将箱子放在身前的地上，手轻轻一碰，那箱盖便似乎自动开启了。他弯下身，拿出一个小盒子，打开盒盖时，露出一条镶满珠宝的金项圈。他将礼物展示给王后，并将金项圈举高，让围观的贵族瞧个仔细。此时那人将高举的金项圈一摇，于是所有的珠宝仿佛活了过来，顿时在幽暗的厅堂中散发出不属于人间的光辉。然后他转过身去面对王后，让王后仔细打量。这时我听到弄臣轻轻赞叹这首饰之美。虽然遮脸的面纱模糊了声音，但那人仍以年轻，甚至是近乎童稚的声音清楚地说道："蓝色者乃是最稀有的火焰宝石，最谦和、最高贵的王后。我们特别选了蓝色的火焰宝石，以便与公鹿公国的颜色相配。此外我们也为王后统治下的每一位尊贵且高雅的公国之统治者，准备了相配的火焰宝石。"

大厅后方响起了赞美的喘气声，因为面纱男又从箱子里拿出了五个盒子。他逐一打开盒子，向众人展示盒中用细银圈，而非粗金圈制成的项链。每一个细银圈上只镶着一颗宝石，尽管如此，仍美得令人窒息。他们一定将六大公国研究得很透彻，因为宝石的色彩不但与每一个公国相配，就连代表毕恩斯公国的淡黄，与代表法洛公国的铭黄也分得很清楚。王后接受了她的金项圈之后，那罩着面纱的仆人走向群聚的贵族，庄重地对各公国的代表人深深鞠躬，并献上缤城的大礼。我注意到，虽然那人的服饰很不寻常，但是每个人都毫不迟疑地接受了他献上的礼物。

我趁那人献礼给各大公国时，仔细地打量缤城的使节团。"谁是领袖呢？"我低声自问，因为那几人彼此之间似乎不互相统属。弄臣则把我的话当作是我在问他。

"那两个女人之中，有个绿眼睛、个子比较高的是不是？"弄臣轻轻地用气音在我耳边说道，"她名叫瑟莉拉，出身于遮玛里亚，原来是遮玛里亚大君沙崔甫王的随侍大臣。也就是说，她是统治遮玛里亚全境的统治者之顾问，在某特定领域自成一家，而她的专长在于她对于缤城与缤城周围的区域了如指掌。她之所以来到缤城，是由于某个古怪的机缘，而之后她便在缤城长住下来。据说瑟莉拉惹怒了遮玛里亚大君，而且大君气到二话不说就将她放逐到缤城。也有人说，大君之所以跟瑟莉拉势不两立，是因为她曾试图夺权。然而瑟莉拉并没有将放逐当作是惩罚，反而以缤城为家，并逐渐爬到为大商家做专业调停人的地位。虽然她与遮玛里亚大君乃是近亲，但是由于她对缤城与遮玛里亚都了如指掌，所以让缤城在与遮玛里亚订立协约时占了上风。"

“嘘。”我赶快要他停下来。我很纳闷他怎么会知道这么多，也很想问个清楚，但是他的话可以稍等一会儿，眼下我必须将会场上的每一个细微变化都看个清楚。弄臣闭口不言，但我可以感觉到他非常兴奋。我们一起靠在狭窄的窥孔上，他那冰冷的脸颊与我的脸颊贴在一起。他一手攀在我肩上，使自己冷静下来，但我感觉得出他正强按住内心的激动，这场聚会显然对他另有深意。我打算等一下再问他是怎么回事。现在我只能专心观察大厅的动静。我真希望我能看到王后、切德与晋责王子对这些事态做何反应。

王后对这些礼物表达感谢，并欢迎缤城使节团来访。王后用词简单，并不以浮夸的溢美之词与头衔来回应，而是用真心实意的言语来表达。缤城使节团到访的时间一延再延，如今他们终于抵达，王后至为欢迎，她希望使节团停留在公鹿堡的期间一切愉快，并希望这次使节团的到来，代表着日后六大公国与缤城之间的沟通会更加开放。高个子女子瑟莉拉安详而尊贵地站着，专心聆听王后讲话。刺青女则抿着嘴，显然是有话憋在心里。站在刺青女旁边的男子眼神则是焦虑不安。那人胸宽腰直，脸上饱经风霜，短而卷的头发贴在头上，他显然是习惯于体力工作和能迅速办成的事情，而不是这种慢悠悠的外交辞令和宫廷仪节，所以他一边等着王后把话讲完，一边不自觉地握拳、放松、握拳、放松，而停在他肩头的那只鹦鹉则不安地动来动去。另外那个看起来有些拘束的瘦削男子，则似乎跟瑟莉拉是同一种态度，无论王后是要迅速进行，还是缓缓行之，他都可以配合。

珂翠肯讲完后，瑟莉拉发表感言，感谢王后与六大公国如此殷勤的招待。瑟莉拉表示，能有机会在我们平静的土地上暂住，远离恰斯国强加于缤城的战火与暴行，使节团之人都很珍惜。她阐述了缤城人的苦楚：恰斯人不时攻击缤城船只，使得所有贸易都受到影响，然而贸易乃是缤城的命脉。此外还解释缤城唯有靠贸易才能有足够的粮食，所以缤城人苦不堪言。她还提起恰斯人掠劫散布在外的缤城屯垦区之事。

“缤城没有散布在外的屯垦区呀。”我以气音对弄臣说道。

“有，只是数量不多。缤城人口因为不断被解放的奴隶而增多，所以人们努力到外面去开垦可以耕作的土地。”

“被解放的奴隶？”

“嘘。”弄臣答道。他说得没错。我现在应该要专心聆听，有问题稍后再问。于是我将额头抵在冰冷的石墙上。

瑟莉拉迅速地细数缤城与恰斯国之间的争端。这些事情我大半早已熟知，而且有不少跟六大公国与南边的恶邻之间的纠纷颇为类似。恰斯人掠劫邻邦，与邻邦争夺国土，骚扰并抢劫路过的商船，对于试着跟恰斯人做生意的商人课征荒谬的高额税等等，这些都是熟得不能再熟的牢骚了。不过接下来，瑟莉拉描述了缤城人如何起而与腐败的恰斯人对抗：缤城人解放了境内所有奴隶，让他们享有自由之身，而且有机会成为缤城的公民。此外，缤城再也不允许任何奴隶船在城内靠岸，无论这艘奴隶船是要往北开到恰斯国，还是要往南开到遮玛里亚。缤城跟俗称“海盗群岛”的地方缔结了新盟约，而根据这个盟约，驶往缤城的奴隶船，货物会被充公，船上的奴隶则就此得到自由。

缤城与恰斯国之间的冲突，主要就在于此举破坏了恰斯国的奴隶买卖，而这个争端，又使得缤城与恰斯国之间的边界到底划在哪里的老问题，更为紧张。瑟莉拉希望，无论是在解放奴隶，或是在边界冲突方面，六大公国都能认识到缤城的立场具有正当性。她知道修克斯公国欢迎逃亡的奴隶以自由人的身份在修克斯定居，而恰斯国老是声称某些边界的土地并非修克斯公国所有，此举也令修克斯公国烦不胜烦。既然如此，那么六大公国是否会应允之前委派的使节对高贵贤淑的王后所做的提议？也就是六大公国不但与缤城结为联盟，并在这场战争中，支持缤城对抗恰斯国？倘若如此，缤城与其盟邦会让六大公国得到许多好处。而六大公国最大的好处，就是可以与缤城公开贸易，并参与缤城与俗称的“海盗群岛”签订的有利盟约。至于今日献上的礼物，不过是六大公国之人所能得到的所有好处之中一小部分罢了。

珂翠肯王后严肃地听她讲完。然而瑟莉拉一直讲到最后也未提出什么新条件，切德以他顾问的身份，严正地指出这一点。缤城商人的贸易奇迹举世皆知，而且名不虚传，但即使为了这些好处，六大公国也不能就此贸然参战。最后切德指出："我们高贵贤淑的珂翠肯王后必须时时将六大公国人民的福祉放在心上。你们也知道我们与恰斯国的关系，顶多也只能说是不大平静。我们与恰斯国之间的纠纷也很多，然而我们仍尽量忍耐，以免六大公国与恰斯国之间爆发全面战争。俗谚有云：'与恰斯国打仗，并不是打或不打的问题，而是迟早的问题'，这是大家都知道的。恰斯人就是好生事端，但是战争既昂贵，破坏力又大。晚一点打仗，总比现在就打来得好。我们为什么要冒着恰斯人怒火横生的危险，去代缤城出头？"切德故意停顿片刻，把话讲得更明白，"您方才所言，乃是无论缤城与恰斯国的战事谁赢谁输，六大公国都可以稳稳得到的好处。除此之外，您到底要为六大公国开立什么条件？"

大厅后面有几名公爵严肃地点点头。大家都知道生意人就是如此，他们只知道要如何讨价还价，以及要如何谈成生意。他们认为切德一定会出价，所以切德也不会让他们失望。

"贤淑端庄的王后，尊贵的王子，睿智的顾问，以及众位大公、女大公，我们所开的条件是……"瑟莉拉突然无法继续，方才切德问话的方向，显然使她乱了脚步，"我们所开的条件至为微妙，这样的条件最好是先经过私下的多方考量，再与众贵族商议。也许您最好是……"瑟莉拉并没有回头扫视后方贵族的反应，但是她说到这里已经词穷。

"缤城的瑟莉拉，您直言无妨。缤城有何提议，都请您此刻公开道出，以便众贵族、顾问与我得以自由讨论。"

瑟莉拉的眼睛睁得大大的，像是吃了一惊。我不禁纳闷，她竟然会因为王后坦率的答案而如此惊恐，真不晓得遮玛里亚是什么样的地方？瑟莉拉尴尬地支支吾吾，而肩上停了只鹦鹉的那名男子突然清了清喉咙。瑟莉拉以警告的眼神瞪了他一眼，但是那人照样往前踏了一步，"高贵贤淑的王后，容我大胆地向您禀报。"

珂翠肯近乎困惑地答道："请说。您是商人乔班，是吗？"

乔班郑重地点了点头："所有六大公国的统治者，暨群山王位的继承人，高贵贤淑的珂翠肯王后，我正是乔班没错。"那年轻人胡乱拼凑珂翠肯的头衔，显然这些文字游戏对他而言相当陌生，不过虽然瑟莉拉生气地瞪着他，他仍决定硬着头皮讲下去，“我相信您既身为人、身为王后，一定体会得到坦率的好处。这次我们来访的行程一拖再拖，我一直十分着急。如今我听说贵国也跟我们缤城一样，对于恰斯国无甚好感，所以我大胆期待，您一听到我们的提案，便会拍手赞赏。”

他清了清喉咙，接着便迫不及待地说道：“我们来此，是希望与六大公国结盟，以击退我们共同的敌人。我们已经与恰斯国交战三年了，三年来，我们的力量几乎耗尽，而我们原本希望迅速结束争端的希望也破灭了。恰斯人非常顽固，而且越挫越勇。他们凭借战争而繁荣，酷爱掠劫与破坏，与我们缤城人恰恰相反。缤城的繁荣要靠和平与自由通行的海域。我们仰赖贸易，贸易不但是我们缤城人的生计，连我们每日的粮食都有赖于此。尽管我们缤城人有魔法，也有奇迹，但是光靠魔法与奇迹，无法喂饱缤城的孩童。毕竟我们没有广袤的腹地，所以无处耕种，也无处放牧。恰斯人之所以攻打缤城是出于贪婪，他们会将缤城人杀光，以便占有我们拥有的一切，但是他们无法理解缤城人是用什么方式拥有如此繁荣盛景的。然而他们在试图占据繁盛缤城的同时，便已经将之破坏殆尽。但我们所拥有的珍宝，是他们拿不走的，而且至今仍然存在，那就是……”那男子突然住口，就像是撞上沙洲的船。

珂翠肯等了一会儿，仿佛要让乔班有机会把话讲完，但是那男子干脆无助地两手一摊。“我是个商人兼水手，高贵贤淑的王后。”他仿佛突然想起来似的，在话尾补上了这么一句敬语，“我之所以大胆发言，是因为我们有这个需要，但我并未解释清楚。”

“您有何所求，商人乔班？”珂翠肯王后的问句很简单，但依然优雅。

那男子的眼睛突然亮了起来，仿佛王后的坦率令他信心大增：“我们知道贵国的修克斯公国与恰斯国交界，而且修克斯公国对恰斯国的警惕使得恰斯人不敢放松。”他突然转身，对大厅后面的贵族摆开双臂，深深一鞠躬，“在此表达我们对修克斯公国的谢意。”

修克斯公爵严肃地点了个头，接受乔班致谢。接着乔班转回来，面朝王后：

“然而光这样是不够的。我们希望贵国能派舰队与大军从北面对恰斯国施压，将那些从中作梗，不让缤城与六大公国之间进行自由贸易的船舰击沉。我们可以……多少年来，恰斯国迫使南北的邻国与它纷争不断，如今我们可以一次做个了结。”他突然喘了口气，“我们可以彻底瓜分恰斯国的土地，终结彼此之间古老的冲突。如果恰斯人不肯好好做我们的邻居，那么干脆就让他们变成我们的属地。”

出身于遮玛里亚的瑟莉拉突然插话道：“商人乔班，你说得太过分了！公正且高贵的珂翠肯王后，我们不过是来给贵国谏言，不是来提议两国一起征服恰斯国。”

瑟莉拉的话音一落，乔班便抬起下巴抢着说道：“我才不做谏言呢。我来这里，是为了跟潜在的同盟交涉，而我的目标，是要一劳永逸地解决不断与邻国作对的恰斯国。我这些话，乃是许多商人的心声。”他与珂翠肯四目相交时，那双蓝眼睛炯炯发光。他坦白且热忱地说道：“让我们彻底瓜分恰斯国，把他们的国土一分为二。这对我们彼此都有好处：缤城将拥有耕地，而且免除了恰斯国的骚扰，而修克斯公国则可以扩张领地，此外，日后修克斯公国的邻居不再是心腹大患，而是贸易伙伴。此举将可让六大公国大举扩张往南的贸易。”

“彻底瓜分恰斯国？”我从珂翠肯的口气里听出她从未将此事列入考虑范围内，而且这种举动与她所受的群山教养背道而驰。不过大厅后方的修克斯公爵则咧嘴而笑，他巴不得跟恰斯国打一仗，这把复仇之火在他心里燃烧已久，接着他开口呼应战事，然而这态度显得有些越界：“瓜分恰斯国之事，法洛也该有一份。此外似乎也应将群山王国的伊尤国王，也就是您的父亲算进来，因为群山王国也与恰斯国交界，而且从各个角度来看，伊尤国王都不太喜欢恰斯人。”

“够了，修克斯。”王后制止道，不过我倒没想到她的口气会这么温和。也许这其中有我所不知的历史也说不定。群山王国与恰斯国之间的边界纠纷有多严重？是不是珂翠肯在这方面早有宿怨，只是我不知道而已？不过她在答复缤城使节团的时候，态度却冷淡自制：“您们提议将你们的战争分给我们一份，言外之意，仿佛战争是买卖的商品，而我们垂涎不已。但是您们想错了。我们已经经历过战争，而如今我们正努力与往日的敌人交好。贵国与恰斯国之间的战争，我们一点也不动心。贵国提议的条件是，如果我们协力击败恰斯国，就可以取得恰斯国的土地，然而这场战争的胜败之势却难以判断。况且统治恰斯国所带来的负累，可能远大过其所带来的利益，因为战败的人民很少会心甘情愿地接受外人的统治。贵国还提议，如果我们联手击败恰斯国，就可让我们往南的贸易通行无阻，然而缤城一向就让六大公国通行无阻地做生意，我倒看不出这算是什么新条件。不过我再问你一次：为什么我们该考虑与缤城联盟？”

我注意到缤城使节们彼此使眼色，心里不禁暗笑。原来如此。原来瓜分恰斯国领土的提议，并不是他们的底线。不过无论他们深藏不露的是什么大好条件，若非必要，他们是不会透露出来的。我倒觉得他们没什么好可怜的。谁教他们要挑起王后的好奇心，让王后忍不住想探看他们的口袋有多深呢。商人乔班做了个小手势，将手心翻上来，仿佛意指自己既然交涉失败，便请下一人上场。

然后，缤城商人同时往左右两边退，让全身上下毫不透风的那男子直接与王后相对。他们似乎已经有了默契。

我迅速纠正我对那名面纱男子的印象：他不是仆人。也许这一群人里面谁都不是仆人，就连那个曾经为奴的刺青女子也一样。那面纱男子突然踏了上来，我紧张得一缩，唯恐那人要对王后或王子不利。然而他什么也没做，只不过是将他的兜帽往后一拉，而他那与兜帽相连的蕾丝面纱，也跟着甩到颈后。见到此景，我不禁倒抽一口气，不过有些人——也包括切德在内——的反应，就不像我这么细微了。

“艾达神，发发慈悲呀！”我听到那老刺客叫道，大厅后方也响起恐惧与惊吓的叫声。

这位使节非常年轻，比晋责跟幸运都年轻，不过却跟他们两人一样高。他的眼睛与嘴巴周围都是鳞片，那可不是用油彩画上去的，此外下巴还垂下一绺稀疏的胡须。他站得非常直挺。我本以为戴着兜帽只是为了使他看起来更高，此时才发现他手脚的骨架长得很不自然，不过他整个人仍散发着优雅，而非让人目不忍视。他不卑不亢地直视着珂翠肯，以男童的高昂嗓音说道：

“我名叫瑟丹·维司奇，出身于在缤城经商的维司奇家族，并由在雨野原经商的库普鲁斯抚养长大。”对我而言，他这段自我介绍的后半段，根本就毫无道理可言。雨野原根本无人居住，雨野河两岸尽是沼泽与湿地。恰斯国与缤城的边界之所以自古就未划定，原因之一就在于两国对于这条大河与两岸的沼泽地都无可奈何。然而这少年接下来所说的话却更加离奇，“瑟莉拉是缤城商会的代表，而您已经听过瑟莉拉的意见。缤城有不少公民是曾经为奴的刺青人，而我们这里也有刺青人的代表，除此之外，我们也有缤城商人的代表，以及所有活船的代表。我则是雨野原商人的代表，不过我同时也代表婷黛莉雅，婷黛莉雅是世界上最后一条真龙，而她立誓在我们有需要的时候起而襄助缤城。我在此代表婷黛莉雅传话。”

他一提起那条龙的名字，我便打了个哆嗦。而我也明白自己为何会有此反应。

“恰斯人不断骚扰缤城人，已经让婷黛莉雅感到厌烦了。恰斯国此举，使缤城人分心，因而无法将婷黛莉雅交代给缤城人的一件重要大事做好。”他虽然是人，但是他讲话的口气，却显示出对人类那些微不足道的顾虑的不屑之感，仿佛他不是人类一般。这虽然有些令人毛骨悚然，却也激励人心。他朝全场扫视了一圈，这时我才察觉，他眼里的确有一道淡淡的蓝光，那并不是我想象出来的，“六大公国若是能帮助缤城击退恰斯国，并终止这场战争，那么婷黛莉雅将会保佑诸位。而且现在婷黛莉雅的后代渐渐长大，并且愈发美丽并充满智慧，所以未来不但婷黛莉雅会保佑六大公国，婷黛莉雅的后代也会保佑六大公国。您若是帮助缤城，那么龙群将起而保护六大公国的传说，便再也不是传说，因为真龙龙群将应召而来。”

全场众人惊讶得说不出话来。不过我敢说缤城人一定误以为这反应代表着惊喜。此时王后脸上必定是惊骇非常，但是商人乔班却鲁莽地对王后咧嘴而笑，还大着胆子补充道：“您若是对我们存疑，我也不会怪您。不过婷黛莉雅可是确有其事，我有多真实，它就有多真实。若不是因为婷黛莉雅必须照顾后代，它早在几年前就迅速解决恰斯人对我们的骚扰了。您难道没有听说商人湾大战的流言么,什么一条银蓝两色的缤城龙,如何将恰斯舰队驱离我们的海域云云?当天我人就在商人湾，与入侵我们码头的恰斯人作战，而那些流言既不是虚传，也不是胡诌，而是千真万确的事实。缤城有个稀罕且神奇的盟友，也就是世上最后的真龙。而您若是帮助我们击退恰斯国，那么婷黛莉雅也会变成六大公国的盟友。”

我想乔班一定没想到，他这番话竟然会变成点燃珂翠肯怒火的火花，我猜他大概无法了解，珂翠肯对六大公国之龙的感情有多深。

“最后真龙！”珂翠肯叫道。我听到她的礼服在走动时发出的窸窣声。她大步走到缤城使节面前，在最矮的台阶上停住。我们那深明事理、端庄高贵的王后，此时竟以大到全厅都听得见的暴怒声音吼道：“好大胆，竟敢说这种话！你竟敢将古灵的龙群斥为无稽的传说！我自己亲眼见过为了保护六大公国而冲上天空的龙，而且不是一条龙，是一群龙。不仅如此，我自己就是乘着龙回到公鹿堡来的，难道这龙会是假的吗！在这大厅里，所有成年人都曾亲眼见过我们的龙展开翅膀、飞过海面，将困扰我们甚久的红船尽数驱散。而你竟敢含沙射影地说我们的龙是假的？那少年还能以他的年少无知作为推辞，或许我们经历红船之战时，他尚未出生，而且他可能对古灵之龙知之甚少。至于你，就只能说是对我们的历史一无所知了。什么最后真龙，说得跟真的一样！”

我心里想道，就算有人当面诬蔑王后，也不至于引起她如此震怒。在场众人大概都不知道，王后要维护的乃是她的夫君，惟真国王的荣誉。平日里平静温和的王后，竟如此严厉斥责外国使节，就连我们的贵族之中也不免有人惊讶得目瞪口呆，不过虽然他们感到意外，但这并不表示他们的意见与王后相左。大家听了王后的话均点头称是，几名公爵与女公爵还站了起来，而毕恩斯的女大公更是将手放在剑柄上。有鳞少年的嘴巴张开，备显失望地环视全场，而瑟莉拉则因为乔班的失言而翻了个白眼。缤城来的使节们出于本能地彼此站得更靠近了些。

那有鳞少年走上前一步，离王后更近。切德斥令那少年不得再上前，然而年轻人什么也没做，只是单膝跪下，抬起头来，对王后说道："如果我出言冒犯，还请您多见谅。我只是说出我所知道的而已。如您所言，我年纪还小，但我亲耳听到婷黛莉雅悲伤地跟我们说，它是世界上最后的真龙。如果事实并非如此，那么我一定会欣喜地将这个天大的好消息告诉它。求求您，让我看看六大公国的龙，让我们跟它们谈一谈，我会跟它们解释婷黛莉雅的需要。"

珂翠肯的肩膀仍因为方才的激动而起伏不已，此时她终于吸了一口气，让自己平静下来，而当她开口的时候，又与平常无二了："不知者不罪，所以我对您个人并无嫌恶。至于您要求跟我们的龙谈一谈，那是不可能的。因为它们是六大公国的龙，所以它们只保护六大公国。阁下，您未免太僭越了。不过因为您年纪尚轻，所以我原谅您。"

那少年依旧单膝跪着，并以绝不屈服顺从的怀疑目光直视着王后。

这时必须得靠切德出来安抚全场。他走到缤城使节团前面，说道："我们既然对各位的话心存怀疑，那么恐怕各位也怀疑殿下之言。您先是提及世上最后的真龙，然后又说这最后真龙的后代如何如何。我听得一头雾水：为何缤城人不将它的后代算作是'真龙'？如果缤城真龙确有其事，那么它为何未与众位同行？倘若它一同前来，不但可以让我们瞻仰它，而且还更有助于本国与贵国结盟，不是吗？"切德严厉的绿眼睛扫视缤城众使节，"朋友们，您所开的条件非常特殊，听起来各位似乎有不少难言之隐。然而，若是隐瞒不说，那么缤城不但会失去盟邦，还会失去我们的尊敬。请各位稍作拿捏吧。"

虽然我只望见切德的背影，但我知道此时他必定抬起了下巴思索着。接着他朝王后瞄了一眼。我虽然不知道王后作何表情，但她的表情使切德下了决心。"各位大人，各位夫人，我建议我们暂时休会。且让我们公正且高贵的王后与我们的贵族商讨缤城的提案。我们已经为各位准备了房间，还请各位尽情享受我们的招待。"之后切德又补充了几句话，我听出他的语气里有一丝若有似无的笑意，"我们公鹿堡的每一位吟游歌者，都乐于以歌曲或是讲故事的方式，让各位了解六大公国之龙的事迹。也许稍后我们会面时，彼此的性情都会因为听了歌曲，以及得到充分的休息而变得非常平和。"

既然顾问如此坚决地辞客，缤城使节们也只得退场了，随后退场的便是王后与晋责王子。切德则混在贵族之间，他似乎在安排时间，好让众人能一起坐下来讨论缤城的提议。修克斯大公走来走去，显得十分兴奋，毕恩斯女大公则静静地站着，双臂环抱于胸前，似乎一点也不为所动。我站直起来，把用来遮住窥孔的皮放下来。“走吧。”我低声地对弄臣说道，他什么也没说地点了点头。

我再度拿起蜡烛，艰难地在公鹿堡石墙之间的狭窄密道穿行。我没有直接带弄臣回到我的房间，而是将他带入切德的塔楼。弄臣一走进去便停住了脚步，他闭上眼睛，过了好一会儿才睁开，接着他吸了一口气，哽咽地说道：“这房间跟当年差不了多少嘛。”

我用手上的蜡烛点燃摆在桌上的蜡烛，然后在火炉里添了一根柴：“我猜切德大概是在黠谋国王遇害的那天带你来过这里。”

他缓缓地点了点头：“在我跟着黠谋国王的那些年里，我时不时会碰到切德，并和他说话。第一次见到切德时，我才到堡里不久。切德晚上会来与黠谋国王聊天，有时候还赌骰子玩。你知道吗？他们两人最常做的事情，就是每人一杯白兰地坐在火炉前，聊着王国当下所面临的各种问题。我就是在他的炉前夜谈中，第一次听到有你这个人物的存在。我心里不断思索着，而等到我想出他们讲的话对我而言有何意义时，我差点就晕了过去。我虽然在旁边听，但他们倒没有特别注意我。他们认为我不过是个小孩子，可能还认为我缺乏真正的才智，而且一开始时，我还装出一副听不太懂六大公国的语言的样子。”他摇了摇头，“那一段时光真是奇妙呀。我发觉到如此重要的征兆，然而由于有黠谋国王的庇护，那段日子是我这一生中最接近真正童年的时光。”

我找出两个杯子，拿出切德正在喝的那瓶白兰地，将酒杯和酒瓶放在桌上，给我们两人倒了酒。弄臣挑起眉毛说道：“现在就喝酒未免太早了吧？”

我耸了耸肩：“我倒觉得现在好像已经不早了。我今天一大早就赶到城里去看幸运了。”我心里又沉重起来，心事重重地坐下，“弄臣，你会不会渴望回到过去，然后重新有一番作为好让事情改观？”

他坐了下来，但没有碰酒杯：“凡是人，都不免钻进这死胡同里去啊，说起来还真是愚蠢。你到底在烦什么，蜚滋？”

于是我就告诉他了，就像我年幼时那样，一股脑儿地倾诉，把我所有的恐惧和失望都丢给他，仿佛他总有办法从中理出个头绪来：“弄臣，当我回顾过去时，我有时不禁会感觉到，当我非常笃定这样做一定错不了的时候，往往就因此而犯下大错。比如在择固和端宁刺杀黠谋国王之后追捕他们，并且当着诸大公的面杀了他们。你瞧瞧因为这事而起的连锁反应，把我们都弄到什么地步。”

他点了点头，此时我正为自己添满酒，而他催促道：“还有呢？”

我一口饮尽，决定把话说出来。“还有与莫莉上床。”我叹了一口气，但却没有因此而感觉比较轻松，“当时我觉得绝对错不了。多甜蜜、多真实、多珍贵！在我人生中，唯一完全属于我的，就是这一段感情了。但要不是我……”

弄臣等我开口。

“要不是我……要不是我让莫莉有了孩子，她也用不着离开公鹿堡，以遮掩她怀孕的事情；要不是我让莫莉有了孩子，就算我犯了别的天大错误，她也能把自己照顾得很好；要不是我让莫莉有了孩子，博瑞屈就不会觉得他必须去找莫莉，必须看着莫莉把孩子生下来；要不是博瑞屈去找她，他们就不会坠入爱河，结婚生子；要不是踏错了一步，我本来是可以在龙群惊醒之后回到莫莉身边的；要不是一步错、步步错，我现在何至于此？”

我并未痛哭失声，因为这种痛苦欲哭无泪。这痛苦潜藏已久，而此时唯一不同的是，我终于大声地道出内心的苦楚：“这都是我自己造成的，这都是我自作自受啊。”

他倾身过来，将他那修长且冰凉的手搭在我手上。“那是死胡同呀，蜚滋。”他柔声说道，“况且你将自己的力量看得太重，对于接连发生的事件又看得太轻。你甚至也将莫莉的力量看得太轻了。就算你能回到过去，重新做个不同的决定好了，但种下此因之后，事情会作何演变，又有谁预料得到？放开吧，蜚滋，往事如云烟。幸运今日所作所为，并不是在惩罚你过去的行径；今天幸运之所以选择了这条路，并不是因为你的缘故。但你身为父亲的责任仍在，你仍应该努力将他拉回正途。难不成你还以为，就因为你过去犯过跟幸运一样的错误，所以你现在就没资格纠正他么？”他吸了一口气，问道：“难道你从未考虑要将莫莉与荨麻的事情告诉他？”

“我……没有。我不能说。”

“噢，蜚滋。又是秘密，又是这个不能说、那个不能说的……”他悠悠地说道。

“缤城的龙，不也藏了许多鲜有人知的秘密吗？”我淡淡地答道。

弄臣放开了我的手：“什么？”

“有天晚上，我们在喝酒，你跟我讲了个故事。你说什么海蛇把自己封在茧里，而当它破茧而出时便化身为龙，只是不晓得因为什么缘故，有的幼龙破茧而出时，瘦小而孱弱。而且你还因此而怪罪你自己。”

他往后靠到椅背上。此时的他面如土色，不再是过去的金黄色了：“那天我们一整个晚上都在喝酒。喝了很多。”

“对，是喝了很多没错。就是因为喝得醉了，才聊得起来呀。不过当时我的脑筋还算清醒，所以都听进去了。”我等着弄臣开口，但他只是默默地坐在椅子上望着我，“怎么样？”我质问道。

“你想听什么？”他软弱无力地问道。

“告诉我缤城龙的事情。缤城真的有龙吗？”

过了好半晌，弄臣才下定了决心。他坐起身，为我们两人添了酒。他将酒一饮而尽：“是啊。缤城龙跟六大公国的龙一样真，只是两者各有所‘真’罢了。”

“这怎么说呢？”

他深吸了一口气：“我们在很久很久以前争辩过此事，记得吗？当时我跟你说，世上一定曾经有过有血有肉之龙，而精技小组就是由此得到灵感，因此才创造出黑色石头与记忆之龙。”

“那都是多少年前的事了，我几乎都忘了我们曾聊过此事。”

“你用不着记得我们有没有聊过，你只要知道我讲得没错就行了。”他嘴角浮现出若有似无的笑容，“世上曾经有真龙，而古灵就是因为真龙才应运而生的。”

“古灵就是龙啊。”我反驳道。

他微微一笑：“你这话是没错，蜚滋，但是这话该怎么解释，恐怕跟你心里所想的大有不同。我是以片断的知识拼凑出这个构想的，虽然我至今仍未窥得全貌。你与我所惊醒的那些六大公国之龙……它们并非天然而成，而是人造的。六大公国之龙是精技小组或古灵用记忆石雕出来的龙，它们承继了雕刻者所刻出来的形貌，因而活了过来。而活过来之后，它们有的成了龙，有的成了有翅膀的野猪，有的成了飞天的公鹿，有的成了乘龙之女。”

他讲得太快，快到我跟不上。不过我还是点点头：“你继续说。”

“古灵为什么会雕出这些石龙，还将它们的生命储存于石龙之中呢？那是因为古灵从真龙那里得到灵感。龙的一生有两个阶段，跟蝴蝶一样。龙生蛋，而从蛋里孵出来的是海蛇。海蛇在海中悠游，等到它们年岁已足，体型也与成年之龙相当后，便会洄游至龙群代代相传的家乡。成年之龙会欢迎成熟的海蛇，并陪它们溯河而上。到了河的源头，海蛇会用自己的唾液黏住沙子，为自己织茧——这沙子，其实便是细碎的记忆石。成年之龙则会帮助海蛇结茧，它们会吐出唾液，而此时它们自己的记忆也随之而出，这有助于幼龙成形。这些茧沉睡一个冬天，因为成年之龙的保护才不至于遭到猎食者的残害。到了盛夏之际，龙孵了出来，龙破茧而出之前，已几乎将茧吸收殆尽，所以也一并吸收了贮存于茧里的记忆。于是幼龙现身，不但强壮，而且身形完整，足以保护自己、进食和猎食，并为抢夺配偶而战斗。最后龙会在遥远的岛上产卵。那个岛就是异类之岛。而这蛋孵化之后，则为海蛇。”

弄臣述说着，而我几乎可以想象那情景。也许是因为我的梦境为这情景注入了源源不断的活水吧。毕竟我常常在睡梦中想象自己像惟真那样化身为龙，描绘出翱翔天际、四处猎食的情景。他的话不知怎地触动了这些梦，而这些梦突然仿佛变成真正的记忆，而非仅在梦中所见。而弄臣说完便又沉默起来。

“继续说啊。”我催促道。

他贴在椅背上，叹了一口气：“但是很久以前，龙因为某种变故而灭绝了。到底是什么样的变故，我也不太清楚，不过大概是能在数日之内便将大片江山都埋入地里的大地震吧。大地震使海岸下沉，将港口码头淹没在水里，扭转了河流水道。龙因此而灭绝，而且据我看，这大地震连古灵也一并抹杀了。这一切都是推论，蜚滋。这是我将自己听过的、见过的、你告诉我的，还有你写在日记里的片段连贯起来而得出的结论。你造访过一个空无一人、地面裂开的城市。你曾在幻象中看见一条龙降落在河里，而且有个身形古怪之人在迎接那条龙。那种人曾经与龙群相邻而居，而当横扫两族的大难来临时，那些人为了要多抢救几个龙茧而把它们拖到自己的房子里，然而最后那些人竟与龙茧一起被活埋了。那些人已然灭绝，但包在龙茧里面，尚未被阳光与温暖唤醒的半成形之龙，仍一息尚存。”

我像是孩子般，听故事听得入迷。

“最后，另外一族人找到了他们。出身于缤城商人旁系的雨野原商人，为了寻宝而挖掘埋在地底的古代城市。噢，他们找到的宝物可多了。你今天见到的那些献给珂翠肯的宝物，像是火焰宝石、济德铃，甚至于那块布料，都是从古灵的居所中挖出来的。除此之外，雨野原商人也找到了龙茧。他们原本以为……谁知道他们一开始时把龙茧当作是什么东西？那一个个龙茧，看起来大概像是一大截一大截的树干吧，所以他们就把这树干称为‘巫木’。他们劈开龙茧，将茧里半成形的龙胎丢掉，直接把茧当作木料来用。而这‘巫木’便是缤城人拿来建造‘活船’的材料，这种古怪的船之所以如此活跃，根源在于此木原本是可以化身为龙的。据我猜测，大多数未成形的龙胎，早在茧被人劈开之前，就已经死去很久了。不过至少有一个龙胎没死。这龙胎还因为我至今仍不十分清楚的连锁变化而见到了阳光，于是竟然就孵化了，这破茧而出的龙，便是婷黛莉雅。”

“它一定虚弱且不成形。”我试着将弄臣这段话跟他之前提到的事情连起来。

“不，它健壮得很，而且傲慢得不得了，与你最不愿见到的傲慢之人不相上下。婷黛莉雅四处寻找龙族，但最后因失望而放弃。不过她虽然没有找到龙族，却找到了海蛇。这些海蛇不但年纪已大，而且体型巨大，因为——但这也是我推测的，蜚滋——摧毁了成年龙族的大地震同时也改变了地形，使得海蛇无法回到祖传的结茧之地。也不知道过了几百年还是几千年，海蛇每年都试图回归，然而不但回归不成，反而折损了许多海蛇。不过这一次，由于有婷黛莉雅的引导，还有缤城人疏通河道让它们通行，所以终于有部分海蛇好不容易回到了家乡。海蛇在寒冬中结茧，可是它们既衰老又虚弱，而且只有一条龙在看顾它们，帮它们结茧。许多海蛇在溯河时便已死亡，还有许多海蛇在茧中蛰伏，再也不会醒来。盛夏来临时，还能从茧里孵出来的幼龙都很虚弱。这也许是因为海蛇太老，也许是因为它们在茧里待的时间不够，又也许是因为海蛇在结茧之前的状况就不怎么好。那些小龙真是可怜，既不能飞，又无法猎食。婷黛莉雅矛盾得不得了，因为龙族是鄙视弱者的：若是无法自立自足，就任其灭绝。可婷黛莉雅若是任由这些幼龙死去，那么它就注定终身孤独，因为这么一来，龙族中除了它之外，再无其他龙，而它也就别指望重新繁衍龙族了。所以婷黛莉雅不停地为它们猎食，带猎物回来喂它们吃。它相信，若是它能喂饱它们，它们说不定会化为成龙。所以婷黛莉雅希望，不，不是希望，它命令雨野原商人协助它。可是雨野原商人也有自己的孩子要养活，况且还碰上一场阻绝贸易的战争。所以，他们都很艰难地奋斗着。这就是我最后一次在雨野河见到的情景。那是两年前的事情了，但我看至今情况依然没有改变。”

我怔怔地坐了许久，想办法理解他讲的奇妙故事。我无法怀疑他。认识他这么多年来，他告诉我的古怪事情数都数不完。然而，就因为我相信他，我心里的许多东西突然化为新的形状，产生新的意义。我努力将焦点集中于龙的故事对于目前缤城与六大公国的交涉有何影响上。

“你刚才跟我讲的事情，切德和珂翠肯知道吗？”

他慢慢地摇了摇头：“就算知道，也不是从我这里听去的。也许切德有别的管道吧。但这件事我从未在他面前提过。”

“艾达神、埃尔神在上，你怎么不早跟切德说呢？弄臣，像他们早上那样对待缤城人，实在太盲目了。”我心里冒出了更糟的念头，“你跟别人讲过我们的龙吗？缤城商人知道六大公国的龙是什么情况吗？”

弄臣再度摇了摇头。

“幸亏你什么都没说，感谢艾达神。但是你怎么不早点告诉切德这些事情？你为什么将这些事情藏在心里，无论对谁都只字不提？”

他坐在椅子里望着我，沉默良久，久到我以为他是不会回答的了。等到他终于开口的时候，他的口气非常无奈：“我是白色先知。我这一生的目的，就是要将世界推入更好的轨道中。然而……然而我不是催化剂，该造成变化的人不是我，而是你啊，蜚滋。我若是把我知道的事情告诉切德，一定会让切德对待缤城人的态度产生转变。但我却无法确知，这个转变到底会使我必须做的事情顺利进展，还是会对我必须做的事情横生阻挠。我不知道该走哪一条路才好，我这辈子从未像现在这样彷徨过。”

他停顿不语，仿佛期望我能讲几句话让他安心，但是我却不知道该说什么才好。时间一分一秒地过去，我们两人都不说话。最后弄臣交握双手，放在大腿上：“我在想，我在缤城时可能犯了个严重的错误。而且我唯恐我在缤城以及……其他地方的那几年间，并未正确地完成我人生的使命。我看自己过去的路觉得可能走偏了，所以我现在该做的事情也因此而被扭曲。”他突然叹了一口气，“蜚滋，我一向是感觉得到我的人生路该怎么走的——倒不是说我感觉得到渐进的演变，而是我感觉得到此时与彼时的片刻景象。你说，我心里最真实的感觉是什么？到目前为止，我一直都觉得不对劲，觉得不该把这件事情告诉切德。我一直没说。今日，此刻，我觉得时机已到，可以让你知道这些了，所以我才说出来。所以我已经把决定权交到你手上了。改变者，你要说，还是不说呢？全由你决定。”

我觉得有些奇怪，夜眼替我取的名字，竟由人声清朗地讲了出来，弄得我浑身不自在。“怎么，难道你做重大决定的时候，一向都靠‘感觉’吗？”我的语气比我预想中的还要尖锐，不过弄臣并没有因此而畏缩，反而平淡地直视我的眼睛，反问道：“不靠感觉，要靠什么呢？”

“靠你的知识呀，靠征兆、迹象和先兆式的梦境呀，或是靠你的预言呀……这……我也不知道你得靠什么，但是你总不能光靠你的感觉。埃尔神的卵蛋，这算什么？说不定你‘感觉’到的，不过是早餐吃的鱼有点霉坏而已！”

我低下头，将头埋在手里，开始思索。他把决定权交给我了。那我该怎么办呢？我方才还在数落弄臣有话憋着不说，此时却突然发现，要不要把这事告诉切德的决定，困难得让我无法招架。切德知道这些事情之后，他对缤城人的态度和对双方联盟的态度，会发生什么转变？缤城人讲的是真龙啊。值得为赢得真龙的庇佑而打一仗吗？若是不跟缤城结盟，而缤城却打了胜仗，接着又有一大群人任缤城人驱使，那会怎么样？那么是不是该告诉珂翠肯？然后这几个问题便在我脑海里周而复始，可是其答案却很可能南辕北辙。我不禁大声叹气："你何必把决定权交给我呢？"

我感觉到他把手放在我肩上，我抬起头来，发现他似笑非笑地望着我："因为自从我在花园里找到一个男孩子，跟他说：'蜚滋逢治妃狗发作，只费肥油'，并把决定权交给他以来，他一向处理得很好啊。"

我斜眼瞪着他："可当年你是跟我说，你做了个梦，所以来告诉我啊。"

他露出谜样的笑容："那是我梦到的没错，我还把这句话写在纸上呢。不过那时我才八岁啊。我一直等到时机成熟了，才把这件事告诉你。而且你当时就知道，身为我的催化剂的你，应该要怎么做了。而现在我也相信，你知道这些之后，就会知道该怎么做了。"

"我当时根本看不出自己在做什么。我从未想过那件事会有如此深远的影响。"

他靠在椅背上，露出高傲的笑容。"你看吧。"他突然坐直起来，对我问道，"当年你在花园里听了我这句话之后，是如何决定接下来该怎么做的？"

我摇了摇头："我哪有什么决定？只是该怎么做，就怎么做罢了。如果说真有什么决定性的因素的话，那一定是基于六大公国的最佳利益所做的考量。除此之外，我就顾不上了。"

我在葡萄酒架开始移动，露出酒架背后通道的前一刻，便转过头去望着那个出入口。切德走了进来。他一脸烦躁，而且上气不接下气。他的眼神一下子便盯住了白兰地，然后他二话不说便朝桌子走去，拿起我的酒杯一饮而尽，这才喘了一口气，说道："我刚刚就在想，你们两个八成是躲在这里。"

"才没有躲呢。"我反驳道，"在这里谈事情，绝对不会走漏消息，所以我们才来这里的。"我起身让出椅子，切德感激地坐了下去。他从密道走上来时，一定走得很急，"要是我们接待缤城商人的事情，也能保持得这么机密就好了。如今这事无人不谈，而且已经闹得沸沸扬扬。"

"谈论的一定是我们到底要不要跟缤城人结盟，夹击恰斯国。我来猜猜看。修克斯公国巴不得明天就派舰队去助战，对不对？"

"修克斯嘛，我还应付得来。"切德烦躁地答道，"不对，这件事的发展有些奇怪。珂翠肯才刚踏进她的房间，我们才刚要开始剖析缤城提案时，就有个侍僮来敲门了。原来是皮奥崔·黑水与贵主要求立即面见王后——不是请求，而是要求。"他顿了一下，让我们两人考虑一下这件事的严重性，"既然他们讲得十万火急，那我们除了马上接见之外，还能怎么办？王后担心的是，晋责会不会又弄出了什么事冒犯到了贵主？但他们两人一走进珂翠肯的私人接待室，皮奥崔便说道，他与贵主二人对于我们竟然接待缤城商人派来的使节，感到至为失望。他们两人看起来都火冒三丈。不过最耐人寻味的是，皮奥崔坚定地宣布，如果六大公国跟'那些养龙的'结盟，他就终止这桩婚事。"

"皮奥崔·黑水与贵主去找你们谈婚事的成与不成，而不是阿肯·血刃？"这点我非得问个清楚不可。

几乎就在我提问的同时，弄臣也同样急切地问道："养龙的？黑水把他们称之为'养龙的'？"

切德望望我，又望望弄臣，向我答道："血刃没来。"又对弄臣答道，"确实来说，是贵主把他们称之为'养龙的'。"

"当时王后怎么说？"我问道。

切德长长地吸了一口气："我原本希望她会说我们需要时间考虑。不过昨天贵主羞辱晋责王子的事情，珂翠肯显然是气在心里，只是我之前没看出来罢了。有时候我会忘了，珂翠肯不但是个王后，也是个母亲。她立刻强硬地对贵主与皮奥崔说，六大公国与缤城之间的协议，取决于六大公国的最佳利益，而非威胁，管他是谁的威胁。”

“然后呢？”

“然后他们就离开接待室了。贵主看来非常气愤，像士兵一样挺直了背走出去。而黑水则像是扛着重担的人，弯腰驼背地离开了。”

“按照计划，他们不久就要回外岛去了，不是吗？”

切德沉重地点点头：“是啊，他们再过几天就要走了。谁知竟在他们返回外岛的前夕发生这种事情，弄得大家措手不及。如果王后不赶快回绝缤城人，那么贵主启程之后，这桩婚事还能不能成功就不可知了。这么一来，我们为了巩固双方关系所做的一切努力便付诸东流，甚至还可能使情势恶化。不过我总觉得，缤城商人的事情不该急于在一时半会之间做决定。他们的提案必须细细考虑才好。说到龙……他们是以此要挟吗？还是以此来嘲讽我们的龙？又或者这根本就是个疯狂的提案，他们只是因为急需援助，所以编了个天花乱坠的故事？这几个问题都必须理清才行。我得派一些间谍去收买情报。我们可不能在掌握自己的事实来源之前，就贸然下决定。”

弄臣与我对看了一眼。

“什么事？”切德质问道。

我吸了一口气，将谨慎抛到九霄云外：“有件事情必须跟你和王后说。晋责可能也一起来听比较好。”

12. 洁珂

我不是懦夫。国王之令，我一向无有不受。我曾为了席达大公、为了我恰斯国的荣耀而出生入死十数次，再怎么危险的境况，我也心甘情愿。然而不幸的是，当尊贵高雅且神圣公正的席达大公怪罪我等未能拿下缤城港之时，他所用以作为判断基础的报告，乃是出自于未曾在缤城前线打仗者之手。因此，就算最尊贵荣耀且最神圣公正的席达大公竟因此而得出有瑕疵的结论，也无可苛责。但是，以下我将致力于纠正这些报告的错误之处。

瓦廷文书写道："训练有素的战舰船队竟被奴隶与渔夫打败。"这与事实相去甚远。我们的船舰并非在真正的交战中遭到破坏，而是为暗夜中的偷袭所害，而这绝大多数的确是奴隶与渔夫所为。然而既然众船长未收到报告，不知道缤城商人还有这种手法高强的破坏势力供他们驱使，那么怎么能指责我们没有提防偷袭？就此而言，我认为过错不在众船长，而在于我们派至缤城的密探、文书和监察官的疏忽职守，是他们没有提供完整的情报，而非战士之错。那些人就算是处以吊刑，也是死有余辜。许多英勇的战士因此而白白送死，就因为他们的报告太过简陋。

瓦廷文书还指出，有些缤城仓库里存放的宝物，还没确实上缴便进了船长的私库，所以我们虽然战败，但那些船长依然有不少私财。这实在是欺人太甚。我们的战舰上满是我们为您而辛苦装载上船的战利品，然而由于缤城的死忠份子放火烧船，因此战舰连船带货没入海中，为什么文书就是不肯相信？另外有些报告还指出，有些缤城人宁可先杀死妻小再自杀，也不愿活着面对我们的掠夺战士。由于恰斯舰队声名远播，所以我认为这个报告毫不为过。

但是瓦廷文书最严重也最偏颇的错误，在于他否认龙的存在。容我以最有礼、最谦恭的态度请问：瓦廷文书的报告到底有何根据？能够回到恰斯海岸来的船长，每个人都禀报曾看到蓝银相间的龙。每个船长皆是如此，无一例外。为什么船长所言被斥责为懦夫的托词，而宦官的尖声所言却被奉为圭臬？当时的确有龙出现，而且打得我们的舰队无力招架。您的文书昏庸愚昧地指出，缤城现龙之事无可证明，且声称缤城有龙的报告乃是“懦夫的托词，这场战役原本必胜无疑，但是这些懦夫却落荒而逃，而且他们之所以仓皇逃走，说不定只是为了中饱私囊，不肯将宝物献给席达大公的障眼法。”然而我们在这场战役中伤亡惨重。瓦廷文书的证据，难道会比这数百名永远魂归异乡的男子更为切实吗？

——史赖克船长对于自己获判死刑的申诉状，原文为恰斯文，切德·秋星翻译

数小时之后，我才疲倦地钻入密道，朝黄金大人的房间而去，因为王后与切德听得欲罢不能。之前切德拒绝召请晋责王子前来，他说：“他知道我们彼此认识已久，而且交情匪浅，但如果我们继续加深他这个印象，恐怕不太明智。至少现在还不行。”

回想起来，我倒觉得切德想得周到。真要追究起来的话，切德算是我的叔公，只不过我从未将他当作叔公看待。他是我心目中永远的导师。然而他虽然老，而且同我一样伤痕累累，但我们两人的面容仍因为是近亲而有些相似之处。晋责早就说过他怀疑我跟他有点亲戚关系，所以最好还是别让他同时看到切德与我，以免他越往那方面去想。

我与切德和王后长谈许久。在此之前，切德从无机会同时询问我们二人有关于六大公国之龙的种种特性。他一边啜着他那个难闻至极的药汤，一边用他

那瘦骨嶙峋的手巨细无遗地记录下来。最后他写累了，便将笔递给我，并要求我边讲边写。切德提的问题一向精准，此时也不例外。但今日唯一不同的是，他的行为举止显得非常热切。对他而言，在鲜血、精技与原智的滋润下而新生的石龙，展现出精技衍生力量的高深莫测。切德认为，也许当年人们之所以发展出这种魔法，是为了要逃避死亡，而我则在他的眼里看到了想要求得长生的饥渴。

珂翠肯听了皱起眉头。我的推论是，她宁愿认为，以往的精技小组雕刻石龙时，心中乃是以六大公国的苍生为念。她大概深信，在惟真之前的石龙，也是为了崇高的目的而做的。当我反驳这个说法，并提出精技小组很可能是因为精技瘾头的驱使，才雕刻了那些石龙时，他们两人都皱起眉头瞪我。

哦，他们两个听得皱眉瞪我之处可多了。对于我转述的缤城之龙的消息，他们先是怀疑，继而则因为我没有早早告诉他们而感到恼怒。至于为什么我要为弄臣遮掩，以免他们怪罪弄臣，我也说不上来。我并没有直接撒谎——我在切德门下那么多年，早就知道这样做容易露出破绽——而是迂回地让他们认为，龙的故事，是弄臣在第一次到小屋去拜访我时跟我说的。我一肩挑起了没有早早禀报消息的责任。我耸耸肩，不甚在意地说，缤城远在天边，我之前并未想到那些遥远的故事会影响到这里。他们相信了我的说法，所以我甚至用不着补上一句，说当时我只觉得那些故事过于穿凿附会。至于要不要将缤城之龙的故事信以为真，他们两人则一直摇摆不定。

“这样一来，我们的龙的意义又不同了。”珂翠肯沉思道。

“而且照这样考虑起来，那面纱男子的话并没有那么无礼。”我大着胆子补上一句。

“大概吧。不过他竟敢怀疑我们的龙不是真龙，我到现在都还觉得很生气。”

切德清了清喉咙，说道：“亲爱的，此事应该到此为止，不宜追究。去年我弄到一些文件，里面提到有一条龙保护缤城，抵御恰斯舰队的入侵。当时我只觉得这个故事荒诞不经，一定是败战之军用以逃避责任的借口。我当时的推测是，由于我们的真龙事迹流传甚广，所以恰斯人在事实上虽然是败在战略的疏忽，但却借口说他们是败于缤城的龙。当时我要是循着线索追查下去就好了，如今只能慢慢再想办法多收买些情报了。不过就目前而言，且让我们多加追寻我们自己的消息来源。”他清了清喉咙，盯着我瞧，仿佛怀疑我隐匿了什么重要情报，“弄臣跟你讲的那些埋在地底下的城市……那些城市会不会跟你去过的那个荒芜城市有所关联？”切德特地提起这个问题，仿佛这个问题比王后觉得自己受到冒犯的事情更为重要。

我耸耸肩：“我无从得知。我去过的那个城市并非埋在地底下。不过那个城市因为大地震而裂成了两半，就像是有人用斧头把蛋糕劈开一般。而地裂之后，河水灌入，又把裂缝填满了。”

“地震能将此地的城市一分为二，就有可能将别处的城市埋入地里啊。”切德大声地推论道。

“或者是引起火山爆发。”珂翠肯补充道，“这种故事，我在群山王国听多了。大地震摇，于是火山苏醒，冒出的岩浆和灰烬有时候会遮蔽得天空一片漆黑，而且大地上尽是令人窒息的烟雾。但有时候，就只不过是一团混着石头的泥浆水，慢慢地从山上流下来，填满了整个山谷，甚至还流溢到平原上。还有些故事说，有个小镇位于大湖边的山谷里，大地震的前一天，小镇上一切完好，生气蓬勃。但是地震的两天后，抵达那小镇的旅行者却发现街上的人都死了，而他们的家禽家畜也死在他们身边。他们的尸体上皆无外伤，那情景仿佛是他们站着站着，然后就突然倒地死了。”

此语一出，我们三人都沉默了下来。然后切德又教我把弄臣跟我讲的缤城之龙的故事重新说一遍。切德问了很多六大公国之龙的问题，不过大半我都答不上来：我所惊醒的龙群中，会不会有从海蛇化生出来的龙？如果缤城那些从海蛇化生出来的龙攻击六大公国，我们能不能激起六大公国之龙起而保护我们？还是说，六大公国之龙反而会与披着鳞甲的龙族站在同一阵线？对了，说起鳞甲，那个蜥蜴似的少年可有什么线索？弄臣对那种鳞甲人知道多少？

等到他们终于肯放我走，以便他们彼此商量之时，我觉得仿佛已经过了数顿饭之久。我从密道离开了珂翠肯的私室，再从我自己的房间走出来时，发现黄金大人不在房里，于是我便去厨房找东西填肚子。厨房里人人疲于奔命，忙成一团，所以我也不愿搅和进去，干脆到守卫的食堂去碰运气，结果我弄到了面包、奶酪、肉和啤酒，而这些其实就足以满足我的灵魂了。

我爬上楼梯时，心里盘算着，堡里因为缤城使节团而大开筵席，黄金大人一定是与公鹿堡里的众贵族去赴宴了，而我说不定可以趁此小睡一番。我知道我应该打扮妥当，下楼去站在他身后，观察晚宴的情景，但我此时觉得心中已经满载，再也塞不进其他情报了。我已经将消息转达给珂翠肯与切德，就让他们去处理吧。我仍为了幸运的事情伤透脑筋，这个难题，我真想不出该怎么解决才好。

那就睡觉吧，我坚决地对自己说道。至少睡着时什么也不用想，等到睡醒了，说不定脑袋会比较清楚一点。

我在黄金大人的房门上敲了敲，然后开门进去。这时一名原本坐在火炉边的年轻女子站了起来。我环顾四周，心想一定是黄金大人开门让她进来的，然而却不见黄金大人的踪迹。也许他正在与客厅相连的那几个房间里吧，不过把客人单独留在客厅里，实在不像他的作风，再说若是有人来访，他一定会摆出点心或是葡萄酒待客，然而此时桌上什么食物和酒都没有。

这女子与寻常人大不相同。别说她奢华的衣着，光是她的身材就够惊人的了。她至少跟我一样高，长长的金发，淡棕色的眼睛，手臂与胸膛都如战士般健壮，而她的衣服又特别突显了她的壮硕体型。她穿着高及膝盖的黑靴，而且黑靴之上不是裙子而是紧身裤，她的上身穿着象牙白的亚麻衬衫，披着装饰繁复的柔软母鹿皮背心。她的衬衫袖子上全打了摺，袖口缀着蕾丝，不过这蕾丝不至于影响手的动作。她这身衣装的剪裁非常简单，但它不仅质料极尽华丽之能事，其繁复优雅的绣花装饰让其显得更加奢侈富丽。她两耳各戴了好几个耳环，有的是木质的，有的则是金子。而且我还认出那些螺旋状的木质耳环，是出于弄臣之手。她颈上与手腕上也戴了金饰，不过那些金饰都很简单，而且我敢打赌，她之所以戴那些首饰，不是为了炫耀，而是因为自己看着喜欢。她的臀上一边挂着一把平实的长剑，一边挂着一把实用的小刀。

在初次见面的第一刻，我们两人目光相遇，而且彼此都很惊讶。接着她的目光以我熟悉得不能再熟悉的方式朝我身后探望。等到她的目光重新与我相遇时，她的脸上顿时绽放出敌意全消的笑容。她的牙齿非常雪白。

“您一定是黄金大人。”她一边朝我走过来，一边伸出一只手来与我相握。她这身打扮虽然异国味十足，但是她讲起话来，却是修克斯公国的口音，“我是洁珂。琥珀可能在您面前提过我的事情。”

我无暇多想，糊涂地跟她握了个手：“小姐，真是抱歉，但是您认错人了。我是服侍黄金大人的仆人，我叫汤姆·獾毛。”她的手上有硬皮，而且握手的手劲很大，“方才我没在房间里招呼您进门，真是抱歉。我不知道黄金大人约了访客。您要不要喝点什么或吃点点心？”

她不在乎地耸了耸肩，放开了我的手，走回火炉前：“我并没有与黄金大人相约。我问了仆人，一路找到这里来的。我在门上敲了敲，没人应，所以就进来等了。”她坐下，跷起腿来，露出你我何必见外的笑容，对我问道，“好啦，琥珀近来如何？”

这气氛不大对劲。我朝与客厅相连的那几扇门瞄了一眼：“我不认识什么琥珀。您是怎么进来的？”我横身挡在洁珂与房门之间。她看起来气势凌人，不过她的头发和衣服仍一丝不苟。而且她若是对弄臣有什么不利，弄臣铁定会在她身上留下挣扎的痕迹，况且房里的家具物品也没被打乱。

“我是开了门走进来的。门又没锁。”

“门随时都是上锁的。”我尽量让自己的语气显得轻快，但心里却越来越担忧。

“唔，可是今天没锁呀，汤姆，再说我有要事与黄金大人商讨。他跟我很熟的，我想他一定不会介意我开了门就进来的。这一年来，我在琥珀的撮合之下，帮黄金大人处理了许多生意。”她歪着头，眼珠子转溜着转到我身上来，“你说你不认识琥珀，我压根不信。”她将头撇到一边，斜睨着眼，挑剔地上下打量我，然后咧嘴笑开，“你知道吗，我觉得你还是棕眼睛比较好看。比典范号上帮你配成的蓝眼睛合适多了。”我错愕地盯着她，而她的笑容更显灿烂。

这种感觉仿佛是被一只体型硕大，但却友善得过头的豹子盯上似的。她不但毫无敌意，反而像是故意忍住，不让自己朗声大笑出来，不仅如此，还故意要弄得我浑身不自在，只不过她的态度颇为和善，显然是要寻我开心罢了。这是什么道理，我实在百思不得其解。我心里挣扎着，想不出我到底是应该把她赶出去，还是将她拘留在此，等黄金大人回来处置比较好。我越来越担心黄金大人是不是在我不在的时候出事了，巴不得立刻冲进他的卧室和厕所去瞧瞧。

此时我突然听到他的钥匙转动门锁的声音，这才松了一口气。我三两步走到门边，帮他开了门，并在他尚未踏进房里之前便宣布道："黄金大人，您有访客。洁珂小姐在等您。她说她是……"

我还来不及多讲几句话警告他，他便鲁莽失态地冲进房里，而且马上就反身将房门关紧，仿佛洁珂小姐是一只随时都有可能会溜到走廊上的小狗。除此之外，他还把门上了锁，这才转身面对洁珂。他望着那位不速之客时，脸色十分苍白，我已经多年没见过他这么慌张了。

"黄金大人？"洁珂叫道。她怔怔地瞪着黄金大人，良久良久，接着才爆出爽朗的大笑，一边笑，一边握起拳头打自己的大腿，"不过，这也对呀。黄金大人！我怎么就没猜到？我应该一开始就看穿了才对！"她朝黄金大人走上去，自信满满地认为她一定会受到热烈的欢迎，接着她热情地与黄金大人互拥，然后才退开了一步。她抓住他的双肩，目光则在他脸上与头发上梭巡。在我看来，只觉得黄金大人似乎惊讶得茫然，但是洁珂脸上的笑容却丝毫没有减退。"真是太棒了。要是我不知情的话，一定怎么猜都猜不到。可是我还是不懂。弄出这个幌子真有必要吗？这样你们两人不是更难以厮守了吗？"她的眼神从黄金大人飘到我身上。所以她问的那个问题，显然是指我们两人。她的言外之意再明显不过了，虽然我猜不出她所说的"幌子"所指为何。我顿时脸上一热，涨红起来。我等着黄金大人开口跟她澄清，可是他却缄口不言。她一定是被我脸上的表情吓到了，因为她接着便将目光转回到黄金大人身上，不解地问道："琥珀，我的好友。我来看你了，你不高兴吗？"

黄金大人的脸似乎冻住了。他的下巴虽然动了，却过了好久才说出话来。

他的声音低沉而平静，但好像仍有点喘不过气来："汤姆·獾毛，晚上不用你服侍了。你退下吧。"

自从我化身为黄金大人的仆人以来，就属此刻最难把持住这个身份，但我感觉到黄金大人正急于退守到寻常的主仆位置上。我咬紧牙关，僵硬地鞠了个躬，心里仍因为洁珂暗指我们两人的关系而气愤不已。我回答的时候，声音十分冰冷："如君所愿，黄金大人。我将借此机会休息一下。"我转身走回自己的房间。经过桌前时，我拿了一根蜡烛，开了房门，走进自己的房间，然后将房门关上——只留了一个小缝。

接下来我所做的事情实在不太光明正大。我该怪罪是切德把我训练得太好吗？是可以，不过若是这样说，未免太不诚实。其实是我义愤填膺。洁珂显然认定我俩是情侣，可是黄金大人竟然没有纠正她的错误观念。从洁珂的言行举止来看，她的错误观念之来源，正是黄金大人，而他为了某些个人目的，任由洁珂继续抱持这个错误的想法。

另外就是洁珂看我的眼神，仿佛她对我无所不知。她显然认识黄金大人，只不过他们是在外地相识，而且他用的是别的名字，而我则很确定我从未见过洁珂。这么说来，无论洁珂对我知道多少，都是弄臣告诉她的。我为自己偷听他们讲话找个了冠冕堂皇的理由，那就是我有权知道弄臣是怎么跟陌生人说起我的。尤其是因为不晓得他跟这个陌生人说了什么，竟使她用那种古怪的神情打量我，还对我露出那种"你我何必遮掩"，令我气得忿忿不平的笑容。弄臣到底是怎么跟她说的，竟使她误解得这么深？这是为何？他怎么会做出这种事情？我的怒火不断升高，但我强按住心头的不满。事情总有个理由。他会这么说，必有其重要目的。一定有。我相信自己的朋友，不过我有权听听他到底是怎么跟她说的。我将蜡烛放在桌上，人在床上坐下来，紧握的双手放在大腿上。我强迫自己抛开所有的情绪，而且无论我的处境有多么不堪，我都必须理性判断。我凝神倾听。他们微弱的谈话声，传进我紧绷的耳朵里。

"你来这里做什么？你怎么不让我知道你要来？"弄臣的语气里不只是惊讶和厌烦，几乎可说是失望。

“我怎么通知你呀？”洁珂开心地反问道，“恰斯人把往北走的船通通击沉了。从你写给我的信看来，我写给你的信，至少有一半下落不明。”然后又补了一句，“所以啦，你就承认了吧。你就是黄金大人，对不对？这一阵子以来，我其实是在处理你的事务？”

“对。”他的语气有点气恼，“而且我在公鹿堡只用这个名字。所以如果你能时时将此谨记在心的话，我会感激不尽。”

“但是黄金大人，之前你却跟我说，你要到公鹿堡来拜访老朋友，还说你我之间的一切通信都要透过你这位老朋友转交。还有，我在缤城和遮玛里亚处理的那些生意，以及我四处打探然后写信通知你的那些消息呢？那些原来也都是你要的，对不对？”

他的口风很紧：“如果你一定要知道的话，就算是吧。”但接着他便恳求道，“洁珂，你以为我背叛了你，但我没有。你是我的好友，所以我并不以骗你为乐。但这一切都是不得不为之的，你把这一切称之为‘幌子’，然而这幌子却绝对不能少。而且我不能跟你解释原因，也不能告诉你全部的实情，顶多只能再三地说，这一切都是迫不得已的。如今我的命都在你手上了，你若是哪一天在酒馆将此事说了出来，那我的后果便不堪设想，还不如你现在就一刀割断我的喉咙吧。”

我听到洁珂靠在椅背上的声音，而她讲话的时候，语气有些气愤：“你先是欺骗了我，现在更是当面侮辱我。我们都一起经历过那么多大风大浪了，如今你真的还怀疑我管不住自己这张嘴吗？”

“我既无意骗你，也无意侮辱你。”某个人答道。听到这声音，我颈背的毛发都竖起来了，因为那既不是黄金大人的声音，也不是弄臣的声音。这个嗓音较为温柔轻细，而且毫无遮玛里亚口音。我推测道，这应该就是琥珀的声音了。我还以为我认识他呢，谁知他还有这一面，而且我还全然不知，“其实只是……你来了让我好意外，把我给吓坏了。我进门来的时候，你笑吟吟地望着我，我还以为是谁跟我开这么大的玩笑哩……啊，洁珂，我真的无法向你解释，只能把一切寄托在你身上，也寄托在我俩的交情上了。如今你既然闯进了我设的局里，我恐怕非得为你分派角色不可了。在你待在堡里的这段期间内，你一定得当我是真正的黄金大人，而你就是我在缤城与遮玛里亚的代理人。”

“这再容易不过了，因为我的确一直把你当作是黄金大人，也以黄金大人在缤城与遮玛里亚的代理人自居呀。再说你提到我俩的交情时，的确是一片真心。虽然你竟认为我们两人之间有必要使出这些障眼法，我还是有点心痛，不过我应该是可以原谅你啦。但这到底是怎么回事，我真的很纳闷。你的男人，他叫……汤姆·獾毛是不？他一进门，我就认出他的脸了，而且衷心为你高兴。你照着他的脸，刻出了典范号船首的人头，所以你别在我面前推托说你对他没放什么感情。当时我心里就想：‘哇，他们终于团聚了。’可是接着你就吼着叫他走开，仿佛他真是个仆人似的……事实上，他的确向我介绍他是‘服侍黄金大人’的仆人。这是何苦呢？这样你们两人不是更煎熬吗？”

接下来是长长的沉默。我没听到脚步声，但我听出了酒瓶碰撞酒杯的声音。洁珂与我仍在痴痴等待他的回答，但我猜他是走去帮自己和客人倒酒了。

“我是很煎熬没错。”弄臣以琥珀的声音答道，“但他倒没什么煎熬，因为他一无所知。你瞧我，我真是个大傻瓜呀，秘密怎么能透露出去，甚至还让它成形呢。我太虚荣了。”

“何止太虚荣？简直是虚荣得无以复加！你照着他的模样刻出了活船的船首人头，还期望别人都别猜出他在你心里是什么地位？啊，我说朋友呀，别人的人生、别人的秘密，你样样都处理得顺利妥当，怎么碰到你自己的秘密，你就……唔，而且他还连你爱着他都不知道？”

“我想他是故意视而不见吧。也许他怀疑……唔，我敢说，如今他既跟你聊过，那是必定会起疑心了。可是起疑归起疑，他会丢着不去管它。他那人就那样。”

“那他可真是个可恶的大傻瓜。不过虽然可恶与傻瓜兼而有之，但是挺英俊的就是了，可惜鼻梁歪了。我敢打赌，他被打断鼻梁之前一定更加帅气。是谁坏了他那张脸呐？”

隔壁传来干咳般的笑声。“我亲爱的洁珂，这人你是见过的。像他那样的人，谁能坏得了他的脸？他就算打断鼻梁，也不是为我决斗呀。”轻轻地叹了一口气，“好了，好了，我希望我们别谈他了，如果你不介意的话。跟我讲别的事情嘛。典范近来如何？”

“典范。你问的是活船典范号，还是幼主典范？”

“两个我都想知道。”

“这个嘛，关于海盗群岛的王位继承人，我知道的也只是市井传言而已。那少年活泼强壮，相貌跟柯尼提国王一模一样，而且他母亲对他宠爱备至——说得更确实一点，是整个渡鸦船队都对那孩子宠爱备至，视若珍宝。他的中间名便是‘渡鸦’，你知道吧，全名叫做典范·渡鸦·大运王子。”

“那典范号呢？”

“跟以前一样郁郁寡欢，不过又有点不太一样。不是以前那种一发作起来，就怎么劝都劝不回来的阴郁。现在的典范，情绪比较像是梦想要成为诗人的青年的那种苦闷。就因为这个缘故，所以我总觉得，现在的典范情绪一低落起来，比以前更讨人厌。当然啦，这也不能全怪典范。奥尔瑟雅怀孕了嘛，所以这船满脑子想的都是这个新生儿。”

“奥尔瑟雅怀孕了？”这个“琥珀”一听到这种事情，就像女人家一样地激动起来。

“是啊。”洁珂肯定道，“而且奥尔瑟雅因此而气极了，虽然贝笙乐得每天为那未出世的孩子想新名字。老实说，我认为若说奥尔瑟雅因为怀孕而大怒，那么这话只说对了一半。奥尔瑟雅跟贝笙是在雨野原商人大堂结婚的……这我写信告诉你了，不是吗？因为奥尔瑟雅对贝笙态度特别差，这使得她外甥女麦尔妲丢尽了脸，所以我看这婚礼倒像是为了要安抚麦尔妲而办的，而不是因为奥尔瑟雅本人有意结婚。如今奥尔瑟雅怀了孩子，每天清晨都大吐特吐，而且贝笙一跟她献殷勤，她就把贝笙臭骂一通。”

“可是奥尔瑟雅应该知道她终究会怀孕的吧？”

“我看那倒不见得。那些商人呀，原本就很难受孕，就算怀孕，也有半数尚不足月就流产了。就说她外甥女麦尔妲吧，她就流掉了两胎。我看怀孕只是奥尔瑟雅气恼成这样的一半原因。她若是知道这些呕吐与腹绞痛可换来新生的宝宝，让她在人前人后炫耀一番，那么这一切的不适，她不但会优雅地接受，甚至还会非常欢迎。但是奥尔瑟雅的母亲要女儿回娘家产子，典范则坚持宝宝一定要在他的甲板上诞生，而贝笙觉得就算奥尔瑟雅在树上生子也无所谓，只要事后他有个宝宝可以逗弄、可以夸耀，那就行啦。众人不断地给她建议，只激得她骂得更凶。所以我才跟贝笙说：'你千万别再跟她提起怀孕的事了，就假装你没注意到她有什么异状，并且如常地对待她才好。'可是贝笙就说：'这我怎么办得到？她起帆降帆的时候，缆绳都磨到她肚子上了。'不过当然啦，贝笙讲这话的时候，奥尔瑟雅人就在附近，而且她一听到，就用一串下流话骂得贝笙连耳朵都红起来了。"

他们两人就这样像市井妇人一般东家长、西家短地聊了起来。他们起劲地谈着谁怀了孕、谁没怀孕却巴不得怀孕、遮玛里亚的港口与宫廷动态、海盗群岛的政治圈近况，以及缤城和恰斯国的战争。要不是我早就知道隔壁的人是谁，不然光是听他们讲话，我根本无法猜出那是什么人物。琥珀与黄金大人或弄臣毫无相似之处。这转变竟如此彻底。

这是当晚第二件令我头皮发麻的事情。他不但将我的事情讲给陌生人听，而且还详细到洁珂认得出我的脸，还坚信我是他的情人，然而除此之外，他还有别的身份——或许是别的许多身份也不一定——而我对那些身份毫不知情。这感觉真是奇怪。朋友之间若有什么秘密没说出来，总让人觉得像是背叛。

我孤独地坐在烛光之中，思索着弄臣到底是什么人。我将多年来搜集的点滴线索凑在一起，仔细考虑。我已经不记得曾多少次将自己的生命托付给他。他看过我所有的日记，对我去哪里做了什么都要仔细探问，而我也和盘托出。然而他拿什么来回报我？不是谜语，就是秘密，而且他对自己的事情总是避而不谈。

我对弄臣的感觉跟冷却的柏油一样，越是冷却，就越是坚硬。我越去想，就越觉得不平。他将我排除在外。对于这种事情，人的心只会生出一种反应。从现在开始，我也要将他排除在外。我站了起来，走到我的房门前将门关紧。

虽不至于故意关得很大声，但我却毫不在意他是否注意到方才房门有个缝。我按下开启密门的机关，走到对面的墙壁，然后推开密门，走进公鹿堡里的间谍密道。我真希望只要我将密门关上，就可以把我的部分人生抛在脑后。我一边走开，一边努力将刚才的事情丢开。

世间少有比男人的尊严更脆弱的东西。这个侮辱使我既痛苦又愤怒，我爬上楼梯时，只感到心头越来越沉重。我又将内心的不平处重新数了一次。

他怎么敢让我陷入这个尴尬的处境？我们为了寻找晋责王子而拜访长风堡时，他便作践了自己的名声。他吻了儒雅·贝馨嘉，刻意制造出社交风波，一方面为的是误导贝馨嘉夫人，使她以为我们来访另有他意，另一方面为的是让贝馨嘉夫人立刻将我们驱离贝府。直到如今，儒雅都还鄙夷地躲着他，而且我还知道，儒雅的行为引发了人们热切的流言与猜测，因为人人都十分好奇黄金大人个人的癖好到底为何。我知道我已经努力正言正行，以免沾惹闲言闲语。但如今重新考虑起来，连王子都不禁直接问我，而且我也终于听出在蒸气浴室里冲撞我的那个守卫的言外之意了。我满脸涨得通红。洁珂虽然保证她口风很紧，但她到底会不会四处乱传，使我碰上更尴尬的情况？根据洁珂的说法，弄臣照着我的相貌，刻出了某一艘船的船首人头头像。我觉得他对我实在太不尊重。他怎么可以没问过我，就将我的脸刻在船头上？还有，他在雕刻人头的时候，到底跟周遭的人说了什么，以至于洁珂如此揣测？

我仔细一想，做出这种事情，无论是与弄臣的性格，还是黄金大人的性格都不相符。这么说来，可见这事是这个我完全不曾听闻，名叫琥珀之人所为了。

这么说起来，我对他实在是认识不清。而且是从来就没有完全认识过。

我怀着这个心情，怯怯地感觉到，我已经越来越接近自己之所以如此伤痛的核心了。发现这一生最真诚的好朋友竟然是个不折不扣的陌生人，这仿佛是一把刀子插进了我心坎里。这辈子我多次被人遗弃，如今还被好友遗弃，他是我在黑暗中踩错的一步，他那些温暖的承诺与友谊全都是假的。我对自己摇了摇头。“白痴。”我低声骂自己，“你注定孤独。赶快习惯吧。”然而接下来，我想都不想地便探向那一度曾经带给我安慰的地方。

然而我什么也没探到，而且接着我便苦苦地思念起夜眼，思念到心头都绞痛起来。我闭上眼睛，走了两步，在贵主房间外的情报站板凳上坐了下来。我眨眨眼睛，想要拒绝睫毛上那几滴伤心男孩的泪水的存在。孤独啊。到头来总是以孤独收场。这孤独像是疫病，不断扩散。我母亲因为缺乏勇气、不敢反抗她父亲而抛弃了我，而我父亲则是宁可抛弃王位与庄园，也不愿承认他有我这个儿子。

我将头靠在石墙上，强迫自己镇定下来。调匀呼吸之后，我听到隔墙传来的轻微声响。我长叹了一口气，然后，不为别的，仅仅为了要逃避我自己的人生，而把眼睛靠上窥孔，并竖起耳朵倾听。

贵主坐在房间中央的一张矮凳子上。她抱着手肘前后摇动，低沉地呜咽着。眼泪滑过她的脸颊，从她的下巴滴下来，而她紧闭的眼里仍不停地流出泪水。她背上披着一条湿毯子。在如此剧痛之下，她仍安静得不出一点声响，这使我不禁纳闷，她是不是受到她父亲或皮奥崔的责罚了。

就在我满心狐疑之际，皮奥崔进来了。一看到皮奥崔，艾莉安娜就爆出短短的一声抽噎。皮奥崔紧咬着牙关，听到这抽噎声时，他的脸绷得更紧，也变得更惨白。他拿着斗篷，但他的斗篷捆成了个包袱，不知道包着什么东西。他三步并作两步地冲过去，将沉重的斗篷包袱放在地上，在艾莉安娜身边跪了下来，低声问道：“是哪一条？”

她艰难地喘了口气，接着吃力地说道：“大概是那条绿海蛇吧。”然后又吸了一口气，说道：“我也说不上来。只要其中一条烧起来，其他的也跟着一起烧起来了。”她的手举到嘴边，用力地朝拇指肉上咬了下去。

“不行！”皮奥崔叫道。他将湿毯子滴着水的缝边拉过来，对摺，交给艾莉安娜。然而皮奥崔还得用力扳着艾莉安娜的手，才能将她的拇指扯出来，接着双眼紧闭的艾莉安娜紧紧地咬上毯子的缝边。艾莉安娜的手无力地掉落在她身边时，我看到她拇指上出现了清晰的齿痕。“抱歉我去了这么久。我必须秘密行事，以免别人注意到我的行踪，对我问东问西。而且我想找些新鲜干净的。来吧，转过来对着光。”皮奥崔对艾莉安娜说道。他按着艾莉安娜的双肩，将她转了个方向，使她背朝着我，艾莉安娜任由背上的湿毯子滑到地上。

她的腰际以下穿着母鹿皮做的皮裤，以上则裸露在外，由肩至腰，尽是大片刺青。这十分惊人，不仅如此，那刺青图案更是我从未见过的。我知道外岛人有刺青的习俗，他们以刺青来彰显自己的氏族、彰显胜利的战役，而女子甚至借此来表示她已婚生子，以表彰自己的身份。但不管是哪一种刺青，都与皮奥崔的氏族刺青，也就是他额头侧边那个线条简单的蓝色图形，差不了多少。

但是艾莉安娜背上的刺青大不相同。她背上的刺青极美，色泽艳丽，图案清晰明显。那色彩有着金属般的色泽，在灯光下看来，仿佛磨亮的刀刃般反射着光芒。那一条条在她的肩膀、背脊与肋骨间纠结腾跃的蛟龙与海蛇，无一不通体晶亮，闪闪发光，其中一条自她颈背而起，蜿蜒而下，与其他龙蛇纠缠在一起的碧绿海蛇，尤其鼓凸，仿佛烫伤的水泡一般。说也奇怪，那条鼓凸的海蛇显得特别可爱，因为此时那条海蛇像是被困在她的皮肤下，如同想要从蝶蛹中挣脱出来的蝴蝶。皮奥崔一见，便发出怜惜的叫声。他打开斗篷包袱，露出一堆新下的白雪，他拿了一把雪按在那条海蛇的头上，接着我便听到烤热的刀刃浸到水里的嘶嘶声，我大吃一惊。那把雪立刻融化，顺着艾莉安娜的背脊流下来。方才那一接触，使艾莉安娜惊叫了出来，但她的叫声中既带着惊讶，也带着宽慰。

“好了。”皮奥崔声音粗哑地说道，“一会儿就好了。”他将斗篷铺开，把白雪铺平。“躺上来。”皮奥崔吩咐道，扶着她从凳子上起来。他轻轻地将艾莉安娜的背靠到雪床上时，她因为皮肤的烧烫得到纾解而抽噎起来。现在我看得到她的脸了，而此时不但有大颗汗水从她额头上滴下来，眼泪也兀自从脸颊上滑落。她紧闭双眼，一动不动地躺着，她那初隆起的胸部，随着她抽噎的呼吸上下起伏。过了一会儿，她开始冷得发抖，但即使如此，她仍躺在雪床上不动。皮奥崔捡起毯子，用水罐里的新水将毯子沾湿，然后将湿毯子放在艾莉安娜身边。“我要出去多弄点雪。”他对艾莉安娜说道，“如果你身下的雪化了，你就改用这条湿毯子盖住。我会尽快回来。”

原本紧咬牙关的艾莉安娜松开口，沾湿嘴唇，哀求道：“快去快回。”

“一定一定。”皮奥崔说着便站了起来，严肃地一字一句地说道，“你受了这么大的苦，我们独角鲸的祖先会赐福给你的。那些不知变通的瞻远人，去死吧。还有那些养龙的，也一并去死好了。”

贵主一边在雪床上左右滚动，一边说道：“我只希望……要是能知道她到底想要怎样就好了。我们都做了这么多，她还要怎样呢？”

皮奥崔为了要找个东西装雪，在房里来回走动。他先拿起垃圾桶，又放了下去，此时他手里拿着贵主的斗篷，气愤地答道：“她想要怎样，你我都心知肚明。”

“我还没成人呢。”艾莉安娜平静地答道，“这不合母亲们的规矩。”

“这根本就违反我的规矩。”皮奥崔进一步说道，仿佛就此事而言，除非他本人首肯，否则就不能成事，“我绝对不会让你遭人滥用。一定有其他方法。”接着皮奥崔勉强地问道：“汉佳来过没？她有没有说你为什么会受到这么大的折磨？”

她的头部抽动了一下，这就算是点头了。“她坚持我必须跟他紧紧相连在一起，既然如此，我就必须得在离开之前，张开大腿迎接他。”艾莉安娜从牙缝间吐出了这几句话，“我甩了她一巴掌，她就走了。之后，痛楚足足增加了四倍。”

皮奥崔的表情因为愤怒而冻结起来：“现在她人在哪里？”

“她不在这里。她刚才是带着斗篷出去的。她也许是想避开你的火爆脾气吧，不过我看她是又进城去弄什么诡计了。”艾莉安娜咬紧牙关的嘴弯成笑容，“她走了更好。我们的处境已经很艰难了，更别提还得向外人解释你为何在盛怒之下杀了我的侍女。”

我想艾莉安娜的这番话就算没有让皮奥崔平静下来，至少也唤起皮奥崔对现实的多加重视。

“现在那个臭婊子躲起来了也好。不过你劝我要多克制，会不会太晚了一点？我说小战士呀，你可继承到你舅舅的火爆脾气了。你动手打她，实在算不上明智，但是我也找不到理由来指责你的不是。那个没有灵魂的臭婊子。她还当真以为，若要绑住男人，除此之外就没别的招式。”

艾莉安娜竟笑出声来，真是难以置信。“她太没见识了，舅舅。就我所知，要绑住男人，方法绝不只如此。男人是可以靠荣誉来绑住的，即使没有爱情也一样。现在我靠的就是这个了。”她因为剧痛而皱起眉头，“求你再多弄些雪回来。”她喘气道，而皮奥崔则猛然点个头，便出去了。

我望着皮奥崔离去。此时艾莉安娜慢慢地坐了起来，将融化中的白雪扫成较窄的长条雪床。她背上的刺青仍闪耀发光，而龙蛇周围的赤裸皮肤则因为寒冷而变得通红。她小心地在新做的雪床上躺了下来，吸了一口气，举起双手，将手背贴在额头上。我记得有个卷轴上曾经提到，这就是外岛人祈祷的姿势。然而艾莉安娜并未求神，只是一再地重复说道：“我的母亲、我的妹妹，这都是为了你们；我的母亲、我的妹妹，这都是为了你们。”不久后，她的话就变成随着她的呼吸起伏的单调吟诵声。

我坐回凳子上，整个人在颤抖。这不但是出于对她的勇气的敬畏，也出于对她所受折磨的怜惜。我开始琢磨我看到的这一幕，这有什么重要意义呢？我的蜡烛烧得只剩一半了。我拿起蜡烛，慢慢地爬上切德的塔楼。我既疲惫又消沉，现在只想找个熟悉的地方，寻找一丝温暖。然而当我走进塔楼时，发现房间空空如也，火也已经烧尽了。椅子边的桌上摆着一只有酒渍的玻璃杯。我一边清理壁炉里的余烬，一边喃喃地数落阿憨做事不认真，然后重新生了火。

接着我拿出纸笔，把我刚才所见写了下来，还顺便提起艾莉安娜、皮奥崔与那名侍女之前的冲撞场面。应该派人看紧那个侍女，这是再明白不过的了。我将新写的墨迹用布吸干，将报告留在切德的椅子上，希望他今晚会到塔楼里来看看。我忿忿地再次思索道，切德竟然没有安排一个让我直接联络他的方式，真是有够愚蠢的。我知道我刚才看到的事情很重要，而且希望切德知道那是怎么一回事。

然后我不情愿地沿着原路走回自己的房间。我静静地在房里站了好一会儿，并且凝神倾听。外头什么声响也没有。就算洁珂与黄金大人还在，那么他们不是默默地在客厅里坐着，就是到他的卧房去了。不过从洁珂说起我的情况看来，他们不太可能一起待在他的卧室里。过了一会儿，我将房门打开了一个小缝，客厅暗暗的，壁炉的灰烬已经堆高起来，以方便明日加柴就能起火。很好，反正我现在既不想跟洁珂，也不想与黄金大人碰头。我知道我有话想对他们两个说，但是我的心情尚未平复到可以镇静地把话说出来的程度。

所以我拿上斗篷，离开了黄金大人的房间。我决定出去走一走。我需要离开堡里一段时间，离开这些剪不断理还乱的密谋与欺瞒。我觉得我快要被谎言淹死了。

我下了楼梯，朝仆人的出入口而去。但我一踏进楼下的厅堂，就感到一阵原智感应的起伏。我抬起头来，缤城来的那个面纱人正从厅堂的另外一端朝我走来。虽然他的五官藏在面纱之后，但是我仍隐约看到他眼里发出来的蓝光。我的颈背一下子紧绷起来，我很想转开，甚至快步走开，反正要避开他就是了——只是这种行为会让别人觉得非常古怪。我鼓起勇气，坚定地朝他走去。我垂眼望着地上，然而当我大着胆子抬起头来看他的时候，竟发现他在瞪我。我们彼此走近之后，他放慢了脚步，他走得更近之后，我低下头来，以显示仆人对大人物的尊重。然而就在我几乎要与他擦身而过时，他停了下来，对我招呼道："嗨。"

我定住了，并且立刻变成标准的公鹿堡仆人。我深深一鞠躬，说道："晚安，大人。有什么我可以为您效劳之处吗？"

"我……有……你应该帮得上忙。"他说话的时候，将面纱和兜帽都推到了颈后，露出长着鳞片的脸，我忍不住呆呆地凝视着他。近看之下，只觉得他的面容比我之前看到的更为惊人。我之前高估了他的年纪，他一定比幸运或晋责小了好几岁，不过我仍猜不出他确实的年龄。他那高大颀长的身材，跟他男童般的脸孔很不相配。他脸颊与额头上的银鳞，使我想起贵主背上那闪闪发光的刺青。我突然想起，有时黄金大人会按照遮玛里亚人的风俗化妆，而他在脸上涂抹的奇怪图形，正是在模仿这样的鳞片。这倒是个有趣的小小心得，我将这个心得跟弄臣从不肯花功夫解释给我听的重要大事摆在一起。毫无疑问，当他认为如果跟我多作解释将有益于他的目的时，他就会跟我解释。这毋庸置疑。

我心中的苦涩感源源不断地涌出，就像不断冒血的伤口一般。但是那个缤城人一边后退，一边招手要我走近一点。我很勉强地跟了上去。他一眼瞄到旁边有个小接待室，便做手势要我进去。我紧张得不得了。我像标准的仆人般再问了一次："有什么我可以为您效劳的地方吗？"

"我……我是说……我觉得我好像应该认识你似的。"他一边说着，一边凑近看着我。而我只是一脸茫然地瞪着他看，所以他又试了一次。"你知道我的意思吧？"他似乎是想要跟我搭起话头。

我想不出别的话，所以只能跟他说："您在说什么，大人？您需要什么帮助吗？"

他回头望了望身后，更急切地跟我说道："我服侍大龙婷黛莉雅。我是跟缤城使节团来的，我是雨野原的代表。雨野原的人是我的亲族，但由于我服侍大龙婷黛莉雅，所以我事事皆以婷黛莉雅所关切的为先。"他讲这话，似乎是要跟我传达什么重要讯息。

我希望我内心的感觉没有写在脸上。我内心很困惑，然而我之所以困惑，不是因为他讲的话很奇怪，而是因为他一提到婷黛莉雅的名字，我全身上下就激起一股古怪的感觉。婷黛莉雅啊。这个名字我以前听过，但他提起这个名字时，就仿佛是尖锐的梦境刺入了清醒的世界般，我再度感觉到风从我翼下吹过，而我嘴里则品尝着清晨薄雾的滋味。然后那霎时的记忆便逝去了，只留下那曾经在片刻之间寄身在他人身上的不舒服之感。我只想得出这句话可以回答他："大人？您需要我如何协助？"

他热切地瞪着我，而我恐怕也用同样热切的眼神回敬了他。他的下巴垂下的"垂须"有着锯齿状的花纹。那花纹实在太规律，不可能是疤痕，也不可能是不自然的皮肤增生所致，总之看起来就是理所当然的样子，就像人应该都会有鼻子与嘴巴一样。他叹了一口气，而我清楚地看到，他叹气的时候，鼻孔闭紧了一下。他显然打算重新来过，因为此时他露出笑容，温和地问道："您有没有梦到过龙？不管是梦见飞龙，还是……自己变成龙什么的？"

他差一点就击中了。我急切地点点头，露出仆人因为大人物肯纡尊降贵地跟自己讲话而备受抬举的模样："噢，我们不都做过这种梦吗，大人？我是说，我们六大公国的人都梦过。我这个年纪的人，都见过龙群为了保护六大公国而出动的景象呢，大人。所以因此而偶尔梦到龙，也是理所当然的吧。那场面真是壮观，大人。当然也很吓人，还很危险。不过龙群是不会长久地跟我们待在一起的，但龙群的伟大会常留我辈心中，大人。"

他对我笑笑："的确。壮观，伟大。我从您身上体会到的，似乎也是如此。"他又朝我端详了一番，而我感觉到，他并不是以目光打量我，而是以眼里的蓝光打量我。

我望向他处，避开了他的目光："有这种感觉的，不只我一人啊，大人。在我们六大公国，见过飞龙在天的场面的人可多着呢。而且有的人看到的龙比我还多，因为当时我住在我父亲的农场上，离公鹿堡很远。我父亲会种燕麦，还养了点猪。我知道得不多，别人可以多告诉您好多故事。不过就算只对龙群匆匆一瞥，也足以让人的灵魂燃烧起来了，大人。"

他轻轻做了个手势，表示那些无足轻重："我相信龙群一定令人感动异常，就算匆匆一瞥也是一样。但我讲的不是那些，我讲的是真龙，会呼吸、会觅食、会长大繁殖，就像是寻常生物的真龙。您有没有梦到过真龙？一条名叫婷黛莉雅的真龙？"

我摇了摇头："我的梦做得不多，大人。"我停顿了一下，刻意让停顿的时间延长更久，久到令人有点不自在。接着我又对他鞠了个躬，问道："那么，大人还需要我如何协助吗？"

他的眼神变得非常遥远，远到我心想他大概已经完全忘记我了。我有点想干脆溜掉，把他一个人丢在那里，但空气中却有种奇怪的气氛使我不敢走开。那似乎是魔法的轻声哼唱？不对，不全然是，应该说是类似一个人感受外界事物——但不是用身体器官来感觉，而是为了接收魔法或散发魔法的感应——的那种无言的震动。原智低语，而精技则如乐曲，这种魔法似乎跟原智与精技有一点关联，但又自成一格。这魔法沿着我的神经线路而行，那毛骨悚然的感觉使我颈后的毛发都竖直起来。那人的目光突然转回我脸上，并对我指责道："它说你在说谎。”

我在受到如此大的冒犯之余，只能怒斥道：“大人！”因为此时我感觉到无可名状的恐惧。有个什么东西气愤地抓住了我，仿佛有只巨大的利爪横扫而过。我心底有个直觉，警告我千万别贸然升高精技墙，因为任何强化精技墙的举动，都会立刻使我暴露在她身前。因为攫住我的，绝对是“她”。我吸了一口气，提醒自己只是个仆人，但任何一个公鹿堡的仆人受到外国人如此的言词污蔑，都会采取正当的反击。我挺直了腰杆：“我们王后的牢房挺不错的，大人，全六大公国的人都知道。也许就您的感觉而言，我们王后的牢房好得过了头，这是到我们这里来的外国人常会有的心态，这是大家都知道的。您最好是回您的房间歇息一下。”

“您得帮我们才行。您一定得叫它们帮帮我们啊。”他像是没听到我的话似的，只是一味地将他的话倒出来，“这事说来令它伤心欲绝。它日复一日地努力喂养它们，然而婷黛莉雅实在力不从心。它只身照顾不来那么多幼龙，可是那些幼龙又无力觅食，所以这项工程把婷黛莉雅折磨得既瘦小又疲惫。然而那些幼龙却依然羸弱，且无法长到正常体型，这一切让婷黛莉雅失望透顶。千万别让它变成龙族的唯一幸存者啊！如果你们六大公国的这些龙乃是真龙的话，就请它们来帮助我们吧。至少，至少，您也要说动王后，让她一定要与缤城结盟，帮助我们打败恰斯人。婷黛莉雅言必有信，它能将恰斯人的船队挡在雨野河之外，但除此之外，它能做的就不多了。婷黛莉雅不敢飞到遥远的缤城去保护它，因为这样一来，幼龙就活不成了。求求您，阁下！如果您还有良心的话，就劝您的王后跟我们结盟吧。千万别让真龙因为人类持续不断的恶劣争执，而永远消失在这个世界上。”

他上前一步，想要抓住我的手。我赶紧退开：“大人，恐怕您是喝多了。您一定是把我错认成哪个有权势的大人物了，但您看错人了，我不过是公鹿堡里的小小仆人而已，而且现在我必须得赶快去办我家大人交代的任务了。晚安，大人。晚安。”

他还怔怔地瞪着我，我便一边连连鞠躬、点头，一边匆匆地离开那间接待室。我一走入厅堂，便三步并作两步地匆匆走开。我知道他走到接待室门口望着我的背影，因为我感应得到他那蓝色的目光。我乐得转过转角，走进厨房侧门，更乐得关上门，让他与我之间多一层阻挡。

外头在下雪，硕大的雪花在黄昏中缓缓飘落。我随意地跟门口值班的守卫点了个头，便出了城堡，走上通往公鹿堡城的漫漫长路。我心里倒没想好要去城里的什么地方，只想快快逃出城堡。我在逐渐变暗的天色中踏着厚雪而行。我心里该想的事情太多了：艾莉安娜的刺青该作何解释；弄臣的事、洁珂的事，以及洁珂因为弄臣以前说过的什么话而笃信我与他是恋人；还有龙的事、有鳞男孩的事，以及切德和珂翠肯应该如何应付缤城人与外岛人。然而我进城之后，幸运的事情便爬上心头。我将幸运当作是自己的亲生儿子，而我却没把他带好。公鹿堡里的事情再怎么重要，我也不能因此而忽略了幸运。我心里考虑着该怎么做才能让他转回正途。幸运必须收心，必须在他师傅的铺子里好好表现；他必须将丝凡佳放在一边，直到他有能力供养妻子为止；而且他最好跟他师傅住在一起……我真的要逼迫幸运过着一丝不苟的生活，遵守一切秩序吗？哪怕他遵守了这一切秩序，也无法确保他一定会成功，或一定会幸福？

我把最后面这个跑偏的念头丢到一边，这个念头使我大怒，接着我便将怒火转到了儿子身上。我真该照着吉娜建议的去做。我应该跟他定下牢不可破的规矩，而且只要他胆敢违背我的意思，就给他一番教训。例如，不给他零用钱，也不去看他，除非他再度乖乖守规矩；我应该逼他搬出吉娜家，并告诉他，若是他不肯搬去跟师傅同住，就得自己做打算了。我得逼他严守规矩。接着我不禁皱起眉头，是喔，难道这一招用在当年的我身上就有用吗？话虽如此，我总得想办法让幸运明白事理啊。

我身后的路上响起了马蹄声，打断了我的思绪。我心里立刻想起了月桂的警告。我走到路边，让那骑士先行，一手则轻轻放在小刀上。我心想这位骑士应该会直接一闪而过，不至于跟我多聊。直到那马走近，在我面前停下来，我才认出坐在马鞍上的椋音。她坐在马上俯瞰了我一会儿，然后才露出笑容：“上马吧，蜚滋，我载你去公鹿堡城。”

人心一旦寂寞起来，哪里能求得安慰，就不管不顾地往哪里去。我惊觉到这一点，所以及时勒住了自己的念头："谢谢你，但是不用了。这条路晚上不好走，多载一个人，马儿恐怕吃不消。"

"那我就牵马陪你走好了。我们好久没聊了，况且我今晚正需要找个朋友说说心事。"

"我想今晚我宁可不要人陪，椋音。"

她沉默了一会儿。那马不停地乱动，而椋音又拉马拉得太紧。当她开口的时候，她丝毫没有隐藏不耐烦的情绪："今晚？既然你明明意指'我宁可永远独自一人，也不要你陪我'，又何必特别说是'今天'？何必费事找什么借口，你就直说你到现在都还没原谅我，而且你永远也不会原谅我，不就好了吗？"

这倒也是真的。我到现在都还没原谅她，不过若这样明说就太失礼了："事情都过去了，又有什么重要的？我们何不放开算了？"我答道，而这的确也是事实。

她嗤声道："啊，我懂了。那没什么重要的。我没什么重要的。我也不过就走错了一步，没跟你讲那件其实跟你不相干的事情而已，然后你就决定永远都不原谅我，而且还永远都不跟我讲话了？"她的怒火直线上升。我站在路边，抬头望着她发飙。残余的日光照在她脸上，我从未见过她显得这么老态、这么疲惫，而且还这么生气。我怔怔地承受她的怒火。"所以我就问我自己，到底为什么会这样？为什么'汤姆·獾毛'一下子就看轻我了？也许这是因为你并不把我放在眼里，从头到尾，你只巴望着我直接带到你家门里的那件便利小事——而我原本还以为那是我们在友谊、好感与……是啊，甚至可以说是爱情之中，彼此都乐此不疲的乐趣呢。但是你欺骗你自己，说你再也不要我的任何一切了，然后便干脆把我一脚踢开，还把旧日的一切情谊全部抹得一干二净。而到底为什么会这样呢？啊，我承认，这事不值得我多想，但是我却想了很多，而且我认为我已经找到答案了。你会这样做，大概是因为你已经找到其他纾解欲望的出口了吧？你的新主人是不是教你什么不同凡响的遮玛里亚招式了呀？还是我想错了，我根本在多年前就想错了；说不定弄臣真的是男人，而你不过是重拾断袖之癖而已？”她又在拉马缰了，“我看到你真的会想吐，蜚滋，而且你令瞻远家族蒙羞。我很高兴你丢开了这个姓氏。如今我看清了你到底是什么人，我真希望当年我没跟你上床。这么多年来，当你闭上眼睛的时候，你看见的到底是谁的脸庞呢？”

“当然是莫莉的脸庞了，你这个娼妇。从头到尾都只有莫莉。”这不是真的。我讲这话，既不是为了骗她，也不是为了要骗自己，而是因为她说了这些不堪的话之后，我唯有说这句话才能伤她最深。说真的，她也没坏到该受我讥讽的地步，况且我竟然如此滥用莫莉之名，真令我感到羞耻。不过今晚我心中沸腾的怒气，总算找到了一个目标。

她深深地吸了几口气，仿佛我朝她泼了一盆冷水似的。然后她尖声大笑：“而且毫无疑问，当你的黄金大人骑在你身上的时候，你叫的也是莫莉的名字吧。噢，是哟，那场面我可是想象得清清楚楚。你真是病态啊，蜚滋。病态得要命。”

她不留给我任何回击的机会，便粗暴地驱马在雪地中奔跑。我在那残忍的一刹那间，竟希望她的马摔倒，而她则跌断脖子。

然后，就在我最需要愤怒的时候，愤怒却弃我而去。我孤独地站在路旁，只觉得头晕、难过和抱歉。为什么弄臣对我做出这种事来？为什么？我继续踏着雪朝城里去。

但我并没有去“篱笆卡猪”，反正我去那里也碰不到幸运或丝凡佳。我信步走到“狗与哨子”，也就是当年莫莉与我常去的那家老酒馆。我坐在角落，望着老板来来去去，并喝了两大杯啤酒。这酒很好，远比当年莫莉与我坐在这里的时候，我能买得起的劣酒好得多了。我一边喝酒，一边缅怀过去的时光。至少莫莉是真心爱我的。但是那些回忆所带来的安适感却逐渐消逝。我努力回想当年的时光：十五岁的我坠入情网，并打从心里认定这份爱情不但带着智慧，同时还塑造了命运。往事历历在目，于是我的思绪又转到了幸运的处境上。我问自己，在我与莫莉同床共枕之后，可还有人能劝得动我，告诉我与莫莉同床共枕，既非我的权利，也非我命中注定的吗？就算有人这么说，恐怕也劝不动我吧。我又喝了一大杯啤酒之后，为此下了结论，那就是最好一开始就禁止幸运跟丝凡佳见面。当时吉娜就告诫我应该要采取这个做法，但我却不以为意。这就好像当年博瑞屈和耐辛告诫我，说我不该跟莫莉交往。博瑞屈与耐辛是对的，我应该早早就承认他们的确有远见。要是当下我能向博瑞屈和耐辛坦承这一点的话，我一定会低下头来认错。

而一夜无眠之后，这漫漫长日所遇上的各种令人心神不宁的问题，再加上三大杯啤酒所带来的智慧，促使我深信，我应该马上去找吉娜，告诉她我早就该听她的劝。至于为什么认为跟吉娜坦承告白会让事情有个转机，这我也说不上来，但就算动机模糊，也仍未使我打消主意。我在静谧的夜色中朝吉娜家走去。

雪已经停了，此时的雪像是一条干净且平滑的毯子般盖满公鹿堡城。家家户户的屋顶上都积了一层白雪，街道上杂沓的马迹人迹亦被温柔地铺平盖过，所有的罪恶皆隐藏不见。我走过静谧的街道时，脚下的靴子发出嘎吱嘎吱的声音。走到吉娜家门前的时候，我几乎已经恢复理性，但我还是敲了门。也许是因为我迫切需要朋友吧，不管是什么朋友都好。

我听到吉娜的猫从她大腿上蹦到地上的声音，接着是吉娜的脚步声。她打开门的上半部，问道："谁呀？"

"是我。汤姆·獾毛。"

她将门的上半部关起来。感觉她仿佛花了大半天的时间才打开整扇门的锁，开门让我进去。"进来吧。"吉娜说道，但是听她的口气，我到底进不进去，她并不在乎。

我站在屋外的雪地，说道："我不用进去。我只是想来告诉你，我早该听你的劝的。"

她凝视着我："你喝醉了。进来吧，汤姆·獾毛。我可不想让晚上的冷风灌进我屋子里。"

所以我还是进去了。茴香已经占据了吉娜留下的温暖座位，不过它还是坐了起来，不以为然地看着我，问道：有鱼吗？

没鱼，抱歉。

"抱歉"有什么好？"抱歉"又不是鱼。它重新蜷缩起来，将脸藏在尾巴里。

我对吉娜坦承道："道歉的确没什么好的，但我现在也只能向你道歉了。"

吉娜冷酷地望着我："这个嘛，就算没什么好的，至少也大大胜过你最近的种种作为。"

我靴子上的雪化了，水流到地板上。炉火噼啪作响。"幸运的事情被你说中了。我早该把幸运拉住的，但我却什么也没做。我早该听你的劝的。"

过了一会儿，吉娜说道："你要不要坐一下？你如果现在就走回城堡去，恐怕不太好。"

"我只是微醺而已！"我反驳道。

"我看你现在根本就不够清醒，所以也看不出自己醉得有多厉害。"吉娜答道。就在我努力分析吉娜这话是什么意思时，她又补了一句，"把你的斗篷脱了，然后坐下来。"接着她先拿开这张椅子上的毛线活儿，又将蜷在另外一张椅子上的猫赶下去，才好让我们两人都坐下来。

有好一阵子，我们两人只是默默地望着炉火，最后吉娜说道："有件事情得跟你说，是丝凡佳的父亲的事情。"

我很勉强地迎向她的目光。

"丝凡佳的父亲跟你很像。"吉娜平静地说道，"他这个人，就算有了不快，怒气也逐渐升高，但不会马上发作。目前他只为他女儿发生这种丑事而感到伤心，但是等到丝凡佳的恋情变成众人茶余饭后的话题时，就会有人拿这事来跟他开玩笑了。到那时候，他的伤心就会转变成羞愧，而再过不了多久，羞愧就会转变成恼怒。不过呢，他绝对不会把气出在丝凡佳身上。他会找上幸运，他会把过错都推到幸运身上，指责幸运用甜言蜜语诱骗了他女儿。到那时候，他不但义愤填膺，还会火冒三丈。而他这个人又壮得跟牛一样。"

我坐着没作声，于是她又补了一句："这些我都跟幸运说过了。"茴香走过去，跳到她大腿上，并将她的毛线活儿拨到一旁。吉娜心不在焉地拍拍茴香。

"那幸运怎么说？"

吉娜不屑地哼了一声："他说他不怕。我跟他说，这跟怕不怕没关系。况且有的时候，'笨'与'不怕'就像是同一个树丛里长出来的枝桠，系出同源，大同小异啊。”

“想必他听了一定大乐。”

“我讲完他就出去了，到现在都还没看到他回来。”

我叹了一口气，我才刚开始暖起来呢：“他出去多久了？”

她看着我，摇了摇头：“你现在出去追他也没用。都过了好几个小时了，他出去时，太阳都还没下山呢。”

“而且我也不知道该从何找起。”我坦承道，“我昨晚就没找到他，不晓得他们到底躲在哪里，不过此时他们大概又去哪里私会了吧。”

“大概吧。”她平静地应和道，“昨晚别说是你了，连罗力·贺琼恩也找不到他们。所以他们目前大概挺安全的。”

“贺琼恩先生怎么不管好他女儿呢？他女儿若是不在晚上四处游荡，也不会生出这么多问题来了。”

吉娜瞪着眼打量我：“别说别人，只要你能把你儿子管好，别让他在晚上四处游荡，那么人人都会省事不少，汤姆·獾毛。”

“我知道，我知道。”我无力地承认道。过了一会儿，我补充道，“真的不该让你碰上这种事情的。”

过了一会儿，其余的思绪直逼到我舌尖，我勉强地说出口：“丝凡佳的父亲若是要找幸运，一定会上你这儿来找他。”我皱起眉头。“我不是故意要让你惹上麻烦的，吉娜。一开始的时候，我只是想跟你交个朋友。如今一切乱糟糟的，这都是我不好。”我反复思索着自己所下的结论，“我看我最好还是去面对罗力·贺琼恩吧。”

“你还真是执迷不悟啊，汤姆·獾毛。”吉娜厌恶地说道，“你能对罗力·贺琼恩说什么？你这人是怎么搞的，怎么把天下一切不顺遂的事情都往自己身上揽？就我记得的是，我是先认识幸运，然后才认识你的。丝凡佳和她家人搬来公鹿堡城之前是怎么样的，我是不清楚，但是她自从在此落脚之后，便时常与男人眉来眼去。再说幸运也不是什么纯情种子，你是没跟贺琼恩的女儿打情骂俏，但是幸运可殷勤得很呢。所以说，你就别再哀叹你把一切弄得一团糟了，你应该开始要求幸运，叫他为自己负起责任。”她坐到椅子深处，仿佛自言自语地说道：“你啊，不必把众人的责任往自己身上揽，光是你自己搞坏的事情就清理不完了。”

我讶异地瞪着她。

“这道理很简单。”她平静地说道，“幸运得多学学因果报应这种事。既然你一直声称这一切都错在你这个父亲不够尽心，那么幸运就无须坦承这里面有好大一部分原因是他自己种下的。当然了，现在他还不把这看作是问题，但是当他突然体会到这事非常棘手的时候，他一定会立刻跑去找你，看看你能不能帮他解决。而且到时候你一定会帮他，因为你认为这一切的错都是因为你。”

我一动不动地坐着，努力理清吉娜这一番话的条理，最后我不禁问道：“那不然我该怎么办？”

她无奈地笑了出来。“我也不知道，汤姆·獾毛，但是你真的不该跟幸运说这一切都是你的错。”她抱起猫，将猫放在地上，“不过，有一件事是我该做的。”她走进她的卧室，过了一会儿，拿了个钱袋出来。她将钱袋递给我，我没伸手去接，她则摇着钱袋说：“拿去吧。幸运在我这儿吃住也花不了多少钱，这里是剩下没用到的，现在我还给你了。今晚幸运回来的时候，我会赶他出去，叫他别留在我这儿，因为我可不希望麻烦找上门来。”她看到我脸上的表情后，朗声大笑道：“这就是因果啊，汤姆。幸运得自己体会因果才行。而且当幸运去找你哭诉的时候，你应该让他自己处理问题才好。”

我想起清晨我与幸运谈话的情景，沮丧地说道：“我看他大概是不会来找我哭诉了。”

“那更好。”吉娜严厉地说道，“你就让他自己去处理吧。他已经习惯睡屋子里了，所以要不了多久，他就会领悟到，他最好还是住到学徒宿舍去。而且依我看，你还是让幸运自己去求晋达司师傅收容他，这样比较明智。”茴香又坐回她的大腿上。吉娜将毛线放在猫身上，然后从毛线团里扯了一些毛线出来，而散落的毛线则铺在懒洋洋的茴香身上。

一想到骄傲的幸运得忍气吞声地跟他师傅说好话，我便不禁一阵畏缩。但是过了一会儿，我突然觉得宽心多了。幸运有能力为自己求情，而我用不着代替他去跟他师傅低声下气。我想吉娜也从我脸上看出了我的心情。

“天底下那么多问题，并非都是你一个人的错，獾毛。是谁的责任，就让谁去扛吧。”

她这句话让我咀嚼良久，最后我感激地说道：“吉娜，你是真正的朋友。”

她瞄了我一眼：“这么说，你终于想通了是不是？”

听到她那口气，我不禁畏缩，但我还是点点头：“你是真正的朋友，可是你还在气我不检点。”

她点了点头，但是没有看我：“天底下那么多问题，但有的问题是你自己的，与别人无关。”她期待地望着我。

我吸了一口气，迎向她的目光。我安慰自己，我会尽量说实话，但尽管有这一丁点安慰，我心里仍然忐忑不安。

“那个女人，那天晚上待在‘篱笆卡猪’的那个女人。这个，嗯，我们不是……我的意思是说，她只是个朋友而已。我没跟她上床。”这几个字像是破碎的陶杯般从我嘴里吐了出来，掉在我俩之间的地上，碎片满地，无人理会。

我们两人久久不语。吉娜望望我，望望炉火，又望望我。她眼里仍有些许怒气与伤痛，不过她的嘴角却也浮现出一抹若有似无的微笑：“我懂了。唔，知道也好。如今你可有两个不跟你上床的朋友了。”

她的意思再明显不过了。今晚她不会给我床笫之间的慰藉，而且大概以后也不会给了。我不能假装我一点失望之情都没有，不过除了失望之外，我也感到宽心。若是吉娜邀请，我也一定会拒绝的。然而拒绝女人会有什么样的后果，我在今晚来城里的路上就已经上了一课了。所以我慢慢地点了点头。

“烧水壶里的水还是热的呢。”吉娜说，“如果你要待下来，就帮我们俩泡壶茶吧。”吉娜这话不是原谅我，而是再度给我机会与她为友。我则乐于从命，起身去找茶壶和茶杯。

13. 考验

描绘地图与海图之人一定要将此谨记在心：描绘大地的地图时，一定要以陆地动物的皮革为底，而且海上的状况，必须一笔带过；描绘大海的海图时，一定要以海洋动物的皮革为底，而且尽管陆地的界限不得不标示出来，但由于海图乃是奉献给大海的图，所以海图上若是标记陆上地形的细节，就是不敬的罪过。同样地，若是在奉献给大地的地图上，标记海上状况，也会得罪开天辟地之神。

神符群岛乃是神所创。神在很久之前，便将各岛屿写在海上。神符群岛的每一个岛屿，都是神的符文，所以当你在大海之图上描绘神符群岛的各岛屿时，皆须以陆地动物的血来描绘。而且你在标记何处有好港口、何处有丰富鱼产、何处有隐而不见的暗礁等种种属于大海的性质时，则一定要以海洋动物的血来描画。因为神创造出来的世界便是如此，人类何德何能，怎可任意描绘、逆天而行？

神符群岛的一座座岛屿，是神所写的符文字母。海上有多少岛屿，我们无法确知，因为我等不过是区区人类，不足以得知神能写出多少符文字母，也不足以得知神在大海的表面上洒落了多少符文字母。神将某些岛屿覆以冰雪，对此我们理应尊重。因此，覆盖着这个岛屿之符文字母的冰雪，须应一并画出，而且必须以那片冰雪上的生物之血画出，但是冰雪上的飞禽类生物除外。以海豹血来画冰雪足矣，不过仍以白熊血为最佳。

如果要画出天际的景象，只能以海鸥皮为底，并以飞鸟之血为墨。

这些都是流传已久的原则。凡是有好母亲教养的女人家，皆已熟悉这些原则。我之所以不厌其烦地写下这些原则，只是因为我们儿子的儿子，以及他们的后世子孙越来越愚蠢、越来越不将神的旨意放在心上。要是我们不提醒这些人，这些原则乃出自神之口，而我们应该熟知这些原则，那么这些人有可能会将众人一起卷入灾祸之中。

————《绘图指南》，切德·秋星译自外岛卷轴之译本

能够跟吉娜重修旧好，让我觉得轻松多了。那天晚上，我既没沾到她的床，也没与她吻别，虽然我的身体吵嚷地抗议着，但我内心却因为这两件小事而备感舒坦。我离开她家的时候，下定决心要好好维持我们这一段曾经破损的友谊，而且要将之保持在我有能力处理的范围之内。我想，吉娜大概仍然觉得，我之所以有这种态度是因为我对她不信任，但我这个人本来就是如此——至少切德是这么说的。

接下来的这三天，我只觉得度日如年。我的人生仍然一团糟。幸运那边毫无消息，我唯恐儿子晚上要露宿在雪地里，但同时又不屑地告诉自己，幸运这孩子精明得很，怎么会让自己沦落到那个地步？王后与切德每日与各公国的领袖开会，讨论缤城提议与六大公国结盟的事情，但他们倒没找我去商量。缤城使节团不但出席公鹿堡大大小小的场合，还殷勤地与各公爵周旋，还赠予了许多贵重的礼物。而我们在举办餐宴、安排余兴节目以款待远道而来的宾客之际，既不能对缤城人失礼，又不能因此而冷落了外岛人。至于我们的安排算不算成功，就一言难尽了。奇怪的是，阿肯·血刃与那些随行的外岛商人，不但对缤城人大感兴趣，还公开地跟缤城人说，由于外岛的贵主要与晋责王子联姻，所以外岛与缤城的贸易往来可望大幅扩张。不过，大部分场合都不见艾莉安娜与皮奥崔·黑水的踪影，偶尔出现时，艾莉安娜也是严肃寡言。

贵主与皮奥崔两人都竭尽全力地避免与缤城商人接触。艾莉安娜对于那名覆鳞的少年，也就是瑟丹·维司奇，显得尤其嫌恶。有次我还亲眼见到，维司奇经过艾莉安娜身边时，艾莉安娜竟忍不住退开了一步。不过这到底是她本人对维司奇鄙夷到了极点，还是另有原因，就很难说了。因为过后艾莉安娜僵直地坐在椅子上，额头上不断迸出汗水，再过不久，皮偶戏才演到一半时，皮奥崔便以艾莉安娜疲惫不适和他必须收拾行李为由而双双离席。这等于是大大方方地提醒我们外岛众人马上就要离去，再不与之重修旧好就来不及了。而这都是因为缤城使节团的突然来访，并且提议与六大公国结盟的时机实在太不凑巧。

“要是缤城人晚到一个星期，那么他们抵达的时候，外岛人早就走了。是啊，而且我敢说，我们一定能将王子与贵主之间的小小过节修补完好，然后把他们高高兴兴地送走。如今的形势，却是除了王子对贵主失礼之外，还因为我们拒绝中止与缤城人会谈而使双方关系雪上加霜。这么一来，我们之前与外岛人谈好的事情，可能都会笼罩上疑云。”

有天晚上，我们坐在火边喝酒，切德愠怒地讲出了这一番话。切德之所以如此气愤，原因很多。椋音想要塞张纸条给切德，托他带给我。她是私下托切德的，但即使如此，她竟示意她知道切德与我之间有所关联，这实在是欠考虑到了极点。然而切德却把错怪到了我身上来。切德当场就婉拒了，而椋音则说：“那么，就烦请你跟他说，我要跟他赔个不是。那天我跟丈夫吵了架，所以很期盼有他这样的朋友安慰我。我在前往公鹿堡城买醉的路上碰到了他，然而我还没出堡就已经喝多了酒，我自己也知道当时我说的话很过分。”

我正听得目瞪口呆，切德便委婉地问道，椋音跟我是不是有什么“安排”。我恼怒地答道就算我们有什么安排，也不干别人的事，但我们之间并无瓜葛。而切德则说，只有傻子才会故意挑起吟游歌者的怒火，这使我大感意外。

“我没有故意惹恼椋音。这一切都是因为自从我发现她是有夫之妇之后，便不肯与她有染而引起的。毕竟我有权决定要跟谁睡觉，不是吗？”

我本以为切德听到这番剖白会大吃一惊，而且我还希望切德会因此而尴尬到日后再也不会刺探我的隐私。然而他却只是举起手来往脑门上一拍：“噢，当然了，你一发现她是有夫之妇，一定会甩开她，这点她应该毫不意外——谁教她全都没想到呢？不过……蜚滋，你到底了不了解这事对她而言有何意义？你想一想。”

要不是切德显示出一副要积极开导我的模样，否则我一定会觉得他管太多闲事了。然而他的问法实在太熟悉了，熟悉到我知道他之所以这样问，无非是要借此起个头，以便替我上一课，仅此而已。以往每当切德教我如何将人为何做某事的所有可能的动机都盘算清楚，而不是想当然地把我心里的灵感当作答案时，就常常用这样的问法诱我深思。“难道说，她是因为我发现她身为有夫之妇，还与我同床共枕而瞧不起她，因此而感到羞愧？”

“不对。你想一想，孩子。你真的因此而瞧不起她吗？”

我不情愿地摇了摇头：“我只觉得自己很傻，切德，而且就某个角度而言，我甚至不感到意外。椋音对于这种事情从不放在心上，这是我打从刚认识她的时候就知道了的。我从来也没指望她会为我而改变她的吟游歌者作风，我只是不想跟她那种作风有什么牵扯，所以跟她分手，仅此而已。”

他叹了一口气：“蜚滋啊，蜚滋，你最大的盲点，就是你想象不出别人看你的角度，到底与你看自己的角度有何不同。你再想想，在椋音心中，你是什么人，你是什么身份呢？”

我耸耸肩：“就是蜚滋啊，私生子，她认识了十五年的人。”

切德脸上扩散出小小的笑容，他以柔和的语气说道：“不对。对她而言，你是瞻远家族的蜚滋，也就是虽未获认可，但实为王子的那个人。她在认识你之前，就已经帮你编了一首歌了。为什么？因为你带给她无限的想象空间。你是瞻远家族的私生子啊。倘若骏骑认了你这个儿子，你就有机会登上王位了。尽管父亲不认你这个儿子，还对你不闻不问，但是你仍然有尊贵的血统，也仍是鹿角岛之塔大战的英雄。帝尊将你扔进地牢，将你折磨至死，但你死后却成为冤魂厉鬼，使得帝尊虽窃得国家，却不得安宁。椋音陪你去拯救国王，尽管结局是众人始料未及的，但是仍以胜利收尾。而她不仅目睹了这一切，还身在其中。”

“瞧你把那些尘土、痛苦与不幸都抹去之后，这故事听起来还真是精彩啊。”

“就算有那些尘土、痛苦与不幸，这故事照样精彩，不但精彩，还光荣显耀，这可是足以让任何一位吟游歌者奠定一世英名的绝妙故事，只是椋音不能唱出来罢了，因为这个故事不准外传。所以椋音的伟大冒险、她的绝妙好歌，都封锁在她的记忆之中。不过，她至少知道她在这个伟大的故事里占了一席之地，因为她在‘皇家私生子’的人生中享有一席之地。她成为皇家私生子的情人，共享皇家私生子的秘密。我想，她多少期待着总有一天，当你回到公鹿堡时，你会再度成为宫廷密谋与惊奇探险的中心人物，而且到那时候，她仍会与你分享这一切，再度沐浴在荣耀的光辉之中，并使众人对她刮目相看。她可是‘原智小杂种’的吟游歌者情妇啊。她要是能将这首歌唱出来，那么她的名声，也将随着这个故事而永远流传下去，只是这个故事，椋音绝对唱不得。而她若是悄悄地将这个故事编成歌曲、写成长诗之类的，你也无须惊讶。她自认为是你人生故事的一部分，并分享你人生的光辉，然而你却将这一切从她手上拿走。你不但甩掉她，而且在返回公鹿堡的时候，竟变成卑微低下的仆人。你竟以令人失望的音符结束自己的人生故事，这也就罢了，更糟的是，你这么做，使椋音这个人变得无足轻重。她可是个吟游歌者啊，蜚滋，难不成你还期望她会优雅和善地接受这一切？”

突然之间，我对椋音有了不同的看法。她为何对幸运那么残忍、为何对我语出讥刺，都有了不同的意义。“可是我不是用这个角度看待我自己的，切德。”

“这我知道。”切德备加温和地说道，“但是你可想得到，椋音是可以用这个角度来看你的？而且你打破了她的梦想？”

我缓缓地点点头：“但这点我无能为力。我绝不会跟有夫之妇上床，而且我不可能以瞻远家的蜚滋骏骑身份重回公鹿堡——要是我胆敢这么做，恐怕会被人吊死。”

“你说得对。我也认为你不能再以蜚滋骏骑的身份出现了。至于另外那个理由嘛……容我提醒你，椋音知道我们很多底细，我希望你继续维持她对我们的善意。”

我还想不出要怎么回话，切德便质问我，为什么缤城使节团离去之前，我都不能给晋责王子上精技课。其实这个问题王子已经问过了。我照着我跟王子说过的，又跟切德讲了一遍：缤城使节团里的那一名有鳞少年似乎能察觉到精技的交流，所以在那些缤城商人离去之前，我们的课程将仅限于师生一起翻译经卷。王子对于这种凡俗的课程内容很不耐烦，而我对于那名罩着面纱之商人的疑虑，则让王子与切德两人备感好奇。切德已经把瑟丹·维司奇与我的对话反复研究过三次了，但无论是他还是我，都无法从中探究出个所以然来。我逐渐发现，有时候，与其告诉切德一些他琢磨不透的消息，还不如从头到尾都别跟他提的好。譬如跟切德提起贵主背上有龙蛇刺青，就是一个例子。

切德听我说过此事之后，自己去情报站的窥孔后看了好几个钟头，也没瞥见贵主的刺青，再加上贵主并未抱怨身体欠佳，所以切德也没办法派个疗者去贵主房间一探究竟，证实一下我的所见。王子几次邀请艾莉安娜骑马出游或打猎，她都故意推辞，因此王子也无从观察她是否隐忍着疼痛。而王后也不敢频频催促贵主应邀赴约，以免让人觉得六大公国之人比外岛人更急于让王子与贵主联姻。结果到了最后，众人一无所获，只能以我眼见口说为凭。这件事情使大家如坠五里雾中。而除此之外，贵主的贴身侍女汉佳也非常可疑。

汉佳那名女子简直是一团谜。她提到的“夫人”指的是谁，我们无法得知，只能臆测这位“夫人”大概是艾莉安娜必须言听计从的年长女性亲戚。客气谨慎地直接探寻，结果是毫无斩获。而切德的间谍又连连失手：切德的间谍两次一路跟踪汉佳到了公鹿堡城，但是两次汉佳都在密切的跟踪监视之下失去踪影，一次是隐没于市场的人潮中，另一次竟是过个转角，人就不见了。汉佳在公鹿堡城跟谁见面，我们毫无头绪，我们甚至连她去城里办的事情重不重要都无从得知。为了处罚人，而使人身上的刺青发热肿胀，这种神秘的法术我们闻所未闻。说起来，有这个未现形的力量，敦促贵主必须与王子联姻，我们应该感到欣慰才对，但我们不但高兴不起来，反而因为这种处罚的惨痛和残忍而感到寒心。“你确定黄金大人对此一无所知？”切德突然质问道，“我记得他曾在晚宴上对众人说，他有段时间曾以研究外岛的历史与文化做为消遣。”

我夸张地耸了耸肩。

切德不屑地斥道："你到底问了他没有？"

"没。"我简短地答道。接着我看到切德眉头皱了起来，于是赶快补充道，"我不是跟你说了嘛。他成天窝在卧室里，很少出来，甚至连餐点都是由侍僮送进卧房的。而且他的卧房不但用窗帘密实地遮了起来，还连床帷都拉上了，把床罩得严严实实。"

"可是你认为他没生病？"

"他没说他生病，但是他给侍僮的印象就是他病恹恹的，而且任由侍僮在堡里到处散播消息。有时候我在想，他之所以雇了阿侠来当他的侍僮，有一半原因是因为他若想散布什么谣言，也不必亲自动口，只需要告诉阿侠就行了。所以依我看，他不是生病，而是想在缤城人在堡里时避避风头，因为他在缤城的时候，他的身份绝对不是弄臣，也不是黄金大人。他大概是担心，万一缤城使节团里的谁把他认了出来，会对他在宫里的活动造成困难。"

"唔，这样说起来也是合情合理。不过这对我而言，真是太他妈的不方便了。你听着，蜚滋，难道你就不能进他卧房里跟他讲讲话？你也不必多问，只要问他说，瑟丹·维司奇这人有精技天赋，他有什么看法，这样就行了。"

"他自己都没有精技天赋了，怎么可能察觉到维司奇周遭的奇怪氛围？"

切德放下手里的酒杯："这么说来，你还没问他，对不对？"

我拿起杯子啜了一口酒，替自己争取一点时间，然后一边放下杯子，一边答道："没错，我还没问。"

切德斜眼注视着我，过了好一会儿，才大吃一惊地说道："你们两个是哪里闹得不愉快了，是不是？"

"还是聊点别的吧。"我生硬地说道。

"啊。还真是机缘巧合，什么事情都碰在一起了。先是缤城商人碰上了外岛人，而在这当下，你还有空惹恼王后跟前当红的吟游歌者，然后又为了什么不值一提的琐事跟弄臣吵嘴，结果弄得你们两人什么用场都派不上。"话毕，切德无奈地往椅背上一靠，仿佛我们之间之所以有龃龉，纯粹是为了要让他不方便似的。

“我看他未必能提出什么高见。”我答道。这三天以来，我跟弄臣说的话一共不超过十个字，但是这点我不想告诉切德。弄臣若是没注意到我的冷淡就罢了，但他就算有注意到，他也视而不见。他给汤姆·獾毛下了命令：凡有来客，一律挡在门外，等到他安适一点之后再说。而我不但依令而行，还尽量少待在我们的大房间里。不过有几次，我回到房里时，发现房里有些小小迹象，足以显示出有人来过，而且来过之人绝不只是会在房里清理东西的阿侠而已。我不在的时候，洁珂来过，又走了，因为洁珂擦的香水味道浓郁，飘浮在我们的房间里，久久不散。

“唔，那也不无可能。”接着切德皱着眉头对我说道，“不管你们两个在闹什么矛盾，你都该尽快跟弄臣和好。在这节骨眼上，你跟他闹翻了，那你还有什么用？”

我吸了一口气，以免怒气上升：“我近来挂心的事情可多了，可不只有这一件事而已。”我为自己开脱。

“才不呢！我们每个人都有很多挂心的事情。你那小子如何？前两天他不是到堡里来找你吗？他还好吧？”

“算不上好。”前两天，有个厨房帮手来敲门，告诉我有个年轻人要找我，现在那人站在厨房外的空地上。我连忙前去，来人果然是幸运，他看来既愤怒又害臊。任我怎么说，他都不肯进屋子里，就连守卫室也不肯进去，虽然我再三保证，守卫绝对不会介意他进去待一会儿的，因为近来我经常窝在守卫室里，所以守卫对于见到我已是司空见惯了。幸运不想占用我太多时间，因为他知道我自己的工作忙得很。听到这话，我心里便愧疚起来，因为我一直很忙，忙得没空去城里看他，虽然我明明知道自己应该常去看看他的。等到幸运鼓起勇气，说出吉娜已经将他赶出去，以及原因为何时，我原本坚定的决心又开始动摇了。

他说话的时候，眼睛望着我身后的暮色：“所以啦，我还没有钱，过去这两晚，就只能随便找个有遮蔽的地方过夜了，但我总不能整个冬天都这样过啊。所以，我没别的路，只能像别人一样搬进学徒宿舍去住了。只是……晋达司师傅一直希望我搬进去，而且一提再提，但我老是回绝，所以我若现在去求晋达司师傅，会显得很奇怪。”

这我以前倒不知道：“晋达司要你搬进宿舍？为什么他会开口？你住外头，他就不用帮你打理早餐、晚餐，这样他不是可以省一点开支吗？”

幸运局促地扭来扭去，最后深吸了一口气：“每次我事情做得不好，他就叫我搬进宿舍。他说，只要我晚上睡个好觉，跟别人一样早起，只要我准时上床，那么工作自然会有进步。”他的目光望向远处。接着他以粗鲁而骄傲的态度补充道，“他说，若不是我早上总是睡眼惺忪的话，他其实觉得我资质还不错，大有潜力。我一直都强调，闲暇时间怎么安排，我自知分寸，不会耽搁正事的，而事实也的确如此。噢，我是迟到过一两次，但是自从我到公鹿堡以来，我每天都去上工，一天也没缺过。”

他说得很急切，仿佛我可能会不相信他似的。其实我真的怀疑他到底是不是常常迟到，但这话我放在了心里，没说出来。

我故意等了好一会儿，才缓缓地说道：“既然如此，那还有什么难的？既然晋达司已经跟你提过好几次了，如果你照他所说的搬进宿舍，想必他一定很高兴。”

幸运沉默不语，但耳朵微微地红了。我等着他开口。最后他鼓起勇气，说道：“我在想，你能不能走一趟，亲自跟晋达司说你已经决定了，最好还是让我搬进宿舍。这样最简单，才不会显得奇怪。”

我讲得很慢，因为我也不知道讲这些话是否明智：“你是说，这样‘才不会’看起来像是你屈服于晋达司的建议而不得不搬进宿舍？还是这样‘才不会’看起来像是吉娜因为你把麻烦招到了她门前，所以将你赶了出去？”

幸运整张脸涨红起来，所以我知道我说中了他的心事。他转过身去，打算走开。我伸出一只手拉住他的肩膀，他想甩掉我的手，但是我却抓得更紧。看来我每日去练武场报到，总是有一点成果的，现在就算是扭着身体要甩开我的年轻人，我也制得住了，真是颇有成效。我拉住他，直到他不再反抗为止，他虽然没有试图挥拳揍我，却也不肯转过身来面对我。我说话的声音很轻，只有他一人听得见，其余转过头来看我们两人在演什么好戏的人是听不见的。“儿子啊，要找晋达司的话，你自己去。也许别的学徒会嘲笑你一阵子，说你是被父亲逼得不得不住进宿舍的。但是如果你去找晋达司，跟他说你自己想通了，还是搬进宿舍最好，那么长期而言，晋达司会比较尊重你。而且你也应该还记得，吉娜不只是对你很好，而是对我们两人都很好，她的善意款待是金钱买不到的，况且你我都只是普通人，她还对我们礼遇有加，你可别因为她不想惹麻烦，就将她当成坏人。难道说，她不仅要成为我们的朋友，还得付出惹麻烦上身的代价？”

说完我便松开手，任由他挣脱我的束缚，大踏步地走开。我还没去城里看幸运，不知道他近况如何，但我必须让他去理清自己的人生事务。只要幸运肯接受他们的条件，那么他要有顿热食、有个蔽身之处是不难的。我也只能做到这么多，别的就要看他自己了。我将自己的思绪拉回与切德谈话的现场。

“城里的生活，幸运的确有点难以适应。”我坦白地对那老刺客承认道，“他过惯了乡下生活，在乡下的时候，他爱几时起床就几时起床，爱几时就寝就几时就寝，只要他能把杂务做完就行。乡下的生活比较单纯，既不必那么费劲，还自在得多。”

“而且我可以想象得到，乡下的生活，不但啤酒比较少，连女孩子也比较少。”切德顺着我的话尾补了一句，而且据我推测，他虽然嘴上没有多说，但他可能心知肚明。不过切德说话的时候带着笑，而我也不想深究了。之所以不想深究，不只是因为他并非要以此来羞辱幸运或我，还因为我看到这老人仍与以往一样锐利而感到宽心。我感觉公鹿堡的机密谋算越多，切德似乎就越有活力。“唔。你知道，无论你的幸运惹上什么麻烦，你都可以找我帮忙，如果有需要的话，而且是没有交换条件的。”

“我知道。”我听到自己答道，语气有点粗鲁无礼，不过切德也不想追究，毕竟我们两人都得为晚上的大场面做准备。既然是为外岛人饯行的正式宴会，所以切德的穿戴打扮绝对不能马虎，他希望今晚的招待与大礼足以弥补裂痕，并在明日外岛人上船之际订下婚约。至于我呢，我必须备齐一切补给，走到情报站，在窥孔这一有利位置密切观察，把可能会逃过切德眼睛的细微动静记下来。

切德回他自己的房间去着装，而我为晚宴所做的准备，则与他大相径庭。我拿了许多蜡烛，从他的旧床上拿了个枕头、一条毯子，还带了一瓶葡萄酒与一堆点心。我看这顿餐宴势必要吃上好几个小时，而我这次决心要把自己弄得舒服些。近日来，天气更加寒冷，所以密道里冷飕飕，不大好受。

我找了一块布，把这些粮食补给包起来。我捆扎这些东西的时候，吉利不断来闹场，所以我不得不几次将吉利抓到一边去。近来这只小黄鼠狼变得颇为热情，每当我们在密道里碰上，它便抽动胡须、上下闻嗅地欢迎我。它虽然酷爱打猎，而且在四处留下不计其数的战利品，以彰显它坚强的实力，但它却仍经常跟我讨葡萄干或是面包屑，这使我大为惊讶。而且这些食物，它要来了也不吃，而是珍重地藏在卷轴架后或椅子底下。它的心灵像蜂鸟一般灵动，充满好奇心，静不下来。它跟大多数动物一样，对于动物与人之间的牵系丝毫不感兴趣。我们彼此之间以原智感应探触是常有之事，但从来没有深入过。不过，它对于我的行径仍颇为好奇，所以我从狭窄的密道走向会场时，它也追根究底地跟了过来。

我来得很早，饯别宴还没开始我就到了。我在半路上找到一张摇摇晃晃的凳子，于是一并带了过来。此时我将垫子铺在凳子上，食物放在身边满是灰尘的地上，再将点着的蜡烛和备用的蜡烛放在食物后头，然后披上毯子，稳坐在窥孔之前。这个窥孔的位置还不错，看得到王座的高台和几乎三分之一的大厅。

大厅里全是冬日应景的布置。门口与火炉炉台上点缀着长青树的枝叶与花环，宾客三三两两地进门，吟游歌者们则奏起轻柔的音乐。这一切都令我想起王子的订婚典礼，只是观看的角度不同罢了。长桌上铺着绣花桌巾，面包、果酱与酒杯已经放在桌上等待贵客了，大厅里飘着甜美的熏香，这是缤城商人致赠的礼物。这次各大公进场的时候就比较随兴了，不像订婚大典时的正经八百。据我猜测，这是因为近来盛大的排场不胜枚举，就算是贵族们恐怕也烦腻了。我注意到，缤城使节团进场的时候，并未摆出什么高姿态，而且座位离外岛人所坐的高台非常远。我心里纳闷道，不知道这个距离是否足以防止双方因为摩擦而爆出火花。

我还来不及细想，阿肯·血刃的特使团便进场了。这些人似乎个个神采飞扬，而且再度穿上了豪华的公鹿堡服饰。绸缎与天鹅绒取代了厚重的毛皮，蕾丝则运用得丝毫不知节制，而色彩则偏好红橙黄之类的颜色。说也奇怪，这样的服饰跟这些外岛男女还真是颇为搭配。他们粗鲁且不知节制地采用我们的服饰，但是此举反而使这些外岛人穿出了自己的风格。况且他们既然多少都仿效了六大公国的做法，那就表示不久之后，双方便可门户大开，贸易将畅通无阻——如果阿肯·血刃得以遂行其愿的话。

但是血刃一行人之中，唯独不见皮奥崔·黑水与艾莉安娜两人的踪影。

当王后与王子进场，切德亦步亦趋地随行在后，一起走向高台之时，皮奥崔与艾莉安娜两人仍未出现。我注意到王后的眼睛因为失望而瞪得大大的，但是她丝毫没有让失望之情影响到她脸上的笑容。王子的表情依然庄严肃穆，显然他还没注意到这场盛会虽是为了替他未婚妻饯行，但是他的未婚妻却仍未现身。瞻远家族的人就坐之后，现场气氛变得有些尴尬。通常王后就坐之后，便会命令仆人倒酒，然后全场向贵宾敬酒。就在尴尬的气氛升高到众人开始窃窃私语之时，皮奥崔出现在大厅门口。他仍穿着外岛的皮衣皮裤，戴着项链，但以往他盛装时所搭配的华美毛皮与前臂上的厚重金饰，今日通通不见了。他站在门口，全场因为他的出现而哗然，而他则等到众人的低语声再次恢复沉静之后，才一言不发地让到一旁，让贵主入场。贵主的皮背心有毛皮镶边，大概是雪狐吧，背心上还用象牙色的珠子嵌出了她的母系家族标志，也就是独角鲸。她穿着海豹皮做的皮裙与平底鞋，手腕与手指上不戴任何首饰。她的头发往后梳，如黑瀑般泻下，头上则戴着奇异的蓝色头饰，有点像是王冠。这个景像仿佛似曾相识，但我却想不出曾在哪里见过。

她在门框里站了一会儿，直接迎向珂翠肯王后的目光，而且此后两人便四目交锁，不曾旁观。她昂着头，慢慢地走向大厅另一端的高台，而皮奥崔也随行在后。皮奥崔任由贵主先行，并且稍微保持了一段距离，以免抢了她的风采，但是仍近得足以保护贵主，不让她受到任何危险的威胁。这段路虽长，但是这一路上，艾莉安娜的眼神却从未离开过王后，就连她走上高台的台阶时，两人的眼神也仍紧紧锁住。等到她终于走到王后身前时，她肃穆地朝王后欠了个身，但是她并未垂下头，也没有移开眼神。

“你来了，我真的好高兴。”王后和蔼地轻声说道，她的语气里透出真诚的欢迎之意。

就在那一刻，我仿佛看到贵主的脸上闪过一丝疑惑，但接着她便硬下心肠。当她开口说话时，她那年轻的声音既清晰，咬字也十分清脆，而且传得很远。她的话虽是对王后说的，但是打从一开始，她就是要讲得众人皆知：“我来了，六大公国的珂翠肯王后。但是我内心的疑虑已起，往后我会不会真的成为令郎之妻，就不得而知了。”话毕她转过身来，眼神慢慢地扫过在场众人。她的父亲坐得直挺，我推测贵主这番话大出阿肯·血刃的意料之外，但他努力掩饰自己的惊讶。王后乍听之下也很讶异，然后这讶异的表情，便为冷淡且合乎礼仪的面具所取代。

“您这番话令我失望，神符群岛的艾莉安娜·黑水贵主。”珂翠肯只说了这几个字。她并未提出任何问题，所以也无须艾莉安娜辩解。于是艾莉安娜迟疑了，因为她必须摸索着找个办法来将她预先想好的说辞说出来。我猜她原本期望这番话会激怒王后，并使王后质问她原因何在。如今这番开场白没了，所以艾莉安娜没有别的选择，只能将自己的说辞调整一番，以配合王后遗憾且不失礼的态度。

“我发现这个婚约并不符合我们母屋的期待，然而不合我们母屋的期待，就不合我的期待。我听人说，我乃是许配给国王的，来到此地却发现，我许配的对象，只不过是个王子，连‘王储’都不是——也就是说，用贵国的话来讲，我所许配的对象，连学习担任国王的资格都没有。这与我的期待相去太远。”

珂翠肯并没有立刻回答，而是等到那少女的声音散去之后才回答，而且王后的回答简单明了，仿佛在解释道理给懵懵懂懂的小孩子听，所以那个效果，就像是成熟且耐心的女人在对任性固执的小女孩儿训话似的：“艾莉安娜贵主，长辈没教您本国国王继位的习俗，真是太可惜了。晋责王子至少要到十七岁，才能冠以‘王储’的头衔，而他成为王储之后，何时会加冕为国王，则要由诸大公来决定。依我看，对王子而言，这个学习期用不了多久。”珂翠肯一边讲话，一边以眼神瞄过诸位大公。这番话肯定了诸大公在王位继任上所扮演的角色，等于是彰显了诸大公的地位，这点他们心里有数，所以他们听了王后的话，都严肃地点点头。珂翠肯三两下便化解了艾莉安娜的质疑。

艾莉安娜大概也察觉到自己的时机正一点一滴地流逝，所以她回答的时候，不但有一点尖锐，而且还稍急了一些，显得不够从容：“可是，如果我现在接受我与晋责王子的婚约，等于是在赌运气，因为我可能会把自己的人生，跟一个永远都无法继任为国王的王子结合在一起，这点是谁都无法否认的。”

珂翠肯趁着艾莉安娜为了继续讲下去而吸一口气之际，插话说道：“那种可能性微乎其微，艾莉安娜贵主。”

这时我感觉到晋责的荣誉感正不断震动，就像我感知到自己五官的感受一样清楚。他外表如群山人一样冷静，但骨子里的瞻远家族火爆脾气却蠢蠢欲动。我们两人之间的精技牵系，随着他怒火的高涨而震动不止。

*稳住。让王后处理就好。*我尽量将我对晋责的技传做得细微如丝。

*的确是非得任由母后去处理不可。*晋责鲁莽地答道。*就算我再怎么咽不下这口气，也得忍耐下去。这就好像这桩婚约虽是由别人说定的，但我仍必须忍耐一样。*

晋责的技传既没准头，劲道又过大。但这并不是因为他做不来，而是因为他正在气头上，所以根本没有加以控制。我担忧得瑟缩了一下，然后赶紧打量了一下那个罩着面纱的缤城商人的动静。瑟丹·维司奇直挺地坐着。虽说缤城的所有代表都专注地看着这场饯别宴的变化，因而维司奇的热切态度并没什么特别之处，但他一动不动地坐着，仿佛身上的每一个毛孔都在倾听似的。我实在很担心他。

“不过呢！”贵主再度开口，而且这次她的家乡口音特别突出。我看得出她已经不复原本的沉着自信，但是她仍顽固地挺进。这些说辞，她一定在自己房间里演练过千百遍，但如今临场演说时，却既无抑扬顿挫，也无手势之助，只是把字说出来而已。毫无疑问，许多人一定以为这是贵主为了悔婚才出此下策，不过我却怀疑她另有所图。

“不过呢，如果要我接受贵国的继位习俗，并就此许诺嫁给一名可能永远无法继任为王的王子，那么最公平的做法，就是王子也要遵循我们家乡的婚嫁习俗。”

在场宾客众多，我无法顾及每个人的反应，但是我首先看了阿肯 · 血刃的表情。我敢说，对于女儿口出此言，身为父亲的他从头到尾都很意外，不过当艾莉安娜提及外岛的婚嫁习俗时，他却显得很高兴。但我随即想到，血刃是那种会以较劲与赌博为乐之人，而且又喜欢吸引众人的注意，所以他乐得让女儿搅局，而自己则袖手旁观，看看女儿会变出什么花样——说不定女儿的提议会对他有利。但是有些与血刃同桌的人，并不像他那么乐观。他们彼此焦虑地面面相觑，唯恐这小女孩冒犯到王后，并因此而危及双方的婚约，阻挠彼此的贸易协定。

王子的脸开始涨红。我看得出，也感觉得到他内心挣扎着要维持住沉着的表象。珂翠肯则几乎是毫不费力地维持着自己一贯的沉着与安详。

“这也许是可以接受的。”王后平静地说道，而她那沉稳的语气，再度使艾莉安娜看起来像是个被大人宠坏的小孩，“您可愿意把这习俗解释给我们听？”

艾莉安娜贵主似乎也知道自己表现得并不是很好。她站挺起来，并且深吸了一口气，这才答道：“在我们家乡，我们神符群岛的习俗是，如果男子想要娶某一女子为妻，而女子的母亲们却对男子的家世或是性格有所疑虑，那么母亲们可能会提议男子必须通过考验，以证明此人的确配得上这个母屋的女人。”

这就是了。这实在是奇耻大辱，就算王后当场撕毁婚约与盟约，也没有哪个大公会责怪王后的不是。不会的，他们绝不会责怪王后的不是，可是其中几人脸上的神情，却因为荣誉与贸易利益可能难以两全而显得矛盾。诸大公之间眼波流转，默默地以眼神彼此商量，表情僵硬，嘴巴紧闭。但是王后还来不及吸一口气答话，贵主便继续补充道：“而我只身来到此地，无法由母亲代我发言，所以我亲自提议，晋责王子应通过考验，以证明他配得上我。”

我早在珂翠肯仍是群山王国的牺牲献祭之女时就认识她了。那时她还不是六大公国之后。我认识她的时候，她正处于从少女转变为女人及王后的时期。别人与珂翠肯相识的时间也许比我久，或者说近年来与她相处的时间比较多，但是我认为，由于我很早便认识珂翠肯，所以比较能看清她的心事，这是别人所不能及的。我从她嘴唇的轻微颤动，看出了她心里非常失望。长久以来，众人为了六大公国与外岛之间的结盟所做的一切努力，却因为少女冲动且鲁莽的言语而化为乌有。这是因为，珂翠肯不可能让她儿子在配不配得上艾莉安娜这一点受到质疑，而艾莉安娜若是看不起晋责，就等于是看不起六大公国。这种事情无可忍受，这不只是因为珂翠肯有着身为母亲的骄傲，同时也因为此举等于贬损了与六大公国结盟的价值。我屏住呼吸，等着听珂翠肯要如何与外岛决裂。我专注地观察王后脸上的表情，以至于我只从眼角余光捕捉到切德在晋责一跃而起之际，徒劳无功地抓住那少年的肩头。

“我愿意接受考验。”王子以年轻的声音吼道。他违背了一切礼仪规则，不坐在椅子上，反而站起来走到贵主身前，仿佛这真的是情侣之间的冲突。他这番举动，似乎将王后排除在外，好像这个新局面之中，没有王后置喙的余地。“贵主，我之所以愿意接受考验，不是为了要证明我配得上您。我绝不是为了对您或对任何人证明我自己的价值而接受这个考验。我之所以接受这个考验，乃是因为我不愿见到两国人民为了追求和平所做的种种协商，竟因为一名骄傲自大的少女对我产生怀疑而破坏殆尽。”

不但晋责的骄傲感激升，就连艾莉安娜也不遑多让。“对我而言，您因何而接受考验无关紧要。”艾莉安娜说道，霎时之间，她那清脆的咬字与准确的发音又回来了，“只要能达成任务就行。”

“那么任务是？”晋责追问道。

“晋责王子。”王后叫道。听到这口气，做儿子之人都应该了解到这几个字的意义。珂翠肯嘴上叫的是儿子的名字，实际上是命令儿子闭上嘴，并退到后面去。但是王子仿佛没听到母亲唤他，他全副注意力都集中在那个曾经羞辱过他，而且又在他试图道歉的时候加以轻蔑的少女。

艾莉安娜吸了一口气。她一开口，我便从她的语气与措辞中听出，这一番演说绝对是预先准备好的。艾莉安娜跃身而起，就像闻到确实气味的猎犬一般，直朝猎物追去。

“您对我们神符群岛所知甚少，王子，而且对我们的传说所知更少。许多人会说，那条名为‘冰华’的龙，只不过是传说而已，但我跟您保证，‘冰华’非常真实，就跟飞过我们的村落，夺取村人记忆与感知的六大公国龙群一样真实。”这些恶毒的话，只会在听到此言的六大公国人心中，激起更恶毒的记忆，她怎么有脸去抱怨我们的龙荼毒外岛百姓？若不是多年来外岛人劫掠与冶炼不断，我们也不至于召唤龙群以抵御外侮。此时的她如同走在薄冰之上，而且黑水已经淹过她走过的足迹。我猜是当下那种戏剧化的气氛救了她，要不是因为众人都急于知道冰华到底是怎么一回事——就连缤城商人都突然变得格外认真——一定早就喝令她住口了。

“根据我们的‘传说’，有一条名为‘冰华’的黑龙，沉睡在艾斯雷弗嘉岛上的冰河河心之中。冰华长睡不醒，只为着有朝一日，神符群岛的人民有需要而将它唤醒。一旦唤醒冰华，它便会跃离冰河，前来解救神符群岛的人民。”艾莉安娜停顿了一会儿，目光慢慢地扫过全场众人，以冷淡且不带感情的声音继续说道，“当然，当贵国的龙飞过我们神符群岛时，冰华应该要醒来解救我们，不是吗？当时我们对冰华需求之殷切，自不待言，但是我们的英雄却缺席了。因此，冰华跟任何弃自身责任于不顾的英雄一样，死不足惜。”接着她转头对晋责说道：“把冰华的头带来给我。只要你带来冰华的首级，便足以显示出你与冰华大不相同，你的确是个配得上我的英雄，因此我无论如何，都会嫁给您为妻，就算您永远不会成为六大公国的国王也一样。”

我清楚地感觉到晋责立刻就要开口回应。我严厉地命令道：不行。这是自从我意外地将禁止反抗的精技指令烙印在他心中以来，第一次全心全意地希望那个精技指令能够继续留在他心中并发挥全部的功效。

而那个精技指令的确还在。我感觉到他像只落网的兔子，拼命地跟我以精技指令施加的限制对抗。但晋责毕竟不是兔子，即使在惊惶与愤怒之中，他仍能探究自己到底是哪里被人制住了，而且他想得快，动作也快。他抬起头来，一下子就追踪到是我制住了他。

他一下子便切断了我们两人之间的牵系，虽然这样做并不容易。在我们之间失去牵系的前一刻，我还清楚地感觉到汗水从他的皮肤上渗出来，然而于我而言，那感觉就如同有人把我的头举高，重重地摔在铁砧上。那刺激之大，使我痛得瑟缩，但是我已无暇多考虑疼痛，因为我突然感知到，那缤城商人蕾丝面纱之后的眼睛，再度射出淡蓝色的光芒，而且他不是在盯着王子，而是盯着我藏身于后的这个外人无法得见的窥孔。我真的很想知道，在那一刻他到底是什么表情。即使我祈祷那人之所以望向我，不过是个无法解释的巧合，但我仍恨不得自己能够闭上眼睛，蜷缩起来，以避开他那灼热的目光。

但是我不能闭眼，也不能蜷缩，因为我有任务在身，不只因为我是瞻远家的人，同时也因为我是切德额外的眼睛。我继续紧盯着大厅的动静。我的头痛得要命，而且瑟丹·维司奇的视线又继续穿过这堵理应能藏住我踪迹的石墙，朝我射来。此时，晋责开口了。

他用如惟真般低沉的声音说道："您的考验，我接下了！"

一切都在片刻间发生。我听到珂翠肯倒抽了一口气，然而她还来不及想出要怎样拒绝才好。晋责说完之后，全场都愣住了。外岛来的人，包括阿肯·血刃在内，一想到六大公国的王子要屠杀他们的龙，不禁担忧得相互对视。而六大公国这一方，诸大公显然是在想，其实王子用不着接下这个远在天边的考验。我看到切德瑟缩了一下，但过了一会儿，那老刺客的眼睛睁得大大的，绽放出希望的光彩，因为全场爆出了欢呼声，不只是六大公国的诸大公在叫好，就连外岛人也不例外。这个年轻人如同蛮牛般高喊说他要接下考验的热忱，强烈到盖过了在场每一个人的理智。就连我心中也涌出一股骄傲的感觉：这名年轻的瞻远王子是可以拒绝这个考验的，而且拒绝的理由十分正当，丝毫无损于他的荣誉，但是他不但没有拒绝，反而毫不迟疑地接了下来，所以外岛人轻蔑地认为晋责配不上他们贵主的想法不攻自破。如果我想得没错，那么此时外岛人可能已开始下注，赌这少年必定会失败了，不过就算晋责失败了，光是他愿意接下艾莉安娜提出的考验，便足以使外岛人开始对他另眼相看。也许他们的贵主根本不是下嫁给了一个农夫王子，说不定这少年体内还有一些热血。

就在这时候，我第一次注意到缤城商人的脸上露出了焦虑，甚至可以说是恐惧的神色。那个罩着面纱的商人不再看着我所藏身的墙壁了。瑟丹·维司奇狂乱地比着手势，焦急地嚷着要让同桌之人听到他说的话，因为此时公鹿堡大厅已经欢声雷动。

我的眼角瞥见椋音·鸟啭。她已经跳上桌面，她的头像狂转的风信标一般，望向四面八方，努力将每一个人的反应摄入眼中。此时此刻应该编一支歌曲作为纪念，而且此曲必出于椋音。

“而且！”王子对喧闹的大众叫道。他眼睛周围的线条使我觉得有点不大对劲。

“艾达神，发发慈悲吧。”我祈祷道，虽然我明知无论哪个神明都不能令他悬崖勒马。他的眼里透出狂野且顽固的光芒，这让我心里十分害怕，不知道他会说出什么话来。他这一吼，大厅里的喧嚷便一下子静了下来。当他再度开口之时，声音并不大，为的只是要让贵主听到，但由于全场鸦雀无声，所以他的声音传得很远。

“而且我也有一项对您的考验。因为我必须证明自己配得上艾莉安娜贵主，而此时艾莉安娜贵主并无成为王后的远景，只是愿意嫁给我而已，所以我认为她必须证明她自己够资格成为六大公国之后。”

这回轮到皮奥崔跳了起来，脸色刷白，因为王子的话才刚讲完，艾莉安娜便立刻接口道：“是什么考验，您请说！”

“我会说！”王子深吸了一口气。那两个年轻人的眼神交锁在一起。虽然身处于大庭广众之中，但那互相凝视的眼神，仿佛世上除了他们两人之外再无他人。他们的眼神并不僵硬，而是充满活力，仿佛他们在这场意志之争当中，才第一次发现对方的存在。“您可能知道，我父亲出门探寻古灵之时，也‘只是’王储而已。古灵何在，无人知晓，然而我父亲全凭一股勇气，便出门寻找古灵，希望唤醒古灵起而帮助六大公国，以结束贵国人民逼至城下的战争。”王子停顿片刻，我猜他是想要停下来看看他这番话是不是已经让对方心领神会。不过艾莉安娜仍然冷淡沉默，执拗地凝视着他。晋责迅速接着说道：“然而我父亲出门日久，却杳无音讯，因此我母亲便出门寻找父亲——那时我母亲虽困于公鹿堡中，但已是名正言顺的六大公国之后了。她只带着几个人同行，历经千辛万苦地找到我父亲，并帮助我父亲唤醒六大公国的龙群。”讲到这里，王子再度停顿，然而艾莉安娜仍拒绝说出一字一句。

“在我看来，既然我父亲出门寻龙之时，我母亲亦不落人后，而且还与我父亲协力唤醒了龙群，这足以证明她是一位名副其实的王后。那么您在我屠杀贵国的黑龙之时，扮演与我母亲相仿的角色，可说是再合适不过。与我同行吧，艾莉安娜贵主，与我分享苦难，并见证您交付与我的重任。而且，如果事实证明黑龙乃是传说，事实上并无黑龙可屠，也请您一并见证。”晋责突然转身面对大众，并高声说道，“各位眼见为实，耳听为证，往后可别让任何人说，屠杀冰华，乃是六大公国之人一厢情愿。既然贵国的贵主将屠龙重任交付给我，那么就让贵主与我同行，以见证这一切吧。”接着他转头望着艾莉安娜，以甜蜜的口吻呢喃道，“如果她敢去的话。”

艾莉安娜的嘴唇不屑地噘起：“我敢。”

就算艾莉安娜在这两个字之外还说了别的话，众人也听不见了，因为她的声音方息，全场便爆出喧嚷嘈杂的声音。皮奥崔呆呆地站着不动，脸色苍白，仿佛冻结成冰，但是除了皮奥崔之外，每一个外岛人，包括艾莉安娜的父亲在内，都乐得大拍桌子，并以乡音高声唱起激昂的曲调。那歌曲赞颂的是决心与杀戮，在外国人的宫殿中商议同盟时唱这种歌曲似乎不合时宜，反倒比较适合即将去劫掠的水手高唱。六大公国的诸大公则大声叫嚣，唯恐自己的声音被别人盖过去。他们的评论，似乎从贵主活该接受王子不怀好意的考验，逐渐变成贵主既然能勇敢地回应，那么她也许真的是有王后风范的外岛少女也说不定。

全程之中，王后直挺挺地站着，一言不发地望着自己的儿子。我看到切德的嘴巴动了动，仿佛在劝王后什么话。珂翠肯听了只是叹气。我想我猜得出切德说的是什么，他大概是说，事情已成定局，再也无法改变。如今王子既然要往前冲，那么六大公国也只能跟上去了。站在切德与珂翠肯身边的皮奥崔，则极力掩饰内心的绝望。而站在他们三人面前的王子与贵主，则继续以眼神互相对决。

接着王后开口了，她的声音很轻，似乎只为了要平息大厅里如雷的声响："各位贵宾，各位大人，各位夫人，请听我说。"

嘈杂的声音逐渐退去，最后连外岛人拍桌子的声音也慢慢放轻。珂翠肯吸了一口气，我从她的表情中看出她坚定的决心。她转过身，不是朝着阿肯·血刃，而是朝着如今情势大明之后，浮现出来的真正的权力中心。王后看似望向贵主，但我知道她的眼神其实是在看着皮奥崔·黑水。"那么，我们就此说定。晋责王子与神符群岛的艾莉安娜·黑水贵主订下婚约。只要晋责王子能将黑龙冰华的首级带到贵主面前，并由艾莉安娜贵主随行，见证王子完成这项使命。那么，这桩婚事就这样确定了。"

"就这样定了！"阿肯·血刃吼道，丝毫没有察觉到这桩婚事从头到尾他都无权置喙。

皮奥崔严肃且沉默地点了两次头。而艾莉安娜贵主则昂起头来，平静地对王后应和道："就这样定了。"于是婚事就此敲定。

"把酒菜送上来！"王后突然命令道。一场盛宴就这样匆匆地开始，似乎有违往例，不过我猜王后实在是需要坐下来了，而且她可能也想喝口酒定定心。我自己则是全身发抖，这不但是因为我担心接下来会发生什么事情，还因为晋责切断精技牵系时用了蛮劲，使我头痛欲裂。捧着美食的侍者鱼贯进场，在切德的示意之下，吟游歌者们突然奏乐唱歌。所有人都坐了下来，就连棕音也优雅地从桌面上走了下来，跃入在一旁等待的丈夫怀中。她的丈夫与众人一样大乐且陶醉地将她举起，轻轻地放在地上，看来无论两人之前有什么不快，现在都已经和好如初了。

我心里纳闷晋责是如何跳脱我的精技指令的掌控的，而此时晋责仿佛读出了我的心思，突然将他的思绪逼入我的脑海之中。*汤姆·獾毛，稍后你再跟我报告这是怎么一回事。*然后他便像来时一样突然地消失。我踉踉跄跄地追上去，但怎么追都追不上，我知道他人就在那里，但我就是找不到门把来打开他的心房。我深吸了一口气。这实在不是什么好兆头。他在生我的气，而他既然气我，那么我们之间的信任，恐怕也变得残破而不成形了。往后要教他只怕会更困难。我将毯子裹得更紧了一点。

底下的大厅之中，只有缤城商人克制住了自己。他们低声谈话，而且只跟自己人谈，不与同桌其他人聊天。但即使如此，也无碍于他们将自己的餐盘装得满满的，并且一再添酒。坐在缤城商人之间的瑟丹·维司奇似乎若有所思，他自己的餐盘与酒杯都空无一物，而他似乎正茫然地瞪着虚空。

除了缤城商人之外，每一张桌子的人都高谈阔论，人人都像是刚从战场上回来的士兵一样有个好胃口。众人的兴奋感显而易见。事情已经完成了。至少此时此刻，六大公国之人与外岛人彼此意见一致。这是王后所促成的，一点也错不了，不过王子也有功劳。众人朝王子望去的目光，似乎比以往更有赞许之意。这个年轻人显然证明了他的勇气，而且不但国内的贵族如此认为，就连外岛人都有同感。

众宾客开始进餐饮酒。一名吟游歌者唱出悠扬的曲调，而众人的谈话声则随着人们开始进食而渐弱。我打开我的餐巾，取出面包、冷肉与奶酪。那只小黄鼠狼神奇地出现在我的身边，它的小爪子攀住了我的膝盖，我掰了一块肉给它。

“敬王子与贵主！”大厅里有人叫道。

众人随之举杯叫好。

我也举起我的酒瓶，严肃地笑着，喝了一口酒。

（上册完）

中英译名对照表

A

Advantage 庆典

Advice To Merchant Mariners 商船海员必读

Althea 奥尔瑟雅

Amber 琥珀

Antler Island 鹿角岛

applewood 苹果木

Arkon Bloodblade 阿肯 · 血刃

Ashlake 艾胥雷城

August 威仪

B

Banrop 班罗普

bard 吟游诗人

Barley 大麦

Baylor 贝勒

Bear-Boy and the Princess, the 熊少年与公主

Bearns 毕恩斯

Beast Magic 野兽魔法

Bidwell 毕德威村

Bingtown 缤城

Bingtown Bay 缤城湾

Bingtown Council of Traders 缤城商会

Bingtown Traders 缤城商人

bit 马衔

Black Rolf 黑洛夫

Blade Havershawk 布雷德 · 贺维薛克

Bluntner 布朗特纳

bond 牵系

bootjack 脱靴器

Bosk 波斯克

Boyo 波姚

Brant 黑雁

Brashen 贝笙

Brawndy 普隆第

Bresinga 贝馨嘉

Briggan 布利根

Bright 铭亮

Buckriver 公鹿河

Buckkeep 公鹿堡

Buckkeep Town 公鹿堡城

Burrich 博瑞屈

C

Calendula 金盏花

Carolsin 凯洛辛

carryme 带我走

catalyst 催化剂

Cateren 柯德仁

Celeffa 瑟娜法

Chade Fallstar 切德 · 秋星

Chalced States 恰斯国
Changer, The 改变者
Char 阿侠
Charl 查尔
Charm 护符
Chivalry 骏骑
City Guard 城市卫队
Civil Bresinga 儒雅 · 贝馨嘉
Clarine 克莱伶
Clover 酢浆草
Cockle 扇贝
Companion 随侍大臣
Convergence 会合
Councilor 私人顾问
covaria 柯法利严
Cresswell 魁斯维
Cron Hevcoldwell 克伦 · 海寇维尔
Crossfire Coterie 火网小组
Crowsneck 鸦颈镇
Cults and Heresies of the Southlands 南方各国的宗教教派与异教信仰
Cursed Shores, the 天谴海岸
Customs of Buck Duchy 公鹿公国之风土人情

D

Deerkin 鹿亲
Delleree 黛乐莉
Delnar 戴尔纳
Dignity 庄重
Dog and Whistle 狗与哨子
Doublet 无袖外套
Duties of A Skill Instructor 精技教学者之职责
Dutiful 晋责（王子）

E

Echet Hairbed 爱歇特 · 发床
Eda 艾达
El 埃尔
Elderling 古灵
elfbark 精灵树皮
Elliania 艾莉安娜
Erikska 艾芮丝卡
Esomal 艾娑茉
Eyod 伊尤（国王）

F

Faith 祈念
Falldown Street 掉落街
Farrow 法洛公国
Farseer 瞻远
Fedois 费度依岛
Fedwren 费德伦
Fennel 茴香
First Ford 第一渡口
Firwood 枞林庄园
Fisher 鱼貂大人
FitzChivalry 蜚滋骏骑
Fleria 芙莱莉
Fletch 弗莱屈
Flourish 盛繁
Fool 弄臣
Four Masters 四大名师

G

Galen 盖伦
Galeton 长风镇

Garetha 嘉蕾莎
Gedrena 洁莲娜
Geln 洁恩
Gilly 吉利
Gindast 晋达司
Girl on Dragon 乘龙之女
God’s Runes 神符群岛
Golden 黄金大人
Goldendown 金色黄昏
Grace 贤雅
Grayling 灰鳟家族
Great Sail fleet 大帆商队
Grim Lendnord 葛林·连洪

H
Hammer 锤子
Hands 阿手
Hap 幸运
Hartshorn 贺琼恩
Harvest Feast 秋收宴
Hasty 急惊风
Hearthstone 炉前石
Hebben 海本草
Hedge Magics 乡野术法
Hedge witch 乡野女巫
Heffam 贺凡
Heliotrope 向日葵
Henja 汉佳
hetgurd 首领团
Hilda 希尔妲
Hjolikej 乔利凯吉岛
Holly 荷莉
Hope 琋望
Hoquin 何昆
horseman 马人

I
Icefyre 冰华
Icefyre’s Lair 冰华之穴
Island Aslevjal 艾斯雷弗嘉岛

J
Jamallia 遮玛里亚
Jamallian 遮玛里亚人
Jek 洁珂
Jhaampe 颉昂佩
jidzin 济德铃
Jimu 琴摩
Jinna 吉娜
Jorban 乔班
Jorepin Monastery 乔若平神庙
Jower 裘耳公爵
Justin 择固

K
Kebal Rawbread 科伯·罗贝
Keep 城堡
Kelvar 克尔伐
Kennit 柯尼提
Keppler 科普勒
Kespin 柯士斌
Kettle 水壶婶
Kettricken 珂翠肯（王后）
Khuprus 库普鲁斯

King's Man　吾王子民
King's Circle　吾王广场

L
Lacey　蕾细
Lalwick　拉威克
Lane　私家小路
Laudwine　路德威
Laurel　月桂
Leggings　紧身裤
Leon　力昂
Linsfall　林法家族
liveship　活船
Lowk　洛克

M
Maiden's Chance　处女希望号
Maisie　梅喜
Malta　麦尔妲
Man's Flesh　人体
Marshcroft　池沼地
Meditation　静坐
Merry　快活
Modesty　芊逊
Molly　莫莉
Moonseye　月眼城
Motherhouse　母屋
Mountain Kingdom　群山王国
Mountain Queen　群山王后
Mountains　群山山脉
My Adventure As A World Traveler　世界旅行见闻录
Myblack　黑玛

N
Narcheska　贵主（奈琪丝卡）
Narwhal　独角鲸
Nat of the Fens　住在沼泽地的奈特
Neatbay　洁宜湾
Nettle　荨麻
Newford　新渡河口
Nighteyes　夜眼
Nim　小敏
Nimble　敏捷
Nolus　诺勒斯

O
Oaks　橡木大人
Observation　心得
Oklef　欧克莱
Old Blood　原血者
Old Blood Tales　原血者传奇
Otter　水獭
Out Islands　外岛
Outislaner delegation　外岛特使团
Owan　欧万

P
Padget　沛杰
Pale Woman　苍白之女
Paragon　典范号
Paragon Raven Ludluck　典范·渡鸦·大运
Pard　小豹

Patientce　耐辛（王后）
Peladine　佩娜汀
Pelious Island　沛利尔斯岛
Peottre Blackwater　皮奥崔・黑水
Perceptive　明鉴
Piebald Conspiracy, The　花斑帮之阴谋
Piebald Prince　花斑点王子
Piebald, the　花斑帮
Pirates Isles　海盗群岛
Pocked Man　麻脸人
Preparing the Students　学员初阶
Prokie　普罗基

Q
Queen's Garden　王后花园

R
Rain River　雨河
Rain Wild Traders concourse　雨野原商人大堂
Rain Wilds　雨野原
Rain Wilds River　雨野河
Raven　渡鸦
Reddy　瑞迪
Red Ship War　红船之战
Red Ships; Red-Ship Raiders　红船劫匪
redspice　红香
Regal　帝尊
Relditha Cane　蕾莉狄莎・坎恩
Rippon　瑞本
Risk　风险
robe　袍子
Rogeon　洛吉翁岛
Rory Hartshorn　罗力・贺琼恩
Rosemary　迷迭香
Rowdy　扰弟
Rowell　罗威尔
Rufous　卢夫司
runes　符文
Rurisk　卢睿史

S
Sa　莎神
Sacrifice　牺牲献祭
Sara　莎拉
Satrap　沙崔甫王
Scrandon　史宽顿
Scroll　卷轴
Scyther　钐镰大人
seacrepe　海皱纱
Sealbay　海豹湾
Seawatch Tower　望海塔
sedgum　萨根
Selden Vestrits　瑟丹・维司奇
Sendalfijord　沙达峡湾
Senna　先纳
Serene　端宁
Serilla　瑟莉拉
Shadow Wolf　影狼
Shemshy　歇姆西
Shield　强盾
Shoaks　修克斯
Shrewd　黠谋（国王）
Sidder　席达
Silvereye　银眼

Sindre 辛德蕾
Six Duchies 六大公国
Six Duchies Governanc 六大公国治国经
Sixfinger 六指
Skill 精技（n.）；技传（v.）
Skill one 精技人
Skillmaster 精技师傅
Skill-pillar 精技石柱
Skill-Road 精技之路
Slek 史列克
Slyke 史赖克
smoke 熏烟
Solem 庄重
Solicity 殷恳
Solo 精技独行者
Spice Island 香料群岛
Springfest 春季庆
Stablemaster 马厩总管
Starling Birdsong 椋音 · 鸟啭
Stone game 石子棋
Stuck Pig 篱笆卡猪
Svanja 丝凡佳
Swift 迅风
Swoskin 索司金
Sydel 惜黛儿
sylvleaf 西薇草
synxove 欣晓薇花

T

The Brief Reign of Verity Farseer 惟真 · 瞻远的短暂统治
The Circle of Magic 魔法体系
The Cult of the Bastard 皇家私生子宗派
The Making of Guides 绘图指南
the Other 异类
Thick 阿憨
Three Sails Tavern 三帆酒馆
Thrift 节俭
Thyme 百里香
Tilth 提尔司
Timbery 廷贝利城
Tinnitgliat 婷妮格莉亚
Tintaglia 婷黛莉亚
Tom Badgerlock 汤姆 · 獾毛
Tradeford 商业滩
Travels in the North Lands 北国之行
Treenee 树膝
Truna 提乌那镇

V

Valsop 弗索
Vance 小优
Verdad the Flayer 开膛手弗达德
Verity 惟真
Verity’s Reckoning 惟真之愿
vision 幻象

W

water maiden 水妖
weasel 黄鼠狼
Web 罗网
Wertin 瓦廷
Wess 魏斯
West Port 西港

White　白者
White Prophet　白色先知
Whitecap　白帽
Wiflen　魏弗伦
Wild-eye　狂眼
Wim　老温
Winfroda　温弗达
Winterheart　冬之心
Wisdom　睿智（国王）
Wisenose　灵鼻
Wit Magic　原智魔法
witch’s butter　巫婆油
Withywoods　细柳林
Witness Stone　见证石
wizardwood　巫木
Women’s Garden　女人花园
Wrecked Red Ship　红船劫后

THE
TAWNY MAN
TRILOGY

刺客后传

[II]

黄金弄臣（下）

Golden Fool

[美] 罗宾·霍布 著
麦全 译

上海社会科学院出版社
SHANGHAI ACADEMY OF SOCIAL SCIENCES PRESS

ROBIN HOBB

请献给

茹丝与她的忠实伙伴，

亚历山大

及

好朋友们

目录 CONTENTS

[II] 黄金弄臣（下）

刺客后传

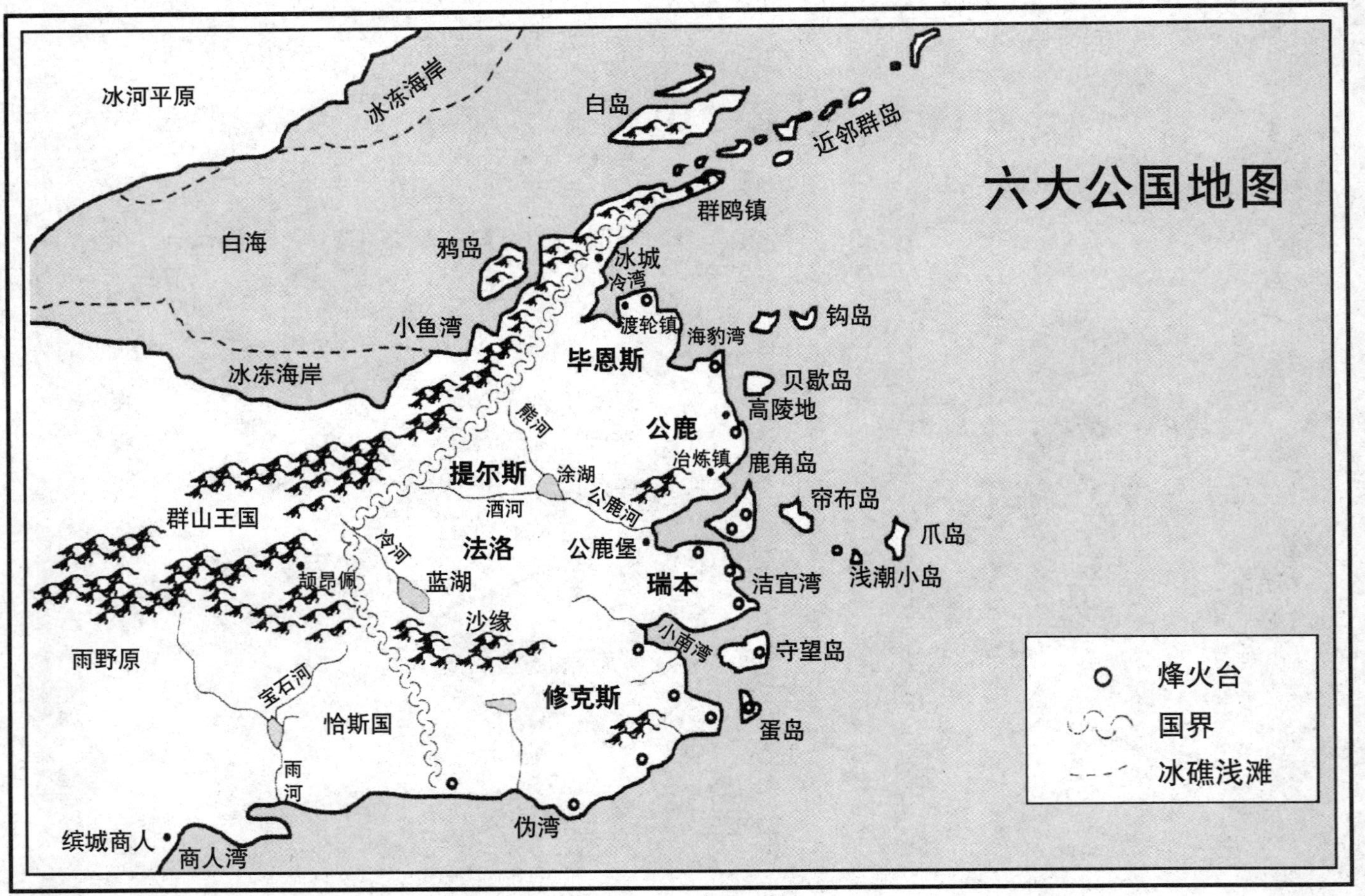
六大公国地图
冰河平原
冰冻海岸
白海
冰冻海岸
白岛
近邻群岛
群鸥镇
鸦岛
冰城
冷湾
小鱼湾
渡轮镇
海豹湾
钩岛
毕恩斯
贝歇岛
高陵地
公鹿
冶炼镇
鹿角岛
帘布岛
爪岛
浅潮小岛
熊河
提尔斯
涂湖
酒河
公鹿河
群山王国
冷河
法洛
公鹿堡
瑞本
洁宜湾
颉昂佩
蓝湖
沙缘
小南湾
守望岛
雨野原
宝石河
恰斯国
修克斯
蛋岛
雨
河
伪湾
缤城商人
商人湾
烽火台
国界
冰礁浅滩

14. 卷轴

海上有个名叫“费度依岛”的符文群岛，岛上住了个名叫欧万的渔夫。欧万妻子的母屋是用石块与原木建造的，而由于这地区潮差很大，故位于离高潮线很远之处。此地真是个好地方。北方的沙滩上有蚌壳，而冰河外缘的草原又够大，所以即使欧万的妻子不是长女，仍能拥有那一大群羊之中的三只羊。欧万的妻子为他生了两子一女，而这三个孩子都帮着父亲打渔。他们一家人衣食无忧，这对欧万来说应该是够了，但他却老是觉得不足。

在天气晴朗的时候，好眼力的人可以从费度依岛上，看到蓝天之下有条闪着蓝色亮光的冰河，那里便是艾斯雷弗嘉岛。大家都知道，在冬日潮水低的时候，小舟可以冒险穿过艾斯雷弗嘉岛的冰河外缘，直达岛的中心，而且大家也都知道，艾斯雷弗嘉岛的中心有一条黑龙，而长眠的黑龙乃是以数不尽的宝藏为床。有人说，一个人只要胆子够大，到得了艾斯雷弗嘉岛的中心，就可以要求冻眠于冰河之中的冰华给他一点好处；但有人说，唯有贪婪过头且愚蠢透顶之人才会去找冰华。这是因为，据老人所说，冰华并非有求必应，而是看一个人应得什么，就给他什么，而人们应得的往往不是黄金与好运。若要走这条路去拜访冰华，动作一定得快，一等到潮水退到最低点，就立刻驱舟穿过水面与冰顶之间的缝隙。到了那个寒冷的冰宫，还得用自己的脉搏算时间，因为如果逗留太久，潮水就会涨回来，把来人与小舟挤扁于冰缝之间。而这还不算是造访艾斯雷弗嘉岛之人所可能碰上的最大厄运，因为讲这个故事的人，不但鲜少有造访过艾斯雷弗嘉岛的，而且大多都是讲话不老实的人。

这一点，欧万清楚得很，因为不仅是他母亲，连他妻子的母亲也如此对他说道："去跟黑龙苦苦哀求是没用的。你想想看，若有厚颜无耻的乞丐到我们门前来乞讨，我们绝不会厚待他，如此推算，就算你去跟冰华苦苦哀求，也不会有什么好下场。"就连欧万的小儿子也知道这个道理，那孩子才六岁大而已。欧万的大儿子已经十六岁，他的心与他的胯下都热烈燃烧，因为他看上了洁莲娜，也就是林法家族的辛德蕾之女。洁莲娜是个富有的新娘，她绝对不会安于选择渔夫之子做为伴侣。因此欧万的大儿子每夜皆如蚊蚋一般地在欧万耳边唆使，喃喃地劝道，若是父子俩有勇气造访冰华，那么他们会变得多么富有。

——外岛卷轴，《冰华之穴》

第二天早上，外岛人便趁着早晨的潮水出航了。我一点也不羡慕他们这一趟回家的航程。天气寒冷又多变，海面上风大且浪高。外岛人似乎丝毫不将恶劣的气候放在眼里，只把这当作是家常便饭。我听人说，送行的队列很长，一路绵延到码头边，在艾莉安娜踏上回神符群岛家乡的船之前，还有正式的道别仪式。晋责弯下身吻了她，她则对晋责与王后屈膝为礼。接着是阿肯·血刃的正式道别，与同行的外岛特使一起登船。最后才是皮奥崔与瞻远家之人道别，并陪着贵主登船。船驶离港口时，他们都站在船边挥别。前去凑热闹的人，发现最后一刻竟然未发生什么轰轰烈烈的大场面，一定觉得很失望。其实那就像是风雨过后的宁静，也许在昨晚迭经大变，并达成约定的冲击之余，艾莉安娜至今仍茫然晕眩，所以击不起最后的漩涡来。

我知道昨晚的正式宴会之后，王后、切德、黑水与血刃私下聚会商谈，这会议是匆促之间安排出来的，而且一直开到深夜才结束。他们一定讨论到王子与贵主任性固执的行为，不过更重要的是，如今王子的屠龙之行，不过是他盛大造访外岛的一个行程而已。事后切德告诉我，那天晚上，屠龙之事只是轻轻带过，重点其实是在安排王子与外岛的“首领团”成员会面，以及王子造访艾莉安娜家族之母屋的行程。外岛人所谓的“首领团”，乃是各族头目所组成的松散联盟，而首领团的作用主要是缔结贸易协定，并不涉及经营政府与治理人民的功能。与首领团会面较容易安排，至于造访艾莉安娜的母屋，那就是另外一个问题了。切德告诉我，当皮奥崔平静地推论道，王子造访外岛时，势必要到艾莉安娜的母屋走一趟，看皮奥崔那神情，仿佛若能拒绝王子来访，他早就推辞得一干二净，只是他无从拒绝罢了。王子与随行人员将于春天时出发前往外岛。我的第一个反应是，时间这么紧迫，恐怕切德难以多派人收集情报了。

我并未旁听夜晚那场仓促的协商，也没有参加贵主的送行仪式。切德满肚子怒气，因为黄金大人至今仍以健康欠佳为由，避开了所有公开场合。我倒乐得不去，毕竟前一天我才寒冷僵硬地在窥孔边看了一晚，我可不会热切期盼着隔天一大早要冒着大风雪到公鹿堡城来回走一趟。

外岛人离开之后，各大公国的许多小领主也离开了宫廷。王子订婚的欢庆场合已经过去，而他们已经有许多故事可以讲给故乡的人听了。此刻的公鹿堡，就像是倒置的酒桶一样空虚。马厩与仆人的卧房区突然变得空旷了许多，而堡里的生活也回到较为平静的冬日步调。

令人失望的是，缤城商人还逗留着不走。这就意味着黄金大人会继续盘踞在房间中，以免被人认出来，无论什么时刻，我都可能会撞见前来拜访黄金大人的洁珂。洁珂根本就不将什么社交仪节放在眼里。她是渔夫的女儿，从小放浪成性，至今仍保留着渔人潇洒自在的习性。我好几次在堡里的不同场合中撞见洁珂，而她见了我总是咧嘴直笑，开心愉快地道声日安。有一次，她碰巧与我同方向而行，便在我手臂上大力一拍，叫我不要成天到晚板着脸。我淡淡地答应了一声，但是人还来不及走开，她便钳住我的手臂，将我拉到一旁。

她先四下张望，确定走廊前后没有别人，才低声地对我说道：“我估摸着，跟你说这些话大概会使我惹祸上身，但是眼看着你们俩人这个样子，我实在是忍不住啦。你竟然不知道‘黄金大人的秘密’，我真是不敢相信，再说……”

她顿了一下，急迫且低声地说道，“喂，你可睁开眼睛呀！爱情远在天边，近在眼前呢！千万别蹉跎。你可得……”

洁珂还来不及说出口，我便忿忿地打断她的话:“什么‘黄金大人的秘密’，说不定是您想错了。若不是您想错了，就是您在遮玛里亚待太久了。”

她看我没给她好脸色看，只是哈哈一笑。“算啦。”她对我说道，“我这个人，你大可信得过。黄金大人就很信任我，而且多年来从未改变。你相信我吧，我是你们的好朋友，而且我要让你知道，我跟你一样，是守得住朋友秘密的人——如果朋友的秘密值得守住的话。”她转过头来，像是鸟儿盯着虫子般地望着我，继续说道：“但是有些秘密，却乞求我们将之拆穿。好比说，秘而不宣的爱情便属于这一类。琥珀对你一片真情，却总是闷在心里不说，这真是太傻了。对这个秘密视而不见，对你、对她都没什么好处。”她诚恳地望着我的眼睛，手仍抓着我的手腕。

“您说的是什么秘密，我毫无头绪。”我生硬地答道，但心里则不安地纳闷，弄臣对我知之甚深，他到底告诉洁珂多少有关于我的秘密？就在此时，两名仆人出现在这条走廊尽头，一边开心地说长道短，一边朝我们走来。

洁珂丢下我的手腕，为我叹了一口气，故作怜悯地摇了摇头。“你当然毫无头绪啦。”洁珂答道，“你这个人啊，连你眼前的桌上放了什么菜都不知道。男人呀，有眼无珠。”她在我背上一拍，然后我们便分开了，而我也松了一口气。

在那之后，我开始很想找个机会跟弄臣把话说清楚。我在心里把要说的话，演练了一遍又一遍。但令我大失所望的是，他完全将我排除在他的卧室之外，但是他却欢迎洁珂到他卧室里密谈。倒不是说我曾经到他卧房前敲门求见。我在他面前，一直维持愠怒且沉默的态度。我气愤地等着他开口问我，我到底是有什么事情烦心。问题是，他一直不曾问我。他似乎没把心思放在这里。看来他既未注意到我沉默不语，也没注意到我闷闷不乐。这世上，还有比等着别人来找你吵架更令人气愤的事情吗？我的心情变得更加沉郁。那个名叫洁珂的女人认定弄臣其实是个名叫琥珀的女人。此事丝毫无助于纾解我的烦躁心情，只使得我们的处境变得更为诡异。

我设法以其他的不解之谜来分散自己的注意力，但只是徒劳无功。月桂走了。我注意到入冬之后，她便不见踪影。我小心谨慎地问起女猎人的下落，结果只听说她回乡去探望家人了。这样的情况下，我不免怀疑一切。我直接问切德，但切德却只是跟我说，就算王后要派她的女猎人到外地去避避风头，也不关我的事。接着我又问切德，月桂到哪里去避风头了，然后便得到切德的一顿白眼。

“如果你不知道她的下落，那么你跟她便都少一分危险。”

“这么说来，是不是有什么危险，是我该知道而未知的？”

他在回答之前先仔细地考虑一番，最后重重地叹了一口气：“我不知道。她要求私下觐见王后。她私下觐见王后时说了什么，我也不知道，因为珂翠肯不愿告诉我。她给了女猎人一些愚蠢的承诺，保证她绝对不会将女猎人与她相谈的内容说出去。过后月桂就不见了。到底是王后遣她远离，还是她恳请王后让她离开，或者她干脆是落荒而逃，这我就不知道了。我已经跟珂翠肯说，这么重要的消息，不能不让我知道，但是她毫不让步。”

我想起我最后一次见到月桂的情景。我猜她之所以离去，为的是要以自己之力与花斑帮相抗。至于她到底能做什么，我也想不出来，不过我很担心她就是了。“路德威和他的徒众有没有什么消息？”

“消息是有，但没有一件是确定的。不过俗话说，就算是谣言，听了三遍，大概也八九不离十了。市井之间倒是有不少谣言指出，路德威在重伤之后逐渐康复，而花斑帮仍归他掌管。其中唯一稍微称得上是好消息的，是有些人认为花斑帮不应再由路德威带领。我们只能希望他会碰上难关。”

不只切德，连我也热切希望路德威碰上重重阻碍，虽然我心里并不相信事实真是如此。

除此之外，我的人生也没什么好提的。贵主离去那天早上，王子并未到精技塔报到。当时我倒不太在意，毕竟晋责前一天忙到很晚，而且隔天一大早，他又必须到码头边送行。但是接下来这两天，我也白等他一场。我总是在约定的时刻抵达精技塔，奋力地独自翻译一番经卷，然后才离去。晋责并未给我只言片语的解释。第二天早上我生了一场闷气，并下定决心：我绝对不跟王子联络。我断然地告诉自己，去叫王子来上课，于我的身份不合。我试着设身处地为王子想一想。若是我发现惟真竟然以精技指令要求我对他忠心，那么我会有什么反应？当我发现精技师父盖伦以精技指令迷惑我的心智，让我无法察觉自己的精技潜能时，我的反应可是激烈得很。晋责身为王子，他有权生我的气，也有权鄙视我。而我就等他的愤怒与鄙夷都过去了再说。等他准备好，我会告诉他唯一的一套说辞——也就是真相：我从来无意要拘束他遵守我的旨意，我唯一的目的只是想保护自己，以免自己死于他的手下。想到这里，我叹了一口气，低下头来，继续努力翻译。

那天晚上，我待在切德的塔楼里。我从下午就一直待在那里等阿憨。不用说，阿憨又爽约了。我跟切德说，那个弱智少年不情愿来跟我见面，我也拿他没办法。不过，我也没闲着。除了我们一起断断续续地解读出来的那几个比较古老、又比较难读通的经卷之外，切德又给了我俩讲到神符群岛之龙的古老经卷。这两个经卷所提的都是传说，不过切德希望我能从中分析出这些传说最早到底是因为什么样的事实而起的。他已经派了几个间谍去外岛了，其中一人还与贵主同船。表面上看来，那人是为了探望外岛的亲戚，所以才上船打工以抵船资，然而他真正的使命，是去艾斯雷弗嘉岛走一趟，就算去不成，至少也要多打听有关于艾斯雷弗嘉岛的消息，然后回报给切德。切德的打算是，晋责既然允诺要屠龙，那么恐怕是不去不行，但是王子就算要去，也一定要有万全的准备，以及齐全的同伴。切德偶然与我在塔楼中碰面时说道：“说不定连我都得去。”我不以为然地哼了一声，但是我努力把自己的哼声压得很低。切德年纪这么大了，怎么受得了这种旅程的折磨？不过我还是以惊人的自制力，将这些话吞进肚子里，因为我知道我若是说了出来，他必定会反驳道：“不然要派谁去？”其实别说我不希望切德去艾斯雷弗嘉岛，就连我自己也不太想去。话说回来，如果王子能不去，我也希望他别去。

我将关于冰华的卷轴推到旁边，揉揉眼睛。这故事是很有趣，但是我心里很怀疑，这故事真的有助于王子准备他的屠龙之行吗？据我对石龙的了解，再加上弄臣跟我讲的缤城龙群之事，我认为不太可能有什么龙沉睡于外岛的冰河里。所谓的“长眠巨龙”云云，大概是因为人们对地震和冰河的移动赋予太多想象。再说，我这辈子经历过的龙也够多了。卷轴翻译得越多，我夜晚的睡眠便越受那个罩着面纱的缤城商人所扰。不过我至少也可以期待，我的烦恼除此之外再也无他。

接着我望向桌角，桌上倒扣着一个沉重的陶盆。陶盆下盖住了一只死老鼠——说得确实一点，其实只是一只死老鼠的残尸，这是我昨晚从黄鼠狼的嘴边抢下来的。昨天晚上，我被惨痛的原智叫声所吵醒。那叫声跟寻常小动物死前发出的闷哼声天差地别。在动物界中，生死乃是常事，小动物的死亡，就像是一颗石子落入池塘，咚的一声便淹没了。任何一个有原智的人，对于水面漫出来的死亡涟漪，都早已习以为常。唯有与动物牵系在一起的人，才会因为小动物之死而发出如此绝望、愤怒，且哀伤的悲鸣。

既然被吵醒，我也不期望自己能够重新入眠。那一声嘶喊，把我内心痛失夜眼的伤口再度撕开。我爬了起来，不愿吵醒弄臣，干脆走入密道，上塔楼去。半路上碰见叼着这只老鼠的黄鼠狼。我这辈子从未见过这么健康壮硕，毛色这么有光泽的老鼠。经过一番追逐与拉扯，那黄鼠狼总算将这只死老鼠让给我了。我无从证明这只死老鼠生前曾与人类牵系在一起，但是我认为这大有可能，所以才将这死尸留下来给切德瞧瞧。我早就知道公鹿堡里有内贼，月桂曾收到一根用吊刑的绳结套住的月桂树枝就是明证。如今看来，这只老鼠牵系伴侣，不但已经渗透到皇室居所之中，而且还对我们的密道知之甚详。我真希望今晚切德会到塔楼来。

我重新将注意力放在切德与我协力翻译的这两个经卷上。比起冰华的经卷，这两本读起来更艰涩，不过做起来却比较有成就感。这两个经卷显然都很陈旧，句法、拼字属于同一风格，切德断定这是同一作品，只是拆成上、下两部。我则深信这两个经卷互不相涉。它们用字遣词与插图差别甚大，经卷都已褪色、碎裂，许多文字，甚至整个句子都模糊得不可辨认。句法拼字都是古体，使我译得一个头两个大。这两个经卷旁，各有一份干净清楚，由切德与我合力逐行翻译的译文。现在看起来，切德的字迹已经很少，大部分的译文都是我写的了。

我读了一下切德最近翻译的那个段落，标题名为“精灵树皮的用法”。我看了很纳闷，于是找出原文中相对的那个段落。原文还附了插图，虽已褪色，但那说什么都不可能是精灵树皮。切德译为“精灵树皮”的那个词，因为污渍所染，所以有一部分看得不大清楚。不过我眯眼瞧了老半天之后，也不得不呼应切德，因为那个词最有可能的译法，还是“精灵树皮”。这实在说不通，除非那个插图配的不是那一段原文。然而果真如此，那么我之前翻译的就全错了。唉。

葡萄酒架蓦然地转开了。切德走进来，后面跟着端着酒食的阿憨。“晚安。”我一边对他们招呼道，一边小心地放下手边的工作。

“晚安，汤姆。”切德对我招呼道。

“晚安，师傅。”阿憨嘴上虽顺着切德的话招呼我，却也同时以思绪对我唤道：*臭狗子*。

别叫我臭狗子。“晚安，阿憨，我们不是约好下午要在这里见面的吗？”

那弱智少年把托盘放在桌上，开始抓痒。“忘了。”他耸了耸肩，不过他说话时，眼睛瞪了一下。

我无奈地望了切德一眼。我已经尽力了，不过那老人乖戾的眼神明白地告诉我，他认为我尚未尽全力。我得想个办法支开阿憨，好跟切德讲那只死老鼠的事。

“阿憨？下次你带柴火上来的时候，能不能多带一把柴上来？入夜之后，这房间有时还蛮冷的。”

臭狗子冷到了。阿憨的思绪清楚地传入我的脑海里，虽然他只是愣站着，并且无精打采地望着我，仿佛根本听不懂我的话。

“阿憨？今天晚上要两把柴，懂吗？”切德对阿憨说道，他讲得很大声，而且又慢又清楚。难道切德感觉不出阿憨很讨厌这样吗？那人是头脑简单没错，但是他耳朵又没聋。而且说真的，他也不笨。

阿憨慢慢地点了点头：“两把柴。”

“你现在可以去拿柴了。”切德对阿憨说道。

“现在去。”阿憨应和道。他转身走开时，用眼角瞄了我一眼。*臭狗子*。

累死我了。

切德将托盘挪到我对面的桌上，我一直等到阿憨走远之后才开口道："现在他虽不会用精技来攻击我，却不停地以精技私下羞辱我。他知道你听不见他的思绪。我真不知道他怎么会如此怨恨我，我又没对他做什么。"

切德满不在乎地耸了耸肩。"这个嘛，反正你们两个要赶快抛开成见，好好相处，而且你必须尽早开始教导阿憨。王子出发前往外岛时，一定要带个类似精技小组的团体同行。这精技小组即使不做别的，只是让王子汲取力量也好。蜚滋，你必须对阿憨多下功夫，把他的心赢过来。我们需要他。"他察觉我沉默不语，不禁叹了一口气，他抬起头来四下张望，并问道："来点酒如何？"

我指了指我放在桌上的茶杯："谢了，但是不用了。我晚上都在泡茶喝。"

"噢，很好嘛。"切德绕过桌子，走到我身边，看看我的进度如何，问道，"冰华的经卷译完了吗？"

我摇了摇头："还没呢。大概无法在当中找到什么有用的东西。那两个经卷提及实际的龙时，都写得非常隐晦。其内容十之八九都是在以地震来证明人若是行事不正，就会受到惩罚，而人们则由此领悟到一个道理，那就是做人做事绝对不可违背良心。"

"话虽如此，你还是该将那两个经卷都读透了再说。说不定其中有些只言片语、言外之意，还能派上用场。"

"在我看来是不大可能。切德，你看那岛上真会有龙吗？说不定艾莉安娜只是想要求王子去杀一条事实上根本不存在的龙，借此来拖延这桩婚事呢。"

"我敢说艾斯雷弗嘉岛的冰河里一定有东西。在年代至为久远的经卷中，提起冰河里封住了什么东西，而且有人亲眼看到过，只是连年降雪特多，再加上一两次雪崩，所以就再也看不到了。但是有一阵子，途经艾斯雷弗嘉岛的旅人，都会不辞辛劳地走进冰天雪地之中，然后开始推测眼前困在冰河里的是什么生物。"

我往椅背上一靠："噢，很好。说不定这桩任务，重点在于铲子与冰凿，而非王子与宝剑呢。"

切德脸上闪过一丝笑意："这个嘛，就算重点在于敲凿冰雪，我想我也已经想出了万无一失的妙计。只是我这办法还必须修饰一下就是了。"

"这么说来，上个月的海滩事件，是你弄出来的？"上个月再度传出海滩大爆炸的传闻，这次目睹经过的是好几艘港外的船只。爆炸发生于风雪肆虐的深夜，所有提起此事的人都大惑不解。毕竟谁也没有见过闪电四射的奇景，更没有人料到大风雪的夜晚竟看得到闪电。不过当时的确有轰然声响，这是谁也无法否认的。而且事过之后，海边的沙石移位，凹陷了个大洞。

"什么海滩？"切德故作茫然地问道。

"算了。"我实在拿他没办法，再说我也松了一口气。他要实验爆炸的药粉就去试吧，但我可不想卷入其中。

"非得算了不可，因为我们有别的事情要谈，而这些事情可重要得多了。王子的精技课程进展如何？"

我瑟缩了一下。我还没跟切德说王子连连缺课。我闪烁其词地答道："那个有鳞的缤城人还在，所以我也一直不愿让王子真正练习精技。这一阵子，上课时我们只是一起研读经卷而已……"然后我突然看出，隐瞒实情不跟切德说，实在没什么道理，若是跟他撒谎，势必会被他拆穿。"老实说，自从饯别宴之后，他就不来上课了。他发现我在他心里下了精技指令之后非常气愤，而且我猜到现在他的心情都尚未平复。"

听了这个消息，切德皱起眉头。"我会采取适当手段去纠正那个年轻人。他再怎么桀骜不驯，现在也该收心了。明天他一定会去上课。我会安排一下，让他每天早上多跟你待一个小时，而且天天都准时报到。好了，再来就是阿憨。你一定得开始教他，蜚滋，至少也得让他肯听你的话。这事我交给你全权处理，不过我建议你，与其以处罚作为威胁，还不如贿赂他，这样收效较快。好了，我们的下一件任务是，该开始寻找其他有精技潜能的人了，对此你有什么建议？"

我坐着，交叉双臂抱胸，努力抑制自己的怒气："这么说来，你是找到精技师傅了？所以你找到了有精技潜能的人，就交给新的师傅去教啰？"

切德盯着我，眉头纠结在一起："我们有你呀。"

我摇了摇头："那不行的。我之所以肯教王子，是因为他苦苦哀求。而你又勉强我也试着教教阿憨。但我不是精技师傅。就算我对精技所知甚多，我也不愿成为精技师傅。我真的没办法。你这是在要求我做出一生的承诺，这等于是在要求我日后必定要收个入门弟子，以便在我死后，将精技师傅的职责传下去。但我怎么可能收了一屋子学生，去教他们精技，却完全隐匿我自己的身份？我才不要那样。"

切德瞪着我，因我的怒气汹涌而惊讶得嘴巴微张，于是我更一股劲地说道："此外，我倒希望你让我用自己的方式，来解决王子与我之间的过节。这样会比较好。那毕竟是他与我之间的私人问题。至于我什么时候能教阿憨？我看要等到海枯石烂了。"我简洁地说道，"他讨厌我。他这个人坏脾气、态度差，又臭得难闻。还有，你是不是还没注意到？他是低能儿呀。如果把瞻远家的魔法托付给这样的人，未免太过危险。就算他没有这些缺点，但他就是一直反抗，根本不肯让我教他。"我在心里为自己辩护道，这点倒没有言过其实。每次我敷衍地尝试跟阿憨讲句话，他都不断以精技来侮辱我，并且迅速地结束谈话。"再说，他十分强大。如果我硬要他学，他说不定会气愤到对我毫不留情地下手。说句老实话，这个人，我还真是怕他。"

如果我讲这番话为的是要激怒切德，那么我算是失败了。他慢慢地在我对面的位子上坐下来，举起酒杯啜了一口。他沉默不语地望了我好一会儿，最后摇了摇头。"多说无益，蜚滋。"切德轻轻说道，"眼前时间紧迫，我知道你认为你不太可能一边教王子，一边为王子创立一个精技小组，但是这毕竟是我们迟早得做的事情，而且我对你有信心，我深信你终究会带出一个精技小组来。"

"早在王子接下屠龙的任务之前，你就深信王子需要有精技小组的帮助。如今我还不确定是否真的有龙可屠，更难相信在这个任务中，一个精技小组对王子的助力，会比一队带着铲子的士兵来得大。"

"不过，王子迟早会需要精技小组。你还不如早日着手的好。"切德往后靠在椅背上，交叉双臂抱胸，"至于如何找到有精技潜能的人，我倒有个主意。"

我默默地瞪着切德。他活泼愉快地将我拒绝担任精技师傅的事情撇在一边。而他接下来说的话，则使我更火冒三丈。

“我只要问问阿憨就行了。他不费吹灰之力就能找到荨麻。如果他有心帮我们找人，而且每多找到一个人，都能得到奖赏的话，他一定能找出几个其他人来。”

“我真的不想跟阿憨扯上关系。”我平静地说道。

“那真是太可惜了。”切德以同样轻柔的声调答道，“因为恐怕这事不是你我做得了主的。我就直说了吧，这是王后下的命令。今早，王后跟我会面好几个小时，主要是谈王子屠龙的事。我认为王子出门时，应该要有精技小组同行，而王后也有同感。然后王后问我说有什么候选人，我告诉她我们有阿憨和荨麻，因此王后希望他们两人立刻开始精技课程。”

我继续交握手臂抱胸，也继续保持沉默。我吓呆了，而且还不只是因为荨麻被卷入其中。就我所知，在群山王国，像阿憨这样的婴儿，总是一出生就成了弃婴。原本，我据此而论定珂翠肯一定不愿让像阿憨这样的人服侍她儿子——不，说句老实话，我原本期望的，就是珂翠肯会拒绝阿憨。但是王后又再度令我意外。

直到我确定自己能以稳定的声调讲话，这才问道：“王后下令叫荨麻来公鹿堡了吗？”

“还没。这件事情，王后决定亲手悉心处理。如果王后仅只是请求，博瑞屈可能会再度拒绝，这我们都知道的，而如果王后下令，这个嘛，那么博瑞屈会怎么反应，就没人晓得了。但王后当然希望博瑞屈和那孩子都能欣然同意。这一来，信上的措辞就必须好好拿捏，可是目前缤城使节团的事情，把她所有的闲余时间都占满了。等到缤城人离开之后，王后会邀请博瑞屈和荨麻到堡里来做客，并且将这个需要解释给他们听。到时候，说不定莫莉也会一起来。”切德斟酌着补上一句，“当然了，除非你愿意代替王后，先去劝劝他们，那么荨麻说不定可以早点开始上课。”

我吸了一口气：“不。我不会去找他们。而且珂翠肯也用不着浪费时间，为着要如何让他们欣然接受而伤脑筋。因为我说什么都不会教荨麻精技。”

“我早想到你可能是这个想法。不过不管你怎么想都无济于事，因为王后下令要荨麻学精技。我们除了遵行之外，没有别的选择。”

我从椅子上慢慢往下滑，心中又气又无奈。原来如此。王后下令要我女儿成为牺牲品，以应瞻远继承人之需。由于瞻远皇室有所需要，因此我女儿那平静的生活、她那安全的家，统统都变得轻如鸿毛。这个为难的处境，我以前经历过。我曾经深信，我除了遵行之外，别无选择。但那是年少的蜚滋，现在不同了。

我花了一点时间考虑现况。珂翠肯，我的好友，惟真之妻，也就是我的叔母，因为婚姻而成为瞻远家人。我在幼时、少年时、青年时所立下的誓约，约束我必须效忠瞻远家之人，遵守他们的命令，即使牺牲自己的生命，亦在所不辞。在切德眼中，我的职责似乎再清楚也不过。但誓言是什么？誓言就是把话大声讲出来，并且发自内心守住诺言。对某些人而言，誓言也不过就是如此而已，所以环境变了、人心变了之后，大可将那些诺言抛在脑后。誓言守贞，却四处与别人勾搭，甚至干脆遗弃伴侣的男男女女，不计其数；誓言效忠领主的士兵，只要过了一个寒冷且少食的冬天，便会弃主远去；誓言维护某个高尚贵族，若因更有利可图而背弃诺言，见风使舵。既然如此，我还必须受誓言的约束，非得遵守王后的命令不可吗？想着想着，我的手便摸到别在衬衫里面的狐狸别针了。

我之所以不愿遵守王后的命令，有千百条理由，而且条条都与荨麻无关。我以前也跟切德说过，精技魔法这东西，最好是任其消灭。然而我却禁不起晋责的恳求而教他。看了这些精技经卷之后，更使我觉得心里不安，觉得当初不该草率地答应。这些不知名的精技卷轴，所提到的精技范畴之大，大到超乎惟真的大胆想象之外。更糟的是，我读得越多，越觉得我们手边的这些卷轴绝不是精技书库，顶多只能算是精技书库的残余罢了。这些卷轴里，有谈授课导师的职责，也有描述最精妙绝顶的精技用途。然而除此之外，应该还有别的卷轴，谈谈精技入门，谈谈精技人如何逐步增强实力以达到颠峰等，但是这些卷轴都付之阙如。这些卷轴在何处，恐怕只有埃尔神知道。我所了解的点滴知识使我深信，精技能力几乎可与天神的神力不相上下。有了精技能力，既可伤人，也可疗伤；既可使人失明，也可使人重见光明；既可使人信心大增，也可使人怀忧丧志。我认为我这个人不够睿智，不足以拥有如此的权威，更无力决定谁该继承这个权威。相反，切德读得越多，便越急于启发这个因为他出身不正，而无缘学习的能力。我常常因为切德将精技在表面上的种种好处照单全收而大为吃惊。他坚持单独修行，也令我十分惊讶。而他最近全然不提，则使我希望他在这方面毫无进展。

不过我再怎么奢望，也不敢奢望他会将决定权交到我手上。我可以拒绝，我可以逃之夭夭，但即使少了我，他照样会追求精技魔法。他热切渴求精技，而且他的意志坚定，毫不动摇。就算没有我，他也会设法自学。不但自学，他还会努力指导晋责和阿憨。还有荨麻，这是我刚刚才领悟到的。切德认为他在精技方面精进乃是名正言顺。他是瞻远家的人，所以他当然应该精于瞻远家的魔法。若不是因为他是私生子出身，当年他早就接受测验，而且说不定早就有所成了。然而，我的女儿也是私生出身。

我突然伸出手指，在我多年以来的痛处上压下去。瞻远家的魔法啊。人们认为精技就是“瞻远家的魔法”。所以按理来说，瞻远家之人会使用精技魔法，乃是“理所当然”。根据这个逻辑，又衍生出一个概念，那就是瞻远家的人，具有在世界上应用精技魔法所需的智慧。切德因为出身不正，所以人们认为他没资格学习精技魔法，并且冷酷地阻止他接受精技教育。也许切德本来就没有精技天赋，就算他有，说不定也因为多年来未加培养而凋萎了。但光是因为出身就被剥夺学习精技的机会，实在太不公平。即使事隔多年，如今切德年事已高，他仍因此而恨得咬牙切齿。我敢说，他之所以立志要恢复精技的荣光，背后一定跟他当年的志向不得伸张有关。他是不是认为我在剥夺荨麻的机会，就像当年人们让他无缘学习精技一样？我望着切德。在我少年时，若不是惟真、切德和耐辛夫人为我说情，如今的我，下场大概也跟切德一样。

“你很安静。”切德轻声说道。

“我在想事情。”我答道。

他皱起眉头：“蜚滋，又不是王后在恳求你答应，所以你没什么好想的。这是王后的命令，既然王后下了令，就必须遵从。”

又不是王后在恳求我答应，所以没什么好想的？我年少时，心里的确想得不多，我会干脆地担起自己的职责。但那时我还年轻，如今我是个成年人了，我心里考虑的，并非这是不是我的职责，而是对与错的问题。想到这里，我后退了一大步。将精技教给下一代，让精技继续在世界上延续下去，这样对不对？干脆让精技知识凋萎，从此以后便失传了，这样对不对？为避免总有些人学习精技的机会将受到剥夺，所以干脆让所有人都没机会学习，这样对不对？这个严密保护、绝不外传的精技魔法，到底是无尽的财富宝藏，或者它其实就像是射箭射得准，或是把歌曲的每一个音都唱准的寻常天分那样，有的人有，有的人没有，如此而已？

无数的问题涌出来，淹没了我的思绪，我的心中更是嘶喊出一个大问题：真的无法让荨麻置身于这一切之外吗？因为我真的无法承受这个后果。一旦荨麻的身世，以及我大难不死的秘密突然揭露，使得对这些秘密最没有招架之力的人也恍然大悟，那么我过去所牺牲的一切，便等于化为乌有了。我可以拒绝教授精技，但光是拒绝教授精技，并不足以保障荨麻的宁静生活。我可以将荨麻从家里诱出来，带着她远走高飞，但我一直最怕干扰他们的生活，而此举必定会将他们的生活破坏殆尽。

水壶婶教我石子棋时，我突然领悟到一个道理。那个时候，狼还跟我在一起。下棋的时候，我慢慢发现，纵横交错的棋盘上，一粒粒小石子，不再是固定不动的局面，而是有无限延展的可能性。那一粒粒小石子不过是众多可能性之中的一个阶段，如此而已。要是我拒绝了，那么我一定会在切德的棋局中落败，但若我答应了呢？

你总是选择让你自己受到身份的羁绊，如今你应该让你自己从身份的羁绊中解脱出来。

这思绪不请自来地从我脑海中冒出来，我不禁屏住了呼吸。*夜眼*？我四处追索，这思绪像一阵风，追寻不到踪迹。那思绪究竟是另一个人以精技对我传讯，还是那思绪根本就萌生于我内心深处，我说不上来。但无论来源为何，这话说得实在真切。我审慎地处理着这个思绪，唯恐自己因此而受伤。我的确一直受到自己身份的羁绊。我是瞻远家的人。然而我却顿时超然地解脱了。

“我要有个承诺。”我慢慢地说道。

切德也察觉到我内心已起了剧变。他小心地放下酒杯，问道：“你要有个承诺？”

“黠谋国王与我之间，总是这样子的，有来就有往。我变成他的人，而他则以供应我不虞匮乏，让我接受教育作为交换条件。直到我成年之后，我才完全领悟到，黠谋国王给我的一切有多好。所以，如今我也要有个承诺。”

切德的眉头纠结起来：“你缺什么吗？我知道你目前的房间有诸多不如意之处，但是我早跟你说过了，这个大房间你爱怎么布置就怎么布置。你目前的坐骑看似不错，不过如果你想换匹更好的马，我可以安排让……”

“荨麻。”我平静地说道。

“你希望让荨麻的生活有个照应？这是最容易不过的了，我们只要将荨麻带到堡里来，让她受教育，让她有机会结交好地位的年轻男子，而且……”

“不。我不是希望让荨麻的生活有个照应，而是希望她的生活完全不受干扰。”

他慢慢地摇了摇头：“蜚滋啊，蜚滋。你明知道我没办法给你这个承诺。王后下了命令，要荨麻到公鹿堡来受教育的。”

“我也不求你给我个承诺，我要的是王后给我个承诺。如果我同意成为王后的精技师傅，那么王后就必须答应让我以我自己的方式教学生——也就是说，我会秘密上课，不为人知。而且王后必须承诺让我女儿过平静的生活，永远不得干扰。”

切德脸上露出非常极端的表情，他眼里因为我肯接下精技师傅的重担而希望大增，但我所开出的价码又使他畏缩：“你要求王后给你个承诺？你会不会太狂妄了？王后能让你这样颐指气使吗？”

我咬紧牙关："也许吧。但是话说回来，长久以来，瞻远家族一直都对我过于颐指气使，不是吗？"

切德深深吸了一口气。若非他的愿望有可能成真，他绝对咽不下这口怒气，这我清楚得很。他开口时，语气既冰冷又正式："容我将您的提议禀报给王后殿下，并将王后的答复传达给您。"

"麻烦了。"我以低沉、且合乎礼节的声音答道。

他也不多说一句话，便僵硬地起身离去。在那一片沉默之中，我突然领悟到，切德之所以勃然大怒，必有其深刻的原因。我很意外，而且过了一会儿，我才想通其中的道理：我跟切德不一样，我既不自视为瞻远人，又不当刺客。至于我是不是因此而变得比切德更高一等，这我倒说不上来。我恨不得让切德就此走掉算了，但我知道我们还有别的事情需要讨论。

"切德。趁你还没走，我还有件事情要告诉你。依我看来，我们的密道里有了间谍，还好现在解决了。"

他将自己的怒火搁置在一旁，硬生生地让自己恢复平常。他转过身来时，我掀开陶盆，露出盆下的老鼠。"昨天晚上，黄鼠狼弄死了这只老鼠。当时我感觉到有人为这老鼠之死而感到悲痛。据我推测，这老鼠大概是堡里某人的牵系动物，而且这个人，说不定就是王子订婚典礼的前一天晚上，拦路挡住我去路的花斑子。"

切德觉得恶心，整个脸绞扭在一起，但他还是弯身打量那只死老鼠，还伸手戳了一下："有没有什么办法，可以找出这老鼠跟谁牵系在一起？"

我摇了摇头："这种事情是无法确知的。不过此事绝对会使那人难过到极点。我猜那人至少也要一天左右才能恢复。所以，如果有人特别在这一两天避开社交场合，那么你可能得去探视看看他们是得了什么病。"

"这我会调查。这么说来，你认为这个间谍是个贵族？"

"麻烦就在这里。这个间谍可男可女，既可能是贵族，也可能是仆人或吟游歌者。这人说不定是在堡里住了一辈子的人，但也可能是从订婚庆典以来才住进堡里的人。"

“你有没有特别怀疑谁？”

我皱眉想了一会：“我们可能必须将贝馨嘉那个圈子的人看紧一点。那个圈子的人不乏原智者，也很同情其他有原智的人。”

“那个圈子没几个人嘛。儒雅·贝馨嘉人在堡里，他有个男仆和侍僮，还有个帮他照料坐骑的马夫。我会去问问这几个人的状况。”

“大半的贵族都返回自己的庄园去了，而儒雅·贝馨嘉竟然还留在堡里，真是耐人寻味啊。你看我们有可能谨慎地探问一下其中的原因吗？”

“他已经成为王子的密友，留在此处巩固与王子的情谊，当然是对他的家族利益最有利。不过我会悄悄打听一下长风堡的近况，我在那里安插了人，这你是知道的。”

我严肃地点了点头。

“我安插在长风堡的人曾经回报，这一个月来，贝馨嘉府每况愈下。老仆人一个个走了，而新仆人态度差，又没规矩。她还提到一宗怪事：有几个新来的厨房帮手竟到酒窖偷酒喝，这事后来被厨子发现。厨子最气不过的是，他们不但喝得醉醺醺，而且他们如此胡来，已经不是一两天的事情了。但是贝馨嘉夫人却不辞退这帮人，厨子愤而辞职，而那厨子已经在贝府做了好多年。除此之外，贝府招待的客人也与以前大不相同。以前到贝府做客的都是士绅之类，但近来贝府招待了好几个猎人团。在我的人眼里，这些猎人不但没什么水平，甚至可说相当粗野。”

“你看这是怎么回事？”

“说不定贝馨嘉夫人是在结交新势力。这些新朋友，说好听一点是原智者，说白一点，那就是花斑子了。不过，要不要与这些人结交，贝馨嘉夫人未必能做主。我的人说了，贝馨嘉夫人独自待在私室里的时间越来越长，就连邀请‘宾客’用餐时都不出来了。”

“我们有没有拦截到贝馨嘉母子之间的往来信函？”

切德摇了摇头：“近两个月来都没消息。他们母子俩之间似乎不通音讯了。”

我也摇了摇头：“真是越听越诡异。这其中必有诈。我们应该将儒雅盯得更紧一点才行。”我叹了一口气，“自从堡里出现那根绑着吊刑绳结的月桂树枝以来，一切平静无事。这老鼠乃是我们首度握有花斑子活动的证据。我原本还期望花斑帮的骚动已经平息下来了。”

切德深吸了一口气，缓缓地吐出来。他走回桌边，坐了下来。“其实不然。除此之外，还有别的征象。”他平静地说道，“而且那些征象，跟这只老鼠一样，都不是确切明显的实据。”

这对我来说是个新消息。“哦？”

切德清了清喉咙：“王后尽了最大努力，禁止公鹿公国境内的人处决原智者——至少，公开处决的事情已经绝迹了。不过，据我猜测，小村小镇上可能仍有原智者遇害，只是我们无从得知罢了。要不然，就是他们以别的罪名为掩护，悄悄地对原智者下手。公开处决虽不再有，谋杀案却时有耳闻。这些人之所以遇害，到底是一般人对原智者下手，还是花斑帮为胁迫原智者服从听令而使出的手段？这就不知道了，只知道不时有人遇害。”

“这我们之前谈过。正如你当时所言，珂翠肯王后对此无能为力。”我淡淡地说道。

切德闷哼了一声：“如果你能说服王后，让她深信她对此无能为力，那我还真是求之不得。王后因为这些案子而苦恼不已啊，蜚滋。这其中原因，还不只是因为她儿子有原智而已。”

我点头感谢王后对我的关切。“那么公鹿公国以外的地方呢？”我平静地问道。

“那就比较困难了。诸大公一向把权力与正义视为他们个人的‘私事’，容不得皇室对此多加关切。若下令要法洛公国，或者提尔司公国彻底禁止处决原智者，就跟要求修克斯公国就此停下对于恰斯国边界的一切骚扰行动一样的困难。”

“自古以来，修克斯公国便不断在边境上与恰斯国彼此较劲。”

“自古以来，法洛公国与提尔司公国便不断处决原智者。”

“那倒不尽然。”我往椅背上一靠。我有幸能自由取阅切德收藏的典籍与公鹿堡的书库，“在花斑点王子之前，人们对原智魔法的看法，与乡野术法一般无二。不认为它是强大的魔法，只是有些人拥有此项能力就是了。然而一个人就算有原智，也不会因此而显得邪恶或是可恶。”

“好吧。”切德让步道，“是这样没错。但如今人们的态度已经根深蒂固，难以动摇。虽然耐辛夫人身在法洛公国，且已尽了全力。她若是无法事先预防地方人士处决原智者，那么事后她必定孜孜不倦地追查相关人等，并严格惩罚。谁也不能指责她没有尽力。”

他咬了咬上唇：“上个星期，王后收到一封匿名信。”

“这件事我怎么不知道？”我立刻追问道。

“凭什么该让你知道？”切德反问道。他看到我眉头紧锁，于是用和缓的口气说道：“问题是，没什么好说的。信上既未提出条件，也没提出威胁，只是列出了近六个月来，在六大公国境内，因原智而被处决的人的名单。”他叹了一口气，“名单还真长。四十七个名字啊。”他歪着头看我，“信上并未以有花斑点的马作为落款，所以我们认为这信虽是出于原智者，但这些原智者必与花斑帮不同派系。”

我想了一会儿：“现在原智者知道他们有通达王后的管道了。他们大概是想让王后得知近来发生的事情，然后看看王后会怎么处理。若是忽略不管，那就大错特错了，切德。”

他朝我点了点头，勉强同意我的看法：“我也是这么想。王后说，这表示我们已进一步赢得了原智者的信任。除非原智者期望王后做点事情，否则他们不需要把这名单送交给王后。我们正在设法找出这些遭受处决之人的亲属。接下来，王后会正式通知各大公，要求杀人者必须支付与血等重的金子给他们的家属，以抵偿血债。”

“死者的家属可能不容易找。人们总是不太愿意承认他们跟任何原智者有亲属关系。”

切德又点了点头：“不过我们还是找到了一些家属。若往后收到抵偿血债的金子，便交给王后的财务总管保管。若是找不到家属，王后会下令张贴告示，昭告与死者有亲属关系之人，可以到公鹿堡来领取赔偿。”

我想了一下：“大部分人大概根本不敢来。再说，冷冰冰的金子也换不回活人。而有些贵族可能会认为，若能将领地内的原智者清除掉，就算是捐点金子也值得。就像你找专人来除鼠，自然要付点费用一样。”

切德低下头，揉揉太阳穴。当他抬起头来看我的时候，脸色显得十分困乏：“我们尽力去做了，蜚滋。你有没有什么更好的建议？”

我想了一会儿：“其实我也想不出什么更好的办法。不过我倒想看看他们送来的信函，包括列了名单的这个卷轴和之前的信函。尤其是王子被诱走之前收到的那个卷轴。”

“你想看就去看吧。”

切德的口气有些奇怪，我听了这话，后颈的寒毛直竖。我小心翼翼地说道：“我以前就说我想看看这些信函，也不只提了一两次了。我是真的想看他们的来函，切德，什么时候能让我瞧瞧？”

他的眉毛压在眼睛上，狠狠地瞪了我一眼。然后他站了起来，踏着沉重且缓慢的步伐，走到他的卷轴架边。“依我看，总有一天，我这些秘密，统统得移交给你。”切德不情愿地说道。接着他不晓得做了什么动作，打开了机关，于是卷轴架顶上的装饰性饰板便摺了下来。他伸手探入，过了好一会儿，抽出了三个卷轴。这三个都是小卷轴，卷成圆管状，放在手里时，拳头一握，卷轴便看不见了。我已经站了起来，但是我尚未看到里面放了什么其他东西，切德便又将饰板放下。

“你刚刚是怎么开的？”我追问道。

他的笑容小得不能再小：“我刚才是说‘总有一天’，可不是说‘今天’。”这俨然又是我旧日导师的口气了。他似乎已经将刚才恼怒我的事情抛在一旁。他朝我走来，将放在摊平手掌上的那三个卷轴交给我。

“没交给你看，是因为珂翠肯与我有所顾虑。希望你会认为我们的顾虑确有其道理。”

我接过卷轴，但我还来不及打开其中一个，整个卷轴架便忽然转到一边，阿憨走了进来。我以纯熟到近乎本能的技巧，一气呵成地将那三个卷轴送进袖管里。“现在我得走了，蜚滋骏骑。”接着他转向阿憨，说道，“阿憨，你本来是跟汤姆约好了下午碰面。现在既然你们两个都在这里，我希望你们就在这儿待一阵子。你们两个要好好做朋友。”最后那老刺客又严厉地朝我看了一眼，说道，“我敢说等一下你们两个一定会聊得很愉快。好了，二位晚安。”

切德说完话，在阿憨都还没将卷轴架阖上时便匆匆地走了。他是不是因为可以躲开而松了一口气？那弱智的仆人一边肩上挂着个帆布袋，帆布袋里放了两把柴。他四下看看，也许连他也因为切德这么快就走了而感到很惊讶。“柴。”他对我说道，“砰”的一声，将肩上的重负落在地上，整理一下，转身便要离开。

“阿憨。”我叫住他。切德说得没错，我应该教阿憨遵从我的指令，“你知道柴不该乱放，应该要堆到火炉边的架子里。”

阿憨一边活动肩膀，摩摩粗短的手掌，一边怒目瞪我。他扯着帆布袋，也不提起，便直接将那两把柴拖到火炉边，一路上柴枝散落，又掉了一地树皮屑和尘土。我什么也没说。接着他蹲在火炉边，以发狠的蛮劲乒乒乓乓地堆柴。他一边忙着堆柴，一边不忘时时转过头来打量我的动静，但我也说不出他那神情到底是出于敌意，还是出于恐惧。我为自己倒了一杯葡萄酒，尽量不去理会他。天天这样跟阿憨相处不是办法，总得想个方法才行。我根本连与他同处一室都觉得惶惶不安，更别说若是替他上课会有多么恐怖了。说句老实话，我觉得阿憨那畸形的身体与迟钝的智力有些令人作呕。

当年盖伦对我的感觉也是如此。我不想教阿憨，与当年盖伦不想教我，又有什么差别？

这个思绪撞上了我心中从未完全痊愈的旧瘀伤。我望着阿憨忿忿地使劲堆柴，心里顿时感到羞耻。阿憨之所以成为瞻远皇室的工具，并非出于他的自愿，这处境与当年的我一模一样。这个重责大任莫名其妙地落在他身上，也与当年的我无二。况且，他长得畸形，智力有所局限，也是身不由己。我心里起了个念头：从头到尾可能都没人问过他的意见，然而我突然觉得这个问题非常重要。为王子创立精技小组的事情，可能会因为我问了这个问题而迈入新的境界。

“阿憨。”我叫道。他闷哼了一声。我未再多言，而是等到他暂时止住自己对柴火所发的脾气，转过身来面对我之后，我才开口。也许这并不是问他话的好时机吧，但是我转念一想，阿憨与我之间，从来也不曾出现可以谈上两句话的时机。等到他的小眼睛盯着我，而且也开始将注意力放在我身上之后，我才继续问道：“阿憨，你愿不愿意让我教你精技？”

“什么？”他露出疑心的神色，仿佛认定我一定是想要将他当作笑柄以取笑他。

我吸了一口气。“你很有天赋。”阿憨的眉头皱得更紧了。我澄清道，“有件事情，只有你做得来，别人都做不来。有时候你利用你这个天赋，叫别人‘别看见你’；有时候你利用这个天赋来叫我难听的绰号，而且切德根本就蒙在鼓里——好比说‘臭狗子’。”听到这里，阿憨露出了不怀好意的笑容。但我不予理会。“你愿不愿意让我教你把这个天赋用在其他地方？你愿不愿意善用这个天赋，以服侍王子殿下？”

他连想都不想便答道：“不要。”他转过身去，继续乒乒乓乓地堆柴。

他回答得这么快，使我有点意外：“为什么不愿意？”

他猛然地站起来，不客气地瞪着我：“我的工作已经够多了。”他意有所指地将目光移到柴堆上。*臭狗子*。

别那样叫我。“这个嘛。我们每个人都有工作在身，而且非做不可。人生就是这样啊。”

他既不以精技回答，也不以言语回答，只是继续大力堆柴。我深吸了一口气，决心要对此有所反应。我心里盘算着，到底要怎么做，才能使阿憨的态度稍微和善一些。因为我突然很想教他，我想从阿憨开始，作为我对王后有所承诺的象征。照切德的建议，以贿赂收买阿憨来学习精技，是否可行？我若诱得动他学习精技，是不是就能保我女儿安全无忧呢？“阿憨。”我问道，“你想要什么东西？”

听到这句话，阿憨停下了手边的动作。他转过头来望着我，眉头纠结在一起。“什么？”

"你想要什么东西？怎么做才让你开心？你有没有什么很想要的东西？"

"我想要什么东西？"他瞪着眼睛看我，仿佛只要看得清楚一点，他就更能懂得我话里的意思，"你的意思是说，有东西给我？只给我一个人，不用跟别人分？"

他每问一句，我就点点头。阿憨慢慢地站了起来，搔了搔后颈，他努力思考着，嘴唇噘了起来，舌头也挂在嘴外："我想要……我想要扰弟围的那条红围巾。"阿憨说了这句话之后，便停下来，垂头丧气地瞪着我，我猜他是认定我会叫他别痴心妄想。但是我连扰弟是谁都不知道。

"红围巾。我可以帮你找一条红围巾，这没问题。还有呢？"

阿憨瞪着我，瞪了好几分钟。"还有，粉红色的糖霜蛋糕，只给我一个人吃。不要烧焦的，还要一整把葡萄干。"他停了下来，挑衅地望着我。

"还有呢？"我问道。阿憨提的这些要求都不困难。

他仔细打量着我，同时走近了几步，以为我在愚弄他。我以最轻柔的声音问道："如果此刻这些东西你都有了，你还想要什么别的？"

"如果……葡萄干跟蛋糕都有？"

"如果葡萄干跟蛋糕都有，而且还有红围巾的话，那你还想要什么别的？"

他嘴巴蠕动着，小眼睛眯了起来。依我看来，他大概没想过除了这些东西之外，还能拥有什么更好的。我若想让贿赂的计策奏效，可得把他的胃口训练得大一点才行。此外，他苦苦渴求而不可得的，竟然都是这些极其简单的小玩意，使我心里万般不舍。他既不求多一点薪俸，也不求可以拥有多一点自己的休息时间，只求两三样不足为道的东西，好让辛苦的人生容易忍受一些。

"我想要……像你那种小刀，还要一根羽毛，顶端有一只眼睛的那种。还要一支笛子，红笛子。我以前有支红笛子——我妈给的，红笛子，配绿带子。"他一边思考着，眉头皱得更紧了。"可是他们把我的笛子抢走，还把笛子弄坏。"接下来他沉默了好一会儿，一边回想往事，一边喘着粗气。我不禁纳闷道，这不晓得是什么时候发生的事情。为了努力回想往事，他那对小眼睛眯得都快闭起来了。我原本以为阿憨笨得记不住童年的回忆，但此时我迅速地调整了我对他的印象。他的心智的确不如我或切德这么灵敏，但他还是有他的记性。接着阿憨眨了眨眼，并急促地吸了一口气，然后哽咽地哭诉起来——他讲话本就口齿不清，此时更是无法辨认——“他们根本不想吹笛子。我说：‘给你们吹，没关系，但是吹完要还给我。’但是他们根本不吹，就把笛子折断了。还耻笑我。是我的红笛子耶，我妈给我的耶。”

那矮胖的小个子男子因为失去笛子而吐着舌头，痛哭失声的模样，也许的确有令人忍俊不禁之处。我认识的人之中，有许多人看到这个场面可能就爆笑出来了。至于我，我则努力屏住呼吸。他整个人就像是烈焰放出热度般地辐射出痛苦的感受。我小时候的心情也与阿憨无二：我在走廊上碰到帝尊，他就会顺手用力推我一把；当我静静地坐在小厅堂的角落里玩游戏，帝尊就会走过来踩坏我的玩具。阿憨打动了我的心。我原本认定自己与他相去甚远，所以你是你、我是我，彼此互不牵涉，然而这个界线却逐渐模糊了起来。毕竟阿憨脑袋不灵光、人又胖、身材古怪难看，而且态度又粗鲁、衣衫褴褛、奇臭无比，除此之外，还与人不合。他与这整个城堡的富裕与欢乐格格不入，就像当年待在堡里、默默无闻的我一样。即使如今阿憨有了成年人的年岁，也无关紧要了。此时我眼前的他，仿佛就是当年的我——然而当年的我，只觉得自己永远无法成人，而且正因为自己脆弱无助，所以永远没办法告诉自己，如此巨大的伤痛终将过去，无须介意。阿憨的心灵却永远脆弱无助。

我原本的用意是要贿赂阿憨。我本想问出他想要什么东西，然后用他想要的东西当作交换条件，以便达成我自己的心愿。倒不是要无情地利用他，只是要用这些东西，来换取他遵从我的意愿。只是说起来，这个做法，其实与当年我祖父买通我的手段，也相去不远了。黠谋国王送我一只别针，又保证我可以接受教育。他从未对我动之以情，虽然我深信到了最后，黠谋国王也逐渐地关心起我来，就像我关心他那样。然而我一直期望，当年他送我别针，又保证我可以受教育，乃是因为彼此的情分而起，而非以利益交换为始，到最后才衍生出情分。而且我怀疑，到了最后，他也跟我一样，希望这一切乃是因为恩义情分而起，只是一切皆已成枉然。

然后，我还没意会到自己的思绪，便听到自己朗声说道：“噢，阿憨。我们实在没有好好照顾你，是不是？不过我们往后会好好照顾你，这点我可以向你保证。等我们把你照顾得好一些，我才会再度问你想不想跟我学件事情。”

15. 争 吵

在外岛，有三处值得游客一访。第一处是沛利尔斯岛的“冰坟”。冰坟是数百年来外岛人埋葬伟大战士之处。根据外岛习俗，女子死后总是埋葬在自己家族的土地上。外岛的土地大多贫瘠，而在当地人的观念中，让血肉尸骨化在贫瘠的土壤之中，是一个人对家族的最后贡献。男人就不同了，传统上，男子皆是海葬，唯有至为杰出的英雄，才能葬在沛利尔斯岛上的冰雪地里。每一座坟墓上都立着冰雕，以作留念。虽然沛利尔斯岛的人不时会清理修整冰雕，但年代最久远的冰雕，早已被恶劣的气候侵蚀得不复辨认其形。由于冰雕不免被吹薄打垮，所以人们为了长久之计，都将冰雕做得很大，甚至是实体的十到百倍。冰雕的主题多为英雄所属的氏族象征。来到此地的游客，会看到仰之弥高的大熊、庞大耸立的海豹、咄咄逼人的水獭，以及大如牛车的鱼。

第二个值得一游的地方，是“风之洞”，外岛的先知便居住于此。有人说，先知必为妙龄女子，而即使寒风吹袭，仍裸身而行；有人说，先知必为丑老太婆，年纪已经大到无法想象，而且总是穿着厚重的鸟皮装；还有人说，先知并非代代相传，而是自古至今皆为同一人。不过，先知可不会出门迎接来到此地的每一位游客。本人也的确不曾看到先知的踪影。洞口周围广达数亩的土地上，尽是民众供奉给先知的供品。根据谣传，就算是弯身摸一下供品，也会招致死亡的厄运。

第三个值得游客游览之处，是冰雪长年不化的艾斯雷弗嘉岛。虽然外岛的许多岛上都有冰河盘踞，但是艾斯雷弗嘉岛与其他岛屿大不相同。艾岛本身就是条大冰河，要登陆该岛只有一条路，那就是趁着低潮时，从岛东露出的一条黑岩滩上岸。上岸之后，游客必须借着绳索与斧头之助，从冰河侧面的冰壁爬上去。游客可在洛吉翁岛找到经验老到的向导。这种向导很昂贵，但是有了向导，可大大降低攀爬冰壁的危险。通往“冰山巨怪”的路途极为艰难崎岖，看来结实的雪地，其实可能只是雪花吹过冰隙之后形成的无法着力的硬壳。然而，尽管酷寒、艰辛且危险，冒险前来目睹困在冰雪里的冰山巨怪，还是值得的。到达目的地之后，游客请稍安勿躁，因为向导们清理近来累积在冰窗上的积雪，必定要花上一段时间。清理完毕，游客便能尽兴游览了。虽然只能看到冰山巨怪的背、肩和双翼，视线又模糊不清，但是冰山巨怪的确身形巨大，这点毋庸置疑。随着年年冰雪越积越厚，这个奇妙的景象终究也会埋藏于冰雪之下，往后就只能求诸于人们的记忆了。

——克伦·海寇维尔，《北国之行》

阿憨离开了一个小时，我仍坐着凝视新添了柴的火炉。与他谈话之后，我的心情变得很沉重。阿憨只是与人不同，无法容忍这一点的人，残忍地对待他，使他承受了如此沉重的悲伤。一支笛子。红笛子。我一定想办法帮他弄枝红笛子来，不管他会不会因此而想学精技。

我又多坐了一会儿，心里想着，当切德向王后禀报我的交换条件时，不知道她会怎么说？我现在觉得有些后悔。我所后悔的，倒不是自己决定要跟王后谈条件，而是我怎么没跟切德说我想要亲自向王后提出要求。派那老人家代替我跟王后说，不免显得胆怯，仿佛我连站在王后面前都不敢。现在才想到这一点，真是为时已晚。

仔细思虑了一阵子之后，我才想到我塞在袖管里的那些小卷轴。我将小卷轴一个接一个地推出来。这几封信都是写在树皮纸上。树皮纸时间一久，就变脆变硬，难以展开。我小心翼翼地展开一个卷轴，放在桌上压平，而我必须拿四五根蜡烛来，才勉强能辨出那歪歪扭扭又模糊的字迹。我打开的第一个卷轴是切德从未提过的。这卷轴上只写着："公鹿堡的格厉·连洪，与其妻洁恩皆有原智。格厉养了猎犬，而洁恩养了犬。"落款则是草草画就的花斑点马。从信上完全看不出这信是什么时候送出来的。我心里纳闷，这封信函到底是直接送给王后，还是切德只是要拿个模板给我看看，让我知道花斑帮如何将不肯与花斑帮同盟的原血者身份暴露出来。这得问问切德才知道了。

我展开的第二个卷轴，是今日稍早时切德跟我提过的。这卷轴是这三份信函里最新的，所以很容易展开。卷轴上只简单地写道："王后说，人就算有原智，亦不能因此而入罪。既然如此，那么这些人因何而受死？"接下来便是一大串名字。我一一看过去，发现其中至少有两家人。我咬紧牙关，希望死去的这两家人里面没有孩童。然而，难道成人或老人就比较能坦然接受冤死与折磨吗？这我也说不上来。这名单上，只有一个名字我认得，我还是告诉自己，即使同名，也无从得知这是否就是我认识的那名女子。我曾在鸦颈镇附近，认识一个叫做蕾莉·坎恩的女子，这该不是名单上的那个"蕾莉狄莎·坎恩"的小名吧？我曾经在黑洛夫家里见过她好几次。我怀疑荷莉，也就是洛夫的妻子，一直想撮合蕾莉跟我，但是从头到尾，她对我不过只是冷淡不失礼，如此而已。这人大概不是那个蕾莉吧，我如此骗我自己，努力遏止自己想象火焰烧到她那一头棕色卷发时的景象。这卷轴上没有落款，也没有签名或是徽章。

最后那个卷轴卷得很紧，几乎打不开。这个卷轴大概是最旧的。我用力掰开，结果它便裂开了：先裂成两片，然后裂成三片，最后裂成五片。我很懊悔自己把好好的文件弄成这样，但是若要展读的话，除了用力掰开，没有别的办法。要是这卷轴再收藏久一点，那么掰开时可能会裂为碎片，再也无法阅读。

我读过之后，只觉得切德可能既不希望，也不想让我看到这卷轴。

这就是他们在王子失踪之前收到的那个卷轴；切德就是因为收到这个消息，才派人快马加鞭地冲到我家门前，紧急召我立刻返回公鹿堡。他已经向我提过这个没有落款的匿名要挟信上写了什么，现在我则是亲自展读。信上写道："乖乖照办，就不必闹得众人皆知。胆敢不从，我们就采取行动。”

但是这两句话之前的那一大段，切德却避而不提。墨渍渗入树皮纸内，加上纸张卷曲，所以更难辨识。我锲而不舍地将碎片拼在一起。读过之后，我往椅背上一靠，紧张得忘记如何呼吸。

“原智小杂种仍然活着。这点不但你们知道，我们也知道。原智小杂种仍然在世，而你们庇护他不受伤害，因为他对你们还有用处。你们处处保护他，但却任由清白的男男女女纯粹因为自己的原血血统而丧命。然而这些男男女女，是我们的妻子、我们的丈夫，或是我们的儿女和手足。也许有朝一日，我们让你们尝到失去亲人是什么滋味时，你们才会出手制止对原血者的大屠杀吧。请问这一刀要伤得多深，你们才会跟我们一样悲痛？吟游歌者没唱到的史实可多了，而且我们清楚得很。原智仍在瞻远家族的血脉中流传不息。乖乖照办，就不必闹得众人皆知。胆敢不从，我们就采取行动。”信上没有落款。

良久，我才回过神来。我反复细想切德所言所行，以及他为什么一直刻意不让我知道我的性命受到重大威胁。王子失踪的那一刻，切德了解到这威胁不仅是虚言，便派人召我前来。他从一开始便让我深信，他们在王子失踪之前便收到花斑帮送来的黑函，威胁要对王子不利。当然，用这个角度来解读这个卷轴，亦无不可，然而这封信其实更堂而皇之地威胁到我。切德召我回来，到底是为了要保护我，还是为了要保护瞻远皇室免受丑闻所扰？我暂且将切德的事情搁在一旁，再度倾身研究写在树皮纸上的褪色墨渍。这封信出自于何人之手？花斑帮的人似乎乐于在落款处画上花斑点马的纹章，而这封信却没有署名，跟那封载明死者姓名的信函一样。我将三个卷轴并列出来做比较：没有落款的这两封信，有些地方字迹颇为相似，可见这两封信有可能出自同一人之手；画了花斑点马的那一封信，语气唐突，字体较大，矫饰的勾捺点撇较多，这信应该是不同人所写的；然而即使能推究出这个结论，也无法证明什么。这三封信所用的纸都一样，这一点没有什么好意外的。上好的纸张价格高昂，但是任谁都能从桦树树干上剥下树皮为纸。所以我们不能就此推断这三封信出于同一来源，或这三封信出于两个来源。我比较了这三个卷轴的意义。是不是在王子被掳走之前，原智者便为了要制止民众杀害他们，而分为两个派系？还是说，这只是因为我热切渴望有人出来制止民众对原智者的暴行，所以才有这个一厢情愿的想法？黑洛夫跟他那些朋友怀疑我的身份，并进而推断原智小杂种并未死在帝尊的地牢里，这就已经够糟了。我可不想让花斑帮知道蜚滋骏骑至今仍在人世。

我再度浏览那一长串死者的姓名。另外还有个名字似乎很耳熟：住在沼泽地的奈特。我待在黑洛夫那里的时候，曾与一个叫做奈特的人见过一面，说不定就是同一个人，但我也无法确定。我的指头轻轻敲着桌面，心里想着自己敢不敢到鸦颈镇那一带的原智者聚落去走一趟。去那里做什么？去问他们有没有派人送一封威胁要对我不利的黑函给王后？这个策略不大妥当。他们可能只是虚张声势而已。我若真的去了，不就证实了我的确仍然健在的传言吗？对他们而言，至少我也是个颇有价值的人质，而且不管死活，都会使瞻远家族蒙羞。不行。现在时局如此紧张，说什么也不能挑起任何冲突。说来说去，也许还是切德所做的安排最为恰当：他要我离开久居之地，但表面上则表现得这威胁信函有名无实，不必多虑。我本来十分气恼他，但现在心情逐渐平静下来。不过，我还是必须笃定地告诉他，他实在不该隐瞒事实不告诉我。他在害怕什么呢？他是怕我不肯回公鹿堡协助寻找王子，反而弃国而去，在异地展开新的人生吗？难道他以为我是那种人？

我摇了摇头。是该跟切德把话摊开来讲的时候了。他必须接受一个事实，那就是如今我已经是个成人，我有权掌控自己的人生，也有能力为自己做决定。珂翠肯也是一样。我会要求切德帮我安排跟珂翠肯会面，以便我亲口向她表明我对女儿的担忧，并要求她保证荨麻的人生不至于受到干扰。还有弄臣，最好还是赶快将弄臣与我之间的不快解决了吧。当晚我离开切德的塔楼，走入长长的密道回到房间时，心里想的就是这些念头。

我睡得不好。荨麻像是扑火的飞蛾般，不停地袭击我的梦境。我睡是睡了，但是一个人以背抵住遭人围攻的门口，睡得很糟糕。我感觉得到她的动静。一开始，她意志坚决，再来变得愤懑不平。快到黎明时，她的攻势转为绝望且不择手段，此时最难抵御的，是她那凄凉的恳求："求求你，求求你。"她不停地说道。但是她以精技发出的恳求只是如微风一般地拂过我的感知。

我醒来时头痛欲裂，所有感官都失灵了。我房里晕黄的烛光显得太亮，而且不管什么声音，听起来都太吵。我将荨麻挡在门外，内心很是愧疚，而这捆绑我的愧疚感，并无助于消解头痛。像这样的早晨，是非得来一点精灵树皮不可的，不管切德批不批准，我非喝不可。我站起来，洗脸，换上衣服，光是冷水泼在脸上的冲击，以及弯身穿鞋的这种必要举动，都使我痛得仿佛有人一再将我的头撂在地上。

我离开了黄金大人的房间，慢慢踱到厨房。我下楼时碰到黄金大人的侍僮。我告诉阿侠我会帮黄金大人端早餐上去。阿侠开心地咧嘴直笑，又一再地道谢，使我顿时想起，我也曾是个像他那样的少年，随时都想得出十来个主意，一点也不烦恼这一个小时的空档将无事可做。想到这里，就觉得自己老了。阿侠诚心诚意地谢我，倒使我感到羞愧。我只是想单独在我们房间里用餐，如此而已，至于去帮黄金大人端早餐，不过是个伪装。

厨房的锅盘撞击声、吼叫声与热气，都无助于缓解我的头痛。我在托盘里装了餐点，又格外多倒了些热水，便朝楼梯走去。但我才踏上第二阶，便被一名喘气奔来的女子拦住了。"你忘了黄金大人的花。"那女子对我说道。

"可是现在是冬天呀。"我一边不情不愿地停步，一边发牢骚道，"这时节哪里会有花。"

"但无论如何。"她一边回答，一边露出和煦讨好的笑容，恢复成女仆的态度，"黄金大人一定是要有花的嘛。"听到弄臣有这个古怪的坚持，我不禁摇了摇头。她将一个袖珍花束放在托盘上。说是花束，其实是在几根漆黑细树枝的玲珑枝芽上系上纯白的缎带，再以白、黑两条缎带绑住花束，打上蝴蝶结。我随便谢过，算是尽了本分，不过她笃定地告诉我，帮黄金大人准备花束乃是她的乐趣，然后才去忙她的工作。

令我惊讶的是，当我端着托盘回到我们房间的时候，弄臣已经起来，正坐在火炉前的椅子上。他穿着黄金大人的奢华晨衣，头发蓬乱地散在肩头上，而且也没装出贵族的气势。我一下子不知如何是好。我原本打算将自己那一份端回房间，然后敲敲他卧室的门，让他知道早餐已经搁在桌上。至少洁珂不在我们房里，说不定我今天能跟弄臣私下一谈了。我进门时，他慢慢地转过头来，无精打采地说道："是你啊。"从他那神色看来，仿佛他昨晚熬夜。

"是。"我简短地答道，重重地将托盘放在桌上，走回去关上门。我走回自己房间，拿出我从厨房窃取而来的餐盘，开始将我们两人的早餐一一端到桌上。如今有了机会跟弄臣当面把话说清楚，但我一下子不知道该从何开始。我恨不得将心中的积郁一吐为快，但我嘴里讲出来的话却是："我需要一支红笛子，而且要用绿色的系绳。这笛子能麻烦你做吗？"

他站了起来，脸上露出愉悦却又困惑的表情。他慢慢地踱到桌边。"应该可以吧。你急着要吗？"

"越快越好。"即使是我自己听起来都觉得口气太过冷酷，仿佛请他帮个忙，我就会受伤似的。"这笛子不是我要的。是要送给阿憨的。他以前有一支红笛子，但是被人抢走、弄坏了，他因此而十分难过，怎么也忘不了失去笛子的痛苦。"

"阿憨啊。"他应道，"他有点怪怪的，是不是？"

"大概吧。"我生硬地接口。他似乎没注意到我言语有些保留。

"每次我碰到他，他都瞪着我一直看。可我只是随便瞄他一眼，他便怕得落荒而逃。"

我不在乎地耸耸肩："从仆人的角度而言，黄金大人并不是堡里最亲切、和善的贵族。"

他吸了一小口气，接着把气吐出来："的确如此。这是必要的伪装，但是看到阿憨那样的反应，我还是心痛。那么，就是绑绿系绳的红笛子，越快越好啰。"弄臣允诺道。

"多谢。"我干脆地答道。他这一番话使我再度想起，黄金大人也不过是他所扮演的角色罢了。听到这里，我已经后悔自己刚才求他帮忙。请对方帮忙绝对是个开启争论最糟的方法。弄臣纳闷地望着我，但是我看也不看他。我拿着杯子走回自己的房间，往杯里倒了一些精灵树皮，才走回客厅。我回到餐桌边时，弄臣将小花束捏在手指间转着，脸上则露出不解的神情。我拿起热水罐，将热水加在我的精灵树皮茶里。弄臣看着我泡茶，眼里与脸上的笑容也消退了。

“你在做什么？”他轻声问道。

我嘟囔了一声，轻快地说道：“头痛。荨麻闹了我一整晚。如今越来越难把她挡在外面了。”我举起杯子，徐徐晃动。精灵树皮泡涨了之后，慢慢地化出墨黑的汁液。茶汤渐浓，我啜了一口。苦极了，要命的头痛几乎一下子便舒缓下来。

“这茶该喝吗？”弄臣针锋相对地问道。

“要是我觉得不该喝，那我就不会喝了。”我愉快地指出。

“可是切德……”

“切德不会精技，他哪会知道精技头痛有多厉害，更不知道精技头痛该怎么缓解。”我心底意外地涌出一阵烦躁感，所以讲话的口气比我预期中的更尖锐。这个时候，我才知道我还在气切德故意瞒着我，不让我看到黑函的全文。他还是那副老样子，总想控制我的人生。说也奇怪，我以为自己已经将这情绪抛到脑后，谁知道它仍在我心底翻腾。我又喝了一口茶。精灵树皮茶就是这样，一方面将烦躁感加温，另一方面却使人心情更低沉。这二者的组合奇糟无比，但总比头痛欲裂地撑一整天来得好。

弄臣像僵死了般坐了好一阵子。然后，他提起茶壶，优雅地将茶水注入杯中，而他的眼神虽然从头到尾不离茶壶，嘴里却对我问道：“精灵树皮茶难道不会妨碍你替晋责王子上精技课？”

“王子本身就是个障碍，因为他已经好几天不来上课了。我有喝也好，没喝也罢，学生若不来，课就没办法上。”我这才发现自己对这件事有多么失望，再度感到小小的意外。不知怎地，光是与老友同坐一桌，光是想到我一心要出言顶撞他，就使得这些古怪且痛苦的真相一一爆炸开来——仿佛这一切的错，都要怪他过去这一个星期以来远远地躲避我，同时还让他的朋友错以为我们之间有暧昧关系。

弄臣往椅背上一靠，那茶杯优雅地悬在他修长的指头上。他的眼神越过茶杯朝我望过来。“看起来，这种事情，你得去跟王子提才对。”

“没错。但是另有一件事情，我非得跟你提不可。”我听到自己以猛烈的指责口吻说了这一番话，但我就是控制不住自己。

接着是一阵长长的沉默。期间，弄臣咬住嘴唇，仿佛硬将话吞入肚里。然后他啜了一口茶，抬起头来与我四目相对，我这才意外地发现，他的脸色竟然疲倦困乏。“是吗？”他勉强地说道。

我心里有一股力量叫我住嘴不说，但是我硬逼自己说道：“没错，这事非问你不可。我要知道，你到底跟那个叫做洁珂的女人讲了什么话，竟让她以为我……以为我们，那个……”我停顿下来，那个字眼我实在说不出口。我不敢说出自己的思绪，仿佛只要讲出来了，这件事便会多添几分真实性。

弄臣的脸上闪过一抹怪异的神情。他摇了摇头：“我什么也没跟她说，蜚滋。那个‘叫做洁珂的女人’什么话都编得出来。像她那样的人，你永远无须跟她说谎。你沉默不语，她就自己编起故事来了，而且有的故事还离谱得很，这你是见识过的。这人在某些方面还蛮像椋音的。”

我现在最不需要听到的，就是椋音的名字。不只洁珂，连椋音都深信我与弄臣之间有着超乎友谊的关系。现在我看出来了，弄臣不但故意误导洁珂，还以同样的手法，或是不予否认，或是讲些引人遐想的言语，以鼓励椋音尽管往错误的方向去想。看着她被骗得团团转，有一段时间，我只是觉得有点不自在，但还是觉得很好笑。但此时我只觉得，弄臣故意误导椋音，使她认定我们二人之间有暧昧关系，这种弄虚作假的手法，实在令人心寒。

他将手上的杯子放到桌上。“我本以为我已经好些了，但其实不然。”他以黄金大人那种目中无人的高傲口气说道，“我要回房休息。今日不见客，汤姆·獾毛。”他开始站起来。

“坐下。”我说道，“我们得谈一谈。”

他依然站着：“没什么好谈的。”

“一定要谈。”

“就是不谈。”他的眼神望向我身后远处，远到我无法看见。他昂起下巴。

我站了起来。“我非知道不可，弄臣。你有时候会凝视着我，又说一些奇怪的话，当然你是在说笑，但是……你让椋音和洁珂都深信我们两个是情人。”我粗暴地说出这个字眼，仿佛这个字眼粗鄙至极，“你让洁珂认定你是女人，而且你深爱着我。也许你觉得这没什么大不了，但是别人的错误印象，我可无法像你那么轻松以待。你对于共枕的伴侣有什么偏好，堡里一直传言不断，这就够我困扰了。就连晋责王子都当面问过我。我知道儒雅·贝馨嘉对你也疑心重重。我很讨厌这样，堡里的人表面上望着我们二人，心底却揣测着晚上你会对你的仆人做出什么事情来，这种情形让我厌恶至极。”

听了我这番狠话，弄臣瑟缩了一下，整个人东摇西晃的，像被斧头砍伐，将倒未倒的小树。当他说话的时候，声音似有若无。“你我之间实情如何，我俩心知肚明，蜚滋。别人怎么想，那是别人的问题，不是我们的问题。”他慢慢地转向我，以这几句话来结束谈话。

我差一点就让他走了。这种事情，我一向以弄臣的决定为准，这是我长久以来的老习惯了。但是我突然觉得堡里的人聊什么闲话很重要，说不定幸运会碰巧在公鹿堡城的小酒馆里，听到别人恶意地取笑此事。“我非知道不可！”我突然对他大吼，“这事关系重大，而且我非得一次搞清楚不可。你到底是什么人？到底是什么身份？我见过你身为弄臣，也见过你身为黄金大人，我还听过你以女人的声音跟洁珂讲话。琥珀，对不对？我承认，关于这点，我怎么也想不通。为什么你会以女人的身份住在缤城？为什么你任由洁珂相信你是女人，而且还深爱着我？”

他并未望着我的眼睛。我本以为他要任由我问，并且不予回答，因为他以前也常常如此。但是他吸了一口气，轻声说道：“我之所以成为琥珀，是因为琥珀这个身份最适合我在缤城的目的与需要。我以异国女子的身份行走于缤城人之间，我毫无权力，而且对他们毫无威胁。在这个表象之下，不管是奴隶还是商人，也不管是男人还是女人，所有人都能轻松自若地与我交谈。那个身份与我的需要吻合，蜚滋。就好像现在黄金大人的身份与我的需要吻合，是一样的道理。”

他这话直接刺中我的内心深处。我冷冷地说出内心最伤痛之处：“这么说来，弄臣也只是个角色啰？你之所以成为弄臣，只是因为这个角色‘与你的需要吻合’？你到底是什么目的？你想成为年老体衰的国王亲信？还是要与皇室私生子结交？你是为了要接近我们，才成为我们最需要的人吗？”

他并未看着我，但是我盯着他动也不动的侧脸时，他合上了眼睛：“那是当然。你爱怎么想，就怎么想吧。”

听到这话，我更加怒不可遏：“我懂了。原来那一切都是虚假的。这么说来，从头到尾，我都是错以为自己认识你，对不对？”我在自己的怒气与冷言之间挣扎了一会儿，也不期望他会回答。

弄臣开口了：“不，你的确认识我。我这辈子所遇过的人之中，就属你认识我最深。”此时他垂眼望着地上，在他的周遭有一股静止的氛围。

“果真如此，那么你必须老实跟我讲清楚。到底实情是什么，弄臣？你别开玩笑，也别拿你哄别人的话来搪塞。你说，你到底是谁？你到底是什么身份？你对我到底是什么感觉？”

他终于转过头来望着我。他那眼神，像是被我痛揍了一拳。当我继续盯着他，要求他给我一个答案时，我只看到他的怒气开始滋长蔓延。他突然站挺起来，轻蔑地哼了一声，仿佛不敢相信我会问出这种问题。他摇了摇头，深深地吸了一口气，一大串话便像连珠炮般滔滔不绝地从他嘴里涌出：“你明知道我是谁，我连我的真名都告诉你了。至于我是什么身份，你也清楚得很。你要求我以言语来界定我自己，这等于是寻求虚假的慰藉。言语无法包含或界定一个人，然而，人心却可以做到，如果人心愿意真诚地去体会。但据我看来，你的心恐怕无法做到。当今世上，只有你对我的全貌窥见甚多，其他人远不及你，你却一口咬定，你所窥见的一切全貌不可能是我。你到底要我把自己的哪一个部分斩除？我又为什么得为了取悦你，而将自己断骨截肢？我可是说什么都不会要求你为了我而扭曲扼杀自己。说到这里，你就坦白承认真相吧。你知道我对你的感觉，你早就知道多年了。四下除了你我之外，再无旁人，我们也无须假装你一无所知。你明知道我爱你。我一直都爱着你，而且也会永远爱你。”他一个字一个字清清楚楚地讲出来，仿佛这是无可避免的结果。而他的声调中，听不出有一丝一毫的耻辱或胜利感。说完之后，他开始等待，像这样的言语，势必要求得到回应。

我深吸了一口气，努力控制精灵树皮所带来的阴郁情绪。我诚实且坦率地说道：“而你也明知道我爱着你，弄臣。一个人对最亲近的朋友爱得有多深，我对你的爱就有多深。对此，我毫不引以为耻。但若是让洁珂、椋音，或是其他人以为我俩之间有着超友谊的关系，以为你想要与我共枕而眠，那就是……”我停下来，等他应和我的想法，但我却苦等不到他的应和。他非但不应和我的想法，反而睁大了他那琥珀色的眼睛凝视着我。那个眼神绝对错不了。

“我爱你。”他平静地说道，“我爱就是爱，不设任何界线。什么界线都没有。你懂我的意思吗？”

“我懂，只怕我是懂得太深切了！”我答道，而且我的声音在颤抖。我深吸了一口气，再缓缓地吐出去。“我永远都不会……你懂我的意思吗？我永远也不会渴求与你同床共枕。永远都不会。”

他的眼神再次转开，双颊浮上淡淡的红晕，但那不是因为羞赧，而是因为某种比羞赧更深刻的情愫。他严格地控制着自己的声音，平静地说道：“这件事情，你我也心知肚明，而且心知肚明很多年了。这件事情永远也用不着开口讲明。但如今，在我余生中，都必须将你这句话放在心上了。”他转过头来望着我，但是他似乎视而不见，“我们原本可以终其一生都不要谈及此事。如今你把话说出口，注定了你我终生都将引以为憾。”

他转过身，慢慢地朝他的卧室走去。他的步履沉重，仿佛真的病了。然后他停下脚步，回头望着我。他的眼里燃烧着怒火。我非常意外，因为我从未料到他会对我如此气愤：“难不成你还以为，我会强求你与我分享你并不渴求的事？果真如此，你会不齿到什么地步，我清楚得很。若是强求于你，我俩除此之外的一切情谊，必定会抹杀殆尽、无可挽回，这点我再清楚也不过。就是因为这个原因，所以我总是避免与你谈及此事，但如今你却逼使我俩之间的友谊必须摊牌。这太恶劣了，蜚滋。恶劣，而且没有必要。”

他再度像是遭到重击之后感到晕眩茫然的人，走走停停地走了一两步。接着他突然停了下来，犹豫地将晨衣口袋里那把黑白相间的袖珍花束拿出来。“这么说来，这不是你送的了，对不对？”他问道，声音一下子变得有气无力，也没有直视我。

“当然不是。”

“那这是谁送的？”他以颤抖的声音问道。

我不在乎地耸耸肩。他竟在这么严肃的讨论之中，天外飞来这个奇怪的问题，真令人气恼。“照顾花草的那个女人呀。她每天早上都在你的托盘放一个花束。”

他深吸了一口气，闭上眼睛，过了一会儿才说道：“当然了。花不是你送的。打从一开始，你就没送过我一束花。那到底是谁呢？”他停顿了好一会儿。我突然担心他会昏倒。他眼睛紧闭，脸绷得紧紧的。最后他轻声说道：“当然了，如果还有别人能看穿我的表象，也不足为奇。若是真有其人，那么一定是她。”弄臣睁开了眼睛，“照顾花草的女人。她的年纪与你不相上下，脸上与手臂上有雀斑，头发是清淡的干草色。”

我回想那女人的模样：“雀斑是有。头发是淡棕色，不是金色。”

他再度紧闭眼睛：“这么说来，她的发色一定是因为年纪渐增而变深了。嘉蕾莎从你小时候起，就开始照顾花园的花草了。”

我点了点头：“我记得那个人，虽然我现在已经忘记她的名字。你说得没错。所以呢？”

他干笑两声，笑声几近苦涩：“所以呢？所以说，众生都因为爱情与希望而眼盲啊。我本以为这花是你送的，蜚滋。好个痴迷的念头啊。这花却不来自于你，而是来自于一个多年之前，曾经迷恋过国王的弄臣之人。我想，那应该是迷恋吧。只可惜她跟我一样，我们的爱都无法得到回报。尽管世事沧桑，她仍心地坚贞，所以才认出了我来。就因为她的心地坚贞，所以她才守住我的秘密，却又私下暗暗提示我。”他又拿起那个袖珍花束，“蜚滋，当我还是国王的弄臣时，黑与白是我冬天的颜色啊。嘉蕾莎知道我是谁，而且至今她仍对我有几分好感。”

“你一直以为花是我送的？”我实在难以置信，他怎么会生出这种莫名其妙的念头？

他突然转开头，避开我的眼神，我也发现，我讲的那几个字与我讲话的声调使他备感羞辱。他低着头，慢慢踱向他的卧室。他一句话也不回，而我则突然对他寄予无限的同情。我爱着他，这是友谊之爱。我对于他那不自然的欲望有什么感觉，不待多言，我也无法改变自己，但我更不愿看到他羞愧难忍，或是痛彻心扉。我莽撞地开口，当然更使他的心情雪上加霜。“弄臣，既然嘉蕾莎对你爱慕有加，你何不让你的感情有个归处？说起来，她是个颇有魅力的女人。说不定，如果你欣然接受她的情意……”

他突然转过身来面对我，眼里怒火中烧，将他的眼睛烧成灿烂的金黄。在他苛刻地质问我时，脸颊因激动而染得更红了：“然后呢？然后怎么样？然后我就会变得跟你一样，只要是什么人，只要可以到手，都可以填饱情欲？这种事情才真教人不齿。我与你我都认识的某人不同：我永远也不会为了满足自己的情欲，而利用嘉蕾莎或是任何其他人。”他最后这一句话是冲着我讲的。话一说完，他朝卧室走了两步，然后又再度转过身来正对着我，同时脸上漾开了一抹极其恐怖、苦涩无比的笑容。“等等。我懂了。你以为我从未体验过情欲的甜蜜。你以为我一直都‘要把自己留给你’。”他不屑地“嗤”了一声，“你别往脸上贴金了，蜚滋骏骑。你才不值得我等待。”

我觉得好像被弄臣痛揍了一拳，但是我没倒下，他却突然翻了白眼，软弱无力地倒在地上。有一段时间，我愤怒与害怕交加，整个人都怔住了。我们互相重击对方最脆弱的弱点，这是只有好朋友才做得出的事情。我心里有个声音，恶毒地命令我就让他倒在那里，不去管他，因为我什么也不欠他，但我随即便跪倒在他身边。他的眼睛几乎紧闭，那细细的眼缝中只露出眼白，他喘得很急，仿佛他方才疾奔了一阵。“弄臣？”我说道，由于自尊心作祟，所以我的语气显得格外不耐烦，“你又哪里不对劲了？”我犹豫地伸手摸他的脸。

他脸上有些热度。

原来他这几天并不是装病。我知道弄臣的皮肤通常摸起来凉凉的，比寻常人凉得多，所以对他而言，这个轻微的温热，就算是发高烧了。他偶尔会变得很古怪，人会发烧，变得很虚弱。我心里暗暗希望，这只不过是寻常的旧事重演而已。我的经验是，每逢这种时刻，弄臣就会脱一层皮，露出底下颜色较深的新皮肤，而且要一两天才会恢复。也许弄臣之所以晕倒，只是因为身体虚弱，如此而已。虽然我刚才伸手到他身下，将他抱了起来，心里却已经怕得要命，唯恐这真是严重的大病。我怎么会挑这个时机跟他起冲突？这个时机真是坏到了极点。他在发高烧，而我又因为喝了精灵树皮茶而心情阴郁，难怪我们越谈越离谱。

我一脚踢开弄臣卧室的门，将他抱回他的房间。他房里的空气沉闷凝滞，床单很乱，仿佛整夜都睡不安稳。我是怎样没心肠的蠢蛋，竟没想到他会不会是真的生病了？我将弄臣毫无生气的身体放在床上，再将枕头拍松，笨拙地塞在他头下，尽量帮他拉好被子。接下来该怎么办？我知道最好是别去找疗者。弄臣在公鹿堡待了那么多年，可他从来就不准任何疗者碰到他的身体。博瑞屈还是公鹿堡的马厩总管时，弄臣偶尔会去找他拿点药品什么的，但如今我说什么也不能去找博瑞屈。我轻轻地拍拍弄臣的脸颊，但是他毫无苏醒的迹象。

我走到窗户边，将厚重的窗帏拉到两旁，又松开护窗板的卡榫，将护窗板拉开，让干净、寒冷的冬日空气流进来。我找到黄金大人的手帕，于是到窗台边挖了一把雪，放在手帕里。我将手帕摺好、压平，带回床边。我在床缘坐下，轻轻地将手帕按在弄臣的额头上。他略有动静了，我改而将手帕按在他的颈侧，此时他突然苏醒，而且机敏得令人惊讶。“别碰我！”弄臣一边咆哮，一边大力将我的手推开。

他如此拒绝我的一片好意，使得我的焦虑化为愤慨。“随便你。”我迅速抽手回来，并“啪”的一声将包着雪的手帕扔在床边的桌子上。

“请你走吧。”他答道，他的口气使这几个空虚的字眼稍稍染上一点好意。

我走了。

我在激动之余，将客厅也整理了一下，又乒乒乓乓地将餐盘叠回托盘上。我们两个什么也没吃。没吃就没吃吧，反正我现在已经食欲全无。我将托盘端回厨房，将餐点倒掉，提了水和柴回我们房间。进门之后，我发现黄金大人的卧室门已经关紧，就连我站在门口，也能听到房里的护窗板重新关紧、上拴的声音。我大声地在他门上敲了敲，并说道："黄金大人，我来帮您的房间添柴加水。"

他没回答，我添了客厅火炉的柴，并将我房里的旧水换掉，将其余的水和柴留在他房间门口。我内心怒火与痛苦交织，我气的对象，主要是我自己。我怎么没看出他是真的生病了？他再三拒绝，为什么我还要坚持谈下去？最重要的是，为什么我不相信我内心对于彼此友谊的直觉，反而将不知内情者的闲言闲语当一回事？我深深体会到切德对我再三提及的那句话。他常说，并不是任何事情，都是说一声抱歉就可以弥补得了的。我被痛苦吞噬着。我唯恐自己无法弥补今日闯下的大祸。正如弄臣所言，今日一谈，我们终生都将引以为憾。我不敢期望时光会将我那尖酸刻薄的言语磨钝，最后除去锋芒。毕竟他的话仍像锋利的剃刀一般，刺伤我的心。

我心情沉重，接下来三四天的记忆一片模糊。那几天，我一次也没见过弄臣。他还是会让那个年少的侍僮到他卧室里去，就我所知，他并未踏出房门一步。在缤城使节团离去之前，洁珂显然至少又见了他一次。洁珂在楼梯上将我拦下来，用冷冰冰、但还不至失礼的口气对我说道，黄金大人已经完全理清了她原本对我们主仆关系的错误印象。她又说，若是她的猜测引起我烦扰，还请我多见谅。最后，她从牙缝里挤出一句话，说她从未见过像我这么蠢笨且残酷的人。她丢下这句话就走了。隔天，缤城使节团便扬帆返航。关于结盟一事，王后与诸大公并未给缤城使节团任何肯定的答案，只是接受了他们带来的十二只缤城信鸽，也请他们将十二只公鹿堡信鸽带回缤城。双方的协商将会持续进行。

缤城使节团才刚走，当晚入夜之后，堡里便因为王后突然带了一队侍卫疾行而出，起了一阵骚动。切德告诉我，就连他都觉得王后的反应过于激烈。听他这么说，显然诸大公更觉得王后太过激动。王后出门，为的是要制止处决原智者的暴行，目的地则是在公鹿公国境内，接近瑞本公国的边境上，一个名为“毕德威村”的小地方。王后之所以连夜赶路，显然是因为她接到了间谍的密报，指出隔天早晨，毕德威村人要将一名女子吊死，放火烧掉。当时气候冷得马喷出来的气都成了烟，但王后一行人仍点着火把匆忙而去。穿着白狐皮束腰外衣、披着紫色斗篷的王后，在侍卫的簇拥下出城了。我站在窗边望着他们离去，心里恨不得自己能够追随珂翠肯。我身为黄金大人之仆的身份往往羁绊着我，使我不得不待在我最不想待的地方。

他们隔天傍晚就回来了，而且有一名浑身是伤、摇摇晃晃地坐在马鞍上的女子与他们同行。一望即知，他们一定是在千钧一发之际救到了人，硬将吊刑的绳套从她脖子上扯下来。面对着全副武装的骑兵，动用私刑的民众并不敢多反抗。珂翠肯震怒不已，亲自对村里的长者严厉地训斥了好几个小时。她下令要全村每一户人家的每一个人，都到村里的小广场上集合。接着她亲自站在村人面前，朗读皇室的禁令，严禁人们纯粹因为一个人有原智便予以处决。宣示禁令后，村里的人，无论长幼，就算是孩童，只要能握得住笔，都必须在公告上签名，表示他们的确在场，也听过内文，并发誓一定遵从。由于这个小村子没有集会的大堂，所以珂翠肯特别下令，这张众人签字的公告必须永远张贴在村里唯一一家小酒馆的火炉上方。她向村人强调，公路守卫一定会时常来此检查，确认布告仍贴在原处且完好如初。珂翠肯也警告村人，凡是签名者，往后若胆敢再威胁无辜原智者的性命，那么，不但全数财产都要没收，本人还会被驱逐出境——不是驱逐到公鹿公国以外，而是流放到六大公国之外。

王后回来之后，那名受害女子便被人带往守卫的医疗室疗伤。她村子里的人对她实在不客气。那女子刚到村里不久，认识的人不多。她去毕德威村看她的表亲，她的表亲却到村里的长老面前密报她在跟鸽子讲话。村子里有人传言说此事跟争遗产有关，这使我不得不怀疑这女子是真有原智，或者这不过是遗产之争，她只是威胁到她表亲继承庄园的权利而已。这女子一康复到可以旅行之后，珂翠肯便为她准备了钱粮与马匹，有人说，王后还送了她一纸地契，地契所属的庄园离她表亲的村子很远。总而言之，在那女子能够上路之后，便立刻离开公鹿公国，远走他乡。

这件事情演变成接下来一连串争议的起火点。有人说，王后逾越了界线，毕德威村其实坐落于公鹿公国与瑞本公国的交界上，所以王后要采取行动之前，至少也要跟瑞本大公商量一下。瑞本大公似乎将王后亲自介入此事，当作是对他个人的批评与冒犯。虽然他没有将这几个字说出口，但是众人都在议论，我们这位群山来的王后，是不是太急于跟诸如外岛人和缤城人之类的外国人建立关系，以至于她已顾不得对各大公国的大公应有的尊重了？王后是不是认定各大公国之首无法处理自己的国内事务？之后谣言与抱怨越来越离谱：王子都已经拥有一半的群山血统，王后怎么还觉得六大公国的新娘不足与王子匹配？还传出更阴险的闲话，说王子明白地表现出他对小优小姐的喜爱，最后却被他的母后硬生生阻止了，这等于是让歇姆西公爵丢尽了颜面。连年轻的王子都看得出，近在身边就可以找到比外岛贵主更尊贵的新娘，王后为什么还要跟那个出言不逊的小女孩周旋？

由于这些牢骚都只是私下流传，所以珂翠肯王后也很难做出回应。不过，珂翠肯也很明白，这些谣言不能完全忽略，否则瑞本大公与修克斯大公会更加不满，甚至将这种情绪传染给其他大公。她的解决之道，是下令诸大公派出代表前来开会，而会议的目的，则是如何终止原智者遭到处决的事情。不出我所料，这会议做出了三个建议：第一，将原智者的姓名作表列册，以确保他们不会冤枉地遭人处死；第二，将原智者集中于特定村落，并鼓励原智者只在划定的区域内活动，以保障自己的安全；第三更是宽宏大量地建议，原智者应该迁往恰斯国或缤城，因为外人无疑一定比六大公国之人更欢迎原智者。

这些建议是什么居心，我心里有数。就连最迟钝的人也知道，登录原智者姓名、将原智者集中于六大公国境内特定区域之类措施，很可能会变成大规模屠杀的前奏曲。至于“迁往”恰斯国或缤城云云，其实与流放无异。王后则尖锐地告诉与会代表，这些解决办法太缺乏创意，请众代表再多多思索。就在这个时候，有个从提尔司公国来的青年，意外地帮了王后一个大忙。那青年戏谑地说道：“其实处决原智者的事情，对于大多数人都毫无妨碍。说句老实话，原智者会遭人处决，是因为施展‘野兽魔法’的人自作孽，所以才惹祸上身。既然这只会妨碍到原智者，也许您应该去问问原智者，看看他们有什么解决办法才对。”

王后迅速抓住这个机会。她开口之后，那青年脸上的得意笑容消失了，其他人吃吃的笑声也转而退去。“好了，总算有了个既有创意、又颇有可取之处的好建议。既然各位代表都这么说了，那么我依言而行吧。”大概只有切德与我二人知道，珂翠肯早有此意。她以皇室的名义发出通告，并谕令信差将通告张贴于六大公国各地的大城小镇，而且往后永远不得揭除。通告上说，王后邀请原智者，或称为原血者之人，推派代表与王后会谈，以便讨论如何制止原智者，或称原血者之众人遭到不法处决与谋杀的事情。通篇文字都是王后所授意的，虽然切德苦苦哀求她仔细考虑，不要用这么重的字眼。许多贵族对于王后间接指控他们没有老实处理自己领地上的谋杀案件，都气得火冒三丈。不过我对珂翠肯采取的立场是赞赏的，而且我相信其他原智者一定也与我有同感，虽说我认为原智者大概是永远也派不出代表团前来为自己请命了——毕竟，他们何必冒着生命危险，暴露自己的身份前来会谈呢？

我在顶撞弄臣，并酿成大祸之后，至少衍生了一点智慧，领悟到自己在跟切德、王后与王子应对的时候，应该要考虑得更周全些。我将卷轴碎片铺在切德一定会看到的地方，也就是我们的工作台上。我碰巧在塔楼里遇见他，使我有机会询问——而且是很平静地问——他一直不让我看到这封信函，到底是什么理由？那老刺客的答复倒使我很意外。“这封信过于针对你个人，所以在当时的情况下，不宜让你看到。那时候我需要你帮忙找出王子的下落，并将王子平安地送回堡里来。倘若你当时就读了此信，那么你必定无心理会王子的行踪，反倒会将全部的心思，用来思索这封信是谁所写，我们无法确认这信与王子的失踪必定有所关联。当时我需要的是你冷静的脑袋，蜚滋，我难免会想到你以前的脾气太差，又屡屡因为动不动就大动肝火而做出狂野的举动。所以我扣下了信，以免你因它而分心，反而疏忽了我们最重要的任务。”

这一番说辞并未使我完全平息，但是倒让我体会到，切德的确常常会引导我以不同的角度来看待问题。依我看来，我平静地接受他的讲法，倒使他意外得不知所措。近来我老是跟人过不去，他大概以为我必定是要借此机会跟他大吵一架吧。我没有提出要求，切德便近乎羞赧地向我保证，现在他知道我的性格已经很成熟了，所以他扣住信函是不对的。

“那如果现在我把心思放在这信函上呢？”我平静地问道。

“若能知道这信是谁送的，倒不失为有用的情报。”切德坦承道，“不过，若是要冒着失去精技师傅，或是使精技师傅分心的风险才能得知，这代价未免过于高昂了。我并未放松，我一直都在追踪各种线索，以便查出信件来源，只是这些线索都消逝在迷雾之中。那只老鼠的事情我也没忘记，只是我再怎么探查，也没找出原智间谍的线索。我们一直在监视儒雅，只是查不出什么结果来，这你是知道的。”他叹了一口气，“我求你，蜚滋，把追查信件的事情交给我去办，至于你，就把心思放在你对我们最重要的地方吧。”

“这么说来，你已经跟王后谈过，而且她同意我提的条件。”

切德眼神一变，柔绿的眼睛，突然变成铜绿色：“不，我还没提。我原本希望你会重新考虑。”

“说真的，我的确重新考虑过了。”我说道，并克制自己别以切德脸上的震惊表情为乐。然后，我在他推论我必定是打算就此放弃，不跟王后谈条件之前，赶紧补充道：“我已经决定了，这件事我必须亲自跟她谈。”

“这个嘛。”切德思索着自己该讲什么话，“这点我十分同意。我待会儿就跟她提，请她今天就腾个时间与你一谈。”然后我们就各自行事了。我们彼此意见不同，但并未争吵。切德临走之前，用古怪的眼神看了我一眼，仿佛想不透我这个人。这使我对自己的表现十分满意。唉，要是我早早吸取这个教训就好了。

当切德通知我去跟王后会面的时候，我再度抱着平静的态度前去会见珂翠肯。她设了张有葡萄酒，也有糕点的小桌招待我。我在进门之前就训诫自己要沉着镇定。也许就是因为如此，我才看出她非常疲倦。

我进门的时候，王后殿下挺直地坐着，但是我看得出，这静止不动的姿态其实是她的盔甲。她跟切德一样，也认定我一定会勃然大怒。她的防卫心那么重，几乎使我气得就要冲口说出她对我的脾气显然有一定成见，这态度未免太伤感情。但我并未说出这样的话，反而深吸了一口气，以便驱散备受冒犯的感觉。接着我强迫自己平静地向她行礼，等着她招呼我就坐，甚至还讲了几句天气晴朗、她气色不错之类的客套话，最后才点出我真正挂心的正题。即使如此，我仍注意到她眼尾稍微抬了一下，这明显道出了她已经武装完毕，随时准备应付我的激烈攻击。到底是从什么时候开始，这些认识我最深之人，都认定我是这种不讲道理、脾气火爆的野蛮人？我紧紧勒住自己，不准自己去考虑这该怪谁。我对于众人的防备绝口不提，反而望着珂翠肯的眼睛，平静地问道："荨麻的事情，我们要怎么处理？"

珂翠肯蓝绿色的眼珠子顿时放大，仿佛受到了惊吓。她往后靠在椅背上，凝视了我好一会儿。"切德是怎么跟你说的？"她反问道。

我表情紧绷着，却忍不住咧嘴笑了出来。在这时刻，我对女儿的一切忧虑都消逝得无影无踪。我听到自己答道："切德曾经跟我说过，以问题来回答问题的女人，你要特别当心。"

有好一会儿，我以为这句俏皮话已经逾越了我们两人应有的界线。但她脸上慢慢浮出一抹微笑，与我呼应。随着笑容初升，她也无力地将她对我的防备暂搁下来。我突然领略到，王后表面上看来显得平静自持，但私底下，她却疲惫烦忧。她要担心的事情太多了：王子与反复无常的贵主结下婚约、王子答应了那个荒诞的"屠龙"任务、原智者的问题、花斑帮掀起的政治风波、国内的贵族议论生非，还有缤城的战争与龙的事情，件件都需要她费心处理。突如其来的狂风会重新燃起将熄的热炭，同样地，她那忧虑的表情，也唤醒了我内心深处的遥远回音。顿时，惟真对这女子的爱意都苏醒了。过去惟真与我之间以精技牵系，我偶尔能体会到他对珂翠肯的真情意。话虽如此，我竟然会感知到惟真对她的爱意所引起的遥远涟漪，这也颇为奇怪。由于惟真的缘故——同时也因为我自己很喜欢珂翠肯，所以我突然对她非常关切起来。看到她往后靠在椅背上，显然因为我无意与她起冲突而宽心不少，我感到无地自容。我只顾着自己的烦恼，却常常忘了别人的负担，其实也一样沉重。

珂翠肯将憋着的气吐了出去："蜚滋，我很高兴你来找我谈荨麻的事。切德是明智的顾问，又对瞻远皇室忠贞不二。他精神好的时候，处理国事明快清楚，而且他有很多途径可以听到人民的心声。他的意见既睿智又实在。但他每次提起荨麻的时候，总是以瞻远皇室顾问的身份来看待此事。"她倾身向前，将她柔细的手搭在我粗糙的手上，"但我宁可以朋友的身份，直接与荨麻的父亲一谈。"

看来此时我应该继续缄默，等她讲下去。

王后继续搭着我的手，干脆地说道："蜚滋，荨麻应该要接受精技训练。其实你心底也知道这是大势所趋。这是为了荨麻好，因为一个人若有精技天赋而未经训练，可能会招致危险——没错，我在决定要如何处理晋责的天赋之时，也读了一些卷轴。此外还有一个原因，那就是荨麻的身份特殊：她乃是瞻远皇室可能的继位人选。"

此语一出，使我震惊到忘记如何呼吸。我本想与珂翠肯辩论教导荨麻精技有失明智，不去提及她因为身份所受到的重大威胁。我狼狈至极，一时也不知道要回答什么，不过这也好，因为王后的话还没讲完。

"我们无法改变自己的身份。我永远都是惟真的王后，而你永远都是骏骑的儿子，虽然出身不正，但仍是个不折不扣的瞻远族人。威仪嘛，你是知道的，自从惟真通过威仪来找我之后，他的神智便再也无法完全复元。我敢说，其实吾王无意危害他的表弟，只是木已成舟，无可挽回了。我们无法改变自己的身份，而威仪虽顶着瞻远的姓氏，但早在他仍神智健在时，就已经垂垂老矣了。因此，万一惟真的血脉无以为继，我们也无法认真考虑以威仪作为王位的继任人选。"

我无法跳脱珂翠肯缜密的逻辑，虽然我看得出她这些环环相扣的思绪终究会导出什么结论，但我却不得不点头应和她。

"后备的继任人选是绝对不可少的。一来，若是发生了什么万一，王国仍有人主政。"她的眼神飘向遥远的地方，"此时你的女儿虽隐而不见，但她仍是第二顺位的继任人选。荨麻的身份本来就是如此，不是你我所能改变的。无论你我再怎么期望，她的瞻远血统也不会减少。国家若是到了需要她的时候……蜚滋骏骑·瞻远，那么你的女儿就必须为人民效命。就是因为这样，所以多年之前，我们才特别将荨麻的出生纪录建档。我知道你当年就反对我们在颉昂佩写下正式纪录，而且到现在仍不赞同。但是荨麻从一开始就是受到正式承认的瞻远家族之人，并且由你以身为父亲的身份，由我以身为王后的身份，还有一名曾听你道出始末的吟游歌者一起证实她真正的身世。这份文件事关重大，正式档案如今仍妥善保存着。就算你、我、切德和椋音·鸟啭同时丧生，我们的档案库里仍可找到纪录，上面还有附录载明她现居何处。这是必须的，蜚滋。我们无法改变荨麻的血统，也无法让她的人生重新来过。难道，你真的希望荨麻非你所出，希望你没有这个女儿吗？不会吧。人若是有了这样的愿望，那可就冒犯天地了。”

这是我今天第二次被人当头棒喝。我突然领略到别人是用什么角度来看待我认为理所当然的事情。王后这一番深思熟虑的大道理，把我心里所有的怒火都浇熄了。珂翠肯看得出，荨麻在王位继承的排行上高居第二位。对她而言，这可不是她与我想要如何处置就可以随意处置的事情。荨麻的身世已是定局，非人力所能修饰窜改。对于珂翠肯而言，荨麻的事情没什么商量的余地。荨麻的人生职责，是她一出生就注定的。即使珂翠肯以王后之尊，也无力改变。

我吸了一口气，但是珂翠肯举起手指，请我让她把话讲完。“我知道你一想到自己的女儿要变成牺牲献祭，心里就惶惶不安。我也跟你一样，希望事情永远不会走到那个地步。你想想看，对我而言，荨麻若是成为牺牲献祭，便意味着我唯一的儿子不是死了，就是活着却不足以承担重任。所以，别说你苦苦求我永远别将王位的重担压在荨麻的肩膀上了，就我身为母亲的角度而言，那也是我最不愿意见到的结果。就算你我都宁可她永远不必继任，我们仍必须做好齐全的准备，以便倘若真有万一，她也能随时为人民尽力。荨麻应该要接受教育，我们不但应该安排她学习精技，也应该安排她学习各国语文、六大公国历史与地理，以及与皇室相关的一切礼仪与传统。荨麻这么大了，却一直都没机会修习这些课程，你我都算是失职。她至今仍对自己的血统一无所知，更显得你我严重失职，责无旁贷。你想一想，倘若有一天，荨麻不得不为人民效命，那时她难道会感谢你我自始至终都将她蒙在鼓里？”

此语一出，对于我原本自以为是的想法，又是一次重大打击。我心中的世界突然扭曲变形，我开始质疑自己为荨麻所做的一切到底是对还是错。一想到真实的事况会如何演变，我便软弱无力，我大声地说出自己的答案：“到时候她大概会因为我瞒着她的身世，而对我怨恨不已。事情都到了这个地步，我就是想改也来不及了，我现在一插手，只怕不但于事无补，还造成更多伤害。”我软瘫在椅子里，“珂翠肯，你一定觉得我太过失职，但我还是要恳求你。求你让荨麻继续过她现在的生活吧。如果你肯答应，那么我向你保证，我会竭尽全力、欣然乐意地确保荨麻永远也不必成为牺牲献祭。”我吞了一口口水，承担下这个全新的诺言。我又再度站在王权之前献出自己的生命，不过这一次，我不再懵懂，而是个成熟的大人。“我将欣然地为晋责创立精技小组，并担负精技师傅之责。”

王后牢牢地盯着我，过了一会儿，她问道：“这怎么能算是新提议呢，蜚滋？还是说，这是你对我的新要求？”

珂翠肯的话里有指责之意，我也低下头来，虚心接受。“也许应该说是，现在的我，是真的乐意接下这个重任了。”

“既然如此，那你可愿意接受我以王后身份所做的承诺？你要听清楚，不要日后三番两次地要求我跟你再三确认：我会让你女儿，荨麻·瞻远，继续过她现在的生活，由博瑞屈抚养，前提是她要一切安全无虞。这就是我给你的诺言，这样你说可好？”

珂翠肯又责备我了。难道是我之前一再坚持荨麻的生活不得受到干扰，使她感到痛心？也许吧。“这样很好。”我平静地说道。

“那好。”珂翠肯说道，于是我们两人之间的紧张气氛慢慢地缓解开来。我们默默地在桌边坐了很久，仿佛沉默就等于再度肯定了我们彼此之间的约定。然后珂翠肯一语不发地帮我倒了酒，又切了块香料蛋糕送到我面前。我们一边吃喝，一边闲聊，不过谈的都是不相干的事情。我并未向她提起晋责不肯来上课的事情，那必须靠我自己去解决。再想想办法吧。

我起身离开的时候，珂翠肯抬起头来，笑着对我说道："蜚滋骏骑，我难得才能有机会跟你聊上两句，这真是不像话。说起来真是无奈，我们不得不维持这表面上的伪装，可是这伪装又使得你我无缘相见。我很想念你呢，吾友。"

我随后离开了，她这番有如祝福的真心话，却一直留在我心中。

16. 为父之道

商船船长若是能够成功地与遮玛里亚维持良好的合作关系，那么必定可以将船上的所有舱房，都塞满远从遥远异国港口而来的珍奇货物。船长所得到的报偿，就是他能在较无风险的状况下拿到珍奇的货源，这对时时必须与风险对抗的远洋商船和船员而言，可说是再好不过。当然，船长必须付点钱以支付那些免去的担心与烦忧。这就是这一行的行规，而明智的船长一定会奉行不渝。

香料群岛的商人常往返的港口中，最北边者即为遮玛里亚。此外，遮玛里亚也是“大帆商队”巡行的路线中，在我们这边海岸停靠的唯一港口。大帆商队是成群结队的商船船队，每隔三年才到遮玛里亚一趟（大帆商队的人不称“遮玛里亚”，而是粗鲁地将此地称之为“西港”）。横越大洋的航程极其危险，从船队破破烂烂的风帆、船员疲惫不堪的模样便可窥见一二。大帆商队带来的货既罕见又昂贵，举例而言，红香和萨根这两种香料，除了靠大帆商队进口之外，再也没有别的货源。由于红香与萨根总是整批由遮玛里亚的大君买下，会再度回流到市场上的绝无仅有，我们干脆可以将这两种香料，当作是寻常商船无法到手的商品。但是睿智、精明的商人们，若算准时间抵达遮玛里亚，赶上大帆商队来访的时间，说不定会有幸购得大帆商队带来的其他货品。

——班罗普船长，《商船海员必读》

时光匆匆又过了几日。黄金大人从他的卧室里出来，以一如既往的光鲜打扮与世故态度，向整个公鹿堡宣布他已经完全康复。依照遮玛里亚的习俗，他每天早上都仔细地化了妆，显得更加浮夸矫饰。有时，他连在白天时也画上鳞片妆。我怀疑他之所以如此，是为了要转移众人的注意力，以免他人发现他的肤色变深。若是如此，他的计策可谓大大成功，根本就无人提起他肤色与以往不同。众人热切地欢迎重返社交圈的黄金大人，黄金大人受众人喜爱的程度丝毫不减。

我也再度担负起身为黄金大人仆人的职责。他不时会在下午时刻设下赌局，或是请吟游歌者唱歌，在他的房间里招待来宾。年轻的贵族，无论男女，无不期盼自己能够获邀。碰到这种场合，有时我会待在自己的小房间里等他召唤，或者有时他会干脆将我斥退。他与其他贵族驱马出游时，我仍随行在后；他参加盛大宴会时，我也仍站在他的椅子后面。不过如今这种场合已经很少了。由于外岛与缤城来的贵宾都已离去，许多贵族也已返回自己的领地，公鹿堡的人口锐减为寻常的规模。赌博、木偶戏与其他的娱乐节目日渐稀少，夜晚变得更长，也更宁静。若是在晚上腾出一小时的空闲，我往往会信步走到大厅去。大厅的众多火炉边，再度聚集了上课念书的孩童、织布纺纱的妇女，以及制作箭镞的男子。这些男男女女手里忙着纱线武器，嘴上则絮絮地聊起闲话或故事。如果我愿意，还可以假装这一切与我小时候所看到的公鹿堡无二。

至于弄臣，我则无法从他身上看出一点昔日的踪影。全公鹿堡都相信他是主、我是仆，黄金大人也从未明言或暗示我们之间有丝毫超出主仆以外的关系。他跟我讲话时，从头到尾都维持着黄金大人的身份与态度。如果我慷慨赠予他一点超出主仆关系之外的善意，他则干脆视而不见。

我实在没有料到自己被弄臣孤立之后，内心会裂开如此巨大的伤口，而且伤口逐渐扩大。有天我跟老温对招练剑，练完之后回房，发现床上有个小布包。打开一看，里面是支绑绿系绳的红笛子，上面有个小纸条，弄臣亲笔写着：“给阿憨”。我满怀希望，以为这表示他要跟我和好。我鼓起勇气向黄金大人道谢，他正在专心看植物标本集，朝我瞄了一眼，脸上满是不耐与烦躁。“我真不知道你在谢什么，汤姆·獾毛。我可没送你礼物，更没给你红笛子，真是胡言乱语。你若有什么奇怪的妄想，自己想办法解决，我正在看书呢。”

于是我便告退了，因为我体会到，他做这支笛子并不是为了我，而是真心诚意地要送阿憨一个礼物。被人忽略、遭人耻笑的滋味，他比谁都清楚。他根本不是为了我才做的。想到这里，我消沉的心情变得更加低落。

更糟的是，我满腔的苦涩无处排解，除非我愿意将我的愚行一五一十地告诉切德。最后我默默地把苦水往肚里吞，并且尽量举止如常，以免被人看穿。

弄臣给我笛子之后，我决定把我那两个自行其是的学生拉回来。缤城商人已经走了，瑟丹·维司奇也随他们离去。是该践行我对王后的诺言了。

我先去切德之塔，再费劲地从该处拾阶而上，前往精技塔。上课时间已到，晋责却一如往常地缺席。我打开护窗板，迎向寒冷、黑暗的冬日早晨。我坐在惟真的椅子里，孤寂地望着黑暗。我知道切德已经叫晋责一定要来上课，甚至还调整了王子的正式行程，好让他得以与我多相处一会儿，但晋责还是一如往常。自从他发现我对他下了精技指令，并中断它之后，他就再也不来上课了。想当年惟真教我的时候，他是绝对不能容许我这样的行为，比起惟真，我已经多让晋责浪费很多时间了。我若是放任他的行为，那么王子是绝不会乖乖来上课的。我做了好几个深呼吸，闭上眼睛，将精技集中为针尖大小。

晋责，你现在就上来。

我感受不到任何回应，若不是他没答复，就是他根本置之不理。我开始进一步探寻他，但这少年却难以捉摸。他一定是刻意封锁我，以精技高墙将我阻挡在外。我靠到他的精技墙上，这才领悟到原来他在睡觉。接着我测试一下他的精技墙强度，并了解到如果我愿意，一下子就可以打破他的精技墙。我吸了一口气，蓄积力量，准备一举打破，但接着我突如其来地换了个策略。我不施蛮劲，反而以若有似无的力道倚在他的精技墙上。我察觉自己的嘴角弯成一抹微笑。荨麻的手法，我一边想道，一边滑过他精技墙的缝隙，进入他熟睡的心中。

我不知道他是不是在做梦，但就算是，我也察觉不出他的梦境。我只感觉到自己身处于他那仿佛宁静池塘般毫无知觉的心灵之中。然后我扑通一声跳入池塘里。晋责。

他感觉到我，抽动了一下。他的第一个反应是大怒。出去！他想要将我丢出去，我已经在他的防线里面了。我泰然抵抗，不进一步攻击，却也站稳脚跟，不肯就此被他赶出去。晋责就像我们第一次扭打时一样，愤怒地扑上来，盲目地乱打乱摔。我任由他闹，等他疲惫困乏时，我才开口道：

晋责，请到精技塔来。

你骗了我。我恨你。

我并没撒谎。那件事纯属意外。我曾试着要将那精技指定解除掉，我原本深信已经将之完全解除了。你我竟在时机最不凑巧的那一刻，同时发现我还未解除那精技指令。

你一直在控制我，从我们认识开始，你就将你的意志强加在我身上。我之所以喜欢你，大概也是你强迫的。

晋责，你自己好好回想一下，就会发现事实并非如此。但是我不要再这样跟你讨论这件事情了。请你现在到精技塔来。

我才不去。

我还是会等你。

说完话，我便抽身而出，离开他的心灵。

我动也不动地坐了好一会儿，让自己恢复力气，并凝聚心神。我的头阵阵抽痛，但现在我已经无暇顾及头痛。接着我再度伸展出去。

要找阿憨就容易多了。阿憨的心灵时时流泻出音乐。他的音乐只有曲调，没有歌声，一听就知道是他，绝对错不了。我任由他的音乐毫无阻碍地流进我心中，这才发现，他音乐的古怪之处还不止于此，那音乐既非笛声，也不由琴声所组成。我被阿憨的音乐迷住了。就这个层次而言，他所用的“音符”，竟是以日常生活中随处可闻的噪音所组成的乐曲：马蹄点地的声音、盘子放在桌上的声音、大风扫过烟囱口的声音、铜板掉落在石板路上的叮当响。我沉浸得更深了些，并发现较深的层次上，与其说这是乐曲，倒不如说这是个模式。这些声响的旋律，以不同的音高作为区别。音高如何起伏、旋律如何重复，都有一定模式。听阿憨的乐曲，就像是凑近看一幅织锦画：远看时，图案分明地呈现在眼前。凑近一看，才看得出图案的质地，再更仔细地研究，才看得出绣线一针一针的针法，以及每一条绣线不同的色泽与肌理。

我艰难地摆脱掉阿憨的乐曲。我不禁怀疑，像他那样简单的心灵，如何能构思出这么细腻、繁复的音乐？但是下一刻，我便对他有更深一层的了解。这个细腻繁复如织锦画一般的音乐正是阿憨的思绪，以及他理解这个世界的架构。他心里所注意的，无非是如何将自己听到的每一个声响，合宜地化入这庞大的声响体系之中。这也难怪他对于切德和我所注意的那些凡俗小事，既无心多想也无心注意了。以我自己来说，难道我就曾经特别注意过水的滴答声，或是刀锋在磨刀石上来回摩擦的声音吗？

我回过神，重新又察觉到自己坐在惟真的椅子里。感觉上，我的心像是海绵，浸在如水一般的音乐之中，沉重不堪。我必须先将阿憨的音乐沥干、抖净，才能想起自己的思绪与意向。过了一会儿，我做了几个深呼吸，安定思绪，然后伸展出去。

这一次我只轻轻拂过阿憨乐曲的表层。我在外围犹豫了好一会儿，因为我想不出如何才能让他感应到我，却又不至于让他受到惊吓。最后我极其轻柔地唤道：*阿憨？*

我感觉到他又怕又气，其冲击之大，仿佛他的肚子被人打了一拳。我此举无异于伸指朝沉睡的猫身上一戳。阿憨倏地一下逃跑了，他逃跑之前还不忘向我挥爪。我在惊吓之余，赶紧睁开双眼，望向塔外翻卷而来的海浪。即使如此，我仍然很难将我的心灵重新植定于自己的身体里，也很难说服自己这身体的确是我心灵所属之地。恶心的感觉不断袭来。我郁闷地想道，这第一次接触可真是顺利呀。我消沉地坐了好一会儿。晋责不肯来，而不管我怎么试，阿憨都拒我于千里之外。接连两次失败之后，我又想起，自从我叫幸运自己去跟师傅修好之后，就再也没听到他的消息了。我惊讶自己竟有此本事，让我最钟爱的人，个个与我结下化也化不开的冤仇。

再试一次就好，我对自己说道。再试一次，我就回我那黑漆漆的小房间里，并向黄金大人宣布，他这个低下的仆人今天要请一天假。我要去公鹿堡城，想个办法跟幸运讲两句话。我拿起那支红笛子，仔细地端详。弄臣这次可真是大显身手。我从未看过这么精致的笛子，笛身上还刻了许多小鸟儿。我将笛子举到唇边，试了几个音。小时候，耐辛费尽心思要教我演奏各种乐器，我总无法学得来。不过童谣的曲调简单，我还能勉强吹奏出来。我试了几次，想要将粗糙的音调吹得平顺一点，结果是徒劳无功。我往后靠在椅背上，一边吹奏，一边对阿憨技传，我只传笛音，不传思绪，也不暗示是我在吹奏。我的旋律打进了他的曲调之中，一时之间，我们两人的音乐颇不协调地各自响着。过了一会儿，他开始注意起我的曲调，他的音符则渐渐淡去。

那是什么？

阿憨倒不是在问我，他只是在探索那声音从何而来，如此而已。我传送给他的思绪细微如丝，传送之际，嘴边仍不停吹奏。是支红笛子，绑绿色的系绳。只要你肯来拿，这笛子就送给你。

阿憨颇为提防地想了好一阵子。在哪里？

我仔细地考虑了一下：精技塔之下有执勤的守卫，守卫绝不会放他进来，我不能叫他直接走大门。堡里的密道虽然必须保密，至少切德已经让阿憨略知一二。当然，在透露密道的走法让他知道之前，我应该先跟切德商量才是，不过眼前就是个大好机会，岂容错过？我很想知道，我能不能透过心灵的连系，引导他一路从密道走到这里来。我不但可以借此测试目前阿憨与我之间彼此技传的极限，同时也可以借此测量他的智力与能耐。现在可不能犹豫太久，于是我指示道：你就这么走。接着将塔顶房间的影像传给阿憨，另外也将切德之塔到精技塔这一路上的密道所有转折都一一传给他看。我并未一股脑儿地将这些影像传过去，也没有刻意放慢速度。最后我对他表示：如果迷了路，你告诉我一声，我就会帮你。

之后我便轻柔地剪断了我俩之间的牵系。我往后靠在椅背上，端详着手里的红笛子，希望这个饵能奏效。我将红笛子放在桌上，然后将那个以女子雕像为坠子的项链放在笛子旁。王子与我曾通过精技石柱通往沙滩，这项链便是王子在沙滩上捡到的。我自己也不明白原因，为什么今早我特地把项链从切德的塔楼带到这里，准备还给王子。我想起我自己在同一片沙滩上捡到的那些羽毛，心里突然一抽。我一直未曾告诉弄臣我捡到羽毛的事情，我总觉得时机不合适。如今我们彼此闹得这么僵，恐怕往后也别想跟他提了。我按捺下这个思绪，我必须将心思摆在眼前的事情上才行。

我伸手擦掉额头上的汗水，站起身时，发现脚有些发颤。我已经太久不曾大量施展精技，导致现在的头痛比之前厉害得多，让我的头颅几乎要爆炸。要是此时我手边有茶壶、杯子、热水和精灵树皮，那么我大概会牛饮一番。此时身边没有这些材料，只能将就地为自己倒杯白兰地，在窗边倚一会儿。

我听到脚步声从门外的楼梯拾级而上时，还以为是守卫前来察看，赶紧拿了酒瓶和酒杯，退到房里的幽暗角落中，动也不动地站着。我听到钥匙转动门锁以及开门的声音，晋责就进来了。他关上门，四下环顾着这个看似空无一人的房间，脸上表情恼怒至极。他走到桌边，再度张望。这才慢慢地领悟到一个道理：王子即使与我同处一室，也无法感应到我人就在这里，这是不是表示，每个人的原智魔法其实有高低之分，就跟每个人的精技天赋有高低之分是一样的道理？我先将这念头搁在一旁，以后再细想。

“我在这里。”我一开口，晋责便吓得跳了起来。他这才察觉到从阴影中走出来，手里拿着酒瓶与酒杯的我。他对我怒目而视，我则慢慢走到桌边，放下酒杯。“早安，王子殿下。”

他以坚定且极其不屑的口气对我说道：“汤姆·獾毛，你被解雇了。我再也不想上你的课，我会跟母亲禀报，请她将你遣离公鹿堡。”

我平静地答道：“请便，王子殿下。你若是去跟王后提，不只你觉得轻松，而我也落得轻松。”

“这与轻不轻松无关。重点在于欺君叛国。我是名正言顺的王子，你竟敢用精技来对付我！我有权将你驱逐出境，甚至还可以将你判处死刑。”

“你当然有权这么做，王子殿下。不过除此之外，你也可以问问我有何解释。”

“不管你有何借口，都无法脱罪。”

“我并未请你问我有什么借口。我刚才是请你问我有何解释。”

讲到这里，我们的对话停滞了。我拒绝垂下眼神表示顺服，反而坚定地与他四目相对。我已经下了决心：他必定要彬彬有礼地请我解释，不然他就别期望我再吐出一个字。但是他的决心似乎与我同样坚定，他的决心是要继续以他那君王般的眼神威吓地瞪着我，直到我肯低头跟他道歉为止。

最后是我略占上风。

“你早该解释了。”

“也许吧。”我稍让一步，继续等他开口。

“你解释一下，汤姆·獾毛。”

如果他用个“请”字，可能会更好一点，不过我察觉到他最多只肯退让到这个程度。少年的骄傲可是很脆弱的。

我走过去，在自己的酒杯里添满了酒，举起酒瓶，以疑问的眼神望着他。他断然地摇头，拒绝与我这样的人一起喝酒。我叹了一口气：“你被人掳走的时候，我们为了逃亡而进入直立的石头，然后通往一处沙滩。那之后发生的事情，你还记得多少？”

他的脸色一下子迷茫起来，他小心翼翼地说道：“我……”他差一点就撒谎了。但是——“我只记得片断。当时的情景像梦境一样，过后就消退了，但有时，当时的点点滴滴会重新在我心头浮现，既鲜明又清楚。我知道你是用精技魔法将我们两人带到沙滩上。不知为何，我到了那里，就变得虚弱且神智恍惚了。我猜你就是趁那时候，用你的力量对我下了咒语。”

我叹了一口气。真没想到问题的症结竟比我原本预料的更为棘手。“你还记得吗，我们待在火边的时候，你扑向我？不但扑向我，还一心要置我于死地？”

他避开我的眼神，仿佛很惊讶自己还记得这事似的点了点头：“可是那根本就不是我要杀你，这你明明知道！那时候，佩娜汀就极力要控制我的身体了。况且那时我还不认识你，我以为你是我的敌人！”

“当时我也不认识你呀，至少，不像我们现在认识这么深。当时我俩之间便已经以精技牵系了，在那之前，我曾经追寻你散佚的灵魂，将你的灵魂归还到你的身体里。”我迟疑了一下，最后决定不提我碰到那个伟大的存在，也就是那个帮助我们两人复返自己身体的伟大神灵。别说是晋责，就连我都觉得当时的记忆迷迷茫茫。连我自己都无法解释，还是别提起比较好。我吸了一口气。“我不但知道佩娜汀跟你在一起，还知道她为了要杀我而不择手段，即使你会因此而受伤也在所不惜。当时我真是吓坏了。我在气愤之余——同时也是因为我怕自己被你杀死——以精技命令你：‘晋责，别反抗我。’当时我意外地以比我预期的更强劲的力道，将这个精技指令印在你心头上。对你下精技指令从来就不是我的本意，那纯粹是个意外。事后我很后悔，也曾经设法弥补。”我无奈地笑了笑，“我本以为我已经将那个精技指令解除了，直到饯别宴上，你愚蠢地宣布说你要接受挑战，而我极力想要阻止时，才发现事与愿违。直到那时，我才明白那精技指令还有残余，你就在那时将之中断了。”

“是啊，我把它中断了。”他志得意满地说道，再度怒视着我，“我明知道自己接受过精技指令，又知道你曾经对我下过精技指令，那我往后如何能再相信你？”

我还在考虑要怎么回答，就在此时，阿憨推开了壁炉侧面饰板的门。那暗门狭窄，我要通过已是不易，像阿憨这样体态浑圆的人更难挤过。此时他满头满身都缠着蜘蛛网，还蒙着一层灰尘。他站在那里，眨着他那睡眼惺忪的眼睛，望着惊讶万分的王子与我。他的下巴往前推，舌头垂在嘴外，他开口道：“我来拿红笛子。”

“那么，这笛子就送给你了。”我说道。我拉着绿系绳，拿起笛子，将笛子递给阿憨，接着我温和地补了一句：“还有，你的精技用得非常好，阿憨，你依着我技传给你的路线，就一路找到这里了。”

阿憨怀疑地拖着脚步，慢慢走过来。据我猜测，晋责王子若不站在王座边，也没穿着象征尊荣的曳地长袍，阿憨大概认不出他是王子。此时阿憨瞪着我——顺便一并怒视晋责——一边说道：“你害我走了好远。”他一把将笛子抢过去，将之凑近脸，眯着小眼睛细看，之后他皱着眉头说道：“这不是我的笛子。”

“现在是你的啦。”我对他说道，“这笛子是新的，特别为你做的。笛子上有小鸟呢，你看到没有？”

他将笛子翻来覆去地打量一番，不情愿地承认道：“我喜欢小鸟。”他将笛子紧抓在胸前，提步就要离去。

王子以失望到近乎不屑的眼神瞪着阿憨。我知道群山之人对阿憨这样的婴儿持有不同态度。若是在群山，像阿憨这样的孩子会被人迅速——甚至可说是慈悲地——置于死地，就像博瑞屈会把身体残缺的小狗淹死那样。但是珂翠肯王后已经下令要我训练阿憨，在这个情况下，晋责的群山价值观会使他敌视阿憨吗？我希望王子不会拒绝让阿憨成为精技小组的一员。为了挽回阿憨，不让他这样就走，我赶快对他说道：“阿憨，有了新笛子，难道你连试都不试一下？”

“不要。”阿憨已经朝暗门走去。

“你何不试试你平常技传给自己的那首曲调？就是那个啦——达——达——达——达——”我还在模仿着那首如今我已经听熟了的音乐，阿憨却一转身，正对着我，他的小眼睛里闪烁着愤怒的火花。

“那是我的！”他怒吼道，“那是我的歌！是我妈的歌！”他朝我走来，眼里燃烧着要取我性命的怒火。他举起笛子，仿佛那笛子是一把可以刺进我心脏的刀子。

“对不起，阿憨，我不知道那是你私人的歌。”我突然领悟到，我早该想到的。我赶快退让了两步。阿憨身体肥胖，四肢短小，肚腹突出。我当然知道我们两人若对打起来，我一定可以制住他，我也知道，若真要打斗，我必然会伤到他，这是唯一可以制住他的方法。我可不希望事情演变到那个地步，我需要的是他的善意。我冲到桌子后面去躲着。

“我的歌！”阿憨再度说道，“狗大便臭狗子偷人家的歌！”

王子不由得笑了出来。据我猜测，他看到这个驽钝的男子为了一首歌而要攻击我的奇景，大概觉得可怕又好笑吧。但突然，晋责眉头深锁。就在我为了尽量与阿憨保持一定距离而绕着桌子跑，以便争取一点时间想办法化解之际，王子突然叫道："我知道那首歌！"他哼了一小段，使得阿憨益加发怒。接着王子难以置信地叫道："我每次开始施展精技时，总是先听到这个音乐。原来那就是你？"

"那是我的歌！"阿憨再三强调，"我妈的歌！你不可以听，只有我可以听！"他本来在追我，此时突然转了个方向，疯狂地朝王子的方向冲了过去，他顺手抄起白兰地酒瓶，把它拿在手上，像只大棍棒般地挥舞，也不管酒汁溢出流到他手臂上。王子惊讶得睁大眼，但是他那愚蠢的骄傲感，使他丝毫不肯退让，反而站稳脚跟，按照我教他的做法蹲伏下来，摆出打斗的架式，接着更伸手摸向腰边的刀子。阿憨一见此状，一边逼近王子，一边使劲地散发出扰乱敌人的烟雾：你看不见我，你看不见我，你看不见我。晋责则努力抵抗阿憨的精技讯息，除此之外，我还感觉到他在积蓄力道，以便冲破阿憨的烟雾。

"不行！"我在情急之余大吼道，"别伤害对方！"

我这声号令中，闪烁着锐利的精技魔法。我看见他们两人的身体都畏缩了一下，同时转过身来正对着我，举高手臂，仿佛这样做可以抵挡住这个魔法。我几乎可以看到一波精技从他们身上反弹回来，但一时之间，他们两人都因此而昏眩迷乱。由于他们出于本能地将我的精技指令震回，也让我因此而头晕，不过我恢复得比他们快。王子摇摇晃晃地退了一步，阿憨则放下酒瓶，举起肥嘟嘟的双手，遮住自己的眼睛。我对自己所做之事大为惶恐，于是趁着他们仍呆站着，一时还柔顺温驯时赶快补了一句："够了。你们两个以后绝对不能再打起来。除非你们不想学精技。"我竟能保持自己的声音不至于颤抖，连我都很佩服自己。

晋责摇了摇头，以晕眩茫然的声音叫道："你又来了！你竟敢用精技来对付我！"

"我就敢。"我坦承道，接着质问，"不然你要我怎么办？眼看着你们两人不顾理智地互相击毁对方吗？晋责，你有没有见过你的表亲威仪？那个流着口水，走起路来蹒跚摇晃的老人家？威仪之所以会出事纯属意外。从古至今，像你们两个刚才那样彼此攻击，而使对方伤残的精技人，大有人在。其中既有人因为被精技所伤而送命，也有人因使用精技伤人而送命。”

晋责倚在桌边，阿憨则慢慢地垂下手，他方才一定是咬到舌头，因为此时他的舌头染了血。晋责对阿憨与我说道：“我是你们的王子。你们都宣誓要效忠我。然而你们却竟敢攻击我？”

我吸了一口气，不情愿地踏上一步，承担起切德交付予我的重任。“在这里，你不是王子。”我平静地说道，“我是宣誓要效忠瞻远家族没错，我也的确尽了全力效忠皇室。但你要搞清楚，我效忠皇室的最佳途径莫过于此。在这个房间里，你不是王子，而是我的学生，而且，就像兵器师傅用钝剑在你身上砍些瘀伤是为了把你教好一样，若有需要，我也会不吝强力介入。”接着我转过身面对阿憨，此时他正乖戾愤恨地噘嘴望着晋责与我。“在这个房间里，阿憨不是仆人，在这个房间里，阿憨是学生。”我轮流望着他们二人，摆出师傅的威严，紧紧地羁束他们两人。“在这里，你们两人一律平等。你们两个一样，都是学生。我会尊重你们的学生身份仅此而已。我会要求你们彼此尊重。在这个房间里，在上课的时间内，我的权威至高无上。”我再度轮流望着他们，“你们都了解了吗？”

王子露出顽固不屈的模样，阿憨则显得疑心重重。“不是仆人？”阿憨慢慢地问道。

“如果你肯在这儿上课，你就不是仆人。你若肯好好地跟着我学习，那么总有一天，你将能帮助王子。”

他皱起眉头，努力地想通其中的道理：“帮助王子，为他工作。这等于是仆人。工作变更多，累死阿憨。”当他认为识破了我的诡计时，小眼睛里闪烁着恶意。

我又摇了摇头：“不对。帮助王子，变成王子的精技同道，变成王子的朋友。”

“噢，拜托。”王子轻蔑地抱怨道。

“不是仆人。”阿憨确认道。这个想法显然令他很高兴。这使我对阿憨有了更深一层的认识。我本来以为他的脑筋迟钝到不会在乎自己是什么地位。然而如果有选择，很明显地，他不想当仆人。

“对。不过如果你没有每天到这里来，也没有好好地学习，那么你就不是学生了。阿憨又变回仆人，要搬柴，要提水。”

阿憨将空酒瓶搁在桌上，匆忙地将笛子的系绳套在自己的脖子上。“笛子我要定了。”阿憨坚持道，仿佛在这讨价还价之中，笛子才是重要的价码。

“不管阿憨变成仆人或学生，笛子都是你的。”我对他说道。说明了笛子的归向之后，他对现况的了解似乎又倒退了几步。他一边努力考虑，一边将舌头伸得更长。

“你不是认真的吧。”王子低声地问道，“那东西怎么能成为我精技小组的一员？”

一时间，我既怜悯晋责，也对于他竟对阿憨如此不屑而大为气恼。我直率地说道：“阿憨是切德与我到目前为止所能找到的最佳人选——当然，除非你曾碰见过其他与生俱来精技天赋便如此高强之人？”

他默默地站着，最后勉强地摇了摇头。我心里暗暗觉得有趣。刚才我宣布他们二人一律平等时，晋责的失望还比不上他发现阿憨将变成与他平起平坐的同学时沉重。我决定好好把握他一时失神的大好时机。“很好。那我们就这么说定了。我看你们这个早上也学得够多了。我们明天早上再继续上课，现在你们两个可以退下了。”

阿憨高兴得很，简直等不及要走。他手里抓着笛子，大步地往暗门奔逃而去。暗门一关上，王子便低声问我：“你为什么要这样整我？”

“我没整你。我宣誓要效忠瞻远皇室，要尽我的全力做到，如此而已。至于你，晋责，你现在可以退下了。”

我希望他会立刻转身离去，但是他却站着不走。就在此时，门上响起了猛烈的敲门声，使我们两人都吓了一大跳。我朝他瞄了一眼，王子便大声问道：“什么事？”

年幼侍僮的声音透过厚重的木门传了进来：“切德顾问有信给您，晋责王子，大人。切德顾问要我请您原谅，但他也要求我让您知道，这消息非常紧急。”

“等一下。”

我藏身到房间角落里，王子则走到门边，打开门闩，将门拉开一个小缝，然后将那个小且密封起来的卷轴接过来。我眼里望着晋责，心里则懊恼地想起，精技师傅盖伦纵然有万般不是，在某些方面，他的确有其高强之处。盖伦的学生绝对不敢互相攻击，更遑论公然质疑师傅的权威。学生一开始上课，盖伦便无情地抹灭学生的自尊，直到每个人的自尊都所剩无几的平等境界。当然，我是个例外，因为每个人都知道，盖伦认为我的身份比别人更低下。我对盖伦的行径不齿到了极点，但是我在面对自己的学生时，即使我拒绝采取盖伦那种严苛的方式，但我仍必须稍微效仿他的态度。我心里想着，“纪律”跟“惩罚”大不相同，接着我体会到，这句好像是博瑞屈的老话。

此时王子已经关上了门，并挑开了封住卷轴的红蜡。他打开卷轴之后，发现里面还包着一份密封好的卷轴。“我看这一定是给你的。”晋责颇不自在地说道。切德在第二层卷轴的外面，以我绝对认不出来的字体写了两个字：老师。我一看到密封的红蜡上，印出了我自己冲刺公鹿的徽章，便将卷轴从王子手里接过。

“的确如此。”我简短地说道。转过身去背对着王子，挑开了封蜡，展开卷轴，发现里面只有一句话。我在王子的注视下，将卷轴投入火中。

“上面写什么？”王子质问道。

“一个召唤。”我答道，“我得走了。不过我希望明天早上你准时前来，并做好学习的准备。日安了，王子。”

他惊讶且无言以对地望着我挤身通过炉台侧面的饰板，并将之关紧，然后关上那狭窄的暗门。一进了狭窄的密道之后，我便尽量快走。我暗暗地咒骂这密道天花板太低，转弯处窄到我必须用挤才过得去，此时我巴不得直线地快跑，但是这通道却如迷宫般难行。

等我跑到王后私室外的窥孔时，已经口干舌燥，喘得像只猎犬。我做了几个深呼吸，逼迫自己站稳不动，直到我的呼吸再度变得平稳安静，才将自己抛进凳子里，眼睛凑到那小小的窥孔前。我已经迟了。切德与王后都已在场。王后端坐着，顾问则站在她身边。切德与王后背对着我，而们面前站了个年纪约莫十岁，个子高高瘦瘦的男孩。那男孩黑色的卷发已经湿透，贴在头颅上，带泥的雪水则从他的斗篷下缘淅沥地滴下来。他穿着没有靴筒的鞋子——那种鞋子根本不符合冬天旅行所需。他的裤管与脚上黏着雪块，到现在都还没完全融化。总而言之，不管他是从什么地方来的，他一定是走了一整夜。他的黑眼睛非常深邃，定定地迎向王后的眼神。“我了解了。”王后平静地说道。

王后的回答似乎使那男孩大起胆子来。可惜那孩子之前所说的话，我都错过了，要是我早点到就好了。“是的，夫人。”那男孩应和道，“我一听说您不会任由原智者受到大众的歧视，就来见您了。也许如果我待在公鹿堡的话，就可以正视我自己的天赋，不会因此而挨一顿打。我向您保证，我绝不会将原智用于低下卑鄙的事情上。我将立誓效忠瞻远皇室，尽一切所能，无论您要求我做什么都一样。”他抬起眼睛来迎向王后，并非大胆地瞪视，而是真诚、直接地望着王后，他确定自己一定选对了路。我注视着博瑞屈的儿子，并看到那孩子的颧骨与睫毛有着莫莉的影子。

“那么，你父亲赞成吗？”切德毫不动摇、相当温和地问道。

那男孩望向旁边。当他开口时，语气比方才柔和了些：“我父亲并不知情，大人。我发现自己再也忍无可忍之后就离开了家里。反正家里也没人会想念我。您见过我家里的样子，我父亲还有好几个儿子，除了我之外，个个都是没有原智的好儿子。”

“即使如此，你父亲也未必就不想念你，小敏。”

那孩子首度露出不耐烦的模样：“我是迅风，不是小敏。敏捷跟我是双胞胎，但是敏捷没有原智。您看吧，这是我父亲之所以不会想念我的另一个理由：他已经有另外一个我，另外那个我完好无瑕。”

他讲完话之后，珂翠肯与切德都惊讶得说不出话来。为什么他们会这么惊讶，我敢说迅风一定猜想不到。接着珂翠肯开口掩饰尴尬：

“我很早就认识博瑞屈了。不管他变了多少，有件事我倒是非常确定：无论你有没有原智，他都会想念你。”

切德也补充道："我上回跟博瑞屈聊天时，他可是对每一个孩子都既疼爱又骄傲呢。"

一时间，我以为那孩子要崩溃了。他深吸了一口气，平铺直叙地说道："噢，是呀，但那是从前。"切德一定是白了那孩子一眼，那孩子接着又努力解释道，"他之所以那样说，是因为当时我的污点还没显现出来，他还不知道我有原智。"

接着王后与切德低声商量了一会儿，过后，王后轻声说道："那么，迅风，博瑞屈之子，且听我言。我很愿意让你待在堡里，不过我看最好是得到令尊同意之后再说。你的行踪一定必须报于你父亲知道，如果一直让你父母亲担心你会不会发生意外，那就太不公平了。"

王后话还没讲完，房外走廊上便传来叫嚷声。接着门上先是响起轻轻的叩门声，但等不及房里的人应门，就更重更急地又敲了一下。珂翠肯对她身边的侍僮点了个头，那孩子便去开门。门打开时，一名侍卫站在门口，正准备要通报消息。站在那侍卫身后的，是身材高大、板着脸、皱着眉头的博瑞屈——尽管过了这么多年，见到博瑞屈的怒容，我仍不禁畏缩起来。博瑞屈打量了房间里的情况，显然不把那侍卫当一回事，隔着他叫道："切德，麻烦借一步说话。"

答话的不是切德，是珂翠肯："博瑞屈，请进。侍僮，你可以退下了，出去时请关上门。不必了，先纳侍卫，我向你保证，这里一切安好。现在你可以退下了。请关上门。"

博瑞屈怒气冲冲地走进房间，珂翠肯接待他所用的平静且有礼的言语和从容的态度，使他软化了大半。博瑞屈有一边膝盖不太能弯曲，走起路来有些跛。

他走到珂翠肯身前，单膝跪下，珂翠肯唤住了他："噢，博瑞屈，你我之间不需如此客套。请你快起来。"

博瑞屈必须费很大的劲才能将他整个人撑直起来。他抬起头来望着珂翠肯，看见他的脸，使我泫然欲泣：他的黑眼珠上，已经蒙上了一层淡淡的白翳。"王后殿下，切德大人。"博瑞屈正式地问候他们。然后，仿佛已经与他们两人讲完话，再也无话可说似的，他转过头对迅风说道："孩子，回家了。现在就走。"当他发现那孩子胆敢观望王后的反应时，大声咆哮道："我刚说了，回家！你忘了你父亲是谁了吗？”

“没有，我没忘。但是……你是怎么找到我的？”迅风失望地追问道。

博瑞屈不屑地哼了一声：“那再容易不过。你跟提乌那镇的铁匠询问通往公鹿堡的路是哪一条。如今我冒着风雪大老远地骑来找你，你也给这些人带来足够多的烦扰了，我现在就带你回家。”

此时我还真有点佩服迅风，博瑞屈的怒火不断上升，他仍站稳脚跟，坚决地与父亲对抗。“我已经请王后收容我了。如果王后首肯的话，我宁可留下来。”

“你在讲什么疯话？你才用不着别人收容。你母亲为你担心得吃不下、睡不着，而你姐姐已经为你哭两晚了。你现在就跟我回家，乖乖地待在你的地方，做你的工作，不准抱怨。”

“是。”迅风答道，但这话并不表示他肯就此回家，只是示意他已经听到博瑞屈说的话，如此而已。迅风默默地抬起头，以他那乌黑的眼睛朝王后望去。这情景真是奇怪：与迅风相较，博瑞屈只是年岁较长、白发较多，两人的眼神竟都一样顽固。

“容我建议……”切德开口道，但是珂翠肯打断了他的话，“迅风，我知道这一趟路远，你又没什么休息，现在你一定湿冷又疲倦。你去找门口的侍卫，请他带你去厨房弄点吃的，然后让你站在火炉前，把人烤暖、烤干。我想跟你父亲说说话。”

那少年迟疑了一下，博瑞屈的额头皱得更深。“乖乖照做，孩子！”他厉声对迅风说道，“这可是王后殿下。就算你毫无孝心，不惜违逆父亲的旨意，但至少我从小就教你要忠于皇室！还不赶快行礼，照王后的话去做！”

我看得出那孩子的梦想破灭了。他僵硬但恰当地行了礼，走了出去。即使如此，他也并非匆忙离去，而是充满尊严地大踏步走出去，仿佛要从容赴死。待迅风出去，门也关上之后，博瑞屈立刻转过头来对珂翠肯说道：“让您受这样的打扰，还请王后殿下见谅。他平时还蛮乖的，只是……他这个年纪的孩子特别别扭。”

“他倒一点也没打扰，老实说，如果非要让他打扰一下，才能请得动你到公鹿堡来走一趟，我倒乐意让他打扰一番呢。你坐下来好吗，博瑞屈？”珂翠肯指着她身前那一排空椅子，要他找个位子坐下来。

博瑞屈仍僵硬地站着：“多谢赐座，但是我恐怕不能耽搁了，夫人。我跟妻子讲好的，只要我一找到孩子，就会尽快带着人回到她身边……”

“难道一定要我下令，才能让你坐下来？我说老朋友，这不是太顽固啦？我敢说，你那位好妻子一定不会计较你稍作休息的。”

博瑞屈不发一语，他像是被人命令，而不得不坐下来的狗儿似的，拣了张椅子坐下。再一次，他等待着。

过了一会儿，王后再度柔声说道：“隔了这么多年不见，如今我们三人却因为这尴尬的因缘而重聚在一起。不过，就算是尴尬，能够与你重新相见，我总是满心欢喜。更何况，我还看到你有个颇有乃父之风，其骄傲的精神丝毫不减的儿子，更为你高兴。”

换作是别的男人，大概会因为珂翠肯这一番对于为父者的赞誉而乐得飘飘然，博瑞屈只是垂下眼，苛刻地补上一句：“恐怕这孩子除了骄傲之外，还遗传到他父亲的许多缺陷，夫人。”

珂翠肯也不浪费言语或时间，立刻接口道：“你意指原智，对不对？”

博瑞屈听了，抽动了一下，仿佛珂翠肯以这两个字咒骂他。

“迅风已经告诉我们了，博瑞屈。我倒不觉得原智有什么见不得人的。他跟我说，他之所以来找我，是因为我禁止人们处决原智者。他希望我让他留下来为我服务。说句老实话，我乐于找个像他这么坚决的年轻人来当我的侍僮。不过我跟他说，他一定要先得到父亲的同意才行。”

博瑞屈摇头婉拒：“这我不能同意，夫人。迅风年纪太小，还不是放他外出与陌生人共同生活的时机。要是他一下子爬得这么快、这么高，那么他可能会得意忘形。他还得在我身边待个几年，直到他能控制住孩子气的冲动才行。”

“也就是说，等到你把他的原智都抹灭了再说。”切德插话进来。

博瑞屈考虑了一会儿，皱起眉头：“依我的经验，我相信原智是无法抹灭的。多年以来，我一直努力要将之完全抹除，至今却仍残存不化。不过，就算原智无法抹灭，但是我们至少可以学着否决它，这跟人必须学着去拒绝其他恶习，是一样的道理。”

“你真的这么肯定原智的确是恶习，应该摒弃鄙夷？”珂翠肯的声音很温柔，“要不是你有原智，我早在多年前就死在帝尊的手里；要不是你有原智，蜚滋也早就死在帝尊的大牢里了。”

博瑞屈短促地吸了一口气，但那口气似乎梗在他的喉咙里，于是他像是挣扎着要控制住自己的心情般又吸了一口气。他抬起头来，眼睛眨呀眨地，而我看见他睫毛上那强忍住、以免流下来的泪珠，只觉得自己的心一阵绞痛。“您既然都提到了他的名字。”博瑞屈嘶哑地说道，“那您怎么还看不出，我就是因为他，才认定原智乃是万恶之首？要不是因为原智，蜚滋原本可以把精技学得很好；要不是因为原智，他根本就不会被人丢进帝尊的大牢里；要不是因为原智，他说不定到现在都还活得好好的。就是因为原智，他才不得不死，连死时都不成人样，反倒像是野兽啊！”他颤抖地抽了一口气。他的声音烦躁，但是他努力坐挺，并控制住自己的情绪，以免崩溃。“我活着的每一天，都不得不面对自己的失败。我的王子，我是说骏骑王子，将他的独子托付给我，他给我的唯一命令，就是要我好好将他的独子养大成人。我辜负了骏骑王子，更辜负了蜚滋，也辜负了我自己。这是为什么？因为当那孩子正需要多加管束的时候，我却硬不下心来严加管教。要不是我心软，蜚滋也不会陷入那堕落的邪恶魔法中。我一时心软，蜚滋却因此付出了自己的生命作为代价。他不但孤零零地死去，还死状甚惨，而且与野兽无二。

“殿下，我爱蜚滋。我之所以爱他，一开始是因为他是我朋友之子，后来是因为我们彼此成了朋友。我对我那个儿子的爱有多深，我对蜚滋的爱就有多深。也正因如此，我绝对不会再让别的孩子坠入那低贱的魔法中。绝不。”一直到他说最后几个字的时候，那深沉的声音才开始颤抖起来。他的手一张一握，最后捏成拳头，放在身侧。他以蒙着白翳的眼睛盯着珂翠肯和切德。

“博瑞屈，老友。”切德沙哑地问道，“许久以前，你送消息给我，说蜚滋已经死了。当时我看到这个消息就很怀疑，如今我仍然存疑。他真的死了吗？

你怎么那么确定？你还记得吗，蜚滋跟我们两人说他打算南行，他打算去恰斯国，以及比恰斯国更远的地方。也许他真的成行而且……”

“不。他并未成行。”博瑞屈的双手慢慢伸向喉咙间，翻出领子，从衣服的里层抽出一只闪亮的小别针。我内心剧烈翻腾，眼泪也汩汩地涌出来。博瑞屈用长茧的大手托着那别针，让他们二人都能看个清楚。“你们认得出来吧？这就是黠谋国王给蜚滋的那枚别针，当年国王就是以这只别针将蜚滋收为己有。”他大声地吸了吸鼻子，清清喉咙，“我找到蜚滋的尸体时，他已经死了很久了，早被野兽啃食，但这枚别针仍在，仍然别在他死时穿的那件衬衫领口上。他像野兽一样孤零零地死去，竟然还是跟与他相似的野兽搏斗至死。他是王子之子啊，骏骑不仅是个王子，还是我这辈子认识过最好的人，我却让他儿子像条野狗般惨死。”他突然握起拳头，紧抓住那只别针。他不再多说一个字，默默地将别针重新别回他的领子上。

我坐在墙后的黑暗之中，手紧紧地掩住自己的嘴。我尽了最大的努力，忍住不哭出声，以免透露出自己藏身于此。我必须守住这个秘密，我必须让他继续以为我已经死了才行。我从来没想到，他在推断出我的死因之后，会受到多么大的冲击；我从没考虑到，我的死，会使他如何哀恸且愧疚。博瑞屈至今仍深信我很早便屈服于原智的掌控之下，并因此而回归原野的生活，不像人，反倒像是野兽般活在森林里，最后被一群被冶炼之人攻击而丧命。这倒也离事实不太远。的确有一段时间，我虽是人，但是心态作息却退化得与狼无异。我逼迫自己从那退隐的生活中振作起来，重新成为一个人。那群被冶炼之人前来掠夺我的住处，并袭击我的时候，我逃走了。过了好几天，我才发现我未带走那个珍贵的别针。博瑞屈所找到的，是个被冶炼过之人的尸体。那人死在我手下，他死时穿着我那件领口别有别针的衬衫，博瑞屈因此以为他找到的是我的尸体。多年来，这个意外一直很符合我的需要，这样一来，博瑞屈绝对想不到我仍幸存于世间。我一直认为，对我们三人而言，这可说是最仁慈不过的安排了：博瑞屈和莫莉携手培养了爱情，建立了美满的生活。我仍活着的事实，将可能使他们美好的人生破坏殆尽。我绝对不能让他知道我还活着。我非守住这个秘密不可。我麻木地站起来，窥视着那个认定我是因为他失职而惨死的男子。他必须继续承担这个愧疚感，这点我无法改变。

“博瑞屈，我相信你从来没有辜负了谁。”珂翠肯轻柔地说道，“而且我也不把你儿子的原智当作是瑕疵来看待。求你让他留下来陪我吧。”

博瑞屈缓慢且沉重地摇了摇头：“倘若他是您的儿子，您就不会这样说了。倘若您自己的儿子，每天都有可能因为众人揭发他的身份而发生危险，您就不会这样说了。”

我看到珂翠肯深吸了一口气，连肩膀都耸起来，见她这样的反应，我知道她就要把自己的儿子也有原智的事情说出来了。切德深明其中的危险，他不着痕迹地插嘴道：“我知道你的意思，博瑞屈。我虽不赞同你的想法，但我了解你的用心。”切德顿了一下，“那么你会怎么处置那孩子？”

博瑞屈瞪了切德一眼，爆出沙哑的笑声：“怎么处置？难道你怕我剥了他的皮？不会的。我带他回家之后，就让他远离动物，每天都将他操劳到晚上，还没沾到床就会睡着，如此而已。他母亲大概会狠狠地数落他一番，让他比挨一顿揍更痛苦。他让全家为他这样担心，他姐姐也不会让他好过。”博瑞屈露出了更为阴郁的神色，“那孩子是不是跟二位说，他唯恐我会打死他，或是打断他的腿？他如果敢这样说，那就是明着撒谎了，光凭这一点，就该好好吃我一巴掌。”

“他没说过那样的话。”珂翠肯平静地说道，“他只说，闷在家里，禁止使用原智，他实在再也忍受不了了。”

博瑞屈不屑地哼了一声：“不准使用原智是死不了人的。放弃原智会使人分外寂寞，这点我自己清楚得很。但是，拒绝原智，是死不了的。使用原智才会招来杀身之祸！”博瑞屈突然站了起来。我听到他站起来时，原本就不灵活的那一边膝盖“咯哒”一声，他脸上痛得皱紧起来，“王后殿下，请多见谅，我坐得太久，人就会变得僵硬，骑一天的马回家，可能会更难受。”

“那就在这儿待一天吧，博瑞屈。你那条腿为了捍卫瞻远家人的性命而受了两次伤，你到蒸气浴室去洗个澡，放松一下筋骨，晚上在软床上睡一晚。就算明天一早再启程，也不至于耽搁太久。”

“我没办法，夫人。”

“哪有什么没办法的？难道还要我下令，才能让你稍微休息一下？”王后笑着说道。

博瑞屈严肃地望着珂翠肯：“王后殿下，难道您要命令我失信于我的妻子？”

珂翠肯严肃地对博瑞屈点了个头：“我的好博瑞屈，你除了个性顽固之外，荣誉感也同样顽固呢。不，博瑞屈，我当然不会命令你失信于人。我自己之所以能屡次大难不死，不就是因为你坚守承诺吗？既然你不肯多留，那我就让你走了。不过你至少得稍待一会，让我准备几份礼物，托你带回去送给家人，趁着我在打点礼物时，你也可以吃顿热食，并在火炉边取暖。”

博瑞屈沉默了一会儿才答道：“如君所愿，王后殿下。”他再度笨重且痛苦地单膝跪下。

接着他站起来，等待珂翠肯的许可。珂翠肯见此不禁叹了一口气：“你可以走了，吾友。”

房门紧紧关上之后，珂翠肯和切德两人默默地坐了一会儿，这时房间里只剩下他们两人了。此时，切德转过头来，朝着我的窥孔方向轻轻说道：“他用了餐就会离去，所以没多少时间了。你好好地想一想。要不要我召他回这房间来，让你单独跟他讲几句话？你可以化解他内心的自责与愧疚。”他顿了一下，“当然，要不要跟博瑞屈见面，这要看你，孩子。这不是珂翠肯或我能帮你决定的，但是……”切德的声音渐低，也许他知道在这个时候，我有多么不想听他的劝告吧。最后他轻柔地补了一句：“如果你希望我请博瑞屈再度回到这房间来，就请黄金大人送个口信给我；如果你不想如此，那么……那么就什么都别做。”

王后起身，切德也伴着她走向外面的大会客室。珂翠肯离开房间之前，回头以祈求的目光朝我这面墙看了一眼。

我不知道自己在灰尘与阴暗中待了多久，直到我的蜡烛烛心都因为被烛油淹没而熄灭，我才起身朝自己的小房间而去。这通道看来沉郁惨淡，怎么走也走不完。我走在这无人知晓的密道里，穿过灰尘、蜘蛛网与老鼠屎往前行。我郁郁惨笑地想道：这样的我，不是很像鬼魂吗？我这一生，不都像是行走于人间的鬼魂吗？

回到自己房间之后，我将斗篷从挂钩上取下来。耳朵贴在门上听了一会儿，才踏入黄金大人房间的起居室。黄金大人一个人坐在桌边，他已将早餐的盘碟推到一边。他似乎只是愣愣地坐着，我进去时，他没跟我打招呼，我也不多客套，便直接说道：

“博瑞屈现在人在堡里，他是跟在他儿子迅风——敏捷的孪生兄弟——之后来的。迅风有原智，他来堡里恳请王后收容他在堡里工作，但是博瑞屈不肯让王后留下他的儿子。等一下博瑞屈就要带儿子回家，以便好好纠正迅风，叫他不得使用原智。博瑞屈到现在都还认为原智是邪恶魔法，他把我的死，一方面怪罪于原智使我堕落，一方面怪罪于他自己当年没有硬下心来逼我抛开原智。”

过了一会儿，黄金大人懒洋洋地转过头来看我：“这是你哪里听来的闲话，还真是有趣。这个叫做博瑞屈的人，他以前在公鹿堡这里当过马厩总管，不是吗？我敢说这人我从未见过。”

我一语不发地瞪着他，他则以丝毫不感兴趣的眼神回瞪我。过了一会儿，我冷淡地说道：“我今天要去公鹿堡城。”

他转过头去，继续对着桌面冥想：“随便你，汤姆·獾毛，我今天不需要你服侍。但是明天中午要去骑马，你务必做好准备，节俭夫人与她侄女邀我一起去放鹰。我自己不爱养鹰，这你是知道的。鹰爪锋利，难免会磨破我的外套袖子。不过趁着这一趟出门，我说不定可以多添几根好看的羽毛作为珍藏。”

他那一番故意见外的忿忿说辞还没说完，我便开了门出去。我紧紧地关上门，义无反顾地朝楼梯走去。我这等于是在跟命运与我自己挑战。要是我在走廊上撞见博瑞屈，他必定会认出我，就让诸神决定，到底是要让他蒙在鼓里而一生愧疚，还是要让他因真相大白而痛苦不已吧。我既没有在公鹿堡的走廊上撞见博瑞屈，经过守卫的餐室时也不见里面有他的踪影。我不禁嗤声耻笑自己愚蠢的幻想。他既是王后的上宾，他们一定会带他到待客的餐室，招待他与那个任性的儿子吃顿大餐。我不准自己多逗留下来考虑与他相见的诱惑，快步走入大庭，不久便踏在前往公鹿堡城的路上了。

天气很好，晴朗且寒冷。我的脸颊与耳朵上方的部位都被寒风吹得冰冷僵硬，由于我走得很快，脸颊与耳朵以下都很暖和。我心里想象着博瑞屈与我相见的种种场面：他可能会拥抱我；他可能会揍我一顿，用最不堪的话骂我；他可能认不出我来；他可能会因为惊吓过度而晕厥。在我想象的某些场面中，博瑞屈高兴到涕泪纵横，热烈地欢迎我；在我想象的其他场面中，博瑞屈则是不断咒骂我心狠，竟然任由他愧疚自责了那么多年。无论是哪一种场面，我都无法继续想象我们会如何谈起莫莉与荨麻，更无法想象日后该怎么办。如果博瑞屈发现我还活着，他能瞒着莫莉不让她知道吗？别说能不能了，他肯瞒她吗？有时，博瑞屈的荣誉感是以超高标准运作，他的标准之高，让他会把除他之外的每个男人都绝对不会予以考虑的做法，当作是唯一且正确的选择。

我从自己的思绪中跳脱出来时，发现自己身在公鹿堡城的中央。经过我身边的男男女女都纷纷远离我，我这才发觉到自己不但眉头深锁、脸色阴沉，可能还自言自语。我想装出比较愉悦的表情，我的脸皮早已忘记愉悦为何物，我也想不出自己想去哪里。我走到幸运拜师学艺的木匠作坊前。我在作坊外头流连不去，最后终于一瞥他在作坊里的身影。幸运手上拿着工具，这到底表示他现在较被赋予重任，抑或他只不过是去帮别人取工具而已？至少现在他待在该待的地方，我今天就不打扰他了。

接着我信步走到吉娜的铺子里，但去了才发现今天吉娜家大门深锁。我察看了一下她家旁边的棚子，发现小马与板车都不见了，她今天一定是有事出去。看到她不在家，我到底是松了一口气，还是很失望，我自己也说不上来。若是为了舒缓自己的寂寞而与吉娜为伴，也不会使我心里更为坦然，若是吉娜今天在家，我大概一点也不会抗拒与她为伴的诱惑。

既然吉娜不在，我便跟着做出第二个愚蠢的决定：我迈步朝“篱笆卡猪”而去。既然是“卡猪配原智”，可见此地一定很适合原智小杂种。我走进店里，经过门廊时，明亮的冬阳从我身后的门口映照了进来，我一眼就看出这里在夜晚就着灯光下一定比白天好看，日光不但照出了歪斜的桌子、斑驳的桌面和地上那些软趴趴的潮湿麦秆，还照出了不过在午后就来到这种酒店报到的一张张阴郁脸庞。是啊，我心里想道，我不就是这种人吗？一个老头子和一个一腿扭曲，只剩一只手臂的男子坐在火炉附近，桌上放着几个骨骰；另一张桌上坐着一名鼻青脸肿、抱着一大杯啤酒喃喃自语的男人。我进门时，一名女子扬起一边眉毛，以询问的目光朝我看来。我摇了摇头，她怒目瞪了我一眼，又继续回头去凝视炉火。一名带着抹布与水桶的少年正在洗刷桌子 与板凳，我坐下来时，那少年的手摸到裤管上擦了两下，接着朝我走过来。

“啤酒。”我之所以点了啤酒，不是因为我想喝，而是我人在酒店里，总得喝点东西。那孩子点了头，收下我的铜板，把酒送来给我，便继续完成他的工作。我啜了一小口酒，开始回想自己到底是因为什么原因而走到公鹿堡城来。最后我的结论是，我之所以来到城里，纯粹是因为我需要走动。然而此时我却安坐不动。真是蠢啊。

丝凡佳的父亲进来时，我仍坐在原地。据我猜测，他既是从明亮的冬日阳光中走到阴暗的酒店里，一开始时一定没看见我。我一认出他来，便立刻低头望着桌面，仿佛只要我没看着他，就会变成隐形人。可惜这一招派不上用场，我听到他厚重的靴子踏过湿麦秆走来，拉开椅子在我对面坐下。我戒备地朝他点了个头，他以朦胧的眼神瞪着我。他的眼里都是血丝，但那血丝到底是因为痛哭、缺乏睡眠，还是因为喝多了酒，我就无法确定了。他这天早上梳过头发，但胡子未刮。我心里想着，他今天是不是没有去工作。跑堂的少年匆匆地端了杯啤酒给他，收了那男子的铜板之后，他又继续刷洗桌椅。罗力·贺琼恩喝了一大口酒，搔搔满是胡碴的脸颊，说了声：“嗯。”

“嗯。”我也温和应了一声，并喝了口酒。我内心热切希望自己不在此处，但我的身体却还待在原地，真是不可思议。

“你儿子。”贺琼恩说着，换了个姿势，“他到底是要娶我女儿，还是要毁了我女儿？”他的脸色虽然平静，但我感觉得出他的愤怒与痛苦，仿佛停滞池塘里蒸腾的雾霭，不断涌出。早在这个时候，我就知道今天必然会以打架收场。我不去思索自己应该如何应对，反而如梦初醒地领悟到这男子势必得做点什么事情来挽救他的自尊心，而我俨然就是他挽回自尊心的大好机会。那老头子和身残的男子都对眼前的赌局失去兴趣，转而望着我们这一桌的动静。他们看得出我们这桌气氛不太对。如果出了事，他们正可帮罗力作证。

情况愈演愈烈，我仍在努力寻找出路。我轻声，但真诚地开口，试着以我们彼此皆为父亲的身份来打动他。“幸运跟我说，他深爱丝凡佳，幸运无意毁了她，也无意在利用她之后将她弃之不顾。他们两人都很年轻，不过你说得没错，这其中是有可能毁了某人，别说是你女儿，我儿子也可能被你女儿毁了。”

我停顿了一下，这真是犯了一个大错。要是我没停下，继续讲下去，罗力大概会继续坐在原位上，多少听听我要说什么吧？我原本想请教他，如果子女热情奔放，还想不到要为未来的生活打基础或做计划，那么我们身为父亲的人，要如何才能拉住子女。也许要不是我将心思都放在要跟他说什么，以及我们身为父亲之人应当如何应付，我就会注意到，罗力其实是把全副心思都放在如何才能痛扁我一顿。

他突然站了起来，酒杯仍握在手里，眼里冒出了怒火：“你儿子占了我女儿便宜！我的小丝凡佳啊！你还说这不是在作践她？”

就在我要站起来的时候，那个沉重的大啤酒杯打中了我的脸。计算错误，我本以为他会拿大啤酒杯来打我的头。如果他拿酒杯打我的头，我就倾身闪过。谁料罗力却掷出酒杯来砸我，这杯子飞过短短的距离打中了我的颧骨，我耳中只听到杯子“当啷”一声碎裂开来，因为巨大的冲击而爆开白光与痛感。

某些男人会在剧痛的打击之下退却，某些男人则会因剧痛的打击而瘫痪。在帝尊对我酷刑折磨之后，我却对剧痛的打击，生出了分外不同的反应。我的反应就是：立刻反击，千万别蹉跎，以免加害者征服了你，从容不迫地折磨你。砸在我脸上的那个杯子还没落到地上，我便横过桌子朝罗力扑了上去，我脸上的痛楚完全扩散出来的时候，我的拳头已经打在了他嘴上。他的牙齿划破了我的指节，我的左拳则打在他的胸骨上，比我的理想目标高了一些。

吉娜很早之前便警告过我，罗力这人壮得像牛。今日得见，果然不假。他不但没有倒下去，反而气愤大吼地朝我扑来。我原来便一脚跪在桌上，此时我把另一脚也收到桌上来，双手掐住他的喉咙，并以桌面为支撑点，用我全身的重量将他压倒在肮脏的地板上。他双膝跪在长凳上，我比较容易将他推倒，在我压在他身上时，左右小腿骨撞到长凳，害我痛得不得了。

他的力气多到用不完，他打斗起来毫无节制，也不管会对自己的身体造成什么损伤。他的目的就是要将我打伤，根本不考虑他自己的身体状况，以致于我们在地上翻滚扭打，他的拳头打中我的头颅之际，我听到他的关节碎裂声。我屡屡要抓他的喉咙，却抓不稳，而酒店里拥挤的桌椅使我们打起来更不顺手。有一次他翻到我上方，幸而当时我们在桌子底下，所以我干脆腾跃起来，使他的头重重地撞到桌底。这一震使他呆了半晌，我则趁此连滚带爬地逃离那张桌子，重新站起来。他在桌下对我咆哮，怒气丝毫没有稍减的迹象。

打架的时候，总是有许多事情同时进行。我正在做准备，以便趁他从桌下出来就踢他一脚，此时却听到店主人大吼道："我已经叫城市卫队了！要打去外面打！"赌桌边的老头子和男子则以嘶哑的声音叫道："罗力，小心点！他打算踢你，你要小心！"但是真正使我无法专心的，则是幸运的叫声："汤姆！你别伤到丝凡佳的父亲！"

罗力·贺琼恩倒一点也不会因为打伤幸运的父亲而内疚。他从桌子底下滚出来时，狠狠地朝我的脚踝踢了一脚，使我踉跄地跌倒。我跌倒时，却是跌在他身上。接我紧掐住他的喉咙，他压低下巴以抵挡我的攻势，同时挥拳直击我的肋骨。

"城市卫队！"一个低沉的嗓音警告道，接着我们便被两个孔武有力的家伙从地板上抓了起来。他们并未化解我们的缠斗之势，而是干脆将我们两人拖到门外，掷入覆雪的街道上。街上已有一群民众围观，此时我仍紧掐住罗力的喉咙，而罗力则抓住我的头发，逼我头朝后仰，以便用手指戳我的双眼。"把他们踢开！"一名警官命令道，于是我坚决取胜的决心一下子变得愚蠢无比。我松开了罗力的喉咙，扭着脱离罗力的身体。罗力趁此扯下了我一撮头发。有个人拉住我的手臂，拽着我站起来，接着便熟练地抓住我的左右手腕，将之拽到我背后。我咬紧牙关忍痛，全神贯注地控制自己的意念，以免自己反抗他。等到我服顺地站着喘气时，那人的力道便稍微放松。

罗力·贺琼恩的思绪就没有我这么清楚了。一名士兵拖着他站起来，他却不断挣扎，因此结实地吃了好几棍。最后他被制住的时候，双膝已跪在地上，嘴边流出的血则从下巴滴落下来。他凶恶地瞪着我。

“在酒馆打架的罚款是一个人六个银块。付了钱，就可以乖乖离开；要不然就去拘留所待着，一进拘留所，就得付两倍的罚款才出得来。店主人，店里可有什么损坏？”

我没听到店主人的答复，幸运突然在我耳边低声说道：“汤姆·獾毛，你是怎么了？”

我转过头去望着我儿子。他看到我的脸时退了一步。这我倒不惊讶，尽管冬天寒冷，我的一边脸颊仍然热烫无比，连我自己都感觉得出来，一定是肿起来了。“是他先开始闹的。”我讲这句话是要跟他解释来龙去脉，但听起来却像是愠怒少年的借口。

抓住我的那个侍卫摇了我一下：“喂，你！专心一点。队长问你有没有六个银块？”

“有。放开我一只手，我就可以掏钱给你了。”我注意到店主人并未要求我们赔偿。这大概就是身为常客的好处吧。

那侍卫将我双手放开，同时警告我：“你可别耍什么把戏。”

“我今天耍的把戏已经够多了。”我喃喃地说道，那侍卫听了不怀好意地笑了两声。我两手都肿起来了，连拉开钱袋的系绳数钱给侍卫都痛得要命。好啦，这下子可把王后的赠金都花得差不多了。那侍卫接了钱，走过去将钱交给小队长。小队长重新数过无误，这才将钱收进系在腰际的布袋里。此时仍由两个侍卫一左一右架住的罗力，愠怒地摇了摇头：“我没那么多钱。”他模模糊糊地说道。

其中一名侍卫不屑地说道：“前几天你花了那么多钱喝酒，怪不得你今天拿不出钱来。”

“送进拘留所。”小队长不为所动地命令道。

“我有。”幸运突然说道，要不是看到他拉了拉队长的袖子，我差点就忘记他也在场。

“有什么？”队长惊讶地问道。

“他的罚金。我愿意帮贺琼恩先生付罚金。求您别把他关起来。”

“我不要你的钱！才不要他的东西哩。”罗力由两个男人架着，开始软瘫下去。愤怒尽去之后，取而代之的是疼痛，然后他开始大哭起来，“毁了我女儿。毁了我家门。才不要他的脏钱呢。”

幸运的脸一下子刷白。那队长冷冷地把幸运从脚打量到头，又从头打量到脚。幸运急得声音都哑了：“求您别把他关起来。事情已经够糟的了，不是吗？”幸运拿出钱袋并打开系绳。那钱袋上清楚地绣着他师傅，也就是晋达司的纹章。幸运从钱袋里抓起一把钱，送到那队长面前，再度说道：“求您收下吧。”

队长突然转过身去背对幸运，命令道：“把贺琼恩带回他家。罚金暂缓征收。”那队长冷冷地丢下我儿子之后，幸运倒退了几步，仿佛被人揍了一拳，脸上因为羞赧而染得绯红。两个侍卫匆匆地架走贺琼恩，不过现在情势已经很明显，他们不是在制住贺琼恩，免得他再打起来，而是撑着他，他已经走不动了。其他的巡警也各自散去，突然之间，只剩下幸运与我两人站在寒冷大街的正中央。我一眨眼，各处伤口就痛得苦不堪言。最痛的就是脸颊上被沉重的大酒杯打中的地方，我那边眼睛变得一片模糊。一时间，我感到很安慰，此时有幸运在身边帮我。但当他转过来望着我的时候，似乎对我视而不见。

“现在全毁了。”他无助地说道，“这下子，我怎么也挽救不回来了。”他转头凝视着逐渐远去的贺琼恩，又突然转过头来瞪着我。“汤姆，你为什么要这样？”他心碎地质问道，“你为什么要这样对我？你把我害惨了。我已经照你讲的，搬进晋达司家的宿舍去住了。我正在把事情理出个头绪来，如今都被你破坏殆尽了。”他眺望着那些逐渐离去的男子，“以后我要怎么跟丝凡佳的家人和好呢？”

“是贺琼恩先出手打我的。”我冲动地说道，咒骂自己用了这个差劲的借口。

“你何不走开算了？”他自以为是地问道，“从小你就告诉我，碰上打架，最好的办法就是走为上策，能走就走。”

“他可没给我脱身的机会。”我答道。我的怒气逐渐升高，几乎与我肿胀的脸孔不相上下。我走到路边，伸手从屋檐上抓一把较为干净的雪，捂在脸上。“我真想不通，发生这种事情，你怎能怪到我头上来？”我忿忿地补了一句，“当初要不是你急着跟丝凡佳上床，也不至于演变到这个地步。”

一时间，他仿佛被我打了一拳般丧气，我还来不及后悔自己讲话太重，他便恼怒起来。“瞧你讲的仿佛我应该不要这么做似的。”他冷冷地说道，“但我义无反顾。不过这种事你不懂，也在我的意料之中，一生中从未见识过真爱的男人，不可能了解我的用心。你还以为天下所有的女人都像椋音，才不是呢。丝凡佳是我永远的真爱，真爱是不该被动等待的。你和丝凡佳的父母亲都想拉住我们，不让我们完成我们的爱情，仿佛一切都可以一等再等。我们才不想等呢，爱情就是要把握当下，及时行乐。”

他这一番话使我大怒。我敢说这不是他自己想出来的，而是他从什么小酒馆里的歌者口中听来的。“如果你以为我没见识过爱情，那么你对我根本一无所知。”我反驳道，“至于你跟丝凡佳，她不过是第一个跟你讲话超过‘你好’这两个字以外的女孩，你就急着跟她上床，并声称这是爱情了。爱情不只是上床而已，孩子。如果爱情不曾发生在上床之前，并在那之后久久不散；如果爱情不能等，也无法撑过失望与离别，那就不算是爱情。男女之间，并不是上了床就可以造就真情真爱，真正的爱情也不必天天见面。我之所以知道这些，是因为我懂得爱，而爱有很多种，其中也包含了我对你的关爱。”

“汤姆！”幸运气急败坏地斥道，又回头张望一对路过的情侣。

“你怕他们误会我话里的意思？”我不屑地说道。那男子听到我话里的怒气，抓起女伴的手臂匆匆离去。看在他们眼里，我大概像个疯子，但我管不了那么多了。“你怕他们误会？我倒怕你误会了！自从你来到公鹿堡城之后，就把我以前努力教你的所有道理都抛在脑后。如今我都不知道该怎么跟你讲话了。”我走回路边的屋檐下，再度挖了一把雪。我回头望着幸运，他依然顽固地凝视着远处。就在那一刹那，我内心放弃了他。这孩子大了，他要走自己的路，我拿他一点办法也没有。当年博瑞屈与耐辛苦劝了我多少次，我都当作耳边风，如今我跟他辩论也没什么用处。他要走他自己的路，犯他自己的错，也许有一天，当他到了我这个年纪的时候，他会从年少的时光中学到一点教训。我不就是这样吗？“我还是会帮你付清当学徒的学费。”我平静地说道。我就对他说了这么几个字，这话也是讲给自己听的，我要借此告诉自己，这一切都结束了——其实，这一切老早就结束了，只是我仍继续帮他付学费，如此而已。

我转过身去，开始踏上返回公鹿堡的漫长路途。呼吸到寒冷的空气，使我受到重创的肋骨痛了起来，但我也无可奈何。我那肿胀的指关节传来熟悉的剧痛。我迟钝地想道，我要到多大年纪才能有足够的智慧，不至于再度卷入近身的打斗之中。我又纳闷地想着胸口的新伤，幸运刚刚还在我心里，如今却一走了之，独留下巨大的伤口。看来这伤口一生都难以痊愈。

我听到身后有跑步声追来，唯恐是有人要对我出手，一旋身，转过来面对敌人。幸运一看见我脸上剑拔弩张的表情，吓得连忙停住脚步。一时间，我们两人就这样站着彼此对望。幸运伸手拉住我的袖子。“汤姆，我很讨厌这样。我尽了力，可是我话也说错了，事情也做错了。丝凡佳的父母亲一直都很气她，如果我提出我应该跟她父母亲见个面，向他们保证我们的感情一定会慢慢发展，丝凡佳就会开始气恼。我搬进学徒宿舍，一个月只有几天晚上有空，丝凡佳更是把脾气都发在我身上。我还是亲自去找晋达司，请他让我搬进宿舍。尽管晋达司常常找我麻烦，我还是忍气吞声地低着头接受。我现在已经照你说的，住进宿舍里，一切遵照晋达司的规矩了。我们很早就要起床，每天晚上能点几根蜡烛都有限量，晚上几乎都不能出门，这些都令我觉得可恨，但我一切都逆来顺受。今天晋达司第一次交代我出门办事，到铁匠街去拿一些黄铜零件，我就算现在赶回去也是迟了，到时候又得低着头让他臭骂一顿。你心里认定我已经把你以前教我的道理忘光光了，我说什么也不能让你就这样走开，我并没有忘，我依然把你教我的摆在心里。我必须摸索出自己在此地的新人生，有时，你教我的道理，就是跟我周遭人的想法格格不入；有时，你教我的道理，好像在这里派不上用场。不过我一直在努力，汤姆，我一直在努力。”

他一股脑儿地把这些话全倒了出来。他讲完话，我们两人差点又要陷入沉寂，我伸出一臂揽住他的双肩，并将他搂紧，虽然我的肋骨痛得要命。“你快去忙你的事吧。”我在他耳边说道。我想讲几句别的话，但实在想不出来。我不能跟他说，放心吧，船到桥头自然直，据我看来，事情不见得会发展得这么顺利。我也不能跟他说，我相信他的判断一定是好的，老实讲，我并不放心。幸而接着幸运帮我们两人找到话说：

“我爱你，汤姆。我会继续努力。”

我宽慰地叹了一口气：“我也爱你，我也会继续努力。好啦，现在你可得抓紧了。你腿长，手脚又快。要是你用跑的，说不定就不会迟到了。”

他对我笑了一下，便转身朝铁匠街冲去。看他身体活动自如的模样，我真是羡慕。我转身朝公鹿堡而去。

走到半山腰时，我撞见了从堡里下来的博瑞屈。迅风坐在博瑞屈身后，双手攀着父亲的腰。博瑞屈那条跛腿无法弯曲，僵硬地伸出，他已经特别修改过马蹬以配合那条腿。一时间，我不禁瞪着他直看。迅风也目瞪口呆地注视着我，不用说也知道，此时我这张肿脸一定是个奇观。我将自己的原智遮掩得几乎滴水不漏，又压低了头，艰难地踏步。我与他们擦身而过，再也没有抬头看他们一眼。他们经过我身边之后，我心里恨不得回头看看，我抑制自己不得大意。我实在太过害怕，万一博瑞屈也回头望着我怎么办？

回到公鹿堡的这一趟路，不但寒冷，而且沉郁惨淡。我直接走向蒸气浴室。进来洗澡的守卫们来了又走，我则继续独自坐在浴室里。我本希望水汽能多少舒缓一下我的痛楚，结果却事与愿违。走到楼上房间的这段漫长之路，一定会使我痛得更厉害，我也知道，一旦久坐，我就会四肢僵硬，可是此时我心里唯一萦绕不去的念头，就是我那张床。我对自己说道，今天一整天都白过了。即使早上与晋责和阿憨上课的事情有所进展，我仍痛责自己虚度时光。

就在我走近房间时，房门戛然而开，那个照顾花草的女仆从房里走了出来，手上挽着一篮干花。我惊讶地瞪着嘉蕾莎，她一抬头，我们四目相会。她脸上突然浮现红晕，霎时她的雀斑似乎都隐去不见了。她避开我的目光，匆匆地沿着走廊奔去。光是这么一瞬间，也就足够我瞥见她脖子上戴着的那条项链了。那项链很简单，只是皮条上系着一个坠子，那坠子是朵白色玫瑰，配上全黑的树枝。那绝对是弄臣的作品，一看便知。难道他采纳了我那不怀好意的建议？我也说不上到底是什么原因，但我的心就是不断往下沉。我小心地在门上敲了敲，通报了名字，这才开门进去。我进了房间，关上房门之后，发现黄金大人摆出完美无瑕的姿势，倚坐在火炉前铺着垫子的大椅子里。一见到我的瘀伤，他立刻睁大那琥珀色的眼睛，但一下子便恢复镇静。

“我还以为你要去一整天呢，汤姆·獾毛。”他轻快地说道。

“我本来也这么想。”我接口道，心想我只会说这么多，然而我却发现自己像生了根似的站在原地，迎向他那谨慎自持、不露出任何情绪的眼神。“我今天跟幸运谈了一会儿。我跟他说，爱上一个人，与跟你所爱的人上床，根本就是两码子事。”

黄金大人慢慢地眨了眨眼：“他听得进去吗？”

我吸了一口气：“是听不太进。不过这一次，我相信他会谨记在心。”

“很多事情都是急不得的。”他有感而发地说道。他转过头去，重新望着炉火。我前一刻高昂激动的心情，又再度冷却了下来。我默默地点头应和他的话，接着走回自己的房间。

我脱下衣服，躺在我的窄床上，闭上眼睛。

我没想到自己这么累。我这一睡，不只睡了一整个下午，而是一直睡到半夜。我睡得很熟，熟得什么梦都没做，但到了深夜时，我却发现自己被人从幸福的熟睡中，推入半睡半醒的悬浮地带。我想，到底是谁在唤我？然后我便察觉到答案了。荨麻在我的精技墙外哭泣，她不再猛烈攻击我的精技墙，也不再气愤地要求我开门，而是默默地站在墙外悲痛地哭泣，仿佛永无止境。

我举起手挡在眼前，仿佛这样就能遮住荨麻。我深吸了一口气，让我的精技墙崩塌。接着我往前踏出一步，便到了她身边。我以安心的情绪将她包围起来，对她说道：*亲爱的，你担心这些都是多余。你父亲与弟弟正在回家的路上，*

他们两人都安全无虞，这我可以向你保证。好了。你别烦恼，去睡吧。

可是……你怎么知道他们没事？

我就是知道啊。我将自己肯定的心情，以及我瞥见博瑞屈与迅风两人共骑一匹马的情景传送给她。

有一刻，荨麻崩解融化得毫无形体，她突然之间完全地松懈宽慰。我开始撤退，但是荨麻突然抓住我。家里变得好可怕。先是迅风失踪了，我们很担心他发生了什么不幸；接着镇上的铁匠告诉爸爸，迅风曾经过他的铺子，并问哪一条路通往公鹿堡。然后爸爸便火冒三丈地骑马出门，此后妈妈什么事都丢了下来，成天不是大哭，就是咒骂。她说全世界那么多地方，就是公鹿堡对迅风最危险。为什么公鹿堡最危险，妈妈也不肯多说。她这个样子，真是把我吓坏了。有时，她虽看着我，却对我视而不见，然后她不是吼着叫我去找点事情做，就是开始哭泣，而且哭个不停。这真是没道理。我们每个人一进了屋子里，就像老鼠似的蹑手蹑脚地走动。小敏觉得仿佛丢失了另外一半自己，又责怪自己一定是哪里做错了才会这样。

我打断了她滔滔不绝的倾诉。你听我说，事情会好起来的。

我相信你。可是我要怎么说，才能让大家放心呢？

我想了一下。我该叫她告诉莫莉，她做了个梦吗？不行。这没办法说，恐怕他们必须忍耐一下了。所以说，你得坚强起来，成为众人的支柱，因为你知道事情一定会好起来。多帮你母亲的忙，好好照顾弟弟，耐心等待。你父亲那个人，只要马撑得住，一定是能多快回来就多快回来。

你认识我父亲？

这个问题嘛……交情匪浅。这时我猛然醒悟到话说得太多。刚才我跟她讲的那几个字，无论是对她或我而言，都很危险。我以比柳叶拂过水面更为轻柔的力道，轻轻地以精技对她建议道，现在她该睡了，要睡个好觉，明早神清气爽地醒来。荨麻抓着我的手放松了些，于是我趁机溜走，回到我安全的精技墙内。我睁开眼睛，迎向我的是黑暗的房间。我深深地吸了一口气，翻了个身，用被子把自己包起来。我饿了，早晨与早餐即将来临。

一个浮动于音乐上、传送得笨手笨脚的思绪，闯进了我心里。这技传有些犹豫不决，但不是因为能力不足，而是因为他不大愿意让自己的心灵与我的心灵接触。你总算劝她停下来不哭了。现在阿憨终于也可以睡了。

话毕，阿憨便消失了，独留我瞪着房间的天花板。就在我重新调整思绪的焦点，并努力说服自己，阿憨肯对我技传就很好了，我应该将这当作是他大有进步，而不是他在侵犯我之时，又有另一个心灵与我接触。那个心灵既遥远且巨大，古怪到了极点，与人类心灵的活动方式南辕北辙。她以苦涩诙谐的口吻说道：好了，学着点，以后做梦别把大家都吵醒了。被梦境所扰的，可不只他一人，能够感应到你的动静的，也不光是他而已，渺小的人类。对我而言，你们算什么东西？

接着，她的思绪便如退潮的海浪将灭顶之人丢弃在沙滩上似的将我抛开。我滚到床缘不断干呕，与那个巨大心灵交流过之后，我的状况比被罗力痛揍一顿还要糟糕。那个陌生的生命体压制住我的心灵、堵塞我的思绪，使我仿佛吞了油，或是吃了火焰一样难受。我在黑暗中喘气，汗水从我的额头和背上流下来。我不禁怀疑，自己这个起伏不定的精技天赋，到底惊醒了什么生物。

17. 爆 炸

船长抱怨风浪太大，仿佛埃尔神不想让他们回家。艾芮丝卡听了大笑，并讥讽船长说他怎么还相信“那种老掉牙的神明？那些老神明既无力气，也无智慧。如今风浪都是由‘苍白夫人’掌管，就是因为贵主引起苍白夫人不悦，夫人才会令你们大受折磨。”船长听了也不言语，转身就离开，但脸色很气愤。一般而言，由于外岛人不愿露出害怕的神色，害怕时往往会显得生气。

至于您吩咐我要特别监视的那个女仆，我在船上并未见到她的踪影。若不是她整个航程从头到尾都待在贵主的舱房里，就是她根本不在这条船上。据我看来，后者可能性比较大。

——切德·秋星，关于贵主返航途中状况的匿名情报

我睡意全消，最后干脆起床穿衣，走上我的塔楼。塔楼里冷飕飕的，整个房间十分阴暗，只有火炉里透出一点炭火光。我找了一块布，沾湿之后贴在疼痛的脸上。有一段时间，我就呆呆地凝视着火光不动。然后，为了转移自己的注意力，以免我逼问自己一大堆自己也无法回答的问题，我转而坐到桌边，开始研读切德留在桌上的卷轴。外岛之龙的那几个卷轴还在，但此时

桌上另有两个新的卷轴，墨迹很新，写在淡黄色的纸上。就我对切德的了解，他不想让我看到的卷轴，绝不会留在桌上。其中一个卷轴提到，有人在缤城商人与恰斯人之间的决定性战役中，看到有条银蓝色的龙飞过缤城港口上空。另一个卷轴，看来像是小孩子学写字的练习帖，字体歪扭，满纸乱爬。切德在很早以前就教了我好几种密码，用看似普通的文字便可夹带不想给外人得知的消息，所以我立刻试着将这个卷轴译码。我一试才发现，这密码简单到令我皱起眉头，并不禁怀疑，到底是切德越来越无法掌握情报的秘密性，还是他招揽来的间谍素质日渐低下，因为他派到外岛的这个间谍送来的第一份报告，看来就是这么简陋。这报告里讲的，多半是此人在贵主返程的船上听到的闲话与谣言。看来里头并没有立刻派得上用场的消息，不过其中一段提及苍白夫人，倒使我看了之后，心头变得惶惶不安，仿佛我过往人生的黑影正伸出利爪，朝我蔓延而来。

切德抵达塔楼的时候，我正在为自己冲茶。他一把将卷轴架推得大开，蹒跚地走了进来。他的脸和鼻子都红彤彤的，在那令人惊骇的一瞬间，我还以为那老人喝醉了。他攀住桌缘稳住自己，坐在我的椅子里，哀伤地叫道："蜚滋？"

"怎么回事？"我一边问，一边走过去。

他瞪着我，然后以过大的音量说道："我听不见。"

"你是怎么了？"我也高声问道。

据我看来，我讲的这几个字他也没听到，不过他仍解释道："爆炸了。之前我去你的小屋拜访时不是带了些药粉吗？我刚才在研制同样的配方，但这次效果实在太好，它竟然爆炸了！"他伸手摸摸自己的脸，拍拍脸颊，又拍拍眉毛。他那张脸惨不忍睹。我立刻发现他的问题所在。我先拿个镜子给他，趁他对着镜子发愣的时候，端了一盆水，又拿了条布，沾湿了递给他。他拿着湿布往脸上贴了一会儿，将湿布放下来时，脸上不但掉了一大块皮、少了点肉，连双眉也烧得快没了。

"看起来，你是被大火烧到了。你额前的头发都烧焦了呢。"

“什么？”

我以手势叫他小声一点。

“我听不见。”切德又哀怨地说道，“我的耳朵嗡嗡响，就跟当年我继父连连打我耳光，打得我什么都听不见一样糟糕。诸神在上，我真是恨死那家伙了！”

从切德竟然提起他继父，便可看出他现在的心情有多么低落。切德是从来不跟我提他小时候的。他用手指堵住耳孔，仿佛要确定一下自己的耳朵还在，然后松开、堵住、松开、堵住。“我听不见。”切德重复地说道，“但是我的脸还不太坏，是不？以后不会留下伤疤吧？”

我摇了摇头。“你的眉毛会再长出来。这个……”我轻轻碰了一下他的脸颊，“看起来也不比因日晒或寒风而脱皮糟糕，过一阵子就会好了。至于耳聋，我看也会转好。”说真的，我最后说的这句话全无依据，只是我真诚地希望切德一定会好起来就是了。

“我听不见。”切德难过地说道。

我拍拍他的肩膀以表安慰，又将我那杯茶推到他身前。我伸手指着自己的嘴，叫他看我这里，接着谨慎地问道：“你的学徒还好吧？”我与切德相知甚深，他绝不会在此时单独做实验。

他望着我的嘴型变化，过了半晌，大概是看出我问了什么，接着答道：“你别担心，我已经把我那女娃儿打点好了。”原来切德收的弟子是个女孩，我听了非常惊讶，切德见此则不禁气愤地叫道：“你少管闲事，蜚滋！”

他之所以气恼，与其说他是在气我，不如说他是在气自己。他仿佛认为，要不是我这么担心他，我听了这话一定会哈哈大笑似的。是女徒弟啊。这么说来，我的地位是被女孩子取而代之了。我开始思考她是谁，切德为什么会选她，以及她有什么能耐，竟能取代我带给切德的慰藉，然后又赶紧勒止自己的心思，不准多想。过了一会儿，我终于搞清楚我所说的话切德多少可以听到一点，但却听不清楚。我大胆地祝愿他的听力早日恢复，并努力把我的意思告诉他。他点点头，摆摆手叫我别担心，不过我从他的眼里看出他内心挥之不去的焦虑。要是他的听力迟迟不恢复，那么这位王后的顾问可供王后垂询的能力，就要大打折扣了。

不过，切德勇敢地将自己的灼伤抛在脑后，大声地问我是否已看过桌上的卷轴，然后又问我怎会把自己的脸弄成这副模样。为避免他吼出更多问题来，我写下简短的句子，一一回答他的问题。我把自己的伤势归咎于酒店里有人打架滋事，而我被意外卷入所致。切德大概是心里过于牵挂自己的众多问题，所以不疑有他。接着他在我们彼此交谈所用的那个纸片上写道："你跟博瑞屈谈过没有？"

"我想来想去，还是不要谈最好。"我写道。切德看了噘起嘴唇，没说什么，但我看得出，其实他想说的话可多了。他会把话留待我们比较容易交谈的时候再说。接着我们将注意力转而放在间谍报告上，轮流指出彼此最感兴趣的段落，虽然我们两人都认为这两份报告均无可立即派上用场之处。切德写道，他希望能早日收到他派到艾斯雷弗嘉岛那个间谍的消息，以便判断那古老的传说到底有几分真实性。

我本想要谈谈我与阿憨及晋责的进展，但最后决定还是不必急于一时。一方面是因为切德的听力受损，另一方面则是因为，我到底能与他们建立多好的默契，我自己也还在摸索。我心里已经决定，明天替阿憨上课时，要乘胜直追。

想到这里，我才恍悟到黎明上课的时间已近，切德似乎也想到我该去上课了。他告诉我，他要回房间睡个觉，当仆人来唤醒他时，他要佯装胃痛糊弄过去。

切德可以上床睡觉，我可没那个福气。我返回自己的房间，换上干净衣服，这才前往惟真之塔等待我的学生。我敢说，他们两人就算再怎么害怕上课，也绝对没有我这么怕，因为此时我的头仍痛得像有人拿它去撞墙似的。我皱起眉头对抗头痛，然后生了火，又点了几根蜡烛放在桌上。有时候，我的头痛持续不退，使我几乎想不起上一次毫无精技头痛牵绊时到底是什么感觉了。我脑海里闪过一个念头：我要回房间去拿精灵树皮，但我随即坚决地否定了这个想法，这并不是因为我唯恐精灵树皮会损害我的精技天赋，而是因为我一想到这个药品，心中就立刻浮现不久前我蠢笨无比地找弄臣吵架的情景。不行，不能再碰触那东西了。

此时我听到晋责的脚步声在门外响起，因此也无暇多想。他进来之后，将门紧紧关上，走到桌边。我心里暗暗地叹了一口气；从他的姿态看来，他显然尚未完全原谅我。他嘴里吐出来的第一句话是：“我才不要让弱智的人当我同学。一定还有别的人选。”接着他瞪着我，问道：“你出了什么事？”

“我跟人打架。”我简洁地答道，让他知道这件事情我不想多谈。“至于阿憨，恐怕他势必会成为你的同学。除了他之外，我再无其他合适人选，所以他是我们唯一的希望。”

“他不可能是唯一的人选。你有大规模地筛选过有精技天赋的人吗？”

“没有。”

接着，我还来不及多说什么，他便伸手拿起桌上的项链，链子从他手中垂了下来。“这是什么？”晋责问道。

“这是你的项链啊。这是你在我们碰到‘异类’的那个岛上捡到的，你不记得了吗？”

“不记得了。”他忧心忡忡地瞪着那个项链坠子，不情不愿地补了一句，“啊，是了，我想起来了。”他一边坐在椅子里摇来摇去，一边拿着项链仔细打量。“这不就是艾莉安娜吗？汤姆，你看这到底有什么涵义？我竟在我还没跟她见过面之前，就捡到这条项链了！”

“什么？”我伸出手，向他讨过项链，可是晋责好像根本没注意到我的动作，仅是坐在椅子里对着项链发呆。我只好站起来走到他身边。当我看到那小小的脸庞、盘起的黑发、裸露的胸部以及乌黑的大眼睛时，突然领悟到晋责说得一点也没错。那的确是艾莉安娜，但不是现在的她，而是将来她长成女人时的模样。那项链坠的女子黑发上有个蓝色的头饰，那个头饰与贵主戴的那个一模一样。我深吸了一口气，说道：“我不晓得这有什么涵义。”

王子仿佛做梦般地望着那塑像的脸庞：“我们去过的那个地方，好像漩涡似的，将世上的所有能力都卷进去了。”他闭眼片刻，但手里仍握着那个项链，“我差点就死在那里了，对不对？当时我被精技拉扯成碎片，但是你追了上来，而且有……人帮你。那个……”讲到这里，他为之语塞，“它很伟大。比天还伟大。”

换作是我，可能不会用这个说法，但我明白他的意思。我突然察觉到，我并不太愿意谈起我们在那海滩上的经历，甚至连想都不愿多想。我们待在那海滩上的时光，仿佛埋在一圈光晕里，那光晕并未使当时的情景更加明朗，反而更加模糊。而且，我一想起来就十分害怕。就是因为这个缘故，我直到现在都尚未将羽毛拿给弄臣看，也从未跟任何人提起羽毛的事情。那羽毛，仿佛是人身的弱点，又仿佛是一扇通往未知的大门。早在我捡起那几根羽毛时，就知道自己已经触动了某个巨大的因果，使之开始运行，而这个因果大到不是任何人可以控制得了的。即使到了今天，我还是一想起羽毛就退避三舍，仿佛只要我不肯回想，那因果就可以泯灭于无形。

“那个……是人吗？是神灵吗？救了我们的，到底是谁？”

“我不知道。”我简短地说道。

王子的眼里突然燃起高昂的兴趣：“我们得找出答案才行。”

“不，不能找。”我吸了一口气，“不但不能找，反而必须小心翼翼地避免去寻找答案才行。”

他惊愕地瞪着我：“为什么？难道你不记得当时的感觉有多好？”

当时的感觉有多好，我记得太清楚了，尤其现在一谈，当时的情景更是历历在目。我甩了甩头，突然之间，我真恨不得自己自始至终都将那项链妥善收好，根本就不拿出来还他。有时，一股熟悉的香味，或是某一个旋律，会突然令人完整地想起某天晚上的愚行。同样地，那雕像一出现，也倏地便将所有的记忆都拉回我心中。“是，当时的感觉的确很好。不但好，也很危险。我可不想重新回到那个地方，晋责，你也别莽撞。当时那女神就叫我们别回去了。”

“女神？怎么会是女的？那个神灵……感觉上像是……像个父亲似的，

坚强，给人关爱与安全感。”

“我倒觉得那个神灵不是那样子的。”我勉强地说道，“据我推测，应该是我们两人各把那个神灵当作是我们想要见到的人。”

“你是说，那个神灵是我们自己捏造出来的？”

“不，不。依我看来，当时我们遇见的神灵，伟大神奇到我们无法掌握的境界，所以我们各自将所见想成熟悉的模样，唯有如此，我们的心灵才能容下所见。”

“你是怎么想到的？你读过的卷轴里有提到这些吗？”

我不情愿地答道：“倒不是，我读过的卷轴里从未言及于此。我之所以会有这个想法是因为……因为我就是这么想。”

晋责瞪着我，我也只能无奈地耸耸肩。无论是对那少年，或是对我自己，都没有比这更好的解释了。对于那一场奇遇，我没有更好的解释，只是一忆起我们遇见的那个生命体，心里便生出激动与期待，以及毛骨悚然的恐惧。

炉台边的暗门咯吱咯吱地打开，才挽救我免于陷入尴尬之中。阿憨一边吸着鼻子，一边走了进来。他将笛子挂在衬衫外面，漆得闪亮的笛子与破烂脏污的衣物之间的强烈对比，使我突然以异样的眼光来看待他。我大吃一惊。阿憨的直发贴在头上，从衣衫破洞裂缝中露出的皮肤显得油腻不堪。一时间，我以晋责的观点来看阿憨，并领悟到王子对他的厌恶，绝对不只在畸形的身体与有限的心智：阿憨走近的时候，晋责鼻子抽动着，同时连连退后。由于与夜眼相处多年，所以我对各种气味泰然自若，我知道某些特殊情境自然会有特殊的味道。但阿憨因为没洗澡而散发出来的臭味，绝不能与黄鼠狼天生具备的麝香腺发出来的臭味混为一谈。阿憨的体味是可以改变的，如果我期望王子与他一同修习精技，那么他的体味更是非改变不可。

现在暂且不必多言，于是我对阿憨招呼道：“阿憨，你何不坐这里？”同时拉开了离王子最远的那一张椅子。阿憨怀疑地望着我，接着把整张椅子拉出来，将椅面详细检查了一遍，仿佛生怕椅子里藏了什么诡计似的，最后才一屁股坐了下去。他开始搔他左耳后的痒处。我一瞥王子，发现他惊恐得目不转睛地瞪着阿憨。“好啦，大家都到了。”我宣布道，心里则不禁想着，接下来我到底要拿他们怎么办。

阿憨的目光随处乱看，最后望向我这里：“那个女孩子又开始哭了。”他讲话的口吻，仿佛这全都该怪我。

我心里着实翻腾了一番，但我嘴上仍坚定地对他说道：“那个我稍后再处理。”

“什么女孩子？”晋责立刻追问。

“没什么好担心的。”阿憨，现在别提那个女孩子。我们要上课了。

阿憨慢慢地停下搔痒的动作，把手放在桌上，认真地瞪着我：“你为什么要在我脑袋里讲话？”

“因为我要看看你听不听得见我讲的话。”

他若有所思地吸吸鼻子。“我听得见。”臭狗子。

别叫我臭狗子。

“你们在彼此技传吗？”王子认真且好奇地问道。

“对。”

“那为什么我没听见？”

“因为我们只选定了对方作为技传的对象。”

王子的额头皱了起来：“我都还不会呢，他这技巧是哪儿学来的？”

“我不知道。”我不得不坦承，“阿憨似乎自己揣摩出了一些精技技巧。但老实说，他的精技技巧能发挥到什么境界，或者有什么不足之处，我现在还不太清楚。”

“他能将他那个成天到晚响个不停的音乐停掉吗？”

我敞开自己的精技感应，直到此时我才发现，阿憨传来的，其实是包卷于音乐之中的思绪，而我是自行将他的思绪从音乐中抽离出来。于是我转向阿憨。“阿憨，你能暂停一下音乐吗？你能不能只想着你要传送给我的心思，但不要夹杂着音乐？”

他茫然地望着我。“音乐？”

“你妈妈的歌呀，你能停止你妈妈的歌吗？”

他嚼着肥嘟嘟的小舌头，考虑了好一会儿，突然笃定地说道：“不。”

“你为什么不能把音乐停下来？”王子质问道。在这之前，他一直都静静地坐着。如果我猜得没错，刚才他一定是在反复分析阿憨的音乐，看看他能不能从中剔除出阿憨与我彼此技传的讯息。他的口气颇为懊恼，说得准确一点，是既懊恼又嫉妒。

阿憨以迟钝且毫不在意的表情望着晋责：“不想停。”话毕，阿憨望向他处，又开始搔他耳后的痒处。

晋责很错愕。他吸了一口气，强压住自己的怒气：“那如果我以王子殿下的身份，命令你停止音乐呢？”

阿憨看看他，又转过头来瞪着我。在他努力思索之际，舌头吐得更长了，接着他问我：“在这里，两个都是学生？”

我没想到阿憨的脑筋会转得这么快，我从未期望他会将这个概念谨记在心，更没料到他会积极应用这个概念。这个变化，既为我带来新的希望，也带来新的恐惧。“在这里，两个都是学生。”我肯定地应和道。阿憨闻言之后，躺坐回椅子里，叉起肥短的手臂抱胸。

“而且在这里的时候，我是老师。”我继续说道，“学生都要听老师的话。阿憨，你能将你的音乐停下来吗？”

他瞪着我，瞪了好一会儿。“不想停。”他答道，但是口气跟刚才不同。

“就算你不想，但我是老师，你是学生，学生得乖乖听老师的话。”

“学生乖乖听话，就像仆人那样？”他站起来要走。

看来这个局势是难以挽回了，但我还是尽量劝道：“学生也乖乖听话，但是学生有学生的身份，与仆人不同。学生乖乖听话，是为了要把功课学好，同时也让大家都能学到一点心得。如果阿憨听老师的话，那么阿憨仍然算是学生；如果你不听老师的话，那么就不是学生。如果你不再是我的学生，我就要将你送回去当仆人了。”

阿憨一语不发地站着。此时他在想什么，我实在说不上来，我甚至不确定他到底能否听懂我讲的逻辑脉络。晋责垂头弯腰地坐在椅子里，双手交叉抱胸，一脸怒容。他的想法一望即知：他希望阿憨就此离开。但是好半晌之后，那小个子男子却重新坐了下来。“停下音乐。”他说道。他闭上眼睛，然后再度睁开眼睛，瞪着眼对我说道：“好了。”

直到此时我才察觉到，原来阿憨时时在技传，他的技传不断地冲击我的精技墙。当他将一切静止时，我只感到无限的宽慰松懈，仿佛突然之间，肆虐交加的暴风雨，突然雨静风停。我长叹一声，晋责则突然坐直。他揉揉耳朵，显得大惑不解，望着我：“难道说，这一切，都是他？”

仍在舒缓中的我，慢慢地对他点了点头。

晋责的表情突然变得非常茫然：“可是我本来以为……我本来以为那就是，就是你说过的精技洪流了……”他再度望着阿憨，不过他对那小个子男子的态度已经变了。称不上是尊重，比较接近谨慎提防，不过谨慎提防往往是尊重的前奏。

然后，乐声重新恢复蓬勃的生机，像是倾盆大雨一般地浇淋在我的思绪上。晋责与我如同被阻隔的猎人，因雾气浓重而看不见彼此。我朝阿憨瞥了一眼，发现他恢复为平常的轻松脸色。至此我才恍然大悟，原来对他而言，时时刻刻技传才是正常，若要停止技传，才需要花费力气。他是从哪里学到这点的？

你母亲会这样跟你讲话吗？

不会。

那你是怎么学会的？

他皱起眉头。妈妈唱歌给我听，又带我一起唱歌。她会叫那些坏孩子别看见我。

我兴奋不已。阿憨，你母亲在哪里？你有没有兄弟——

“停，停！不公平！”王子突然像闹别扭似的叫道。

我吃了一惊。“什么不公平？”

“你们两个彼此技传，而我却听不见。这太没礼貌了，就像在他人背后说长道短。”

除此之外，我还在他的口气中听出他非常嫉妒。六大公国的正统王子做不到的事情，这个弱智少年竟能轻松做到，不仅如此，连我都显得很激动。我必须小心为上。据我看来，换作是精技师傅盖伦，他一定会操弄学生，让他们彼此势如水火，以便促使学生拚命竞争，但是我的目的并不在此。我不要他们彼此发生嫌隙，我希望他们两人紧密合作。

“你说得没错，那的确不太礼貌。刚才阿憨只是在跟我说，以前他母亲会以精技唱歌给他听，或带他一起唱歌。而且有的时候，他母亲会以精技叫坏孩子别看见阿憨。”

“这么说来，他母亲也会精技？那他母亲也是弱智啰？”

阿憨一听到“弱智”二字就瑟缩了一下，就像当年我一听到“杂种”二字的反应。我看了很心痛，我很想严厉地纠正王子，但又觉得这样太过伪善。难道我心里想起阿憨时，不也是称之为“弱智”吗？这事暂且放下，我会私下告诫晋责，以确保往后阿憨不会从我们两人嘴里听到这两个字。

“阿憨，你母亲在哪里？”

阿憨听到这话，朝我瞪了半天。他像是伤口重新被撕裂的孩子，慢慢地说道：“妈妈死——了——”他四下张望，仿佛遗失了什么东西。

“你妈妈是怎么死的？”

阿憨皱起眉头思索。“我们跟别的人一起到城里来。那时候人很多，很热闹。对了，叫做‘春季庆’。”他因为自己想起了正确的名称而点了点头，“然后，有一天早上，妈妈没醒来。别人就拿走我的东西，叫我别再跟他们一起上路了。”他难过地搔搔脸颊，“然后，热闹过后，大家都走了，只剩我一人在这里。然后……我就在这里了。”

阿憨交待得七零八落，据我看来，他能讲到这样，已是极致了。晋责温和地问道：“以前你们四处旅行的时候，你母亲跟其他人用什么方式维持生活呢？”

阿憨像是悲痛欲绝般地深吸了一口气：“噢，就是那一套嘛。找个人多热闹的地方，妈妈唱歌、普罗基打鼓、琴摩跳舞，然后妈妈说‘你们看不见他，你们看不见他。’而我就趁此用我那把小小的银剪刀剪开大家的钱袋。但是钱拿回来之后，只有普罗基才能碰，还有我那顶有流苏的帽子和我那条毯子，也是只有普罗基才能碰。”

“你以前是扒手？”晋责难以置信地问道。

我心里暗暗想道，原来精技可以让扒人钱包的儿子藏踪匿迹——精技竟有这样的用途，我以前从不知道。

阿憨点点头，但与其说他是对我们招认，不如说他是在点头给自己看。“如果我的收获多，我还可以得到一个铜板买糖果吃。每天都有。”

“你有没有兄弟姊妹，阿憨？”

阿憨皱起眉头思索：“妈妈老了，老到不能生小孩，所以我才天生就笨笨的。这是普罗基说的。”

“唉，这个普罗基还真是个大好人啊。”王子喃喃地嘲讽道，但阿憨对他投以怀疑的怒视。

我赶快替王子澄清：“王子在说反话。他的意思是说，普罗基对你很坏。”

阿憨吮着上唇，半晌之后，才点了点头，并警告我们：“绝不叫普罗基‘爸爸’。绝不。”

“绝不。”王子真诚地应和道。据我看来，晋责对阿憨的看法就是在这一刻起了变化。晋责接着便歪着头，望着那个脏污油腻、身体畸形的小个子男子。“阿憨，你能对我技传吗？不让汤姆听到，只让我一个人听到？”

“为什么要那样？”阿憨质问道。

“因为要当学生啊，阿憨。”我插嘴道，“因为阿憨要当学生，不当仆人。”

阿憨沉默地坐了一会儿，他的舌尖突出，卷在上唇上。王子哈哈大笑起来：“臭狗子？为什么要叫他臭狗子？”

阿憨做了个鬼脸，又耸耸肩，像是不知道为什么要这样叫我。就在这一那，我察觉到一个秘密：阿憨不是不知道原因，而是他隐瞒不说。他在怕什么？

我虽不觉得好笑，却也假装朗朗地笑了两声。“没关系，阿憨。直说无妨。”

在那一瞬间，他似乎很困惑。难道有人曾跟阿憨说，有某件事情一定不能让我知道吗？是切德说的吗？阿憨望着王子，额头微微地皱着。接着他开口了。我原以为他会跟王子说他早就知道我有原智，而且他用了某种神秘的方式感应到我的原智伴侣是一匹狼。但是阿憨说的话不但与此相去甚远，还使我吓出一身冷汗。“他们每次跟我问到他的时候，都是叫他‘臭狗子叛贼’嘛。就是那些给我几个铜板买糖果、买干果的那些城里人啊。”阿憨转过头来，得意洋洋地对我笑着，而我也强迫自己咧嘴露出大大的笑容，甚至还咯咯地笑个不停。

“他们真把我叫得这么难听？可恶啊！”你必须笑，晋责，大声笑出来，但是别以精技回传给我了。我尽可能将我传给晋责的思绪缩到小如针尖，但即使如此，阿憨还是朝我瞥了一眼，又看看王子。晋责脸色刷白，不过他大声笑了出来。那刺耳的“哈——哈——哈——”声，与其说是大笑，还不如说是干呕比较恰当。我抓住最后的机会：“最常把我叫得这么难听的，一定是那个独臂人，对不对？”

阿憨的笑容变得游移不定。一时间，我还以为自己猜错了，但是他接着说道：“不对。不是他。他是新来的，很少讲话。有时候，当我讲完话，他们给我铜板之后，那个人会跟我说‘你要把那个杂种看紧。一定要把那个杂种看紧。’然后我就应说‘会，会，我会把他看紧。’”

“恩。你做得很好嘛，阿憨，你做得这么好，所以你赚到铜板，可说是当之无愧。”

他坐在椅子上摇来摇去，显然十分得意：“我也看紧了那个黄金大人呢。他有一匹好漂亮的马。他还有一顶帽子，帽子上插的都是有眼的羽毛。”

“是啊，你说得一点也没错。”我坦承道，一时间，我只感到口干舌燥，“就是你要的那种顶端有眼的羽毛嘛。”

“那人消失之后，那顶帽子就会归我。”阿憨满足地说道，“这是城里人跟我说的。”

霎时间，我一口气喘不过来。阿憨坐在椅子上，欢欣得意地点着头。切德这位反应迟钝的仆人，就算碰上了秘密也不知道，竟以几个铜板的代价出卖了我们。这也怪我太迟钝，迟钝到竟没有发现，就算阿憨不知情地带着我们的秘密走来走去，我们的秘密仍掌握在他手中。但是他到底看到什么，他到底跟谁说出实情？“今天的课就上到这里。”我努力挤出这几个字。我希望阿憨就此离开，但是他却依然坐着冥想。

“我真的做得很好，真的。那老鼠死了，但不是我的错。不过反正我也不想要那只老鼠。他说‘以后你要跟这只老鼠做朋友。’我说我不要，因为以前我被老鼠咬过，但是他们说‘你把老鼠带回去，这只老鼠很乖的。你要喂老鼠吃饱，每个星期照样来我们这里走一趟，而且来的时候要把老鼠一起带来。’所以我就把老鼠带回来了。后来老鼠就死了，死在大碗下面。我看老鼠是被大碗压死的。”

“我也是这么想的，阿憨。我也是这么想的。不过这绝不是你的错。这绝对不能怪你。”我恨不得立刻冲进公鹿堡的走廊，找到切德的房间，把他叫起来，但此时冰冷的事实慢慢在我心中成形：切德并未看出这底下的汹涌暗潮，他一点都不知情；他再也无法保护他的徒弟了。我该学着保护自己。我举起一根手指，仿佛突然想起什么事情似的：“噢，阿憨，今天不是你去找他们的日子，对不对？”

阿憨望着我的目光，好像认为我笨得不得了：“不对。不是面包日，是洗衣日。看到床单晾起来风干的时候，才去找他们，去了就可以拿到铜板。”

“洗衣日啊。对喔。那就是明天啰。那很好嘛，因为我还没忘记你想要粉红色的糖霜蛋糕，我想今天送你蛋糕。你能不能去切德的塔楼等我一会儿？我不见得能很快就去找你，不过我一定会送蛋糕给你。”

“粉红色的糖霜蛋糕。”阿憨努力思索，我看他大概不记得我曾经承诺要送他蛋糕了。我努力回想，除了粉红色的糖霜蛋糕之外，他还想要什么东西。我记得他提过他想要像扰弟那样子的红色围巾，还有葡萄干。我的心思快速飞跃，这就像是以前切德训练我的那些游戏一样。还有什么？小刀、孔雀羽毛、可以用来买糖果的铜板，或是糖果也可以。我必须在明天之前把这些东西收集齐全。

“对呀，粉红色的糖霜蛋糕，不要烤焦的。我知道你喜欢这种蛋糕。”我心里祈祷厨房里有这种东西。

“对呀！”他的小眼睛里闪着光芒，既欢喜又期待，我从未看过他的脸上有这种表情。“对呀。我会等你。你要赶快把蛋糕带来。”

“嗯，不会很快，你要等我一下，不过我今天一定送你蛋糕。你待在塔楼里等我，哪儿也不去，好不好？”

他听到我说“要等一下”的时候，眉头皱了起来，最后还是不情愿地点点头。

“那就好。你真是个好学生。好啦，你现在就去等我吧。”

炉台侧板一关上，晋责就等不及要跟我说话，但我做了个手势，叫他别开口。直到我很确定就算是阿憨那慢吞吞的脚步，也必定已经走远的时候，我才找了张椅子瘫软下来。

“路德威。”晋责惊骇地轻声说道。

我点点头，此时我还讲不出话来。我不禁怀疑，路德威说我是“杂种”，到底他只是骂我杂种，或者他意指我就是那个“皇家杂种”？

“我们该怎么办？”

我抬起头来望着王子。他的脸色苍白，黑眼睛睁得大大的。切德的高墙与间谍网也未能周全地保护我们。突然之间，我感觉到自己独自一人横身挡在晋责与花斑帮之间。也许长久以来，我的处境一直都是如此，而我只是以为路德威已经走远，我们已经远离他的控制作为自我安慰。至少这次我不用担心晋责。“你绝对不能轻举妄动，绝对不能！”我一再强调，压下晋责想要说出口的抗议，“你必须作息如常，一切如常，以免让任何人察觉到我们已经怀疑其中有诈了。你今天必须与平日无异，你一定要待在堡里，一步也不能出去。”

他只沉默了一会儿。“可是我已经跟儒雅·贝馨嘉说好，今天下午要跟他骑马出游了，就他与我两个人。我们要偷偷溜出城堡，带着他的猫一起去打猎。这是他昨天半夜到我房里来找我时提的。”他深吸了一口气。我看得出，就在此刻，他对儒雅的邀约有了不同的观点。接着，晋责以较为低沉的声音说道："当时他看来很激动，好像还哭过。我问他是不是哪里不舒服，他则要我放心，并说若有问题，也是他自己一手造成，不是朋友能帮得上忙的。我看大概是和女孩子有关的事情。"

我把这个消息谨记在心。"他的猫在这里吗？"

王子羞愧地点头。"他付钱给一个住在河边森林里的老妇人，让猫住在老妇人的棚子里。那老妇人为猫准备食物，但是任由它来去自如。儒雅一有空闲就会去看他的猫。"他深吸了一口气，坦白承认道，"我跟他去过一次。趁半夜的时候去的。"

我想说的话可多了，但是我硬是吞下所有话。现在不是气愤地责骂他的时候。再说，我气的不是他，主要是我自己。我真是太疏忽大意了。"那么，今天你无论如何都不能去。就说你屁股生疮了，没办法骑马。你就以这个借口来婉拒他。"

"屁……我才不用那个借口呢。那多糗呀。我会说我头痛。话说回来，汤姆，我看儒雅不是叛徒。我不相信他会背叛我。"

"不，就是因为这个理由很糗，才不会让他怀疑。你不要说别的，一定要说你屁股生疮。若说头痛，听起来像是耍诈的手段，但若说屁股生疮，听起来就单纯多了。"我吸了一口气，迂回地说出我的怀疑之处，"就算儒雅没有背叛你，但别人仍可能利用他将你引出城堡之外。要不然也可以逼迫他把你交出来，并威胁儒雅，若胆敢不从，就公布他母亲有原智之事。你信任他也好，不信任他也罢，那都不是重点。重点是你要让我有时间把事情查清楚。你只能说这个借口，除此之外，今天的一言一行都要格外小心。还有，任何你若是屁股生疮，就绝对不会去做的事情，今天都要避免。"

他显得很失望，但还是点点头，见此我总算稍微轻松了些。晋责接着说道："今天出外骑马的事情，可不是那么轻易就能推辞的，因为儒雅跟我说，他今天要托我一件特别的事情。"

"什么事？"

“我不知道，好像跟他的猫有关。”

“那你就更非得推辞不可了。”我正在考虑各种可能的因果关系，但此时我心中突然生出了一个念头，“儒雅有没有送你别的动物？或试着鼓励你结交原智伴侣？”

“如果他敢这么做，难道我还会笨笨地不怀疑他？”王子似乎对我的问题感到又羞又怒，“汤姆，我又不是白痴。儒雅才没那样呢。事实上，他还劝我，我若要再跟动物牵系，至少也得等个一年。这是原血者的习俗，一年是公认的丧期。之所以订立丧期，为的是要确保人类再度与动物牵系在一起的时候，一定是因为彼此之间互相接纳，而非只是想找个动物取代死去的伴侣。”

“听起来，儒雅教了你不少原血者的习俗。”

晋责王子沉默了一段时间，接着冷冷地说道：“汤姆，你又不肯教我。我自己心里明白，我需要学习原血者的习俗，这不但是为了保护我自己，同时也为了要精通原智。我并不以拥有原智为耻，汤姆。我当然会对其他人隐瞒我有原智，虽然我认为这不太公平，但毕竟仍有许多人憎恶原智。我并不以为耻，也不会将之弃之不顾。”

听起来，我多说无益。然而回想起来，这少年的想法也的确有其可取之处。若我在与夜眼牵系之前就受过原智的教育，那么不管是对它或对我，不是都会好得多吗？所以最后我只是僵硬地答道：“那么，我相信王子殿下一定会做他认为最好的事。”

“没错。的确如此。”他应和道。然后，他仿佛赢了一次似的，突然转变策略，“好啦，我会假装一切如常。那你呢？恐怕你的处境跟我一样危险——不，比我更危险。我的名字会保护我，至少可以保护到某个程度，他们若想对付我，必须先证明我有原智才行。但你呢，人家恐怕会把你拖到公鹿堡城的暗巷里毒打一顿，路人可能以为这不过又是一起寻常的凶案罢了。你的名字可不能保护你啊，汤姆。”

我差点笑了出来。对我而言，我的名字不为人知，就是最好的保护，不仅如此，我还倾尽全力维护这个保护罩。“我必须马上去找切德。如果你想帮我的忙，不妨让厨房的人知道你今天突然想尝尝粉红色的糖霜蛋糕。”

他严肃地点点头：“还有没有其他我帮得上忙的地方？”

他的语意真诚，使我很感动。他是王子殿下，但他反而真诚地问我有什么吩咐。我大可拒绝，但我想，我若请他帮忙，他会更高兴。“老实说，的确是有你能帮得上忙之处。除了粉红色的糖霜蛋糕之外，我还需要一大罐葡萄干、一条红围巾、一把带鞘的小刀和一根孔雀羽毛。”当王子因这串清单而露出困惑的神情，我赶快补充道，“如果还能凑齐一大碗干果仁和一些糖果，那更是再好不过。你把这些东西带到这里来，小心别让人注意到你，就是帮了我大忙。我自会将这些东西带到切德的巢穴去。”

“这些都是给阿憨的？你要用这些东西来收买他的忠心？”那孩子似乎很气愤。

“对，这些都是要给阿憨的，但不是要用来收买他——至少不全是为了要收买他。我要让他站到我们这边来，晋责，而第一步，就是要送他礼物，对他多加关心。日子一久，你对一个人的关心，会比你送他什么礼物更重要。他过去的人生是什么样子，刚才你已听他说过了。以他的状况而言，他何必对任何人忠心？我告诉你我自己的亲身体验吧，王子殿下。任何人，就算是国王，也能以礼物收买人心，而且一开始，与被收买者之间的关系看来也不过是如此。但是日子一久，忠诚与更深刻的情愫都会慢慢激发出来，这是因为当我们受到别人的关心，或是我们关心别人时，就是彼此的牵系慢慢滋长的开始。”我的心思四处漫游，我不只想到黠谋国王与我自己，也想到幸运与我之间的情感，然后又想到博瑞屈与我之间，以及切德与我之间逐渐发展出来的关系。“所以，我们就以能够纾解一颗简单心灵的简单小礼物作为开始。”

“若是洗个澡也伤不了他。还有，若是有些整齐干净的衣物也不错。”王子思索道，他的话里并无讥讽之意。

“你说得没错。”我平静地说道。我想，他大概不知道我这话里的深意。要如何才能赢得阿憨的心？这个问题就让他去费心吧。我的目的，毕竟就是要在阿憨与晋责之间，建立起牢不可破的关系。我突然与切德有同感，我也认为王子需要一个精技同道，说不定到了某个关键时刻，阿憨那种“没看见他，没看见他”的技巧，真的会派上用场，让晋责的脖子免于被人套上绳结的厄运。

接下来，我们便各自去忙自己的事情。我匆忙地走过密道回到我的卧室，并未停下来看看弄臣是不是已经睡醒，便穿过他的房间冲到走廊上。不一会儿，我三步并作两步地爬上楼梯，来到王后最重用的顾问所住的这一带。我真希望我能以比较巧妙的方式通知切德，然而事到如今，我已下定决心，若有人拦下我，我就干脆撒谎说我是来帮黄金大人送口信的。

虽然发生了这么多事情，但此时不过是一大清早，我所见到之人大多都是悄悄走动，为了让家主人顺利地展开这一天而忙碌不已的仆人。有些人提着洗脸水，有些人端着装着早餐的托盘。我的脚步已经很快，但是一名端着托盘，托盘上尽是棉布与大小瓶罐的疗者还是超过了我。那名娇小女子的脚步很急，脸上红红的，仿佛有什么十万火急的事情。我推测她是要去切德的房间，治疗他脸上的灼伤，当那疗者突然停下脚步的时候，我差点就撞上她。我伸手扶住墙壁，好不容易将自己稳住，接着便向她道歉。

“不用，不用，只要帮我开门就好，麻烦你了。”

这不是切德的房间，我早已将切德房间的所在位置打听清楚了。由于好奇心作祟，我一边伸手握住门把，一边诚恳地感叹道：“看你带了这么多药品，希望芊逊夫人的伤势不会太严重才好。”

疗者不耐烦地摇了摇头：“这不是芊逊夫人的房间。需要治疗的是迷迭香小姐。昨晚她的烟囱落下一团烟灰，炉火猛地烧起，把她的脸烧个正着。唉，真是可怜。她两手都烧伤了，连她那漂亮的头发也遭了殃。喂，你开门呀。”

我故作笨手笨脚地开了门，然后赶在门关起来之前，冒险朝房里瞄了一眼。迷迭香小姐的双颊与眉毛跟切德一样红红的。她穿着一件有点像工作服，又有点像睡衣的黄衣服，坐在窗边的椅子上，一名女仆则忙碌地剪去她头上烧焦的发尾。她两手放在身前，包在湿布里，手好像很痛。门在此时关了起来，我也无法看到更多。

我静静地站着，揣想这其中的涵义。今天这个早晨，我所探到的秘密还真是不少。原来迷迭香小姐就是切德的新学徒。嗯，说得也是。帝尊早在迷迭香年幼时，就对她做基本的刺客训练。既有训练有素的间谍，何必浪费？不知为何，这样的原因却使我有些悲伤。不过，已有不只一名瞻远家之人跟我说过：若是将武器丢掉，说不定明日对方就会拿这件武器来对付你。所以，宁可将迷迭香小姐留在身边善加利用，以免有心人反过来拿她对付我们。

我慢慢地往切德的房间走去。我刚才发现的秘密，并不会使我眼前任务的迫切性稍减，我只是觉得心里塞了太多思绪，多到连自己都理不清。我敲了敲门，一个年约十一岁的侍僮前来开门。我洪亮且愉快地说道："早安，先生！我是汤姆·獾毛，黄金大人之仆，有件事要通知切德顾问。"

那孩子眨了眨眼，他才睡醒没多久。"今天我家大人身体不适。"最后他终于说道，"所以他谁也不见。"

我面露亲切和蔼的笑容："噢，顾问无须见我，年轻的先生，他只需要听听我帮我家主人传的消息就行了。我是否能跟他谈话呢？"

"恐怕不行。但我可以把字条拿给他。"

"噢，我家主人并未写下他的话，阁下，而且他只信任我帮他传口信。"我大声地通报道，丝毫不顾身后安静的走廊，以及我面前幽暗无光的房间。那少年忧心地朝他身后一扇关着的房门瞥了一眼。这么看来，那一定是切德的房间了。我心中一沉。那老人受伤之后可能已上床休息，而他若是睡在那扇紧闭的门后，再加上他在发生意外之后变得重听，我恐怕就难以期望他会因为听到我的声音，而出来接见我了。

"是什么口信？"那侍僮坚定地问道。他的笑容和煦，但是他像是生了根似的站在门口挡着，不让我进去。很明显，在他眼里，我大概跟公鹿堡里经常可见的士兵没什么两样：本来就已经不是什么聪明人了，再加上多年来，头上不知挨了多少打，所以智力更不见增长。

我清了清喉咙，弯身正式地向他行礼："遮玛里亚的黄金大人，敬邀六大公国珂翠肯王后的私人顾问，公鹿堡的切德大人，今早一起共进早餐，并同享一场有趣的赌局。那是黄金大人刚学会的一种新赌局，并相信切德顾问一定深感兴趣。这个游戏名叫‘路德威’，乃是以游戏的起源地命名。玩的时候，玩家各拿一把棋子下场，接下来，玩家的命运，便完全取决于他如何在限定时间之内冒着风险打败对手。我家大人听说，公鹿堡城里有人在玩这种游戏，但是他还不知道确实的地点。”

那侍僮惊讶得慢慢张开了嘴。我敢说他一定受过良好的训练，能够确实无误地背下口信，但是像这么长的讯息，却是前所未有。我笑容不变，因希望我的声音能够穿过那扇关闭的房门，而继续洪亮地朗声说道：“但是这个游戏最妙的地方，就在于根据传统，只在洗衣日当日才可进行。真是新鲜呢！如今，这个游戏在任何一天都能玩，不过洗衣日那天下的赌注，一定是最多的。”

“我会告诉他。”那侍僮赶紧打断我的话，“他获邀前往黄金大人的房间，玩一种名为‘路德威’的棋局。但我恐怕顾问会婉拒，我刚才就告诉你了，今天我家大人不舒服。”

“嗯，那恐怕不是你我能决定的，是不是？你我只能确保口信传递无误，如此而已。好了，真是多谢。”

我转身而去，一边哼着小调，我不希望让他觉得我急如星火。到了厨房之后，我装了份量绝对充足的餐点，为了维持黄金大人会在他房里招待切德大人的假象，我还多拿了额外的杯盘，这才端起托盘，回到我们的房间去。我走到房门口时，正好来得及拦住切德的侍僮。切德派他来致意，说因为头痛得厉害，恕他不能前来。我跟那侍僮保证，我一定会将切德顾问的歉意，忠实地传达给我家大人知道。我进了门，才刚扣好门闩，将托盘放在桌上，切德便从我房间里走了出来。“那个路德威什么的，是怎么回事？”

切德的模样看起来更糟糕了：他额头上、脸颊上的红皮肤开始剥落，看来像是得了牛疯病。但至少现在他的音量比较接近正常了，为了测试他，我刻意低声问道：“你的听力恢复了吗？”

切德怒视着我：“好多了，不过你还是得讲大声一点，我才听得清楚。别说这个了。那个路德威是怎么回事？”

就在此刻，黄金大人从他的卧室里出来，一边系上他晨袍的腰带。“啊，早安，切德顾问。您能大驾光临，真是难得的荣幸。不过我看我的仆人已经跟您打过招呼，而且为你我准备了早餐。您请坐。”

切德拉长了脸瞪着他，接着又把他那副臭脸转过来瞪着我：“够了！我才不管你们两个在拗什么脾气，眼前瞻远皇室遭受重大威胁，我可不会容忍你们无理取闹。弄臣，你别讲话，蜚滋骏骑，你报告。”

弄臣耸耸肩，坐进了切德对面的椅子里，不再虚情矫饰，开始帮我的老导师布菜。看到他肯为了切德而恢复昔日的模样，却不肯以他昔日的模样来对待我，实在让我痛心。我跟他们同坐一桌，弄臣招呼了切德，也为自己取食，却独留我的餐盘空空如也。我只好一边报告，一边取用餐点。我将今天早上所见所闻详细地说了一遍。切德听得越多，脸色越是凝重，但是他始终未打断我。为了以牙还牙，我讲话的时候，连看都不看弄臣一眼。在我终于说完时，先替切德倒茶，再为我自己倒茶，接着便开始狼吞虎咽地吃起早餐来。到现在我才发现我真是饿坏了。

沉默片刻之后，切德问我：“你打算采取什么行动？”

我随意地耸耸肩，但其实心情不如表面那样轻松：“该采取什么行动，再清楚也不过了。看紧阿憨，不让他出堡一步。今天和明天两日，王子都必须待在屋子里，以策安全；找出跟阿憨接头之人住在哪里，把那个地方彻底查访一番，冲进去尽可能全数杀光。这次务必确认路德威也死在其中。”我的声调虽稳定，但心里却突然对自己这番话觉得恶心反感。一切又回到原点了。这次不是在战场上杀戮，也不是在遭到围攻之下反击，而是有计划地为瞻远家族进行暗杀行动。但我不是已经说过，如今我不是刺客，而且也永远不当刺客了吗？我不禁怀疑，我到底当自己是骗子还是白痴，才会在当时说出这样的话。

“你别故作姿态了，弄臣才不领情哩。”切德粗暴地说道。

要不是我的心事被切德一语道破，我也不会这么懊恼。是啊，我的确是刻意矫揉造作。此时我连抬起头来，看看弄臣听了切德的评语之后做何反应都不敢。我又挖了一大匙食物送进嘴里，免得自己又说出什么话来。

切德接下来说的话让我很震惊。“不能打打杀杀了，蜚滋，你必须跟他们保持距离。我是很不喜欢他们到处刺探，而我竟让他们设计出这样天衣无缝的骗局来对付我们，我自己也觉得十分羞愧。我们现在不能再对任何原智者下手，否则王后就食言了。珂翠肯允诺要招待原血族群所派出的代表团，以期找出办法，解决原智者无辜受害的事情，这件事你知道吧？”他看到我点头之后，继续说道，“前两天，王后收到原智者送来的消息，表示他们愿意应邀前来。据我推测，这些安排，必有月桂从旁出力。你认为呢？”

那老人提出一个问题，同时严厉地瞪着我。如果他的用意是要从我这里逼问出什么秘密，那他可要大失所望了。我考虑了片刻之后，点了点头：“月桂从旁出力……这的确很有可能。这么说来，他们这样安排……在没有你的指导下，就做出了这个安排？”我以我所能想到最有技巧的方式问道。

切德点点头，脸色更为凝重：“不但不需要我指导，根本就是不听规劝，反其道而行。我们现在实在不需要再增加其他外交上的烦恼。不过，我看这个麻烦是避不开了。王后似乎把会谈的时间、地点等细节，都交由原智者去决定。他们已经强调，为了保障自己的安全，一切都必须秘密进行。此外他们还要求，在他们做好一切准备之前，这个会议必须保密。我想这是因为，他们唯恐贵族们一听说王后即将与原智者直接会谈，不免群起反对。然而别说是我们的贵族，连我听了都不赞成！”切德吸了一口气，恢复镇定自若的神态，“他们尚未订下确切的会谈日期，但已经跟我们保证‘很快’。到时候，路德威很可能是原智者派来的代表团一员，而他若是惨死在住处，不出席王后的会谈，那么……就政治角度而言，可说极为不智。”

“更别提原智者会认为此举有多么鲁莽。”弄臣在嚼面包的空档插了这么一句话进来，同时扬起一指，仿佛指责似的指向切德。

“这么说来，我什么都别做？”我冷冷地问道。

“倒也不是。”切德温和地说道，“到目前为止，你的一切应对都很明智。你必须看紧阿憨，别让他去向他们通报，另外再看看你能不能从阿憨那儿套出更多消息来。你叫晋责别跟儒雅·贝馨嘉单独出城，这也很正确。也许儒雅·贝馨嘉对王子的邀约并无私心，但这也可能根本就是一场奸计，王子一去就会沦为人质。上次王子被人掳走的事情，贝家的牵连到底有多深，至今我仍无法断定。长风堡方面传回来的消息古怪至极。有一阵子，我还怀疑贝馨嘉夫人是不是处境危险，还是她成了人质。她深居简出，极少活动。后来我又纳闷，会不会是我想太多，她也许只是财务窘困，如此而已。最近报告则指出，贝馨嘉夫人喝的酒比以前多许多，睡得早，又起得晚，就是这样。”切德叹了一口气，“我无法就此断定贝馨嘉母子的立场，而由于王后致力于与原智者结交，所以我也不敢对贝馨嘉母子采取行动。他们到底是敌是友，我至今仍然无法确定。”他皱着眉头，许久不发一语，最后补充道，“最可恶的是，现在正当我最需要出去四处走动跟人讲话的时候，我却把自己的脸弄成这样。但我无法以这模样见人，以免惹人议论。有些人会有不当的联想啊。”

弄臣静静地起身，走回他的房间，带了一小罐化妆品回来。他将那个小罐子放在桌上靠近切德手肘之处，那老刺客好奇地打量起来，而弄臣则平静地解释道：“这个对付脱皮最有效。这里面还掺了一点颜色，让皮肤色泽显得淡一些。如果你觉得颜色太重，尽管跟我说，这颜色的浓淡深浅是可以调的。”我注意到弄臣并未询问切德出了什么事，而切德也未将他的遭遇主动说出。接着弄臣谨慎地补充道：“如果你愿意的话，我可以教你怎么将这个擦上去。连你的眉毛，也可以一并补上。”

“那就拜托了。”切德迟疑片刻后说道。我们在早餐桌上清出一个角落，弄臣搬出了他的油膏色粉，开始动手。看着弄臣帮切德化妆，颇是有趣。一开始时切德不太自在，但是过了不久，他就拿起镜子，起劲地研究弄臣如何将他的脸补回原状。弄臣完成之后，切德大为满意，不断点头，并有感而发地说道：“当年我装作百里香夫人的时候，要是有这些油膏色粉跟这么高明的技术，也就不用套上重重面纱，也不必为了不让人们近身而弄出扑鼻的恶臭。”

一想到百里香夫人的事情，我也不禁咧嘴而笑，与此同时，我又觉得有些忧虑。纵使百里香夫人已经是陈年旧事，但是像这样满不在乎地说出自己的秘密，实在很不像切德的作风。难道，他以为我已经将我们两人之间的事都告诉弄臣？还是说，他对弄臣完全信任？切德举起一手，想要拍拍自己的脸颊，但是弄臣以手势阻止。“尽量少碰脸。你把这几罐带走，用餐之后，要找个借口独处，照照镜子。因为用餐之后，最有可能需要补粉。如果你需要我帮忙，就派人送个字条，邀请我去拜访你。我会前去你的房间。”

“你就跟你的侍僮说，你对于‘路德威’的玩法有一点疑问。”我插嘴道。接着我稍加解释，但并未转过去正视弄臣，“今早我去切德房间找他时，所用的理由就是你要邀请切德前来共进早餐，并教他一种新的赌博游戏。”

“但我以身体不适为由，婉拒了你的邀请。”切德补充道。弄臣严肃地点点头。“现在呢，我必须走了。蜚滋，你行事一切小心。如果你要见我，就请黄金大人送个消息给我，里面提到‘马’字，那我就知道了。如果你能从阿憨那里套出路德威的住处，就尽快告诉我，我会派个人去打听。”

“这种事情，我自己来就可以了。”我平静地说道。

“不，蜚滋，他认得你的脸，他可能会从阿憨的话中推测出你是我的人。你最好离他远一点吧。”切德拿起餐巾正要擦嘴时，弄臣使了个警告的脸色，所以最后他只是轻拍嘴唇。他起身准备离去，但又突然转过头来，对我说道，“蜚滋，你刚才说，王子深信他在异类的岛上捡到的那个塑像坠子就是贵主？依你看来，这种事情真的有可能吗？”

我摊开双手，耸了耸肩：“那片海滩感觉上非常诡异，而我对于当时的记忆，则是一片模糊。”

“你自己不是说过了吗，这很可能是因为一连穿过好几个精技石柱的关系。”

我吸了一口气。“也许吧。不过，我看此事没那么单纯，也许异类或是别的生命体对那个地方下了咒语也说不定。回想起来，我只觉得自己的决定毫无道理可言。当时我何不尝试通往森林里的那条小径？我记得我看到那条小径时，曾想过这路一定是谁走出来的，但是我却一点都不想探索那条小径——不，我当时的感觉比那更强烈，我甚至觉得那片森林惊险万分，觉得自己这辈子从未看过那么恐怖的森林。”我摇了摇头，“我猜，那个地方可能有其特有的魔法，既不是原智，也不是精技，不仅如此，还令我退避三舍。此外，在那个地方，精技似乎变得分外诱人。还有……”我的话声渐落。我尚未准备好向切德报告，将晋责与我从精技洪流中揪出来，重新拼凑在一起的那个性灵到底为何。那个体验太过庞大，又太过隐私。

“你是说，那个魔法竟能将王子的未婚妻塑像送到他手边，而这个塑像并非他未婚妻现在的模样，而是将来的模样？”

我耸耸肩：“晋责一提起之后，看来的确是如此。我只知道我曾见过贵主戴着跟那塑像一样的蓝色头饰，但是说真的，我从未看过贵主穿成那个模样，再说她的胸部也尚未隆起。”

“我记得我曾经在卷轴上读过，外岛人有个风俗，就是女孩子要袒胸露乳，以要求众人认可她已经成为女人。”

此风俗听来十分野蛮，我接着又补充道：“那塑像与贵主的确有几分相像。然而，也许塑像是刻画寻常的外岛女子模样罢了，目前我们不需要考虑太多。”

切德叹了一口气：“外岛的事情，我们知道的实在太少了。我不能再待了，我有好多事情要向王后报告，还有许多问题要询问我那些手下。蜚滋，你一从阿憨那儿打听到什么确切的消息，就赶快通知我。你就以弄臣的名义，送张提及‘薰衣草’的字条给我，这就是我们的暗号。”

我一颗心差点就从胸膛里蹦出来：“你刚才不是说，我们要以‘马’字作为暗号吗？”我问道。

此时，切德已经走到我房门前，又突然止住脚步。我知道这句话一定让他心中感到不安，但他仍极力掩饰。“有吗？但是‘马’字我们太常用到，所以还是‘薰衣草’比较好，因为你不太可能因为一时疏忽而写到‘薰衣草’。再见了。”

切德就此离去，顺便紧紧关上了我的房门。我转过身去，看看弄臣是不是跟我一样因为这老人竟然口误而感到吃惊，但弄臣也已经离开了。他早就拿了那些油膏色粉回到他的私人房间去。我自顾自地叹息着，默默地收拾早餐的盘子。今天早上这段短暂的插曲，使我加倍体会到我有多么想念他。他竟愿意幽默地跟切德讲一两句话，却完全不理会我，使我心如刀割。

我乖戾地对自己抱怨，倘若弄臣的真正面貌就是他自己，那该多好。

18. 粉红色糖霜蛋糕

让学生平躺，但不宜使用柔软、舒适的床或光秃的石面和木板，以免令学生分心。只需在地上铺张对折的毯子，让学生躺上去便已足够。吩咐学生将紧绑在身上的衣物除去或松开。有些学生在裸露，且不因衣物与身体接触而分心的情况下表现最好；有些学生则会因为袒身露体而感到不自在。就让每一名学生决定自己的身体与衣物之间的关系，无须引导。

接着教师强调，此时身体唯一的活动，就是稳定的呼吸。学员须闭起眼睛，随后，教师要求学员在身体保持不动的情况下，开始感知自己的身体。一开始时，学员可能需要引导。教师可请学员保持脚趾不动，并感知自己脚趾头的中趾。学员关注于自己的膝盖，但是膝盖须保持不动。教师继续要求学员专注于自己胸前的肌肤、前额、手背，继续点出躯体的各个疆域，最后则邀请学员切实地感应自己所居的躯壳实体的极限。准备到此程度之后，就请学生探索自己思绪的边界。请问，自己的思绪，是不是停在额头皮肤上便裹足不前了呢？有没有感觉到自己的思绪封锁在头颅里，或是陷落于胸膛中？

就连最迟钝的学生也会随即感觉到：身体无法封锁住思绪。思绪展延于我们肉体之外，即使我们的视觉、听觉、触觉、嗅觉和味觉，这些感官既停留在实体的躯壳内发挥作用，同时又与外面的广大世界连接在一起。我们的思绪无限延伸，不受空间，甚至不受时间的拘束。教师接着问道："难道你不能闻到房间角落的葡萄酒味？难道你不能听到海上水手工作中的叫嚷声？既然如此，那么便无须怀疑，因为你的确能听到在田里耕耘之人的心思，慢慢地朝你飘来。"

——树膝之译本，《学员初阶》

我走上惟真之塔，以确认王子能在这短短的时间内凑齐几样阿憨要的零星东西。令我惊讶的是，晋责不但备齐了所有物品，连他本人也在塔里等我。

我打量着桌上的珍宝，同时问他："你的朋友们发现你不知去向，不会大惊小怪吗？"

他摇了摇头："我已经向他们告退了。在众人口中，我一向有些古怪，有时，这个名声倒很好用。比如说，当我突然有独处的需要时，就没人会多问一声。"

我一面点头，一面逐项翻看。我将红围巾摺起来放在旁边。"我见过你使用这条围巾，如果连我都会想到这点，那么别人想必也会有同感。所以，若是阿憨围起这条围巾，别人会认定这是他偷来的。要不然，就是阿憨与你的关系非比寻常。我们要尽量避免这两种情况的发生。这把小刀也是一样的道理。你乐意将自己喜欢的东西送给阿憨，这个心意很好，但他若是带了这么一把精工打造的小刀，只会引起别人的侧目。"我将小刀放在摺好的围巾上。

那个小小的粉红色糖霜蛋糕才刚出炉不久，依然温热，飘出一股杏仁的香味；那孔雀羽毛很长，在我拿起来观赏时，羽毛优雅地垂坠下来。此外还有满满一大碗的葡萄干，当中混着一些核果果仁。果仁去掉硬壳之后，稍稍浸泡在糖浆中，此时外表的糖壳正闪闪发亮。"这真是太好了。谢谢你。"

"我才要谢你呢，汤姆·獾毛。"晋责深吸了一口气，"依你看来，路德威是为了杀你而来吗？"

"应该是。不过切德认为，路德威可能是即将前来与王后会谈的原智代表团一员，所以他叫我别插手，等事情明朗一点再说。"

“这么说来，你目前什么都不能做。”

“噢，我目前能做的事情可多了。”我喃喃地说道，“我只是不会立刻冲出去，让路德威一刀毙命而已。”

王子大声地笑出来，我也突然领悟到我跟他讲得这么深入，未免太不小心。幸亏他以为我在开玩笑。我强迫自己在脸上堆出笑容：“我等会儿就把这些东西送去给阿憨，看看能否多问出一点消息。而你，别忘了今天要尽量一切如常。”

他并不喜欢装作若无其事的样子，但这是情况所需。虽他不情愿，但还是点了点头。我爬上或高或低的梯阶，在狭窄的甬道里东转西转，心里则努力推测路德威出现在公鹿堡城里到底有何意义。之前珂翠肯发出了诏令，邀请原智者前来与她协商。路德威既然是花斑帮这个派系的首领，所以他若前来表明花斑帮的意见，也是理所当然。但他既曾绑架王子，还想牢牢地控制住王子，他怎敢大大方方地前来参与会谈？珂翠肯当然不会以路德威有原智为由就将他吊死，但是这人对瞻远皇室别有居心，就算吊死都是便宜了他。珂翠肯若要指控路德威图谋不轨，势必要揭发自己儿子有原智的这个事实。如今晋责失踪那段期间的种种事故，都已经被遮掩或是巧妙地解释。宫廷里的贵族深信当时王子不过是远离人群、闭关清修。路德威是否想要戳破这层伪装，借以打击皇室。我叹了一口气，并希望还有其他较为平和稳健的原血者会站出来。路德威这种人，真可说是我们原血者之中的极端份子。就是因为有他这种人，我们原血者才会遭人痛恨，避之唯恐不及。要是他挺身而出，声称自己代表所有原血者，那么原血者的污名将继续深入人心。

走到切德的塔楼之后，我便将这些思绪先搁置一旁。进去之后，发现阿憨坐在火炉前的石板地上，郁郁地望着火炉里将熄的火焰，舌头垂在嘴外，样子很是凄凉。“你以为我已经把你忘了？”我一边走过去，一边对他说道。

他转过头来，那小眼睛一见到我手里捧着的东西，一下子睁得大大的，整个人散发出感激至极的浪潮，将我团团围住。他站了起来，激动得发抖。“我们将这些放到桌上，你说好不好？”我建议道。阿憨看来像是被人打得有些头昏痴呆。当我小心地推开卷轴和墨水瓶，将手边的东西一一放下时，他只是一味傻笑。“晋责王子帮我备齐了这些东西。”我对阿憨说道，“你看，这是你要的粉红色糖霜蛋糕，刚出炉不久，还热热的呢；这儿还有一大碗葡萄干和裹着糖浆的干果仁，也是给你的，王子认为你可能会喜欢干果仁；还有孔雀羽毛，最上方有个眼睛的羽毛。这些统统都是给你的。”

他并未伸手去摸，只是目不转睛地瞪着这一切，双手则紧抓住圆凸的肚子。他思索我这番话时，嘴巴无声地蠕动着。最后他终于说道：“晋责王子？”

我帮他拉了把椅子过来：“坐呀，阿憨，王子殿下送了这些东西让你享用呢。”

他慢慢地坐在椅子里，双手缓缓在桌上爬动，最后终于大胆地触碰到了一下孔雀羽毛。“王子殿下。晋责王子。”

“一点也没错。”我说道。

我本以为他会迫不及待地大口将蛋糕和葡萄干送进嘴里，然而他却静静地坐了好一会儿，只是伸出一根肥短的手指，拂一拂孔雀羽毛。接着他拿起粉红的糖霜蛋糕，仔细地从每一个角度欣赏一番，又小心翼翼地将蛋糕放回桌上。随后，他小心翼翼地将那一大碗葡萄干拿到身前，拈起一颗葡萄干，看一看、闻一闻，才放进嘴里。他嚼得非常慢，咽下去之后，才再拿一颗来吃。我感觉得到他正全神贯注地品尝每一颗葡萄干，那景象简直像是他在对每一颗葡萄干技传，直到自己完全理解了这颗葡萄干为何之后才吃了下去。

我的时间很充裕。即便如此，将一桶桶水提到弄臣的房间，接着再提到切德塔楼，仍是一件很耗费体力的任务。水还没提完，我背上的伤疤便疼痛难忍，我也深深地了解到为何阿憨这么讨厌提水到塔楼上来。我将水倒入大铜锅里烧热，并趁此准备浴盆。我忙进忙出，阿憨却根本不曾多看我一眼。他还在一次一颗、津津有味地品尝葡萄干；粉红的糖霜蛋糕仍完好地放在他面前，动都没动。他专心得心无旁骛。我随便地观察了一下，这才发现他的牙齿不好，使他咀嚼不易，尤其吃到果仁时，咀嚼起来更为辛苦。我任由他慢慢啃食那些小甜点。他吃完了葡萄干和裹着糖浆的果仁之后，应该就会开始吃糖霜蛋糕了，然而直到此时，他还是不吃，只把蛋糕放在面前，仔细地欣赏玩味。过了好一会儿，热水开始冒烟了，我温和地问道：“阿憨，你不吃蛋糕吗？”

他皱眉沉思道：“吃了就没有了，就像葡萄干那样。”

我慢慢地点了点头：“可是说不定以后王子会再送你同样的糖霜蛋糕呀。”

他的注视退回为怀疑的眼光：“王子会再送我蛋糕？”

“当然啦。如果你做了好事情，帮助了王子，他一定会送你一些好东西，以表达谢意。”我任他好好地思索一番，过了一会才问道，“阿憨，你有没有别的衣服？”

“别的衣服？”

“除了你身上穿的以外，还有没有别的衣服？衬衫、裤子什么的。”

他摇了摇头：“就这些。”

我当年处境虽艰难，却也没有这么窘困，我希望事情没有坏到那个地步。“那么，你身上的衣服拿去洗的时候，你穿什么衣服？”我一边讲，一边将热水倒入浴盆中。

“洗？”

我放弃了。我真的不想再问下去。“阿憨，我帮你提了水上来，又烧热了水让你洗澡。”我走到架子边，拿出切德的针线盒，我可以将衣服上裂得最明显的破洞补起来。

“洗澡？就像在河里洗澡那样？”

“可以这么说。不过这里的洗澡水是热的，还有肥皂。”

阿憨思索片刻，最后丢下一句：“不要洗澡。”然后又继续对着糖霜蛋糕沉思冥想起来。

“试试看也不错喔。洗干净的感觉还不错。”我在浴盆里拨水以引诱他。

阿憨默默地坐着瞪视我，良久，他才推开椅子走到浴盆边，低头看着洗澡水。我又伸手进去拨着水玩。他慢慢地在浴盆边跪了下来，一手紧抓着浴盆边缘，一手伸进浴盆里，学着我拨水。他高兴地嘟囔了一声：“热的耶！”

“坐在里面，让全身暖起来，感觉很舒服哟。而且洗了之后会觉得很清爽。”

阿憨哼了一声，既不是赞同，也不是反对。他伸手深深地探入水里，连那破烂的袖口都浸湿了。

我站起来走开，让他单独待在浴缸边。他花了不少工夫，彻底将浴盆的水研究了一遍，直到他两边的袖子都浸湿了，我便建议他最好脱掉湿衬衫。阿憨终于愿意脱掉鞋裤，冒险踏入浴盆里。他没有内衣。当我要为他添加热水时，他非常怀疑，但想过之后，他还是任我将热水倒进去。他不是在用肥皂和洗澡巾洗澡，反而比较像是拿肥皂和洗澡巾来玩。热水的暖意传遍全身之后，他逐渐放松下来。然而，我仍要费尽口舌去说服他，不但要洗脸，而且要将肥皂涂在头发里再洗掉。

我从片断的对话中得知，阿憨自春季庆之后就没洗过澡，自从他母亲死后，就没人叫他去洗澡了。我由此得知他丧母是这一年内的事。我问阿憨，他是怎么会到堡里来工作的，他很难回答出。我猜测他大概是哪天逛进了堡里，而由于春季庆，再加上后来有订婚大典等事，人潮大量涌入堡里，所以堡里的人可能以为他不晓得是谁的手下。我打定主意，回头再去问切德，阿憨是如何变成他的仆人的。

我趁着他体验水与肥皂之际，匆忙地缝补一下他的衣物。衣服的纤维里都积着油垢，不好下针，但是要在线头松脱之处补上几针，还算是容易的。衣服的膝盖与手肘处都磨破了，由于没有布料补缀，所以我也没办法缝补。

当阿憨的手指头开始泡得起皱时，我找来一条毛巾让他擦干，并叫他站到炉火前去。我将他的衣服丢在污浊的洗澡水里，迅速地搓揉一番，然后拧干，晾在椅背上。这样的衣服当然不算干净，但已经比原来干净很多了。

我劝他坐下来，好让我将他打结的头发梳开，这就跟哄他踏入浴盆一样困难。就算我让阿憨拿镜子，看着我在他头上做什么，他还是对梳子很反感。自从我收容幸运，并对他强调虱子和跳蚤并不是本来就住在人的头发里以来，已经很久没有遇过这么棘手的任务了。

洗过澡、擦干、头发也梳顺了之后，阿憨裹着切德的毯子，昏昏欲睡地坐在炉火前。我猜，洗这场澡把他给累坏了。我将他破了洞的鞋子拿起来打量一番，在我当年跟着博瑞屈的时候，就学会做鞋了。“等我去城里买些皮料，就替你做双新鞋。”我对他说道。他睡眼惺忪地点点头，现在他已经不会因这些特别优待而惊吓。我将他的衣服挪到近火之处烘干。“至于你的衣服，就有点头痛了。我的针线技巧有限，缝补还过得去，要做新衣服就不行了。没关系，我们会想出办法来的。”他又点了点头。我想了一会儿，走到房间角落切德的旧衣柜前。衣柜里还有不少切德昔日的毛料工作服。其中一件着过火，其他的衣服则几乎都有成因各异的各种污渍。据我猜测，近年来切德已经不穿这些衣服了，不过尽管有这些瑕疵，这些衣服还是比阿憨那一套褴褛破衫更干净，也更易修补。我拿了一件出来，比画了一下长度，做了记号，便毫不留情地剪短。“这件你先将就着穿，之后我们再为你找别的衣服。”阿憨坐在炉火前，几乎打起了盹，只是微乎其微地点了个头。他放松之后，精技音乐随之逐渐扩大。我开始强化我的精技墙以作抵挡，然而我转念一想，干脆开放心胸，接受他的音乐。

我拿着袍子和针线，在炉火前的另外一张椅子上坐下来。我朝阿憨瞄了一眼。看来他快要睡着了。我一边帮他的袍子缝边，一边非常轻柔地问道：“呃，所以他们把我叫作‘臭狗子’，是不是呀？”

“嗯。”阿憨的音乐稍有变化，音符比较尖锐，出现了铁匠打铁的声音、砰砰的关门声、远处有只羊“咩咩”叫、又有只羊出声相应。我望着针尖在布面上进进出出，同时让他的音乐流入我心里，任由我的心思随着他的音乐起伏。

“阿憨，你还记得你第一次遇到他们的情景吗？你还记得那些叫我‘臭狗子’的人吗？”*请你让我看一看*。我一边平静地问道，一边规律地缝布边，同时以技传请求阿憨让我看看当时的情景。我倾听着针线在布面上进出的窸窣声、炉火的噼啪声，并将这些小声音糅合在我对阿憨的精技请求之中。

一时间，阿憨静静地坐着，只有精技音乐不断流出。接着，我听到我的针线声和炉火的噼啪声出现在他的乐声中。

“他说：‘放下水桶，跟我走。’”

“这话是谁说的？”我问得太急了。

阿憨的音乐停了。他大声说道：“我不能谈他，不然他会杀了我。他会用大刀杀死我。他会切开我的肚子，让我的肚肠滚落在沙土里。”在阿憨心中，他就站在公鹿堡城的泥土路上，看着自己的五腑六脏滚落在地。“就像杀猪那样。”

“我不会让你出事的。”我保证道。

他顽固地摇了摇头，并急促地呼吸：“他说‘我要杀你就会杀，没人挡得住我。’如果我跟你讲他的事情，他会杀了我。如果我不看住那个黄金人和那个老人与你，他就杀了我。如果我不把耳朵贴在门上偷听，并把偷听到的事情告诉他，他就杀了我。我的肚肠都滚落在沙土里。”

由于与阿憨心灵相系，我知道他真的将那人的话信到了骨子里。“好。”我温和地说道。我往后靠在椅背上，重新将注意力摆在手边的针线活儿上。“那就别想他了。”我建议道，“只想别的人，你去见的那些人就好。”

阿憨一面瞪着炉火，一面如释重负地点头。过了一会儿，他的音乐慢慢地回来了。我调整自己的呼吸与针线起伏的速度，以配合他音乐的旋律。我的心灵逐渐接近阿憨，然后我轻轻拂过他的心灵。

我甚至不太敢呼吸。我的针尖在布面上一进一出，然后便是把长线拉出来的窸窣声。阿憨瞪着炉火，缓慢地用鼻子呼吸。我什么问题也没问，而是让他以精技与我交流。阿憨不喜欢第一次跟那些人见面的情景，讨厌得要命。从堡里走到城里这段路又长又累，他的同伴一路上紧抓着他的袖子。那人个子比阿憨高，他紧抓着阿憨，阿憨只能弯着身走路，而那人脚步又快得难以跟上。阿憨因为走这么远的路而脚酸口干，况且他根本就不想去。在阿憨的记忆里，房里的人每问他一个问题，抓他袖子的那个人就猛摇阿憨，直到他回答为止。

阿憨的记忆并不模糊，甚至可说是过于详尽。他将自己脚踝上那颗水泡，记得跟那人讲过什么话一样清楚。在他心中，远处传来的羊“咩咩”声与“嘎吱嘎吱”地走过外面街道的运货篷车声，其重要性不亚于讯问他的那个人的声音。他被人猛摇，所以不时忘记该如何回答，而他深深记得对于自己为何遭到这样的待遇感到恐惧又不解。

阿憨回答得很模糊：一方面是因为他所知有限；另一方面是因为他对于事

物的轻重缓急自有一套见解。阿憨跟他们说，他在厨房打杂；他们问阿憨伺候的贵族是谁；他讲不出名字，对方很不耐烦，后来有个人开始骂带阿憨来的那个人，说那人浪费了他们的时间；然后阿憨抱怨楼上的那个脸上有斑的高个子老人给阿憨的工作变多了，于是有个人说道："那是切德，切德大人，王后的顾问。"接着众人上前，围在阿憨身边。

他们由此得知切德要阿憨堆柴的时候，将细树枝堆在一边，粗大的木块则堆在另外一边，以及阿憨必须将切德洒落在楼梯上的水擦干；切德的卷轴不可以碰；别将火炉的灰烬喷溅在地上；如果有人在一旁，就别打开小门。他们只对最后这一项感兴趣，他们问了其他问题，却不得其要，所以阿憨发觉他们的口气越来越差。阿憨不想再去，但是带他去的那人强调，这只是第一次。除此之外，他们大可教这个傻瓜看住他们要盯的人。于是就有人交代阿憨别的目标："有个时髦的遮玛里亚贵族，黄头发、黄褐色皮肤，骑一匹白马；他养了只臭狗子当仆人，鼻梁歪歪的，脸上有一道疤。"

在那个时候，阿憨既不认识黄金大人，也不认识我，不过抓他袖子的那人听到这话就知道所指为谁，并保证他一定会将我指给阿憨认识。他们将几个厚重的金币放到那人的手里，另外一人给了阿憨一些零钱，三个银币掉在他的手掌里。给钱的这人，对着阿憨，以及逼他来此的没有脸孔的仆人警告说："那个叛贼臭狗子要特别当心。要是被他察觉的话，他会立刻杀了你们。"

我靠着精技飘浮在阿憨的记忆之中，并感觉到那人的眼睛直盯着我。我想要看清他的脸，但是阿憨唯一记得的，就是那一对慑人的眼睛。"上次我当面看到那臭狗子一剑砍掉大男人的一臂。他就这样一剁！就像剁香肠似的，那手臂就掉下来了。那臭狗子若是察觉到你在看他，还会做出更狠毒的事情来。所以你这阿呆，给我小心一点，别让他看到你了。"在阿憨心中，这几句话与羊咩声、运货篷车的辘辘声，以及冬风呼号地吹过街上的声音是混杂在一起的。远处响起铁匠打铁的声音，仿佛在为这段记忆打节拍。

他们走回公鹿堡时，那个仆人再度警告阿憨，叫他要小心。"别让臭狗子逮到。你得看住那条臭狗子，但是不能让他看到你。听懂了没？要是你把我们的事情泄露出去，不但你要死，连我也会丢了工作。你绝对要小心，别让他看见你。听懂了没？听懂了没？”

阿憨缩身避开那人，同时喃喃地答称他听懂了，于是那仆人便要求阿憨交出他们给的零钱。“反正你是呆子，就算给你钱，你也不会用。把钱交出来。”

“这钱是给我的。他说要让我买糖果吃。还可以买糖霜蛋糕。”

那个仆人打了阿憨，并把阿憨的银块抢走。

我飘浮在他的思绪之中，与他一起重新体验当时的经过。在那个仆人打了阿憨一巴掌，使他的耳朵嗡嗡响之际，阿憨的精技浪潮也顿时高涨，几乎将我淹没。我也因此无法看清那仆人的脸孔。那人的拳头还没打下来，阿憨便缩身蹲下，眼睛紧闭，拒绝看到那人。

阿憨，你看看他，求求你，让我看看他。我恳求道，但是阿憨因为回忆所引起的激愤，加上我对那人的恼怒痛恶，使原本一同沉迷在精技冥想中的我俩，顿时被火热的情绪炸了开来。阿憨因为想起挨揍的情景，而发出了无声的呼喊，然后一缩身便从椅子上跌了下来，滚到离火非常危险之处。我在大惊之余跳了起来，整个头仍因为他突然切断连系而天旋地转。当我伸手去拉出阿憨那裹着毯子的身体，以免他被炉火烧到之时，他一定是以为我要对他下毒手，因为他突然大力反击。

不，不！臭狗子没看见我，别伤害我。你没看见我，你没看见我！

我仿佛被斧头重劈了似的倒在地上。由于我的心灵已经对阿憨开放许久，所以一时间，我因为他的重击而什么都看不见，而且我发誓我真的闻到了那种浑身发臭的猎犬，挥之不去的气味。

过了一会儿，我的视力恢复了。但要重新竖立我的精技墙，则必须全神贯注才办得到。再过了一会儿，我终于可以用手和膝盖撑起自己。我伸手摸摸头发，头痛得实在厉害，本以为会摸到血，但是头上并没有伤口。我颤颤巍巍地坐起来，环顾房内，阿憨正在与他那条湿裤子搏斗，一边挣扎地要将裤子套进去，一边惊惶沮丧地嗯哼作响。我深吸了一口气，以沙哑的声音说道：“阿憨，没事了。没人要害你。”

他不理会我，只是一味地与裤子挣扎。我攀住椅子，好不容易将自己撑着站了起来，拿起我先前缝补的那件袍子。“阿憨，你等一等。我再几针就缝好了。这袍子又干又暖呢。”我小心翼翼地坐下来。现在我总算懂了，我知道他为何叫我臭狗子，对我又恨又怕，也知道他为什么要命令我没看见他。就连有人打他、抢零钱的故事，现在也觉得有几分道理。其实阿憨从未将他的秘密隐藏起来不让我们知道，只是我们太愚蠢，没察觉这些秘密近在眼前。此时我眼前仍一片模糊，我咬紧牙关，努力让自己看清针线所在。再缝上十几针之后，这袍子就完工了，我打了结，咬断线头，将袍子拿起来。“你的衣服还是湿的，你现在先穿这件再说。”

他将裤子丢在地上，却一步也不肯朝我走过来。“你在气我，你会打我。说不定还会把我的手臂砍断。”

“不会的，阿憨。刚才你伤了我，但那是因为你很害怕。我既不气你，更不会砍断你的手臂。我根本就不想打你。”

“可是那个独臂人说……”

“那个独臂人说那些话是为了要骗你，他们那些人都在骗你。你想想看，我闻起来真的像狗大便吗？”

经过一阵令人提心吊胆的沉默之后，阿憨终于说道：“不会。”

“我有打过你，或是砍断你的手臂吗？过来拿袍子，你看起来好冷。”

他提防地上前一两步。“不。”他怀疑地望着袍子，“你为什么要给我衣服？”

“王子殿下不是送了你粉红糖霜蛋糕、葡萄干和孔雀羽毛吗？同样的，他也希望你穿好一点的衣服。这件袍子在你的旧衣服干之前可以让你保持温暖，不久之后，王子就会找人帮你做新衣服了。”

我立起精技墙，小心翼翼地朝他走去。我将袍子卷到领口处，从领口望向阿憨，接着将袍子从他头上套下去。即使裁剪过，袍子还是长得拖在地上，而即使他摸索到袖管，袖口还是长得从他手上垂下来。我帮他将袖子卷高，又用剪掉的布料将就地做了一条腰带，系上腰带之后，他走路就不会被衣服绊倒了。

阿憨紧拥着身上的衣服："好软喔。"

"恩，大概比你的旧衣服软一点吧，不过主要是因为这衣服比较干净。"我走回自己的椅子边，静坐下来。头痛已经减退许多，也许切德讲的那套精技头痛的理论是对的。方才重跌在地，身上仍疼痛不已且与丝凡佳父亲打架而产生的瘀伤与肿块也因为这个冲击而苏醒过来。我重重地叹了一口气："阿憨，你跟他们见过几次面了？"

阿憨吐着舌头思索："洗衣日。"

"我知道你是洗衣日去见他们，但是你去了几次？"

阿憨的舌头卷在上唇上长思，最后他点点头，强调道："凡是洗衣日就去。"

我看再追问下去也是白费工夫："那么你是一个人去找他们吗？"

阿憨听到这个问题，皱起了眉头："不。我知道路，可是他不让我一个人去。"

"因为他要拿他们给的钱。还要拿他们给你的钱。"

阿憨的脸阴郁起来："打阿憨，抢零钱，然后独臂人生气了。现在他拿零钱，但是会还我几个铜板。买糖吃。"

"那人是谁？"

阿憨站着不动。"我不可以讲他的事情。"此时我捕捉到他的精技音乐因恐惧而鼓动起来，当中充满了羊咩声与马具相撞的叮咚声。他搔搔头，将头发拉到眼前打量。"你要帮我剪头发吗？我洗完澡之后，有时候我妈会帮我剪头发。"

"好啊，说真的，你这个主意真不错。我们就来剪头发吧。"我摇摇晃晃地站起来，刚才跌倒的时候一定是撞到膝盖了，痛得要命。我觉得很懊恼，但是强行逼问阿憨只会惊吓到他，使我最渴望的消息，更深入埋藏在他的恐惧之下。"阿憨，你坐到桌边来，我去找剪刀。你能多少告诉我一点他们的事情吗？比如独臂人说了什么？他住在哪里？"

阿憨没有回答。他走回桌边，一坐下来，便立刻捧起那个粉红色糖霜蛋糕细细审视。他转着蛋糕，从各个角度打量，仿佛把刚才的一切都忘光了。"阿憨，独臂人跟你说了什么？”

阿憨并未看着我，而是对着蛋糕说话：“不可以谈他。不可以跟任何人谈他。不然他会杀了我，然后我的肚肠就会滚落在沙土里。”他两手拍拍自己圆滚的肚子，仿佛很庆幸自己的肚子仍是完好的。

我找到梳子，重新将他的头发梳顺。阿憨又平静下来，重新开始进行蛋糕冥想。“我就把你的头发剪到与下巴齐平，这样的话，你的耳朵和后颈还是会很暖和。”

“好啊。”阿憨轻柔地应和道，他已经迷失在他的糖霜沉思之中了。

帮阿憨剪头发令我想起幸运。突然之间，我非常想念幸运小时候的情景。在他十岁时，我总能清楚地知道自己有没有将他照顾好，一点也不会迷惘。吃得饱、睡得好、有干净衣服穿、教会他钓鱼等，小男孩需要的差不多就是这些。年轻男子则像是截然不同的生物。也许我今晚可以抽个空去看看他。银剪刀一开一合，阿憨的头发就落了下来，掉在椅子周围。我想到另一个方法。“我知道你不能跟我说那个独臂人的事，那些事情你都不能提。既然如此，那我们就不谈。我甚至也不问你他问了你什么。但是你可以把你跟他讲的话告诉我，对吧？他们可没说你不能把你讲的话说出来吧？”

“没……”阿憨慢慢地思考。他长叹了一口气，渐渐放松下来。然后他说道：“那个独臂人。”同时，路德威的身影也随着阿憨的音乐而浮现在我心里。路德威比我记忆中的模样瘦削了许多，经历了失去一臂和高烧不退，的确会改变一个男子的样貌。此时路德威竟俯视着我，使我顿时有点茫然，但过了一会儿，我便习惯了。对阿憨而言，路德威确实身材高大。即使如此，这影像仍很模糊。阿憨记得的声音比他记得的影像多了许多，而他眼里所见的影像，远不如他耳里所听到的声音那么清楚分明。我聆听着他记忆中路德威的讲话声，同时也随着他一起，因为路德威颇不高兴而害怕得瑟缩起来。“这就是你的消息来源？你在想什么啊，沛杰？我把我最关心的事情交给你去办，这就是你的成果？这家伙是不行的。他连自己的名字都记不得了，更别说其他事了。”

“这人对你很有用处。”有个人接口道，我猜这就是名叫沛杰的人，“他已经跟我们讲了很多消息，你说是不是啊，阿呆？那个老人就喜欢他。你说是不是，阿憨？你现在是不是帮切德大人工作？你跟他说说切德大人跟他那个特别房间的事情。”然后，沛杰对路德威说道：“能找到他，纯粹是我们走运。那个马厩帮手第一次把他拖到这里来的时候，我跟你现在一样，以为这人毫无用处。但是在上面的城堡里，他们任由这个白痴四处走动，他爱到哪里就到哪里。他知道不少事情啊，路德威，你只需要找到办法套出他的话就行了。”我无法透过阿憨的眼睛看到沛杰这个人。不过我感觉得出，他是个大个子，十分壮硕，是个不好惹的人物。

此时另外一个声音发话了，这是个女人的声音。“这个人很有用处，马人。别换马……你们那句俗语是怎么说的？别在渡河渡到一半的时候换马？对了。这个人对我们大有帮助。如果你想得到我们议定的东西，就别多干涉。”

这女人的声音我听过，我在自己的记忆中四处搜寻，却记不起她是不是堡里的人。我将这个思绪压得极细微，留在自己心里，以免打断了阿憨源源涌出的记忆。那天他既困惑又害怕，这个初见面的高个子独臂人使他毛骨悚然，而他们仿佛他不在场似的讲话模样，又使他惶恐不安。可是那个人从头到尾都紧抓着他的手臂，不放他走。

路德威的讲话声仿佛铁匠打铁般武断。“我才不在乎你觉得这人如何，也不在乎你要给什么。我的复仇属于我自己，我绝不会为了你那些外国金子，而把我的复仇机会卖给你。这个什么切德的我一点也不在乎。黄金大人的头我要定了，还要从他那只走狗身上砍下一只手臂来。沛杰，你光想着要出卖花斑帮，竟忘了黄金大人欠我一条命，服侍他的那条叛徒走狗欠我一条手臂？”

“我并没忘，路德威。你搞清楚，我跟你是站在同一边的啊！”沛杰的声音像是运货篷车的轮子辘辘地在路上摩擦滚动，冒出愤怒与斥责的低沉声响，“难道你忘了，那天是我从你身后撑着你一同骑马，你才没有从马鞍上摔下来？那女人开价的时候，我只想说，好吧，我们哪会在乎他们怎么死？既然她要，那么那两个人就给她好了，我们倒乐得用这两个人去把她的金子换过来，以便完成我们的志业，推翻伪瞻远皇室。”此时沛杰的声音显得大义凛然，不过在阿憨心中，最后沛杰讲的这几句话，是与远处的羊咩声混在一起的。

“住嘴！”路德威的声音既火热又沉重，像铁锤打在烧红的铁块时那样嗡嗡作响，“我可是非常在意他们是怎么死的！他们两个必定要死在我的手上！而且我复仇的鲜血绝不可以售卖。至于‘我们’的志业，那得等到‘我’的志业完成之后再说。我告诉你我要什么，沛杰。我要知道他们何时起床、何时入睡，还要知道他们何时骑马、在何处用餐；我要知道我可以在什么时间、什么地点杀了他们。你那个弱智的眼线能给得出那些消息来吗？”路德威字字不留余地，沛杰的怒气也逐渐升高。

“能，他当然能，他给我们的消息已经远超过于此，只是你听不进去而已。这个切德大人跟这个呆子所知道的细节，都是重要的消息。如果你一心只要报仇，根本不考虑除了复仇之外，我们还能多获得点什么，那么，你当然还是可以如愿。只要你问对问题就行了。阿呆，你把砍了他手臂的那只叛贼臭狗子的事情说一说，再说说那个老人叫那臭狗子什么名字。你说给他听，这样他就会领悟到在他休养的时候，我为花斑帮做的事情，比他仍有两手时做的事情更多。”

在阿憨的记忆中，接下来他听到一拳飞出，打在肉上的清脆响声，接着路德威喘气怒道：“你要牢牢记住自己的身份，沛杰，不然我一定让你好看。”

阿憨突然弯身下来，并伸手抱住头。目睹这种暴力场面，使他激动又害怕。“不要，不要，不要。”他乞求道。于是我拿开剪刀和梳子，站在一旁，等他自己慢慢平静下来。我这样迫使他重新体会曾经历过的恐惧，实在颇为残忍，我并不以此为乐，然而我却非问他不可。我等到他镇静一些之后，便以最轻微巧妙的手法，用精技来抚慰他的心灵，并将他重新带往那个房间。“光想一想是不要紧的。”我对阿憨劝道，“你现在安全了。你在这里，他们既找不到你，也伤不到你。你很安全。”我透过我们之间的精技牵系，感觉到阿憨内心沉郁。他在抗拒，我再轻推，突然之间，他的记忆又展现出来。

阿憨深吸了一口气，吐了出来。我继续替他剪头发。梳子的触感与陆续掉落的头发，使他陷入半昏醉的状态。据我猜测，平时大概难得有人与阿憨碰触这么多，就算偶尔有所碰触，也都粗鲁无礼。此时他像是被人顺毛抚摸的小狗一样，肌肉逐渐放松，并发出了肯定的声音。

我非常温柔地问道："好啦，那一切过了之后，你跟他们说了什么？"

"噢，没什么。只讲到老人的事和柴枝的堆法。送柴的时候，不可以摇晃葡萄酒架；每天早上把脏盘子和没吃完的东西收走；纸张都别去动；还有老人说，你若是吩咐了什么，我必须照做，虽然我根本不想靠近你；也讲到你老是想跟我讲话。他们听到这里就说：'你别去！就说你忘记了！'还有讲到你们偶尔晚上讲话的事。"

"谁讲话？切德跟我？"我慢慢地梳过他的头发，将发尾剪齐。湿发落在地上，而我的一颗心，则因为他接下来所讲的话而差点从嘴里跳出来。

"是啊，你们谈到精技和原血；他还叫你另外一个名字，嗯，'蜚子新奇'；还有，我知道那个女孩子在哭，你就不高兴了。"

听到阿憨口齿不清地提起我的名字已经使我提心吊胆，而他提到"那个女孩子"更使我大惊失色。"什么女孩子？"我故意呆呆地问道，并希望他会干脆说"就是那个女孩子啊"或是"我不知道"。我的肚腹开始翻绞。

"她一直哭一直哭。"阿憨温柔地说道。

"谁在哭？"我的心直往下沉。

"那个叫作荨麻的女孩子啊，她晚上一直哭，哭个不停。"他偏着头，使我一刀剪歪了。"她现在还在哭。"

听到这话，我的恐惧感绷得更紧了。"是吗？"我问道，小心地将我的精技墙降下来。我对荨麻开放精技墙，但却什么感觉也没有。"不，她现在很安静。"我说出自己的观察。

"她哭给自己听，她在另一个地方哭。"

"我不知道你这话是什么意思。"

"那个地方空空的。"

"我不知道你这话是什么意思。"我再度说道，心里极为忧虑紧张。

他专心地皱着眉头感应了一会儿，然后他的眉头突然松开了。"算了。她停下来不哭了。"

"就这样，一下子就不哭了？"我难以置信地问道，放下剪刀和梳子。

"是啊。"他的手指头轻松地在鼻子上拍了拍，"现在我要走了。"他突然宣布道。他站了起来，四下环顾房间。"别吃我的蛋糕！"阿憨对我警告道。

"放心，我不会吃的。不过你真的不留下来吃完蛋糕再走吗？"在这个惊吓之后，我心里麻木得什么感觉都没有。阿憨口齿不清地讲了"蜚子新奇"，路德威会据此推敲出我的真名吗？无疑地，他已经知道我女儿的名字了。如今我们父女俩都岌岌可危，而我却在跟一名弱智男子谈糖霜蛋糕。

"如果我吃了，蛋糕就没了。"

"以后说不定还有呀。"

"以后说不定没有呀。"阿憨指出这个无可质疑的逻辑。

"我想到了。"我走到一个较空的架子前，将架子上的东西挪走，"瞧，这样就腾出一个空间，以后我们就把阿憨的东西放在这里，这样就没有人会去动你的东西了。"

但是阿憨很难想得通这个概念。我试着以好几个方式解释，然后请他自己将糖霜蛋糕和孔雀羽毛放在架子上。接着他迟疑地将之前装着葡萄干和果仁的大陶碗拿起来，现在那碗里只剩一把裹了糖霜的果仁。"那个大陶碗也可以放到架子上。"我对他说道，"以后我会另外再放一些好吃的点心在碗里。"于是阿憨也将陶碗放上去，之后站着好好地欣赏了一会儿。

"现在要走啰。"阿憨突然再度宣布道。

"阿憨。"我慢慢地说道，"明天是洗衣日，到时候会有一个人来带你去找独臂人吗？"

"不可以谈他。"阿憨很顽固，既顽固又恐惧。我听到他的精技音乐变得喧闹起来。

"你想去看那个独臂人吗，阿憨？"

"我非去不可。"

"不，你不是非去不可。以后你不见得要去。你想去吗？"

这些话似乎需要好好地想一想才行。最后他说道："我要铜板买糖吃。"

"如果你告诉我独臂人住哪里，我就可以代替你去，帮你拿铜板，并且帮你带糖果回来。"

他皱起眉头，摇了摇头："我自己的铜板，我自己去拿。我喜欢自己买糖果。"他一边说，一边退开，他又开始起疑了。

我深吸了一口气，劝自己要耐心一点："那我们明天课堂上见啰。"

他严肃地点点头，离开了切德的塔楼。我走过去，捡起阿憨丢在地上的湿裤子，重新披挂在椅背上。据我看来，他穿这件袍子，大概没有人会觉得意外。在公鹿堡里，这袍子的样式早就过时了，而仆人们，尤其是低层的仆人，往往都是捡主人不要的衣服来穿。我叹了一口气，坐回椅子上，对着炉火发愣。接下来我该怎么办？

我真希望我能逼阿憨将路德威的住处告诉我，要不然至少也将那个带他去找花斑帮首领的家伙供出来。然而我若是强逼阿憨，不但会吓坏他，我们今天辛苦建立起来的脆弱信任感也将荡然无存。我可以明天悄悄跟踪他去公鹿堡城，但是我很不愿意这样做，万一被路德威或是他的亲信察觉我在跟踪他，那么阿憨恐怕会有危险。再说，我若是一路跟踪，也看到阿憨与路德威见了面，那么我又能如何？冲出去暴露自己的行踪，还是眼看着路德威质问这个小个子男子，再度问出许多我们的消息？我考虑过要监视阿憨，等到那个要将他带到城里之人出现时，便将他逮住。我猜我倒不难从那中间人嘴里逼问出路德威的住处，不过那人若未依约与路德威相见，路德威势必会起疑心。如今网都已经准备就绪，我可不想轻举妄动，以免惊飞了我的鸟儿。我还有最后，也是最简单的计策：想个办法绊住阿憨，让他明天没办法去城里；送些玩具让他分心，或是干脆把他支使到没人能找得到他的角落忙上一天。不过这一来我就无法进一步探知路德威的动静，而我实在很想立刻就控制住他。

我恨不得杀了路德威。曾经被你重伤却不致死的敌人，最是可怕。我不但砍断路德威一臂，还取了他妹妹的性命，又终结了他们兄妹俩想要抢夺政权的计划。也许他曾经有过要为花斑帮争取庞大权力的梦想，但是据我推测，如今他一心一意，就是要找我与瞻远皇室报仇。在这情况下，他必然会使出所有残酷手段。

我交叉双臂抱胸，往后靠在椅背上，皱着眉头瞪着炉火。说不定我都想错了。也许路德威之所以到城里来，只因为他是代表原智者前来与珂翠肯会谈的密使之一，如此而已；也许他之所以派人刺探，只是为了提防。但我对于这个可能性非常怀疑，深深地怀疑。

我不想与切德讨论此事。路德威知道的是我的名字，不是他的名字；路德威所威胁的也是我，不是切德。该怎么处置，要由我自己决定。也许日后切德会狠狠地训诫我一顿，他可以日后再训我，等到荨麻与晋责都没有危险的时候。

我想得越多，越觉得沮丧无奈。我离开切德的塔楼，沿着密道走回自己的房间。弄臣不在，黄金大人也不在，我的恼怒并未因此减轻。我需要思考，但是此时我却连坐都坐不住。我走到覆着雪的练武场，带着我那把丑剑。弄臣送的那把好剑仍挂在墙上，无言且毫不留情地提醒我自己愚蠢的言行。

老温在那儿，运气又一次眷顾了我。我先用我的真剑演练一番，虽天气酷寒，但不久之后便暖和起来。接着老温与我换上钝剑，以便激烈对打。他似乎察觉到今天我只想运动我的武器和身体，一点也不想动口，更不想让心灵进行除了身体活动之外的思考事情。我将所有的考量抛在脑后，专心努力地刺杀老温。老温突然后退一步，叫道："够了！"我以为他想要休息一下、喘口气，但他却把剑尖点在地上，宣布道："我看你已经恢复到你过去的状况了。无论你过去的状况为何，汤姆。"

"我不懂。"我喘着气看他，过了一会儿之后才问道。

他艰难地做了个深呼吸："我们第一次过招的时候，我就察觉到你曾经是个战士，而你之所以来练武场，为的是要回忆当年身为战士的感觉。如今你又是一个战士了。你已经恢复了昔日水平，汤姆·獾毛。我跟得上你，但是也仅止于此。我很乐于继续跟你较量磨练，这对于我的技巧有益，但是如果你想要找个配得上你水平的对手，或者找人教你新的技巧，那你就必须找个比老温更厉害的人了。"

他将武器换到左手，腾出右手与我相握。我感觉到一股暖意流遍全身。我已经多年没有感受到这种荣誉感。我之所以感到骄傲，不是因为自己的成就，而是因为这位身经百战的战士愿意用这几句话来表扬我。走出练武场时，我心里的问题，并没有比刚才进练武场之前稍减，但是一想到说不定我自己就有应付这些问题的好本领，我的心情就转为激昂。

接着我前往蒸气浴室，仍然小心地不让自己考虑接下来要怎么做。出来的时候，我整个人都干净了，意志也坚定了，心境澄明。我朝公鹿堡城走去。

我告诉自己，此行目的明确。我要去看幸运、买把小刀、买条红围巾，还有，说不定我会找到一条往来频繁的街道，而这条街边的羊“咩咩”叫时，远处还会响起铁匠的打铁声。

19. 路德威

强盾国王个性外向活泼，大家知道他爱喝酒，又喜欢开玩笑。他的精技师傅是庄重，而强盾国王老爱拿这位女师傅的名字来开玩笑，说她人如其名，严肃得要命。在庄重师傅看来，强盾国王实在太爱耍嘴皮子了。强盾国王即位时，一并继承了庄重师傅为明鉴王后训练的精技小组，而此时庄重师傅已经七十高龄。过去这个精技小组全力辅佐强盾的母亲，只是小组的成员也跟庄重师傅一样，年岁都大过国王甚多。强盾国王常常抱怨庄重师傅和她的精技小组都拿他当小孩子看待，不过德高望重的庄重师傅总是耻笑强盾，说那是因为他的行为往往都太过幼稚。

为了逃避年高德劭的精技小组与顾问群，强盾国王不时伪装身份溜出公鹿堡。他打扮成四海为家的补锅匠，怡然自得地在比较粗劣的酒馆客栈里打混，而他的乐趣，就是讲些猥亵的笑话，唱几首逗趣的歌，娱乐经常在这种场所出入的市井小民。有一次，强盾在小酒馆里喝多了酒之后，开始为大家讲故事，猜些粗俗下流的谜语。这酒馆里有个少年，年纪不过十一二岁，一身的技艺也不过是倒啤酒、擦桌子，但是国王出的谜题，这少年不但每猜必中，而且他所用的字眼，还与国王内心一再演练的答案分毫不差。如此精心策划的节目，竟然被人轻易破解，一开始时，强盾国王不太高兴；不过国王不久就发现，自己因为那少年每答必中而气恼的模样，竟比他说的趣谈本身更引起观众高兴大笑。那天晚上，国王在离开酒馆之前将那少年唤到桌边，悄悄地问道，为什么他问了这么多谜语，那少年都答得出来？结果那少年的答案吓了国王一大跳："你怎么反而来问我？这不都是你告诉我的吗？你一边讲谜题，一边就悄悄地把谜底说给我听了！"

如今强盾国王不但开心愉快，同时也慧眼明鉴。当晚他就把那少年带回公鹿堡交给庄重师傅，并说道："这令人愉快的少年在精技方面已有扎实的根基，现在我把这孩子交给你。我要你去找几个像这样的人，帮我训练出一个有精技天赋，也能跟我一样愉快大笑的精技小组。"于是这少年便以"愉快"为名，而以他为中心建立起来的精技小组，就叫做"愉快精技小组"。

——史列克，《历史》

今天天气清爽且冷冽，我踏着厚雪，大步下山往公鹿堡城而去。我听到身后有马蹄声，于是让到路旁让那骑士先走，同时我也将手搭在剑柄上，以防万一。但是棕音并未扬长而去，反而勒马配合我的脚步，与我同行。我抬头望着她，什么话也没说，她几乎可以算是我今天最不想见到的人。她还是开口道："切德把我的话传给你了吗？"

我点点头，但没有停脚。

"所以呢？"

"所以我认为我没什么好说的。"

棕音猛然勒住马，其动作之激烈，使她的坐骑不安地喷鼻息。她跳下马，跑过来挡在我面前。我不得不停下来。"你到底是哪里不对劲？你到底要我怎么样？"她质问道，"我能给你的都给了，你还要我怎么样嘛！"她的声音在颤抖，令我惊讶的是，她的眼里还噙着泪水。

"我……没什么。我并没……那你到底要我怎么样？"

"怎么样？继续做朋友呀，就像我们以前那样，彼此讲讲话，诉诉心事。"

“可是……可是椋音，你已经结婚了。”

“因为我结了婚，所以你连话都不屑跟我讲了？因为我结了婚，所以就算你在大厅里碰见我的时候，也要板着脸？你好像把我当作不存在似的。十五年了，蜚滋。我们都已经认识十五年了，如今你一发现我结了婚，就突然连跟我打声招呼都不肯了？”

我目瞪口呆地望着她。椋音跟我讲的话往往令我惊讶万分，虽然已经发生多次，但我还是不习惯。不过我的讶异持续得太久，以至于她又再度出击了。

“上次我去看你的时候……我需要个朋友，你却把我扔出去。你别忘了，当年你需要朋友的时候，我对你那么好。去你的，蜚滋，老实说，我们同床共枕了七年耶！如今你甚至不问我一声近来如何，连我邀你上马共乘，你也不肯，仿佛我有什么恶疾，而你深恐我把病传染给你似的！”

“椋音！”为了阻止她滔滔不绝地指责，我吼了一声。我不是要凶她，但她突然吸了口气，泪水便汩汩地涌了出来。七年来养成的反射动作，使我伸出双臂拥住她，让她靠在我的胸口上。“我无意伤你的心。”我在她耳边说道。她那丝缎般的秀发埋在我胸前，我鼻中所闻，尽是那股熟悉的香味。我突然感觉到，我必须重新将分手的理由讲一遍，尽管她一直都知道。“你伤了我的心，因为我发现我不是你生命中唯一的男人。我竟天真地想象我是你唯一的男人，也许是我傻吧。你可从来没说我是你唯一的真爱。其实我也知道那是我一厢情愿的想法，但即使如此，当我发现真相的时候，还是受到很大的打击。”

椋音没有应答，倒是哭得更厉害了。她的马不安地动来动去，踩到了自己的缰绳。我一手揽着椋音，一边尽量侧走几步，以抓住马缰。*镇定，等一下*。我对那马说道，于是那公马高昂的头稍微低下来了些。

我揽着椋音，满心以为她马上就不哭了，谁知道她还是哭个不停。我总认为她是个没心肠的人，其实说她不在意别人的感受，会比较贴切一些：她就像个小孩，要什么就拿什么，根本就不考虑前因后果。我既然比她更知道因果的道理，就应该表现得比她更好才对。我心想着要以平静的口气跟她说话，而我的语气果真很平和。此时痛哭的椋音试着平静一些，以便听清楚我在说什么。“有件事情我必须坦白地告诉你。我上次说的那些话，讲到我拥着你的时候，想的却是莫莉什么的，其实那是违心的，彻底的违心。我讲那种话，既贬低了你，也贬低了莫莉，真是太可耻了。当我拥着你的时候，我满心想的都是你。对不起，我竟用谎言去刺伤你。”她的泪水仍未稍歇，“椋音，讲讲话啊，你怎么了？”

“其实……其实也不全都是因为你太残忍，而是……”她抽抽噎噎地吸了口气，“我想……我怀疑我丈夫有……那天晚上，他跟我说，他直到此时才领悟到他有多么想要孩子。虽然他无须继承头衔与家业，所以不需要子嗣，但他还是很想要有孩子。而且……而且我看他是有了……他可能在外……”椋音就是说不出她最害怕的情况，声音越来越小。

“你丈夫在外有了女人？”我平静地问道。

“一定是！”她突然大哭起来，“我们刚结婚时，他每天晚上都要我！是，我也知道这不会长久，但是他的热度消退之后，他还是……可是最近，他却像是眼里没有我这个人了，就算我离开个几天再回家，也无法燃起他的欲望。他跟朋友们赌博到三更半夜，喝到醉醺醺才上床。不管我穿得多好看，戴上珠宝、喷香水，他就是对我不闻不问。”她滔滔不绝地说道，她的泪水也汩汩涌出。她用袖子擦脸，脸上仍有残泪。我掏出一条手帕递给她。

“谢谢。”她再度擦脸，然后她突然耸起肩膀，深吸了一口气，慢慢吐了出来，“我看他是厌倦我了。他一定是觉得我年老色衰了。我自己照镜子，发现我胸垂腹凸，脸上也有了皱纹……蜚滋，我真的老了那么多吗？毕竟我的年纪比他大上许多，你看他是不是后悔当年不该娶我？”

真正的答案为何，我无从得知。我伸出一臂揽住她，吐出一口气。“这里冷，我们边走边说吧。”我说这话，为的是要替自己争取一点思考的时间。她攀着我的腰走，她的马儿则跟在我们后面。我们默默无语地走了一阵子。

然后她平静地说道：“我之所以嫁给他，是为了有个归宿。我总算有了归宿。他不要孩子，人长得好看，又对我十分心仪。有次我碰巧听到他跟朋友说，他在介绍我的时候，什么都不用提，只要说这是我妻子就够了，那真是一种无以名之的乐趣。毕竟大家都知道我就是‘王后的吟游歌者’。他如此以我的名声为荣，连带也使我感到很骄傲。当他跟我求婚时……当他跟我求婚时，那感觉就像是……就像是终于驶进了安全的港口。多年来我一直担心，若是有朝一日嗓子变差了，或者失宠时该怎么办，如今总算有了个着落。只是我从未想到，我若是跟他在一起，就必须与你分开。所以后来听到你坚持要这么做的时候，我气得要命。我从很早以前就认定我们之间的情感根深蒂固，当我发现你竟然说断就断，即使我反对也无从挽回时，我好惊讶。但即使如此，至少鱼貂大人仍守着我，而且我劝自己，为了年老时的安全庇护着想，失去你只是个小小的代价而已。”

她沉默了一会儿，寒风吹过我俩之间的空隙。我本以为她已经说完，但她又说道：“但若是他在外面有了女人，而且还怀了他的孩子。就算他只是认为外面的女人比我更有魅力吧……那么我失去你，就只不过是换来一场空，到头来还是得独守空房。”

“椋音，珂翠肯王后与切德怎么可能让你欠缺照顾？你知道他们是一定会供养你的。”

她叹了一口气，突然间显得老了好几岁：“是啊，有个居所，衣食无忧，这些是一定少不了的。但是总有一天，我会年老色衰，嗓子哑了，中气不足，所以也无法唱歌，到那时候，没人会觉得我迷人，也没人会想要我。‘吟游歌者椋音’的名声，则变成‘角落的那个丑老太婆椋音’，我对任何人来说都不再重要，谁还会将我捧在手心里？到头来，我终究还是孤寂一人啊。”

这番话使我以全新的角度看待椋音。也许从头到尾，这就是她看待世事的唯一角度吧。椋音这个人的行事作为，完全以本身的需要作为出发点。她是个很好，甚至可称之为出色的乐师，但是她的天分尚不足以让她享有长久不坠的名声。除此之外，由于无法生育之故，所以她老是担心她的男人会因为她无法生育，或是容颜不再，而被别的女人抢走。随着她年纪渐增、姿色渐褪，她这个恐惧感只怕有增无减。因为她不能用孩子将丈夫绑在身边，她也怕她的床笫魅力不再的时候，就会被男人抛弃。也许对于椋音而言，我的魅力多半在于我总是觉得她魅力十足，而且我对她的身体从不厌倦。不仅如此，在她眼中，我仿佛是她的私有珍藏，是她一人独享的大秘密。况且就情人与男人的层次而言，我从不多要求，只要她偶尔来访时所提供的一切便已足矣。但是我们分手之后，再也没人热忱地对她的床上魅力照单全收，而此时又碰上她丈夫对她提不起兴趣，所以她开始怀疑是不是自己魅力不再。我既不能为了证明她仍女人味十足而与她云雨一番，也不能劝她说她丈夫仍深爱着她。我努力想着自己到底能对她说什么。

我突然拉住她，要她停住脚步。我站在一臂之外，假装以挑剔的眼光，对她评头论足，虽说其实在我眼中，她就是她，看不出什么其他。我故意咧嘴而笑，仿佛有感而发地说道："要是你丈夫对你看不上眼，那他真是大傻瓜；我敢说，公鹿堡里任何一个男人，都恨不得与你同床共枕呢——我自己也算在内，倘若今天情势不同的话。"我露出思索的模样，"要不要我照这话去跟他说一遍？"

"不！"椋音叫道，她努力但虚弱地笑了两声。我拉起她的手，但与她保持礼貌的距离，同走了一段路。椋音沉默片刻之后，突然小声地问道："蜚滋，如今你还关心我吗？"

我知道像这种问题不能想太久，一定要赶快回答才好，不过这答案其实一想即知。"当然关心。"我直视着她的眼睛，"你伤害了我好几次，你说过很残忍的话，你的行径我并不是完全认同。不过对你而言，我又何尝不是如此？但是，这就像你刚才说的：十五年，人跟人之间若是相处这么长久的时间，对一切事情都会认为是理所当然的，我们会接受彼此的优点与缺点。你说，你曾在我的火炉前为我一人唱了多少歌？我又为你煮过几顿饭？十五年的交情，已经超越了喜欢或不喜欢，无论对方如何，都能全部接纳。我们的确曾经漠视彼此的感受，但别说我们了，就连切德跟我都会漠视彼此的感受。我们深信，我们对彼此的认识，以及多年来的交情，绝对比在盛怒之下讲出来的话更为重要。"

过了一会儿，椋音平静地说道："之前是我骗了你。"

"对，的确如此。"我发现自己已能够用不带怨恨的口气说出这些话，"之前我对你十分失望。这就好像我自认为自己有权利决定日子要怎么过，不管你怎么想都影响不到我。而你其实也不过是不顾别人的看法，对自己的人生做出了选择，如此而已。你结了婚，而我决定隐姓埋名，我俩彼此的决定阻挡在你我之间。但有一件事情是不变的：不管过了多少年，就算我们永远不再同床共枕，但在我老的时候，一定将你捧在手心里，对你珍而重之。”

其实我对她说的这番话，连我自己都不见得完全相信，但是无论如何，她毕竟是个朋友，而且她现在就是需要听这个。我这番话令她宽慰不少，对我来说，这么做不需要花费太多力气。我嘴角扭出一抹微笑。多年来，她之所以跟我同床共枕，为的不就是像我现在给她的这些无伤大雅的谎话吗？

她点了点头，眼泪也不再流了。走了一段路之后，她又问道：“那我丈夫的事情，我该拿他怎么办？”

我摇了摇头：“我也不知道，椋音。如今你还爱他，还喜欢他吗？”

我问的这两个问题，椋音都僵硬地点头以对。

“那么，你就告诉他，你爱他，你喜欢他啊。”

“就这样？”

我耸了耸肩：“我看你是问错人了，这种事情我实在不擅长。我看你应该找个在爱情方面春风得意的人来问一问才是。”

“好比说切德吧。”

“切德？”我不但讶异，而且觉得很好笑，但我实在是太好奇了，所以我故作正经地答道，“切德的确是个理想的人选。”想必椋音与切德的对话一定很精采，我要是能旁听就好了。

“你说得对。切德总有办法让他的情人既满足又守本分。就算是他主动分手的情人，也从没有跟他闹翻的。”椋音沉思着，接着她看到我脸上意外的表情，不禁哈哈大笑，“我懂了。原来连你也不知道他的风流韵事。啊，嗯，你说得没错，这事的确该问切德。我从没听说哪个女人把切德赶下床的，提出要分手的总是他，不是别人，然而他的年纪也老大不小了。嗯，等我今晚向他报告的时候，就顺便问问他。”

她最后这句话使我陡然起疑，我冒险问道：“这么说来，你认为你找得到那个独臂人的住所？”

椋音意味深长地看了我一眼，仿佛在奖励我在赛局中得分似的。“一定比你快。而且切德托我在赶过你的时候提醒你，他希望你跟路德威保持距离。倒不是说他在公鹿堡城里会用‘路德威’这个名字，也不是说切德一发现他的踪迹，就会将他逮住。好啦，我已经将切德所托的话告诉你了。他要我务必跟你说，这件事情的始末牵连，还是他知道得最清楚。”

“应该说，是切德自认为这件事情的始末牵连他最清楚吧。”我冷冷地答道，心里推测，今天椋音与我绝对不是偶遇。切德不知怎地发现我已经离开堡里，于是派椋音来拦截我，并引开我的注意力，以免我找上路德威。我今天之所以有机会对这位心情混乱的吟游歌者表达歉意，可能也在他的计划之中。瞧那老人多么精心地操控这一切呀！我努力挤出一丝笑容，并将笑容定在脸上。“嗯。如果你想比我早一点找到路德威的话，那么你最好是赶快上马进城了。”

她不解地看了我一眼。“这么说来，你还是要进城？”

“对。我去城里有别的事。”

“好比说什么事？”

“幸运。”

“幸运在公鹿堡城？我还以为他一直守着你的小屋呢。”

这么说来，椋音知道的不及切德多，但我也并未因此而放心多少。“我之所以回到公鹿堡来，主要就是为了要让幸运拜在好师傅手下学手艺。如今幸运在晋达司那儿当学徒。”

“这样啊？那他做得顺不顺利？”

诸神在上，我实在很想撒个谎，告诉她幸运做得非常顺利。“城里的生活，幸运一直不太能适应。”我稍微透露一点，“但是我看他已经开始能掌握到其中的诀窍了。”

“我得抽个空去看看他才是。晋达司很崇拜我呢，我若是表现出对幸运很有好感的样子，对他一定是有好无坏的。”椋音近乎天真地认定她的名声有其大用，所以我也很难拒绝。然后她突然停下脚步，仿佛想到什么令她大吃一惊的念头。“那孩子该不会到现在都还在气我吧？”

棕音从不在意自己是不是伤到别人的感情，也许她认定别人一定很快就会原谅她吧。吟游歌者总是拥有好口才，然而相随而来的缺点，就是他们善于以言语伤人。由于我迟迟不语，所以她又问道：“他还在气我，对不对？”

“我真的不知道。”我连忙说道，“你那时候的确令他颇为伤心，但如今他心里想的事情可多了，而我也是，所以我一直没跟他谈起这件事。”

“嗯，这么说来，我是一定要弥补他了。等我有空，就把幸运叫出来。我认识晋达司，所以他是一定不会多说什么的。我要带幸运去吃顿好饭，带他去看看做学徒的人没机会见识到的公鹿堡城。你别那样皱眉头，幸运只是个孩子啊，我两三下就可以安抚他了。好啦，照你说的，我现在真的得赶路了。蜚滋，跟你把事情谈开来，我真的很高兴。我一直都很想念你。”

“我也很想念你。”我信口说道，完全把诚实的信条抛到一边去。我心里想着，不知幸运会对棕音的邀约作何反应，也不知道棕音会不会体会到幸运已经长大，变了个人。老实说，我很希望她干脆别理会幸运算了，可是我真的不知道这话该怎么说，才不会再度激怒她。切德显然希望我跟棕音维持良好关系。我稍后再问问他这其中到底有什么原因吧。眼前我则扶她上马，并微笑地抬头望着她，而她也低头俯看着我。我看到她脸上也浮出了与我呼应的微笑，这才发现我的确也想念她——而且我宁可跟她像这样好好往来，也不要她对我满肚子气。当棕音嘴角弯起，几乎笑出声来地问我话时，方才那一切好感都消逝得无影无踪。“好啦，上次我跟你说的那些无礼的话，你别在意，不过我要真的问问你，黄金大人是不是真的喜欢男人，不喜欢女人？是不是就因为他喜欢男人，所以夫人小姐们才都无功而返？”

我努力保持脸上的笑容：“到目前为止，就我所知，黄金大人只喜欢独睡。尽管我亲眼目睹他与夫人小姐们打情骂俏到不像话的程度，但是我从来就不需要在早上的时候，把任何人从他的被子里揪出来。”我顿了一下，低声补了一句——但我实在很痛恨自己必须说这种话，“依我看来，那人颇为洁身自爱。不过我只是他的保镖而已，棕音，你怎能期望我知道他所有的秘密呢？”

“噢。”她答道，显然因为我缺乏闲聊的题材而感到失望。吟游歌者总是渴望能追索到丑闻的蛛丝马迹。椋音以前常常告诉我，最好的歌曲，都是取材于一连串的丑闻。我本以为她就此便要离去，但是她再度令我意外。“噢，那就这样吧。那你最近呢？”

我沉重地叹了口气：“我一直在努力仿效我家主人。我晚上都是独寝，谢谢你的关心。”

“你用不着独寝呀。”她提议道，讲话时一边眉毛还挑得高高的。

“椋音。”我警告道。

“噢，好嘛。”她大笑出声。我这才看出，这个答案多少给了她一点安慰：原来她并未被别人所取代，原来我与她断绝关系，等于是迫使自己孤衾独枕。我猜她听了之后心情高兴多了，她临走之前送给我一个飞吻。我摇摇头，目送她骑马离去，才继续踏雪下山。

过了几分钟，儒雅·贝馨嘉从我身边赶了过去，虽然路陡雪深，他仍径直朝公鹿堡城冲去。经过我身边时，他既未稍慢，几乎看都不看我一眼。我猜他大概没认出我，而且就算是认出我来也管不了那么多了。他手上未戴手套，头上也没戴帽子，斗篷因为没扣紧而翻飞起来，看来他离开公鹿堡时一定非常匆忙。这会不会跟王子拒绝与他一起骑马出游有关系？我暗暗咒骂了自己一声，大步追了上去，然而他已经不见踪影。

我停了下来，喘得几乎不能呼吸。我劝自己镇定，要镇定。我无从得知儒雅到底出了什么问题，所以我仍将按照原定计划查访路德威的下落，而且我猜说不定在查访路德威下落之际，会发现儒雅的去处。

到了公鹿堡城，我首先前往每周一次的市集。我买了一条红围巾和一把好用的小刀，并趁此故作轻松地四处询问哪里能买到新鲜的羊肉，以便替我家主人烹调一道令他嘴馋的遮玛里亚佳肴。市集的人给了我不少建议，但是他们推荐的养羊人家，大多住在公鹿堡后方的山丘之中。住在公鹿堡城里的养羊人家只有两户，这其中，只有一户住在铁匠街附近。

我朝铁匠街前去，此时短暂的冬日白昼已经快要结束，这黯淡的光线正好符合我的需求。这个养羊人家只养了几头羊，主要是为了取羊奶，而不是为了羊肉。我之所以能一下子就找到这个地方，不是因为我熟悉道路，而是因为靠着羊骚味一路找来。我在微暗的天色中悄悄地靠近，从窗户中，看到这户养羊人家有三个年幼的孩子，一家人正准备吃晚饭。他们房子后面的棚子里，养了十几头羊，棚子的梁椽间则存放了不少奶酪。羊圈里最凶恶的那头脾气暴躁的老公羊，抬起它那邪恶的黄眼睛瞪着我。我像来时一般悄悄地离开，心里则不禁想着我会不会是白走了一趟。我以精技和阿憨一同回溯他在回忆时所听到的羊叫声，也许与目前路德威所在之处扯不上关系。说不定阿憨去的那个地方只不过是个临时的聚会所，并非花斑帮首领的住处。

我不动声色地查访了附近两三户居民，他们看来都是准备歇息的寻常人家。不过我在一处废弃的棚子和隔壁的房舍之间，发现了儒雅的坐骑。马鞍未卸的马儿系在空地上，正大汗淋漓地冒着水汽。这马之所以安置在房舍与棚子之间，难道是为了不引人注目吗？我动也不动地站着，如果那栋房子就是路德威的藏身之处，那么这一带必定有原智者或原智动物在看守，说不定我已经被盯上了。一思及此，我背后便迸出一股冷汗。下一刻我便想通了一个道理，我就算被人盯上了，也无能为力。我小心翼翼地不发出声音，悄悄地踏过房舍之间无人走过的雪地，逼近前方的屋宅。

我蹲伏在屋旁，听到街上传来逐渐靠近的马蹄声。在公鹿堡城里，供人骑乘的马少之又少。城内街道陡峭，又铺了路石，不适合马行，既然骑乘马在此毫无用处，城里人便觉得养马昂贵又不划算。从蹄声听来，这匹马体型高大壮硕。这蹄声跑到了屋前便停止了，蹄声一停，我便听到开门的声音。一个肥胖之人走到门廊上跟那骑士打招呼："这不是我的错。我不知道他为什么找到这里来。他什么话也不肯说，只愿意跟你讲话。"我认得这是在阿憨的记忆中出现过的声音。阿憨第一次被人拖到城里来的时候，就是来见这个人。

"我自会处置，沛杰。"这是路德威的声音。他蛮横地阻止沛杰的解释。我听到路德威下马，于是蹲伏到儒雅的马后面去。"锤子，你跟他去。"路德威对他的马吩咐道，接着我便看到一个结实的身影领着首领的牵系动物，经过巷子口，朝那破旧的棚子而去。我一眼便认出了他，他是路德威逃走时与路德威同骑一马的人。路德威走进屋里，顺手将门重重地关上。过了一会儿，沛杰照料完马儿，也跟着进门。

这间房子盖得稳固，墙壁的隙缝都补了起来，窗户的护窗板也关得紧紧的，以抵挡冬日严寒。我看不见屋里的状况，但是屋里人高声讲话的声音会断断续续地透出来，只是听不太清楚就是了。我蹲伏在房子的暗影处，耳朵紧紧地贴在墙壁上偷听。

“你怎么会笨到跑到这里来？我早就说过，你绝不能来找我，也不能设法与我联系。”路德威怒道。

“我来这里是要告诉你，我们以前讲好的条件就到今天为止了。”我认出这是儒雅的声音，但此时他的声音因为恐惧至极而变得尖锐。

“你这么认为吗？”这又是路德威了。听到他那威胁的声调，我后颈寒毛直竖。

儒雅低低地嘟囔了不知道什么话。他一定是拒不顺从，因为路德威听了大笑道：“你想错了。我们讲好的条件，用到哪一天为止，由我说了才算数。如果有朝一日，我们讲好的条件会失效，那一定是因为你已经对我毫无用处。你什么时候会对我毫无用处，你一定会知道，因为那就是你的死期。儒雅·贝馨嘉，我这样说，你明白了没？努力让自己还有点利用价值，孩子，就算不为了你自己，起码也为了你母亲。你今天有什么趣闻要告诉我吗？”

“就是为了我母亲，所以我今天没消息给你，而且以后你也别想从我这里听到任何消息。”由于恐惧害怕，而且心意已决，儒雅的声音颤抖着。

在我印象中，路德威这个人很直接，有什么状况就立刻反应，此时也不例外。他似乎已经学着使用左手，而且十分灵活，因为接着我便听到儒雅的身体撞在墙上的声音。然后路德威愉快地问道：“为什么会这样呢，孩子？”

我没听到回答，路德威是不是一拳把那年轻人给打死了。接着我听到一把椅子拖过地板的声音，大概是拿去给儒雅坐的吧。过了一会儿，路德威继续问道：“我刚才在问你话，孩子，你为什么突然背叛我？”

儒雅讲得口齿不清，刚才路德威那一拳，大概是打在他的嘴上或下巴上。“没背叛你。我又没欠你。”

“你没欠我？”路德威哈哈大笑，“你母亲到现在都还能保住性命，怎么能说你不亏欠我？你到现在也还保住一条性命，你母亲又怎么能说不亏欠我？年轻人，你别傻了，那个山里来的王后花言巧语的承诺，怎么能相信？说什么她要听听我们的心声，遏止不公义的恶行？呸！她心里想的其实是要把我们诱出来，将我们一网打尽，就像用有毒的香饵引诱老鼠那样。你们母子总觉得我有如芒刺在背，因为我只要把你们的身份公布出来，你们这辈子就毁了。我的确有办法使你们家毁人亡，但只要你们不背叛我，我就不会这么做。就目前而言，你们逃不出我的手掌心，而且我会保护你们。跟我打交道，可比跟我手下某些什么道理都听不进去的花斑子打交道好得多了。光凭我还能管得住他们，你们母子俩就应该感激涕零了。所以，别再做傻事了，你与我，我们都是自己人，何必彼此作对呢？”接着路德威改以亲切的口气问道，“好啦，你今天这么反常，到底是怎么回事？”

儒雅嘶哑气愤地指控着，但我听不出他在说什么。

路德威大笑：“是这样啊。她总归是个女人嘛，孩子，更何况她还是我们自己人。年轻人很少想到自己的母亲其实是个女人，你母亲不但是十足的女人，还颇具姿色。碰上这种事情，她应该看作是赞美与警告。她实在跟我们分隔得太久了，久到她竟否认自己的身份，去跟‘那些贵族’周旋，仿佛那些人或她自己比我们好上许多似的。风水轮流转，儒雅·贝馨嘉，我们肯再度接纳你们母子，算是你们好运。等我们当权了，那些否认自己的魔法，不肯襄助自己的血亲，甚至将我们密报给瞻远家的人……他们统统都得死。那些人必定会在他们自己的‘吾王广场’里受死，就像当年那个可恶的帝尊以‘吾王广场’坑杀原智者那样。你说，帝尊为什么要那样做？为什么许多人的父母亲与他们的动物伴侣会死在那个广场里？因为帝尊要逼原智者变节，他要逼出一个肯帮他猎杀那个‘原智小杂种’的原智者。这些血债，瞻远家的人早应该还了。”

在寒夜中瑟缩，耳朵贴在冰冷木墙上的我，只感觉到一阵直透入骨里的厌恶感。是了，瞻远家过去的冤孽再度返转回来，缠住我们不放。路德威说得没错，帝尊的确对我又恨又怕，而且严重到他深信唯一能够逮住我的办法，就是找出一个肯助他如愿的原智者。最后帝尊不知坑杀折磨了多少男男女女，才从中找到一个肯帮他猎捕原血者之人。我背后中间那个一动就会痛的伤疤，就是那人射出来的箭头造成的。尽管我一直将这当作是帝尊对原智者的恶行，别人却仍将这笔帐记在瞻远家头上。

儒雅低沉着一字一句地说道："那件事情，她可没'看作是赞美'，而是看作侮辱和最无耻下流的人身侵犯。你逼我住到公鹿堡为你们打探消息，使我母亲一人在家孤立无援。你遣散了我母亲所信任的所有仆人，以及她所认识的每一个真正的好友。如今你的人诬蔑了我母亲的清誉，还美其名，你们要带她体会'花斑帮'的伟大传统。这东西，我母亲不要，我也不要。如果你所谓的原血情谊就是这个，那么我宁愿不要与你们为伍。"

路德威以近乎懒散的口吻说道："嗯，孩子，你到底是笨，还是没听仔细？我问问你，如果你不与我们为伍，那你会怎样？"

"那我就自由了。"儒雅吼道。

"错了，那你就死啦。把他杀了，沛杰。"

那绝对是虚张声势，只要看一下状况就知道了。我敢说儒雅一定是把路德威的话当真了。他们一定会严刑恐吓他，直到他重新乖乖听话为止。但无论他们只是要揍他一顿，还是真的会杀了他，都没有什么迫切的理由需要我挺身而出保护他。好吧，儒雅只是个少年，又不幸遭人胁迫，这难免会使人怜悯，所以我一想到接下来必然会发生的事情，就感觉腹部发冷、牙齿打颤。

接着，一股来自晋责的精技猛袭朝我而来，几乎使我不支跪地。*你快去将儒雅·贝馨嘉找出来。他现在处境堪危。求求你，汤姆，求你现在就去找他。我想他现在是在公鹿堡城里。*王子发出一个如洪水般的紧急请求。我隐约察觉到阿憨的音乐在某处惊讶地停住了。

我回过神来，并将思绪传回给晋责。*我现在就在儒雅附近。他的处境是很危险，但并没有你想象的那么糟。不过你怎么会知道他的事？*

接着一股迸裂鼓涨的痛苦情绪笨重地践踏过我的大脑。是他的猫告诉我的。儒雅把猫装在布袋里，绑紧了送到我房里来，并求我将他的猫留在房里，不管发生了什么事情，都别把他的猫放出来。这就是他之前要托我的特别之事。他说他接下来要去一个地方，但他不能带着猫去。汤姆，你别等了。猫说他真的非常非常危险。他们要杀了他。

放心，我会保护他。我允诺了之后，便猛然将自己的精技墙竖立起来，将他关在外面，接着我起身绕着这栋小房子快跑。多奇怪，我对儒雅的观点竟然一下子就改变了。原来他在走进去顶撞路德威之前，就已经准备要赴死。他早已设想周到，所以才将他的牵系动物送交给晋责代为照顾，以免那猫因为冲过来为自己的伴侣一战而丧命。我将我那把丑剑拿在手里，用肩膀将小屋的大门顶开。一名男子倒了下去，他的五脏六腑从他的指缝之间流出。他虽未带武器，也没有对我不利，但是他不幸挡到了我的路。我一边巩固高墙以格开他的痛苦感受，一边冲进屋里。

我只需要看一眼，就知道儒雅的判断没错。路德威坐在桌边，身前放着一杯葡萄酒，正在欣赏沛杰勒死那孩子。沛杰从容不迫地折磨儒雅，显然乐在其中。以他的体型与力道，他大可以三两下了结那孩子的性命。但是他不求快，而是从身后一把勒住儒雅的喉咙，将那少年提了起来，任由那少年双腿在空中乱踢，并慢慢地收紧手劲。儒雅的脸涨得通红，眼睛凸了出来，他的指尖则无奈地抠着沛杰套着皮革的上臂。一只肮脏的混种短毛小狗高兴地绕着这两人跳来跳去，不时咬住儒雅悬在半空中的脚。这情景顿时燃起了我的战斗意志，我感觉到胸口剧烈起伏，并听到自己如雷的心跳声。其他的担心瞬间消逝得无影无踪。我要杀了他们两人。

路德威原本靠在椅背上观赏这一场好戏，见我突然冲入，他不慌不忙地简洁吩咐道："把他解决了。"路德威起身，利落地抽出一把短剑以应付我的攻击，随即因认出了我而脸色大变。我从眼角余光中察觉到沛杰的手掐紧，指头陷入了那少年喉间的肉里。

我避得开路德威刺过来的这一剑，也救得到儒雅的性命，但是这二者无法两全。桌子横挡在儒雅与我之间。我一个飞跃，单膝落在桌上，出手送上一剑。这一剑越过儒雅，直接深深地刺入沛杰的胸膛里。就在这一瞬间，我也受了路德威一剑，他从我背后袭击，这一剑刺入我的臀部与肋骨之间。我大叫一声，滚着逃开，将自己的身体从他的刀刃中拔出来。接着我反刺他一剑，但是我这一击毫无力道。我的右腿收在身下，就着桌面打了个滚。幸亏躲得快，否则就躲不过他接着狠刺过来的第二剑了。我喘口气，对儒雅大叫道："快走！"沛杰中剑之后便放开儒雅，双手护住自己的胸膛，那孩子四肢无力地倒卧在地上。儒雅紧抓着自己的喉咙，疯狂地想要吸进空气。沛杰则跪在地上掩住胸口，但是鲜血仍汩汩地流出来，与他牵系在一起的那只小狗则茫然不知地在他周围又叫又跳。

路德威左手拿着剑，绕过桌子来追杀我。我再一滚，便从桌子翻到地上，伤口撞到地上时。我不禁痛得大叫，从桌子的另外一侧出来，蹒跚地站起身。现在桌子又横在路德威与我之间，但是他身材高大，即使拿着短剑也够得到我。我后退一步，避开他横扫过来的剑刃。"你这个叛贼杂种，我一定要你死。"路德威残忍地奸笑着说道。

这句话激起了我心中的狼性。伤口的疼痛并未消退，只是变得无关紧要。杀戮为先，伤口以后再舔。而且你的吼声绝对不能输他。"我倒不会要你的命。"我愉快地保证道，"我只会再砍掉你另外一臂，让你继续苟延残喘下去。"路德威眼里闪过一丝恐惧的神色，我知道这番话已一口咬进他的骨血里。我抓住桌缘，将桌子掀起来朝他推去，桌面一下子撞上他，我毫不迟疑地继续推进。路德威脚下绊到了什么东西，不知道是沛杰还是沛杰的狗，他必须丢掉剑才能阻止自己的跌势，但是他笨得宁可跌倒，也不愿放下剑。我趁着这个大好机会将桌子压上去，使他双腿动弹不得。路德威整个人仰躺在沛杰身上，他再度出手击刺我，但几乎没了力道。我避开他的挥击，跳到桌子上，利用桌子将他钉在地上。接着我双手握剑，用力朝他的胸口刺下去。路德威尖声大叫，外面那匹战马也高声嘶鸣起来。我将全身的重量压在剑上，一送一扭，剑便滑过他的肋骨之间，直接刺入他的心脏。路德威还在惨叫，我将剑抽了出来，再刺了一剑：这次正中他的喉咙。

我听到外面街上的人声隆隆，像是在叫嚷什么事情，又有匹马愤怒地嘶鸣。有人叫道："那匹马疯了！"然后另外一人吼道："快叫城市卫队！"从这些惊惶的叫声听来，必然是路德威的马为了赶到他身边来，正在猛踢棚子的墙。此时路德威躺在地上，他的心脏仍在抽动，生命之血不断地从他喉咙里冒出来，除此之外，他的眼里充满了愤怒与恐惧。我突然想到一件事。我转向儒雅说道："没时间帮你了。你快起来，从后门出去。避开城市卫队，赶快回公鹿堡。把这一切都告诉晋责。把这一切统统告诉他，了解了吗？"

那孩子眼睛睁得大大的，泪水不断涌出，但那到底是因为恐惧、讶异，还是因为刚才几乎被人勒毙，我就无法确定了。我朝门口走去时，沛杰的小狗追了上来。我硬起心肠，转身朝那小动物狠踏下去。那狗儿尖叫一声，接着便静止不动了。沛杰是否已经与小狗一起死去了呢？我不知道，但是当我摇摇晃晃地走到街上时，只见路德威的战马往封住自己的棚子墙上猛撞。对街那户养羊人家的孩子聚在门廊上好奇地注视着。那战马为了逃出去，巨大的蹄子打在木板墙上，刮下了许多木屑。如今棚子歪歪斜斜地倒在那马身上，反而使得它更难脱身了。

那已经不只是一匹马了，在我的原智感应中，那"马"其实是一人与一马的皮囊。我看到那马不理会自己撞开的裂缝，退了一步，以成年男子经验丰富的眼光扫视四周、评估状况。我可不能给它更多时间，让它想出脱身之道。街上的人目瞪口呆地注视着我，我也管不了那么多，一边狂乱地吼叫，一边朝那马奔去。那战马想要以后腿站起，用它致命的前蹄来对付我，但是那棚子的屋顶太低，毕竟这棚子从来就不是为了体型这么大的动物而建造的，战马此举反而只是暴露出自己的胸膛，我便趁此抓紧剑柄抵在自己的胸膛上，将剑刺入马胸里，一直到再也刺不进为止。

那战马高声嘶鸣并抗斥我。一股原智的愤怒与痛恨之情朝我横扫过来，差点就攻破了我的墙。我的剑仍插在马胸上，但我整个人却被震开。战马愤怒地尖叫，使劲猛撞破裂的木板墙。要不是因困在棚子里无法脱身，它必定会在临死之前杀了我，这点我心里清楚得很。城市卫队赶到的时候，战马终于倒了下去，血液汩汩地从它的口鼻中冒出来。在这冬夜里，火炬越聚越多，重重叠叠的黑影在我周围跳来跳去，仿佛灵动的狼群。

“这是怎么回事？”队长质问道。接着我认出了他的脸，而他也认出了我，于是他怒吼道：“这是我第二次在我的管区里逮到你了。”

我努力要拼凑出一个解释，但我的右腿突然不能出力，于是腿一弯，整个人便软倒在人迹杂沓的雪地里。“这里死了两个人！”有人叫道。我抬起头，看到一名脸色苍白，穿着侍卫制服的女孩子从路德威的小屋里走出来。我眨眨眼，又眯起眼睛，努力看着黑暗的街道。儒雅的马已经不见，那马不是吓跑了，就是那孩子已经骑马逃走了。我想动一动，但我突然察觉到身侧有一片温热且湿黏的血。我压紧自己的伤口。

“起来！”队长对我吼道。

“我起不来。”我努力喘气，举起双手，让他看到我手上的血，“我受伤了。”

他气恼地摇了摇头，我看他那模样，就知道他恨不得让我伤得更重。他是个将治安视为己任之人。“这里是怎么回事？”

我上气不接下气地喘着，此时蒙诸神保佑，那养羊人家的儿子光着脚从家里冲了出来，大声叫着那匹大马发了狂，想要从棚子里冲出来，是我出来杀了那只马。我背后的雪温温的，越来越潮湿：我的视线周围，黑暗逐渐逼近。

*汤姆？*王子疯狂的技传，穿透了我崩颓的围墙。*汤姆，你受伤了吗？*

走开！

队长弯身俯视着我，质问道：“这里是怎么回事？”

我想不出什么谎话好讲，所以我照实说道：“那匹马发狂了，所以我非得杀了它不可。”

“对，这我们知道。但是屋里的死人你怎么说？”

汤姆？你受伤了吗？

我想对王子技传，但此时疼痛感像浪潮一般不断袭来。我想要动一动以躲开疼痛的浪潮，但浪潮却将我牢牢地钉在覆雪的街上。我们周围聚集了一大群人，我扫视每一张脸庞，却找不到一个肯帮我的人。围观的民众不是看得目瞪口呆，就是七嘴八舌地彼此大声议论。然后我瞄到一张我所认识的脸庞：那人踏上前一步，脸上的表情显示她真的很关心。那个皱着眉头打量我的女人，就是贵主的侍女，汉佳。我们的视线一相遇，她便转开脸，突然没入人群之中。

告诉切德！汉佳仍在这里，那女人在公鹿堡城里。这件事非常重要，必须马上让切德知道。然后痛感袭来，把一切顾虑统统冲走。我快死了。

停。停下来。我的音乐都被破坏了。阿憨烦忧的心情像是冲上海滩的大浪般打在我头上。

“你还不快说！”

我既说不出谎言，也说不出实话。我望着那队长，试着想回应他，接着我整个人便滑了下去，离开众人，遁入黑暗之中。夜眼，帮我看着点。我对夜眼恳求道，但是我既听不到回答，身边也无狼守候。

20. 精技小组

六大公国的人一向独立成性。这个王国一直由六个互不统属的领地组成，虽皆效忠于瞻远皇室，但都由自家的贵族主政。每一个公国，都是特别的领地，通常因为战争的结果而合并。瞻远家族的征服者皆有相当的政治智慧，所以保存了不少在领地中的权位，这个情况在法洛公国与毕恩斯公国特别明显。这个做法的优点之一，是法律能够配合每一个公国当地特殊的风土民情，也能配合长久以来一直习于当地风俗的居民。许多大型的都市城镇，不但有自己的城市卫队以维持治安秩序，同时还对于商业活动征收赋税，对于违法者收取罚金，以资助城市卫队这个民兵团。而这可说是因为皇室愿意退让而得以自治的最好例子。

——费德伦，《六大公国治国经》

汤姆。

汤姆。

汤姆。

一开始，我还不觉得这样很烦。我沉沦得很深，比大海还深，周遭一片黑暗，我一动也不动，疼痛也找不到我。然后“汤姆”这两个字慢慢爬进我脑海里，像个大槌子，沉重地敲打着我的头颅。

不是汤姆。我不耐烦地答道。走开。

*不是汤姆？*晋责因此而激起的高度兴趣，将我逼到几乎醒来的地步。我想也不想，便将精技墙猛然关上，把那好奇的少年挡在墙外。过了一会儿，极度的不适感耗尽了我的意志力与精技力。原来此时我趴在稀疏的干草上——干草实在太少，少到不足以称之为干草垫，因此地板的寒意不断地透过干草侵入。我的全身僵硬冰冷，只有背上热烫烫的伤口是唯一的例外。一旦我想要动，那疼痛感便排山倒海地袭来。我虚弱地呻吟一声，接着就听见有人拖着脚朝我走来。

"你醒啦？"我一手稍微动了一下，眼睛也睁开一小条缝隙。就连这微弱的光线，也强烈得令我觉得像是被人打了一拳。我一瞥那个耸立在我面前，低头盯着我的男子：他个子矮小，穿着邋遢的衣服，头发蓬乱，他的鼻子和脸颊是长期沉溺在酒乡之人那种红彤彤的模样。

"疗者把你的伤口缝合起来了，他还叫我跟你说，除非必要，否则不要乱动。"我应了一声当作是回答，那男子则咧嘴笑道，"看来他叫你不要乱动，实在是多此一举，对不对啊？"

我又应了一声。现在我完全清醒了，那难以忍受的疼痛感便张扬得唯恐我不知。我心里纳闷自己到底是何处境，我的嘴巴干得说不出话来。那个叨叨不休的男子还颇为和蔼，他是疗者的助手吗？我动动嘴巴，努力深吸口气，沙哑地说道："水？"

"我尽量。"他答道，走到门边。我望着他的身影，并注意到那扇结实的门上有个小窗口，窗上立了栅栏，那人隔着栅栏喊道："喂！那个受伤的家伙醒了，他要喝水！"

我不知道有没有人应声，就算有，我也没听见。话毕，那人走回来在我床垫旁的凳子上坐下来。我渐渐地感知到周遭的景物：石墙，角落有个盆子，地上散落着干草。啊哈，原来这位朋友是我的狱友。我还来不及顺着这个念头继续想下去，那人便又开始讲话了："你杀了三个人，外加一匹马，嗯？我敢说那个场面一定很精采，可惜我错过了。至于我呢，我昨晚也跟人打了一架，但我可没杀人。跟我打架的那个人，瘦瘦高高、满脸疤痕，活像是麻脸人似的。再说错也不在我。当时我正在讲话，也许讲得太大声了点，然后你知道那人怎么跟我说吗？他说：‘闭上嘴，什么话都别说。像你这种人，本来就是最好什么话都别说。像你这种人，自以为讲得头头是道，其实只会越弄越糟。所以最好是什么话都别说，留给朋友们去帮你说才是。’接着他就一拳朝我挥过来，于是我们就打起来了。侍卫上来把我抓住，我就落得这个下场，跟你一同待在这里啦。”

我费了九牛二虎之力点了个头，让他知道我听得出他的意思。他是切德的手下，而切德要我嘴巴闭紧，静静等待。我心里想着，他到底知不知道我的伤势有多严重，又想着儒雅不知道有没有逃回公鹿堡。然后我突然想到，其实我不需要猜测。我眼皮一松，眼睛闭了起来，我集结起我那少得可怜的力气，虚弱地往外探寻。*晋责？*

*汤姆！你还好吧？*他技传过来的思绪，像是写在湿纸上的墨字般扩散开来，我还在努力掌握，思绪便已经退去。

我努力地深吸一口气，让自己心思集中。疼痛感深深地戳刺着我，于是我浅浅地吸气，缓缓地吐出去。*不好。路德威在我背后刺了一剑，而且我现在人在牢里。我杀了路德威，以及一个名叫沛杰的人。还有，这很重要：你跟切德说，我看到汉佳挤在人群之中，她至今仍待在公鹿堡城。*

对，这个切德知道，我已经跟他说了。你上次技传给我时，讲的就是汉佳的事情。到底她有什么重要？

我把晋责的问题推到一旁。为什么汉佳很重要，我自己也说不上来，况且我还有更迫切的问题要问。*现在情况到底如何？为什么我人还在牢里？儒雅回到公鹿堡了吗？*

*对，儒雅已经回来了。好，你现在听着，别打岔。*那少年既兴奋又恐惧，而他技传过来的思绪，就像猛烈地打在石板路上的马蹄般沉重。我知道他生怕我再度不省人事。*切德说：‘什么都别说。’他正在帮你想一套说辞。堡里和*

城里的人都议论纷纷，毕竟这里已经多年来不曾发生过三尸命案了——这是自古以来绝无仅有的命案，人们聊来聊去，都离不开这件事。呃，目睹你杀马那个场面的人实在太多，因此若硬是辩称你没杀了路德威，也没杀他的手下，是很难取信于人的。所以，切德正在帮你想一套说辞，以解释这并非谋杀。但是他不能直接跑去牢里把你救出来，原因你很清楚，对吧？

我的确很清楚。因为切德不能跟一个犯下三尸命案的随从扯上关系，王后不能跟杀死原血密使的人扯上关系，王子也不能跟听他命令行事的杀手扯上关系。我懂了。这点我一直都清楚得很。别担心我了。我冷冷地送出这个思绪。

我感觉得出晋责正在努力压制自己的恐惧，但是他的恐惧感仍使他技传过来的思潮染上畏惧与担忧。正因为他太过担心，所以再怎么防守，他的情绪还是默默地渗了出来：要是切德无法自圆其说，要是我因为伤口败毒感染而死，那该如何是好？艾达神在上，他把那三个人连同那匹马都一口气解决掉了，这个汤姆·獾毛到底是什么人物，他如何能冷血地连连斩杀？为了将晋责的情绪阻挡在外，我干脆封闭我的精技墙。反正我已累得无法技传，而他已经将我目前需要知道的事情统统告诉我了。我感觉到自己正与周遭隔离开来，不只是跟晋责，而是跟所有人。我将自己密封在自己的皮肤之内。我是汤姆·獾毛，公鹿堡的仆人，现在身陷囹圄，因为连杀三人与一匹好马而获罪。我就是这种人啊。

守卫来到窗前，警告我的狱友退开，离门远一点，然后才壮着胆子进来，将勺子与水桶放在我的床垫旁。“他看来没醒呀。”

“嗯，他刚才还醒着呢，不过倒没多说话，只说了一个字：‘水’。”

“他若是再度醒过来，你得叫我。队长有话问他。”

“那是一定。不过我老婆还没把我的罚金送过来吗？你派人去通知她了吧？”

“我不是说过我们已经派人去了吗？昨天就去了。你的罚金一送来，你就可以出去了。”

“能不能给我点吃的？”

“已经给你吃过了。这里又不是客栈。”

那守卫出去了，“砰”的一声将门关起来。我听到他连连上了好几道门闩。我的狱友走到门边，看着守卫消失在走道中，这才回到我身边。“你能喝水吗？”

我没回答，但我使劲地将头摇摇晃晃地抬离草垫。他拿着一满勺的水送到我嘴边，我小心翼翼地吸了一口。他很有耐心地蹲在我身边，稳稳地握住勺子让我喝水。我喝不快，到现在我才知道，原来把水吸到嘴里，以及把头抬起来的动作，跟背后的肌肉息息相关。过了一会儿，我让自己的头软瘫下来，于是他便拿开勺子。我轻轻地喘气，视野周边的黑暗几乎拢了过来，接着又渐渐退去。“现在是晚上？”

“在这种地方，永远都是晚上。”他悠悠地答道。看得出他早已习于牢狱生涯了。我不禁想着，他在切德手下待了多久，但继之又想到，其实他可能对于那个雇佣他长期待在牢房里之人一无所知。他将凳子拖近些，柔声说道：“现在是下午，你已经在这里待两天了。我刚进来的时候，疗者正在治疗你的伤口。看来你当时是醒着的，你不记得了吗？”

“不记得。”也许我若努力回想，就会想起来，但是我一动念就起了作呕的感觉，我看最好还是别回想。两天了啊。我的心沉了下去。切德若是要把我弄出去，绝对不会等到现在。我已在此度过两天的事实，只有一个涵义：那就是我还会在此待上一段时日。一股突如其来的痛楚打断了我的思绪，我努力地重新集中精神。“都没人来看我，也没人要帮我付罚金吗？”

他惊讶地瞪着我：“罚金？喂，你杀了三个人啊。这种事情是没有罚金可抵的。”我感叹自己终不免死于绞刑台上，他却突然改以和缓的口气跟我说道：“疗者走后，是有个男人来看过你。那个人大概地位不低，穿着打扮非常时髦，而且颇有异国风味。当时你昏迷不醒，而他们又不肯让他进到牢房里来。那人大声喧嚷，逼问说他交给你的那个小口袋到底流落何处，而守卫则回答哪有什么小口袋，他们一无所知。说到这里，那个大人物大发雷霆，说若是不将他的财物物归原主，那么他一定饶不了他们。他说，他给了你一个小小的红口袋，上面绣了一只鸟，嗯，一只孔雀。他不肯说口袋里装的是什么，只说那里面的东西非常贵重，非同小可，一定要找回来。”

“黄金大人？”我软弱地问道。

“对，他就叫这名字。”

弄臣的话，我听得一头雾水。“我不记得什么红口袋。”我说道。痛楚不断升高，仿佛浪潮一般地将我包围起来。我想要继续思考，但却做不到。我将自己的恐惧感推到一旁，这才发现恐惧感底下藏着愤怒。太过分了，他们为什么把我丢在这里等死？

我感觉得出晋责在我心灵边缘摸索。“我好累。”我说道，我原本打算将这个思绪技传给他，结果却讲了出来。伤口的痛楚一路蔓延到我的腿上，我的臀部和膝盖都痛得要命，而且右手也使不出力气。我闭上眼睛，集中精神，试着联络王子，结果却沉入无垠的黑暗之中。

对于接下来这几天，我只留下几个仿佛是在大雷雨中闪电照亮那一刹那的印象，这些印象不但残缺不全，还平凡无奇到近乎毫无意义的地步。一名男子望着一盆我流下来的血，断定我的血色太黑，我猜他大概是疗者。我的狱友隔着门口的栅栏，不晓得跟谁抱怨房里的气味臭到能熏死羊。我盯着散落在地板上的干草所形成的古怪图案，耳里听着幸运高声用脏话骂人。我很想叫他安静一点，免得他们干脆连他一起对付。人一清醒，心里就害怕：病弱、疼痛，怕得不得了，还有就是孤单。他们竟把我丢在这里等死，以免我让他们蒙羞。一旦入睡，就会梦见夜眼小时候的梦魇：住在脏污不堪的笼子里，而且不时挨一顿打。

要施展精技，必须要有好体力和清楚集中的心念，以及强烈的意愿，但我这三者皆无。晋责的技传一波波地向我袭来，冲过我全身便流去，并未留下足以辨认的遗迹。我只知道他一直在找我，但我诚心诚意地希望他能停止。我只想要安宁，这是我唯一能躲开疼痛的办法。有时我也感应得到荨麻，不过我看她大概不知道她已经找到我了。

在醒着的片断记忆，以及入睡后连连不断的恶梦之外，我过的是另一种人生。灰色的天空下，起伏和缓的山丘上覆盖着平滑的白雪，没有大树，没有树丛，也没有凸起的石头，只有雪、呼呼吹过的风，以及永不间断、半昏半明的天色。平滑的雪地中镶着醒目的足迹，那是跑在我前面的夜眼留下来的足迹，我顽固地跟上前去。我会找到夜眼，并与它作伴。它一定就在前方不远处。有次风向变了，将远处的狼嚎声传进我耳里，于是我加紧脚步。然而我一加紧脚步便会醒转过来，回到又冷又臭的牢房里。我人一动，伤口便冒出灼热腐臭的液体。我再度闭上眼睛，寻求那覆雪山丘的慰藉。

直到事过数周之后，我才点点滴滴地将事情拼凑起来。黄金大人遗失的口袋里，装的是未琢磨的原石，这口袋最后终于在路德威的小屋里寻获了。路德威不是用他的本名在公鹿堡走动，这点被棕音说中了。在邻居口中，那个独臂人名叫“科普勒”。有个目击者作证，他看到一个可能是我的人，追着一个可能是沛杰的人，冲进了科普勒的小屋里。不用说，这一定是因为我要将家主人的宝石送去给工匠琢磨，但是半路上歹人却抢走这装着宝石的口袋。我追入抢匪家中，大打一场，最后把抢匪都杀了，但自己也受了重伤。接着我英勇地杀了那匹大发狂性的马，以免马儿从棚子里冲出来伤到街上的人。于是我摇身一变，从三尸命案的凶残要犯，一跃而提升为为了保护主人的财产，不惜冒着生命危险与歹徒搏斗的忠仆。既然无人出面戳穿这篇虚构谎言，也没人出面认领科普勒与沛杰的尸体，所以这前因后果，就这样在公鹿堡城传了开来。不久后，那养羊人家的左邻右舍便开始谈起科普勒的客人总是在夜深人静时造访，这其中必有蹊跷。

事情演变到这个地步，黄金大人总算得以将病得不成形的我给领出来。他派了两名仆人把我抬回家，那两人将全身恶臭、半不省人事的我装进担架，吹着寒风，一路颠簸地回到了公鹿堡。他们的每一个动作，我都感受得十分清楚。若我有力气哭，一定会哭出来。那痛楚剧烈到他们每多走一步，我就被震醒一次。那两个结实壮硕的仆人，一边费劲地爬上山，一边感叹，幸亏空气清冽，使得我那个流脓的伤口不至于臭得那么厉害。他们将我送到黄金大人的门前，黄金大人则拿着一条喷了香水的手帕遮住口鼻，吩咐他们将我抬到我的床上。之后他以重金酬赏那两人，并感谢他们将我送回来等死。我躺在我那黑暗的房间里，闭上眼睛，准备让自己安然离去。

我的记忆中有一些如同零散落叶的片断言谈，而这些片断言谈涌进我脑中，充塞着我的脑海，仿佛别人将他们的家具搬进了我一度熟悉的房间。但纵然处境尴尬，这些东西我却甩不开。我不但被定在原地，而且还有个人紧握着我的手不放。

“……不能再搬动他了，就算你们能搬着担架从密道上去也不行。要做，就一定得在这里做。”

“我不知道怎么做。就是不知道。我真的不知道要从何下手！”这是晋责。“艾达神与埃尔神在上，切德，我真的不是在找借口。难道你以为我不想救他吗？我只是不知道怎么做啊。我不知道该从何救起，况且你刚才讲的那些事情，我一个字也听不懂。”

现在可比狗粪还臭了。阿憨觉得很无聊，恨不得能够离开这房间。

切德耐着性子再解释一次：“你知不知道怎么做都无关紧要。现在的问题是，要是我们什么都不做，那他就死路一条了。要是你试了，而他因此而死，那么，至少他还死得快一点，不用这样煎熬。好了，你现在再仔细地看一看这几张图，这是我多年前亲手画的。这一张画的是人身体各脏器的形状……”

我离开了他们，不断往下沉。接着便是天赐的黑暗。但是我才刚找到覆雪的山丘，他们便将我拉了回去。几个人将手放在我身上，剪开我的衣物，接着有人作呕，而呼吸急促的切德则叫干呕的人出去，有需要再唤他们进来。然后是他们以粗布、冷水与热水来洗净我的伤口，一名站在近处的女人则说道：“这实在臭得无可救药。我们就不能让他平静地走吗？”

“不！”那声音听起来像是黠谋国王的声音，但接着我便想到这不可能是他。这人一定是切德，他的声音跟他哥哥实在太像了。“把王子找进来。该他发挥了。”

接着，我感觉到王子冰冷的双手放在我炙热的伤口上。“只要对他的身体技传。”切德对晋责说道，“你对他技传，看看哪里不对劲，把不对劲的地方修正过来。”

“我不知道该怎么做。”晋责再度说道，但他还是做了。我感觉到他的心灵冲撞着我的心灵，就像飞蛾不断飞扑在油灯罩子上那样。他努力要探寻我的思绪，而非我的身体。我软弱无力地推了他一下。那是个错误。

一时间，我们两人的心灵相遇并牵系在一起。不。我对晋责技传道。不。你走开。

晋责的手移开了。“他不要我们救他。”晋责犹豫地禀报道。

“我才不管呢！”切德的口气忿忿不平，“他不准死。我还没准他走呢。”接着他在我耳边吼道：“蜚滋，你听得见吗？你听得见吗，孩子？我不会放手让你死，你最好是乖乖合作。别再自悲自叹，开始为求生而努力吧。”

“蜚滋？”晋责的口吻夹杂着讶异与恐惧。

一阵沉默。然后切德以严厉的口气解释道：“他一出生就是私生子，跟我一样，我们从很早以前开始互开玩笑，说我们彼此互称‘蜚滋’并不要紧。除非是非私生子出身的人骂我们‘蜚滋’，那才伤人呢。”

我很想跟切德说，这个解释不但破绽百出。晋责对你这么了解，才不会信你这套说辞。

有人将我额头上的头发拨开，拉起我的手。我猜这人是弄臣。我很想握紧他那修长的手，多少让他知道我想恳求他的原谅，但是我却全无力气。我突然想起我还没跟众亲友道别。幸运、珂翠肯、博瑞屈和莫莉，我一直都很想在死前修补彼此的关系。“耐辛，母亲。”我说道，但是没人听到我的话。也许我根本没说出声来。

“把那张图给我看看。”黄金大人说道。他放开我的手，于是我重新跌回黑暗。我不断往下坠，最后终于落入死亡之中。我从覆雪的山丘顶上望见了夏日的大地，一抹灰色的身影在长草间穿梭。夜眼！我对它叫道。它转过头来盯着我，露出牙齿，有如嘶吼，警告我最好保持距离。我想要追上去，却再度被人拉了出去。我像是钓竿上的鱼一样不断地挣扎，但是我的身体却丝毫未能动弹。

“……以前做过，跟这个至少有点类似。当他以精技去救治他的狼时，我也在场。而且多年之前，我曾经研读过人体内部的结构。我自己虽没有精技天赋，但我却很了解蜚……汤姆。如果你们愿意以精技经由我传送，那么我会乐意配合。”

“我要去厕所。”

“那你就去吧，阿憨，但是要马上回来。懂吗？好了之后就立刻回来这里。”我听得出切德的口气有点烦躁，还有些犹豫徬徨。“还能坏到什么地步？来，我们试试。”

接着我感觉到弄臣的手碰到我的背。晋责的手有些冷，而弄臣的手则有如寒冰。那冰条般的手指探索着我，在那令人害怕又渴望的碰触来临之前，时间仿佛冻结了。

很久以前，弄臣曾经陪着我前往群山寻找惟真。他在协助我照顾筋疲力竭的国王时，手指不慎碰到惟真散发着精技银光的双手。当时这一触震慑了弄臣，纯粹的魔法也在他手指上留下永恒的印记。日子一久，那银色的精技魔法逐渐消退，不过留在他指尖的力量仍然不减，而我曾经见过弄臣在做木雕时运用它。他指尖上的精技印记，使他对于手触之物都会产生深切的认识，无论他的手摸到的是木头、植物或是动物，又或者是我。许久之前，他曾在我手腕上留下他的精技印记。因为这种种原因，黄金大人才随时戴着手套。然而此时弄臣却不带手套亲手触摸我背后的肌肤。

当他那有着精技印记的指尖一碰到我，我立即便能感受到。他的手指像是多把寒冷的尖刀切入我的身体中，而且竟比划开我内脏的那把剑还要锋利。那种感觉既非痛苦，也非愉悦，而是彼此相系的知觉，仿佛他与我共享一张皮肤。我祈求他别再继续，然而在他如此仔细地审视之下，我只能静静躺着，连颤抖的力气也没有。我无须害怕。从那触感中，我感觉得到弄臣的荣誉感。他的荣誉感像是一面盔甲，既保护着他，也保护着我。他探索的仅是我的身体，不是我的心灵，也不是我的心归于何处。我不禁深切自责，直到此时我才知道，我先前指控吾友的那一番话，实在是错怪了他。除非我主动给予，否则他对我一向无所求。此时他开口了，我不但在耳里听到他讲话的声音，他的言语还透过技传，在我身体内回响。

“我看到他的伤势了，切德。他的肌肉像是断线般缩卷回去，受到刀刃所伤的那些脏器腐烂，且渗出毒液，血液则将毒液带至周身。问题不只在于伤口有毒，而在于毒素已扩及全身，就像染料滴进水里而扩散出去，或是整棵大树逐渐枯萎那样。这剧毒已席卷他全身。切德，问题不仅止于伤口，而在于他的身体排毒不成，最后屈服于毒素的袭击啊。”

“你能不能修复毒素？你能不能治好他的身体？”切德的声音既哽咽又虚弱，但这也可能只是因为弄臣的思绪响亮得如同雷鸣。

“我办不到。我看得出他的病征为何，但是看得出病征，却不见得能治疗。若是木头，那么我只要将腐朽处削去即可，但他又不是木头。”弄臣沉默了片刻，但我感觉得出，他在沉默时心里挣扎得有多厉害。最后他以充满绝望的口气说道：“我们辜负了他。他快死了。”

“不，噢，不。我的孩子，我的蜚滋可不能救不回来。不能这样啊！”老人的手轻如落叶地落在我的背上。我知道他一心想治好我。接着他的手似乎沉入我的身体内，而他那炽热的触感仿佛烈酒般在我血脉中奔流。有人惊讶地倒抽一口气，然后我感觉到，我真的感觉到弄臣的心灵与切德的心灵在我体内结合在一起。然而他们两人所结合的这一股精技力量相当微薄。老人沙哑地叫道：“晋责，拉住我的手，把你的力量借给我。”

于是晋责也加入了，但如此一来便冲毁了一切。白光爆发，接着化为黑暗。“叫阿憨过来！”有人大吼着。无论来不来都不要紧了。我不断坠落，越缩越小。我听到狼群嚎叫，声音越来越大。

接着我感觉到光，那光并不热，但却极具穿透力。我落在光里，与之化为一片。那光像是从我的眼皮里射出来一般，无法避开。光线虽烧灼，却不够明亮，我什么也看不见。那光线令我难以忍受，突然之间，那光芒变得更加灿烂。我尖叫出来，整个身体都因那光线在我体内穿梭翻腾而尖叫出声。我像是水坝开启后的大水奔流，像是脱臼的手脚突然被人拉直，像是纠缠的头发被人粗鲁地梳开。我的身体确实被矫正过来，但这帖解药却比病痛更糟糕。我的心跳停止了。众人失望地大叫。接着我的心脏一抖，又开始砰砰跳了起来，空气也急剧地吹入我的胸膛里。

我突然强烈地清醒过来，而且清醒得看见一切，知道一切，并感觉到一切。他们在我身边围成圆圈。弄臣的精技手指压在我背上；切德抓着弄臣另一只手，而他的另一手则握住晋责；晋责一手抓紧了阿憨那肥嘟嘟的手腕；阿憨笨拙迟钝、动也不动地站着，然而他的力量却像是营火般光辉灿烂、源源不绝地发挥出来。切德的眼睛睁得很大，眼白都露了出来；晋责的脸因惊骇而发白，眼睛则紧闭着；而弄臣，他既像是闪耀着光采的愉悦金人，也像晶莹珠宝般翱翔于蓝天的龙群。然后，他突然像女人般尖声高叫道："停！停！停！太多了，我们做过头了！"

他们放开了我，但纵然没了他们，我仍继续疾驰。现在我停不下来了。我仿佛澎湃的洪水一般，切过峡谷，挟带着大水卷起的砂石树木，疾驰前进，什么也挡不住。治疗？这不是治疗。治疗要温和，要恢复原状，而且需要时间。我突然领悟到，人是无法治疗他人的，唯有身体能够将自己治愈，但这需要休息、时间与滋养。而这种治疗像什么呢？像是用火，烧自己的脚，以便为自己取暖。我的身体的确排出了腐臭的血肉和剧毒的汁液，但是身体结构中的成分既有缺遗，必定要补全，然而补全所需的砖瓦，仍须出于自己的身体。于是我的身体自它自己身上窃取，以补全其他，而我却无法停止这一切。因此，我虽得以补全，精力却被牺牲。这就好比说，要盖一堵墙，却没有足够的砖瓦灰泥。既然原材料不足，精力便被移为他用。当一切都已完成，原本轰然前进的态势也停下来之后，我躺在身体排除出来的脏污与毒素之中仰望着他们，虚弱得连眨眼的力气都没有。

这四个重塑了我的身体之人一起低头看着我：老人、黄金贵族、王子与低能者同时低头瞪着我，他们的目光里尽是敬畏、恐惧与夹杂着遗憾的满足感。于是王子的精技小组就此成形，而这个五人精技小组的结合过程，差劲到无以名之。自从全为残缺之人的火网精技小组成立以来，像这种聚合了极不适当的精技人之精技小组，乃是绝无仅见。弄臣其实没有精技天赋，他靠的仅是他手指上的精技印记，以及长久以来连系着他与我两人的精技感知；阿憨的精技天赋蓬勃充沛，但是他不但对精技一无所知，也缺乏学习的野心；我有精技天赋，但是我这个天分时而枯竭干涸，时而有如泉涌，根本无法预测，既不可靠，同时又训练不足；而切德，诸神保佑，他总算在迟暮之年找到自己的精技天赋。他施展精技时，就像是挥舞木剑，像浑然不知真正的利刃会如何伤及人身的少年一般。他对于精技知之甚详，且精技野心勃勃，但较之阿憨的近乎天赋本能，切德则是远远不及。这五人之中，唯有王子的精技知识与野心两方面齐头并进，然而他的天赋却因原智而染上瑕疵。我望着这个无非因为我几乎步入鬼门关，才结合起来的精技小组，内心的勇气一下子消逝得无影无踪。精技小组必须能够在瞻远家族的君王有急需之时，将力量输送给国王，然而这个小组在缺少国王的情况下却无法成事。况且，精技小组的成员为谁，应由成员彼此决定，并进而发展出袍泽之情，然而这个精技小组，却无异于一群互不相涉，只是碰巧在小酒馆里聚头的过路人。

我所感受到的苦楚，必有部分从我眼神中流露出来。切德在我床边跪了下来，并拉起我的手。“没事了，孩子。”他安慰道，“你会活下去的。”

我知道他讲这话是好意。但我闭上眼睛，以挡开他那一张愉悦地大放光彩的脸孔。

我睡了四天四夜。他们为我净身、更衣之际，我都在睡。后来他们告诉我，在那几天之中，我喝了清汤、葡萄酒与煮烂的粥。便溺之事也有人处理。那些事情我都不记得了，我很庆幸自己什么都不记得。也许我是在睡梦中进食的。他们还告诉我，椋音来探望了几次，阿温也来探视，并且送了一张他祖母独门滋养汤的食谱。他们都被挡在门外，无法见到我。我必须惭愧地说，他们虽好意来探视我，我却一点印象也没有。而我所记得的，反而是自己不曾真正经历过的事情：我尾随着一群野狼奔过山野，我望着它们的生活起居，很想加入狼群，但末了总是有根线头拉住我，提醒着我终究必须回去。

有个小插曲我倒是记得很清楚。一名女子伸出手臂揽住我的左右肩膀，将我叉了起来，将一碗温热的牛奶送到我嘴边。我从来就不喜欢热牛奶，所以一闻到味道就努力转开头，但是那女子非常坚决，我不喝下去，就得淹死，所以最后大部分的牛奶还是灌进了我的喉咙里。直到她将我放回枕头上时，我才领悟到，有这种意志力的女子非王后陛下莫属。我将眼睛睁开了一条缝。“对不起。”我沙哑地说道，而珂翠肯则继续将溢在我胡子与睡衣上的牛奶擦净。

她对我微笑，我从她眼中看出她松了一口气。“这是你第一次有力气作怪，我是不是该将此当作是你在迅速康复，而且不久就会恢复老样子的征兆呀？”除了那一丝宽心缓解的语气之外，完全是一派取笑的口吻。她将拭布放在一边，握住我的双手。她的手很软，但我还是感觉得到自己的手瘦骨嶙峋，缺少肌肉之后，手不像手，倒像是鸟爪。我不敢看自己的手，也不敢迎接珂翠肯那一双碧蓝的眼睛。我望向她身后，不禁皱起眉头，周遭的景物我一样也不认得，她顺着我的目光望去。“我做了点改变。我实在不忍让你躺在这样的陋室里。”

地上铺着来自群山的厚重地毯。我躺在矮榻上，而我们高贵的王后则盘腿坐在矮榻边的丰厚坐垫上；角落摆着一个盘旋而上的铁架，铁架的每一层都点了温暖光亮的蜡烛；又有个柜面上有精工雕饰的木纹柜，柜子上摆着一个造型优美的广口水罐和洗脸盆，水罐下还垫着编织的花纹饰布；床边有张矮桌，矮桌上放着一个空的陶杯和一碗放在清汤里泡软的碎面包。这汤味与面包香，使我饿了起来。珂翠肯一定是注意到我的眼睛盯着食物，她马上就捧起碗，并拿起汤匙。

“我自己吃应该没问题。”我诚恳地说道，想要坐起来，但使我羞愧的是，我竟然非得由她扶着才坐得起来。坐起来之后，我才发觉面对着我的那面墙壁上，挂着好大一幅织锦画。那织锦画最近应该清洗并修补过，但是正在与古灵签订合约的睿智国王，仍一如以往地俯瞰着我。我惊讶的心情一定是写在脸上，珂翠肯笑着说道：“切德说，你看到这幅画一定是惊喜交杂。我倒是觉得这织锦画颇为沉闷，但是切德说，这是你小时候最爱的物品之一。”

那织锦画大到占满整面墙。我小时候便因房里的墙壁上挂了这幅画而恶梦连连，今日重见，感觉也相差无几，而且那老人算准了我的反应。尽管人很虚弱，但是切德开的这个玩笑仍使我笑出来。不过我还是抗议道：“但是这房间应当保持得跟仆人的房间一样朴实才是，但现在这房间除了没开窗户、地方也小了点之外，简直可以当王子的寝宫了。”

珂翠肯叹了一口气：“这点切德也训斥过我，但是我不肯依他。你不得不躺在这间阴暗窄小的房间里就已经够糟糕了，我说什么也不会让这房间保持原本那种困乏、冰冷的气氛。”

“可是你自己的房间也很简朴，一派群山风格。我可……”

“等你好到可以见客的时候，再依自己的意思处理吧，就算统统拿走都可以。不过目前，我要让你安顿得舒适，而且要使用六大公国的风格。”她严格地说道，又叹了一口气，“不过，按照往例，只要撒个谎也就能解释过去了。黄金大人放话，说他要好好酬谢他的忠仆。所以，你就多容忍吧。”

她的口气不容分辩。她用几个枕头将我撑高，让我吃泡软的面包。我其实可以多吃一点，但是她拿走空碗，并告诉我，休养要慢慢来，急不得的。接着我突然觉得累了，我疲倦地往后一躺，但身上却没有疼痛感，对此我大吃一惊。不仅如此，我还察觉到自己是仰躺在床上的。我一定是脸色大变，因为珂翠肯担忧地问我是不是哪里不舒服。

我翻身侧躺，小心地伸手摸背。“不会痛。”我对珂翠肯说道。

背后并没有绷带。

我背后的皮肤光滑如新，只是背脊与肋骨凸出得像是饿惨的野狗。我开始颤抖，牙齿打颤。珂翠肯将我的被子盖得密一些。“伤口完全都不见了。”我惊恐地挤出这几个字。

“是啊。”她应和道，“你的剑伤已经收口，完全愈合，丝毫不留痕迹。这是我们挡着不让你见客的原因之一。外人不免纳闷，你的伤口怎么会好得那么快，而且更奇怪的是，你竟然瘦得像是大病数月似的。”讲到这里，她停顿片刻，我本以为她会多说一些，但是她并未再继续下去。接着她温柔地对我微笑，“你现在别烦这个，蜚滋。无须担心。只要吃好、睡好，不久你就能起来走动了。”王后摸摸我长着胡髭的脸颊，又将我的头发顺到后面。

我心里突然涌出了千百个问题：“幸运知不知道我已经好了？他有没有来看我？他会不会太担心？”

“嘘。你还没完全好呢。幸运来过这里，不过我们几经考虑，觉得还是别让他见你。黄金大人见了幸运，叫他放心，并保证你一定会康复，并受到了最好的照料。又说他非常感激汤姆·獾毛，因为汤姆·獾毛为了保护主人的珍宝，不惜身受重伤。他最后让幸运承诺，若他在你静养期间有何需要，一定会让黄金大人知道。此外还有一位名叫吉娜的女人来看你，不过也被挡在外头。”

这的确是个明智的做法。幸运和吉娜若是见到我现在的模样，必然会哑然失色，但我希望我儿子别因此而太过担心。接着，仿佛门户被打开般，其他问题争先恐后地奔涌出来。“花斑帮里除了路德威与沛杰之外，还有其他人吗?另外，汉佳也是个问题。她混在围观人群之中，我看她可不是碰巧出现在附近。此外，我的印象中，儒雅的母亲似乎受到威胁，切德应该派个人去帮她才是。而且堡里还有个间谍，就是那个带阿憨去见路德威的人，切德一定要……”

“你一定要休息。”珂翠肯坚定地说道，“那些事情他们都在处理了。”她轻巧地站了起来，只跨了两步就横过了我的小房间，接着她吹熄了所有蜡烛，只留下一根，将那根蜡烛从烛台上拿起来。这时候，我才察觉到王后穿的是睡衣与罩袍，头发则编成一根粗大的金黄色发辫，垂在背后。

“晚上了啊。”我迟钝地说道。

“对，已经很晚很晚了。你快睡吧，蜚滋。”

“你这么晚到这里来做什么？”

“看你睡觉。”

这实在说不通，她根本就是故意唤醒我。“那怎么会有牛奶和面包？”

“我跟我的侍僮说我睡不着，请他帮我弄点吃的。这也是事实，因为我的确睡不着。然后我就把牛奶和面包带到这里来给你吃了。”她讲这番话，像是在为自己辩护，“尽管碰上这么严重的事故，但是也有一点好处：这使我回想起我亏欠你多少，以及我有多么重视你。”她低头望着我好一会儿，勉强地说道，“如果你走了，世上就没有知道我一切经历的人了。你是唯一知道我与吾王一起经历了多少事情的人。”

“但是椋音也在呀。还有黄金大人也在。”

她摇了摇头："他们两人都不知全貌，而且他们对吾王之爱，亦远不及你我。"她手拿着蜡烛，弯下身来在我额前一吻，"睡吧，蜚滋骏骑。"当她的吻落在我嘴上时，我感觉如喝了一大口冰水，而我了解到，这一吻其实不是为我，乃是为了弃我们而去的那个男人。"好好休息，早日好起来。"她告诫道，起身循着密道回去。她将陶杯与碗也一并带走，身后不留一丝痕迹，只能从这暗室中一股徘徊不去的香气，闻出她曾来过此处。我叹了一口气，陷入深沉，但几近正常的睡眠之中。

21. 静 养

公鹿堡建堡之际，见证石便耸立在城堡附近的断崖上。见证石的年代，很可能比建堡的历史更为久远。四座巨大的黑色石柱围成方形，从岩地上拔地而起，这便是见证石。以往每一座见证石的每一面都镂刻着符文印记，但也许是因为年代久远，也许是因为人力所为，所以如今这些印记都已消失，因此那些符文符号再也无可辨认。见证石的石材似乎与建造公鹿堡所用的黑色石头相当类似，只有一点不同，那就是每一座石柱上，都有着有如瑕疵般的银色线纹。附近居民以“见证石”来见证誓言或真伪，至于这个风俗是从何开始，无人知晓。有时，人们会在见证石之前打斗，并坚信此举将使理由正当的那一方获胜。当地人有许多迷信的观念，都与见证石所包围的四方之地有关。有人说，不育的女人到了这四方之地中，便可受孕；又有人说，女人可请四方的见证石，将她腹中所育的胎儿拿掉。

——克莱伶夫人，《公鹿公国之风土人情》

隔天我从病床上起身，在漆黑密闭的房间中朝衣柜走了三步，然后我倒了下去，再也没有力气爬起来。我动也不动地躺在地上，打定主意不要出声叫人来扶我。我干脆躺着，直到自己汇集了足够的力气爬回床上为止。但是我一跌倒，从客厅通往我房间的门便几乎立刻开启，光线与空气流入，而黄金大人则站在门框里，高高在上地以不屑的眼神俯看着我。“汤姆啊，汤姆。”他摇着头说道，“你一定要时时刻刻都顽固到令人恼怒吗？回床上去，直到切德大人说你可以下床。”

他修长的身体中蕴含的强大力量总是令我惊讶，此时也不例外。他并未扶着我站起来，而是干脆抱起我，放回床上。我摸索着自己的被子，他抓住被子的一角，拉过来将我盖好。“我总不能天天躺在床上吧。”我抱怨道。

黄金大人似乎觉得我讲的话很好笑：“我倒很乐意看你除了躺之外，还能做什么别的事情。你除了躺之外，显然什么都做不成。我不关门，好让你的房间有点亮光。要不要也点个蜡烛？”

我慢慢地摇了摇头，他那冷漠却仍不失和善的态度，使我背脊发凉。他走出去，但不关门，所以我可以看见客厅中清理干净的火炉里烧着旺盛的炉火。他坐回小写字桌边，重新拿起鹅毛笔振笔疾书。

过了一会儿，外面门口响起敲门声，黄金大人应声之后，他的侍僮走了进来，将一整个托盘的早餐放在桌上，并将餐点从托盘里拿出来。安顿好之后，托盘中只剩下几个碗和一个陶杯。阿侠端起托盘就朝我的房间走来，但是黄金大人头也不抬，一边写字，一边吩咐道：“放在桌上就好，阿侠。”过了不久，门上又响起敲门声。这一次那孩子提了两桶水进来，另外一名随他进来的男子则抱着一大把柴火。黄金大人也不管他们，继续做他自己的事情。那两人离开之后，黄金大人叹了一口气，站起来走到门边，将门锁上，才对我说道：

“你要在你房间吃，还是要到桌边吃，汤姆？”

我从床上坐起来，以示回应。床尾放着一件崭新的蓝色毛料袍子。我将袍子从头上套下去，接着站起来。由于床低，所以我更不容易起身，站起来之后，我的头便觉天旋地转，所以我动也不动地站了一会儿。接着我小心翼翼地朝餐桌走去，走到门边时，我攀着门框休息一下，才再度迈步走向桌边。黄金大人已经就坐，正一一打开阿侠摆放的那些碗盘。过了一会儿，我在他对面的位子上坐下来。

他们为我准备的是病人餐，除了清汤、粥糜和泡在牛奶里的面包之外无他。但黄金大人那边的桌上，却有水煮蛋、香肠、面包、奶油、果酱和其他一切我想吃的东西。一时间，我只觉得他可恶得要命，但我还是乖乖地吃掉他们为我准备的东西，最后用一杯微温的菊花茶把一切食物送入肚里。席间我们彼此毫无交谈，饭毕我便起身回床。过了一会儿，我觉得无聊，之后便睡着了。

我因为轻轻的讲话声而醒来。“这么说来，他好到能起床到桌边来吃东西？”切德问道。

“其实很勉强。”黄金大人答道，“最好还是一步一步来。他浑身上下没有一丝力气，不过如果你派任务给他，他还是会……”

“我醒了。”我叫道，但听起来像是沙哑的闷哼。我清了清喉咙，再度叫道：“切德，我醒了。”

他立刻走到房门口，笑望着我。他那亮闪闪的白发卷成了漂亮的卷子，而他看来活力充沛。他不屑地俯看着珂翠肯放在我床边的大坐垫。“还是坐椅子比较好，孩子，我们坐着稍微聊一下吧。你气色好多了。”

“我起来没问题。”

“是吗？啊，那么，你拉着我的手，这样就起得来了。不，让我撑着你，别那么顽固。我们坐火炉边好不好？”

听切德跟我讲话的口气，仿佛我是个傻瓜。我暂且将此当作是他关心我的表示，而且也让他扶着我走路。火炉边有两把软绵绵的椅子，切德与我便在此落坐。我转头望着弄臣，黄金大人又开始在书桌前忙碌地奋笔疾书了。

切德对我微笑，将腿伸到火前烤暖。“你的情况这么好，我真是高兴，蜚滋。之前你把我们吓坏了。我们使出了浑身解数，好不容易把你从鬼门关前救回来。”

“所以我们才需要一谈。”我严肃地告诉切德。

“对，但不是现在。眼前你就静心修养，千万别过于劳累。你就是睡好、吃好，这就行了。”

“我要吃真正的食物。”我一字一字地说道，“我要吃肉。光靠他们今天早上送来的那些东西，我怎么会有力气？”

切德扬起眉毛：“脾气大了哟，是不是啊？这也是意料之中的事。我会安排你中午有肉吃。这是小事，既然你想吃肉，那就吃肉吧，你说了就算。毕竟从我们把你弄回家来，一直到几分钟之前，我都没听你说过一个字呢。”

这实在不合情理，但是我听了切德的话，脾气大了起来，眼眶里也有眼泪打转。我转开头，努力控制自己的情绪。我是怎么了？

切德像是听到我的心事：“我说蜚滋，你别对自己太苛求了。我眼见你渡过不少难关，但是从头到尾，就属这一关最难过。给自己一点时间，让你自己的心灵与身体慢慢平复吧。”

我吸了一口气，打算告诉他说我好得很，但是我说出口的话反而是：“我原本打算孤零零地死在那里了。”一时间，我在牢房里那些前后不连贯的记忆又涌了出来，充塞了我整个心胸。我想起当时的恐惧与失望，而且因为自己竟然必须背负恐惧与失望的记忆而感到愤怒。他们把我丢在那里等死，切德、弄臣、珂翠肯、晋责——他们全都任事情这样发展。

“我何尝不担心你死在牢里？”切德平静地说道，“那段时间大家都很难熬，但对你而言，那段时间尤其难熬。不过，要是当初你听我的话……”

“当然了，都是我自食恶果。凡事都是我自食恶果。”

黄金大人转过头来，对切德说道：“他像这个样子的时候，根本没办法跟他讲道理，你越讲，他就越气。最好是改天再谈吧。”

“闭嘴！”我对黄金大人吼道，但是第二个字沙哑得只剩下一个尖声。切德无言地以斥责与关切的眼神望着我。我将双腿收到胸前，缩成球状，窝在椅子里。我的呼吸化为抖颤的喘气。我以袖口揩去泪水，我不会哭。他们都认定我会崩溃，但我偏不。我受了重伤，病得很厉害，除此之外无他。我努力平息自己的呼吸。“求你跟我讲讲话。”我对切德乞求道。我将颤抖的双腿伸直，重新放在地上。我真痛恨自己，竟然一下子就变得这么脆弱。“把前前后后的事情都讲给我听，只是别引我问那些蠢问题就是了。先从儒雅讲起吧。”

切德沉重地吸了一口气。“我看这样不好吧。”我想反驳，但是他伸出一只手，做了个手势，“不过，我就让你如愿吧。好，儒雅。当天他尽快骑上马，回到公鹿堡，期间并未招人注意。接着他去找晋责，但由于之前被人勒住脖子，所以他几乎讲不出话来，不过他还是努力让晋责知道，黄金大人的仆人千钧一发地将他从公鹿堡城的歹徒手里救了下来。当时他只跟晋责讲了这些，但是这已经足以让晋责急着来找我，并使我安排人手、开始运作了。”

他清了清喉咙，坦承道：“但我没想到我们会花那么久才找到你，而且也没想到你会出手杀人，更没想到你会让城市卫队逮捕。不过我一得知你被捕，便立刻安排我自己的人进去牢里照顾你。但不幸的是，他们已经先找了疗者去看你，所以我就不能安排我自己的疗者去照料你的伤势了。那城市卫队的队长非常顽固，说什么都不肯放你。他认定那三个人一定是你杀的，而且因为你先前卷入街头的口角争执等事，他早已将你看作是爱打架滋事的眼中钉。黄金大人从一开始就跟队长提起珠宝袋子遗失的事情，但还是必须等黄金大人走了三趟，那队长才想到要去路德威的小屋搜查，最后在那屋里找回珠宝。我则找好证人，作证说这事不是你先起头。这件事实在不好处理，我最多也只能这么轻轻暗中相助了。到了这时候，那队长才想通了你是为了保护主人的财物不让歹人抢走，最后终于肯将你交给我们，可是差一点就太迟了。”

“你最多也只能这么轻轻暗中相助了。”我针锋相对地说道。我孤独又寒冷，而且差一步就死了，而他才“轻轻暗中相助”。

“当时王后可不想这样子就算了，她打算干脆派她自己的卫队到城里去，直接把你从牢房里救出来。但我可不能任她这么做，蜚滋。没错，的确还有别的花斑帮余孽。你杀死路德威的隔天，就有好几个地方贴出了告示，说路德威和沛杰都是原智者，但是王后却派人将他们两人，连同他们的牵系动物都杀了。他们嘲笑王后，说她下手毒辣，却还信誓旦旦地说她有心要让原智者免于蒙冤送死的厄运。他们又警告说，王后要召开原血者会谈，根本就是个骗局，叫原血者千万别上当。末了他们更是直接点出王后的独子就是原智者，但若有人敢说出这个事实，王后与其宠臣必会杀人灭口。”切德顿了一下，“所以，你现在知道了。我不得不将你留在那里。那并非我的本意，蜚滋。而且我其实不应该跟你讲这么多的。”

我将脸埋在手里。是啊，我当初真应该听他的话，这难道不是我一手促成的吗？“我看当时我真该让他们杀了儒雅。让他们杀了儒雅，我则赶快去报案。”

“那也是个办法。”切德应和道，“但是这么一来，你跟晋责之间的关系可能就破坏了。就算你能瞒着晋责，不让他知道你近在咫尺，且能够阻止他的朋友遇害，恐怕也于事无补。好了，我看今天聊得够多了。你回床休息吧。”

“还没，你至少把这个讲完。花斑子贴了告示，说晋责有原智。这件事你怎么补救？”

“怎能补救？当然要推得一干二净！我们把那些告示当作笑料，根本不予理会。而且尽心打点一切，务必让外人看来，王后与王子都对于黄金大人那身陷囹圄的仆人没什么兴趣。城市卫队既擒住了嫌犯，那么接下来的查案审判程序就让它正常进行，与皇室毫无相涉。告示上的指控根本就是子虚乌有，这一定是有心人要诬蔑王子的好名声，但这指控也未免太过离谱。王子好友的猎猫抓伤了他，可是大家都知道，猎猫猎犬是绝对不会攻击原智者的，毕竟原智者有能力可以控制动物等等，诸如此类。同时，城市卫队揭露，那几名死者其实与寻常的歹徒盗贼相去无多。那命案与原智扯不上关系，当然更没有皇室之人介入。这案子就是为非作歹的抢匪被努力保护主人财物的忠仆杀了，如此而已。”

“所以，就是因为有人扯出了晋责有原智，你才不得不把我留在牢里腐烂生疮。”我想用这句话来表示我接受这个事实。在我心里，我对切德一半是体谅，一半是痛恨。

他听到我的遣词用字，不禁瑟缩了一下，但他仍点点头：“对不起，蜚滋。当时我们别无选择。”

“我知道。而且这是因为我不听劝告而自食恶果。”我努力抑制话里的苦涩之意，而且几乎成功了。我突然万分疲倦，但是我还必须问问其他事情。“那儒雅呢？”

“我一查出死者的身份之后，就知道非得盘问儒雅不可了。我逼他说出所有实情，也问出他为什么突然找上路德威。儒雅的母亲自杀了，蜚滋。贝馨嘉夫人送了封信给那少年，请儒雅原谅她，她说事情演变到这个地步，她再也活不下去了，这种日子她再也无法忍受。儒雅必须做违心之事，才能换得她的安全，然而府邸里的男人恣意凌辱她，所谓安全云云也不过是假象。”

这其中的丑恶不言而喻，令人作呕。“这么说来，儒雅原本是想去送死的。”

“他的母亲死了，依我看来，儒雅原本是想去杀了他们，根本也不在乎他会不会因此而送命，只是他连这些人该怎么对付都搞不清楚。他心里想的尽是公平对决之类的崇高理念。路德威根本就不让他有机会要求决斗，就直接下手了。”

“那儒雅现在情况如何？”

切德吸了一口气：“他的情况有些复杂。晋责坚持要陪同儒雅接受我的讯问。王子殿下处处替他辩护，所以如今他是王子的人了，他对王子可说是心悦诚服。就算晋责非要有个原智者的手下不可吧，至少我们已经把那家伙的利齿拔掉，不用担心他反噬了。王子认定贝馨嘉母子的所作所为是胁迫所致，我差不多也有同感。就算儒雅曾经忠于花斑帮，如今他母亲自杀，再加上他们之前的丑恶作为，也把旧日的情怀洗刷得一干二净了。现在儒雅对他们恨之入骨，比我们还要激动。当初花斑帮之人逼迫贝馨嘉夫人必须将猫送给王子为礼，若有不从，就要将他们母子俩都有原智的事情抖露出来。但贝馨嘉夫人这样做之后，却牢牢地被他们控制住，此后再无宁日。她不但有原智，而且还对王子意图不轨，这就是叛国罪了。花斑帮之人将他们母子分开，他们命令儒雅待在公鹿堡，与王子好好结交，诱使王子深陷原智之中，并要求他向他们密报堡里的动静。他们跟儒雅说，只要他一一做到，就保住他母亲安全无忧。然而长风堡，也就是贝馨嘉夫人的家，却成了她的牢狱。那些花斑子贪婪得毫无节制，他们先是占据了贝馨嘉夫人的家，继而占据了她的酒窖，夺取了她的财富。夫人若胆敢不从，他们便以她儿子的安危作为要挟。最后那些人显然还贪婪得想得到夫人，这就逼得她再也活不下去了。我想，他们错估了贝馨嘉母子的意志力。”

这些因果真是令人感叹。不过我不让自己多想，我还挂心着更紧急的事情。

“那汉佳呢？王子有没有告诉你说我看到汉佳？”

他的表情更加严肃：“有。不过……会不会是你看错了？因为我的间谍都没打听到汉佳的动静。”

我强迫自己回想当时那一瞥：“当时我受了伤，天色又黑。不过……我想我并没有看错。而且我相信阿憨遭人盘问之际，在场的那个女人就是汉佳。她愿意以黄金为赏，只要沛杰与路德威能将弄臣与我交出来……大概是这样子。那女人到底想用金子跟他们换什么东西，实在很难说。路德威很讨厌她，不过她似乎是这整件事情的幕后黑手。”

切德举起一手，以手势阻止我继续说下去：“就算是吧，她也将自己的行踪掩饰得很好。我在城内城外，都没打听到她的消息。”

这实在很难让人安心，他的间谍网也没打听到路德威的消息呀。我将这个怨言咽了下去。

“可是堡里还有个花斑帮的间谍，就是带阿憨去找路德威的那个人。”

切德以不带感情的平淡语调说道：“儒雅的马夫惨遭意外变故。马厩的人在性情暴躁的种马马厩里发现了他的尸体，显然他是被马活活踢死了。至于他为什么会将自己跟那匹马关在一起，至今仍是个谜。”

我点了点头。这一来这个线头就理清了。“至于儒雅的母亲和他家的庄园呢？”

切德不看我，转而望向他处：“你入狱的隔天，不幸的消息便传到堡里：贝馨嘉夫人因为食物中毒而死，不少宾客与仆人也惨遭不测。这真是令人哀伤的惨剧，不过并未传出丑事，也未使家族名声蒙羞。贝馨嘉夫人的尸体是第一个发现的，接下来的几天，其他人纷纷发病，旋即死亡。据我听到的消息，这是因为河鱼腐败所致。贝馨嘉夫人的尸体已经送往娘家安葬，而儒雅也已经前去参加母亲的葬礼。晋责王子派遣他的仪仗卫队与儒雅同行，以表达他对好友的高度重视。儒雅自己知道，相关事宜处理完毕之后，他必须定居于公鹿堡，直到他成年为止，虽然王后已经慷慨地派遣了管家与仆人到长风堡，以代替儒雅管理家业。”

我缓缓地点了点头。王子也许将儒雅称之为朋友，但是接下来这几年，儒雅依然是切德照顾有加但严密看管的囚犯。这个安排很周全，也很适当。儒雅可以将之视为保护，也可将之视为牢笼。先前长风堡的“食物中毒事件”，处理得利落且不留痕迹。我怀疑迷迭香夫人是不是突然找了个理由去探望居于长风堡的友人，抑或这正是切德安置在长风堡的间谍所为。迷迭香的灼伤这么严重，想必不容易出外旅行吧。然后我突然转过头去望着切德，他以一头雾水的表情，迎向我的审视。我一下子靠上前，趁着他还来不及抽身回去之际，伸手摸摸他的脸颊。我的指头上并未黏住油膏粉彩，而是摸到结实的血肉，而且毫无灼伤愈合的痕迹。

“噢，切德。”我斥责道，口气因震惊而颤抖，“喂，你可要小心一点！你盲目地冲刺，并没人知道你这一番作为的代价为何。”

他勉强露出笑容：“我既然都已经知道其功效宏伟了，还何必管它代价为何？我脸上的灼伤都愈合了，跟随我多年的筋骨酸痛也已消失，现在走起路来轻盈如风，晚上睡觉时毫无痛楚，甚至连视力都变得更清楚了。”

“这不是你独力的成就。”

切德望着我，但是拒绝回答。答案是什么，我心里有数。

“你一直在汲取阿憨的力量。”我低声指控道。

“他才不介意呢。”

“这是因为你不知道其中的危险，而他不知道其中的风险。”

“你也同样不知道！”他严厉地答道，“蜚滋，人有的时候要小心谨慎，但有的时候要大胆迈进。眼前正是需要我们大胆冒险的良机，我们必须挖掘精技的一切极限。当王子出发前往艾斯雷弗嘉岛屠龙的时候，你必定要与他同行，因此你必须在出发之前，就熟知精技的一切大用，并且要能够随时发挥精技的功效，而这个……”话说到这里，切德响亮地在脸颊上拍了一下，“这是十足的奇迹。要是当年黠谋生病时，我们就以此为他治病，他就不会死了！你想想看，果真如此，那世事会有多大的变化！”

“是啊，你想想看。”我反驳道，“你想想看，若是黠谋至今仍好好地活着，并依然统治这里。然后你再问问你自己，为什么黠谋依然病重而死？那是因为，黠谋不是盖伦教的学生，他的精技师傅乃是殷恳。他的精技师傅既是殷恳，那么我们若就此推论黠谋对精技的认识比我们深，甚至他对于如何延长生命，也知道得比我们多，也是言之成理。既然如此，那我们就要问，为什么当年黠谋不用精技来延长自己的生命？为什么殷恳也不通过精技来添寿？是不是因为他们知道，一旦走上了这条路，必定要付出惨重的代价？”

“说不定黠谋之所以没做，不过是因为他缺乏精技小组之助！”切德义正辞严地反驳道。

“如果纯粹是因为这个因素，那么他大可运用盖伦的精技小组。”

“呸！这你无从得知，而我也无从得知。你何必这么悲观？为什么你总是朝最坏的方向去想？”

“也许那是因为我的教学者睿智精明，而我耳濡目染之故吧。只是如今老师的行径却变得荒谬可笑。”

切德的脸染上红晕，眼里冒出怒火。“你原本不是这个样子。不，说不定更糟，因为也许这就是你的原貌。你这兔崽子，给我仔细听着，我眼睁睁地看着我哥哥死去，我眼见黠谋国王日日逐渐萎靡，有时，他的心灵随处漫游，但他自己却毫不知情；有时，他明知自己的身体与心灵逐渐衰弱，羞愧得流下眼泪。这一切我都看在眼里，到底是在不知不觉中衰颓比较悲哀，还是明知自己正在衰颓比较悲哀，我也说不出个所以然。假若当年他有能耐以精技去挽回颓势，那么他一定会义无反顾地去做，无论代价有多么惨重。这正是失传的精技知识，我打算重新建立这套知识，并且好好运用。”

我想切德大概以为我会大声地吼回去。我原本也有一半以为自己真的会如此反应。假如我内心不是交杂着虚弱、绝望且恐惧的情绪，说不定我真的就吼回去了。之前他的身体与心灵日渐衰弱之时，我很担心我们会失去他这个博学多闻、神通广大的有力支柱。如今他活力充沛，眼睛炯炯有神，内心燃着熊熊的野心，我却吓得不知所措。我早就知道他有这一面，我早就知道他一心渴望要驾驭精技。只是我从未料到我必须阻挡他对精技的强烈欲望。我深吸了两口气，平静地说道："你有权下这个决定吗？"

他皱起眉头："这是什么意思？不然该谁做决定？"

"也许在公鹿堡里，精技应该如何运用，应该由精技师傅说了算数吧。尤其，这种事情，稚嫩生涩的学生是无权置喙的。"我坚定地迎接他直视着我的眼神。话说回来，当初强迫我要扛起精技师傅职责的人，不是别人，正是切德。如今他强力推动的事情却反过来咬他一口，他会不会因此而暗暗后悔呢？

他根本不把我的话当一回事："你是在说，你要将我做的这些事情喊停，而且你还期望我会听你的？"坐在椅子上的他将双手放在膝盖上，将身体前倾过来对抗我。

此时的切德坚持要一意孤行，我实在不想与他正面交战。现在的我，哪有那么多精力？我换了说法："除了你之外，另外还有个瞻远家族的人也曾极力将精技作为私用。他本人既不强壮，也无精技天赋，但是他照样通过汲取精技小组的力量，以达成一己之私。他用起精技小组来毫不留情，根本不管此举会对精技小组的成员造成何等伤害，也不理会他们会不会因此而力竭身死，或是意志扭曲。你要变成帝尊那样的人吗？"

"帝尊跟我差远了！"切德啐道，"别的不说，就说这一点：他这个人全以私利为目的，但我可是一生都孜孜不倦地奉献给瞻远皇室。另外还有个差别：我终究会培养出我自己的精技力量。再过不久，我就不需要仰赖别人的力量了。"

"切德。"我的叫声既轻又沙哑，我清了清喉咙，但讲出来的话还是有气无力，"也许你终究会培养出你自己的精技力量，但倘若你继续照现在这样独自一人大肆实验，以自己的安危作为赌注，如今还把阿憨也拉下水——你这种行径有何风险，他根本毫无概念——那是不行的。"我实在不能确定切德到底有没有在听我说话，他的绿眼睛望向我身外远处。但我还是继续说下去，尽管我的声音越来越虚弱，而且开始喘了起来，"你必须学学精技魔法的危险之处，不要这样贸然前冲，将精技纳为己用。精技不是玩具，也不是学来以便图一己之利的东西。"

"这不公平！"切德突然抗议道，"我应该有机会接受精技教育，毕竟我的瞻远血统跟黠谋不相上下，但是他们却剥夺了我受教的机会。我早该有机会学习精技的！”

我很快就会觉得疲倦，我非赢这一局不可，不然至少也要在我颓然倒在床上之前，跟他打成不分胜负的局面。“是不公平没错。”我应和道，“但是利用阿憨，把他当作是你的拐杖、你的工具，这样也不公平呀。你的确应该受到适当的精技教育，然而你与阿憨为伍却于事无补。精技知识一定要靠自己苦学才行。阿憨的精技天赋的确很强，但是他对于自己可能面临的危险毫无概念，再说他也没有反抗你的意愿，所以不会阻止你将精技作为己用。还有，你取得太多时，他不会警告你；而等你察觉时，已经太迟了。像你这样不知节制地将他当作是拖着板车的阉牛一般来使用，这是不对的。阿憨也许头脑简单，但至少在精技的领域中，他的地位与我们相当。他是我们这个精技小组的成员，因此即使你们两人的精技能耐相去甚远，但你们彼此仍应情同兄弟。”

“精技小组？”切德惊讶得下巴掉下来的模样使我突然领悟到，他尚未看出我一望即知的事情。

“对，精技小组。”我重复道，“你、我、晋责、弄臣，还有阿憨。”我停顿片刻，等他说话。但是他没回应，我反而听到弄臣的椅子从桌边退开，轻轻划过地上的声音，接着他以更轻的步伐横过客厅，朝我们走来。我心里虽好奇此时他脸上是何表情，但依然凝视着切德。他还是沉默不语，于是我点醒他：“切德，当时我也在场。我的确是身不由己，但除非是我死了，否则我怎么可能会对发生在自己身上的事情毫无知觉？当时你们联手在我身上施展精技，这就是精技小组的雏型，难道你不知道吗？所谓精技小组，就是集合众人之力，以达成共同的目标。而这正是你们当时所为的写照。阿憨的力量，你对于人体内部构造的知识，晋责的控制能力与意志力，再加上弄臣与我的牵系，当时就是因为这一切样样齐备，所以你们才能达成目标，将我从鬼门关抢救回来。日后若有需要，还可重复运作一次。所以说，晋责终于拥有了精技小组。纵有百般缺陷，终归也算得上是个精技小组了。但前提是我们将彼此当成团队来运作。如果你让阿憨走岔了路，将他当作是你的私人力量贮藏库，那么早在我们开发出这个精技小组有何能耐之前，这个小组就已经被你破坏殆尽了。”

我不再说话，觉得自己口干舌燥，上气不接下气。换作其他时间，我一定会因为发现自己虚弱至此而大惊失色，但此时我根本无暇多想。我感觉到，切德与我之间的关系，已经到达了一个平衡点。多少年来，他一直是我的良师与指引。身为切德的学徒，我难得质疑他的智慧判断，或是他的行事作风。我总是笃定地认为，他如此渊博，他说的一定不会错。然而从夏天开始，我亲眼目睹他那睿智的心灵逐渐衰退，而他那过目不忘的记性也与往日大相径庭。对我们而言，最糟之处在于我开始质疑他的决定，甚至以成人的角度来考虑他的思考过程。我不再像往日那样，认定事事都是他所想的最为周全。当我以自己三十余年岁月的智慧，回头去看他为我以及他过去为瞻远家族所做的决定时，也不再像往日那样完全认同他的所作所为了。如今的我已能看出他的智慧亦有所疏漏，所以我更觉得，自己要求切德认可我在精技领域知道得比他多，可说是相当公允。其实我所寻求的，是一个特殊的平衡点，我并非强调自己凡事都知道得比他多，而是说，虽然他在许多方面比我更加睿智，但在某些领域上，却是我比他多知道几分。

长久以来，切德一直是我的导师，他在我心中的地位尊崇得不容置疑。如今我将他视为寻常人，不管对他或对我而言，都是很大的冲击。当我开始察觉到他的瑕疵时，我只觉得痛恨。我从来就不想端着镜子站在他面前，叫他反省某些事。但虽然百般不情愿，我还是必须坦承，与我相较之下，切德一直都较为野心勃勃、渴望权力。他纵然因为政治因素而无法学习精技，又因为意外造成满脸疮疤而不得不隐身在幕后，但是如今他照样大权在握。在黠谋国王日渐衰弱，他那仅存的二子又彼此为了继承王位而较劲之际，瞻远王权正是靠着切德的意志力才渡过难关。他的间谍与仆人所织就的网络，辅助珂翠肯王后稳住了政权，直到她的儿子成年。而如今切德已经又快要将另外一个瞻远家的继承人推上王位了。

然而此时我可以从他脸上看出，对他而言，这些成就还不够。除非他能得到长久以来梦寐以求的东西，否则他是不会将任何成就当作是真正的胜利。权力，现在的他已经拥有，而随同权力而来的荣华富贵也样样不少。他可以公开处置大大小小的国家事务，人们会将此视为是他身为王后私人顾问应有的权力。然而这位位高权重的顾问心底，却仍潜藏着一名一无所有、无缘继承家业的私生子。而对后者而言，再多胜利也不够，除非有朝一日他真能驾驭精技，而且还让别人知道他有这项天赋。

我担心的是，切德为了达成这个目标，可能不惜损及他奋力至今所造成的一切。他可能会因为意志坚定而变得盲目。我抱着这个心情，看着他将我的话咀嚼再三，衡量着自己该怎么回答。我一边等待，一边审视着他。切德无法让岁月倒回从前，就算是运用精技，也不可能让他变成青春少年，但是说不定他可以像水壶婶那样停止老化的过程。他的头发仍像以前一样雪白，脸上的皱纹也跟以前一样深，不过他的关节变得柔软，脸颊红润有光泽，眼白也不再有血丝。

我望着他，并看出他已经下了决定。他匆忙地跳起来，这使我心里一沉，因为我从他匆促离去的模样，看出他打算就此结束谈话。“你的身体还没好呢，蜚滋。”他说着，站了起来，“所以还要好一段时间，你才能继续为晋责和阿憨上课。这段时间就这么空闲着实在很浪费，在你静养之际，我还是会继续探索精技。不过我向你保证，我一定会处处小心，而且我只会自己冒险，不会拉别人下水。不过既然开始做了，既然已经感觉到最初的效果了，我是说什么都不会退缩的。我绝不退缩。”

他开始朝门口走去。我困难地吸了一口气，我的力量显然已经用到尽头。“难道你到现在还不懂吗，切德？你所感觉到的，不过是精技吸引力。自古以来，我们都再三警告学生千万别坠入这个陷阱！你若是冒险踏入精技洪流，恐怕后果非同小可。如果我们失去你，那么我们整个精技小组的实力将减少许多，而如果我们连阿憨也失去了，那么精技小组将完全溃散。”

他的手放在门闩上，他虽开口，却没有回头看我。“你得多休息，蜚滋，别硬撑了。等你好一点我们再谈。你知道我行事谨慎，所以你就放心吧。”接着他关上门离去，他走得很快，像是急着逃离房间，以免挨骂的孩子——也像是明知真相为何，却不肯正视，因而逃之夭夭的成年人。

我沉入椅子里，口干舌燥，心跳得很快。我举起双手，盖在眼皮上挡光。“有的人，你曾对他敬爱有加，但是眼前你却突然觉得很讨厌他，你有没有过这种经验？”

“真奇怪你会问我这件事情。”站在我身后近处的弄臣出声挖苦道。然后我听到他的脚步声走远。

我一定是坐在椅子上睡着了。等我醒过来时已是午后，全身因为蜷在椅子里睡觉而酸痛。椅子旁的桌上有一托盘食物，即使盖着碗盘，食物仍旧冷掉了，汤面上浮着一块块凝结的肉脂，虽有肉，却也冷冰冰。我才吃了两口，就觉得嚼食使我累得要命。我逼迫自己吞咽下去，但这些食物却像石头般停留在我的胃里。他们还准备了掺水的葡萄酒，也仍然有泡在牛奶里的面包。这种泡软的面包我实在不想吃，但到底我想吃什么，我自己也说不上来。我强迫自己全部吃完。

我全身衰弱得一点力气也无，使我想要孩子气地哭一场。我踉跄地走回自己的房间，想要洗把脸，看看能不能洗去昏昏欲睡的感觉。水罐里有水，旁边有布可以擦脸，但是我的小镜子不见了，大概是珂翠肯在替我布置房间的时候收了起来。洗了脸之后，精神也未曾恢复，于是我还是去睡了。

接下来的两天，我仍然倦怠虚弱。虽然吃好睡好，但我的力气却恢复得极慢。切德没来看我，这我并不意外。但是晋责也没来看我，这是因为切德叫他离我远一点吗？黄金大人一天跟我说不上几句话。若有人来探视我，也照样以我仍身体不适为由挡在外面。我两次听到幸运焦急的讲话声，椋音也来找过我一次。我连动一动都觉得累，但是整天不动又觉得酸痛。我不是孤独地躺在自己的床上，就是坐在火炉边的椅子上发呆。我想要去切德的旧居拿精技卷轴来研读，但是我知道自己必然无力应付那层层阶梯。我也不敢开口请弄臣去帮我拿，不只是因为他一直藏在黄金大人的伪装之后，而是因为我们对彼此的冷淡漠视已经变成常态。这样一来我们就更难修好，但是我却不愿意低头或换个做法来对待弄臣。我觉得我做得已经够多了，但是却屡屡被他泼冷水。我倒希望他能显出一些他愿意修好的迹象，但他却毫无作为。这两天我便失意且缓慢地度过。

隔天起床的时候，我决定要振作一下。说不定我起床四处活动一下，假装自己健康如常，就会开始觉得自己已经好了。我先洗了脸，之后决定要刮胡子，我脸上的髭须几乎长成胡子了。我慢慢地踱到门边，四下张望：黄金大人坐在餐桌边，拿起身前那十几条深浅不同的橘黄色手帕一一相互比较。我清了清喉咙，他没有反应。好吧，我知道了。

“黄金大人，打扰了。我刮胡子的镜子不知道收到哪里去了，不知能不能借您的镜子一用？”

他头也不回地说道：“你看这样明智吗？”

“借镜子会有什么不明智的吗？我刮胡子若不照镜子，才是不明智吧。”

“我是说，你现在刮胡子，明智吗？”

“我早就该刮胡子了。”

“很好，那么，这是你自己说的。”他的语气冷淡且疏远，仿佛我刮胡子是什么危险万分的事情，而他绝不想卷进去似的。他走到他的房间，一会儿便带着他那花纹银框且附有手把的镜子出来了。

我拿起镜子，心里生怕自己会见到一张消瘦无神的脸孔。看到镜子里的映影，我吓得整个人都麻木得不能动弹，失手将镜子掉在地上。幸亏它是掉在地毯上，没有摔破。我以前曾因为难忍的痛楚而晕倒，但据我记忆所及，我从未因为纯粹的意外而晕倒。即使晕倒，我也没有完全丧失意识，只是身子一软，坐在地上。

“汤姆？”黄金大人以不耐烦且意外的口气问道。

此时我实在没有心思回应他。我将镜子拨过来，低头瞪着自己的脸庞。接着我伸手摸摸脸颊，那道跟着我多年的疤痕不见了。我的鼻子还称不上是直挺，但是打断鼻梁的痕迹变得不太明显。我伸手入袍子里，摸摸自己的背。新近的剑伤不见了，但是背上因为弓箭所伤而化脓的古老伤口也消失不见。我仔细审视脖子与肩膀的交界处。多年前，一名冶炼之人把我这里的肉咬掉一块，留下了一个皱皱的疤痕，如今此处的皮肤却光洁如新。

我抬起头来，发现黄金大人惊慌地望着我。

“为什么？”我温和地对他问道，“艾达神在上，你们为什么要抹去我的旧疤痕？大家都会发现我变得不一样了，往后我要怎么跟众人解释？”

他走近一步，眼里显得很困惑。他以黄金大人的口吻不情愿地说道：“可是，汤姆·獾毛，其实我们什么也没做。”我不知道我听了这话露出什么表情，但他一看到我的表情就怕得缩身。接着他以不带感情的语气继续说道：“真的，我们并未抹去你的旧疤痕。我们齐心协力地让你背上的剑伤收口愈合，并将你血液里的毒素排挤出来。当我看到你其他的伤口皱起并吐出新肉来的时候，我便大声叫着我们必须停手。然而即使我们彼此放开手，并站到一旁……”

我努力回想那一刻的情况，但实在想不起来。“也许是因为，你们一启动之后，我的身体与精技便接续下去了。我不记得了。”

他站着俯看着我，并伸出一手掩住嘴。“切德……”他说得欲言又止，最后还是强迫自己说出来，此时他的口气几乎与弄臣无二，“我想切德大人觉得……不，我不该臆测他有什么感觉。只是我认为，他深信这是你做的，而且你故意隐瞒着不让他知道。”

“艾达神、埃尔神，我都不知道该求哪个神了。”我呻吟道。切德说得没错。我这个人就是不善于体会别人的感觉，除非对方直接跟我说个明白。我之前的确察觉到切德与我之间似乎有个结没有解开，但是我就算想破了头，也想不到竟是这一点。即使我知道我自己的身体将旧伤疤都清除掉，除非弄臣提起，否则我也不会猜想到切德竟误以为我有什么难以想象的秘密瞒着他，心里因此有了芥蒂。就是因为这个缘故，所以那天他才气鼓鼓地离去，而且下定决心要继续挖掘出我故意不肯告诉他的秘密。我将腿收到身下，不靠人扶地站了起来，倒不是说黄金大人有伸手拉我之意。我将镜子递还给他，转身朝我房间走去。

“这么说来，你是不打算刮胡子了，汤姆·獾毛？”黄金大人问道。

“目前不刮了。我要去切德的旧居，如果你能通知一下，请他到那儿跟我见面，那就感激不尽了。”我几乎把他当作旧日的弄臣一般地说话。不过我倒不期望他会回答，而他也真的没有回答。

但我实在是力气不足。我这一路上停下来休息的次数之多，让我很担心蜡烛会烧完，迫使我必须在黑暗中摸索。到了门口，那黄鼠狼跳出来向我挑战：吉利跳了一段狂野的示威舞，邀请我跟它一分高下，以便决定这是谁的地盘。“这地方就算是你的了。”我对它说道，“反正我看你是赢定了。”我不理会扑在我腿上的吉利，走过去坐在床缘，躺了下来，几乎一下子就睡着了。这一觉好像睡了很久。

我醒过来的时候，吉利仍在我下巴处酣睡。我一动，它就跑了。显然这里有人来过。我竟然睡得不省人事，连有人来过都不知道。以前我与夜眼牵系在一起的时候，它总是透过我的感官，以它的狼性守护着我，所以它一察觉到有人进来，就会立刻把我唤醒。我一边坚决地将腿伸出床缘，一边想到，我实在是过于依赖属于原野的感知了。如今的我越来越迟钝，只能仰赖众人与一切事物的友善。

桌边清出一角，放了几个盘子和一瓶葡萄酒；火炉边上挂着一锅汤保温，刚刚才新添了柴火。我站起来直接朝食物走去。我喝了汤、酒之后，便开始等待。趁着等待的时间，我翻阅了一下切德留在桌上给我看的卷轴。其中有两个卷轴是切德的间谍传回来的报告：一个讲的是冰华和外岛的龙群；一个讲的是缤城与恰斯国之间的战争。有个古老的卷轴，上面画着人类背部肌肉的草图，图旁还有修订加注。那几条详细解说与注记，都是切德最近写的。那么，我到鬼门关之前走了一趟，至少提供了一点新知识。在这个古老卷轴旁边另有三个绑在一起的卷轴：这些卷轴破旧褪色，且均出于同一人之手。原来这是一套三卷，特别针对“精技独行者”式的精技人所设计的练习课程。看到“精技独行者”这个字眼，我不禁眉头一皱，心里想着这会是什么样的精技人？看了一会儿，我便恍然大悟：这种练习课程，是给没有加入精技小组的人使用的。我从未想过世上会有不曾加入精技小组之人，但仔细一想，就发现“精技独行者”必然存在。我自己就是一例，不是吗？总有人老是跟人处不来，或即使处得来，却喜欢独居。再说，成立新的精技小组时，不免有人会被排除在外。而这些练习就是为这样的人而设计。

读过之后，我发现到“精技独行者”多为间谍与疗者。第一卷的练习，主要是教人如何若有似无地运用精技去倾听他人的思绪，或者将思绪植入他人的心中。第二卷则教人如何治疗他人的身体，我对这个题目深感兴趣，这不只是因为我刚体验过精技治疗，还因为这一卷证实了我原先的推想。第二卷的要义大概是说，人以精技和意志力开始治疗之后，身体往往会接手将疗程做完，我们的身体是懂得治疗的。我们的身体也懂得，有时候匆促的修补比完美的修补更重要，例如，先将伤口收口，就比让皮肤光滑来得重要。所以，我们的身体懂得保留人的精力，以留待明日之用。因为这个缘故，第二卷警告道，精技人应该将这一点放在心上，切莫忤逆身体的自然倾向。也就是说，精技人在治疗时必须注意力道，不可过多过猛。我心里想着，不晓得切德有没有看到这一段？

第三卷讲的是如何保养自己的身体。在这个卷轴中，褪色的古老墨迹与切德新写的字迹并陈。他在此逐日记载他早期的失败尝试，以及近日的成功成果。切德要我看的就是这一卷，就是因为他写了注记，所以才特别要把这卷轴拿给我看。他希望让我知道，从他一拿到精技卷轴，便开始尝试修补自己衰颓的身体了。但是直到他目睹了我所受到的治疗，并发现到他可以汲取阿憨的力量，以辅助自己软弱且盲目的摸索之后，他才体验到成功的滋味。

我读着切德一路写下来的失望经验，心里很清楚在那些时日之中，他必定大为恐惧。拖着残躯过日子是什么感觉，我自己曾亲身经验，而且随着夜眼日渐衰弱，我也多少尝到年老的辛酸。切德盛年之时，只能蜗居在这个房间里，隐身在幕后，以假身份出外活动。等到他复返到人群、音乐、跳舞与聊天的世界，啊，是的，还享有数不尽的权力与财富之时，却发现自己的身体垂垂老矣，眼前的繁华富贵可能只是过眼云烟，那是何等遗憾？虽然他做这些事风险极大，但其实我也不能责怪他，他的心情我再了解不过。我只怕有朝一日，我会面临跟他一样的处境，而我很怕自己会做出跟他同样的决定。

我将提到如何以精技自我修补身体的这个经卷，仔细地反复研读了几遍。这经卷里提到不少有用的知识，但是我心中仍有些疑问没有得到解答。切德之所以将这几个卷轴收起不让我看到，其原因我已经猜到了几成。我若是看过这些经卷，那么我不但会看出他老早就渴望要将精技学得娴熟精通，还会看出，早在他怂恿我返回公鹿堡之前，他就已经开始积极着手了。

我往后靠在椅背上，努力设身处地地思考切德的处境与心态。他是怎么想的？他有什么梦想？我将时光推回十数年之前：红船之战终于结束；六大公国的龙群驱走了劫匪；和平重新回到这片大地上；王后的腹中育有六大公国的继承人；帝尊归还了散失的精技经卷宝库，重新对皇室显示忠心后死去。而切德呢，在阴影中生活了这么多年之后，终于以获王后信任的私人顾问身份出现在众人面前。他可以自由自在地在公鹿堡各处活动，享受美食佳酿，在贵族之间周旋。既然如此，他还有什么未竟的心愿？此物无他，想必是他多年前渴求，却被断然拒绝之事。

精技向来不传授给皇室私生子，即使皇室私生子有精技潜力也一样。有些国王无情地强制非婚生的少年男女服用精灵树皮茶,以便抑制他们的精技天赋。我敢说，一定有些瞻远君主为了节省时间，干脆将私生子一刀毙命。我之所以有机会受教育，是因为耐辛夫人与切德一起为我请命。但即使如此，我敢说若非因为当时对于精技人才需求急迫，黠谋国王一定二话不说就拒绝这个提议。

切德从未受过精技教育，而且我以男孩子的常性，认为事情既是如此，接受即可，无须过问。我从未想过要问他："你有没有接受过测试，看看你的精技天赋是高还是低？你是在要求学习精技之后被婉拒呢，还是你根本不曾问过？"我很早就知道，他非常渴望这个因他出身不佳而无缘修习的魔法，只要从他积极地为我争取受教机会，满怀期待地期望我在这方面出人头地，便可见一斑。而当时我迟迟无法掌握魔法，不但我自己伤心失望，连他也与我一般痛心。

然而直到今天之前，我从未考虑过当这些经卷到了我手里，以上种种因素会产生什么意义。切德到我小屋里探望过我之后，我就知道他一直在研读精技经卷。我既对他知之甚深，就应该想到就算没有师傅带着研习，他也照样会设法自学。我早该在那时候就自告奋勇地将我所知道的知识教给他。他每次提起精技学生的话题时，是不是都暗自希望我会考虑将他收为学生呢？为什么我从未认真考虑过要收他为徒呢？噢，是的，的确有一次，我提起了要教他精技的事情，然而那就像是只丢出一根骨头，就想平抚饥肠辘辘的野狗。我从未认真考虑过他有无学习精技的能力。为什么我从来就没考虑过？

我对自己的疑问，比我对切德的疑问还要多。我一边思考其中的众多问题，一边烧热水、找镜子，而切德的刺客武器室之中，有不少利刃可以用来刮胡子。我从容不迫地操作着，我刮得很干净，镜中也逐渐浮现出一张光洁无瑕的脸庞。我坐在桌边，凝视着镜中人。这时切德进来了，我不待他开口便说道：

“之前我不知道我的旧伤疤都消失了。据我推想，应该是精技小组合力一推，轮子开始转动，然后我的身体便像是松脱的板车，骨碌碌地从陡坡上滑下去般势不可止地继续治疗下去，连我自己也不晓得这到底是如何做到的。”

切德的口气跟我一样谦逊。“是，黄金大人已经拐弯抹角地跟我传达了这个意思。”他走了上来，站在我身前，歪头审视着我的脸。我抬起头望着他，而他则露出怀旧的笑容。“噢，孩子呀，你看起来跟你父亲像是一个模子打出来的，这效果已经好到远远超过我们的目标了。你不该刮胡子的，这一嘴胡子，至少遮住你一半脸，让你脸上的变化看来不那么明显。如今你非得等到胡子长出来，才能在堡里四处活动了。”

我摇了摇头。“那是行不通的，切德，就算长了一嘴胡子也不够。”我对于镜子里这张光洁的脸孔看了最后一眼，然后我大笑起来，将镜子拿开。“过来坐下。接下来该怎么做，你我都心知肚明。我已经读过卷轴，但是我看今天这些卷轴是派不上用场的，今晚我们得自己摸索了。”

我们配合得并不顺利。我猜这是因为，就本性而言，切德与我都是精技独行者。然而既然身为晋责精技小组的一份子，我们总是需要学着互相配合。所以，我们先跌跌撞撞地做了各种尝试，然后不耐烦地怪罪这都是因为盖伦故意蒙蔽了我的心灵，因为我喝多了精灵树皮茶，要不然就是怪罪那些家伙太过短视，没有及早在切德幼年时就开始让他学习精技之故。不过最后精技力量还是开始断断续续地在我们两人之间流动，我也如同以往一般，将自己托付给切德那双修长的手。我将力量与精技本身传送给他，截至目前，他的精技仍是涓滴之流而已。我们靠着他对于人体结构的知识，加上我对于自己身体的感知，一起摸索着将旧痕迹做出来。就某些层次而言，这比治疗还要困难，因为旧迹复原必须个别部分地完成，而且这种行为是违反身体正道的。不过我们仍做到了。

完成之后，我再度拿起镜子。我的新疤比旧疤模糊得多，鼻子也不如以前的歪。不过这样就过得去了，至少旧迹仍在。除此之外，我脖子上的咬痕、脊椎骨附近箭伤的星纹，以及剑伤应有的皱褶收口，也一一齐备。这些新做的疤痕，并不像旧日疤痕那样痛苦不堪，我们只在皮肤表面做功夫，并未将皮肤表面的疤痕固定在皮肤底下的肌肉中。尽管如此，疤痕仍绷紧得不太舒服，但我知道我终究必须习惯这个感觉。此时，切德注意到我额头上的那一撮白毛，也就是我的"獾毛"，竟然从发根处新长出黑发。他摇了摇头。"这我就不知道该如何补救了。经卷上可从未提起发色改变的事情。我看你就干脆把整绺白发染成黑发算了。你若干脆做得明显一点，那么人们可能会认为这是因为你的虚荣心，所以要把头发染黑，而若是虚荣心的问题，那就容易解释了。"

我点点头，放下镜子："不过，之后再说吧。现在不行，我已经筋疲力竭了。"我简单直接地说道。

切德望着我，脸色颇为古怪："你还会头痛吗？"

我皱着眉头，举起一手按住额头："虽然今晚我们大大施展精技，竟然跟寻常的头痛差不多。我看你说得没错，也许只要习惯了就好。"

他慢慢地摇头，绕到我这边来，伸出双手按住我的头颅。"这里。"他一边说道，一边摸到使我生出白色"獾毛"的旧伤之处，再探着我眼窝附近的区域，"还有这里。"

我怕得缩了一下，但这只是因为反射动作，接着我坐直起来。"不痛了。以前我每次梳头，都觉得头好痛，脸也痛得像是我吹冷风吹了太久似的。现在竟全都好了。"

"我看你眼窝的伤，是因为那次盖伦想要在塔顶的王后花园杀了你时造成的。当时你还是他的学生。博瑞屈说，你那只眼睛差点就因此而看不见了。当时盖伦把你打得好惨，你没忘吧？"

我默默地摇了摇头。

“不只你心里没忘，就连你的身体也没忘。我已经把你里里外外都看过了。蜚滋，你头颅上有伤，那是帝尊在地牢弄出来的，此外你的脸骨和脊椎骨上，还有些更久，而且已经愈合的伤口。这一番精技治疗之后，似乎连带地治好旧日的创伤。要是你往后无须再担心癫痫复发，我也不会意外。”

他走到卷轴架前，回来时手里拿着一本恐怖至极的书：开膛手弗达德所著的《人体》。这本书做得非常精美，以上好的木板雕刻作为前后封面，中间装订着一张张书页，还泛着墨水味，显然是最近才做的。多年来，那个名为弗达德的遮玛里亚祭司，一直在那个遥远国度的某个寺院中，将尸体开膛破肚、割得支离破碎，等到这个丑行被人揭发的时候，他的恶名远播，甚至连六大公国这么远的地方也时有所闻。我听过弗达德的事迹，但是我从未看过相关书籍。

“这是哪里来的？”我惊讶地问道。

“几年前，我派人去找来的。足足花了两年才找到这一本，不过这内文显然有讹误，因为弗达德从未自称为‘开膛手’，再说这个手抄本声称弗达德以嗅闻腐臭尸体为乐，我看也未必。当年我是派人去找弗达德所画的人体图例，可不是旁人擅自加上的文字。”

切德虔敬地将书本放在我面前。我照他的吩咐，不去管那些华丽得仿佛装饰纹一般的遮玛里亚文字，把心思全部放在人体内部器官的细腻图画上。我在小时候就见过切德所画的，以及他之前的大师所画的人体内部器官草图。但是跟这些图画比起来，我以前所见实在草率得可以。那些点出可以一刀致死的人身致命弱点图样，远远及不上这些一一把人体器官暴露出来的详实且精美的彩图。这些图画的用色丝毫不差。我望着这些图，竟然会想起烤热冒烟的野鹿内脏，这感觉真是诡异。我突然觉得自己十分脆弱——这种感觉该如何解释？这些柔软的脏器，有的鲜红欲滴，有的闪着灰色的光泽。这栩栩如生的肝脏、错综复杂地缠卷在一起的肠子，是可以分文不差地安置在我的肚子里的。可是路德威却从我背后刺了一剑，刺破了肝脏与肠子。我的直觉是伸手去摸下背部的假伤疤。此处除了肌肉束之外，并无肋骨保护。切德看见了我的动作。“现在你总算知道我当时多么担心你了。从一开始我就认为，若是不运用精技，可能就没办法把你救回来了。”

“求求你把书合起来。”我一边说道，一边望向他处，避开切德所珍重的这本书册。我觉得腹内翻滚，有些恶心。这本书仿佛像是用手扯掉皮肉似的，把内脏、骨骼、关节等全都暴露出来。

“我先研究过手的构造，才开始试着修补自己的手。据我看来，弗达德所画的不见得全对，但是可用之处甚多。人的手掌与手指，竟然是用这么多块骨头组合起来的，若不是他画出来，谁会想得到？”他终于抬起头来瞄了一眼，注意到我的脸色不大对劲，于是将书本盖了起来。“蜚滋，我建议你康复之后，好好研读这本书。据我看来，也许每个修习精技之人都应该研读此道才对。”

“阿憨也是？”我挖苦道。

令我惊讶的是，切德竟然耸耸肩。“把这书拿给他看看也没什么不好。有时候，阿憨能够理解非常固定的概念。谁晓得他那个奇形怪状的头颅里还藏了多少东西？”

这倒使我冒出一个新想法。“说到奇形怪状，这么说来，你认为我们也能以精技治好阿憨啰？修补阿憨有问题之处，让他变成正常人。”

切德慢慢地摇了摇头：“‘异于人’不见得就是‘有问题’呀，蜚滋。阿憨的身体可认为自己本身一点错也没有。对他而言，他与常人的差别无异于……当然我纯粹是猜测，但是以我的想法而言，阿憨之异于常人，就好像人有高矮胖瘦，各有不同。他的身形长相虽与人不同，但似乎自有他的道理。阿憨就是阿憨。也许，我们只要感谢我们有了他，就算他有异于人，也无关紧要。”

“这么说来，此事你已经彻底考虑过了。”我努力把指责的口气压抑到最低。

“这对我而言是什么意义，你是无法想象的，蜚滋。”他轻轻地应和道，“这就好像牢门打开，而我终于可以自由来去一样。我告诉你，这一切的变化都令我感动不已。对于我这样从牢笼里放出来的囚犯而言，一片草叶，与开阔起伏的山谷无异。我只想一直探索下去，任何会把我拉住的事情，我都觉得讨厌。我既不想睡，也不想因为进餐而停下来，我必须强迫自己才能将心思放在王后的事务上。缤城商人、龙群和贵主等事，我何必在意？精技占据了我的想象力，也占据了我的心思。我什么都不想，只想好好地探索精技。”

我的心一沉。切德为了自己的喜好而忙得不眠不休的模样，我见过多次。他这个人，一旦沉迷于哪个领域，就非得彻底精研，直到自己完全领略才肯罢休——或者是直到另有别的新奇焦点占去他所有的注意力为止。“这样啊。”我故作轻松地说道，“这是不是说，你会暂时将爆炸实验搁置下来呢？”

一时间，切德露出困惑的表情，仿佛他已经完全忘记那回事了。然后——“噢，那个啊。我想我已经研究得差不多了。那东西可能有其用处，但是实在太难控制微调，所以每次爆炸都像是在赌运气。”他不在乎地挥挥手，“我把那东西丢到一边去了。眼前这东西可比爆炸重要得多呢。”

“切德。”我平静地说道，“你不能再这样莽撞地冒险下去了，更不能将阿憨拖下水。我讲这话是关心你，不是因为我自私地瞒着什么秘密不让你知道，你应该看得出来吧。”我吸了一口气，“你需要基础。等我有力气上课了，你一定要到塔里来，跟晋责、阿憨与我重新聚在一起研习精技。”

切德一语不发地打量了我一阵。“那黄金大人呢？”他歪着头问道，“你之前不也说过，他是我们这个精技小组的一员吗？”

“我有说过吗？”我假装沉思了一会，“噢。你们替我做精技治疗的时候，他的确在场，而当时我觉得……依你看，他真的对于精技治疗有所贡献吗？”

切德以古怪的脸色望着我：“这种事情，你应该比我更能判断，不是吗？你自己也说他的确有贡献，才不过隔了一天而已，你怎么就忘了？”

我知道自己这样的想法很奇怪，但我实在很不愿意将弄臣找来跟我们一起上精技课。我告诉自己，反正他一定不会来，然后便纳闷自己怎会如此笃定。“我知道当时他在场，但是我无法说出他做了什么。”我补充道。

切德的态度很严肃。“我想他的角色，就是为我们导引吧。他说，夜眼昏迷时，他也曾做过类似的精技治疗。”他顿了一下，以不带任何暗示的语气说道，“他对你知之甚深，我想他最大的贡献就在此。他对你知之甚深，而且他……似乎能与你互通。”他叹了一口气。“蜚滋，这点你自己也承认呀。”

“我同时以原智和精技将狼抢救回来时，他的确在场，但他不是为我治疗夜眼，而是在我治好夜眼之后，帮助我回到自己身体里。”我停了下来，过了一会儿，我说道，“鬼鬼祟祟、神秘兮兮的事情做多了，真的会习惯成自然啊。切德，我跟你发誓，我真的不知道我为什么……真该死。是，弄臣与我之间，的确有精技的牵系，虽然微弱，但是绝对真切。这是因为当年他的手指碰到惟真，然后又碰到我而起的。等到他以此将我拉回自己的身体之后，这精技牵系又加强了些。据我猜测，如果我努力思索，可能还会发现这个精技牵系变得更强了。至于他到底有没有真正的精技天赋，我看是没有的。他的精技力只在于他的手指，而且说不定他只能与我一人互通。”

切德露出近乎尴尬的笑容：“那么，我真是双重放心了。既听到你说出了真相，又知道了那个……我认识弄臣很久，我是很尊重他，不过他这个人总是有点怪怪的，即使现在乔装成黄金大人，我还是有好几次被他弄得很尴尬。有的时候我觉得他知道得太多，有时候我又不禁纳闷，那些对我们而言至关紧要的大事，跟他似乎没有什么相关，他为什么总是如此帮助我们？如今我对精技稍有体验，也了解到精技会让人与人之间开放地互通……就像你说的，鬼鬼祟祟、神秘兮兮的事情做多了，真的会习惯成自然。只是如果你我想要活命，就非保住这个习惯不可。而我，是既不愿让弄臣知道我所有的秘密，也不愿探知他的所有秘密。”

他的赤诚之言使我大吃一惊，而他这番道理则使我心情直往下沉。不过，他这话是对的。他与我之间还能敞开心胸畅谈，这感觉真的很好。“我会亲自去问黄金大人，看看他想在我们的精技小组里担任什么角色。”我说道，“这都得看他自己的意愿，勉强不来的。”

“对。而你去问他的时候，顺便也赶快跟他重新修好，不管你们是因为什么愚蠢的细故而吵架。跟你们两个待在同一个房间里，就像是站在两只张牙舞爪的野狗中间。这两只狗要是真的撕咬起来，你说谁会首当其冲？”

我当作没听见。“那么，你会到精技塔来跟我们一起上课吗？”

“会。”

我等了一会儿，最后思忖道，这事情还是公开地讲明白才好。“那你私下的精技实验呢？”

“我的实验还是会照做。”他平静地说道，“非做不可。蜚滋，我们相识多年，你也知道我的作风。我一向默默自学，一旦我发现了值得追寻下去的学习线索，就会不眠不休地穷究到底。你别要求我改变这个作风。我做不到。”

我也深信他此言不假。我叹了一口气，但是我不敢禁止他做精技实验。“那么你可要多加小心，吾友，你必须非常非常小心。在精技洪流里，一不小心就会踏空，要是你被洪流卷走了……”

“我会小心。”切德说完后便离去。我爬回那张如今与其说是他的，不如说是我的床，沉沉地睡去。

22. 人 情

您事先预估的旅费，与实际所需实在差距太远。况且，我若早早就对本地恶劣的气候、恶劣的食物，以及久居于此的恶劣岛民有全盘了解，当初也就不会接下这个任务了。回去之后，我理应得到额外的酬金才是。

我终于登上了您所提到的恶灵肆虐的岛屿。为了要弄条船去那个除了冰雪与岩石之外无他的岛屿，我用尽了原本拮据的盘缠，还出了一整天的劳力，帮一个脾气暴躁的母夜叉堆了一山的咸鳕鱼干。那母夜叉借我的小舟不但漏水，还不听使唤，长得奇形怪状，而且没有控制方向的船舵。我竟能驾着这个破盆子躲过海上的浮冰，抵达艾斯雷弗嘉岛，真是个奇迹。到达之后，我在一处黝黑的岩滩上岸。盘踞在岛上的冰河，原本是直掩至岛屿边缘与海浪的交界处，但此时冰河略微内缩。岸边有个废弃的码头与立在水中、地面上的木桩，但是所有容易取走的物品，都被人掠夺一空。海滩再过去，凌乱地散落着一地的黑色石头，岩石间的狭小泥缝中，只能长些苔藓与贫瘠低矮的草丛。以前这里可能有些粗糙的房子，但是那些房子的状况也跟码头一样，所有能拿得走的东西，都已经被人拿走了。昔日必有人在此开采岩石，从残迹来看，这露天矿场至少已经废弃十年了。庞大的黑色石块，首尾相连地排成一行。前人之所以大费周章地准备到这个程度，必是为了要弄出一件矗立于地的巨大石雕，然而尽管完成了四分之一，这工程还是废弃了。至于这石雕雕的是什么，我实在看不出端倪。

我在空荡无人的海边走了一趟，冒险趁着天色还没暗下来之前，踏入岛上的冰河一探。我既未看到活龙，也没看到死龙，说得确切一点，什么活物都没看见。我摸索着回到海边，当晚我就抖缩着倚在黑色石头边度过冰雪交加的一夜。海边连浮木的碎屑都寻不着，所以根本没办法生火取暖。我做了一夜的恶梦，梦见有一群六大公国之人困在恐怖的石牢里出不去，而我也身在其中。天色一亮，终于可以驶舟离去，我心里只感到说不出的感激。往后若有人要冒险前来此地，必定要将一切所需通通备齐，因为人类所需的东西，艾斯雷弗嘉岛上显然一样也无。

——切德·秋星所收到的未署名报告

重做伤疤之后，元气损失太多，复原的速度因此慢了下来。接下来这三天，我每天吃吃睡睡，睡睡吃吃，全心静养。我继续待在工作室里，食物由切德帮我送来。切德送餐的时间不一，但是他每次带来的餐点份量都很多，况且我还可用壁炉烧水泡茶，或是把汤温热了喝，所以倒无所谓。

工作室没有窗子，话说回来，时间对我而言也没有多大意义了。我的起居作息退回了与狼生活在一起那几年的规律：在清晨与黄昏之际最为清醒，并趁此时研读经卷；在晨昏之间，我或吃吃东西，或在炉火前打盹，或上床睡觉。醒着时，我并未将全部时间拿来看书，我趁吉利出去的时候，将肉块藏在房里各处，在那只小黄鼠狼回来后，欣赏它志得意满地将战利品一一找出来，又动手做些与自己志趣相合的手工艺。我做了个石子棋的游戏板，用烧热的铁丝在游戏板上印出黑线；我拿了一支切德说我可以自由运用的象牙来做棋子，做好的棋子有些染成红色，有些染成黑色，并剩下一份不染色。我本希望有机会跟切德下一场石子棋，但这个希望最后落空了。他在我面前只字不提他的精技研究，而且来去匆匆。也许这样反而好，我一个人在房里的时候睡得比较熟。

至于堡里的其他消息，切德的口风也很紧，而我好不容易从他嘴里套出来的消息则令我忧心忡忡。王后仍在与缤城协商，不过她已经放手让修克斯大公和法洛大公如其所愿地对恰斯国边境施压。我国不会正式对恰斯国宣战，但是两国边境上，即使在承平时期就会不时传出的骚扰和掠夺事件将会增加，而这是王后默许的。这倒不是什么新闻。百年以来，恰斯国的奴隶都知道，只要他们能逃到六大公国境内，就会变成自由人。他们获得自由之后，往往会率众越过边界去袭击从前的领主，掠夺自己往日照顾的牲口与鸡鸭。由于这个缘故，所以恰斯国与六大公国之间的贸易一直很活络。六大公国若是公开与缤城站在同一阵线，此举必将结束这些频繁的买卖往来。

缤城与恰斯国的战争严重地打乱了切德在该地布下的情报网，如今他只能仰赖转了二手，或是三手的消息。这种辗转传来的消息一向有个特点，那就是彼此内容出入之处颇多。切德与我都对这种“事实”的可靠性存疑。消息指出，雨野河上游的确有个缤城商人所设的育龙场。有人见到一条，但也可能是两条成年之龙在天上飞翔。至于龙的颜色，有人说是蓝色，有人说是银色，有人说是银蓝色。据说缤城商人喂养幼龙，而龙的回报，则是为缤城商人保护缤城港。但是龙只在陆地上空活动，就是因为这个缘故，恰斯舰队才能继续威胁，并掠夺缤城商人的商船船队。雨野河上游的育龙场，是由半人半龙的变种人所照顾，而育龙场的地点，则是位于一座美丽的大城之中，而日落之后，城墙上的珠宝会散发出灿烂的光芒，居于此处的人类则喜好住在盖于巨大树木顶端的木造宫舍之中。

这些消息并未让我们增长见闻，反而使我们如坠五里雾中。“你看这些龙的故事，是不是他们编出来骗我们的？”我对切德问道。

“他们大概已经将他们所知的事实和盘托出了。”切德简洁地答道，“间谍活动的目的，就是要让我们同时能从正面与反面看待事情，然后再结合正反两面，整理出我们自己所见的事实。只是这几个报告的实料太少，不足以做成一道大餐，只够折磨我们。你说，我们能从这些谣言传闻之中推演出当地是什么状况吗？我们顶多也只能说，确实有一条龙现身，而且雨野河的某处有某个神秘计划。”

对于缤城龙之事，切德只肯说这么多，但是我猜他知道的远多于此，只是他不肯讲明罢了。我想他眼前还有别的迫切要事，不过他也绝口不提。我就在睡觉、研习与休息中度过时日。有一次，我在切德的卷轴堆里翻找，我记得他有一个专讲遮玛里亚历史的卷轴。卷轴没找到，却翻出了我在宝藏海滩上找到的羽毛。我站在暗处盯着羽毛好一会儿，将羽毛拿到比较亮的工作台上，好好打量一番。光是看到这几支羽毛就使我心神不宁。我顿时想起待在那个枯寂海滩上的时光，心里一下子冒出了千百个问题。

羽毛一共五支，长短与小公鸡微弯的尾羽差不多。这些羽毛的雕工极细，细到羽毛上的每一根羽茎都清清楚楚、毫不马虎。羽毛的材质似乎是某种灰色的木头，只是拿在手里却沉甸甸的。我试着用各种刀刃划过羽毛。就算是最锐利的快刀，也只留下一条极细微的银纹。倘若这真是木头的话，那也是有如铜铁般坚硬的木头了。羽毛的雕工似乎运用了什么巧技，所以这些灰色羽毛看来平凡无奇，但斜着看却露出流动的五彩光影。羽毛闻起来没什么味道，咬起来有一股若有似无的咸涩，而且有些苦。一切就是如此。

我用尽各种方法测试羽毛，终究还是不得其要。这羽毛终究是个谜。如果我猜得没错，这几支羽毛应该恰巧可配上弄臣的那顶公鸡王冠。我不禁再度纳闷，弄臣那个古怪的工艺品是哪里来的。当时弄臣将公鸡王冠包在一块令人叹为观止的料子里，那料子极为稀奇罕有，必是出自于缤城无疑。不过缤城自古以精采物事与神奇魔法而闻名，相形之下，那顶朴实无华的木冠，未免与缤城的作风相去太远。弄臣一拿出那顶古老的王冠，我便一眼认出我曾在梦中见过它。在幻象之中，我所见到的景象，是木冠漆得色彩缤纷，而亮丽的羽毛高挺地站在木冠上，随风摇曳。木冠戴在一名苍白得一如昔日弄臣的女子头上，而远古时候的某个古灵城市住民，则暂时停下庆祝活动，听着那女子诙谐地谈笑，众人因而笑得乐不可支。如今我将羽毛展开如扇，并纳闷这其中是不是隐含着什么深意，而我却没有看出来？我突然打了个哆嗦，背脊发凉。原来这几支羽毛不只连结了我与弄臣，还连结了我们二人跟另外一个生命。我匆匆用布将羽毛包起，藏在枕头下。

这几支羽毛为什么会落在我手里，我仍百思不解，但我仍不想问切德。说不定弄臣会知道，不过我惭愧得不愿将羽毛带去给他看。不仅是因为我们在吵架之后，两人之间隔着巨大的鸿沟，而是我竟将羽毛私藏了这么久都不跟他提起。我也知道，若是再等下去，恐怕这两个问题都不会改善，反而会更加恶化，但我真的觉得自己虚弱到无法将羽毛拿给他看，所以我日日与放在枕头下的羽毛共枕。

我在工作室的第三晚，睡到最沉的时候，荨麻侵入了我的梦中。在我的梦中，荨麻是个哭泣女子的雕像，静静立在自己眼泪所流成的河流之中。她的泪水变成了身上所穿的一袭银色礼服，而那哀伤难抑的氛围，则仿佛雾气般笼罩着她。我站了一会儿，望着不断哭泣的荨麻，每一颗从她脸颊上滚下来的银色泪珠，先是化为她礼服的丝线，然后变成从她脚下流过去的河水。最后我终于对那个罕见的形影问道："怎么啦？"

但她只是继续哭泣。我走上前，迟疑地伸出一手放在她肩膀上，本以为自己会摸到冰冷的石头，谁知我这一碰，她却转过头来，以灰雾般的眼睛望着我，原来她的眼里全是泪水。"求求你。"我说道，"求求你跟我说话，你怎么哭了呢？"

那之间，她又化为荨麻了。她将额头靠在我肩膀上，继续哭泣。以前每次在梦中与荨麻相遇时，我总觉得是她找上我。但这次我倒觉得是我找上她，并因为她格外哀愁而备受吸引，因而走入了她的私密空间。我不请自来，她颇为意外。她倒不是不欢迎我，只是没想到我会出现。

"怎么啦？"虽是睡梦中，但我仍知道自己在对荨麻技传。

"他们老是吵架，就算他们不讲话，吵架的气氛仍像蜘蛛网般挂在屋子里。不管是谁讲了什么话，都会被蜘蛛网勾住，变成他们拿来吵架的话题。他们讲得好严重，仿佛我若是爱其中一个，就不能爱另外一个，仿佛我非在他们两人之中择一不可。这我做不到。"

谁在吵架？

"我父亲跟我弟弟。他们的确跟你说的一样，安全地回到家来。可是他们一下马，我就察觉到他们之间闹得很僵。我不知道到底是怎么一回事。我父亲不肯说，也不准弟弟告诉我。反正是一件可耻、罪恶，且恐怖的事情就对了。但我弟弟偏偏要做这件事，还认为这件事情很好。我真想不出情况怎么会演变到这种地步。迅风一向很乖，话不多，凡事逆来顺受。这样的孩子能想得出什么他极其渴望，可是我父亲却深恶痛绝的事情来？”

我感觉得到她的心灵正在探寻那个温顺的弟弟是不是做出了什么不可告人的事情。她很想知道到底是什么缘故，竟使得父亲认为弟弟丢人现眼。可是她想破了头，也想不出这个年纪的男孩能做得出什么败坏家门的恶事来。想到这里她便不禁纳闷，会不会是她父亲失去了理性。可是对她而言，这个想法也同样站不住脚。所以她的内心就在两个令人难以接受的观念之间摆荡，当她正无所适从的时候，家里的气氛却越来越紧张凝重。

“父亲不准我弟弟单独外出。弟弟必须整天跟着父亲做事，但父亲却又不准他去遛马或刷马。在这种时候，迅风反倒只能站在旁边看着我父亲遛马或刷马。我跟我那几个弟弟都觉得这样实在不合情理，但是我们一提起，父亲就会变得很凶，一个字也不肯讲。我们心情都很闷，我不知道迅风还能忍耐多久。我真怕他会狗急跳墙呀。”

你看他在冲动之余可能会做出什么事情来？

“我就是不知道呀。我要是知道的话，就能及早预防了。”

我小心翼翼地将自己所知的一切圈围起来，然后送出这个思绪：*我看这件事我可能帮不上忙。*她若是知道迅风有原智，会不会对他另眼相待？博瑞屈与莫莉谈起原智时是什么态度？当然，也可能他们从来不谈。荨麻并未提到她母亲对这个情况作何想法，我也鼓不起勇气问她。

“我也知道你帮不上忙，影狼。就是因为这个缘故，所以我才没去找你。不过就算你帮不上忙，但是你来找我，我就十分感激了。”她叹了一口气，“你立起高墙将我挡在外面的时候，我觉得好孤独，虽然我也说不上为什么我会觉得这么孤独。毕竟长久以来，你一直都待在我梦境的边缘，透过梦境看护着我。然后不晓得是什么原因，你突然就走了，况且我也不知道你到底是什么人物。你告诉我你的真实身份，好不好？”

我不能说。我察觉到自己拒绝得太严厉，同时也从精技回音中察觉到荨麻因为我断然拒绝而感到伤心。我虽知道多言不智，但还是想试着安慰她。我不能说。我对你而言，可算是个危险人物，所以我才想办法离你远一点。你并不需要我。不过，我会尽一己所能地看护着你，保护着你。你若有需要，我还是会去找你。

“你这人怎么讲话反反复复的？你说你是个危险人物，又说你要保护我？你说我不需要你，又说我若有需要，你还是会来找我？你这不是自相矛盾吗！”

是，我是自相矛盾。我谦虚地承认道。就是因为矛盾，我才不能将我的身份告诉你。荨麻，我只能跟你讲这么多：你父亲与弟弟之间的芥蒂，是他们父子之间，而非他们跟你的芥蒂。虽然你不免受到一点波及，但你别因此而跟他们两人疏远。还有，千万别对你父亲或弟弟失去信心，而是要永远爱着他们，勿弃勿离。

“你这样说，好像我真会离弃他们。这两个人，一个是我父亲，一个是我弟弟，难道我可以抛弃吗？”她悲痛地说道，“倘若真可以抛弃，我就不会为他们两人闹僵的事情难过成这样了。”

于是我们不再多谈，我也慢慢退出她的梦境。跟女儿在这种情况下相见，实在没什么宽慰可言，我敢说她也不觉宽慰。她的焦虑感染了我。博瑞屈一向严格，不过就他那套公平的标准而言，这个人算是颇公正。小时候他待我往往很粗鲁，但从来不至于严苛。他也许气恼地打我一巴掌，也许不耐烦地推我一把，但是他难得打我。偶尔几次挨博瑞屈痛揍，都是因为他要让我记住教训，并不是因为他要伤害我。现在回忆起来，倒觉得自己受到博瑞屈的体罚是恰如其分的。不过我担心的是，我以前从未公开违逆博瑞屈，迅风却很可能不惜与他对峙，我不知道博瑞屈遇到这个状况会作何反应。博瑞屈深信，挚友托付给他的孩子，正是因为当年他没压抑住这孩子的原智，才使这孩子曝尸山野。既然如此，博瑞屈会不会认为，保护自己的儿子，使他免于类似的命运，乃是应尽的职责？倘若如此，那我就要为博瑞屈与迅风担心了，而且我为博瑞屈与迅风担心的心情，无人可以倾诉。

第四天黎明，我醒来时觉得强壮了些，耐不住久坐。我估摸着今天我的身体已经可以在堡里稍微走动一下，是该重拾生活的时候了。我拿出枕头下的羽毛，到汤姆·獾毛的卧室去拿些干净衣物。我刚关上密道的门，就听到与客厅相连的门上响起敲门声。我两大步走过去打开房门，黄金大人惊讶地退了一步："我看他终于醒了，而且看来也穿戴整齐了。那么，你好些了吗，汤姆·獾毛？"

"好一点了。"我一边答道，一边观察这出哑剧到底是要演给他身后的哪个人看的。我还来不及回应黄金大人因看到我脸上重新长出疤痕的惊讶表情，幸运便将他挤到一边，伸出双手攀住我的肩膀，并恐惧地仰头瞪着我说道：

"你看起来真是糟透了，快回床上去躺着，汤姆。"幸运几乎气也不喘地便转过头去对黄金大人说道，"大人，请多见谅。您所言不假，只是我一直以为您说汤姆伤得多重的话都是在骗我。但是您挡住所有的访客，不让任何人探视汤姆，这的确是对的。我现在了解您的用心了。之前我讲了那么多难听话，还请大人多多包涵。"

黄金大人装腔作势地清了一下喉咙："这个嘛，反正我也不期望乡下孩子会像贵族一样彬彬有礼，况且我也看得出，你为父亲的状况忧心忡忡。所以，虽然我并不以一大早被你吵醒为乐，也不太欣赏你在我禁止你与汤姆相见时的那副粗鲁态度，我还是会原谅你的行为。而且我敢说二位一定会允许我退下，好让你们相聚。"

他说着便转身走开，将幸运与我单独留在我的狭小房间里。不用幸运再三催促，我便在矮床上坐了下来。从切德的塔楼那儿一路走下来，我已经累坏了。幸运一手揽着我的肩膀，一边随着我在床上坐下来。他不停地打量我的脸色，瞪着眼睛，怜悯地看着我骨瘦如柴的模样。"能见到你真好。"他紧张地说道。一时间，他凝视着我，脸上因一股未明的情绪而绷得紧紧的，接着他的泪水突然源源涌出。他将脸埋在手里，颤声痛哭起来。"汤姆，我好怕你会死掉。"他哽咽地从指缝间说道。他坐起来喘气，努力抗拒几乎要将他淹没的激动啜泣，不时干哭两声。突然之间，他又变回我儿子了。这些日子以来，他心里似乎十分害怕。他喘着气说道："自从他们把你送回公鹿堡之后，我每天都赶在黎明之前到这里来看你，可是黄金大人却每天都挡下我，说你人太虚弱，无法见客。一开始那几天，我还耐得住性子，但是最近这几天……”他艰难地吞了口口水，“我对他非常失礼，汤姆。因为我慌了。他该不会把气出在你身上吧。我只是……”

我靠在他耳边，清楚且肯定地说道：“我受了重伤，复元得很慢。不过我不会死的，儿子，这个伤还要不了我的命。你放心吧，来日方长呢。黄金大人已经说他要原谅你，所以你就别多挂虑了。”

他伸出双手紧紧握住我。过了一会儿，他坐挺起来，转过头来望着我，脸上仍留着泪痕。“我好怕你就这样死了，那我就永远没机会跟你道歉。因为我都不肯听你的劝告。我知道先前你几乎放弃我了，因为你既不太跟我讲话，也不太到城里找我了。你受伤之后，他们拦着我，不让我进牢房去见你。等你回到堡里，我还是见不到你。我担心得要命，要是你就这样死了，那么你死时一定很失望，因为你一定以为我愚蠢得不知悔改，而且尽管你那么照顾我，我还不知感激。你知道吗，你之前说得一点也没错。我早该听你的话。我好想亲口跟你认错。你说得没错，而且我学到了教训。”

“什么教训？”我嘴里虽这样问，但是心里却往下沉，因为我已经猜到几分了。

他吸吸鼻子，转开头去，望向他处。“丝凡佳的事。”他的声音变得浓浊起来，“丝凡佳把我给甩了，汤姆。她干干脆脆地甩了我。我早就知道她有别的心上人——说不定已经很久了。那个人在大商船上当水手。”他低下头，望着两脚之间的地板，“那人的船是春天出航的，我猜他们在那时候就已经……很要好了。如今那人回来了，又送她耳环，又送她时髦衣服，又送她远地带回来的异香香水，还送了好多礼物给丝凡佳的父母亲，她父母亲都很喜欢那个人。”他声音渐小，讲到最后一句，几乎已经低不可闻。“要是我早知道就好了。”幸运又补了一句，接着就沉默下来。

在这节骨眼上，我最好是别开口。

“有一天，我等了她一晚，她却没来。我急了，担心她出了什么事情。

万一她在来找我的路上发生了什么意外，那就糟了。最后我鼓起勇气走去她家。就在我要举起手来敲门时，我听到丝凡佳的笑声从屋里传了出来。我不敢敲门了，因为她父亲恨我入骨，她母亲原来对我还不怎么讨厌，但是你跟她父亲打过架之后就——呃，算了。好啦，在那当下，我还以为丝凡佳只是没办法出来——呃，说得确实一点，应该是说她没办法溜出来见我。因为她父亲开始把她看得很紧，这你懂吧。”幸运迟疑了一会，脸上绯红起来，“好怪呀。现在回想起来，那些事情既可耻又幼稚。我们晚上偷偷摸摸地相会，躲着不让她父亲发现，丝凡佳跟她母亲撒谎，以腾出时间与我相聚……以前我很坦然，一点都不觉得这些事情有什么不对，只觉得浪漫而且——这是命中注定的缘分。丝凡佳总是说，我们之所以会认识，都是命中注定，所以我们应该打破一切的障碍，相聚在一起。然而不管那些话有多么虚假，那都不重要了，因为我们在一起的时候，的确是彼此真诚相待，这是无法作假的。”他用掌心揉揉额头，“可是当时我还相信了她。我相信了一切。”

我叹了一口气，不过我还是坦白说道：“幸运，如果当时你不相信她，却还跟她在一起的话……那么你就太愚蠢了。”我猛然住口，生怕自己这么一说，事情会变得更糟。

过了一会儿，幸运坦承道：“我觉得我笨死了。而且最糟的是，如今她是不可能回到我身边了，但要是她真的来找我，我还是会立刻拥她入怀。我虽明知她用情不专，先跟他，又跟我，但她若是回心转意来找我，我还是会接纳她。虽说她就算回心转意，也不见得能跟我长久。”过了一会儿，他平静地问道，“当我将椋音已婚的事情告诉你的时候，你的心情是不是就像我现在这样？”

这个问题很难回答，不过之所以难以启齿，主要是因为我不想告诉幸运，我从未真正爱过椋音。所以我只答道：“我想，伤心的感觉应该都各有不同吧。至于说笨嘛，噢，是啊，当时我真觉得自己笨得要命。”

“当时我觉得自己快要死掉了。”幸运激动地说道，“隔天我去外头帮晋达司师傅跑腿，如今师傅已经很信任我，我买回来的东西丝毫不差，钱也丝毫不差，所以采买之事都交代我去办了。我走得很急，然后我看到一对男女朝我走过来。当时我心里想，那女子跟丝凡佳好像呀，说不定是丝凡佳的姊妹。然后我定睛一看，原来那真的是丝凡佳，不过她戴着银耳环，身上披着一条蓝紫色的披肩，那种蓝紫色非常特别，我以前从未见过。她身边那个男子挽着她的手臂，而丝凡佳就如同望着我时深情款款地望着他。我真不敢相信，我目瞪口呆地看着他们。他们走过我身边时，丝凡佳朝我瞄了一眼。汤姆，她脸红了，但是她假装不认识我。我……我真不知道该怎么办才好。我们常常溜出去相聚，这情分这么浓，所以我想道，那人大概是她的舅舅伯伯，或是她父亲的朋友吧，可是她却装作不认识我的样子。话说回来，其实在那一刻我自己心里就有底了。两天之后，我到'篱笆卡猪'，希望能跟她碰个面，但是酒馆里的人却嘲笑我，说如今大鱼又上钩了，小鱼苗心里是什么滋味呀？我听得一头雾水，他们便将事情的原委讲给我听了。讲得非常仔细。汤姆，那天我真是羞愧极了。我逃之夭夭，而且不敢再到'篱笆卡猪'，以免碰上那些人。我心里反反复复，一方面想要告诉丝凡佳那个水手男伴，说这女人用情不专，再告诉丝凡佳我已经知道她这个人根本就是水性杨花。另一方面，我又想跟那男人大打一架，看看能不能再度赢得丝凡佳的心。我觉得自己是笨蛋兼胆小鬼。"

"你既不是笨蛋，也不是胆小鬼。"我对幸运说道，虽然我知道他大概认定我只是在安慰他而已，"最明智的做法，就是走开。你就算打赢了那个人，赢回丝凡佳的心，那又如何？发情的母狗总是跟最强壮的公狗配对，而你也不过是得到一名与母狗相去无多的女人罢了。你若当面质问丝凡佳，只会使她瞧不起，除此之外更添耻辱。你就这样想吧，说不定这个想法能够或多或少给你一点安慰。她会永远怀疑，为什么你满不在乎地便让她离去。"

"这算是什么安慰呀，汤姆，世上难道没有真正的好女人吗？"幸运那疲倦的语气使我心痛，他的梦想竟然这么快就幻灭了。

"当然有啦。"我强调道，"况且你还年轻，你跟众人一样，很有可能会找到一个好女人。"

"那恐怕很难。"幸运宣布道。他突然站起来，嘴角弯成一抹疲倦的笑容。"因为我没时间去找好女人了。汤姆，抱歉我不能久留，我得赶回作坊才行。

晋达司管得很严，自从我打听到你受了伤之后，他每天清晨都留一点时间让我来找你，但是他坚持我一定要在晚上补回工时。”

“他很明智嘛。化解忧虑——以及化解失恋情伤——的最佳良药，就是工作。幸运，你就加把劲，努力工作吧，不要再自责了。事实上，每个男人在那方面多少都会犯点错。”

他站着看我，良久才摇摇头：“往往我以为自己长大了点，但仔细想想，就会发现自己的行径其实跟小孩子没两样。我来这里是为了看看你，我实在很担心你，可是我竟然一见到你站在门边，就忍不住跟你诉苦。你都还没告诉我你这一阵子的经历呢。”

我努力挤出笑容：“那是因为我不想多谈呀，儿子。又不是什么甜美的回忆，不如抛到脑后算了。”

“好，那么我得先告辞了。我明天再来看你。”

“不，不，你别再来了。你每天都来看我，可见你真的非常担心，但是我现在复原得很快，你一定看得出来。再过不久，我就能下山去看你了，到时候我再请晋达司放你半天假，让我们父子俩好好聊一聊。”

“那太好了。”幸运应道。他的语气真诚，使我备感窝心。他临走之前抱了我一下，我很担心他那年轻人的力气会把我这虚弱的骨架捏散。他离开后，我则坐在床上望着他的背影。我一边费劲地找出一件干净衣服，吃力地换上，一边想着，这可是数月以来，我第一次感觉到幸运又变回从前的模样。我虽然因孩子重回自己身边而松了一口气，但这宽慰之中，却混杂着愧疚感：幸运长大了，我不能老将他当孩子看待。我不该期望他要对我百依百顺，这就好像切德不应该期望我对他百依百顺是一样的道理。我因为幸运失恋，回到我身边而感到宽慰，又深信我自己的经验才是对的，其实多少有一点背叛幸运。下次我见到他的时候，我再坦白向他承认，我事先并不知道丝凡佳会脚踏两条船，只是觉得她会使他分心，无法专心学艺，如此而已。不过我又觉得如此说法也不妥。

穿好衣服之后，我离开房间，走入黄金大人的客厅。我已经不用扶着东西走了，但动作慢一点会让我比较舒服。他的桌上空空的，显然侍僮还未将食物送来。他坐在壁炉前，一脸倦容。我跟他点了个头，将布包着的羽毛放在桌上。“据我看来，这些应该是要给你的。”我平直不带感情地说道。我展开裹布时，他起身走过来看我在做什么。他望着我将羽毛整齐排好，不发一言。

“这些羽毛很特别嘛。你是哪里弄来的，獾毛？”他终于问道。我感觉他之所以开口，是被我的沉默逼出来的。他的话里仍带着黄金大人的遮玛里亚口音，几乎使我动怒。

“我带着晋责逃进精技石柱之后，被送到一个海滩上，这些羽毛就是在那里捡到的。那个海滩上有些海水冲上岸来的浮木、海带和船的遗骸之类。”

“是吗？我从来没听过这个故事。”

他那平淡的语气中，潜藏着一个没有问出口的问题。我是一直将这些羽毛藏起来不让他知道，还是我一直认为这些羽毛不重要？我尽最大的努力好好地答复：“直到现在我都还觉得，待在那个岛上的感觉非常古怪，仿佛跟其他事物断绝了关系。等我好不容易回来了，又同时发生了一大堆事情：为了抢回晋责而大开杀戒，夜眼死了。我们一路回公鹿堡来，这当中没有能跟你私下多谈的时刻。等我们一回到公鹿堡，就碰上晋责的订婚大典，还有好多事情。”虽然我解释了，但这些借口听来都很薄弱。为什么我直到现在才跟他提羽毛的事？“我将羽毛收在切德的工作室里，我本想找个时机告诉你的，可是左等右等都等不到好时机。”

他目不转睛地凝视着羽毛。我再度低头打量羽毛，如今放在粗布上排成一排，那灰扑扑的羽毛更显得平凡无奇。然而说它们平凡无奇又太过，因为这些羽毛诡异得难以言喻，这种工艺品太完美了，完美到不可能是人工所制，可是这些羽毛明明又不是天然生成的。我自己解释不出来，但我就是很不愿意碰触它们。

“我懂了。”黄金大人终于说道，“这个嘛，谢谢你将羽毛拿给我看。”接着他转过身朝壁炉走去。

他到底是怎么了，我实在想不出来。我再试了一次：“弄臣，我看这些羽毛跟公鸡冠是一套的。”

“你说得一点也没错。”他针锋相对，而且毫不感兴趣地回答道。他在壁炉前坐了下来，伸长了腿取暖。过了一会儿，他将腿收到胸前，下巴靠在膝盖上，动也不动地凝视着炉火。

怒气如火焰般在我心中翻腾。一时间，我很想走过去抓住他的领口，狠狠地将他摇一摇，叫他赶快变回从前的弄臣。然后我的怒火退了，而我则虚弱地颤抖。就在这个时候，我领悟到弄臣之所以没回来，是因为我杀了弄臣，因为我在强迫他答复那些飘浮在我俩之间、挥之不去的问题时，等于是连带地毁了弄臣这个人。我早该想到，我不能拿理解别人的方式去理解他。在我们之间，言语的解释往往是不可行的，但是彼此的信任却能畅行无阻。而我毁坏了彼此之间的信任，就像小孩子将东西拆解开来，想看看里面是什么，但好好的东西最后却变成了一地的零散物件，再也装不回去。也许他再也无法变回弄臣，就像我永远也无法再度变回跟在博瑞屈身边的马厩小男孩。也许我们之间的关系已经起了根本的改变，所以我们再也无法以蜚滋和弄臣的身份彼此相待。也许我们之间仅剩的，只有汤姆·獾毛与黄金大人的关系。

我突然觉得自己好虚弱，好疲倦。我一语不发地再度将羽毛裹回粗布里。我紧握着羽毛，走回自己房间，关紧房门，接着打开暗门走入密道。我回头将暗门关紧，爬上一阶阶的楼梯，走回我的工作室。

等我回到自己床上时，已经累得发抖。我不脱衣服便钻进被子里，过了一会儿，便沉沉睡去。这一觉睡了好几个小时。醒来时，我肚子很饿。壁炉里的火快熄了，然而我只觉得，无论进餐也好，添柴也好，似乎都不值得我费那么大力气。我将被子盖得更紧了些，迅速逃回无意识的状态之中。

我之所以再度醒来，是因为我身边有人，而且贴得很近。我惊叫了一声，醒了过来，在尚未认清身前的人是晋责王子时，就伸出双手掐住了他的脖子。过了一会儿，我坐了起来，我的恐慌感退了，但喘得很厉害。“对不起，对不起。”我努力挤出这几个字。

王子连退了两三步，摸着喉咙瞪我，他以介于愤怒与惊惶之间的口吻，低沉地说道："你是哪里不对劲啊？"

我吸了一口空气，吞入干裂的喉咙中。我迸出一身冷汗，浑身颤抖不止。我的眼睛和嘴都黏得张不开。"对不起。"我再度道歉，"你突然把我惊醒，吓了我一大跳。"我挣扎地扯开被子，下了床，几乎喘不过气来。我之所以会那么惊慌，似乎是因为我刚才做了恶梦，但是我已经想不起来梦到什么了。我晕头转向地以模糊的视线四下张望。阿憨坐在切德的椅子上，伸直了脚，让鞋子靠在火边烤暖。他的束腰外衣和长裤都是公鹿堡蓝，不过看来那一身衣服不但是新的，还是量身定做的。我以前就打算要为阿憨做双鞋子，弄点好的衣服，不过那是好久以前的事了，这些东西一定是切德张罗的。壁炉里的火烧得正旺，桌上则摆着一托盘的食物。

"这都是你弄的？谢了。"我蹒跚地走到桌前，替自己倒了杯葡萄酒。

王子困惑地摇了摇头："弄什么？"

我将一饮而尽的酒杯放下来，但还是觉得口干。我又倒了杯酒，喝了下去，吸了口气，这才答道："食物、炉火和葡萄酒。"

"不，我们进来的时候就这样了。"

我的知觉慢慢恢复，心跳也回到正常的频率。一定是切德在我睡着时来过又走。然后我突然想到一个重要的问题。"你是怎么来的？"我对王子质问道。

"阿憨带我来的。"

那小傻子听到自己的名字，慢慢地转过头来，与王子交换一个心知肚明的笑容。我感觉到他们两人之间彼此交换了什么心思，但是他们的动作太快，控制得太好，所以我跟不上。阿憨咯咯笑了两声，然后轻叹了一口气，又转过去面对着炉火。

"你不该来这里的。"我无力地说道。我在桌边坐了下来，又替自己倒了杯酒。我伸手掀开托盘上汤锅的盖子。汤差不多凉掉了。感觉上喝汤太累，所以我还是喝酒。

"我为什么不能来？总有一天我会继任王位，那我凭什么不能知道公鹿堡里的秘密？我是太年轻、太笨，还是不能托付秘密？"

我可没料到会碰到这个棘手的难题，我立刻领悟到，我实在无法回答这个问题。我温和地说道："我怕切德不想让你到这里来。"

"这大有可能。"我再替自己倒一杯酒，晋责则走到桌边，在我身旁坐了下来，"切德不爱让人知道，他私藏在心里的事情可多着了，那人十足地以秘密为乐。喜鹊到处收集亮晶晶的石头，而公鹿堡里则四处充斥着切德私藏的秘密——不仅如此，切德喜欢收集秘密的理由，也与喜鹊无二：不为别的，就因为他爱收集秘密。"他挑剔地打量着我，"那些疤痕又长回来了。这么说来，是精技治疗的效果消退啰？"

"不是，那些疤痕是切德与我合力重新做出来的。这样比较不会引人注目。"

他点点头，但仍继续盯着我："你看起来虽比较有力气，气色却比之前差。你真不该在进餐前喝那么多酒。"

"那些食物都凉掉了。"

"冷了就温热嘛，这还不简单。"听他的口吻，似乎对于我的愚蠢感到不耐烦。我猜他大概会派阿憨去做这任务，谁料他自己便拿起汤锅搅拌一番，然后再盖起来。接着他以一副训练有素的模样，将汤锅挂在挂钩上，挂钩的支臂则转到炉火上。他又拿起一小条面包，掰成两半，放在盘子上，然后将盘子放在炉火附近，以温热面包。"你要不要喝茶？以你现在的状况，喝茶远比喝酒好多了。"

我放下空杯，但未再添酒。"你有时候真让我惊讶。身为王子，怎么会做那样的事呢？"

"这个嘛，我母亲的观念你是知道的：王子就是人民的仆人。我小时候，她想要以群山人教育牺牲献祭的方式来教育我，也就是说，我应该要能够做最寻常的事务，跟任何农家的小男孩不分轩轾。后来她发现，她认为我该学的事情，我实在很难在公鹿堡学得齐全。为免这里的仆人们纵容我，她便将我寄养在别人家。她本想将我送到群山王国去住一阵子，但是切德劝她还是让我留在六大公国。这一来，我母亲就只剩下唯一的选择了：于是在我八岁时，她将我送到耐辛夫人那儿去当她的侍僮，为期一年半。不用说也知道，我在她那儿是不可能享有小王子的尊宠的。头两个月，耐辛夫人根本连我的名字都记不得。不过她真的教了我很多有趣的事情。”

我还来不及告诫自己慎言，便不禁有感而发地脱口说道：“可是你的烹饪技巧不可能是跟耐辛夫人学的。”

“噢，但我真的是从她那儿学的呀。”他咧嘴笑道，“出于需要嘛。有时候，耐辛夫人想在深夜时吃点热食，要是我撒手不管，她就会将食物煮到烧焦，弄得整个屋子都是烟。老实说，我真的从她身上学了很多东西。不过你说得没错，烹饪的确不是她的长处。教我如何在壁炉边温热食物的，是蕾细小姐，当然她教我的不只这个。我用钩针编织的手艺，绝对比宫里一半以上的夫人小姐还高明。”

“真的？”我以友善，但不怎么感兴趣的口气问道。此时他背对着我搅汤。我突然闻到令人食欲大开的香味，看来我方才的小小失言应该是被忽略了。

“真的呀，如果你想学的话，教你也没问题哩。”他把汤锅挪得离火远一点，再搅一搅，然后将汤和面包端到桌上来。他一边如同我的侍僮般为我摆好食物，摆好盘碗，一边有感而发地说道：“蕾细说，你小时候什么都学不会。她说你太没耐性，所以坐不住。”

我本来已经拿起汤匙，听到这里，又放下汤匙。他走到火边，瞧瞧烧水壶的情况。“还不够热。”晋责说道，接着又补了一句，“蕾细总是跟我说，水至少得烧到蒸汽喷到一横掌那么高，茶的滋味才泡得出来。不过我敢说，当年蕾细教你的时候，一定也是这么仔细。耐辛夫人和蕾细都跟我讲了好多你小时候的故事。我在公鹿堡这里就很少听到你的事情，偶尔有人提到你的名字时，不是夹在咒骂之中，就是寄予无限的遗憾。但是我待在那儿时，她们两人提到你总是真情流露，虽说耐辛夫人往往会因为谈起你的往事而痛哭起来。这点我就不懂了，耐辛以为你死了，所以非常难过，天天悲悼你年轻早逝。可是你怎么忍心这样对待她？她是你的母亲耶。”

“耐辛夫人不是我的母亲。”我虚弱地说道。

“她可不是这么想的。”他乖戾地说道，“她自认为是你的母亲。她总是对我说，其实你爱吃的是什么食物，爱穿的是什么衣服，仿佛她知道得比我自己还清楚。我若是抗议那些东西我才不喜欢呢，她就会不容置疑地宣布道：‘别傻了，我当然知道你喜欢什么。你们小男孩的性子，我可了解了！我可是有儿子的，只是他英年早逝了。’这人说的就是你。”晋责不忘在最后再补上一句，仿佛生怕我没听出这番话的涵义。

我呆坐着，一语不发。我告诉自己，我的身体还没完全复原，待在牢房的那些日子既冷又痛苦，再加上接受精技治疗，以精技重新塑出伤疤，噢，对了，还有弄臣冷淡地拒绝了我想要跟他修好的尝试，这一切都使我变得很孱弱，一点力气也不剩。就是因为这样，我才会打颤，才会喉头发紧，才会在这个守得如此严谨的秘密突然被人戳破的时候，想不出自己该怎么办才好。一朵恐怖的黑云漫天漫地笼罩了下来，比任何精灵树皮茶所产生的效果都更为严重。泪水在我眼眶中打转，我心里想道，说不定只要我不眨眼，泪水就不会掉下来；说不定只要我直挺挺地坐着，眼睛就会将泪水吸收回去。

烧水壶开始冒出大量蒸汽，晋责也起身走向壁炉。我趁此匆忙地用袖管抹去泪水。晋责将滚得冒泡的烧水壶拿到桌边来，倒入放了茶叶的茶壶里。他一边将烧水壶提回火炉边，一边回头跟我说话。此时他说话的口气略微收敛，可见我沉默不语的姿态并未骗过他。我想他已经察觉到，他差一点就打破了我的心防，所以他有点紧张。“我母亲已经跟我说了。”晋责为自己辩护道，“你受伤入狱的事情，弄得母亲与切德都心神不宁，所以他们彼此拿对方来出气，而且不管谁出什么主意，另外一人一定会唱反调。有次他们吵架时，我也在房里。母亲跟切德说，她要亲自下山去把你从牢房里弄出来。切德说这绝对不可，因为此举会使你我蒙受更大的危险。于是我母亲就说，她要告诉躺在山下的牢房里的你，因为我而濒死的那个人到底是谁，切德则竭力阻止。然后母亲又说，我这么大了，也该懂得身为人民的牺牲献祭应该有什么作为了。接着他们就叫我出去，他们两人则继续留在房里吵架。”他将烧水壶挂回壁炉的挂钩上，走回桌边，在我身旁坐下。我避开他的眼神，不与他相对。

“我母亲称你为牺牲献祭，那是什么意思，你知道吗？你知道我母亲是怎么看待你这个人的吗？”他将面包推到我面前，“你该吃吃东西的。你的脸色好差。”他吸了一口气，说道：“我母亲称你为牺牲献祭，这意思是说，在她心目中，你乃是名正言顺的六大公国之王。大概从我父亲过世——应该说是，自从我父亲化为龙之后，她就这么看待你了。”

我不禁猛然转头望着晋责的眼睛。这么说来，珂翠肯真的是全跟他说了，她此举吓出我一身冷汗。我朝在火边打盹的阿憨一瞥。王子顺着我的眼神望去，他什么话也没说，但是阿憨突然睁开眼睛，转过头来望着晋责。“这些食物真是差劲啊！”王子对阿憨感叹道，“你看你能不能到厨房去，帮我们弄些好吃一点的来？好比说，看看有没有甜食之类的？”

阿憨整张脸都笑开了：“没问题。我知道厨房里有什么：干浆果和苹果做的派饼。”阿憨说着舔了一下嘴唇。他站起来时，我看到他的束腰上衣胸前绣着瞻远家族的公鹿标志，心里又惊又喜。

“那就麻烦你了。记得要循原路往返，这点很重要。”

阿憨若有所思地点点头：“很重要。我记住了。现在我已经知道了：从漂亮的门进去，就要从漂亮的门出来，而且一定要等到四下无人的时候，才可以从漂亮的门出入。”

“阿憨，你真是好帮手。幸好有你！”王子的语气中除了心满意足之外，还有别的。不是纡尊降贵，而是……啊，对了，就是这个：因为拥有阿憨而感到骄傲。他跟阿憨讲话的口吻，仿佛阿憨是条屡屡夺魁的彪炳猎犬。

那小傻子离开之后，我对晋责问道：“你将阿憨收为你自己的手下？而且还公开让大家知道？”

“如果我祖父都能找个瘦巴巴的白色男孩来当弄臣兼作伴了，那我凭什么不能找个小傻子来当弄臣兼作伴呢？”

我畏缩了一下：“你没让别人嘲笑他吧？”

“这你大可放心。你知道阿憨会唱歌吗？他的歌声其实就是一串古怪的音符，替他的音乐增添了风味，不过那些音符真的是从他嘴里唱出来的。我虽没有一天到晚留他在身边，但是阿憨常常跟着我，所以再也没人敢对他说长道短。

再说，因为他与我能够私下沟通，所以他知道什么时候我希望有他相伴，什么时候我希望他暂时离去。”他点点头，显然对自己的成就大为满意。“据我看来，阿憨现在比以前快乐得多。他已经发现了洗热水澡和穿干净衣服的乐趣，而且我送了些简单的玩具给他。我只担心一件事：帮忙照顾阿憨的那个女人说，她认识另外两个像阿憨这样的人。她说，这样的人比寻常人短寿得多，所以阿憨可能已经近于生命的终点了。真的是这样吗？”

“这我就不晓得了，王子殿下。”

我想也没想就说出了这个尊称，他听了咧嘴而笑：“你称我殿下，那我该称你什么呀？堂兄阁下？蜚滋骏骑大人？”

“汤姆·獾毛。”我断然地提醒道。

“当然啰。至于他，则称之为‘黄金大人’，对不对？我得老实承认，把你想象为蜚滋骏骑大人，可比将黄金大人想象为穿着小丑服的弄臣来得容易多了。”

“比起昔日而言，如今的他，眼界已经开展许多了。”我说道，并努力压抑内心的遗憾，以免情绪从我的口气中流露出来。“王后是什么时候告诉你这些家族秘史的？”

“我们合力治疗你的那天晚上。那天晚上，她带着我从密道走到你房间，我们在你床边守了一夜。我们坐了一会儿之后，她便像是开了话匣子似的讲起来。她跟我说，伤疤尽去之后，你的脸庞变得跟我父亲极其相似。她又说，有时候她望着你，仿佛在你眼里看到我父亲的影子。然后她便原原本本地告诉我一切了。光是一晚还说不完，她一连讲了三晚。一连三晚，我母亲坐在你床边的坐垫上，握着你的手，跟我说起历历往事。她要我坐在地上听，房里除了我们三人之外，不准别人打扰。”

“我不知道当时你在我身边。也不知道她在我身边。”

他不在乎地耸起一肩。“当时你的伤势的确已经治好，但除此之外，你与死亡只有一线之隔，几乎跟治好之前没什么差别。我就算施展精技也探不到你，而在我的原智感应中，你就像烛芯尽头的那一点火光那么微薄，仿佛一个不注意，那火光就会熄灭。但是当我母亲握着你的手讲话时，你的生命之火似乎便烧得旺了些。我想，这一点我母亲也感受到了。我母亲仿佛是为了要留下你的生命，才不停地拉着你的手讲话。”

我举起双手，又任由双手无力地坠回桌上。“这我真的不知道该怎么应付才好。”我不得不坦白道，“如今你知道这一切，我真不知道该怎么应付才好。”

“你应该觉得很轻松才对呀。虽说一时之间，我们仍必须在人前维持汤姆·獾毛的这个伪装。至少私下时，你可以用真面目示人，不用处处提防自己讲错话——在这方面，你的破绽还真不少。喝汤吧，可别搁着不吃，我又得重新把汤拿去热了。”

这个提议很好，况且这能让我有时间思考，而不必开口。他坐在我旁边，兴味浓厚地盯着我进餐，使我觉得自己像是一只被猫盯上的老鼠。我皱起眉头瞪他，他则哈哈大笑，并且摇了摇头。“这是什么感觉，你一定想象不出来。我看着你，心里不禁想道，我长大之后会不会像你那么高？我父亲会不会像你那样皱眉头？要是你没将疤痕做回去就好了，有了疤痕之后，我比较难从你脸上看出你我的相似之处。你坐在那里，我也知道你的真正身份……仿佛像是看到我父亲活生生地走入我的人生，这是我前所未有的感觉啊。”那个年轻人一边讲，一边在椅子上扭来扭去，像是一只开心的小狗儿，恨不得立刻就跳到我身上来。我实在无法迎向他的目光，我总觉得有些不妥，觉得措手不及。我实在不值得王子这样奉承。“你父亲比我强多了。”我对他说道。

他深吸了一口气。“说一点我父亲的事情嘛。”他乞求道，“说一点只有你跟他知道的事情吧。”

我感觉得出这对他而言非常重要，所以我无法拒绝。我努力搜寻自己的记忆。我该告诉他，惟真并不是一眼就爱上珂翠肯，而是日久生情吗？这听起来很像是在把他拿来跟他父亲做比较，何况此时他对艾莉安娜兴趣平平。惟真不是那种有很多秘密的男人，不过依我看来，晋责并不是在问惟真有什么秘密。“他喜欢好纸、好墨水。”我对晋责说道，“而且他所用的鹅毛笔的笔尖，都是他自己削的，从不假手于人。笔尖该怎么削，他可挑剔得很。还有……我小时候，他对我很好。不为什么，就是对我很好。他还送我玩具：一个迷你的木头板车，还有木刻的士兵和马。”

“真的？这我倒很意外，我还以为他必须故意跟你保持距离呢。我早就知道他一直在关心你，但是他在信中老跟你父亲抱怨，那只昵称为‘汤姆’的小公猫[①]，除非是偎在博瑞屈脚边，否则难得一见。”

我直挺挺地坐着，动也不动。过了好一会儿，我才想到自己该呼吸了。我深深吸了一口气。“惟真在信上写到我的事？他写信把我的事告诉骏骑？”

“当然没讲得很白啦。是耐辛把信里的意思解释给我听，我才知道的。我跟耐辛抱怨我对自己的父亲一无所知，所以她就把我父亲写的信拿给我看。说起来真是令人失望透顶，我父亲写的信一共才四封，每封信都很短，而且信的内容十之八九都很枯燥。什么他很好啦，也祝福骏骑和耐辛一切都好啦。他在信里多半是请他哥哥去跟这个公爵，或是那个公爵说句话，以平息政治争议，有一次则是跟骏骑请教之前某一年的税赋是如何摊分的。然后再写一两句，将农作与打猎的收获情况一笔带过。不过信末一定会提到你。‘博瑞屈收养的那只昵称为汤姆的小公猫，似乎过得颇为自在。’‘昨天博瑞屈的那只汤姆小公猫在庭园里乱跑，我差点就踩到了，他的个头一天天地大了。’我父亲在信里提到你的时候，都是这样写的。这是为了提防间谍，甚至于一开始时，可能还要提防耐辛在读信时不至于起疑。到了最后一封信，他就干脆将你称之为‘汤姆’了：‘汤姆惹恼了博瑞屈，所以被博瑞屈痛打一顿，但是他似乎毫无悔改之意。老实说，我比较可怜博瑞屈。’在结尾处，父亲一定会提到说他期待新月来临，或是希望满月的大潮时，挖蛤蜊会大有收获等等。耐辛告诉我，这其实就是在预告他们兄弟俩彼此技传的时刻，这个时候他们可以避开其他人，毫

① 惟真称蜚滋为“公猫（Tom—cat）”，直译亦可说是“名为汤姆（男子名）的猫”，所以译文称此猫“昵称”为汤姆。

无阻碍地彼此沟通。所以你由此就可以看出，你我的父亲是很亲密的。骏骑搬到细柳林去时，他们兄弟俩彼此都很舍不得。不只我父亲很想念骏骑，骏骑也很想念我父亲啊。”

汤姆啊。原来就是这样，所以耐辛才会随口用汤姆这个名字来叫我[①]。我虽不知道这名字的由来，却一直保留着它，至今仍以“汤姆”自称。王子说得没错，公鹿堡里的确四处充斥着秘密，其中有一半根本就称不上是秘密，只是我们唯恐答案令人伤心得难以忍受，所以从来也不敢开口问罢了。我父亲是什么样的人？这问题我从没问过耐辛。我父亲是怎么看待我的？这问题我也从没问过耐辛或惟真。因为不敢启齿，所以久而久之，这些事情就变成秘密。因为从来不谈，所以我一直将我父亲想得很糟。毕竟他从未来探望过我。他是否曾经透过弟弟的眼睛探看我的模样？我父亲对我的关心，他们从未向我提起，但我该怪他们吗？说不定他们想当然地认为我一定早就知道了？还是我应该怪自己从来不问？

“茶泡好了。”晋责宣布道，拿起茶壶要帮我倒茶。这时候我才第一次察觉到，这孩子正在服侍我，而且他的态度，就像是我在他那个年纪时服侍切德与黠谋的态度一样，十分敬重。“你别弄这个了。”我一边说道，一边伸手盖在他的手上，硬是叫他将茶壶放回桌上。我从桌上拿起茶壶，替自己倒了茶，并告诫他：“晋责，王子殿下，好好听我说。对你而言，我不能是别人，只能是汤姆·獾毛，不管在哪里都一样。此时此地，我们谈过了便罢，但从此以后，我必须恢复我身为‘汤姆·獾毛’的身份。你必须彻底将我当成汤姆·獾毛，并将黄金大人当成黄金大人。你拆穿了汤姆·獾毛的伪装，等于是在玩弄一把

---

① 《刺客1》第十三章中，耐辛刚与蜚滋见面不久，她问：“小子，他们怎么叫你？”蜚滋回答：“叫我小子就好。”耐辛脸上掠过一抹震惊的表情，随后决定称他为“汤姆”。当时，蜚滋认为就算博瑞屈给狗取名字也比她要用心，这个女人却随随便便一开口就叫他汤姆，让他心里很是不满。如今耐辛之所以这样称呼的原因才真正解开。

无柄的利刃，这个如无柄利刃般的秘密实在太过棘手，无处可握，不仅如此，不管怎么用都过于危险。你因为知道我的身份而感到高兴，你觉得认识了我，仿佛与你父亲多贴近了几分。我也很希望事情要是这么单纯、这么美好就好了。这个秘密若是被不该知道的人知道了，那么我们统统都会被拉下水。王后会尽量庇护我，这点你我都知道，但是你想想看，王后若是庇护我，事情会有多严重：先别提我在满屋的人证面前杀死了盖伦的精技小组里好几个成员，也别提许多人以为我早该死了，而我却没死。光是我仍活在人间的消息，就足以使人们对原智者的痛恨与恐惧激升到最高点，然而此时王后的要务，却是要终结人们以私刑处决原智者呀。”

“以私刑处决原智者的风气，你我皆身受其害。”王子温和地说道。他往后靠在椅背上，思索了一会儿，仿佛要自己将这前因后果想清楚。最后他很不自在地说道：“你已经让王后的计划起了意外的波折。虽然切德已经尽了一切努力，让外界认为皇室对你的命运漠不关心，但是仍有人谣传，‘科普勒’、沛杰与另外那一人，都是因为被认为是原智者才会遇害，且凶手至今仍逍遥法外。”

“我知道。切德跟我说了。切德又说，谣传还指控王子有原智。”

王子低下头来：“是啊。嗯，的确如此，不是吗？花斑帮知道我的底细，而那些自认为是‘原血者’的人可能也晓得了。目前原血者倒是愿意保住我的秘密，他们跟王后一样期待此次的会谈。不过那三个人的死，使得原血者变得格外谨慎保守。如今他们要求要有更多防护措施，以免因为来到公鹿堡而招致危险。”

“他们要交换人质。”我迅速推断道，“他们愿意来，但是他们来公鹿堡的时候，我们必须送几个我们的人过去，让他们押在手上才行。他们要求几个人质？”

王子摇了摇头：“这你必须问切德，或是问我母亲。从他们两人吵架的情况看来，我猜我母亲应该是直接与原血者联络，而且她口风很紧，凡是她认为切德不必知道的事情，她绝不多言。可是切德拿她一点办法也没有。据我看来，我母亲不但努力平抚原血者的情绪，还配合他们重新调整会议时间。但切德咬牙切齿地说，先别说原血者那些荒诞不经的要求不该应允了，会议时间说什么也不能说改就改了。不过我母亲独断独行，不肯将会议的细节告诉切德，这下子激怒了切德。我母亲提醒他，她从小受的可是群山式的教养，固然在切德眼里，原血者的要求'荒诞不经'，他们所提的条件'无法接受'，但是就她而言，这乃是原则问题，她一定会应允原血者的要求，并接受他们的条件。"

"的确如此。这个派饼摆在那里，看得到，却吃不到。世上再也没有比这种事情更令切德气恼的了。"我的语气温和，心里却有点不安，不知道珂翠肯认为自己理应为自己的子民牺牲的群山式价值观，会将我们带往何处。

晋责似乎也察觉到我语带保留："我看也是。不过就此事而言，我会与母亲站在同一边。如今她必定要强迫切德屈居下风。若是她现在不坚持一点，那么等到我继承王位的时候，恐怕就难以掌握实权了。"

他这一番话说得我背脊发凉。他说得一点也没错，这事唯一值得宽慰之处，是他竟能如此坚毅冷静地看待此事。他看得出切德的诡计，因为他不但十足是珂翠肯的群山儿子，也十足是切德教出来的学生。晋责讲这话的口气，轻松得仿佛我们谈的是天气。

"但是我们刚才谈的不是这个。你刚才说，你不能以真正的身份现身，这点我暂时同意，眼前绝对会有些人处心积虑地要置你于死地，而且许多人会对你又恨又怕。除此之外，人们难免会指责说你犯下欺君重罪，但瞻远皇室却因为你是家族成员而处处维护你。不过最耐人寻味的，莫过于你以真正身份现身之后，会对原血者与花斑帮产生什么影响。多年来，'原智小杂种'一直是他们的精神象征，而且在他们口中，你至今仍幸存的谣言，每每化为传颂一时的美谈与传奇。在儒雅口中，你这个人简直跟神没什么两样。"

"你没告诉儒雅我的事情吧？"我一下子警觉起来。

"当然没有啦！我们谈的不是你，而是原智小杂种蜚滋骏骑，而且你放心，他认为你已经死了。虽说我认为，你的秘密就算托付给儒雅，也跟托付给我一样安全。"

我叹了一口气，我既担心又疲倦："晋责，你对朋友的忠诚令人敬佩，但儒雅会不会待你以诚，就令人怀疑了。贝馨嘉母子背叛了你两次，难道你要让他们有机会三度背叛你吗？"

他露出顽固的神情："他们是受迫的，汤姆……如今叫你这个名字，感觉上怪怪的。"

我才不会被他的虚招引开："重新习惯了就好。如果往后儒雅因为再度受人威胁，再度成为内奸，甚至做出更糟糕的事情呢？"

"如今他亲人都过世了，所以再也没人能以亲人的安危来威胁他了。"他突然住口，转过头来望着我，"你知道吗，到现在为止，我既未跟你道过歉，也没跟你道过谢。那天我派你去救儒雅，却没考虑到你会因此招致什么危险。你应声而去，救了我朋友一命，虽然你一直不太喜欢他，你却因为救他而自己差点送命。"他歪着头看我，"我要怎么谢你呢？"

"你用不着谢。你是王子殿下。"

他的脸转而严肃起来，他讲话的时候，眼神中有珂翠肯的影子："我不喜欢那样。听起来，仿佛我们分外疏远。我宁可你我只是单纯的堂兄弟就好了。"

我一边仔细地打量着他，一边问道："你我若是单纯的堂兄弟，我的行为就会变得不同吗？难道说，我会因为你我'只是单纯的堂兄弟'，就一口回绝，不肯去救你朋友？"

他对我笑笑，露出非常满足的神情。"我到现在都还不大相信我真的有堂兄了。"他轻轻地说道，脸上流露出一抹愧疚感，"而且阿憨跟我是不该来探望你的。切德不准我们吵你，也不准我们在你人好一点之前对你技传。我来这里，并不是想要吵醒你。我只是想再看看你，如此而已。不过我一发现疤痕长了回去，就越看越靠近。"

"那很好呀。"

我默默地坐了一会儿。虽然我不大自在，但是晋责却趣味盎然地望着我。这真是奇怪，我竟然纯粹因为自己的出身而受到厚爱。阿憨出现时，我顿时松了一口气。他两手捧着满满的甜点，且因为爬了这么多楼梯上来而一直喘气。

他手上捧着的大派饼，足够给十几个人分食。

我满足地望着阿憨将他从厨房掠夺而来的美食放在桌上。阿憨满脸笑容，显然对自己相当满意。我突然了解到，这是我第一次在他脸上看到这样的表情。他那张圆脸，那排各自分开的小小牙齿，以及垂在嘴外的舌头，使他看来像个欢欣鼓舞的小精怪。要是我不认识他，大概会觉得这张笑脸令人望之丧胆，但是他这一笑，王子也以笑脸相迎，而我自己也不禁笑了起来。

阿憨将派饼重重地放在工作台上，热心地把我的碗盘推到一边，以便空出地方来做事。他一边忙着，一边哼着歌，而且我听出他是在哼他的精技乐曲。那小个子男子的阴霾性情已经消逝得无影无踪了。阿憨切的派饼，每一块都大得不得了，我还注意到，他用来切派饼的刀，就是我在找上路德威之前，在城里帮他买的那把刀子。这么说来，我买的东西，已经辗转回到公鹿堡，送到了阿憨手上。王子找来几个碟子，阿憨将一份份派饼分置在盘子里。他分装派饼的时候非常小心，唯恐弄脏了新衣服，他吃派饼时则更加小心，其谨慎足可与穿着一袭崭新礼服的贵族夫人相比。我们三人将那个超大的派饼分吃得一点也不剩，自从受伤以来，我第一次觉得食物尝起来如此美好。

23. 天 机

非原智者常常说起原智者如何恐怖的故事，好比说原智者为了施行恶毒的诡计，而化身为动物等等。不过凡是原血者，都会断然地表示，不管是谁，都无法从人形化身为自己牵系的动物，就算人与动物之间的牵系再怎么深切也是一样。但是有一点是原血者不太愿意提起的，那就是人类的确能够居住在牵系伴侣的身体里。当然，这个状况多为暂时性，且只有在极端危急时才会发生。人类居住在牵系伴侣体内时，人体并不会消逝不见，而是变得非常脆弱，看起来像是死了一般。而这多是因为人体受创、衰亡，或者突然猝死，所以人类的意识才会躲进牵系动物的身体里避难。原血者对于这样的行为极为不齿，并严格禁止这类事情。

原血者之间，一向严禁人类长久定居在牵系动物体内。原血者若是因为自己的身体濒死，而逃进牵系动物体内，就会立刻被原血族群驱逐。如果收容牵系动物的灵魂、与牵系动物的灵魂同住在人体内之人，也会遭受到同样的命运。在原血者眼中，这类行径不但自私至极，妄求长生不死，而且非常不智。原血族群的长辈总是严厉警告族人，不管这种处境多么诱人，两个灵魂若是同处于一个肉身之中，必定是彼此皆无法幸福圆满，还不如直接死去比较好。

对于原血者而言，这个原则极为重要。但是在这方面，所谓的花斑帮却采取了截然不同的态度。花斑帮贬抑动物的地位，他们认为在人与动物的牵系关系中，动物的地位远逊于人，人类大可在自己的肉身毁坏、不堪使用之后，移居于动物伴侣的身体之中。而且在某些情况中，人类的精魄竟全盘接管动物的身体，甚至将动物的灵魂从它们自己的肉身中驱逐出去。由于某些动物，例如乌龟、雁鹅与某些热带鸟类等，拥有很长的寿命，所以寡廉鲜耻的人类，为了让灵魂在肉体死后有个着落，便在晚年时与这类动物牵系在一起，并因此而将人的生命延长到百岁以上。

——汤姆·獾毛，《原血者传奇》

我在静养之后重新现身时，觉得自己像是刚孵出来的小动物，第一次爬入阳光之中。这个五光十色的大千世界令我应接不暇。我还活着，处处都显得新奇。除此之外，晋责对我的敬仰，使我仿佛裹了一件暖和的外套。隔天早上，我站在公鹿堡的庭园中，望着周遭的人来来去去，忙着打点日常事务时，心里觉得很安定。今日阳光明媚，令人意外的是，我还闻得到空气中有股冬日将尽的气味。我脚下踩的雪变得沉重、稠密，头顶上的天空则变得更蓝。我吸了一口气，舒展一下筋骨，然后便听到关节因为久久没用而咯嗒作响。没关系，今天我就要好好地动一动。

我还不相信我这两条腿能将我送到公鹿堡城，所以我往马厩走去。负责照顾黑玛的那个少年，只需要看我一眼，便主动说要帮我备马，所以我感激地靠在黑玛的食槽上，看着他替黑玛装上马具。那少年动作轻缓，黑玛的反应也很温顺。我将马缰从那少年手里接过来，并解释我这一阵子无暇打点自己的马儿，多谢他费心照料。他报以不解的脸色，坦承道："这个嘛，我倒看不出这马有什么思念主人的模样。这匹马的个性就是乐于独处。"

通往山下公鹿堡城的陡峭山路才走了一半，我就开始后悔自己决定要骑马了。黑玛似乎横下心，非要与缰绳的指示争执到底不可，而且它还清楚地让我明白，我的手指和手臂现在仍使不出力气。虽然它与我的意志一路争战，但还是将我带到了晋达司的铺子前。不过幸运跟我说，今天他无法外出，使我又是失望，又是高兴。虽然他一见到我出现在门口，就三步并作两步地跑了过来，但是他语带歉意地解释说，晋达司的弟子要把床头板上的刻花刨光磨亮，而且允诺让幸运在一旁帮忙。幸运若跟我外出，那么那个人就会从众多学徒中另外挑一个助手。我跟幸运说，我很快就会再来找他，而且今天我没什么要事可说，顶多就是我身体又好了些，如此而已。我望着那孩子握着凿子和画墨线的笔匆匆离去，心里只感到无比骄傲。

我重新跨上黑玛之际，眼角瞥见三名年纪较小的学徒，躲在棚子的转角偷看我，彼此窃窃私语。这个嘛，如今公鹿堡城的人，都知道我是那个连屠三人的男子。至于那三人是枉死，还是罪有应得，已经无关紧要了。我知道这种指指点点和说长道短的事情免不了会持续一阵子，只希望这不至于伤害到幸运在众学徒之间的地位就好了。我假装没注意到他们，随后便骑马离去。

接着我前往吉娜的小屋。吉娜开了门，一看见我便惊讶地倒抽了一口气。她瞪着我看了一会儿，左右打量我身后的街道，仿佛在看幸运有没有跟来。“我今天是一个人来的。”我说道，“我可以进去吗？”

“汤姆，当然了。进来嘛。”吉娜一直瞪着我，这大概是因为我这副骨瘦如柴的长相惊吓到了她。过了一会儿，她才让到门边，让我走进她家。我进去的时候，茴香也从我两腿间钻进家里。

进门之后，我感激地在壁炉边的椅子上坐了下来，茴香则立刻跳上我的大腿。“我说猫呀，你倒很笃定我一定会邀请你到我这儿来窝着，是不是呀？”我抚着茴香的毛，一抬头，却发现吉娜心事重重地望着我。我努力挤出笑容：“我会好起来的，吉娜。我差点就进了鬼门关，可是我终究逃过了一劫。我会复原的，只是没那么快。但是现在我对自己倒有点小失望，因为我不过是从山上骑到城里来，就累成这样。”

“嗯。”吉娜说话的时候，两手绞扭在一起，她甩了甩头，仿佛要让自己回神。接着她清了清喉咙，以比较强的语气说道：“这我一点也不意外呢。你瘦得只剩下一把骨头了，汤姆·獾毛。瞧这衬衫穿在你身上，都变得空荡荡的了！你坐好，我来帮你煮一点补身体的药草汤。”她发现我脸色不对，于是赶快补了一句，“不然喝点茶也好。我们可以用面包与奶酪配茶。”

鱼？茴香对我问道。

吉娜说配奶酪。

奶酪不是鱼，不过这总比什么都没有来得强。

“喝茶配面包与奶酪，这样很好。这段时间因为静养的关系，每天都吃清汤、药汤和麦粥，早就吃腻了。不过最让我受不了的，还是那种浑身无力的感觉。我打定主意，从今天开始，每天都要出来走动走动。”

“这样也很好。”吉娜心不在焉地应和道，她歪着头打量我，“但这是怎么回事？你的‘獾毛’不见了！”她指着我的头发说道。

我装作羞赧状：“我把那绺头发染黑了。这样看起来比较年轻。不染不行啊，毕竟大病之后，我的脸色跟以前不能相比。”

“这倒也是。不过染头发……你们男人啊。好了。”她又甩了甩头，好像要将讨厌的事情甩开。我不禁想着，她是不是有什么心事，但是她似乎一下子就将烦恼抛在一旁了。“幸运跟丝凡佳的事情起变化了，你听说了没？”

“我听说了。”我肯定地对吉娜说道。

“这个嘛，我早就知道他们会走到这个地步。”吉娜将水放到炉火上去烧，继续絮絮叨叨地将我早就知道的事情告诉我：丝凡佳因为水手男友归乡，所以甩了幸运，而且她还对城里的每一名少女炫耀她的银耳环。

她一边切面包，一边讲述这些情节。我静静地听，但是她讲完之后，我评论道：“嗯，其实这个结局对他们两人最好。如今幸运把心思都放在木匠手艺上，丝凡佳的父母亲也对女儿的追求者甚为满意。幸运是有一点伤心，不过我看他过一阵子就会好了。”

“噢，是哟，幸运是会好起来没错，但是等到丝凡佳的水手男友出港之后，情况就不一样啰。”吉娜一边挖苦道，一边将托盘端到椅子之间的小桌子上，“你记住我的话：那年轻人的脚一踏上甲板，丝凡佳就会回头去找幸运了。”

“啊，不会吧。”我温和地说道，“况且就算丝凡佳回头去找幸运，他也一定不为所动。毕竟他已经学到教训了。一朝被蛇咬，十年怕草绳呀。”

“嗯。不过我看这两个年轻人，倒比较像是‘一朝尝甜头，往后不放手’呢。汤姆，你真的要好好地告诫幸运，教他千万眼睛要放亮一点，不要再被丝凡佳骗了。倒不是说这个女孩子坏到哪里去，但她就是不管后果，想要什么，就伸手去拿。这种行径，不但耽误了其他年轻男子，也耽误了她自己。”

“那么，希望我儿子的脑袋要想清楚些。”我在吉娜就坐时感叹道。

“我也希望如此，但恐怕他做不到。”吉娜说道。然后她凝视着我，脸色再度变得凝重起来。她望着我的眼神，仿佛不认识我似的。她两次想要开口说话，但两次都把话吞了下去。

“怎么了？”我终于问道，“丝凡佳和那个水手之间，还有什么不为人知的情节吗？怎么了？”

她郁郁地沉默了一会儿之后，轻轻地对我问道：“汤姆，如今我们认识有段时间了，我们的交情比朋友还深一点。我听说……别管我听说了什么。‘掉落街’的事情，到底是怎么回事？”

“掉落街？”

她撇过头去：“你明明知道那个地方。死了三个人啊，汤姆·獾毛。有人说，这是因为宝石被抢，而仆人为了夺回宝石而起。果真如此，你人都已经半死不活了，怎么还会停下来杀死一匹马？”她起身将呜嘟作响的滚水从炉火上拿下来，倒在茶壶里。她以轻得几乎听不见的声音说道：“出事之前几天，有人警告我最好离你远一点。那人跟我说，你太危险，这种朋友最好还是别结交，又说你说不定不久会碰上什么厄运，而要是那时你人在我家，我也可能连带遭殃。”

我轻轻地将猫从我大腿上推下去，从吉娜发抖的手中接过滚烫的烧水壶。“坐。”我温和地对她说道。她坐下来，双手紧张地交叠在大腿上。我一边将烧水壶挂在火炉边，一边努力平静地思考。“是谁警告你的，能不能告诉我？”我一边问，一边转过身去。但其实她的答案，我已心里有数。

她低头望着自己的手，看了好一会儿，然后慢慢地摇了摇头。过了一会儿，她说道：“我从小就住在公鹿堡城。我的确游历了不少地方，但是下雪的时候，这里就是我的家，而这里的人都是我的邻居。他们认识我，我也认识他们。我认识……我认识不少本地人，形形色色都有。有些人是我从小就认识的，而且我还看过其中许多人的手相，知道他们不少秘密。好啦，我是喜欢你，汤姆，但是……你杀了三个人啊，其中两个还是公鹿堡城这里的人。真的是这样吗？"

"我杀了三个人。"我老实承认道，"我不知道你听了这一点会不会比较同情我的处境，但是我若不出手的话，他们一见面就会杀了我。"我的背脊发凉，我突然想到，也许她今天的犹豫与忧心，都不是因为挂念我的伤势病情而引起的。

她点了点头："我想也是。但是问题仍在：你为何要找上门去？他们并没找上你，反而是你找上他们，然后杀了他们。"

我试着以切德想出来的谎言来交代："我在追抢匪呀，吉娜。追到那里之后，我不杀人，就会被人杀掉，我没有选择。我并不以此为乐，也不是特地冲到那里杀人。"

她没回答，只是默默地坐着看我。我在自己的椅子上坐下来。茴香站起来，等我空出大腿，让它跳上来窝着，但我没理会它。过了一会儿，我说道："你应该恨不得我今天没来吧。"

"我可没说。"吉娜的声音里有几分怒意，但是据我看来，她是因为我居然把话讲得这么明白而生气。"我……我的处境很困难呀，汤姆。你一定看得出来吧。"她又停顿了一下，这停顿的涵义为何，不言可喻。"我们刚开始交朋友的时候，嗯……我认为，虽然你我不同，但应该不会有什么差别才对。我一直都认为，常人说原智者如何如何的事情，十有八九都虚假不实。我可是一直都这么说的！"

她一把抓起茶壶，倔强地帮我俩倒茶，仿佛只要她为我倒茶，就能证明她仍欢迎我前来似的。她拿起茶杯，啜了一口，又将茶杯放下。接着她拿起一片面包，搁了一片奶酪上去，然后又将面包放下来。"我自小就认识沛杰。我小的时候，就跟沛杰的堂妹玩在一起。沛杰这个人无恶不作，但他是不会抢人钱包的。"

“沛杰？”

“就是你杀的那三人其中一人！你别假装不知道他的名字！你一定是知道他的身份，才找上门去的。况且就我所知，沛杰也知道你的身份。而沛杰那个可怜的堂妹，怕得都不敢去认领堂兄的尸体了。为什么？因为她怕人家认为她跟沛杰有关联。因为她若去认尸，人家会认为她家的人都跟沛杰一样。但是说到这里，我就不懂了，汤姆。”她顿了一下，小声地说道，“你跟沛杰一样，你也是那种人啊。既然如此，你何苦找上自己的同类，何苦杀死自己的同类？”

我本来已经拿起茶杯，听到这话，又小心地放下茶杯。我吸了一口气，想想自己要说什么话。然后我吐出气，等了一下，开口道：“这种事情，难免会有人说长道短，我倒不会意外。人们表面上跟侍卫说的是一套，但是私底下彼此聊天时，讲的又是另外一套。况且我还听说，花斑子四处张贴布告，把事情讲得很难听。所以，我们打开天窗说亮话吧。沛杰有原智，我也一样。我不是因为沛杰有原智而杀了他，但是他与我的确都有原智。除此之外，沛杰还是个如假包换的花斑子，但我可不是。”吉娜一脸困惑，于是我接着问道，“你知道什么叫‘花斑子’吗？”

“原智者就是花斑子。”吉娜答道，“除此之外，有时候你们的人还自称为‘原血者’。说来说去，还不都一样？”

“差多了。花斑子是背叛了自己人的原智者。花斑子会举发自己人，比如说他们会张贴布告，说什么‘吉娜有原智，她的牵系动物是一只肥胖的黄猫’。”

“才不是呢！”吉娜愤慨地说道。

我领悟到她以为我在威胁她。“当然不是。”我平静地应和道，“你不是原智者，但假如你是原智者，我公开张贴这些布告，可能会逼得你日子过不下去，搞不好还会送命。花斑子对待原智者就是这么狠毒。”

“但是这不合理呀，他们何必揭发别人有原智？”

“因为他们要强迫别人乖乖照他们的话去做。”

“他们要强迫别人做什么事情？”

“花斑帮之人想要夺权，为了夺权就必须要有钱，必须有人肯乖乖照他们的吩咐去做不可。”

“他们到底要什么，我还是不懂。”

我叹了一口气：“他们想要的，其实是大多数原智者的共同心愿：他们希望自己能公开施展原智魔法，无须担心被人吊死或烧死。他们希望受到大众的接纳，不必躲躲藏藏，生怕别人知道自己的天赋。这么说吧，你是乡野女巫，但如果你仅仅因为自己是乡野女巫，就可能会送命，那么难道你不会想要改变这一切吗？”

“但是乡野女巫又不会害人。”

我一边仔细地观察她的脸色，一边答道：“原智者也不会害人呀。”

“可是有的原智者会害人呀。”她反驳道，“噢，当然不能一竿子打翻一船人。不过我小的时候，我母亲养了两只山羊，后来两只山羊同一天死掉。山羊死掉的前几天，有个原智女人要跟我母亲买羊，被我母亲回绝了。你由此就可以看得出来，原智者跟其他族群一样。在原智者之中，就是有那种一心想要报复、下手又狠毒的人，他们还用原智魔法来完成自己的心愿。”

“原智魔法是害不死别人的山羊的，吉娜。若说原智魔法会害死山羊，这就好像说，乡野女巫只需要瞧瞧我的手掌，然后加条纹路上去，就可以让我早死。或者说，这就好像我只因为你看过我儿子的手相，说他会早死，而过不久他死了，于是我便责怪说这是你的错。这样公平吗？你只不过是据实以告，难道我能将自己的痛苦都怪到你头上吗？”

“当然不行。但是这跟杀了别人的山羊是不一样的。”

“我就是要告诉你这一点。用原智魔法，是无法杀人的。”

她歪着头看着我：“噢，算了吧，汤姆。你若是使唤你养的那条大狼去咬死那个男人的小猪，你的狼一定会照做，不是吗？”

我沉默不语。良久之后，我不得不说道：“是啊。倘若我使唤我的狼去咬死人家的小猪，我的狼是会照做。倘若我是那种人，我可能会利用我的狼和我的原智去对付别人。但我不是那种人。”

吉娜沉默得比我还久。最后她非常勉强地说道：“汤姆，你杀了三个人，还杀了一匹马。难道不是因为你心里的狼性发作？难道不是因为你有原智？”

过了一会儿，我站了起来。“再会了，吉娜。”我说道，“你对我很好，这一切我谨记在心。”说着，我便朝门口走去。

“你别这样就走。”吉娜乞求道。

我停下脚步，心痛如绞。“这样还不走，等什么时候才走？我真不懂，刚才你何必让我进你家门？”我辛辣地问道，“我受伤的时候，你何必来看我？你若是够慈悲，早在当时便应该要与我切断关系，别等到如今连真心话都说出来了。”

“我原本想要给你一个机会。”她心痛地说道，“我原本想要……我原本希望这一切除了你有原智之外，还有别的理由。”

我的手已经摸到门闩上，但我暂时停下动作。我痛恨自己必须在临别之际再撒个谎，但是这个谎非说不可。“是有别的理由，是黄金大人的那个钱袋。”我没有回头去看吉娜相不相信我的说辞。若是吉娜知道太多事实，恐怕会有危险，然而她知道的已经太多了。

出来之后，我轻轻地关紧门。天色突然阴霾起来，雪地上的影子不是淡淡的灰，而是近乎黑色。早春的天气本来就多变，我在吉娜家耽搁了这一点时间，天色就全变了。茴香不知用了什么方法，竟能跟着我溜出来。“你应该进屋里去。”我对茴香说道，“外面冷了。”

冷没什么。除非站着不动，才会冻僵。只要一直动，就没什么。

说得好，猫儿，你说得真好。再见了，茴香。

我跨上黑玛，拉着它转向公鹿堡的方向。“我们回家吧。”我对黑玛说道。

黑玛倒十分乐于往自己的马栏与食槽方向前进。我任由它决定要走多快多慢，而我则坐在马鞍上，思索着自己的人生。昨天我感受到晋责对我的崇拜，今天则感受到吉娜对我的恐惧与排斥。不只这样，今日她还让我察觉到，一般人对于原智者的偏见是多么根深蒂固。我以前认为，吉娜之所以接纳我，是因为我的本色。但是我想错了，原来吉娜接纳我，只是把我当成例外，但是当我大开杀戒，这就再度证明她的大原则是对的：原智者一点也不值得信任，因为他们会用原智魔法做坏事。我越想越深，心情则沉入谷底。眼前已无路可走。我再度领悟到，我无法既效忠瞻远皇室，又仍然保有自己的人生。

改变者，你怎么又来了。你自己的人生，当然是属于你自己，怎么可能属于别人？你是瞻远人，你流的是瞻远之血，又跟瞻远族群一起活动。你不能目光短浅，要看大局呀。这既不是无法分开的羁绊，也不是非分开不可的别离。瞻远族群，就是完整的你。狼的生命，在其族群之中。

夜眼。我屏息。不过我知道它并不在我身旁。黑洛夫说的话应验了。我那死去的同伴的确会不时回到我身边。那种感觉，虽不如活生生的夜眼，但真的比回忆强得多。我将自己的心割了一份长伴夜眼，而那份心没死，依然活在世上。我坐直起来，拉起马缰催促黑玛。黑玛喷了喷鼻息，但还是乖乖接受了。我考虑到它跑一跑对我们两个都好，便一夹马腹，催促它在通往公鹿堡的积雪之路上放腿狂奔。

我安置好黑玛，自己卸下马具，帮它擦洗。我花了两倍时间才将事情做好。我觉得很羞愧，因为自己的坐骑应该自己打点，但是数月以来，我实在太过怠惰。使我羞愧的是，黑玛竟然如此任性，处处与我作对，使我做起来难上加难。我强迫自己前往练武场，我必须去借把剑才行。早上去公鹿堡城，除了腰带上别的那把小刀之外，其余什么武器皆无。说笨，的确也是，但也只能硬着头皮出门了。我出门之前先去自己的房间里看过，本想将我那把丑剑带在身边，但是那把剑却不见踪影。看来那把剑不是搞丢了，就是被哪个偷懒的城市卫队员给偷走了。弄臣给我的那一把簇新的好剑仍挂在墙上。我考虑再三，最后还是无法说服自己把剑拿下来。弄臣那把剑是个荣耀的象征，如今他已经对我不屑一顾。所以往后除非是以保镖身份护卫他出席社交场合，我是不会带那把剑了。至于平时练习，反正是用不上真剑的，一定是用无剑刃的剑。因此我手持钝剑，走入练武场找人过招。

老温不在，但是黛乐莉在。黛乐莉手持双剑，任意挥洒。不到片刻，便将我连连刺死。她刺死我的次数之多，我都懒得去数。我则是竭尽全力将剑举起，但是却挥不动。最后黛乐莉停了下来。“我做不下去了，这简直像是跟木头人比武。每次我刺中你，都感觉得出我的剑刃碰上你的骨头。”

“我也有同感。”我应和道。我勉强哈哈笑了两声，谢过她，然后蹒跚地走向蒸汽浴室。浴室里的守卫朝我投来的怜悯眼神，使我恨不得此时能抓件袍子遮住自己的身体。出了蒸汽浴室，我直接朝厨房而去。一名名叫梅喜的厨房帮手对我说，她很高兴看到我能够起身走动。我敢说，梅喜一定是因为可怜我这一身瘦巴巴的，才走到火炉边，将炉坑里那块才烧烤到一半的带骨大肉削了一片下来，放在一片早上新烤的面包上拿给我吃。她告诉我，稍早时黄金大人的侍僮到厨房找我。我谢过梅喜，并不急着立刻就上楼去服侍我家主人，反而走到外面，背靠着庭院的墙，一边看着人们来来去去，一边狼吞虎咽地吃点心。我已经很久没有像现在这样，什么也不做，只站在一旁看着公鹿堡里过往的人们。我突然想起，我虽然已经回到儿时的家，但是却还有好多地方没看，好多事情没做：我还没去位于塔顶的王后花园瞧瞧，也还没去女人花园散步。那些简单有趣的事情，突然使我极其渴望。我很想骑着黑玛到公鹿堡后面林木稀疏的丘陵间驰骋；很想找一天晚上，坐到公鹿堡大厅里，看着弓箭手们一边磨箭头，一边推测狩猎会有什么成绩；很想再度与众人打成一片，而不只是个无人知晓的黑影而已。

我的头发仍湿，而且我身上的肉还太少，所以在冬日午后站着吹风，一下子就觉得冷。我叹了口气，进了房里，朝楼上而去。对于稍后与黄金大人的会面，我既害怕又期待。这些日子以来，他对我一直很冷淡。他好意地免除我一切职务，让我多休息，但这反而比他一语不发地生闷气更糟糕。此举仿佛意味着，不管我们之间的嫌隙有多大他都不在乎了。仿佛从此以后，我们一个是黄金大人，一个是汤姆·獾毛，此外便毫无交集。我心里燃起了小小的愤怒火苗，但一下子就熄了。我深切地了解到，我实在没力气维持愤怒的表象。然后，我的内心意外地舒坦泰然起来，我决定平静地接受这一切。事情改变很多。不只晋责王子、吉娜、黄金大人与我的关系已改变，就连切德也以不同于以往的角度来对待我。我是无法迫使黄金大人变回弄臣的，说不定连他自己也无法使自己变回往日的他。即使他有心要如此，也做不到了。对此我有什么好难以接受的？如今我身为汤姆·獾毛的日子，已经与身为蜚滋骏骑的日子不相上下，也该放手了。

黄金大人不在他的房间里。我回到自己的房内，找一件没有湿透的衬衫换上。我解下吉娜送我的护符项链。晋责的猫扑上来咬我时，正巧被护符挡住，所以如今其中两颗珠子上仍留有猫的齿痕，虽然以前我并未注意到。我拿着项链看了一会儿，心中仍感激吉娜将这护符送我的好意。不过光是这份感激，尚不足以让我往后继续戴着这条项链。吉娜之所以送我项链，是因为当时她喜欢我，尽管我有原智——但如今她对我的好感，已经永远因为我有原智而受到污染了。我将项链丢到衣柜角落。

我从自己的房间出来时，正好碰上黄金大人从外面进来。他一看到我，整个人都僵住了。我从羽毛事件后就没有跟他见过面，也没跟他说过话。但此时他上下打量我的模样，却仿佛他从未见过我这个人。过了一会儿，他生硬地说道："你康复得很快嘛，汤姆·獾毛，现在都能四处走动了。不过从你的脸色看来，我看你可能还要好一段时间才能重拾你的职务。你就尽量多休息吧。"他的声调有些奇怪，像有点喘不过气来。

我以仆人之姿鞠了个躬。"多谢大人，承大人之情，我理应好好利用这些额外的空暇。今天我已去练武场操练过了。如您所见，我可能还要再休养一些时日，才能再度担任您的保镖，保护您。"我停顿片刻，补了一句，"厨房的人告诉我，稍早时，您派了个孩子到厨房找我？"

"派了人去找你？噢，对。对，我是派过人去找你。事实上，那是应切德大人的请托。老实说，我差点就忘了。切德大人到这里来找你，因为你不在你房间，所以我派了个孩子，跑到厨房去找你。我想，切德大人想见你一面。我并没……事实上，我们谈到那个……"黄金大人越讲越迟疑，最后声音就断了。房里寂静无声。然后，他以近乎弄臣的口气对我说道："切德到这里来告诉我说，他有事想找你一谈……我有个东西要让你看看。你有空吗？"

"但凭大人差遣。"我提醒他，我的身份本来就是他的仆人。

我本以为我刺了他这么一下，他会有个反应，然而他却心不在焉地答道：

“当然了。那你等一下。”他的遮玛里亚口音已经不见了。他走进他的卧室，并关紧房门。

我等了又等。我走到壁炉边，翻了一下柴炭，又添了根柴，然后又继续等。我找了张椅子坐下来，发现自己的指甲长长了，便拿出腰际的小刀来修指甲，一边继续等着。最后我忍不住站起来，气愤地叹了一口气，接着走过去，在他房门上敲了一下。也许刚才是我听错了。“黄金大人，您刚才是要我待在这里等吗？”

“对。不是。”接着他以非常犹豫的声音说道，“能不能麻烦你进来一下？但是请你先看看通到走廊的门有没有锁好。”

那扇门锁得好好的，但我还是摇了摇门闩，以便确定门闩已经卡紧，才走进他的卧室。他房间里的护窗板都已合上，室内因此有些幽暗。几根蜡烛的烛光，照出黄金大人背对着我站立的身影。他拉了条床单，当作披风一般地披在肩上。接着他转头过来望着我，那一双金黄色的眼中，却映出了一个我前所未见的人物。我进了房间，走了三步之后，他低声说道：“请你站在那里就好。”

他伸出一手，拢起头发，露出光洁的后颈。床单从他的裸背上滑了下来，不过他空出来的那一手仍将床单紧紧揽在胸前。我不禁倒抽一口冷气，不由自主地往前走了一步。他瑟缩了一下，但终究还是站稳脚跟。他以颤抖的声音低低地问道：“贵主的刺青，是不是跟这个一样？”

“我可以靠近一点吗？”我好不容易挤出了一句话。但这其实是多此一举。他背上的刺青就算不跟贵主的一样，至少也算是极为类似的了。他仿佛痉挛般地点了个头，于是我又往前走了一步。他并未回头看我，而是继续凝视着房里的幽暗角落。房间并不冷，但他却在颤抖。那幅以针刺出来的诡异图画，始于他的后颈，盖过整片背，然后延伸到他的裤腰带之下，纠结的海蛇与展翼的巨龙，盘桓在他那光洁的金黄色背上，每一只皆精致细腻、栩栩如生。那闪闪发亮的色彩，带着金属般的光泽，仿佛他背上注入了金、银，以便益加彰显这一群飞舞的龙蛇一般。每个爪子、每个鳞片、每颗闪亮的利牙、每只炯炯有神的眼睛，都活灵活现地在他背上腾跃。最后我好不容易说出话来：“很像，唯一不同的是，你的刺青平伏在背上，而贵主背上最大的那条海蛇，却仿佛红肿发炎般地从背上隆起，而且艾莉安娜似乎因此而疼痛不堪。”

他抽搐般地吸了一口气，几乎是一边苦涩地感叹，一边牙齿打颤：“我原本还以为，那女人这样整治我，就已经到极限了，谁料她还想出更残酷的做法。那孩子真可怜，太可怜了。”

“你的刺青会痛吗？”我小心翼翼地问道。

他摇了摇头，并没有回头看我。几绺头发从他指缝间滑下来，落在肩膀上。“不会。现在不痛。但是刺青的时候痛得很厉害，而且还不是一时半刻就能刺完。他们好几个人压得我不能动弹，每次刺要刺上好几个小时。刺青的时候，他们又是道歉，又是百般安抚，但是我反而觉得更糟。这些平日对我呵护备至、崇敬有加之人，怎么翻脸无情，就算残害我也在所不惜？他们按照那女人的吩咐，不厌其烦地将这个图案仔细地一针一针刺在我背上。这样对待孩子实在太恐怖了。把一个孩子压得不能动弹，然后恣意伤害她。不管是哪个孩子，都不该受这种罪。”他的声音低若不可闻，人则轻轻地左右摇晃，肩膀也拱了起来。

“他们？”我轻轻地问道。

他的声音绷得紧紧的，语句一点旋律也无。他咬着牙。“我以前曾在一个像学校的地方待过，那里有很多老师和知识丰富的长老。这件事我以前就跟你讲过了。但是我后来逃走了。我父母亲把我送去那里，是因为我是白者，所以他们虽以我骄傲，却又万分难舍，但仍无法将我留在身边。那个地方离我们家很远很远，我父母亲知道我这么一去，以后大概就无缘与我相见了，但是他们知道这样做是对的。我既为白者，自有我身为白者的宿命。但是我的老师们坚持，我们这个时代的白色先知已经诞生。那个白色先知已经跟随我的老师们研习、进修过，此时已经前往北方，去实现她的宿命了。”他突然转过头来，与我四目相对，“你猜得出我讲的是谁吗？”

我僵硬地点头。连我也觉得冷起来了。

“你说的是‘苍白之女’。红船之战时期，科伯·罗贝的顾问。”

他僵硬地点头回应，然后避开我的眼光，再度望向幽暗的角落。“所以，我也许是个白者，但我不可能是白色先知。他们推断我一定是异种，一定是生错了时代、生错了地方的怪物。他们为我着迷：我讲的每一个字，他们都谨记在心；我做的每一个梦，他们都详实记下。他们很看重我，而且对我呵护有加。然而我说的话，他们虽然听了进去，但却从不遵行。而那女人听说我的事情，下令他们拘留我，他们便奉如圭臬。后来那女人还下令要他们在我背上刺出印记，他们也乖乖奉行。”

“为什么要刺青？”

“我不知道。也许是因为那女人与我都梦见龙与蛇吧。但也许是因为那女人要借此来对付额外的白色先知：将白色先知身上刺上大片刺青，这一来，他就再也不白了。”他的声音越绷越紧，最后每个字都绞得跟绳结一样硬。“我觉得非常羞愧，因为竟然那女人一吩咐，他们就在我身上刺出印记。现在一听说贵主身上也刻出了苍白之女的印记，更令我羞愧得无地自容。感觉上，仿佛苍白之女通过这个刺青，声称贵主与我乃是她的工具、她的奴仆……”他声音渐小。

“但是他们为什么要将她的话奉为圭臬？这种事情，他们怎么下得了手？”

他苦涩地笑了两声：“因为她是白色先知，而白色先知是降生来将世界推上更好的轨道的。何况她有幻象，所以谁也不会质疑她的意志。要是有人胆敢忤逆那女人的命令，就等着遭殃吧。你看看科伯·罗贝就知道了。苍白之女怎么吩咐，你怎么做就是了。”他颤抖得越来越厉害，整个人都在摇晃。

“你太冷了。”我很想拿条被子帮他盖着，可是这一来我就必须走近他。但从眼前的状况看来，他可能不容许我走近一步。

“不。”他对我虚弱地笑笑，“我是怕啊。怕得不得了。麻烦你出去吧，好让我着装。”

我退了出去，并将房门轻轻地关紧。接着我不停等待，他穿上一件衬衫，似乎要花上半天的时间。

弄臣现身时，身上的衣装一丝不苟，每一根头发都梳得服服帖帖，不过他还是避开了我的眼神。“我帮你倒了白兰地，放在壁炉边。”我招呼道。

他以紧张的碎步穿过房间，拿起桌上的玻璃杯，但是他不喝，反而握着杯子，双臂抱胸，贴着炉火而站，像是冷到极点似的，他的眼光则直盯着地上。

我走进他房里，从衣柜中找了件厚重的毛料斗篷出来，走到他身边，将斗篷披在他肩上。接着我将椅子拉到壁炉边，按着他的肩膀，硬是要他坐下去。“把白兰地喝了。”我的声音有点严厉，“我去烧水泡茶。”

“谢谢。”他仿佛轻吟般地飘出了这两个字。接着他泪水如泉涌出，弄花了他精心涂敷的妆，滴在他的衬衫上。

我将烧水壶挂在壁炉挂钩上的时候，不慎洒出了水，又烫到了手。挂好之后，我另外拉了张椅子，在他身边坐下。“你怎会如此害怕？”我问道，“这有什么意义？”

他吸了一下鼻子。平时尊贵骄傲的黄金大人，竟会发出这种声音，实在很不协调。更糟的是，他还拉起斗篷来擦眼睛。这一擦，把他的遮玛里亚式面妆都擦花了，露出粉彩底下的皮肤。“‘会合’。”他以粗哑的声音说道，他吸了一口气，接口道，“这意味着‘会合’，也就是条件已一应俱全。这表示我目前走在正路上，我原本还担心我的路走岔了。但是这肯定了我正走向‘会合’与冲突点，而且时机已经成熟了。”

“这不是遂了你的心愿？白色先知就是要将世界推向‘会合’与冲突点，不是吗？”

“噢，是啊。这的确就是我们白色先知的使命。”此时的他，突然变得异常镇定。他朝我望来，并迎向我的眼神，而我看在眼里，只觉得他眼中有一股浓得化不开的古老哀愁。“每个白色先知，必有与之相配的催化剂，并通过催化剂推动巨大的事件。所以说，白色先知无情地利用催化剂，将时代的巨轮推入自己设想的轨道中。如今我所设想的轨道，又再度与那女人所设想的轨道会合，而且我会与那女人彼此较劲，看看谁能占上风。”他的声音突然哽咽起来，“而且，死亡会再度找上你。”他的泪水原本已经收势，但此时又泉涌而出。他又拉起斗篷的一角擦脸。“如果我失败了，那么我们两人都会丧命。”他弓着背缩在椅子里，一副凄惨状，他抬起头来看我，“上一回，你实在离鬼门关太近了。我两次感觉到你死了，但是我拉住你，不肯让你平静地离去。因为你是催化剂，而我若想赢，就非得把你留在这个世界上不可。说什么都要保你活命。若是朋友的话，一定会放你走。毕竟我都听到狼群在呼唤你的声音，而且我也知道你想要加入狼群。但是我不但没放你走，反而将你拖了回来。因为我必须利用你。”

我努力以平静的口吻说道：“这我就不懂了，每次你讲到这里，我都一头雾水。”

他悲伤地望着我。“其实你懂，只是你不肯面对这个事实罢了。”他顿了一下，干脆地说道，“在我努力造就的那个世界中，你活得好好的，我是白色先知，你是我的催化剂。瞻远家系有了传人，而且由瞻远家的传人主政。这些只不过是那个世界的众多因素之一，但却是不折不扣的决定性因素。在苍白之女想要创造的世界中，你并不存在，既不存在，你就熬不过这一关。瞻远家没有传人，整个家系都断绝了。而且那个世界中，也没有叛逆的白者。”他将头埋入双手之中，声音则从指缝间传出来，“那女人一心一意要置你于死地，蜚滋。她的计谋非常阴险。她的年纪比我大，人也比我世故得多。她设下的局极为恐怖。汉佳早就被那女人收为己有了，这点毋庸置疑。我还摸不清那女人在玩什么诡计，也还看不透她为何要将贵主嫁给晋责，但是她就是幕后的主脑，这我非常肯定。她要你死，而我偏偏不让她如愿。到目前为止，你我二人一直都跟那女人旗鼓相当。但是你之所以屡次死里逃生，与其说是因为你机智过人，不如说是因为你命大。因为你命大，而且因为你有……我就直说了吧，因为你既有精技，又有原智。但是纵然如此，这次你若要死里逃生，机会还是非常渺茫，而且这个局我们陷入越深，你逃生的机会还会更加渺茫。这一次……这一次你在鬼门关前走一回，对我而言，实在过于沉重，沉重到我再也不想当白色先知，也不想让你继续做我的催化剂了。”他的声音越来越低，低到几不可闻，“然而你我的身份没有终结之日，除非你死了才会结束。”他突然发狂似的四下张望。我起身将白兰地酒瓶拿来，放在他伸手可及之处，但是他省下倒酒的动作，酒瓶一抓过来，拔起塞子就灌。他一放下酒瓶，我就赶快探过身去，将酒瓶拿过来。

“喝酒是没有用的。”我凶巴巴地说道。

他露出凄惨的笑容：“你若是再死一次，我一定熬不过去。真的。”

“你熬不过去？”

他绝望地咯咯笑了两声：“你懂了吧。我们彼此牵绊住了。我把你牵绊住了，吾友，我的小亲亲。”

我努力将他这番话理出个头绪。“如果我们输了，那我就会死。”我说道。

他点点头：“如果你死，那我们就会输掉，这都是一样的。”

“那如果我活下去呢？”

“那我们就赢了。但是现在看起来，我们的赢面不大，而且往后还会逐渐缩小。这一把，我们很可能会输掉。于是你会死去，世界则轰隆隆地朝黑暗、丑恶与绝望而去。”

“你这话还真是大快人心，哦？”这次换我忍不住就着酒瓶大口地灌下去，接着我把酒瓶递给他，“但要是我撑过去了呢？倘若我们真的赢了呢？那会怎么样？”

他灌下几大口，才将酒瓶拿开。“那会怎么样？啊。”他露出圣洁的笑容，“那世界就继续运转呀，吾友。孩子们在泥泞的街上玩耍，小狗对着路过的板车狂吠，朋友们一起坐下来喝白兰地。”

“听起来跟现在的时光差不多嘛。”我尖酸刻薄地说道，“吃了那么多苦头，到头来却一切都没变。”

“是啊。”他无邪地应和道，可是眼里泪水盈眶，“其实那个世界，跟我们眼前这个美好且神奇的世界也差不了多少。少年爱上了不合适的少女，狼群在积雪的平原上狩猎。还有时间，无尽的时间在我们所有人的眼前展开。当然了，还有龙。一条条的飞龙，仿佛缀满珠宝的大船般滑过天际。”

“龙。嗯，这就不一样了。”

“是吗？”他的声音低得仿佛在说悄悄话，“真的有什么不同吗？不会吧。探索你心底的回忆，回到过去，回到遥远的过去。想当年，天上本来就会有龙。

如今天上空无一物，所以人们非常思念龙。当然了，有些人一辈子也不会想到龙的事情。但是有些孩子，却从很小的时候开始，便抬头望天，探寻着应有却从未出现的龙。为什么？因为他们知道，天上应该有龙，但龙群却消失了。而你与我呢，我们必须将龙群带回人间。”

我将头沉入手里，并摸了摸额头：“以前你不是说，我们必须拯救世界吗？拯救世界跟龙有什么关系？”

“世上的一切都息息相关。你拯救了一小部分，就等于拯救了全世界。事实上，要拯救全世界，非要从小处着手不可。”

我最讨厌他出的谜语，恨得要命：“那你到底要我怎么做？”

他沉默不语。我抬起头来望着他，只见他平静地注视着我。“告诉你无妨，只是你听了一定不信。”他稳稳地吸了一口气，将白兰地酒瓶揽在臂弯里，仿佛那酒瓶是个小宝宝。“王子启程时，我们必须与他同行。前往艾斯雷弗嘉岛，找出冰华。然后，我们必须防止王子杀死冰华。不但要防止，还必须帮助陷在坚冰之中的冰华破冰而出，让它腾跃飞天，与婷黛莉雅为伴。这一来，双龙便可交配，那么日后天空中就会再度出现真龙了。”

“可是……我怎能救冰华！晋责必须斩下冰华的头，将它的头送到艾莉安娜的母屋火炉前。要不然，艾莉安娜是不会嫁给他的。然而她若是不肯与晋责成婚，那么这一切协谈与和平的希望就成了泡影。”

他望着我，而我相信他知道我内心有多挣扎。他平静地说道：“蜚滋，你先别想这么多。现在先别想这个。‘会合’与冲突点自会等着我们，所以我们用不着急着冲上前去。我向你保证，等到时机成熟时，你将必须独自决定要走哪一条路：你到底要坚守你对瞻远家的誓言，还是要为我拯救世界？”他顿了一下，“还有一件事我必须跟你一提。其实我不该多言，但我还是要说。我现在跟你说了，这样事到临头时，你才不会深切自责。我向你保证，那件事情绝不是你的错。我在很久以前，便预言这件事情必会发生，只是我自己一直不解其意，直到碰到这个刺青的事情，我才恍然大悟。我很早就在梦中预见此事了。当时我年纪还小，而那只不过是我狂乱的梦魇。但是再过不久，那件事情就要应验在我身上了。所以，你要向我保证，事发之后，你绝对不会拿这件事情来折磨你自己。”

他讲到一半，又再度开始颤抖。他的话便从打颤的牙关之间挤出来。

“到底是什么事？”我大为惶恐地问道。虽然我心底已经有答案了。

“这一次，在艾斯雷弗嘉岛上。”他嘴角扭出一抹恐怖的笑容，“该轮到我死了。”

24. 牵系

“白色先知”与白色先知的“催化剂”的传说，顶多只能算是极南之地的宗教，而且传至遮玛里亚的，只有一些片断而已。然而这个教派，与南方的许多哲学宗派一样，充满了迷信与矛盾，所以任何有思想的人，对这种愚昧的信仰都无法完全信服。白色先知这个异端邪说的核心概念是：“每一个时代”（然而他们从不界定这个时代始于何时，终于何时）”都会有一名白色先知应运而生。白色先知的降生，是为了要将世界推向更好的轨道。不管这白色先知是男或女（由白色先知可男可女来看，不难看出他们多少借用了莎神的真正教义），都通过自己的催化剂来推动这个变化。催化剂由白色先知择定，而白色先知是因为催化剂站在多种选择的交接点上而择定这个人选。白色先知改变了催化剂一生的际遇，并由此将世界推向更真、更好的历史轨道上。然而任何有思考的人都看得出，由于我们无法将已发生之事，拿来与可能发生之事作比较，所以白色先知大可宣称他已让世界变得更好。除此之外，白色先知的异端邪说之信奉者也无法解释，为何世界与时间会不断循环重复。仔细查验历史，便可看出历史显然并未循环重复，但是坚信这个不实理念之人，仍一口咬定历史乃是一再重演的。

明智的莎神老祭司戴尔纳曾经写道，可怜的不只是那些信奉这套异端邪说的信徒，连那些自认为是“白色先知”之人都很可怜。戴尔纳并提出周延的推演，证明“白色先知”这种自我欺骗的狂热份子，其实是染上了一种罕见的失调症。这种罕见的失调症，不但榨干了他们皮肉上的所有色素，同时也致使他们产生了神灵托梦、预言未来的妄想。

——魏弗伦（乔若平神庙的莎神祭司）所著之，
《南方各国的宗教教派与异教信仰》

切德！我需要你，我必须马上找你说话！到工作室来找我。切德！求求你听到我，求求你快来！

我一边蹒跚地爬上楼梯朝工作室而去，一边疯狂地对切德技传。我慌得连我刚才是用什么重要任务为托辞而溜出来都忘了。我将那个抱着酒瓶，看来几分像弄臣，却又几分不像的人丢在壁炉边，望着炉火发呆。此时我则心里急得怦怦跳，一边咒骂自己身体不济，一边强迫自己的腿折弯、伸直，一步一步将自己带上楼梯。切德到底有没有听见我叫他，我实在无法确定。我再度咒骂自己，将目标对准晋责和阿憨：我必须马上与切德大人见面。这件事情至关紧要。快去找切德，并叫他到工作室找我。

什么事这么急？回话的是晋责。

把他找来就对了！

然而，当我拖着脚步，冒汗且急喘地摸进工作室的时候，却发现切德已经颇不耐烦地坐在火边等我了。他转过头来瞪着我，说道：“你怎么这么慢？我早听说你已经回堡里来，况且黄金大人一定会向你转达我的口信。我可不能在这里耗一天等你啊，孩子。眼前就有大事，而且非要你亲自处理不可。”

“不。”我喘着说道，又补充一句，“我先说。”

“坐下来。”切德皱着眉头打量我，“深呼吸。我去替你倒水。”

我好不容易撑到壁炉边的椅子上，赶在自己虚脱之前坐下来。今天我把自己的身体逼得太过。光是骑马到城里，在练武场练习几回，就够让我筋疲力竭了。此时我抖得很厉害，跟方才的弄臣如出一辙。

我喝了切德端来的水。他还来不及开口，我就将弄臣跟我讲的事情一五一十地告诉他。讲完之后，我仍然喘得很急。切德坐着沉思，我则慢慢调匀呼吸。

“刺青啊。”切德厌恶地喃喃说道，“苍白之女啊。”说到这里，他叹了口气，“他这个人，我无法信任，但却又不敢不信任。”他皱着眉头，思索我方才说的事情，接着问道，“那个间谍报告你看过了没有？我派去的间谍到了艾斯雷弗嘉岛，但却什么龙的踪影也没看到。”

“看来那人找得并不是很仔细。”

“也许吧。这就是花钱找人打探消息的缺点：钱财若用到所剩无几，那么他们的忠诚度也就荡然无存。”

“切德，我们该怎么办？”

切德望着我的神情很古怪：“我们该怎么办，这是再明显也不过了。说真的，蜚滋，你一定要将身体养好。这阵子你动不动就惊惶失措。虽说我也承认，弄臣有刺青之事，不只是你，连我听了都很意外。此外，弄臣据此而做的推论，也很惊人。我今早去找他，并探问外岛有没有在人背上做龙蛇刺青的习俗。他说他没听说过，并且镇静地转移了话题。我真不敢相信他会这么糊弄我，但是……”切德定了定神，将自己对弄臣与黄金大人所知的一切拿出来重新整理一番，之后他沉重地叹了口气，坦白承认道：“在红船之战时期，的确有一名苍白之女参与科伯·罗贝的军机大事，我们的确掌握了这个消息。但是推测起来，那个苍白之女应已经与罗贝一起葬身海窟了。既然人都死了，那么那个苍白之女还怎么跟艾莉安娜有所关联？况且就算苍白之女没死，她何必帮我们撮合这桩婚事，甚至还处心积虑地要对付你和黄金大人？这未免扯得太离谱了。”

我吞了口口水：“汉佳，也就是艾莉安娜的侍女，她曾提到一个她称之为‘夫人’的人。艾莉安娜和皮奥崔也提过这个人，而且听他们的口吻，仿佛十分畏惧。说不定那个‘夫人’，就是苍白之女，也就是弄臣所谓的‘另外那个白色先知’。果真如此，那个苍白之女必定有她自己的打算，而且她的打算一定对我们的计划不利，只是我们现在看不出来而已。”

我看着那个老刺客又在心里将这一切可能性与影响重新排列组合了一番，最后他不在乎地耸耸肩。“不过呢。”切德无情地答道，“我们的解法还是一样。”他举起两根指头，“第一，弄臣向你保证，你会信守对瞻远家族的誓言，还是会为了弄臣而救活这条冻在冰层中之龙，完全是你一个人的选择。所以说，你一定会信守誓言，你对皇室一向效忠，这我是最放心的了。”

对我而言，事情可没有那么简单。但我保持沉默。

接着切德指着第二根指头。“第二，黄金大人不会与我们一同前往艾斯雷弗嘉岛。这样一来，虽然我怀疑岛上什么龙都没有，但即使我们真的在冰层里发现一条龙，他也无法干涉晋责屠龙——虽是这样说，不过据我看来，这所谓的‘屠龙’，很可能只是动用冰凿，将冻得硬邦邦的某种远古动物的头敲打下来罢了。只要黄金大人不去艾斯雷弗嘉岛，即使这个苍白之女仍然活在世上，甚至还危及他的性命，但他却绝对不会碰上那个女人。这样一来，黄金大人就不会死了。”

“就算不让他与我们同行，但若是他自己仍想尽办法要去艾斯雷弗嘉岛呢？”

切德瞪了我一眼：“年轻人，你动动脑筋啊。艾斯雷弗嘉岛可不是说去就能去的。就算你要从外岛的其他岛屿——倒不是说，他去不了那么远的地方——出发前往艾斯雷弗嘉岛，行程也十分艰难。你想，难道我不能下一道命令，禁止黄金大人登上任何从公鹿堡城启程的船只？当然我会做得很有技巧，不过这绝对可行。”

“那要是他变装易容呢？”

他扬起了一边的白眉毛：“难不成你希望在我们出门时，将他锁在地牢里吗？如果此举能使你心安，那么我也可以安排。当然，这个牢房保证舒服，所需之物一应俱全。”切德的口气等于是明白地告诉我：你多虑了，他镇定地对我的疑虑嗤之以鼻，所以我心中因弄臣而激起的莫名恐惧，也就难以继续发酵。

“不，那当然不好。”我嗫嚅地说道。

切德不屑地啧了个鼻息："这些日子以来，不管我赞成还是反对，王后都不放在眼里。大概她以为她已经不需要顾问了。那么，我们走着瞧吧。"

我真不知道该如何接口。老实说，我暗自为王后坚定地伸张自己的权力而感到高兴，虽说这个想法显得我对皇室不够忠诚。

接下来这几天，我忙得一塌糊涂，几乎忘了我对弄臣的深切顾虑。虽然我人仍虚弱，但是切德、阿憨、晋责与我还是开始每天早上在望海塔碰头。弄臣没来上课，切德对此不置一词，不过他既听了我讲弄臣之事，也许会因此而认为弄臣还是别成为这个精技小组成员比较好。总之，我不会拿这个问题来质问他。我们四人每天早上聚在一起练习精技，他们三人对精技的贪婪热忱吓得我连连叫停。我们的确有进展，但这进展很谨慎，幅度又细微，所有人当中只有我觉得满意。阿憨学会将自己的音乐稍加局限，不过此举令他沮丧，但是为何有如此反应，他自己也说不上来；晋责经过练习，已能将他的心思技传给特定的一两人；切德的程度比另外那两个学生慢，这并不意外。他必须与我肌肤相碰，才能模糊不清地对我传讯，或模糊不清地接收到我技传过去的心思。阿憨若以精技猛轰切德，切德便能感知到阿憨对他传讯，但是却感觉不出他传达了什么心思；晋责则找不到切德，但也可能是切德无法察觉到晋责，而我既说不出问题出在谁身上，只好同时要求晋责与切德两人都多加努力。对我而言，这些晨间课程既累人又紧张。我还是会头痛，只是比起以前那种剧烈疼痛已有极大差别。

由于切德严格要求，我每天中午都吃一顿滋养、清淡且健康的餐点。在精技魔法方面，也许由我主导，但是切德仍是我的老导师，而且他深信，就照顾我的身体而言，还是他知道得最清楚。就是因为这个缘故，所以他才因为在先前精技治疗期间，从我房里抄出了精灵树皮与"带我走"药草，而跟我大吵一架。我们吵得十分激烈，两人都怒气冲冲。切德坚持我有职务在身，所以不该喝任何有损精技天赋的药草茶，尤其如今我是王子的精技小组的精技师傅，所以更不该大意；我则坚持我爱私藏什么草药，乃是我自己的权利。我们两人互不相让，也不肯互相道歉，这件事情就变成我们两人避而不谈的话题。

切德一跟黄金大人提议，黄金大人便迅速解除了我的职务，接着王后卫队聘我成为卫队一员，我也欣然接受了。卫队之人平静自然地接受了我这个新成员，使我大感意外。可想而知，我一定不是第一个被切德塞进王后卫队的怪家伙。我不禁想着，王后卫队里到底有多少人并非单纯的卫队成员？他们问我的问题少之又少，倒是通过卫队的固定操练来估量我的实力如何。我每天下午都跟着王后卫队在操场上演练。我常常感到自己跟不上众人，这可从我瘀青之多便可以看得出来。

表面上看来，我跟卫队的其他成员一样在营房里有个床位，但除了营房之外，我也常常待在工作室里过夜。就算有人注意到我与王后卫队不甚亲近，也没有人多言。我在操场上碰到老温，他恭喜我“再度成为正直的战士”。在服饰方面，我再度穿上公鹿守卫的平实蓝衣，而需要展示我乃是王后麾下的直属卫队时，则换上紫白两色的束腰外衣。如今我能将珂翠肯的狐狸徽章公开地别在胸前，内心的喜悦实在难以言喻。这枚徽章，跟我别在衬衫里心口上的那枚狐狸胸针，可说是相得益彰。

现在的我很容易累，复原的速度也比以前慢。尽管切德一再催促，我仍未试着以精技让自己加速复原。午后近傍晚，当切德忙于国家大事时，阿憨会帮我到厨房去大肆洗劫一番，然后我们两人一起大吃甜点、糕饼与肥肉。我们发现，原来吉利跟阿憨一样喜爱葡萄干，而那只小黄鼠狼为了乞求葡萄干吃而跳的求食之舞，往往让阿憨笑得眼泪都掉下来。我们两人都长了肉——虽说阿憨长那么多肉，可能对他不太好。如今他变得圆滚滚的，头发就跟贵妇人抱在腿上把玩的肥胖小狗一样光滑。有了食物和照顾，大家也很接受他，那小个子男子不时流露出安详且和蔼的本性来。与阿憨共享这些单纯的时光，使我心里感到很满足。

有几天晚上，我甚至还溜出去与幸运相聚。我们不是去“篱笆卡猪”，而是去一家比较安静，也比较新的酒馆，名叫“红船劫后”。如今我们父子俩已经变得像是老朋友一般，就着啤酒和便宜且油腻的酒馆食物，边吃边聊起来了。此情此景，不禁使我想起帝尊杀死我之前，博瑞屈与我共度的那一段时光。如今幸运与我都将对方当作是成人来看待，聊得最起劲的那一天，他滔滔地讲起椋音如何如风一般地扫入木匠铺子，以她的盛名与魅力将晋达司师父迷得神魂颠倒，并将幸运带出去，在城里玩了一天。“椋音那模样，仿佛她跟我之间从来就没吵过架，也不曾彼此口出恶言。既然如此，我除了照样仿效，还能怎么办？依你看来，她是不是真的忘记她跟我讲过什么话了？”

“我看她倒不是忘记。”我沉思道，“身为吟游歌者，若是那么健忘，那可能会饿死。不，才不是忘记呢。据我看，椋音深信只要下足功夫，装得够像，那么就算是原来没有的事情，也会变成真的。有时候，她这招的确能奏效。瞧，你不就以为她真忘掉了吗？对了，那你原谅椋音了没有？”

幸运着实细想了一阵，最后露出狡黠的笑容：“我是原谅她了，不过就算我没原谅她，难道她会注意到我的反应吗？椋音真是能言善道，说得晋达司深信她的确像母亲一般，把我当亲生儿子看待，连我都听得半信半疑了。”

我不禁大笑出来，耸了耸肩。椋音将幸运接出来之后，便带他去一家吟游歌者经常落脚的客栈，并将众多有音乐特长的年轻小姐们介绍给他认识。小姐们招待幸运吃百果馅糕点、啤酒，又大展歌喉，争取幸运的好感。我立刻戏谑地警告他，吟游歌者水性杨花，可不能当真，结果证明我是多此一举。“如今我心已碎，不管是什么女孩子，我都不会动心了。”幸运认真地对我说道。不过从他描述其中几名少女的情况看来，就算他不动心，但是他对女孩们还是颇为注意，因此我暗暗地感谢椋音，并祈祷我儿子的情伤赶快康复。

无论是弄臣还是黄金大人，都刻意地回避我。有几天晚上，我悄悄地从工作室走到我以前的卧室，再从旧卧室走进黄金大人的房间，可是没有一次碰得上他。晋责告诉我，如今黄金大人赌得很凶，不但常常流连在公鹿堡的私人赌局里，也常常往公鹿堡城跑，因为城里的赌风更盛。我很想念他，但是我更害怕面对他。我不希望他一看我的眼睛，就看出我背叛他，而倾向切德。我为自己找借口，这样的安排是为了他好。龙群命运该绝。如果只要不让他去艾斯雷弗嘉岛，就可以保住他的性命，那么就算他不高兴，那也只是微不足道的代价而已。有时，当我发现自己对他所做的疯狂预言深信不疑，便以这个想法来安慰自己；有时，我却认定世上既无冻在冰层里的龙，也无苍白之女，所以他根本不必涉足于艾斯雷弗嘉岛。我用这几条理由来证明，虽然我与切德联合起来跟他作对，但我其实是在为他设想。至于他为什么会避不跟我见面，我猜这是因为如今我看到他的刺青，使他感到羞愧。我既不能要求他来找我，也不能强迫要跟着他，所以只能默默希望时日一久，我们彼此之间开始愈合的嫌隙会逐渐收口。

日子便如此一天天过去。

我不会跟别人坦承，但是重新教授王子精技之后，我开始对他的屠龙之行感到畏惧。我将春天到来之前的日子数了又数，但总觉得时间不够。如今我很同意切德的想法，那就是王子必须有个精技小组，而且这个精技小组至少要具备基本的精技知识。因此我全力培养众人的精技天赋，但是各人水平不齐，成果不一。在我们上午的课程中，切德的进展缓慢。最糟的是他对自己的进度极为不满，这一来就更难要求他专心练习了。不管我怎么强迫他进入平静且虚空的状态，他就是无法放松。晋责似乎觉得老师与年长学生之间的争执很有趣，看得津津有味；阿憨则觉得无聊得要命。不管是晋责或阿憨的态度，都无助于使讲话很尖锐的切德稍微收敛一点。我这才发现，我这位慈祥和蔼、很有耐心的老师，原来是个糟糕透顶的学生，倔强任性又不听人劝。经过四天无情的管束之后，我终于成功地使他开放心胸、接受精技。然而切德乍见精技洪流，便一头热地冲了进去。我别无选择，非得追上去不可，所以我严厉告诫晋责与阿憨不得跟从，便跃入精技洪流之中。

我实在不喜欢回忆那个不幸事故。切德一下子便被精技洪流冲散，这也就罢了，问题是切德散出的碎片多到难以计数：毕竟他多年人生中的每一个片刻，都被洪流冲走。我七手八脚地将切德收聚回来，但是过了一会儿，我开始领悟到，精技洪流并未将切德打碎，而是那老人自动将自己散发出去。此时的切德，就像是一株饥渴的植物根须。他积极地朝四面八方伸展，一点也不在乎精技冲走，拆散了他伸长的根须。就连我好不容易收集他的碎片时，他还因为这种狂放的牵系感而洋洋自得。最后我终于将他从精技急流中抢救出来，驱动我的，与其说是某种力量，倒不如说是愤怒。等我们两人都回到自己身体里时，我发现自己的身体倒卧在大桌子底下，颤抖、抽搐到近乎痉挛的程度。

“你这个蠢笨、顽固的老杂种！”我喘着气，以气音对切德说道。我连吼他的力气都没有了。切德呈大字型地瘫卧在他自己的椅子上，他眼皮频频掀动，回过神来之际，只喃喃地说道：“太棒了，太棒了。”然后他的头一垂，掉在桌子上，瞬时便睡得死死的，谁也叫不醒他。

晋责和阿憨将我从桌子下面拖出来，扶到我的椅子上。晋责以颤抖的手替我倒了一杯满得溢出来的酒，而阿憨则站着打量我，那一双小小的圆眼睛睁得大大的。我喝了半杯酒之后，晋责窘困羞愧地说道：“我从未见过这么恐怖的事情。上次你跳进精技洪流救我，就是这样的情景吗？”

我太激动，也太气切德跟我自己，所以无法老实对王子承认我自己也不知道答案。“你们两个也要引以为鉴！”我斥责道，“小组里任何一人的轻率举动，都可能危及整个小组。过去的精技师傅为什么要设下疼痛栅栏，以阻止任性的学生施展精技，我现在可有深刻的体会了。”

王子大惊失色：“你不会对切德大人做出这种事情吧？”听他那口气，仿佛我是在建议为了王后着想，所以我们要将王后关进铁笼子里似的。

“不。”我不情愿地答道，摇摇晃晃地站起来，绕着桌子，走到那打鼾的老人身边。我轻轻推他，又伸出指头戳一戳。切德的头仍贴在桌上，但是他对我微笑。“啊，你在这里呀，孩子。”他一股劲地傻笑起来，“你刚才有没有看到我？有没有看到我在飞？”接下来，我不知道是他的眼珠翻上去，还是他的眼皮拉下来，总之他讲了这两句话之后，便像是在市集里玩了一天的孩子那样筋疲力竭地沉沉睡去。切德似乎丝毫没有察觉自己千钧一发地避开了一场悲剧，我实在很失望。他又睡了一个小时之后才醒来，而且尽管他连连道歉，但是他眼里那种欢欣得意的光芒，还是使我心里胆寒。即使切德再三保证他往后绝对不会任意做精技实验，我还是私下叮嘱阿憨，如果他察觉切德在施展精技，一定要立刻跟我联络。阿憨虽然热切地答应，我却没有因此安心。阿憨往往记不住这种热切的承诺，没过多久就会抛在脑后了。

第二天早晨的来临并未使我的心境变得明澈且镇静。这天我叫切德什么也别做，只要尽量观察就好，我自己则设法导引晋责借用阿憨的力量，以增加他自己的精技力。虽然他们曾经联手以精技治疗我，也体会过联合力量有多大的潜能，但当时他们是如何联合彼此的力量，以及当时发生了什么事情，如今却没有一个人能确切说出。据我看来，至少也必须教会晋责，让他能够汲取阿憨的力量，所以我叫晋责与阿憨做了个简单的练习——至少我本来以为那很简单。

晋责若是光靠自己的力量，顶多只能让切德的心中感受到若有似无的低语。他能够让切德感应到他在对切德传讯，但却不足以让切德听出他所传送的到底是什么讯息。至于这是因为切德太封闭，没有对精技敞开心胸，还是因为晋责未能精准地对着切德传讯，我仍不是很确定。我想试试看晋责是不是能通过汲取阿憨之力，让切德听到他技传的内容。“惟真王子告诉我，不管是精技小组的成员，还是精技独行者，都是吾王子民，都必须以这个身份来服侍国王。所以，阿憨就是晋责的吾王子民。好，我们来试一试如何？”我对他们两人问道。

“他是王子，不是国王。”阿憨忧虑地打断我的话。

“是啊，所以呢？”

“那我就不可能做吾王子民。这说不通的。”

我按捺住性子：“这没关系。这说得通的。你就做王子子民，以这个身份来服侍他好了。”

“服侍？那我不就变回仆人了？”阿憨一下子生起气来。

“不是，你只是帮助他，当他的朋友，如此而已。阿憨以王子子民的身份帮助晋责，好吗？现在来试一试如何？”

晋责咧嘴而笑，但是他这个笑容并无嘲弄阿憨之意。阿憨转过头去，看到王子的笑容，便在他身旁坐了下来。“这应该是很容易的。”我对他们两个说道。我在说谎吗？我不知道。“阿憨只要开放心胸，让精技力自由流动便可，不用做什么特别的努力；晋责则要汲取阿憨的力量，然后对切德技传。晋责，你别太快，我一叫你停，你就必须立刻把你的手抽回来。好，开始。”

我原本以为我已经设想了任何可能发生的状况。我替阿憨准备了他喜欢的甜食，又准备了白兰地，以便有人要喝酒定神之用。这两样东西都放在桌上，但此时我不禁想着，这些食物饮品放在桌上是不是不太好？阿憨的目光不时朝那几个放了葡萄干的甜面包飘去。那些糕点会不会使他太过分心，所以无法施展精技？我本来还想要准备热水和精灵树皮，但是切德严厉地驳斥了我的念头。“那药草破坏力十足，王子的精技小组最好是连沾都不要沾。”切德义正辞严地说道。我并未回答他，当年教我以精灵树皮止痛的，不是别人，正是他。

王子伸手放在阿憨的肩膀上，我则焦虑地在王子身后走动。万一情况不对，王子看似会将那小个子男子的力量抽干，那么我就必须立即硬将他们两人分开。晋责若是抽取太多力量，阿憨是会送命的，这个道理我再清楚也不过了。我可不希望因此而发生惨剧。

过了一会儿，我朝切德使了个眼色，他也扬起一边眉毛，表示他看到了。

“开始。”我对晋责与阿憨说道。

“我已经尽力了。”晋责气恼地说道，“我知道如何对阿憨技传，但是我不知道如何才能汲取他的力量，更不知道接下来要如何借用他的力量技传。”

“嗯，阿憨，你能帮帮他吗？”我问道。

阿憨睁开眼睛，转过来看着我。“怎么帮？”他反问道。

我也不知道。“你就对晋责敞开心胸。你就想象你在将力量传送给他。”

于是这两人又重新开始了。我观察切德的表情，希望能从他脸上看到晋责正在与他心灵接触的踪迹。但是过了一会儿，晋责睁开眼睛，望着我，嘴角扭成一抹笑容，坦承道：“他一直在对我技传‘力量，力量，力量’。”

“你刚刚明明是这样说的！”阿憨气愤地抗议道。

“对，一点也没错。”我安抚阿憨，“你别急，阿憨，没人嘲笑你。”

阿憨对我怒目而视，从鼻子喷了口气。*臭狗子。*

晋责瑟缩了一下。切德的嘴唇一扭，但是他努力忍住，不让自己笑出来。“臭狗子。你们传送给我的，就是这三个字，对不对？”

“我相信阿憨的原意是要讲给我一个人听的。”我谨慎地说道。

“但是这三个字透过我，传送给我的目标，也就是切德，我感觉到了！”

晋责兴奋地说道。

“那么，至少我们有一点进展。”我说道。

“现在我可以吃个甜面包吗？”

“不行，阿憨，还不行。”我思索片刻。晋责导引了阿憨技传的方向，这到底是表示晋责真的汲取了阿憨的力量、打破了切德的防线，抑或表示他只不过是将阿憨打算传给我的讯息，转而推向切德？

我实在不知道。刚才到底是怎么一回事，恐怕是无从得知的。“你们一起来好了。”我提议道，“你们两个商量好，传个讯息给切德，而且要同步传送。”

“同步？”

“就是同时的意思。”晋责为阿憨解释道。接着两人低声讨论了一会儿，我猜他们是在讲定要传什么讯息。“好，传吧。”我指示道，并仔细观察切德的表情。

切德皱起眉头。“好像跟甜面包有关。”

晋责气恼地叹了一口气：“对，但是我们技传给切德的，应该是另一句，而不是这一句，只是阿憨一直都不专心。”

“我饿了嘛。”

“你才不是饿，你只是想吃而已。”晋责对阿憨说道。这下子可惹恼了阿憨，不管我们怎么逗弄哄劝，都一概无效，阿憨说什么都不肯再试。最后我们只能让他称心如意地吃他的甜面包，并决定明日继续努力。

不过从第二天一早的情况看来，这天大概又会跟前一天一样没什么进展。空气中已有春意。我将护窗板拉到两旁，全心全意地迎接这个清晨。地平线上的太阳仍冰冷无力，但是海上吹来的海风却清新可人，透露出生机与季节的变化。我站在窗前品尝春天的滋味，并等待学生们到来。

我跟切德密谋阻挠黄金大人，到现在我仍觉得良心不安。我已经开始自责：当初我要是没将弄臣跟我讲的事情告诉切德，也没说出弄臣的刺青之事就好了。弄臣一定不想告诉切德，要不然，早在他们谈起贵主的刺青时，他就会说了。我深深感到自己犯了错，然而时光无法倒回，我若是向弄臣坦承此事，他会作何反应，我真不敢想象。不过，如果他相信自己必会死在艾斯雷弗嘉岛，而我还袖手旁观，那么我就未免有失朋友之义了。因此，虽然我认为自己的行径很幼稚，我仍决定闭口不提，把事情留给切德去处理。到时候，挡着不让黄金大人陪同我们出海的，是切德，而不是我。我又深吸了一口初春的空气，希望自己会因此而变得轻松愉快。然而我却轻松不起来，反而越来越焦虑。

儒雅·贝馨嘉已经回到公鹿堡。陪同他回家奔丧的侍卫，名义上是要表达瞻远皇室的致哀之意。即使别人不知道，儒雅也知道往后这几年，他势必要住在公鹿堡里受人监视。他必须在堡里住到成年为止，而皇室则善意地替他管理家产。如今长风堡已经封闭，里面只有几个王后派去的仆人，维持基本的规模。在我看来，儒雅罪同叛国，这样的惩罚实在太轻了。他有原智的事情仍无人知。我想，我们不妨以揭露他有原智为要挟，以免他日后一错再错。除此之外，公鹿堡城的三人血案，也丝毫没有跟他扯上关系。儒雅为王子招致了这么大的危险，竟然丝毫未受惩戒，我想到就有气。切德告诉我，晋责坚持儒雅虽向花斑帮通风报信，但他泄露的消息少之又少，而且十之八九，都是就算公鹿堡最卑微的侍僮也知道的事情。我听了还是不放心，更令我放心不下的是，不只路德威，连沛杰都对于黄金大人和我的消息备感兴趣，不管儒雅有什么消息，他们都很想知道。当然，儒雅对我们两人所知甚少，所以并未透露太多。他已经向王子坦承，由于花斑子很注意我们，连带地使他也对黄金大人与我非常好奇。

儒雅回来后不久，我便去情报站观察他的动静。他看来像个孤苦无依、丧气失望的年轻人，只带了一个家仆和少数财物在此住下。如今他没了家人，也没了家，而他的原智动物则关在马厩里。这房间的装潢与家具都很简单，倒是很配合像他这样的二流贵族身份，但无疑，儒雅在自己家里的享受会比这里好得多。那天晚上，儒雅坐在火炉前瞪着炉火看了好久，我怀疑他是不是在跟他的猫彼此沟通，但是我并未感应到人猫之间的原智往来，只感觉到他的痛苦沉重有如重物般存在于房内。

但我还是不信任他。

我听到王子的脚步声时，眼睛仍在眺望窗外。过了一会儿，晋责进来了，并随手将门关紧。切德与阿憨不久就会从密道前来此地，而此时却难得有机会与晋责独处。我继续眺望，嘴里则对他问道："儒雅的猫常跟你说话吗？"

"你是说小豹？不。小豹是猫，它当然能跟我说话，如果它肯说的话。但是我若是跟它攀谈，就会被视为……怎么说呢，大概算是无礼吧。"他发出思索的声音，"这个习俗说起来也颇为奇怪。不过在以猫为伴的原血者中倒是有不少规矩。我绝对不会主动跟别人的猫伴说话，因为这个举动就像，跟别人的未婚妻打情骂俏一般。自从我认识小豹以来，它一直都很冷淡，从来也不想跟我交谈。当然，只有一次例外，就是儒雅差点被勒死的那一次。当时的情况，与其说是交谈，不如说它在威胁我。儒雅是用一个大帆布袋装着小豹，带到我房里来的。从他的言语中推测起来，他是拿着袋子跟小豹打闹玩耍，但是小豹一钻进袋子里，他就将袋口绑紧，然后将小豹拖上楼，弄进我房里来了。我说他是用拖的绝不为过，小豹的体型可不小啊。"

他突然沉重地叹了口气。"光从这点，我就该看出这其中必有蹊跷了。儒雅若非走投无路，怎么会对小豹那么无礼？但当时他似乎心里很烦，而且又很急，所以我还是答应让他把猫留在我房间里，等他回来再说，而且也没多问他来龙去脉。可是，儒雅走后，小豹不是怒吼，就是发出悲歌般的哭号声，我越听越受不了。小豹想用后腿的爪子磨破袋子，不过儒雅找来的帆布袋厚重密实，所以它逃不出去。过了一阵子，它也不磨了，干脆躺在袋子里喘气，发出难过的呜咽声，这时我开始担心小豹该不会闷死吧。然而我一打开袋口，小豹便冲出来，挥着爪子将我按倒。它抓了我这里。"晋责一边说着，一边伸手比画颈侧，"然后把后爪勾进我的肚子里，并且扬言如果我不马上打开房门放它出去的话，它就杀了我。可是它才说完话，我都还来不及应声，它便嘶喊一声，接着爪子就从我肚皮上划过去了——儒雅就是在此时被人狠狠打了一拳。然后小豹说，这都是我的错，若我不救儒雅，就别想活命。所以我就对你技传了。"

此时他已跟我一起站在窗边，望着起皱的波纹，以及因为日出而映出亮光的黝黑海面。他眺望大海，一语不发。

过了一会，我催促道："然后呢？"

“噢，后来我猜想，你是不是碰上了什么事情。为什么当时你不对我技传？我可以派人去帮你，难道你没想到吗？”

他这个问题使我大感吃惊。我仔细探索自己的答案，过了一会儿，不禁大笑：“是啊，要是我有想到要跟你求救的话，你是一定会派人来帮我的。只是这么多年来，都是狼与我相依为命，而夜眼已经走了……我从未想到要叫你找帮手，我甚至根本就没想到要把我的所在地点告诉你。我真的从没想那么多。”

“我一直试着跟你联络。他们勒住儒雅的脖子之后，小豹便狂性大发。它放开我，跳了起来，在我房里奔跃，碰到东西就挥爪刷下去。我从没想到猫爪的破坏力这么强大，床帷、衣服……此时我床底下还塞着一幅织锦画，因为我一直鼓不起勇气把这件事情说出来。那幅织锦画已经破得补不回来了，那玩意儿恐怕价值连城。”

“你别担心。我有幅织锦画，就送给你挂吧。”晋责看到我嘴边那抹意味深长的笑容，显得疑惑。

“当时我一直对你技传，就连小豹在我房里闹得天翻地覆，我仍专心对你技传。但我就是联络不上你。”

我想起一件很久不曾想起的往事。“你父亲也曾这么抱怨过。他说，每次我一跟别人打起来，就会跟他失联。一碰上这种事情，我就无法与你父亲保持联络。这连系一断，他便无法重新接上我。”我耸耸肩，“我差点都忘了。”我也没多想，便伸手去探我脖子与肩膀交界处的咬伤。就在这个时候，我察觉到晋责正在以男孩的钦佩羡慕表情凝视着我，于是赶紧放下自己的手。

“所以从头到尾，小豹唯一跟你说话的，就是那一次？”

他耸耸肩：“差不多。它一直撕扯我的东西，但却突然停了下来，然后跟我道谢。态度非常生硬。我猜，对猫而言，要向人道谢，大概很别扭吧。谢过之后，小豹便跳到我床铺的正中央坐下，不再理会我。它待在我床上，直到儒雅回来将它领走。我房间到现在还有猫骚味，我想这是因为小豹在激动打斗时会喷出尿液。”

我对猫知道的虽不多，但是晋责说的这点听来合情合理。我这样告诉他，然后小心翼翼地——因为在我们之间，这个话题一向敏感——问道："晋责，你为什么要相信儒雅？他已经连续两次陷害你，你为何还将他留在身边？"

他不解地朝我一瞥："他信任我呀。儒雅对我信任至极，这样的人，怎么可能不值得我报以信任呢？再说，我若想对国内的原血者多加了解，那就少不了儒雅，这是我母亲点醒我的。我母亲说，如果我们想要处理原血者的事情，那么我至少要认识一个原血者，而且要跟这人十分熟悉。"

我还没想到这一层，但是他的意思我懂。在我们六大公国，原血者的生活方式和习俗是不为人知的。我虽有机会一瞥原血者的生活，但是我的解释，毕竟不如从小就以原血者方式养大的人那么清楚。不过呢——"就这方面，一定还有别的原血者能够胜任。我还是觉得从儒雅的所作所为看来，这个人实在不值得看重。"

晋责轻轻地叹了一口气："蜚滋骏骑，他将他的猫托付给我啊。如果你知道自己将死，又不想让夜眼与自己一起赴死，那么你会把夜眼留在哪里？你会将夜眼托付给谁？你会将它托付给你曾经真心陷害过的人，还是会托付给能够看穿这一切迷障的人？"

他这几个问题问到了我心底："噢，我懂了。你说得没错。"

谁也不会把自己的半个灵魂，托付给自己毫不关心的人。

不久，切德与阿憨便从壁炉边出现。那老人皱着眉头抖下沾在他那繁复华美袖口上的蜘蛛网。阿憨哼着小调——其实应该说是不时发出几个突兀的声响，正好填入他今早的精技音乐空档之中。他似乎很是自得其乐。如果我只用耳朵听，那么我可能会觉得他弄出来的声响既让人心烦，又没有韵律节奏。要不是因为我有通达阿憨心灵的管道，那么我对他的误解会大到什么程度？

阿憨一进门，立刻就朝桌上看，我感觉到他因为桌上没有为他准备的糖果糕点而感到失望。我暗暗希望，今天的课程可别因为阿憨的期待落空而迟滞不前。我让学生们坐在跟昨天一样的位置，也就是切德坐一边，而晋责和阿憨比邻坐在切德对面。我也跟昨天一样，站在晋责与阿憨身后。如果有必要的话，便随时出手将他们两人分开。晋责觉得我小题大作，就连切德也认为我有点多虑。但毕竟不管是切德或晋责，都没有近乎被其他精技人抽干力量的体验。

晋责跟昨天一样，将手搭在阿憨肩上，他们再度努力送个讯息给切德，但就是无法传递。晋责可以送讯息给我，阿憨也没问题，然而即使像传送讯息给我这种熟练小事，他们两人都无法协调好同时发讯。我开始想道，也许我们是无法做到了。精技小组最基本的功能之一，就是将众人的精技力量联合起来，以备国王不时之需。但是我们连这一点都做不到，而且一再失败。我们彼此也因此渐生嫌隙。

我们一再尝试却仍一无所获之后，晋责不快地说道："阿憨，你的音乐得停一停。你的音乐不断在我脑海深处响着，这样我怎么能专心？"

王子的斥责使得阿憨瑟缩了一下，接着他的眼里盈满泪水，使我体会到如今他与晋责之间的连系是多么的深切。我想王子也察觉到自己失言，因为他马上对自己摇了摇头。"那是因为你的音乐很美，美得令我分心啊，阿憨。你的音乐这么美，难怪你随时都想跟大家分享。不过眼前我们要专心上课才行，你懂我的意思吗？"

切德的眼里突然冒出了绿色的光芒。"不！"切德叫道，"阿憨，你千万别停。我从未听过你的音乐，虽然我常听晋责和汤姆说你的音乐有多美。让我听听你的音乐吧，阿憨，就这么一次也好。求你把手搭在晋责的肩膀上，将你的音乐传给我。"

晋责与我目瞪口呆地望着切德，但是阿憨却笑容满面。他连一刻也不浪费，晋责还来不及把手搭在阿憨肩膀上，那小个子男子便牢牢地抓紧晋责的手。此时他眼睛直盯着切德，嘴巴因为欣喜而张开。阿憨也不等着晋责对准目标，便将他的音乐倾泻而出，将我们统统冲倒。我模模糊糊地看到切德因为阿憨音乐的动能之大而瑟缩了一下，他的眼睛睁得很大，脸上虽有成功的喜悦，却也有一丝恐惧。

我从未低估阿憨的实力，而如今我也的确见识到前所未有的精技力爆发。在此刻之前，阿憨的音乐一直都是他思绪底下的伏流，就像呼吸或是心跳一样，不知不觉地持续律动。但此时阿憨大鸣大放，让全世界都听到他母亲的歌。

一条带泥的河流，便足以将河口的整片海湾染成褐色。同样，阿憨的精技之歌，也让庞大的精技洪流染上了不同的色彩。阿憨的歌进入精技洪流，也改变了精技洪流。我从未想过竟然会有这种事情。接着精技洪流一把攫起我，使我连自己的身体也控制不了。无与伦比、目不暇接的阿憨之歌，将我卷入音乐之中，以节奏和韵律包覆着我。我多少察觉到晋责和切德跟我在一起，但由于音乐太强，我已经分不出谁是谁了。除了我们之外，这股洪流还将别人卷了进去。精技天赋较少之人，只是一条拖曳在洪流中的精技丝线，这也许是哪里的渔人突然听到心底响起古怪的曲调，也可能是哪一个母亲突然改而哼起这个调子，哄孩子入睡。但除此之外，这精技洪流还卷了些天赋较强的人进来。我感应到有些人放下做到一半的事情，东张西望，想要找出这个怪异的乐声到底来自何处。

天赋较强的人虽不多，但的确存在。他们时时刻刻都感知的到精技，而且他们早就训练自己对那些若有似无的背景声视若无睹，听而不闻。不过这股音乐冲破了他们习惯性设下的障碍，使他们转头朝我们看来。这样的人可能会突然惊声高叫，也可能会被震倒在地。不过我听到其中有一人应了声，而且声音清楚，不畏恐惧。怎么回事？荨麻问道。这白日梦是哪里来的？

从公鹿堡来的。切德欢欣雀跃地答道。此讯息来自公鹿堡，精技人等听此召唤，快快往公鹿堡来，以便磨练你们的能力，进而为王子殿下效力！

去公鹿堡？荨麻应道。

然后，一个来自远处，仿佛小喇叭一般的声音说道：现在我认识你了，现在我看到你了。

要不是出了这种事情，也许我会一直沉浸在令人神迷的精技桎梏之中，不可自拔。我突然将晋责与阿憨两人分开，其力之猛，将我们三人都吓了一大跳。音乐戛然而止，一时之间，由于精技流一下子消失，我视不能见，耳不能听。我的内心热切渴望精技，比起我个人微弱的感知而言，精技实在精纯得多，而且能将我与广大的世界牵系在一起。不过我一下子就回过神来。我伸手去拉晋责，因为方才我那一推，推得他跌倒在地。他一边晕头转向地抓住我的手，站了起来，一边问道："刚刚有一个女孩子讲话，你有没有听到？她是谁啊？"

"噢，不过就是那个从早哭到晚的女孩子嘛。"阿憨对荨麻一点兴趣也无，而我则十分感激他适时补上这么一句，避免了我的尴尬。阿憨紧接着对切德问道："你有没有听到我的音乐？喜不喜欢？"

切德并未立刻回应。我转过头去，发现他软瘫在椅子里，脸上带着一抹傻笑，但是他的眉头皱得很紧。"噢，有啊，阿憨。"切德好不容易挤出话来，"我听到了，我非常喜欢。"他将双手手肘靠在桌上，头一点，便掉落在手臂上。"我们成功了。"切德喘气道。他睁开眼睛望着我，"如此旺盛蓬勃，完全与世界合而为一的感觉！每一次都会像这样吗？"

"这种感觉一点也不能大意。"我立刻警告道，"你若是为了那种牵系感而投入精技洪流之中，那么可能会立刻灭顶。精技人必须时时刻刻都将自己的目的置于感受之前，否则，你会马上被洪流冲走，并失去……"

"好，好。"切德不耐烦地打断了我的话，"我还没忘记上次的意外，但是我真的认为今天这个成就值得大肆庆祝。"

其他人似乎也有同感，但我则沉默不语。我敢说，他们一定认为我既吝啬，性情又差。不过我还是拿出了预先藏在桌底下，用布盖住的藤篮。藤篮里的东西，连阿憨都感到满意。我们喝了一轮白兰地，虽然我认为切德可能是唯一需要用酒定神的人。那老人家拿起酒杯的时候，手还抖个不停，不过他仍露出笑容，在喝酒之前，他还说了一番祝词："但愿能者快来，让晋责王子早日组成精技小组！"切德并未狡猾地朝我挤个眼睛，所以虽然我暗自希望博瑞屈能牢牢地将荨麻守在家里，但我仍与大家举杯同饮。

稍后，我小心翼翼地问道："依你们看，另外那个声音到底是谁？就是说'现在我认识你了'的那个声音？"

阿憨继续用门牙小口小口地啃葡萄干，根本不理会我。晋责则不解地朝我瞥了一眼："还有别的声音？"

"你是说，那个技传得十分清楚的女孩子？"切德讶异地问道。不用说，他很意外我竟会主动在众人面前提起荨麻的事情。我猜他已经推论出我所指的一定是荨麻。

“不是。”我答道，“另外还有一个声音，那个声音非常怪异，而且……怎么说呢，大不相同。”我实在想不出要如何表达那个声音所勾起的警戒感——仿佛像是个恶兆。

众人沉默不语。此时晋责说道：“我只听到那个女孩子说：‘去公鹿堡？’”

“我也是。”切德肯定地说道，“在那女孩之后，就没有其他清晰可辨的思绪了。我还以为你是因为那个女孩，才打断了我们的牵系。”

“他何必那么做？”晋责质问道。

“不是。”我坚持道，故意不理睬王子的问题，“另外有个什么东西在讲话，我听到……但我不知道那是什么。某种生物吧，但不是人类。”

此事太不寻常，不寻常到晋责忘了要继续追问荨麻的身份。不过由于他们三人都未曾听到，所以他们并未将我这番声明当一回事。到课程结束之时，我已经开始怀疑，那个声音是不是我自己编造出来的了。

25. 集 会

公主不要其他东西，就是非要将那头会跳舞的熊据为己有不可。这样的要求前所未闻，但是最后国王给了养熊人满满一把金币，换来那头熊，让公主如愿以偿。于是公主拉起连着大熊颈圈的链子，将那头巨大且吓人的野兽牵回自己的闺房。然而到了夜深，当堡里所有人都入睡之时，那少年便脱去熊皮，化为人形。当他以自己的面目和公主相见时，公主只觉得这少年比她见过的任何人都俊美，而且接下来，与其说是那少年遂心如意，还不如说是公主遂心如意，比较真切。

——摘自《熊少年与公主》

一天下午，桦树枝头泛出红芽，大庭里的积雪也融为雪泥。今年春天来得真快，太阳还没下山，走动最多的路径上便露出了几块泥地。当天晚上仍十分寒冷，冬夜将回春的一切痕迹都冻结起来。隔天一早，只听得滴水声此起彼落，并感到暖风吹过大地。

那天晚上我睡在营房里，尽管其他二三十个男人一起打鼾、翻身，我还是睡得很好。我和大家同时起床，在守卫室吃了一顿丰盛的早餐，然后回到营房，换上王后卫队的紫白制服。我们系上佩剑，牵了自己的马，到大庭里面集合。

我们免不了要等王子出现。王子终于现身了，而且切德顾问和珂翠肯王后也陪着王子走出来。王子看来优雅却又不自在。十多名贵族出来为王子送行，包括各大公国派来与王后商量原智者问题的代表。从他们的表情看来，他们从未想过自己必须与原智者面对面会谈，而且恨不得自己能够避开。儒雅·贝馨嘉大人也站在融雪中为王子送行。我站在卫队后排，望着他那张面无表情的脸庞，并纳闷他对于今天这件大事有什么感想。由于王后下了明确的命令，所以除了王子与卫队之外，谁都不能离开公鹿堡。原血者代表团已经百般提防，王后可不希望他们因为什么风吹草动而吓跑了。

接着王后跟禁卫队队长简单地交代了事项。我听不见王后跟池沼地队长讲了什么话，但是队长听了之后，脸色就变了。他照样恭敬地行了个礼，不过脸上的每个线条都显出他并不赞同。接着一名骑着马的女子突然牵着王后的坐骑，走到到卫队领头处站定，更使我震惊至极。我过了一会儿才认出，那人是月桂。她剪短了头发，并染成黑色。切德站出来不断劝谏进言，但是王后似乎心意已决，只简短地回应他一两句话。王后讲了什么话，我听不见，但是我看得出她下巴坚毅的线条，以及切德的脸慢慢涨红。最后王后对她的顾问轻轻点头为礼，上了马，对池沼地队长示意。池沼地队长喊了口令，于是我们一起上马，跟在王子与队长之后，出了城堡大门。我回头一望，只见切德忧惧地凝视着我们远走的背影。*她为什么跟我们一起出门？*我疯狂地对切德技传，但切德就算收到我的思绪，也没做任何反应。

我将这个问题，原封不动地拿去问王子。

我不知道。她只跟切德说，计划临时有变，所以她留下切德，以确定没有人跟着我们出来。我看这样似乎不太好。

我也有同感。

我看到王子对他母亲说了一番话，但王后只是摇了摇头，嘴唇紧闭。月桂骑马直往前去，短短一瞥，使我看出她额头上多了几条线纹，脸颊已经瘦得凹了下去。这么说来，帮王后在公鹿堡与原智者之间奔走的密使就是月桂了。月桂对抗花斑帮的做法，就是为比较温和的原血者争取到更多政治权力？这点言之成理，只是这个任务不但吃重，而且还很危险。我纳闷着，不知道她多久没有好好睡觉了。

马蹄下的融雪软硬不一。我们从西门出去。表面上看来，只有王子与池沼地知道我们的目的地。原血者送出来的信鸽是昨天才到的。事实上，我也知道我们的目的地何在。王后愿意与原血者的特使团相见，引起众人议论纷纷、扰攘不安，所以我们与原血者的会面地点还是尽量保密，以免哪个一心逞强的贵族冲出来坏了我们的大事。

空气清新干燥，看来既不会下雨，也不会下雪。叶子掉光的秃枝上开始冒出生机。到了岔路口，我们走的不是通往河边的那条路，而是走另外那条山路，往公鹿堡背后覆着森林的起伏山丘而去。一只孤独的老鹰在天上巡行，也许是在找寻此处有无大胆冒险的老鼠。不过，也可能没那么单纯。树木渐渐近逼到路旁，所以池沼地队长下令重新整队，不让王子与王后骑在最前面，而是骑在卫队中间。我开始担心起来。晋责的言行举止都没露出他知道我混在行伍之中，并骑在他后面，但是我很庆幸我们之间有段密实的精技意识紧紧相连。

我们骑了一整个早上，每逢岔路就走人迹罕至的那条。路开进树林之中，越来越窄，逼得我们不得不走成长长的单行，使我很不放心。黑玛对于必须一路跟着前面的马，并保持稳定的步速感到很不耐烦。我要时时与它的意志搏斗，才能遏止它超过前面那匹马。我正努力开展自己的原智感应，测知周遭森林的状况，但它这番任性的行为，不免使得我无法专心。由于我们队伍里人马众多，所以森林里除了我们之外还有什么动静，极不容易察觉。这就好像在狗群汪汪大叫之际，你若想侧耳倾听老鼠的吱吱声，恐怕是事倍功半。不过我还是察觉到我们两侧被人包围，而且我一发现，就一边咒骂自己，一边紧急跟王子技传。他们的行踪隐秘极了，我突然察觉到我们侧面有两个人，还来不及吸口气，就发现树林里另有三人与我们同行。他们步行，脸上用布蒙住，以免被人认出，而且都带着弓箭。

池沼地队长突然下令叫我们停下时，王子忧心忡忡地对我技传道：他们跟我们讲的会面地点不是这里啊。我们将王子团团围住。我看出原智者的弓已经搭上弓弦，但是并未拔出弓箭。

然后，林子里有人大声喊道：“原血者对各位致意！”

“晋责·瞻远也在此对各位致意。”晋责清楚地答道，而王后则保持沉默。晋责的语气非常平静，但是我几乎感觉得到他的心正怦怦地跳着。

一名矮小的黑发女子穿过弓箭手之间，走到我们面前。她既未携带武器，也未蒙面，显得与别人大不相同。她先望向王子，然后转而凝视王后。她的眼睛睁得很大，脸上露出一抹若有似无的笑容。然后她口齿清晰地说道：“蜚滋骏骑。”我整个人僵住，但王子却因此而宽心。

王子对池沼地队长点点头，说道：“这是我们说好的口令，这些人就是我们承诺要在此会面，并护送回堡的密使团。”接着晋责转过头去，对那女人问道，“但是为什么要在此地会合，而不是在原先讲好的地点呢？”

她轻轻笑了两声，但是她的笑声中不无挖苦之意。“由于过去与瞻远人应对的经验，所以我们学到一个教训，那就是再怎么小心也不为过，大人。如今我们仍处处提防，就请您多见谅了。这个原则救了我们不少人呢。”

“原血者并不是一直都受到公平的待遇，所以您的疑心不足为奇。如今应各位的要求，我人已在这里，以保证诸位特使能够安全抵达公鹿堡。”

那女人点点头：“那么，你是否应我们的要求，带了个贵族出身之人，来给我们做人质？”

此时王后首次开口，她说道：“人质我们带了。我的儿子就是人质。”

晋责的脸一下子变得刷白。池沼地冲口说道：“王后殿下，求求您，千万别这样！”接着池沼地转向那个原血女子，乞求道：“夫人，请多见谅，但是之前无人跟我提起人质的事情。王子乃归我保护，求您别拿王子做人质，您就拿我做人质吧！”

*这你之前就知道了？*我对晋责质问道。

*不，我也不知道。但我看得出她的用心良苦。*晋责的反应倒很镇定。接下来这几句话，他讲得很大声，因为这话不但是讲给我听，也是讲给所有的侍卫队员听的。“池沼地队长，您别急。这是我母亲的决定，所以我必定奉行。没

有人会因为您遵从我母亲的意愿而责怪您，因为就此而言，我乃是全国子民的牺牲献祭。”他转过头望着自己的母亲，脸色仍然苍白，但是口气很坚定。我突然领悟到，此刻他感到很骄傲。他的骄傲在于他能以此为子民尽心力，以及他母亲已经认为儿子成熟到可以面对这个考验。“既是王后殿下的意愿，那么我就将生命交付给您。若您的人受到任何伤害，我甘愿任君处置。”

王子说完话之后，众人惊呆之余再无一点声响，但此时月桂轻柔的声音划过了沉寂。“而且我也会留下来，为王后的话做担保。”那原血女子听了，严肃地点点头，她显然跟月桂很熟。

我心里一边分析现况，一边闪过了千百个念头。我早该想到，原血者势必要求我们提供人质。此时有人安全护送，又遮面以掩饰身份。但是一旦进了公鹿堡，原血者所选定的代表人物便处处暴露于危险之中。虽然切德对原血者的提议嗤之以鼻，但是我早该想到总要有人做人质的。但何必一定要以王子作为人质？还有，王后为何择定由月桂随侍于王子身旁，而不是由我来陪着王子？我可要对王后另眼相看了，她的奇招吓了我一跳，更别说她连切德也骗倒了。可想而知，这种计策切德一定会大加反对。那么，珂翠肯是怎么安排的？靠月桂穿针引线吗？

池沼地队长飞身下马，单膝跪在泥泞的融雪中，乞求王后换他去做人质，不然，至少也让他带着五个士兵陪侍在王子身边，但是王后丝毫不为所动。这时王子下了马，扶起池沼地。“就算事情出了差错，也没有人会怪您的。”王子对池沼地队长劝慰道，“我母后在此亲自将我送交出去作为人质，她就是为了这个缘故才跟我们一起来的。以后所有人都会知道，这是我母亲的意愿，而非您所愿。我求您，上马护送王后安全返家吧。”晋责提高了音量，说道，“所有侍卫，请听我说，各位且与池沼地队长一同返家，而且务必将同行的贵宾，当作是我一样地好好保护，因为事实上，的确是唯有他们安全无虞，我才能够保住性命。所以各位若能好好保护他们周全，就是为我尽力了。”

接着那原血女子也对池沼地说道：“我对您和王后保证，只要你们能善待我们的人，那么我们一定会善待王子，这点您尽可放心。”但是池沼地队长听了还是放心不下。

我坐在马上听着他们的交谈，心中备感为难。我对王子保证道：我稍后再绕回去保护你。

不，我母亲已经承诺我们会公平地对待他们，所以这一点我们一定要做到。如果我需要你帮忙，我一定会马上告诉你，这点你放心好了。不过眼前，就让我将我母亲托付给我的事情办好吧。

王子与我沟通之际，原血密使们已经三三两两地从树林间走出来了，有些人还带着自己的牵系动物。我听到头顶上有一只老鹰的叫声，这等于在确认我先前猜得一点也没错。有一名男子带着斑点的花狗，狗儿在他的坐骑四周跑来跑去。另有一名女人走上前来，手边牵着一头怀了身孕、步履沉重的乳牛。不过整体而言，以布巾蒙脸，骑着各色坐骑朝我们而来的那十二名原血特使，大多都是只身前来。我心里想着，不知道他们到底是将牵系动物留在家里，还是他们目前无伴。

其中有个人立刻引起我的注意。这男子约莫五十岁，他看起来很活跃，所以他经历的风霜岁月，让人一看便知。他走路是水手的滑步，手边牵着一匹他显然并不信任的马。他的头发与修得短短的胡子都是铁灰色，跟他的眼珠一样，只是他的眼珠还带着一点蓝。除了第一个跟我们打招呼的那个女子以外，他是唯一没有蒙面的原血者。不过，使我印象深刻的并不是他的长相，而是其他原血者对他的尊重。他一出来，众人便让他先行——看那情景，若非因为他是圣者，就是因为他是疯子。最早跟我们打招呼的那个原血女子微微羞红了脸，对我们解释道：

“您已将晋责王子托付给我们。虽然先前传来消息，说您要以晋责王子为人质，但是我们并未料到您真的会这样做。不过我打定了主意，如果您给的人质，显示出您真正尊重我们，那么我们也会以此礼回报。所以，我们也将罗网交到您手上。罗网出身于未与外人混血的家系，他不但是家中最年长的，也是仅存的唯一一人。我们原血者是没有贵族阶级的，也没有国王或王后。但是偶尔我们原血者之中，会出现像罗网这样的人。他并不统治我们，但是他会帮我们排解疑难，而我们也乐于有他仲裁。请您务必善待我们所有的代表，但更请您将罗网当作是王子一般地善加款待。”

我听在耳里，只觉得这段介绍词非常奇特。那女子虽尽力介绍，但我依然对那男子一知半解，不过从其他原血者的举止看来，仿佛是送了个非凡大礼给我们。我将此谨记在心，准备日后请教切德。

我本打算此时技传给阿憨，请他将王后所作所为告诉切德，但想想还是不妥。那小个子男子时常混淆讯息，我可不希望切德听了之后做出什么莽撞举动。今天虽然才过了不到一半，但是我所见的已经太多。于是我们启程离去，独留下王子与月桂被武装的原智者团团包围。就在这时候，突然下起倾盆大雨。向我们介绍罗网的那个女子在我们身后叫道：“三天！三天之后，把我们的人好好地送回来！”

王后回过头去，严肃地跟那女人点了个头。提醒这个实在是多余，别说是三天，我们将王子的安危托付在他们手上，才片刻光景，都已经嫌太久了。

池沼地队长尽其所能地重新整队，将原血密使们包围在中间保护起来，但密使的人数比原先估计的多得多，所以侍卫们分得很散。我的位置殿后，跟在那个牵着母牛的女人后面。我本以为那个有胡子之人会坚持走在我们行列中最尊荣的位置，例如与王后并骑。谁料他却选择殿后，安插在牛女与我之间。我回头看了最后一眼，王子坐在马上，淋着冰冷的雨水。等我回头往前看时，发现罗网正在看我。

“这年轻人年纪轻轻，又贵为王子，但是他有着年轻人少有的勇气，以及寻常王子难得的坚强。”罗网有感而发地对我说道。走在我右手边的侍卫皱着眉头瞪着那原血男子，不过我只是严肃地点点头。罗网凝视着我好一会儿，然后才转开头。我觉得有点不自在，因为他竟然第一个就找上我谈话。

还没走到公鹿堡，我就被雨淋得湿透。雨水落到地上，变成湿湿软软的雪泥，路更加难走，速度也拖慢了。城堡门口的守卫没有多问，也没有耽搁，就让我们进门，不过我们经过时，我看到其中一名守卫眼睛睁得很大，压低了声音跟隔壁的同僚讲话。我看他的嘴型是在说：“王子不见了！”这么说来，王子要送为人质的谣言，早在我们回堡之前就已经不胫而走了。

到了大庭上，池沼地扶着王后下马。切德已在大庭等候，他发现王子没有跟着我们回来，一下子变得有些恍惚，那一对锐利的绿眼睛马上朝我射过来。我避开了切德的目光。一方面是因为我没什么别的消息好说，再者是因为我不想让旁人发现我们彼此有何交情。此时要蒙混过众人倒不困难，因为大庭已经变成一片踏得乱七八糟的融雪泥巴地，放眼望去尽是闹哄哄的人和动物，嘈杂的言语声之中，还夹杂着那头乳牛难过不适的哞哞声。马厩的人早就站在一旁，等着把侍卫和贵宾的坐骑接手过去，但是见到此景，他们都看傻了眼，因为他们没想到必须照料大腹便便的乳牛，更没想到那个全身淋得湿答答的蒙面女子既不肯丢下她的乳牛，却又怕得不敢单独走进马厩。

最后罗网与我主动上前陪着那女人走进马厩。我找了个空马栏，并尽量将那头疲惫的乳牛安顿好。那女人所有的心思都放在乳牛身上，所以跟罗网与我说不上几句话。但是罗网既亲切又健谈，而且他不只对我讲话，还对各马栏里的马，以及被我派去提水拿新鲜干草的马厩帮手讲话。我跟罗网自我介绍我是王后卫队的汤姆·獾毛。

“啊。”他一边应道，一边点头，仿佛我这话肯定了他原先猜测的并没有错。“那么，你就是月桂的朋友了。月桂很夸奖你呢，还叫我一定要跟你认识认识。”

罗网讲了这几句令我心神不宁的话之后，便转过身去，继续探索马厩。他这个人好像不管对什么事情都很感兴趣，所以他问的问题五花八门，从马厩里住了多少动物，这些马是什么品种，到我进卫队多久了，以及我是不是跟他一样，恨不得换上干爽衣物，喝点热饮。

我还不至于粗鲁无礼，但是有些沉默寡言。等到一切安置妥当，开始护送他们两位前往主楼东翼王后替原血贵宾们准备的房间时，我还是松了一口气。这个房间让原血密使们享有隐私，不必与堡里的其他人碰面。房间里有个大房间，可以让他们在食物摆设好、仆人也退下之后，安心地解开蒙面布进餐。他们每个人都十分谨慎，说什么也不能让别人看到他们的真面目。罗网是唯一的例外。我护送他与牛女走上他们卧室所在的这一层楼。一名女仆上前来招呼他们，并请他们随她前往私人卧室。牛女没有回头看我一眼，便跟着那女仆走了，但罗网热忱地与我交握手腕，并说希望很快便有机会再与我聊聊。罗网走了不到三步，便开始问那女仆喜不喜欢自己的工作，她在堡里住多久了，还有，大好春日，竟落得以倾盆大雨收场，真可惜是不是？

尽了职责之后，我这个又湿又累的士兵拔腿便往守卫室而去。守卫室里，众人正拉高嗓子，为了王后是不是过于冲动草率而吵得不可开交。里面挤得人山人海，除了刚刚回来的侍卫正在此进餐之外，还挤进了许多想要听第一手消息的人。不过，第一手见闻早就消逝得无影无踪。因为在卫队里，故事滋生繁衍得比野兔还要快。我在狼吞虎咽地吃下面包与奶酪之际，听到别人放言高论地说，我们是如何被三十多个带着弓箭、长剑的原智高手包围起来，此外至少还有一头野猪，自始至终都露出獠牙，喷着鼻息监视着我们。我实在佩服他们的想象力，尤其最后这个野猪的故事真是神来一笔。至少吼得最大声的那个家伙不忘讲述我们的王子有多么冷静勇敢。

然后我拖着冷冰冰湿答答的身体离开了守卫室，走上经过厨房、通往碗橱间的走廊，接着趁着四下无人时，闪身走进了阿憨的小房间，然后从他的房间走进城堡的密道里。我匆匆地走回我的工作室，七手八脚地换上干衣服，将湿衣服披在桌椅上滴水晾干。切德留给我的那张小纸条只写了几个字：王后的私人会议室。从那泼洒的墨迹来看，我推测他写这几个字的时候一定怒气未消。

所以我再度冲进曲折绵延的密道。我一边咒骂这密道难走，一边纳闷盖这密道的建筑师莫非是个矮子，不然天花板怎么会盖得这么低。虽说我也知道，其实这个迷宫般的密道系统并非一人从头到尾策划出来的，而是将墙壁之间的空隙、废弃的仆人楼梯加以利用，再趁着整修古老的城堡时，刻意地增建走道。等我走到王后私人会议室的秘密入口时，早已上气不接下气。我没有马上敲门，而是先停下来喘口气，就在这时候，我听到密门里传来的激烈争吵声。

"而我是王后！"不晓得刚才切德说了什么话，惹得珂翠肯口气如此激动。"不但是王后，还是他的母亲。这件事情当然是至关紧要，否则身为王后的我怎么会以王位继承人作为赌注，而身为母亲的我又怎么会以独子作为赌注？”

切德答了什么话，我没听见，但是珂翠肯的讲话声则清楚得近乎刺耳。“不，这跟我‘差劲的群山式教养’无关。我之所以这样做，为的是要迫使众贵族以仿佛自己亲人安危全系于此的态度善待原血者。过去不管我怎么努力，贵族们都轻蔑藐视、嗤之以鼻。为什么？因为事情丢着不管，他们也不会肉痛心疼。原血者受到不公的对待，那就罢了，反正他们没有切肤之痛，毕竟又不是他们自己妻儿的性命岌岌可危。他们从未因为深恐他人揭发妻儿有原智，并进而将他们杀害，而吓得一夜睡不着觉。可是切德，你要知道，今天我的儿子送去给原智者做人质，并不会比昨天他待在堡里更危险，因为晋责有原智的事情，若是被堡里的人拆穿了，那么众大公说不定会联合起来对付他。”

我趁着接下来他们两人皆沉默不语的空档，大声地在门上敲了敲。不一会儿便听见：“进来。”于是我开门进去，发现他们两人都气得脸颊红红，但是还算镇静。我觉得我像是个不小心撞见父母亲秘密吵架的小孩子，不过下一刻，切德便致力将我拉进漩涡中心。

“你怎么可以让事情发展到这个程度？”切德对我质问道，“你为什么没有当下就告诉我？现在王子如何？没有受伤吧？”

“他很好……”我才开口讲了没几个字，珂翠肯就突然打断了我的话：“他怎么可以让事情发展到这个程度？切德顾问，你太不知分寸了。多年来，我一直倚重你的意见，而你也一直给我宝贵的建议。但是如果你再度忘记在你之上还有我这个人，那么我们就各自行事吧。你是来提供意见的，你无权下决定，更不该将我的意愿当耳边风！难道你以为我没有详细考虑过每一个面向吗？当初是你教我要谋定而后动的，所以你就听听我是怎么打算的吧。蜚滋人在这里，只要透过蜚滋，我就能知道我儿子的现状，连他是不是受到屈辱，都一清二楚。我的儿子身边有个熟悉原血者行事方式的女子，这女子对我忠心耿耿，在必要时也能擅使武器。他们有十二个人落在我手里，若是王子出事，那么这十二个人，加上那个似乎对他们而言非常重要的人，就全将安全堪忧。他们要求我们送出一个人质，你不予理会，并说，就算我们不给人质，他们还是会乖乖地派代表到公鹿堡来参加会谈。月桂给我的建议恰恰相反。她深知原血者对瞻远家之人极不信任，几代以来的悲惨遭遇，更使得他们对瞻远家人的猜忌无可动摇。所以她说，我们一定要给他们一个人质，而且这个人质还必须位高权重。既然如此，那么我能送谁去当人质呢？我自己吗？我第一个想到的就是我自己。但是我若去了，谁留在这里与原血密使团应对？由我的儿子来主持会议？在许多人眼中，他尚待磨练。不行，我必须待在这里。于是我开始考虑其他的选择。派个贵族去当人质？寻常贵族对原血者既害怕又不尊重，各大公必定会大力反对。那么派你去吗？这一来，我就无法听取你的意见了。找蜚滋骏骑去？若要让他的价值大到足以当作人质，就必须揭露他真正的身份。所以我才选了我自己的儿子当人质。对双方而言，我的儿子都是很有价值的人物，而且活着的时候最有价值。原血者在跟我协商往返之时，毫不掩饰他们知道晋责有原智的事实，因此晋责不但是我们自己的人，也可算是他们的人。晋责同情他们的处境，因为他自己也有同感。况且，我敢说晋责跟他们在一起所学到的东西，一定比跟在我身边进行正式协议所学到的还要多。总有一天，他的所学会使他成为更好的国王，使得所有子民一体受益。”王后停顿片刻，她有些喘，最后她补充了一句，“好了，顾问，我哪一点想错，请不吝指点。”

切德瞪着珂翠肯，嘴巴微开。我很钦佩她想得这么周全，也不想掩饰自己的仰慕之意。她望着我，咧嘴而笑，就在此时，我发现切德的眼里闪着绿色的光芒。

切德一下子将嘴巴闭起来，忿忿地说道：“既然如此，你早告诉我就好了嘛，我可不喜欢被人当成傻子。”

“既然不想被人当成傻子，那你就装出只是有点小意外的模样，就跟大家一样。”珂翠肯辛辣地说道，然后她换了比较温和的口吻，劝道，“老朋友，我知道我让你担忧我的儿子的安危，而且伤了你的心。不过，要是我早将此事告诉你，你一定会百般阻挠，不让我放手去做，对不对？”

“也许吧。可是这还是……”

“我们和好了吧。”她安抚道，“如今事情都已经成为定局了，切德，所以你就接受了吧。而且我求你，待会会谈开始时，你可千万别因此而无法发挥你公正客观、足智多谋的长才。”珂翠肯三言两语地打发了切德。她转过头来，对我说道：“至于你，我希望能待在墙后，仔细观察。当然，除此之外，你的职责还包括监督我的儿子的安全。晋责说不定能传一些对我们有利的消息给你。”接着她假装平静地问道，“你现在察觉得到他的现况吗？”

“不是直接牵系。”我坦承道，“我无法像往日惟真通过我听声视物那样地察觉到晋责的感受。在那方面，晋责的精技仍需多加磨练，不过……等一下。”我吸了口气，朝晋责探寻而去。晋责？我现在跟切德和王后在一起。你那边一切都好吗？

我们都很好。切德是不是很气她？

那个你别担心，她处理得很好。他们只是要确定一下我们能不能彼此沟通罢了。

当然可以。我正在跟他们的首领芙莱莉讲话。我们先别谈了，让我好好注意听她在讲什么，要不然她会认为我不是原智，而是弱智呢。

我将注意力转回现场，并发现那老人家皱着眉头瞪我。“你在笑什么？”切德敏感地质问道，仿佛我是在嘲笑他。

“刚才王子殿下跟我开了个玩笑。他那边一切安好，而且王后推测得没错，王子正在跟他们的首领讲话。他们的首领名叫芙莱莉。”

王后得意洋洋地转向切德：“看吧！他已经探听到他们首领的名字了，长久以来，我们都对此一无所知。”

“其实应该是说，他们的首领请王子称她为‘芙莱莉’，如此而已。”切德不耐烦地反驳，接着切德对我问道，“为什么我听不出晋责跟你传了什么消息？我要如何下工夫才会进步？”

“问题可能不在你身上，而是因为晋责终于掌握到技传的技巧，懂得如何只针对我一人传讯，就连阿憨可能也不知道晋责跟我传了什么消息——这是我的猜测。等你多跟王子配合之后，你们之间可能会变得很有默契。如果你勤加练习，那么你在传讯方面的灵敏度应该会提高。不过在那之前……”

“在那之前，你们必须等到有空的时候再讨论。现在就连动作最慢的贵宾，一定也已经烤暖了身子，换上干衣服了。切德，走吧。我们必须到东翼的大厅去会客。至于蜚滋，你也快就位吧。如果会谈中讲到任何会影响我儿子安危之事，我希望他可以马上得知。”

换作是其他女子，应该会等切德起身，或是先找个镜子梳妆，但是珂翠肯可不是普通女子。她敏捷地起身，如风地扫过房间朝门口走去，看来她有十足的自信，认定她的顾问一定会亦步亦趋地跟上去，而我也会慌张地奔向我的情报站。切德朝我看了一眼，他脸上交杂着骄傲与懊悔的情绪。“我大概是把她教得太好了。”他有感而发地悄悄对我说道。

我再度钻入低矮狭窄的密道。我到工作室拿了一把蜡烛、一个坐垫。在绕到情报站的路上，我碰上了吉利。吉利发现我身上没有葡萄干，很是失望，不过它仍以眼前的大冒险为满足。

我这一生所见的所有协商活动，一开头都至少有一天会很枯燥，这次也不例外。虽然蒙面的原血密使们看来很神秘，但是在表面上彬彬有礼、谨慎节制的气氛之下，其实是彼此角力、互相猜疑的泥沼。原血密使们无一愿意透露自己来自哪一个公国，更不愿说出自己的姓名。第一场会谈终了时一事无成，只说定了原血密使们必须至少说出他们来自哪一个公国，他们若要抱怨某公国处置不公，便要说出蒙冤之人的姓名，以及日期和确实的情节。

但是在这方面，罗网的行事作风还是与其他人大不相同。总而言之，第一天的会谈中唯一有点趣味的，就是罗网的发言。他说他出身于公鹿公国，靠近毕恩斯公国边境的一个小渔村。他以打渔维持生计，尽管原本他家大人多，但如今那整个原血家族只剩下他一人。他的家人大多在红船之战中丧命，而他年迈的祖母则在去年春天享尽天年而过世。他未婚且无子，不过他并不认为自己孤单，他跟一只海鸟牵系在一起，而此时那海鸟就在公鹿堡上空驭风而行。那只鸟的名字叫做“风险”，如果王后有兴趣跟风险见见面，他也乐于请它飞下来，降落在城堡的高塔上。

原血者那种欲言又止、猜疑顾忌的态度，独独在罗网身上找不到。他口若悬河地说话，也让会谈中众人缄默不语时的场面不至于太难堪。王后说她希望让原血者冤死的事情就此告终，而罗网也认定王后的确有心于此。他不只长篇大论地感谢王后保护原血者的盛情，还感谢王后促成了这个会议。罗网说，这是原血者长久以来第一次如此团结，因为自从几代以前，原血者不得不将自己的天赋隐藏起来，并且散居各处之后，原血者的凝聚力就消散了。罗网由此说到原血孩童若无法公开承认自己的魔法，便无法习得完整的原血传统，这是莫大的损失。当他说到这样的原血孩童时，还举晋责王子为例，并对王后说，自己儿子的魔法必须加以遮掩，而且无处受教，身为母亲的想必怜悯不舍，这点他感同身受。

罗网说到这里便停了下来，我不禁纳闷他到底在期望什么。难道他期望王后会当众感谢他的同情与关心吗？我看得出切德很紧张。虽然原血者不吝道出他们“知道实情”，但是切德劝王后最好别承认自己的儿子有原智。王后漂亮地回避了这个问题。她对罗网说，罗网牵挂着那些必须遮掩自己魔法的孩子们，担心他们的才智无法受到启发，就此而言，她的心情跟罗网是一样的。

整个下午就这样过去。罗网是所有原血密使中，唯一大方，且积极地讲述自己意见经历，以及种种原智知识的人。我开始体会到其他原血者之所以跟罗网保持距离，既是因为敬畏，同时也是因为困惑。人们碰到被形容为有通天之能，或是被形容为错乱疯狂之人时，往往不知道该怎么办才好，而罗网正是这种人物。罗网使他们很不自在，以致于他们不知道自己应该起而仿效他的模范，还是该将他驱逐出去。我立刻由此推论出，在场的众原血者之中，只有罗网一人是自荐而来。他并非某一群人推选出来的代表，而是单纯因为王后贴出公告，所以他便应召前来。我们在森林里碰见的那个女子似乎对他敬佩有加，不过我看在场的原血者，不见得每个人都像她那么推崇罗网。不过罗网却简单几句话，便使得王后特别注意他。

“一个退无可退、无可损失之人。”罗网在言谈中不经意地说道，“往往最适合挺身为众人的利益而牺牲。”

此语一出，王后的目光立刻朝他投射而去。我敢说，此时切德必与我一样，希望方才罗网选用了别的字眼，而非“牺牲”。

这会议一直延续到晚餐时刻。切德和王后离场，让贵宾们私下用餐。我则毫不犹豫地继续待下去，望着他们将蒙面的布巾和兜帽解下来。这些脸孔，我一个也不认得。这里面的人，没有一个是我在黑洛夫那边认识的原血朋友，或是我曾经追捕过的花斑子。他们吃得很愉快，自在地评论这些食物做得很不错。此时有一只之前我没看到的原智小动物现身了。一只小松鼠从一名女子的怀里钻出来，在餐桌上蹦蹦跳跳，随意从宾客的私人餐盘中取食，众人也不以为意。王后与切德真正希望我看的，就是他们进餐与轻松聊天的情景，所以不久之后，切德挤到我身边来跟我一起观察时，我一点也不惊讶。

我们沉默地听着贵客们闲谈时聊什么话题，以及王后是否打动了他们的心。这里面最健谈的，是一名自称为“波姚”的男子，以及一个以“银眼”为名的女子。从这光景看来，这两人不但相熟，而且还自认为是这一群人的领袖。他们极力鼓吹众人在面对王后的时候，立场要强硬一点。波姚背诵了一长串的要求，号召众人一起以此要求王后，而银眼则是积极热切地连连点头。波姚的建议不是不切实际，就是争议太大。波姚声称他有贵族血统，只是他祖先在花斑点王子暴动之际，失去了头衔与庄园。他要求昔日的一切都应复归于他，并且承诺凡是此时肯帮他讲话的，日后都欢迎到他的庄园中住下，并在他的领地上工作。波姚又说，当然所有人都一定能看出，原血者之中若出了个贵族，必定对他们的处境大有帮助——我自己看不出这两者之间有什么关联，但是有好几个人听得连连点头。

银眼念念不忘的，并非归还祖业，而是血债血还。她提议凡是处决原智者的人，都应以其人之道还治其人之身，这些人应该统统吊死。波姚与银眼两人都坚持，王后若想讨论原智者与非原智者如何和平地生活在一起，就必须先赔偿旧日原智者所受到的不公待遇才行。

听到这些话，我的心都凉了。在罩着布的幽暗烛光之下，切德的脸色也显得疲惫。我知道王后想要采取的做法与此恰恰相反。珂翠肯认为，我们不应回溯几十年前的往事，设法还给当时的人们一个公道，而应当致力于解决当下的问题，以减少未来的问题。切德靠过来，在我耳边轻声说道："如果他们紧抓住这些议题不放，那么我们一切的努力就落空了。那些事情，三天也谈不完，更何况我们若是将那种要求转达给诸大公，那么必会迫使诸大公照样开出一堆严苛的条件。"

我点点头，将手搭在他的手腕上。希望抱这种念头的只有他们两人而已，而且之后便能有冷静沉稳之人，好比说那个叫做罗网的人，会出来说话。他看来不会一心只想报仇。

我对切德技传的时候，切德专心得连眉头都皱了起来。我传完之后，他慢慢地点头。而他回传的思绪，我只能抓到梗概：罗网……哪里？

他在那边的角落里观察他们，什么话也没说。

的确如此。表面上看来，罗网好像在打瞌睡，不过我怀疑他其实跟我们一样，正在仔细观察、倾听。切德继续跟我靠着好一会儿，然后他悄悄地跟我说道："你去吃点东西吧，这边有我看着就好。我们可是期望你在这个情报站待上一整晚哩。"

于是我便前去吃晚餐了。我回来时，又多带了几个垫子、一条毯子、一瓶葡萄酒，此外又抓了一把葡萄干，送给那只陪着我守望的小黄鼠狼。切德哼了一声，明白地表示出他觉得我太过享受，之后便离去了。原血者重新蒙了面，才让仆人们进房来清走碗盘。接着来了几个乐师、玩杂耍的艺人，然后王后、切德和诸大公的代表，都进来坐下，与原血者们一起欣赏表演。诸大公的代表都是年纪很轻的青年，不过他们的表现十分无礼：他们聚拢在一起，几乎只找自己熟的人讲话，显然是因为跟一群原智者共处一室很不自在。这些人明天就要陪同王后与切德，与那些原血密使共商大计。我可以预见到明天的会议不会有什么进展，想到这里，我就开始为王子担心起来。

我探寻晋责，一下子就接到他的回应。你在哪里？你现在在做什么？

我正在听原血的吟游歌者吟唱昔日时光。我们现在位于山谷高处，一处像是临时搭建的营地里。我猜他们之所以决定要搭建临时营地，而不是去真正的房子里，是因为他们唯恐日后会遭到报复。

你那里一切都好吧？

有点冷，而且食物比较简单。不过这其实跟连夜打猎的感觉差不多。他们待我们很好。麻烦你转告我母亲说我很安全。

那是一定。

公鹿堡的情况如何？

进展很慢。现在那些密使正在观赏杂耍表演，我则坐在墙后观看他们。晋责，据我看，这三天恐怕难有什么实质的进展。

事情很可能会被你说中。不过我觉得，这里有一位老人家的态度很值得我们引以为鉴。这位老人家碰到人就说，这次会谈只要能开得成并说得上话，而且没有流血，就是天大的胜利了。他说，他这辈子，从未见过瞻远家的哪个人给过原血者如此的礼遇。

嗯，老人家讲的也有几分道理。

来访的原血密使们早早地便决定收场休息。他们老远来到公鹿堡，又十分紧张，想必一定是很累了。我很庆幸自己可以上床睡觉，但仍决定在睡前到守卫室去一趟，看看能听到什么小道消息。我从很早以前就发现，守卫室乃是挖掘谣言与暗讽，以及评断堡里众人反应的最佳地点。

我在走到守卫室的半路上，意外地碰上了在安静的走廊里漫游的罗网。他亲切地叫出了我的名字。“您迷路了吗？”我客气地问道。

“不，只是好奇而已，而且脑中思绪满溢，根本睡不着。你要去哪里？”

“去弄点宵夜吃。”我说道，而他也突然嘴馋起来。我实在很不愿意领个原血密使走进守卫室，但是我请他在大厅里找个人少的壁炉边稍等，让我将食物备来，他又不肯。罗网与我并肩而行走向守卫室时，我很担心等一下不晓得会生出什么事端，心里十分担忧，但是罗网似乎对这种情绪完全免疫，一味地问我走廊两旁挂的织锦、锦旗与画像是什么来历事迹等千奇百怪的问题。

我们走进守卫室的那一刹那，整个守卫室都安静下来。我看到几个人投来敌视的眼神，心里暗叫不妙，等我看到布雷德·贺维薛克坐在长桌靠壁炉的那一端时，内心更是七上八下。我一边避着布雷德的目光，一边说道：“伙伴们，王后殿下的贵宾来到这里，我们应该削片肉、倒杯啤酒招待。”我特别强调这是待客之道，希望借此改变房里的气氛，然而现场仍很凝重。

“我们宁可招待王子殿下。”有人毫不客气地放话道。

“我也很想与王子一起吃吃东西。”罗网由衷地说道，“因为我才跟他问了声好，别的话都来不及说，他就与我的同伴骑马离去了。不过既然今天晚上王子与我的同伴一起进餐，听他们讲故事，那么我也要来这里跟你们分着面包吃，并听听公鹿堡的故事。”

“我们这里才没有招待原智家伙的规矩呢。”又有个人恶毒地说道。

我吸了一口气。我知道这句话非得回应不可，这下必定要大费周章，才能让罗网完好地走出守卫室了。但是我还没开口，布雷德就慢慢地说道：“我们当然招待过原智者，而且那个原智者不但是我们自己人，还广受大家爱戴。要怪就怪我们太笨，竟然笨到让帝尊把他带走了。”

“哎哟，那个老掉牙的故事别再说了！”有个人感叹道，另有个人针锋相对地问道：“即使他杀了国王陛下，你还是爱他吗，布雷德·贺维薛克？”

“蜚滋骏骑才没杀死黠谋国王呢，你这个笨瓜。当时我人在现场，事实经过我都看在眼里。至于那些胡说八道的吟游歌者乱编的故事，根本就不值一提。蜚滋对国王敬爱有加，他才没有杀死国王。不过蜚滋倒是杀死了那些精技人，而且我敢担保，蜚滋说得一点也没错：黠谋国王是那些精技人杀的。”

“我听到的故事，也都是这样说的。”罗网热切地应和道。接着我胆颤心惊地望着罗网走向前去，挤过一群故意不让路给他的大男人，一路走到布雷德身边，和蔼地对他问道：“老战士啊，你身边可有位子让我坐下吗？这个故事我本来就爱听，更何况你是身历其境，由你来说，更是不同。”

我不得不如坐针毡地待在守卫室里，听布雷德将那个后患无穷的事情重讲一次。罗网非常好奇，为了追问情节不停地打断布雷德，坐在桌边的人也迅速跟进，各自提出问题。帝尊宣称自己乃是王位的正当继承人的那一天晚上，火炬真的燃出蓝色火焰，麻脸人也曾现身？王后就是在那个血腥之夜逃出公鹿堡的，对不对？然而王后回到堡里之后，难道没有把那天的事情交待清楚吗？

在那么多年之后，还听到众人为此争议不休，而且发现到如今人们对此仍有诸多揣测，感觉上真有些奇怪。王后一直都说，蜚滋骏骑杀死了谋害黠谋国王的真凶，而那些真凶是罪有应得，不过倒没有提出证据。在场的男子仍一致认为，王后既不是傻子，也没有理由要撒谎，更何况王后是群山人教养长大的，那样的人怎么会说谎话呢！讲到这里之后，他们转了个方向，改谈另外一个陈旧的故事，也就是我如何爬出自己的坟墓，留下空空如也的棺材。那个空棺至少是个明证，但那到底意味着我的身体化为神灵飘走，还是意味着我真的变身为狼，逃出了坟墓，就没人能确定了。而罗网虽然声称，任哪个原智者都不可能化身为动物，但是众守卫都半信半疑。话锋至此又转到罗网的牵系动物上，原来那是只海鸥之类的鸟儿。罗网再度邀请大家明天来跟他的海鸟见见面。有几个人因为迷信恐惧而摇头拒绝，但是其余之人都觉得新鲜有趣，并且答应会前来看一看。

“怎么，一只小小鸟儿就吓着你啦？”一名醉汉对一名不够勇敢的同僚质问道，“怕什么？你应该早就习惯了，瑞迪，毕竟你的女人一天到晚生事啊。”

此语一出，桌尾立刻有人推挤而打起架来。闹事者被同僚们架到外头沁凉的空地上之后，罗网便说他喝够了啤酒，也听够了故事，如果守卫们不介意，他倒很乐于明日再来。令我失望的是，布雷德和其他几个人竟热忱地欢迎他明日再来，不管他有没有原智都一样，而他的鸟儿也一样欢迎光临。

“这个嘛，风险是不会飞进房子里面，也不会在黑暗中飞翔的。不过，明天我会让大家有机会跟它见见面，也欢迎大家都来瞧瞧！”

我们离开了守卫室，穿过城堡，朝东翼而去之时，我慢慢地体会到，罗网到守卫室里一坐，可能比原智密使们谈上一整天更有助于和解的气氛。也许罗网对我们来说真是一份礼物。

26. 协 商

舌灿莲花，胜过大军压境。

————群山王国谚语

当然，我将罗网的事情禀报给切德知道，而紧接着切德就将此事禀报给王后知道。于是第二天的会谈一开始，王后便当着六大公国代表的面，请罗网率先发言。我伏在墙缝之后仔细倾听。王后在罗网发言之前先对大家介绍，罗网乃是最古老的原血家族之代表，所以希望对他特别尊重礼遇。王后落坐之后，罗网一开口便对众人强调，他不过是个简单的渔夫，只是碰巧生于父母先祖都比他更为睿智的门户之中罢了。接着他也不多说闲话，便针对原智者含冤遇害之事，提出他的解决方案，唐突得使我大吃一惊。罗网不但对王后提出呼吁，也对原智者提出呼吁。他说，要让一般人与原智者融合为一，最好的做法，就是王后在自己的府邸里添几个原智者。

罗网虽是原血者的代表，然而他说话的模样，看来还更像是在颉昂佩帮人调整纷争的智者。王后听得眼睛亮了起来，而且我还发现，除了切德之外，至少有两个六大公国的代表，一边思索，一边连连点头。罗网一步步将此方案背后的思路推演出来：他认为，原智者之所以会冤死，主要是因为人们的恐惧，而人们的恐惧，主要是因为无知。至于人们之所以无知，则是因为原智者为了自身的安全，不得不隐藏身份。我们若要增加人们对原智者的认识，那还有比王宫更好的地方吗？就让对鸟类知之甚多的原血女子帮助王后养鹰；让有原智的狗犬少年帮王后的女猎人照料猎犬。就请王后收个原智的侍僮或女仆，原因无他，只因为此举最能让人们发现，原来有原智的侍僮或女仆，跟没有原智者并无差异。就让其他的贵族自己看出这些原智者并不会伤害到王后母子或别人，反而还有大用。当然了，王后必须允诺，在原智者赢得众人坚定的信任之前，王后会保护他们，不让他们遭到不白的处决。安插在这些位置上的原智者也必须立誓好好营生，不得惹是生非。

然后，罗网以让我惊讶得倒抽一口气的流顺言词，自愿献身留在宫中为王后效力。他这番话讲得跟任何受过宫廷礼仪训练的贵族之子一样合乎礼节又恰到好处，优雅到使我不大自在地想着，他是否真的出身于渔人家庭。罗网走到王后面前，单膝跪下，吁请王后在其他人离开之后，仍让他继续在公鹿堡待下来。就让他住在堡里，一方面可以学习，一方面可以教人。在来自六大公国的顾问面前，罗网谨慎地守住王子有原智的这个秘密，不过他仍说：“我虽只是个过得去的老师，但我仍乐于教导王子，让王子知道我们如何生活、有何风俗等等，好让王子得以对他这群子民有更透彻的了解。”

切德抗议道：“但是我们早就承诺要将各位贵宾安全地送回去。若是您没回去，难道不会有人说是我们硬将您留下来当作人质？”据我猜测，我的老导师之所以口出此言，是因为他不想让原血者担任王子的顾问。

听到切德的顾虑，罗网咯咯笑了两声：“我的确是出于自愿，这点在座众人都能作证。如果他们走后，我被人砍为肉酱，或是放火烧死，那就让大家说，这都是因为罗网脑袋长茧，都是因为罗网看走了眼吧。不过，我想情况是绝对不至于此的，您说是吗，王后殿下？”

“当然不会了！”王后郑重地宣布道，“而且无论这几天会谈的结果如何，我身边能多添一位头脑清楚之人，绝对算是我的收获。”

光是罗网对现况的评估思索，并提出解决的办法，就占去了一整个早上。

到了中餐时，罗网表示他要去守卫室跟他的新朋友一起用餐，并将他的海鸟介绍给新朋友们认识。切德还来不及说这样不妥，王后便宣布她与切德和六大公国的代表也要和罗网同行，因为王后也想看看风险。

我恨不得跟去，因为我不只想看热闹，也想看看我那些同僚们有幸与王后同桌用餐，脸上是什么表情。不用说，罗网带着这样的人物同行，必定使大家对他另眼相待。而且我敢说，如果连王后本人都不怕见到罗网的原智动物，那么跟去看那只海鸟的人一定更多。

但是我只能待在这个情报站里，哪儿都不能去，因为切德不在房里的时候，我就是他的耳目。餐点摆设好之后，原血密使们便解去蒙面布。波姚与银眼仍与昨天一样，高声谴责他们所受的冤屈，并要求非让凶手得到报应不可，不过今天拉高嗓门讲话的，可不只他们两人而已。不少人又惊又喜地谈起罗网的作法。我至少听到一名女子表示，见到珂翠肯本人之后，她倒不介意送她儿子到堡里来为王后担任侍僮，因为她听人说过，堡里所有的孩童都有机会学习算数和写字。另有一名听那音色应是吟游歌者的年轻男子则不禁揣想，若能在王后的火炉前吟唱原血的诗歌，那会是什么情景，以及这到底是不是让没有原智的人了解到，原来原智者既不可怕，也不恐怖的最佳办法。

事情开始有起色。由于罗网的乐观进取，明天说不定真能谈出什么成果来。这个逐渐凝聚的力量，到底会不会大到冲洗掉昨日错误的阴霾？

不过下午的会议令人失望，既冗长又枯燥。王后与她的众顾问和罗网回来之后，波姚便站起来宣称现在轮到他发言。由于切德与我事先已警告过王后，波姚这人是何居心，所以王后镇静地听着他首先细数瞻远家人如何荼毒原血者，然后指出他自己的个案之种种不白冤情。听到这里，王后总算能插上话。她坚定但不失礼地告诉波姚，现在不是解决个人冤情的时机。如果他的家族土地和财产被人并吞，那么这种事情应该要订定审判日期，到时她自会主持裁决，但绝对不是现在。至于如何跟王后约定时间、应当准备什么文件，切德会向波姚说明。重点是，波姚必须提供资料，证明从那位家产被吞并的祖先一直到波姚之间，确实有代代相传的继承关系，而且必须有一名吟游歌者佐证波姚本人，以及一路上溯的祖先，确实都是那位家产被吞并的先人之嫡长子。

王后简洁明白地让众人看出，波姚是在将个人利益置于与会众人的利益之前，而事实也确是如此。她并非拒绝为波姚找回公道，而是将他的请求导引到任何六大公国的公民都必须遵行的正途上。王后提醒众人，这次会谈的目的，乃是为了集思广益，以便找出办法彻底终止原血者蒙冤遭人处死的事情。

银眼挑起的问题，比波姚挑起的更难解决。银眼讲述她的家人如何遭人残害谋杀。她的语气高亢，尽是激愤、仇恨与痛苦，而桌边许多人也感染了她的情绪。罗网显得痛恶且悲伤，王后变得毫无表情，而切德的脸则像是被凝成石头一般。愤怒往往招来更多愤怒，所以珂翠肯的六大公国代表们脸上充满敌意。银眼的复仇与惩罚计划实在太过庞大，任谁都不可能考虑答应她的要求。

银眼此举，等于是设下了任何商谈对象都跳不过去的障碍，而且她声称不可能接受比她所提更差的条件。银眼宣称，若要终止人们对原血者的屠杀，唯一的途径，就是立定法律，将残杀原血者当作滔天大罪来处置，使人们往后不敢再犯。除此之外，还必须追杀所有曾经杀害原血者，或是袖手旁观之人。她以自己个人的伤痛为起点，将冤屈扩及百年来所有遭到处决的原智者，并以此要求惩罚与赔偿，而且对于凶手的惩罚，必须与受害者所受的苦难相当。王后殿下明智地让她继续发言，直到她想不出还有什么别的话要说为止。我敢说，在场绝对不止我一人听出她的要求近乎疯狂。如果她是因为悲愤而引发狂性，那么这该怪谁呢？

银眼讲完之后，好几人痛心地讲出因为不白地遭到处决而痛失原智亲友的往事。众人纷纷叫出应该受到报应之人的名字，会议室里则弥漫着一股忿忿不平的气氛，一时间，仿佛山雨欲来。此时王后举起一手止住众议，并平静地问道：“如此重复循环报复，何时才会终止？”

“等到该惩罚的都惩罚尽了，就能终止！”银眼激动地叫道，“就让那些罪人的尸体罗列挂在绞刑台上让民众示警，就让烧毁他们尸体的黑烟弥漫整个夏日的天空，就让我听到他们家人的惨叫哀嚎，就像我们被迫隐藏身份，以免别人知道我们是原血者那样的悲痛。那些罪人，非让他们受到同等的折磨不可。

所以若是死了个父亲，就找个父亲抵命，死了个母亲，就找个母亲抵命，死了个孩子，就找个孩子抵命。”

王后叹了一口气：“那么，如果遭到原血者报复的人家，也来找我，要求我让他们复仇呢？到时候我能拒绝他们吗？您提议若有一人杀死了原血家族的孩童，那么除了这人必须死之外，连他的孩子都要陪他一起死。但是孩子们的堂亲表亲、祖父母怎么办呢？难道这些人不会来到我面前，要求要以同样的手法报复凶手？到时候，他们不是也可以宣称，他们的亲人无辜地遭人处决？不行，这是行不通的。您的要求我不可能应允，而且您心里也很明白。”

我看到银眼的眼里冒出了仇恨与怒火。“这我早就料到了。”她刻薄地宣布道，“我早就知道你只是想做空泛的承诺而已。”

“我能够提供各位的是正义与公平，与六大公国的每一位公民所能要求的无分轩轾的正义与公平。”王后疲惫地说道，“在审判日那一天，带着能够证明府上有不白冤情的证人来找我。如果确定是谋杀，那么凶手一定会遭受惩罚，但不可能连带惩罚凶手的孩子。我恐怕您眼中只有复仇，没有正义。”

“你这等于是空话！”银眼高声叫道，“我们的人根本不敢来找你主持正义，这点你清楚得很，因为我们不用走到公鹿堡，就会在半路上被人杀死灭口了。”银眼顿了一下，面对她的暴怒，珂翠肯仍面无表情。接着银眼犯了个错：她以为这情势于她有利，于是咄咄逼人地说道：“还是说，你从头到尾，心里就是这个打算，瞻远王后？”银眼以大义凛然的目光扫过在场众人，“莫非她用一堆空话引我们现身，为的就是要杀掉我们所有的人？”

银眼话毕，现场一片沉默。过了一会儿，珂翠肯平静地说道：“您所说的话，连您自己都不相信，用意只是为了要伤人，如此而已。然而，如果您所说的话真的有几分是自己的心声，那么我不但不会被您所伤，反而会觉得，常人之所以憎恨原血者，乃是理所当然。”

“这么说来，你是承认你痛恨原血者啰？”银眼得意洋洋地质问道。

“我不是那个意思！”珂翠肯惊愕且愤怒地答道。

会议室里的怒气渐长，不只原血者气愤难消，就连珂翠肯的六大公国代表也感到备受侮辱。眼看着会谈陷入僵局，若不是命运的安排，使得牛女在这时候打破僵局，那么后果真不知如何设想。此时她突然站了起来。“我得去马厩。灵鼻要生了，它希望我过去陪着它。”

房间后头有人无奈地大笑，还有个人对牛女骂道：“你明知灵鼻快生了，还带它来做什么？”

“换作是你，难道会将灵鼻留在家里？还是我就干脆不要来好了，布利根？我早就知道你认为我脑袋不灵光，但是我可是跟你一样有权来这里开会。”

“好了。”罗网突然说道，他的声音有点沙哑。他清了清喉咙才接口说道：“大家和好吧，正好可以趁此消消气、定定神，况且如果灵鼻需要伙伴陪着，那么她当然非去不可，这点是任谁都不会有异议的。而且如果她愿意，我会陪她一起去。希望我们回来时，在座之人都会想起，我们坐在这里，为的是要针对眼前的问题找出解决之道，而不是想办法改变过去的事情，纵使往事再怎么悲愤痛苦都是一样。”

我突然领悟到，原来罗网将会议掌握得如此之好，连王后都要自叹不如了。不过据我猜测，正在开会的人可能无人注意到这一点。切德常常说，旁观者有旁观者的长处，这就是了。接下来这场会议有如一出戏，而戏里的所有演员都备受折磨。王后与切德先走出去，接着六大公国的代表鱼贯而出，罗网则伴着牛女前往马厩。我坚守在自己的岗位上，据我评估，接下来分分秒秒的发展都很重要。

事实也的确是如此。有些原血密使，包括那个吟游歌者和那个早先说过想让自己儿子去服侍王后的女人，质问银眼是不是要以无从补救的过去，来破坏众人的未来？就连波姚都认为，银眼似乎把事情扯得太远了。“只要这个瞻远王后能信守诺言，那么我们也许可以约期审判，请她帮我们排解冤情。我听人家说，这个瞻远王后的裁决很公正，我们不妨接受她的做法。”

银眼冷冷地啧嗤了一声：“懦夫，你们全是懦夫。不但没种，还见风转舵！她只不过是要保障你们一两个孩子的安全，她拿这么一点东西贿赂你们，你们就打算将过去统统抛在脑后？难道你们忘了亲人的哀嚎，也忘了拜访朋友时，只见河边有一块焦土的惨痛经历？你们怎么对自己的至亲友人如此冷漠？你们怎么可以忘记过去？”

“何尝能忘？何尝能忘？这根本与忘不忘无关，问题在于你会如何记忆。”讲这话的是一名我先前未特别注意的原血男子。他是中年人，个子瘦弱，看来像是城里人。这人并不善言，讲话结结巴巴，表情很紧张，不过众人都凝神倾听。“我记得什么，告诉你们吧。我记得，我父母亲之所以被人从他们的小屋里拖出去，是因为花斑帮之人告密。一点也没错，其中一个花斑子还跟着他们一起将我父母亲吊死分尸。花斑帮挑起我们自己人之间的仇恨，所以我父母亲不肯援助花斑子。然而路德威的党羽竟然就此咬定我父母亲是原血者的叛徒，还威胁要教训他们。你们评评理，那天真正的叛徒是谁？是我父母，还是那个花斑帮的逆贼？我父母也不过是想要平静生活，与世无争，那个花斑子为何就举起火炬、焚烧我父母亲的身体？瞻远王后不足畏，我们还有比她更可怕的敌人啊。而且等王后回来之后，我要请她向恐吓我们、背叛我们的人讨回公道，我要请她向花斑帮讨回公道。”

房里的气氛一下子变得非常凝重。那吟游歌者走上前来，举起一手，放在那瘦子的袖子上。“波斯克，这种事情她帮不了忙，只能靠我们自己处理。况且你这么做，只会使你自己的处境更加危险，而且连你妻子、你那几个女儿都会被你连累。”接着那吟游歌者以近乎恐惧的目光四下瞥了一眼。我心里变得很沉重，因为我突然了解到那吟游歌者是什么意思。原来原血者怕的是他们自己人，说不定同座里，就有花斑帮的眼线。这个思绪默默散播出去，吓得众人个个噤声不敢言。不久之后，人们开始找借口回自己房间，于是没多久，会议室里就空荡荡了。银眼沉默地坐在火炉前，那吟游歌者漫无目的地在房里走来走去，而留在房里之人彼此几乎都不交谈。

我听到身后的密道传来脚步声。过了一会儿，切德便走到我身边来。“有什么重要发展吗？”他轻轻地问道。

我伸手按住他的手腕，将我看到的都告诉他。他开始沉思，过了一会儿，他低声说道：“那么，我看我的想法必须全盘调整一下才行。不过，这也不是我第一次将危机化为转机了。蜚滋，你好好待在这里看着。”然后他转身要走，又折回来补了一句，“你饿不饿？”

“有一点，不过还好。”

“那王子呢？”

“应该也不会差到哪里去。”

“啊，话虽如此，你还是要搞清楚，如果密使团里可能有花斑帮的眼线，那么将王子押为人质的人里，也许还混着花斑帮之人也说不定。年轻人，你必须警告他，然后继续看好这里。”

接着，切德便弯腰驼背地沿着低矮的密道而去。我望着他远走的背影，心里纳闷切德在打什么主意。接着我与晋责联络。他一切安好，有点冷，有点无聊，但是没人对他无礼，更别说出手伤他。今天他那边的人聊天的话题，都绕着公鹿堡的事情打转。有一只鸟在往返传信，但看不出是风险还是那只老鹰。到目前为止，消息看来似乎还不错，不过晋责说，营地中一片等待与焦虑的气氛。

那头母牛的分娩颇为顺利，使得牛女很欣慰。此外，牛女也很庆幸，这头小公牛虽然在不合季节的时刻出生，幸而公鹿堡的马厩盖得好，不透风，又暖和。牛女和罗网回到东翼会议室的时候，差不多又是用餐时刻了。我看着原血密使们再度齐聚一堂，等仆人安置好餐点，才拉下蒙面布用餐。我仔细地研究每一张脸孔，但就算这里面有路德威的党羽，我也认不出来。

快要用餐完毕时，门上响起敲门声。好几名原血者以为来人是仆人，所以对门外叫道他们仍在用餐。然而门外有人轻轻应道：“让我进去，原血者都是一家人。”

起身去开门的是罗网。罗网拉开门闩，让儒雅·贝馨嘉与他的猫进来。桌上的小松鼠吓得吱吱叫，立刻跑回去躲在同伴的头发里。小豹的眼睛眨也不眨，便大方地走进会议室，四下逡巡，接着走到壁炉边，安适地躺了下来。只要看到那猫进门的模样，就知道它与正回身关门、然后转头面对众人的那个少年，关系非比寻常。

众密使们瞪着儒雅的眼神，锐利得使人胆寒。不过罗网巧妙地化解了：他伸出一手，友善地拍拍儒雅的肩膀，大声地说道："原血者都是一家人，来，来，大家别见外。不过你是？"

儒雅吸了一口气，挺起肩膀。"我是儒雅·贝馨嘉，如今是长风堡的儒雅·贝馨嘉大人了。我是珂翠肯王后的忠诚子民，也是晋责·瞻远王子的同伴。而且我是原血者，这一点，王后和王子都是知道的。"他停顿片刻，让大家打量瞻远宫廷里的原智贵族，"我之所以来到这里，是应切德顾问的请求。顾问请我来告诉各位，皇室待我如何、我跟花斑帮之间有什么往来，以及我为何差一点就死在花斑帮的手里——要不是瞻远皇室出手救我的话。"

我看着儒雅，倒有些敬畏这孩子了。他显然没有预先演练，只是想到哪里就讲到哪里，所以往往讲到一半，又必须回头去解释早先发生了什么事。他提到母亲的遭遇时，哽咽得说不下去。罗网扶他坐下，为他倒了杯葡萄酒，又轻拍他的背，仿佛他是个小孩。然后我眨眨眼睛，霎时间，我似乎看到自己十五岁时，一头栽入远超过自己能力与理解之外的宫廷密谋之中的情景。于是我突然领悟到，儒雅的确比小孩子大不了多少。由于他有原智，所以时时刻刻都活在恐惧之中，而遭人威胁之后，为了拯救母亲、保存家产，他不得不乖乖听命、打探消息。不过他还是失败了。如今儒雅失去了母亲，也失去了家，像浮萍一样地随处漂流。毕竟他只是个微不足道的贵族，而宫廷政治又十分险恶。然而说句实话，他之所以还能保住一条命，就因为他是瞻远王子的朋友，此外无他。而他甚至背叛过这个瞻远王子，而且不是一次，而是两次，然而两次背叛，瞻远王子都宽谅不记仇。

"他们收留了我。"儒雅在讲完故事之后，下了结论，"王后、王子和切德顾问都知道我是原血者。花斑帮是如何利用我去对付他们，他们知道得一清二楚，不过他们也知道，我因此而付出多大的代价。"他顿了一下，摇了摇头，"我不太会讲话。你们可以拿我这件事情做什么借鉴，我也说不上来。我只能说……他们并未因为我过去的所作所为，就认定我是个坏人；他们并未因为花斑帮想要对王子下手，就认定原血者全是恶人。王后也没有因为她的儿子有原智，就疏离儿子。难道我们就不能以同样的态度来回报他们？难道我们就不能跟眼前的瞻远家族重新开始，不要一直沉湎于过去？”

银眼不屑地“嗤”了一声，不过波姚倒一边沉思，一边点头，也许是因为他认为这个原血贵族与他相当，又有着他想要争回的头衔吧。儒雅突然朝着罗网望去，我感觉他仿佛想到了什么主意，而且是出于他自己，而非他人的主意。切德像是听到了我急切的叫唤，因为此时我再度听到他的脚步声。我大力挥手，叫他快到情报站前来看。那少年正在跟罗网讲话，他的声音只是勉强可辨。

“我听切德顾问提到，您提议如果原血者能够公开地在公鹿堡住下来，与那些没有天赋之人一起生活起居，那么，那些没有天赋之人也许就能了解到我们既不可怕，也无须害怕。切德顾问还告诉我，您曾提到：‘一个退无可退、无可损失之人，往往最适合挺身为众人的利益而牺牲。’我还不及多想，不过其实不用想就知道，我的确是退无可退、无可损失之人。我无依无靠，别人若要威胁，也只能威胁我一人了。不管我要做什么，都不必担心我的家人会因此而承担什么恶果。”他环顾一室众人，“我知道在座许多人都害怕若是冒险抖露自己的身份，恐怕街坊邻居会趁机杀了自己。长久以来，这一直是我们原血者真切的恐惧。这种恐惧，我自己亲身体验过。我母亲也体验过。”他的声音突然消逝。然后他强迫自己以沙哑的声音说道：“所以我们才秘密掩藏自己的身份。就是因为我们这样做，所以才不是别人，反倒是我们的‘朋友’对我们下手。既然如此，掩藏身份又有什么意义？”儒雅又顿了一下，但我看不出这到底是因为他太激动，还是他要停下来考虑接下来该怎么说。他又朝罗网看了一眼，接着，仿佛要替自己打气似的点点头。

“如今堡里所有人都知道有‘原智者罗网’这一号人物。‘原智者罗网’走在常人之间，既不害怕，也不吓人。罗网在公鹿堡里算是个陌生人，不过他却坦然地揭露自己的身份。我虽跟晋责王子很熟悉，却一直躲在阴影之中，所以我感到很羞愧。明天我要扭转一切。我要骄傲地宣布我的原血血统，并且要让大家知道，我虽是个原血者，却仍能为王子效力，因为王子的确值得。

“我将我们的习俗教导给晋责王子，而他则乐于学习。王子已经说了，当春天来临，他要前往外岛屠龙娶妻之时，我可以与他同行。而我必以原智同伴的身份，伴随王子启程。公鹿堡里没有精技师傅，所以王子殿下就只能单独前去，不像以前的瞻远国王那样，身边总有精技小组的人随侍待命。既然王子无法施展精技魔法，我就要以我们的魔法来为王子效力，并证明我们的魔法比起精技魔法而言毫不逊色，这点我可以向大家保证。我将会骄傲地对众人展现我们的原血魔法。”

切德紧紧抓住我的手腕，可见儒雅打算揭露自己的身份，以及晋责王子说儒雅可以追随前往外岛之事，他也是前所未闻。切德的技传游移不定，但毕竟还是传了过来：*我刚才是不是说，我要将危机化为转机？看来，我这个转机转得太成功了，成功到又转了个方向，再度变成危机。我只不过是要那孩子去跟他们说，王后待他很好，也很公平，谁料他就将自己册封为宫里的原血使臣了。*

我将自己的心思传给切德：*我看他并未想到王子若公开承认自己结交了原血朋友，其实必须冒不小的风险。他大概只想到揭露身份对他自己有危险，然而他乐意为了晋责而冒这个险。你看我们能劝退儒雅吗？*

*劝退他是好或坏，我现在也不能确定了。*切德技传道。*他的激昂精神激发了他们的想象力。*

倒不是说在座众人一面倒地鼓掌叫好。这其中只有一个人咧嘴大笑，宣称他以年轻的儒雅·贝馨嘉为荣，这个人就是罗网。其他人虽然认可，但却含蓄得多，而且认可的程度各有不同——不过皱着眉头怒视儒雅的银眼是唯一的例外。那吟游歌者与波姚两人都露出颇为赞同的表情；牛女则露出微笑，这多少是因为她对于自己的牵系动物所受到的礼遇感到满意。其他人则讨论起实际层面上的问题：王后不可能任由人们将儒雅置于死地，毕竟她已经收留儒雅，而且她又保证往后原智者绝不会纯粹因为自己有原智魔法而遭到处决。说起来，儒雅的处境已经是最安全不过的了。说不定这个贵族出身、人又英俊的年轻男子，会使许多少女同情原血者的处境。儒雅若要公开自己有此天赋，对于所有原血者而言，绝对是有益无害。

接着那个名叫波斯克的城里人走到儒雅面前，他双手绞扭在一起，仿佛想拔下自己的手指头似的。波斯克犹豫地问道："瞻远家的人杀了花斑子，真有这种事？"

"当然是真的。"儒雅轻轻说道，他举起一手，摸着自己的脖子。"这点我可以向你保证。"

"他们叫什么名字。"波斯克以气音问道，"你知不知道他们叫什么名字？"

儒雅动也不动地站着，沉默了一会儿，最后他答道："科普勒、沛杰，还有索司金，他们在我面前用的是这几个名字。不过王子因为跟花斑子相处过一段时间，所以他说科普勒另有其名，叫做'路德威'。"

波斯克摇了摇头，失望之情溢于言表。房里另有个人高声问道："你说路德威？"那人说着便冲到前面去，我这才认出那是银眼。"这是不可能的！路德威是花斑帮的首领，要是他死了，我一定会得到消息。"

"哦？你消息这么灵通？"那吟游歌者嘴上好奇地问道，但他脸上的表情很不客气。

"那当然了。"银眼干脆地应道，"你爱怎么想就怎么想吧。我认识一些人，而他们认识路德威——呃，是啦，其中有几个人是花斑子没错。不过我不是他们的人，只是之前跟他们聊过几句，所以很能体会他们会走极端，如此而已。"银眼转过身去，背对着那吟游歌者，急切地对儒雅追问道："这事是什么时候发生的？你可有什么证据？"

那少年退了一步，避开银眼，不过他还是答道："一个多月前。至于证据……你期望我给你什么证据？我讲的都是我亲眼所见，只是说来羞愧，我一找到机会就逃掉了。不过，公鹿堡城里的街谈巷议总不会造假吧？大家都说，那一天晚上，那个独臂人连人带马都死了，另外还有条小狗送了命。除此之外，那屋子里还死了两个大男人。"

"连他的马都死了！"银眼叫道，我看得出她将路德威的马死亡之事视为双重损失。

"如果是这样的话，那对花斑帮可真是个重大打击呀。"波斯克大声宣布道，"而且花斑帮很可能就此江河日下。"

“不，才不会呢！”银眼坚决地说道，“花斑帮又不是单靠一个人撑起来的。除非他们还我们公道，否则花斑帮是绝对不会放弃的。我们要正义与复仇！”

波斯克站起来，抡起双拳，慢慢地走向银眼。要不是他那一副诚心诚意要揍人的样子，否则他的威胁看来实在算不了什么。“也许我该趁早为我父母亲复仇。”波斯克上气不接下气地说道，他近乎沙哑地接口道，“我要是在各地贴出告示，大肆张扬说你有原智，让你被人吊死、放火烧掉，那么你那些花斑子朋友是不是会吓得掉一层皮呢？也许我真该听你的劝，好好地以其道还治其人之身。”

“你真是笨啊！花斑帮是在为我们所有人而战，理应得到我们的支持，你怎么连这点都看不出来？我听到谣传，说路德威掌握到某种力量，足以推翻瞻远家族。虽说也许他一死，那个秘密便失传了，但说不定还有别人知道啊。”

“说别人笨，其实你自己才笨啊！”儒雅坚决地打断银眼的话，“推翻瞻远家族？这算是哪门子计划！多年来只有当今的王后出力阻止吊刑与火刑，而我们却要推翻她？这个皇室若是倒了，枉死的原血者不会变少，只会更多，因为一般人再也不用担心受到惩戒，也不用担心侍卫好管闲事。况且就算没成功，光是原血者蓄意叛国的作为，就会被我们的敌人认为我们这种人果然是既邪恶又不值得信任的明证。你是不是疯了？”

“她的确是疯了。”罗网平静地说道，“而且我们应该可怜她，而不是谴责她。”

“我才用不着你们可怜！”银眼激动地叫道，“我才用不着别人可怜。况且我也用不着你们帮忙。尽管对这瞻远王后卑躬屈膝吧，他们做了多少丧尽天良之事，而你们不但大方地原谅了瞻远家族，还要去为瞻远家的人做牛做马！我才不会原谅她，而且在我有生之年，我必会复仇。我一定会复仇。”

“我们成功了。”切德悄悄地在我耳边说道，“说得确实一点，其实是这个叫做银眼的女人帮我们促成的。瞧，她把任何不想杀人焚尸的人都推到我们这边来了。据我看来，他们十之八九都不吃银眼那一套。你留下来瞧瞧我说得对不对。”

说完，切德就像只灰色的蜘蛛般从甬道出去了。这一天我直到夜深才离开我的岗位，找了些食物，然后上床去睡。不过后来的发展果然跟切德说的一样。儒雅留了下来，跟原血密使待在一起，而当王后、切德与六大公国的代表走进来时，儒雅则以原智贵族的身份跟他们打招呼。儒雅肯定地表示，各大公国都有原智贵族，只是数代以来，皆因情势所迫而不得不将自己的天赋隐藏起来。各公国代表听了之后，脸上都显得不太自在。他们之中，有几人如今已经与儒雅相熟了。他们曾经跟儒雅一起骑马，一起饮酒作乐，代表们彼此交换目光，脸上明白地道出一个讯息：“如果连他都有原智，那么还有谁可能有原智？”但是儒雅照样大方地表白，看来他若不是没看出他们对这个新发展颇为保留，就是根本不以为意。如今他立志要以原智为晋责王子和瞻远皇室效力，而其中三名代表虽勉强，但的确露出钦慕的表情。也许这名原血少年，恰可化解众人的偏见也说不定。

王后与原智者会谈的最后一天，出现了具体的进展。那个吟游歌者以真面目出现，并请王后应允他留在宫里。王后提出一份公告，交代给六大公国的代表执行。这公告上明白写着，自即日起，若要处决人犯，必须有各国大公或女大公批准，方可执行，而且发生于各公国的冤屈案情，概由该公国大公或女大公负责。每一公国只准设立一座绞刑台，绞刑台应由当权的家族管理。各国大公或女大公不但必须防止地方官员私下处决，更必须一一审度每名死刑犯是否皆有确凿的罪证。处决若不依上述方法执行，就一律视为命案，且若有这类事情，王后会亲自裁决。这个公告虽无法让原智者安心放胆地提出审判、不必怕遭人复仇，但至少正式明白指示，若是私下处决原智者，会遭到什么后果。

切德肯定地对我说，别以为这个进展微小，将来必定会开花结果。我随着王后卫队一起出动，将原血特使送回会合地，以换回王子殿下和月桂时，注意到这些人真的改变了。他们一边骑马，一边说笑，有些人甚至与卫队之人聊了起来。牛女与儒雅·贝馨嘉大人同行，而她的母牛和小牛犊则跟在她身后。她似乎以能够和这位彬彬有礼的年轻贵族交谈而觉得备感光荣。波姚走在儒雅的另外一边，他显然是要尽力表现自己与儒雅高高在上，与众人不同，但是儒雅破坏了他的企图。这年轻人无论是对待牛女，或是对待波姚都一样客气。除此之外，儒雅的猫则坐在他马鞍后的垫子上。

森林里的雪都化了，只剩下阴暗处的泥地上还留着几条薄冰。绿芽竞相冒出头来迎接灿烂的阳光，拂过我们身边的微风，似乎真的带来了变化。尽管如此，银眼仍独自骑马前进，不与人言。由于王后与切德都坚持罗网必须跟我们走一趟，好让所有原血者都能亲眼目睹他的确是出于自愿要留在公鹿堡里，所以此时罗网与我并骑而行，无所不谈。

我们到达会合地点时，儒雅与小豹似乎都很高兴见到王子。晋责见到这一人一猫，则公然表现出又惊又喜的模样。晋责对于好友与好友之猫的诚挚欢迎，使得众原血者，无论是去了公鹿堡或是留守之人，都感到印象深刻。当然，由于我已技传通知，所以晋责早就知道儒雅会来接他了。

我们返回公鹿堡时，不但带回王子与月桂，连罗网与那位名叫“扇贝”[①]的吟游歌者也一起同行。这位叫做扇贝之人，一边走路，一边唱歌给我们听，我只能咬紧牙关，听他唱完他那个版本的《鹿角岛之歌》。这首歌的歌词，讲的是人们如何在鹿角岛上抵御红船劫匪，而且还特别强调骏骑王子的私生子在这场战役中扮演了要角。我承认我的确参加了鹿角岛之役，但若要说有一半的战果要归功于我那把斧头，那未免太过夸张。罗网看到我痛苦的表情不禁大笑。“你别皱着鼻子呀，汤姆·獾毛。那个原智小杂种毕竟是我们双方的英雄。别忘了，他既是公鹿堡的人，又有原血的血统。”接着罗网便跟着那吟游歌者唱出下一段：“骏骑之子，骁勇果敢，纵不承父姓，仍血脉相传。”

这首歌不是椋音做的吗？晋责假装关心椋音地对我技传道。椋音把这首歌当作是她自己的财产啊，要是扇贝大方地在公鹿堡里唱这首歌，恐怕椋音对他

① 译注：原文Cockle，指的是双壳的贝壳。这是取双壳贝可以开合不断，又响亮远传，仿佛善言者滔滔不绝之意。

会不留情面。

讨厌他唱这首歌的，还不只椋音一人。扇贝若是敢唱，我第一个就跳上去勒死他，这样椋音也省了事。

然而唱到下一段的时候，不但儒雅与晋责放声相和，连一半的侍卫也齐声高唱起来。我告诉自己，这是因为春天乍到，使人心欢愉之故。我只希望这一切赶快消退。

27. 春日启航

在开天辟地之时，原野上有原血者与野兽，水里有游鱼，天上有飞鸟，大家即使称不上和谐，至少也平衡地生活在一起。原血者只分为两族：其中一族为“取血族”，其族人的牵系动物均为肉食动物；另一族为“给血族”，其族人的牵系动物都是草食动物。这两族之间，就像狼与羊一样互不干涉。也就是说，取血族跟给血族之人，只有到了死后才会相遇。虽然如此，双方仍互相敬重，这就像我们生为人，但既敬重树，也敬重鱼，是一样的道理。

话说回来，规定取血族跟给血族之人必须彼此隔开的律令，虽然严苛，却很公正。只是世上总有人不将律令看在眼里，或是认为自己的处境特殊，所以算是特例，无须受律令的拘束。所以就有个出身于取血人家里，与狐狸牵系在一起的女孩，跟一个出身于给血族人家里，与一头公牛牵系在一起的男孩陷入情网。他们心想，我们彼此如此相爱，能出什么差错？他们绝不会彼此伤害：别说人与人之间不会如此，就连狐狸也不会伤害公牛。既然如此，这一对情深意浓的男女便抛开族人，在偏远处住下，时间一久，也生下了孩子。不过他们生的这三个孩子，大儿子是取血者，大女儿是给血者，而小儿子竟没有原智，无法与任何种类动物对谈，注定一生都要孤独地活在自己的血肉之中。后来这家的长子与狼牵系在一起、长女与鹿牵系在一起，使得家里后患无穷。长子的狼杀死了长女的鹿，女儿又为了复仇而取了哥哥的性命。直到此时，这一对夫妻才发现，古人传下来的规矩的确有其道理，因为肉食者与猎物实在是势不两立。不过更糟的还在后面：他们那个没有原智的孩子，代代生下的儿女也都没有原智，而无法与任何动物沟通的族群于焉诞生。

——汤姆·獾毛，《原血者传奇》

春日来临，震撼了大地。堡后山坡上的树林染上了淡淡的绿意，再过两天，青绿的新叶便长了出来，于是蓊郁的森林重新盖过了山坡。绿草挤开了旧年干枯的草茎，从地上冒出来。低头啃草的羊群间，夹杂着雪白的新生羔羊。人们开始大谈春季庆的事情。说来令人惊讶，从我答应让椋音带着幸运离开我们那安详的小屋到公鹿堡过春季庆至今，竟只过了一年。这一年的变化何其多！

公鹿堡里洋溢着忙碌与兴奋的气氛。今年除了寻常春季庆的准备之外，还有千百件事情要打理，因为王子要在春季庆这个大好日子启程出海，前往外岛，所以一切都必须准备就绪。处女希望号膺选为王子座船，船长及水手都很高兴。侍卫之间为了争取王子私人卫队的名额，竞争得也很厉害。最后，因为志愿前去的人——包括我在内——实在太多，王子只好让侍卫们抽签，以便决定到底是哪几个幸运儿可以随同出海。我对于自己能够中签入围一点也不意外，毕竟切德在抽签的前一天晚上，就把我要“抽中”的签给我了。

儒雅·贝馨嘉的确会与我们同行。切德也会同行，而且阿憨也是——这点使得王子的宫廷人士大感意外。迅速成为王后宠臣的罗网，恳请王后让他随同王子前往外岛，而王后也应允了。罗网保证他的海鸥飞得很远，所以王子座船周遭的天气海况，都可以打探得清清楚楚。

儒雅不是唯一与王子同行的贵族。形形色色的大人与夫人小姐们，都希望随同王子成行，而其情其景，使我不禁想起多年之前，从公鹿堡前往群山王国迎娶珂翠肯的那个庞大车队。现在的人跟那时候一样，出门都要带着宠物与成群的仆人，所以不久又另外雇了一艘船。至于无暇或无钱与王子同行的贵族，也送了礼物代表心意。公鹿堡里的礼物堆积如山，除了送给贵主之外，还有送给贵主的母屋和贵主父亲的礼物。

我们的精技课照样在惟真之塔进行，只是如今所有的学生都无心向学。阿憨清楚地感受到王子的焦虑与期待，所以他兴奋到根本就无法专心。晋责王子来去匆匆，他好像随时都赶着去量身制衣，或是赶着去上外岛礼仪和外岛语文课。

晋责如此忙碌，我觉得很可怜，不过我觉得自己更可怜，我每天晚上都必须研习如山的经卷。就连切德上课都显得心不在焉，毕竟他的情报网绵密复杂，所以他可不是说要走就能走得了的。因此，尽管他对于精技魔法有很浓厚的兴趣，但现在他有一半心思都用在选择人选以代他处理出门这段时间的事务。迷迭香不会随同我们出海，使我松了一口气，但一想到她一定是留下来管理切德的间谍网，我又觉得闷闷不乐。据我推测，切德大概仍旧常常熬夜研究他那种爆炸药粉，不过那种事情，我知道得越少越好。

由于出门在即，事情本来就多如牛毛，然而生命总是这样，在多事时必会发生更多事情。现在晋责和儒雅每天晚上都向罗网报到，以学习原血者的历史与风俗。罗网的晚课设在大厅的其中一个火炉前，他说得很清楚：任凭是谁，只要是有兴趣的，都欢迎来听。王后本人就去听过几次。一开始时，去听罗网讲话的人零零落落，脸上还带着不以为然的表情。然而罗网讲起故事来令人入迷，况且他所讲的，多是公鹿堡人没听过的新鲜故事，所以罗网的观众迅速增加，而且有不少是小孩子。过了不久，连那些表面上在忙着理羊毛、制箭头，或是缝补衣服的人，也都开始将手边的工作带到听得见罗网讲故事的地方去做。众人是不是因此而深信他们无须对原血者大惊小怪，这点我不知道，但是至少人们可以借此多听听原血者的生活情况与想法。

除了这些人之外，罗网的晚课里，还多了一个令我大感意外的学生。我从没想到我会在公鹿堡里遇见迅风，也就是博瑞屈之子，他常常坐在围着罗网的那一团人外圈听课。

王后敞开大门欢迎原智者的消息传得很广，不过应王后的呼吁而来之人少之又少。毕竟一个人若是将自己的儿子或女儿送到公鹿堡来担任原智侍僮，那不就等于让世人得知自己家族里混有原血的血统？王后也许能够保护住在宫里的原智孩童，然而这孩子留在家乡的亲族要怎么办？公鹿公国的小贵族黑雁爵爷，将他十岁的儿子，也是唯一的继承人送到公鹿堡来。他在王后面前承认这孩子乃是原血者，但是他一口咬定这血统乃是来自于孩子的母亲，而孩子的母亲在六年前过世，而且亲族稀少。王后未加深究便收容了这孩子。除此之外，我还怀疑那个最近到公鹿堡来落脚的女裁缝师也是原血者，不过如果她不想公开自己有原智之事，我就不会多问。

王后的新侍僮只有迅风一人。迅风是一个人来的，而且是走路前来。他来时穿着新靴子、新外套，并带了博瑞屈的信。我躲在我的老地方，看着迅风谒见王后。博瑞屈在信上请瞻远皇室收留迅风，他承认自己已经尽其所能地把这孩子教好，可惜仍无法避免他走上这条路。既然他无法丢下野兽魔法，那么就让他拥抱野兽魔法。自此之后，做父亲的跟这个儿子再也互不干涉了。博瑞屈还写道，他无法让这孩子留在家里给弟弟们做坏榜样，同时也不希望让宫里的人知道迅风是博瑞屈之子。珂翠肯王后温柔地对博瑞屈家的迅风问道，他在公鹿堡里要用何姓名，他抬起头来，平静但坚定地答道："就叫我'原智者迅风'吧。我就是有原智。"

"那就叫做'原智者迅风'了。"王后笑着答道，"这个名字挺适合你的。那么我就把你交给切德了，他会帮你安排适当的职务，以及适当的课程。"

那孩子叹了一口气，深深地一鞠躬，显然是很庆幸这位皇室人物给他的严酷考验已经过去。他非常僵硬，但非常挺直地走出接待室。

博瑞屈竟会抛弃这个孩子，使我惊讶到了极点，不过同时也松了一口气。迅风若是留在家里，而原智又成为他们父子争执的焦点，那么只怕早晚会闹得不可开交。据我猜测，博瑞屈下这个决定，心里一定既痛苦又难受，而我因为心里思索着莫莉不晓得如何看待这事，以及她是不是在儿子离家时痛哭失声，几乎睁眼在床上躺了一夜。我实在很想以精技跟荨麻联络。自从阿憨与晋责大施精技的那一天之后，我就不敢探寻荨麻。一方面是因为那天切德发出了精技召集令，而我不希望荨麻推测出，其实她与我之间的牵系管道，就是精技；另一方面是因为，直到现在，我一想起那个怪异的声音，心里仍觉得毛骨悚然，所以我可不想冒险发出强劲的精技波，而使得那个异物注意到我，或注意到我女儿。

不过那天晚上，我大概是背叛了自己，荨麻的心灵竟与我相遇。感觉上，像是巧遇一般，仿佛我碰巧梦到她，而她也碰巧同时梦到我。我再度因为荨麻与我的心灵可以如此轻松地通过精技牵系在一起而感到惊讶，同时也不由得想着，也许切德说得有理：说不定荨麻之所以精技能力强大，是因为我从她小时候起就为她训练了。此时我梦见她坐在一棵浓密大树下的草地上，以哀伤的眼神，望着手里捧着的那个神秘的小东西。

你怎么啦？在我跟她讲话，而她开始注意我之际，我能感觉到梦中的自己化成了狼形——荨麻总是用这个形体来框住我。我坐了下来，将我的尾巴卷在前腿上，张着狼嘴对她笑道：其实我的长相跟这个不太一样，你知道吧。

我怎么会知道你是什么长相？她暴躁地问道。你从来不谈自己的事情。她脚下突然长出了雏菊的花丛，一只轻盈的蓝鸟降落在她头顶的枝头上，拍动着小巧的翅膀。

你手里是什么东西？我好奇地问道。

这是只属于我的秘密。这就好像你的秘密，只属于你，是一样的道理。她双手合起，盖住那件宝物，然后将宝物贴在胸口，藏进心里。这么看来，莫非她是恋爱了？

看看我能不能猜得中。我顽皮地说道。想到女儿坠入情网，并且珍惜她的秘密初恋，我就乐不可支，这真是毫无道理可言。希望那个年轻人配得上她。

荨麻露出警觉的神色。不，你别多管。这其实不是我的东西，只是人家托给我保管而已。

是不是哪个年轻人对你吐露心声哪？我逗趣地碰碰运气。

她失望地睁大了眼睛。你走开！别猜了。一阵风吹来，吹动了她头上的树枝。我们两人都抬起头来看，就在此时，那只蓝鸟突然化身为一条艳蓝色的蜥蜴。那蜥蜴的银色眼睛亮闪闪的，一路沿着树干爬下来，来到很靠近荨麻的头发之处。“告诉我嘛。”那蜥蜴尖声尖气地说道，“我最爱秘密了！”

荨麻不屑地望着我。你这个障眼法骗不了我。然后她反手将那蜥蜴挥开。走开，你这讨厌鬼。

那蜥蜴不但不走，反倒跳到她的头上，将爪子埋在她的发丝之间。接着蜥蜴突然越长越大，大到与猫不相上下，背上张起了翅膀。荨麻尖叫起来，想把那东西甩开，但是那东西紧紧地攀着她的头。接着那东西抬起头来，瞬间有了长长的脖子，并以亮闪闪的银色眼睛瞪着我。那动物虽小，但的确是一只不折不扣的蓝龙。那蓝龙变回诡异且令人胆寒的声音，对我的灵魂嘶吼道：梦狼，快把你的秘密告诉我！快告诉我黑龙与小岛的事情！说，现在就说！要不然我就把她的脖子扭断。

那声音伸出钩子，钩住了我。它紧抓住我不放，想要弄清我的来历。我跳起来，甩动身体，以意志力命令这身狼皮脱开，好让我逃离这个梦境，但是这个形体却紧贴在我身上。我感觉到那个生物凝视着我，感觉到它的心灵用力撬开我的心灵，并且无声地命令我说出自己的真名。

荨麻突然站了起来，举起双手，把那只嘶叫的生物揪下来。我目瞪口呆地望着她，她则不屑地瞪着我。这不过是个梦，你别想靠这个把戏骗我说出任何秘密。这不过是个梦，所以我可以说停就停，立刻梦醒。就是现在！

接下来，与其说是荨麻改变了自己的梦境，不如说是她将那条龙困在她的梦境里——但她是怎么做到的，我毫无头绪。瞬时之间，荨麻手里抓着的龙，变成一片蓝玻璃，然后她随手一甩，将蓝玻璃丢在地上。蓝玻璃落在我脚边的地上，裂成千百个尖锐的碎片，接着碎片喷溅，刺入我身上，使我痛得醒了过来。我喘气坐起，两手紧紧扯住切德的旧毯子，我一跃而起，双手拂过胸膛，心想这一拂必定会扫落许多玻璃碎片，而胸前流血的伤口必定会刺痛难受。然而我胸前没有血，只有汗水。我突然发抖，打了个大大的寒颤。虽然才半夜，但接下来也不敢睡了。我裹着毯子坐在壁炉前，凝视着炉火。我想破了头，也想不出刚才是怎么回事。到底哪个部分是梦境，哪个部分是我以精技与荨麻心灵交流呢？恐怕连我自己也分不清了。竟有个来自精技洪流的生物找上了我们，这已经十分恐怖，然而荨麻无畏于那生物必死的凝视，轻松地救出了我们两人时所展露出来的高度潜能，更使我担忧害怕。

我缄口不对任何人提起这个梦境。切德听到我内心的疑虑之后会作何反应，我清楚得很。他一定会说：“就把荨麻带到公鹿堡来，这样我们才能保护她，而且还可以教她精技。”我绝不会这么做。方才那一幕，只不过是梦境的奇怪结尾，而这结尾碰巧将我最害怕的事情收罗在一起。我以全身的力量相信事实便是如此，仿佛只要我彻底相信，这个说法就会成真。

天亮之后就比较容易将这些可怕的事情摆到一边。就算没发生那个插曲，众多事务也够我烦心，况且出门之前还有很多事情需要打点。我下山去晋达司那里，预先支付了长期学费，好让幸运得以安心在此学艺。晋达司跟我说，如今那孩子几乎每天都有进步。“毕竟现在他将心思都放在木工上了。”晋达司特别补了这么一句，而我听得出老师傅在暗暗指责我之前管教孩子不够尽心。不过如今幸运的进步，并不是因为我插手，而是因为他是自动自发地管好自己，所以我要将这一切都归功于他。每隔三四天，我就会腾个时间去看看他，就算只有一下子也好。我们不谈丝凡佳，只谈他的手艺进展、春季庆就要来到等之类的事情。我还没跟幸运说我会随同王子离开公鹿堡。我要是说了，他一定四处跟别的学徒宣扬，甚至还会告诉吉娜，毕竟幸运仍不时会到吉娜家做客。由于习惯使然，所以我想将出门的消息留到最后一刻再说，况且我不想让别人联想到我是不是跟王子有什么关系。除此之外还有一个我怕得不愿承认的理由：那就是此行一去，我必须与养子分别好一段时间，不仅如此，这趟远行还可能会有危险。

我将弄臣的警告谨记在心，所以除了搜罗切德收藏的武器，挑出一批既小且致命的武器之外，我还着手在衣服各处加上暗袋，以便携带武器。修改衣服是一件既复杂，又不容易的工程，所以我一边做，一边怀念弄臣的巧思，更怀念他的巧手。我偶尔会在走廊与大庭上瞥见黄金大人，但是他身边随时都围着一圈金碧辉煌的贵族男女。这年头，由于王子即将远征外岛，所以某种类型的年轻男子仿佛中了迷咒一般，蜂拥群集到公鹿堡来。这类年轻男子既急于证明自己的实力与地位，同时又不惜为了取乐而挥霍家产，所以这种人一碰上黄金大人，便像飞蛾扑火一般深深着迷。然后我听说了个消息：黄金大人为了远赴外岛而特别订做的那一批遮玛里亚豪华斗篷，因为恰斯国的舰队横阻航运而受到耽搁，使得他大发雷霆。据流言，那些富丽的斗篷上，绣满了乌黑、靛蓝与亮银的飞龙。

这件事情我非问问切德不可。那天晚上，切德到塔楼里来帮我上外岛语言课。外岛语之中，有许多字词是与六大公国通行的语言互通的，只是语音有所转折、发音部位比较接近喉部，所以一练再练的结果，使我的喉咙痛了起来。不过我还是趁此询问切德："依你看来，黄金大人仍打算陪我们前往外岛吗？"

"这个嘛，我并未明示或暗示说他去不成。你用脑袋想一想啊，蜚滋，他那个人足智多谋，不过只要他继续想当然地认为他可以与王子乘船出海，那么他就用不着另作安排，而我们越是让他来不及另作安排，他就越不可能违逆我们。"

"你之前不是说，你自有办法不让他搭船离开公鹿堡吗？"

"我的确说过。我是有那个办法没错，但是，蜚滋，他那个人像是有用不完的金山银山，而这么豪奢的手笔，是可以打通许多关节的。我们何必给他额外的时间预作准备呢？"切德不看我，改而望向他处，"等到登船的时候，自然有人会跟他说，由于估计错误，所以船上没有他的地方，如果他非去不可，就请随后再搭船去吧。我可以向你保证，随后就算有船，也没有一艘挤得下他这个人。"

我沉默了一会儿，我试着去想象那时的情景，但是想着想着，就不禁打了个寒颤。我轻轻地对切德说道："这样对待朋友好像不太好。"

"我们之所以如此待他，就是因为他是你的朋友。别忘了，当初是你来找我商量，看看有没有办法能阻挡他。他告诉你，他预见自己会死在艾斯雷弗嘉岛上，而且你必须防止王子杀死那条黑龙。然后我告诉你说，他说的这两件事情，其实都不会发生，毕竟黄金大人若是不跟我们去外岛，那么他就不可能死在艾斯雷弗嘉岛上，也不可能挑起你去干涉王子的屠龙任务。反正，依我看来，此行恐怕是少有探险的乐趣了，所以黄金大人就算没去，顶多也只是错过了一件冰冷且费苦力的任务。毕竟所谓的‘屠龙’，可能只是拿着冰凿，将远古时代就埋在冰里的某种生物的头撬砍下来，如此而已。你们两个近来处得如何？”

切德顺势且巧妙地把最后那个问题问出来，使我也没考虑便答道：“不好不坏。主要是因为我很少碰到他。”我低头望着自己的手指，开始抠指甲里的脏东西，“感觉上，他好像变了个人似的，而且他现在这个身份，我只感到非常陌生。况且以我们现在的处境，我也没有对目前的他多加认识的理由。”

“我也有同感。我的感觉是，他近来非常忙碌，不过我却看不出他到底在忙什么。我跟别人闲聊谈起的时候，只听说他最近流连赌桌，而且赌得很大。他花钱阔绰，又是举办豪宴，又将珍宝美酒和精美华服送给朋友，不过他跟朋友赌博的金钱出入更是惊人。再怎么大的财产，也禁不起他这样长期挥霍下去。”

我皱起眉头：“可是他不是那种人。我认识他这么久了，他做事总是有长期的考虑。但话说回来，他这行径背后到底有什么理由，我也看不出来。”

切德冷冷地大笑道：“许多人发现自己的朋友堕落的时候，都是用这个理由帮他开脱。这种因为沉溺于赌博之中而不可自拔的聪明人，我以前看多了。这事情有一部分必须怪你。自从晋责开始玩石子棋之后，石子棋便疯狂大流行起来。年轻人将这种游戏称为‘王子棋’，有了这么一个响亮的名号之后，这个原本淳朴的游戏便一下子贵得高不可攀。如今不但下棋的人彼此对赌，连旁观者也纷纷押注，每一场棋局的赌金都是一笔颇为可观的财富。就连棋盘与棋子的身价也水涨船高。弗索大人不是用画了格子的棋布来下棋，而是做了一张以象牙为线的核桃木棋盘桌，而棋子若不是翡翠、象牙，就是琥珀。城里有家一流的酒馆重新装潢了楼上的房间，专门作为玩石子棋之用。不过那家店，光是要进门，就所费不赀了，遑论下棋。他们的棋室用的都是最精致的酒菜，连伺候的仆人都特别挑选俊美之人。”

我惊讶地说道：“我原先教晋责下棋，只不过是要教他静心定神，以便学好精技而已。我这个单纯的想法，竟然衍生出这么多事来？”

切德大笑起来："有的事情，你原本初衷如此，谁知道后来会引出什么事端呢？"

切德这一提，倒使我想起一件事情："说到这个无心插柳，我们在晋责和阿憨施展精技的时候惊起了许多人，那么，有没有人因此而到公鹿堡来呢？"

"还没。"切德回答时，尽量掩饰他内心的失望，"我本希望他们会赶快冲到公鹿堡来，但是现在看来，那个召集令可能奇怪又突然吧。等我们有空闲时，应该找个时间，一起坐下来，刻意地对外召唤才是。上次我只是突然想到，我们可以趁此将觉醒过来的人召来公鹿堡，所以我的思绪既匆忙又模糊，而如今我们启程在即，忙得不可开交，就算有人应召集前来，也无暇招呼了。但是，等我们回来之后，这绝对是我们的首要之务。我多么希望王子能有一个传统的六人精技小组，随时做为他的支援后盾。我们却只有五个人，而且这还是算进了王子，才凑得到五个。"

"四个才对，因为我们不带黄金大人同行。"

"四个。"切德不太友善地应和道。他虽未提起荨麻的名字，但是这两个字却悬浮在我们两人之间，挥之不去。接着切德仿佛自言自语地说道："反正也没时间训练新人了。说实在的，这点时间，连要把我们训练好都很勉强呀。"

我赶在切德对自己发牢骚之前打断他的话："切德，这需要时间。你真的不该强迫自己，这就好像剑客不可能光靠意志力让自己剑术精进，是一样的道理。除了意志之外，还要一而再再而三地练习，就算这些练习看似琐碎，没什么大用，也要不断地练下去。切德，你要有耐心。不但要对你自己有耐心，也要对我们大家有耐心。"

直到现在，无论是谁跟切德技传，除非技传时有身体碰触，否则他就是听不见。他感受的到阿憨对他技传，但是就他而言，阿憨的技传仿佛蚊子的嗡嗡声一般，什么内容也没有。我不知道为何我们无法打进切德的心房，也不知道他为何无法与我们联络。他的确有精技天赋，从他既替我做精技治疗，又以精技帮我重塑疤痕，就可证明他在这方面有极大的潜能。不过他这个人野心勃勃，除非能够全盘掌握自己的精技天赋，否则他绝不休止。

不过我劝切德慢慢来，反而使他的思绪转到他处。“你是不是使斧头比较顺手？”他突然问道。

我睁大了眼睛，瞪着他看了好一会儿，最后终于赶上了他的思绪。“我好多年没用斧头打斗了。”我答道，“不过，我应该可以在启航之前找个时间练习一下。可是你刚才不是说，这个任务大概用不着打打杀杀，反倒可能要多使蛮力？毕竟，我们练这些武艺要去打谁？”

“即使如此，还是要练，因为用斧头来砍冰挖龙，绝对比用刀剑戳冰来得快。你明天就去向兵器师傅要把斧头吧，然后找人练练，温习一下用斧的技巧。”接着切德歪着头，对我微笑——他那个笑容，我一看就知道他要做什么，所以当他接口说话时，我已经将自己武装好了。“往后迅风的武器训练就交给你了，此外，读书算数的课也包在你身上。迅风虽跟别的孩子在大厅的壁炉边上课，但是效果不太好，因为博瑞屈已经先教过他，所以他的程度比同年龄的孩子来得高，可是叫他跟年纪大的孩子上课，他又不自在。珂翠肯已经决定，这孩子最好是找个老师做个别指导比较好，所以她就选了你。”

“为什么选我？”我质问道。我曾在罗网的晚课上看过那孩子，而我看到的情景，足以使我心怯，而不敢收他作学生。那孩子暮气沉沉、阴郁不开，别的孩子笑得打滚的故事，他却正襟危坐地听完。他沉默寡言，那一双黑眼睛看来像是博瑞屈的翻版。他走起路来，像是刚刚吃了一顿鞭子的士兵一样僵硬，连表情都一样愁苦。“我不适合帮人做个别指导。再说，对你我而言，越少跟那孩子扯上关系越好。万一博瑞屈来堡里探望迅风，而迅风又想介绍他父亲跟老师见面，那怎么办？到时候场面可能会很尴尬啊。”

切德悠悠地摇了摇头：“事情如果会走到那个地步就好了。问题是，这孩子到堡里来十天了，他父亲都不曾捎来只言片语，说他后悔将这孩子送走。博瑞屈恐怕是真的要将这个儿子赶出家门了。这是珂翠肯之所以认为这孩子必须要有人接过去照顾的原因之一。此外，那孩子也需要父兄的榜样。你要让他有一点归属感啊，蜚滋。”

“为什么选我？”我忿忿地问道。

切德笑得更灿烂了。“大概是因为这事仿佛旧事重演，所以珂翠肯才乐得如此安排吧。我必须承认，我也觉得这件事自有公道之处呢。”他吸了一口气，用比较严肃的口吻说道：“不然你要我们将迅风安置在哪里？把他派给别人，那么若是那人厌恶原智怎么办？要是那人将迅风当作是额外的负担，根本就对这孩子不闻不问怎么办？那可不行。所以，这孩子就交给你了，蜚滋，好好造就他吧。还有，你顺便教他使斧头吧，那孩子长大之后，应该会像博瑞屈那么高大。不过目前他简直就是皮包骨。你呢，就每天带他去练武场伸展肢体，看看能不能让他多长点肉。”

“那必须要我有空才行。”我闷闷地答应下来。我不禁纳闷，如今的我，一想到要将博瑞屈的儿子接过来照顾就怕。当年的博瑞屈，是不是也一想到要照顾我就怕呢？依我看来，这是很有可能的。但是再怎么害怕也都无所谓了，切德那一番话，使我非得硬着头皮，把这件事接下来不可，因为切德一问道：“不然你要我们将迅风安置在哪里？”我就开始担心，要是迅风派给别人，不知道会是何下场。倒不是说我想要多揽一点事情来做，尤其现在如此忙碌，我更不可能替自己找麻烦。但我光是想到，若是别人接过这孩子，却又对他很残忍，或是对他不闻不问，我就觉得受不了。这大概就是当了父母亲之人的自负吧，总觉得没人比自己更能够胜任带好孩子的责任。

重拾斧头，也使我心里害怕，毕竟练斧头是很痛的。不过切德说得没错，斧头一直都是我最擅长的武器。若拿上好的宝剑让我使用，那是浪费兵器。我遗憾地想起弄臣送我的那把漂亮长剑，我转到王后卫队时，将那把剑跟那一柜子华美亮丽的衣服，都留给他了。老实说，装作他的仆人，我并不自在，但如今我却怀旧起来。毕竟当他的仆人，至少还有机会跟他待在一起。上次与弄臣一谈，虽然多少弥补了我们之间的裂痕，却也使我们之间更加遥远。我以为我认识弄臣，然而弄臣只是他众多身份的其中一个而已。这一点，我已经能接受了。不过，我虽想与他重修旧好，但是我既然知道弄臣这个身份，只不过是他本人的伪装，那么我怎能与他重拾旧日的友谊？我闷闷不乐地想道，那不就像是努力要跟木偶师傅手中的木偶娃娃交朋友，而且还故意不去理会木偶的一举一动、一颦一笑。这不都是操纵在木偶师傅手中吗？

然而，同一天晚上，我却走到他的房间门口，并轻轻在门上敲了敲。门缝下透出微微的光线，但是我在走廊上站了好久，里面才有个声音不耐烦地应道：“谁呀？”

“黄金大人，我是汤姆·獾毛。我可以进来吗？”

过了一会儿，我听到门闩开了。我走进他的房间，却发现我几乎已不认识这环境。原本含蓄高雅的氛围不见了，取而代之的是唯恐人不知的暴富。地上的厚重地毯，垫了一层又一层；桌上点的蜡烛是金色的，从蜡烛散发的浓郁香味看来，恐怕点这些蜡烛，跟烧金币一样昂贵。我眼前的这个男子，穿的是豪华的丝绸袍子，袍子上还点缀着珠宝。原本那几幅织锦画，是以公鹿堡织锦画常见的打猎风光作为主题，如今旧画不见，墙上的新画，描绘的都是繁华富丽的遮玛里亚花园与寺院的景象。

“你到底是要进来，然后关上门，还是只想瞠目结舌地站在门口看个够？”他暴躁地质问道，“时间已经很晚了，汤姆·獾毛，晚得不适合接见寻常访客了。”

我将门关起来：“我知道。抱歉这么晚还来打扰你，但是我几次在平常时候来找你，你都不在。”

“是不是因为你不做我的保镖，搬出旧房间之际，忘了什么东西没带走？该不会是那幅其丑无比的织锦画吧？”

“不是。”我叹了一口气，并立定决心，不让他将我拖回旧日的角色之中。“我很想念你，我很后悔自己笨得因为洁珂的话而跟你大吵一场。你警告过我，而一切果然如你所言：如今我注定每天会想起自己讲过的蠢话，而且每天都不由得想到，当时自己要是没说那些话就好了。”我走到他的壁炉边，在即将熄灭的炉火旁找了张椅子坐下。椅边的小桌上有个精致的玻璃瓶，里面装着白兰地，旁边有个玻璃杯，杯里的酒已喝得见底。

“我真不知道你在说什么，而且我正打算上床睡觉了。好了，你来这里到底有什么事，汤姆·獾毛？”

“你要气我就气我吧，说起来也是我活该。你想怎么发泄，就怎么发泄吧，不过请你别拿那个伪装来搪塞我。你我以本色相见就好，我只求你这一点。”

他以高傲且不以为然的姿态看着我，一语不发地站了一会儿，然后走到壁炉边，找了张椅子坐下。他也不问我要不要喝，就又为自己倒了杯白兰地。我闻到那个酒味，就知道那是我们曾经在我的小屋里共饮的杏桃白兰地，回想起来，当时距离现在，还不到一年呢。他啜了一口，有感而发地说道：“以本色相见。那我是什么本色？”他放下玻璃杯，往后靠在椅背上，交叉双臂抱胸。

“我不知道。若你仍是当年的弄臣就好了。”我轻轻地说道，“可是我们两人大概已经走得太远，回不到那个假象之中了。不过，如果我们回得去，那么我还真的乐于回去。”我转头望向他处，将壁炉里的其中一根柴火踢进去一点，让那柴整个落在火里，于是火苗跃起，越烧越旺。“如今我想起你时，真不知道该叫你什么名字。对我而言，你不是黄金大人，反正你本来就不是真正的黄金大人。可是你也已经不是弄臣了。”这些话源源不绝地从我嘴里吐了出来，这并不是我预先想好的说辞，不过这番话却很实在。我一边讲，一边努力稳住自己的心情。为什么真相这么难以说出口呢？

一时之间，我很怕弄臣误会我的意思。然后我突然想到，他一定是懂得的，毕竟多年以来，他都很了解我的心情，即使他不说出口也一样贴心。我必须在我们各奔东西之前，想个办法修补我们之间的裂痕，而我唯一的工具，就是言语。言语之中，潜藏着古老的魔法，而这魔法的真谛就是，你若知道对方的真名，就会具有强大的力量。我下定决心要施展这个魔法。尽管如此，话说出口的时候，还是觉得奇怪。

“你曾经说，如果我不想叫你‘弄臣’的话，那么我可以叫你‘小亲亲’。”我吸了口气，“小亲亲，我很想念与你相伴的日子。”

他举起一手，遮住了嘴，然后他装作若有所思地摩着下巴，以化解那个动作。由于他的手遮住了，所以我看不出他是何表情。最后他把手放下来，慧黠地笑着说道：“这样的话，不会引起堡里人的闲言闲语吗？”

我没回答，因为我没有答案。他是以弄臣的挖苦语气跟我讲话，这虽然纾解了我的心情，但我却又不禁纳闷道，这会不会是他给我看的伪装。这到底是他要让我看到的那一面，或真的是他的本色？

“嗯。”他叹了一口气，“依我看来，如果你真的要为我找个合适的名字，那还是叫我弄臣吧。所以，我们就这样讲定了，小蜚滋。对你而言，我就是弄臣。”他望着炉火，轻轻地笑了起来，“这样就平衡过来了，将来无论如何变化，如今我永远都有这几句话可回忆了。”他转过头来望着我，正经地点了点头，仿佛在感谢我回报他这么珍贵的礼物。

刹那间，我有好多事情想跟他聊。我想跟他谈王子去外岛的任务，告诉他罗网的事情，并问他为什么现在赌得这么凶，以及这些豪奢的布置到底是什么意思。但是转念一想，我又不想在今晚的交谈之外，再多添上任何一言一语。就如弄臣所说的，现在已经平衡了。横悬于我俩之间的天平非常微妙，所以我还是别冒险多言，以免意外让天平倾倒。我对他点点头，慢慢地站起来，走到门边时，我轻轻地说道：“那么，晚安了，弄臣。”接着我开了门，走进走廊。

“晚安，小亲亲。”坐在炉火边的他如此应道。我轻轻将身后的门关紧。

后记

曾经铸过剑与斧的手，如今渴望与鹅毛笔相处一晚。在我将鹅毛笔擦净之际，我常常会想道，我这辈子到底用了几桶墨水。我曾经在纸上写下多少字，并自认为可以借着这些字网住真相？而这么多字中，又有多少字因为错误且无价值，而被我投入火舌之中？我常常这样：写好长篇大论，细心地用细沙吸干湿墨，好好思索自己写下的文字，然后，丢到火里烧掉。也许，随着文稿付之一炬，真相亦如轻烟般从烟囱飘出。那么，真相到底是因此而散佚失传，还是因此而解脱自由呢？这我就不知道了。

以前弄臣告诉我，时间是个巨大的循环，过去的事情，注定要重演。当时我半信半疑，但是我年纪越大，就越看出这的确说得很贴切。于是我想道，他的意思大概是说，我们所有人都陷于一个庞大的循环之中。不过我倒认为，他的话可以解释为，我们每个人的一生，其实都是不断重复的循环。人就像是环形跑马场上的小马，走的是不断重复而且早就注定好的路线。我们或快跑，或慢步，或依照指定而停下，然后周而复始——每次重新开始时，我们都以为面前展开的是全新的循环。

我的父亲，他并不是祖父亲自管教，而是托给祖父的同父异母弟弟带大。等我出生时，他则将我托给他最得力的助手。我成了父亲之后，也将女儿托付给那个把我带大的男人，相信他会给我女儿安全的庇护，而我自己则收留了别的男人的儿子，把他当作亲儿一般地养大。既是我儿子，又不是我儿子的晋责王子，成为我的学生，而过了不久，博瑞屈自己的儿子也找了上来，跟我学习他父亲不肯亲自教他的功课。

每个圆，都会激荡出新的圆。每个新圆看来都是新东西，但其实不然。每一个新圆，不过是我们为了纠正旧时的错误、化解古老的伤痛，并且弥补自己的不足所做的最新尝试，如此而已。我们也许在新的循环之中，纠正了旧时的错误，但据我看来，我们可能每纠正一个旧错，就等量地生出一个新错。话说回来，除此之外，我们又有什么选择呢？难道要重新犯下旧时的错误吗？或许，能不能找到一条更好的路径，取决于你有没有敢于冒险犯些新错的胆识。

（下册完）

中英译名对照表

A

Advantage 庆典

Advice To Merchant Mariners 商船海员必读

Althea 奥尔瑟雅

Amber 琥珀

Antler Island 鹿角岛

applewood 苹果木

Arkon Bloodblade 阿肯·血刃

Ashlake 艾胥雷城

August 威仪

B

Banrop 班罗普

bard 吟游诗人

Barley 大麦

Baylor 贝勒

Bear-Boy and the Princess, the 熊少年与公主

Bearns 毕恩斯

Beast Magic 野兽魔法

Bidwell 毕德威村

Bingtown 缤城

Bingtown Bay 缤城湾

Bingtown Council of Traders 缤城商会

Bingtown Traders 缤城商人

bit 马衔

Black Rolf 黑洛夫

Blade Havershawk 布雷德·贺维薛克

Bluntner 布朗特纳

bond 牵系

bootjack 脱靴器

Bosk 波斯克

Boyo 波姚

Brant 黑雁

Brashen 贝笙

Brawndy 普隆第

Bresinga 贝馨嘉

Briggan 布利根

Bright 铭亮

Buckriver 公鹿河

Buckkeep 公鹿堡

Buckkeep Town 公鹿堡城

Burrich 博瑞屈

C

Calendula 金盏花

Carolsin 凯洛辛

carryme 带我走

catalyst 催化剂

Cateren 柯德仁

Celeffa 瑟娜法

Chade Fallstar 切德·秋星

Chalced States 恰斯国
Changer, The 改变者
Char 阿侠
Charl 查尔
Charm 护符
Chivalry 骏骑
City Guard 城市卫队
Civil Bresinga 儒雅 · 贝馨嘉
Clarine 克莱伶
Clover 酢浆草
Cockle 扇贝
Companion 随侍大臣
Convergence 会合
Councilor 私人顾问
covaria 柯法利严
Cresswell 魁斯维
Cron Hevcoldwell 克伦 · 海寇维尔
Crossfire Coterie 火网小组
Crowsneck 鸦颈镇
Cults and Heresies of the Southlands 南方各国的宗教教派与异教信仰
Cursed Shores, the 天谴海岸
Customs of Buck Duchy 公鹿公国之风土人情

D

Deerkin 鹿亲
Delleree 黛乐莉
Delnar 戴尔纳
Dignity 庄重
Dog and Whistle 狗与哨子
Doublet 无袖外套
Duties of A Skill Instructor 精技教学者之职责
Dutiful 晋责（王子）

E

Echet Hairbed 爱歇特 · 发床
Eda 艾达
El 埃尔
Elderling 古灵
elfbark 精灵树皮
Elliania 艾莉安娜
Erikska 艾芮丝卡
Esomal 艾娑茉
Eyod 伊尤（国王）

F

Faith 妡念
Falldown Street 掉落街
Farrow 法洛公国
Farseer 瞻远
Fedois 费度依岛
Fedwren 费德伦
Fennel 茴香
First Ford 第一渡口
Firwood 枞林庄园
Fisher 鱼貂大人
FitzChivalry 蜚滋骏骑
Fleria 芙莱莉
Fletch 弗莱屈
Flourish 盛繁
Fool 弄臣
Four Masters 四大名师

G

Galen 盖伦
Galeton 长风镇

Garetha　嘉蕾莎
Gedrena　洁莲娜
Geln　洁恩
Gilly　吉利
Gindast　晋达司
Girl on Dragon　乘龙之女
God’s Runes　神符群岛
Golden　黄金大人
Goldendown　金色黄昏
Grace　贤雅
Grayling　灰鳟家族
Great Sail fleet　大帆商队
Grim Lendnord　葛林·连洪

H
Hammer　锤子
Hands　阿手
Hap　幸运
Hartshorn　贺琼恩
Harvest Feast　秋收宴
Hasty　急惊风
Hearthstone　炉前石
Hebben　海本草
Hedge Magics　乡野术法
Hedge witch　乡野女巫
Heffam　贺凡
Heliotrope　向日葵
Henja　汉佳
hetgurd　首领团
Hilda　希尔妲
Hjolikej　乔利凯吉岛
Holly　荷莉
Hope　琋望
Hoquin　何昆
horseman　马人

I
Icefyre　冰华
Icefyre’s Lair　冰华之穴
Island Aslevjal　艾斯雷弗嘉岛

J
Jamallia　遮玛里亚
Jamallian　遮玛里亚人
Jek　洁珂
Jhaampe　颉昂佩
jidzin　济德铃
Jimu　琴摩
Jinna　吉娜
Jorban　乔班
Jorepin Monastery　乔若平神庙
Jower　裘耳公爵
Justin　择固

K
Kebal Rawbread　科伯·罗贝
Keep　城堡
Kelvar　克尔伐
Kennit　柯尼提
Keppler　科普勒
Kespin　柯士斌
Kettle　水壶婶
Kettricken　珂翠肯（王后）
Khuprus　库普鲁斯

King’s Man　吾王子民
King’s Circle　吾王广场

L
Lacey　蕾细
Lalwick　拉威克
Lane　私家小路
Laudwine　路德威
Laurel　月桂
Leggings　紧身裤
Leon　力昂
Linsfall　林法家族
liveship　活船
Lowk　洛克

M
Maiden’s Chance　处女希望号
Maisie　梅喜
Malta　麦尔妲
Man’s Flesh　人体
Marshcroft　池沼地
Meditation　静坐
Merry　快活
Modesty　芊逊
Molly　莫莉
Moonseye　月眼城
Motherhouse　母屋
Mountain Kingdom　群山王国
Mountain Queen　群山王后
Mountains　群山山脉
My Adventure As A World Traveler　世界旅行见闻录
Myblack　黑玛

N
Narcheska　贵主（奈琪丝卡）
Narwhal　独角鲸
Nat of the Fens　住在沼泽地的奈特
Neatbay　洁宜湾
Nettle　荨麻
Newford　新渡河口
Nighteyes　夜眼
Nim　小敏
Nimble　敏捷
Nolus　诺勒斯

O
Oaks　橡木大人
Observation　心得
Oklef　欧克莱
Old Blood　原血者
Old Blood Tales　原血者传奇
Otter　水獭
Out Islands　外岛
Outislaner delegation　外岛特使团
Owan　欧万

P
Padget　沛杰
Pale Woman　苍白之女
Paragon　典范号
Paragon Raven Ludluck　典范 · 渡鸦 · 大运
Pard　小豹

Patientce　耐辛（王后）
Peladine　佩娜汀
Pelious Island　沛利尔斯岛
Peottre Blackwater　皮奥崔·黑水
Perceptive　明鉴
Piebald Conspiracy, The　花斑帮之阴谋
Piebald, Prince　花斑点王子
Piebald, the　花斑帮
Pirates Isles　海盗群岛
Pocked Man　麻脸人
Preparing the Students　学员初阶
Prokie　普罗基

Q
Queen' s Garden　王后花园

R
Rain River　雨河
Rain Wild Traders concourse　雨野原商人大堂
Rain Wilds　雨野原
Rain Wilds River　雨野河
Raven　渡鸦
Reddy　瑞迪
Red Ship War　红船之战
Red Ships; Red-Ship Raiders　红船劫匪
redspice　红香
Regal　帝尊
Relditha Cane　蕾莉狄莎·坎恩
Rippon　瑞本
Risk　风险
robe　袍子
Rogeon　洛吉翁岛
Rory Hartshorn　罗力·贺琼恩
Rosemary　迷迭香
Rowdy　扰弟
Rowell　罗威尔
Rufous　卢夫司
runes　符文
Rurisk　卢睿史

S
Sa　莎神
Sacrifice　牺牲献祭
Sara　莎拉
Satrap　沙崔甫王
Scrandon　史宽顿
Scroll　卷轴
Scyther　钐镰大人
seacrepe　海皱纱
Sealbay　海豹湾
Seawatch Tower　望海塔
sedgum　萨根
Selden Vestrits　瑟丹·维司奇
Sendalfijord　沙达峡湾
Senna　先纳
Serene　端宁
Serilla　瑟莉拉
Shadow Wolf　影狼
Shemshy　歇姆西
Shield　强盾
Shoaks　修克斯
Shrewd　黠谋（国王）
Sidder　席达
Silvereye　银眼

Sindre 辛德蕾
Six Duchies 六大公国
Six Duchies Governanc 六大公国治国经
Sixfinger 六指
Skill 精技（n.）；技传（v.）
Skill one 精技人
Skillmaster 精技师傅
Skill-pillar 精技石柱
Skill-Road 精技之路
Slek 史列克
Slyke 史赖克
smoke 熏烟
Solem 庄重
Solicity 殷恳
Solo 精技独行者
Spice Island 香料群岛
Springfest 春季庆
Stablemaster 马厩总管
Starling Birdsong 椋音 · 鸟啭
Stone game 石子棋
Stuck Pig 篱笆卡猪
Svanja 丝凡佳
Swift 迅风
Swoskin 索司金
Sydel 惜黛儿
sylvleaf 西薇草
synxove 欣晓薇花

T

The Brief Reign of Verity Farseer 惟真 · 瞻远的短暂统治
The Circle of Magic 魔法体系
The Cult of the Bastard 皇家私生子宗派
The Making of Guides 绘图指南
the Other 异类
Thick 阿憨
Three Sails Tavern 三帆酒馆
Thrift 节俭
Thyme 百里香
Tilth 提尔司
Timbery 廷贝利城
Tinnitgliat 婷妮格莉亚
Tintaglia 婷黛莉亚
Tom Badgerlock 汤姆 · 獾毛
Tradeford 商业滩
Travels in the North Lands 北国之行
Treenee 树膝
Truna 提乌那镇

V

Valsop 弗索
Vance 小优
Verdad the Flayer 开膛手弗达德
Verity 惟真
Verity's Reckoning 惟真之愿
vision 幻象

W

water maiden 水妖
weasel 黄鼠狼
Web 罗网
Wertin 瓦廷
Wess 魏斯
West Port 西港

White　白者
White Prophet　白色先知
Whitecap　白帽
Wiflen　魏弗伦
Wild-eye　狂眼
Wim　老温
Winfroda　温弗达
Winterheart　冬之心
Wisdom　睿智（国王）
Wisenose　灵鼻
Wit Magic　原智魔法
witch’s butter　巫婆油
Withywoods　细柳林
Witness Stone　见证石
wizardwood　巫木
Women’s Garden　女人花园
Wrecked Red Ship　红船劫后

著作权合同登记：图字 09-2014-248 号

THE TAWNY MAN TRILOGY II : GOLDEN FOOL

图书在版编目(CIP) 数据

刺客后传．Ⅱ，黄金弄臣 /（美）罗宾·霍布(Robin Hobb) 著；麦全译．-- 上海：上海社会科学院出版社，2016
ISBN 978-7-5520-1708-3

Ⅰ．①刺… Ⅱ．①罗… ②麦… Ⅲ．①长篇小说－美国－现代 Ⅳ．①I712.45

中国版本图书馆 CIP 数据核字 (2016) 第 321531 号

刺客后传 II ：黄金弄臣

著　　者：[美] 罗宾·霍布
译　　者：麦　全
出 版 人：缪宏才
出版策划：闫青华　沈丽凝
责任编辑：王晨曦　冯亚男
特约编辑：蒙莹雪　姚丽晴
装帧设计：谷亚楠　朱海英
封面绘图：郭庆芸
出版发行：上海社会科学院出版社
上海市顺昌路622号　邮编：200025
电话：021-63315900　销售热线：021-53063735
http://www.sassp.org.cn　E-mail:sassp@sass.org.cn
排　　版：上海万墨轩图书有限公司
印　　刷：上海信老印刷厂
开　　本：890×1240 毫米　1/32 开
印　　张：21.625
字　　数：622 千字
版　　次：2017年2月第1版　2017年2月第1次印刷

ISBN：978-7-5520-1708-3/I · 221　定价：65.00元

读者 Readers 回函表
WIPUB BOOKS

姓名：__________ 性别：____ 年龄：____ 职业：________ 教育程度：______

邮寄地址：______________________________ 邮编：________
E-mail：______________ 电话：______________

您所购买的书籍名称：《刺客后传Ⅱ：黄金弄臣》

您对本书的评价：

书名：	□满意 □一般 □不满意			故事情节：	□满意 □一般 □不满意		
翻译：	□满意 □一般 □不满意			书籍设计：	□满意 □一般 □不满意		
纸张：	□满意 □一般 □不满意			印刷质量：	□满意 □一般 □不满意		
价格：	□便宜 □正好 □贵了			整体感觉：	□满意 □一般 □不满意		

您的阅读渠道（多选）：□书店 □网上书店 □图书馆借阅 □超市/便利店
□朋友借阅 □找电子版 □其他 ________

您是如何得知一本新书的呢（多选）：□别人介绍 □逛书店偶然看到 □网络信息
□杂志与报纸新闻 □广播节目 □电视节目 □其他 ________

购买新书时您会注意以下哪些地方？
□封面设计 □书名 □出版社 □封面、封底文字 □腰封文字 □前言、后记
□名家推荐 □目录

您喜欢的书籍类型：
□文学-奇幻小说 □文学-侦探/推理小说 □文学-情感小说 □文学-散文随笔
□文学-历史小说 □文学-青春励志小说 □文学-传记
□经管 □艺术 □旅游 □历史 □军事 □教育/心理 □成功/励志
□生活 □科技 □其他______

请列出3本您最近想买的书：________、________、________

请您提出宝贵建议：______________________________
____

★感谢您购买本书，请将本表填好后，扫描或拍照后发电子邮件至wipub_sh@126.com，
您的意见对我们很珍贵。祝您阅读愉快！

图书翻译者征集

为进一步提高我们引进版图书的译文质量，也为翻译爱好者搭建一个展示自己的舞台，现面向全国诚征外文书籍的翻译者。如果您对此感兴趣，也具备翻译外文书籍的能力，就请赶快联系我们吧！

您是否有过图书翻译的经验：☐有（译作举例：____________________________）

☐没有

您擅长的语种：☐英语　☐法语　☐日语　☐德语

☐韩语　☐西班牙语　☐其他________________________

您希望翻译的书籍类型：☐文学　☐生活　☐心理　☐其他____________

请将上述问题填写好、扫描或拍照后，发电子邮件至wipub_sh@126.com，同时请将您的译者应征简历添加至邮件附件，简历中请着重说明您的外语水平等。

期待您的参与！

上海万墨轩图书有限公司